**Knaur.**

*Im Knaur Taschenbuch sind von der Autorin bereits erschienen:*
Das Marzipanmädchen
Die Bernsteinsammlerin
Die Bernsteinheilerin
Die Braut des Pelzhändlers

*Über die Autorin:*
Lena Johannson wurde 1967 in Reinbek bei Hamburg geboren. Ihre beiden Leidenschaften Schreiben und Reisen verband sie in ihrem Beruf als Reisejournalistin miteinander. Vor einiger Zeit erfüllte sich Lena Johannson einen Traum und zog an die Ostsee.
Mehr über die Autorin erfahren Sie auf www.lena-johannson.de

# LENA JOHANNSON

# Die unsichtbare Handschrift

ROMAN

Knaur Taschenbuch Verlag

**Besuchen Sie uns im Internet:**
www.knaur.de

Originalausgabe Mai 2012
Knaur Taschenbuch
© 2012 Knaur Taschenbuch
Ein Unternehmen der Droemerschen Verlagsanstalt
Th. Knaur Nachf. GmbH & Co. KG, München
Alle Rechte vorbehalten. Das Werk darf – auch teilweise –
nur mit Genehmigung des Verlags wiedergegeben werden.
Redaktion: Dr. Gisela Menza
Umschlaggestaltung: ZERO Werbeagentur, München
Umschlagabbildung: Bridgeman Berlin/Anguissola, Sofonisba (c. 1532–1625)
Bridgeman Berlin/Maler, Ernst (fl. 1537-58)
Bridgeman Berlin © DHM/Wolgemut or Wolgemuth, Michael (1434–1519)
Satz: Adobe InDesign im Verlag
Druck und Bindung: CPI – Clausen & Bosse, Leck
Printed in Germany
ISBN 978-3-426-50909-8

2 4 5 3

# Die wichtigsten Personen

*Christa Bauer*   Restauratorin, angestellt im Archiv von Lübeck
*Ulrich Dobsky*   Berufstaucher
*Carsten Matthei*   leitender Mitarbeiter der Restaurationsabteilung im Archiv in Sankt Augustin bei Bonn
*Dr. Florian Kayser*   Leiter des Stadtarchivs von Lübeck
*Costas*   Chef des Stammlokals von Christa Bauer in der Fleischhauerstraße, Lübeck
*Esther aus Schleswig*   Waisenkind und Schwester eines Schreibers, für den sie die Tinte macht
*Kaspar, ihr Bruder*   Schreiber profaner Texte vor allem für Kaufleute und Handwerker
*Vitus Alardus*   Getreidehändler, der mit England Handel treibt; Bräutigam von Esther
*Malwine*   Wirtstochter; Kaspar hat ein Auge auf sie geworfen
*Heilwig von der Lippe*   Gattin des Grafen Adolf IV. von Schauenburg und Holstein
*Bischof Bernhard von Salonien*   Heilwigs Großvater
*Adolf IV.*   Graf aus dem Geschlecht der Schauenburger und Enkel des ersten Stadtgründers von Lübeck
*Reinhardt und Otto*   zwei Schreiber, mit denen sich Kaspar seine Schreibstube teilt

*Meister Gebhardt*   ein Baumeister an der Dombaustelle
*Marold*   ein Domherr und Notar der Stadt Lübeck
*Josef Felding*   das Fuchsgesicht; Kölner Englandfahrer
*Norwid*   Sohn eines Müllers, der seine Mühle vor den Toren Lübecks hat
*Magnus*   einst Schreiber des Bischofs von Salonien, später persönlicher Schreiber von Heilwig von der Lippe, Gräfin von Schauenburg und Holstein
*Bille*   ehemalige Magd im Hause des Grafen von Schauenburg und Holstein; Schwester des Müllers Norwid
*Bischof Bertold*   Bischof zu Lübeck im Jahre 1226

# Köln im Januar 2011 – Christa Bauer

Die graue Oberfläche des Wassers kräuselte sich, plötzlich ein Schatten, kaum wahrnehmbar zuerst, dann immer deutlicher zu erkennen. Schließlich tauchte ein Kopf auf. Sofort war einer der drei Männer, die das Tauchteam bildeten, mit einer Plastikkiste zur Stelle, die einmal dem Transport frischer Brote gedient hatte. Zwei Arme, in den stramm sitzenden Ärmeln eines dunkelgrauen Neoprenanzugs steckend, die Hände in unförmigen Handschuhen, reichten eine schwarze Masse nach oben. Der Mann mit der Kiste nahm den Klumpen entgegen und ließ ihn in diese gleiten. Augenblicklich quoll schmutziges Wasser durch die unzähligen Löcher der gitterartigen Kistenwände.
Restauratorin Christa Bauer war aus dem Zelt getreten, um eine kurze Pause zu machen. Seit fünf Stunden hatte sie ununterbrochen Papierfetzen, ganze Seiten oder auch mal, wenn sie viel Glück hatte, einen kompletten Ordner mit Hilfe einer Handdusche gründlich gespült und dann in Folie verpackt. Ihre Finger waren eiskalt in den gelben Gummihandschuhen, und in ihren Schläfen pochte es. Der blaue, blank polierte Bauhelm drückte auf ihre Ohren und verstärkte die Kopfschmerzen. Sie hatte weder gegessen noch getrunken und verspürte den Drang, sich eine Zigarette anzuzünden. Doch die würde sie sich natürlich verknei-

fen, denn sie hatte wenig Lust, wieder mit dem Laster anzufangen, das sie vor genau zwei Jahren und einhundertzweiundsechzig Tagen nach einem letzten tiefen Zug aufgegeben hatte. Den dritten Tag ging das nun schon so. Sie war erschöpft. Trotzdem spürte sie, als sie den Taucher jetzt mit seiner Beute aufsteigen sah, schon wieder das vertraute Kribbeln, das sie seit ihrer Ankunft in Köln begleitete. Es wäre vernünftig, sich einen heißen Tee zu holen. Stattdessen ging sie dem Mann entgegen, der dem Kollegen im Wasser die schlammige Fracht abgenommen hatte, und brachte die Kiste in das Zelt.

Noch war nicht zu erkennen, ob sich zwischen Modder und Dreck ein kleiner Schatz befand oder ob sie es nur mit einer Steuerakte aus dem beginnenden 20. Jahrhundert zu tun bekäme. Für das Kölner Stadtarchiv war jeder Fetzen der einst dreißig Regalkilometer Material von Bedeutung, das war ihr klar. Doch ihr Herz schlug nun einmal für Pergamente aus dem Mittelalter, sie waren ihr Steckenpferd. Alles andere war Pflicht, ein Pergament wäre die Kür.

Das Zelt stand direkt in der Baugrube. Hundert Helfer waren rund um die Uhr im Einsatz, um zu retten, was noch zu retten war. Sie arbeiteten in drei Schichten, so dass wohl etwas über dreißig Menschen gleichzeitig spülten, wischten und verpackten. Unter ihnen waren Archivare und Restauratoren, fachkundige Kollegen also, die ihren Urlaub opferten. Es gab aber auch Ein-Euro-Jobber, was Christa zunächst skeptisch zur Kenntnis genommen hatte. Wenn man nichts um die Bedeutung eines winzigen Stückchen Papiers wusste, wenn man vielleicht nicht einmal erkannte, dass es sich um ein Fragment eines Dokuments oder Buchdeckels handelte, wie sollte man es dann sichern? Doch Christa hatte die Laien offenbar unterschätzt. Jeder schien an diesem Ort das Gewicht und den Wert dessen zu spüren, was seit dem Einsturz des Stadtarchivs im März vor beinahe zwei Jahren bereits geborgen worden war und was noch unter dem Grundwasser auf seine Bergung wartete. Mit Feuereifer und Engelsgeduld harrte jeder an dem provisorischen Arbeitsplatz aus, reinigte und sicherte jedes Fitzelchen. Anders war es nicht zu erklären, dass in den vergangenen zweiundzwanzig Monaten geschätzte neunzig Prozent der Archivalien gefunden und zur Restaurierung auf andere Archive verteilt worden waren.

Nach weiteren drei Stunden, in denen sie nichts Spektakuläres entdeckt, in denen sie dem fließenden Wasser zugesehen hatte, wie es Sand und kleine Steine mit sich nahm, räumte Christa das Feld für die nächste Schicht. Die Wechsel erfolgten pünktlich, so etwas wie Überstunden gab es nicht, denn es stand nur eine feste Anzahl an Arbeitsplätzen zur Verfügung. Selbst wenn hier hundert Helfer gleichzeitig hätten spülen können, wäre es nicht klug, länger als acht Stunden in der Kälte mit Wasser und Papier zu hantieren. Die Aufgabe erforderte höchste Konzentration, und die war nach acht Stunden eben aufgebraucht.
Sie trat aus dem Zelt, warf einen Blick auf den kleinen Bagger, der nach Anweisung der Taucher ebenfalls verschüttete Kostbarkeiten aus der Tiefe holen sollte, und wendete sich zum Gehen. Sie konnte es kaum erwarten, den Helm abzunehmen, der diesen schrecklichen drückenden Schmerz verursachte. Doch das durfte sie erst, wenn sie die Baustelle hinter sich gelassen hatte. Als sie an der Tauchgrube vorbeikam, hievte sich einer der Männer gerade mit Hilfe eines Kollegen aus dem Wasser. Ein seltsamer Anblick. Direkt an der Taucherbrille ragte ein schwarzes rundes Mundstück hervor, das Christa an eine Gasmaske denken ließ. Oberhalb des knallgelb gefassten Brillenglases saßen seitlich am Kopf des Mannes zwei Metallbügel. Überall gab es Schrauben und Halterungen. Sie fühlte sich in einen Film versetzt, der an Bord eines Raumschiffs oder auf einem fremden Planeten spielte. Der Froschmann saß eine Weile am Rand des Beckens, sein

Brustkorb hob und senkte sich schnell. Dann half sein Kollege ihm auf die Beine. Schlammiges Wasser kleckerte an ihm hinunter, Matsch schmatzte unter seinen Füßen, als er sich schwerfällig in Bewegung setzte. Plötzlich hatte Christa eine Idee. Während der Schicht war keine Zeit, sich mit den Bautauchern zu unterhalten. Dabei interessierte es sie doch brennend, was dort unten im Krater zu sehen war, mit welchen Schwierigkeiten man zu kämpfen hatte und wie die Prognosen waren.

»Na, auch endlich Feierabend?«, fragte sie darum den Mann, der auf dem Weg zum Fahrzeug der Spezialfirma nur langsam vorankam.

»Ja, Gott sei Dank!« Er schnaufte noch immer hörbar. Seine Stimme klang merkwürdig quäkend, weil die Brille seine Nase zusammendrückte.

»Ich möchte nicht aufdringlich erscheinen.« Christa kam gleich auf den Punkt, das war ihre Art. »Ich bin aus Lübeck und nur zum Helfen hier in Köln. Das bedeutet, meine Abende sind ziemlich einsam. Ihre Arbeit interessiert mich, sehr sogar. Vielleicht haben Sie Lust, mit mir heute Abend essen zu gehen und mir davon zu erzählen? Oder morgen. Nur wenn es Ihnen passt, natürlich.«

Er blieb stehen, löste Maske und Brille und schob beides vom Kopf. Die Haare klebten ihm feucht in der Stirn, tiefe Abdrücke der fest sitzenden Plastik- und Gummiteile hatten sich in das Gesicht gegraben.

Christa spürte, dass sie zu forsch gewesen war – wieder einmal. Sie sah einfach keinen Sinn darin, lange um den heißen Brei herumzureden. Aber sie wollte ihn auch nicht verschrecken, also fügte sie hinzu: »Mein Name ist Christa Bauer, ich bin Restauratorin und wüsste zu gern, wie es ist, durch den ehemaligen Archivkeller zu tauchen.« Sie lächelte.

Inzwischen hatten sie den Wagen erreicht. Er lockerte die Gurte seiner Weste und streifte endlich die schwere Ausrüstung ab, die

an seinen Schultern gezerrt hatte. Er stöhnte, als die Last zu seinen Füßen am Boden lag, stützte die Hände kurz auf die Oberschenkel und ließ den Kopf schwer atmend hängen. Nach wenigen Sekunden richtete er sich wieder auf und streckte ihr die Hand entgegen.
»Mein Name ist Ulrich. Im Archivkeller zu tauchen ist alles Mögliche, aber sicher kein Urlaubsvergnügen.« Er grinste sie ein wenig schief an. »Beneiden Sie mich also lieber nicht.« Nach einem weiteren tiefen Atemzug fuhr er fort: »Sie wollen also mit mir essen gehen? Warum nicht? Neunzehn Uhr würde mir passen. Wo?«

Sie saßen in einer der typischen Kölsch-Brauereien, die Christa wegen ihrer ungezwungenen Atmosphäre so mochte. Sie fragte sich allerdings, ob es einen Zeitpunkt gab, an dem es nicht voll, laut und eng war. Mitten in der Woche waren hier alle Stühle und Bänke besetzt, die um die grob gezimmerten Tische herumstanden. Der Geräuschpegel, eine Mischung aus Stimmengewirr, Lachen und Gläserklirren, war so hoch, dass Ulrich und sie sich beinahe anschreien mussten. In den ersten Minuten war ihr Gespräch – wohl auch wegen des Lärms – nur schleppend in Gang gekommen. Doch längst hatten sie ihre anfängliche Zurückhaltung überwunden und unterhielten sich angeregt.
»Ist es nicht bitterkalt im Wasser?«, wollte Christa wissen. »Als ich heute zum Dienst kam, hat es geschneit. Ich wäre nicht gerade begeistert, bei dem Wetter in das Becken steigen zu müssen.«
»So kalt ist das gar nicht. Neun Grad. Ich habe schon Schlimmeres erlebt.«
»Vielen Dank, für mich wären neun Grad definitiv zu kalt.«
»Du musst ja nicht in der Badehose ins Wasser hüpfen.« Er grinste und nahm einen Schluck aus dem schlanken kleinen Kölschglas, das Christa als waschechtes Nordlicht ein wenig albern fand. Das süffige Bier trank sie dagegen sehr gern. »Unsere

Neoprenanzüge halten ganz gut warm. Nee, da unten hast du wirklich andere Probleme.«
»Welche zum Beispiel?«
»Das fängt bei der schlechten Sicht an und hört bei dem Chaos auf, das dort herrscht.«
»Kann ich mir vorstellen.« Sie nickte, konnte sich aber, um ehrlich zu sein, nicht vorstellen, wie es in dem Krater aussah.
Ulrich erzählte: »Meine Hände sind sozusagen meine Augen. Das ist immer so, wenn du als Bautaucher im Einsatz bist.«
»Was sind das sonst so für Einsätze?«, unterbrach sie ihn.
»Ganz verschieden.« Ihm war anzusehen, dass er gern über seinen Beruf sprach. Er gehörte zu der Art Männer, die nicht wirklich erwachsen wurden. Sie hätte einiges verwettet, dass er früher lebende Regenwürmer verspeist oder sich mit den stärksten Jungs angelegt hatte, nur um die Mädchen zu beeindrucken. Heute war es eben sein abenteuerlicher Job, der ihm die Aufmerksamkeit der Frauen garantierte. Er betrachtete das Ganze als einen Sport, einen großen Spaß, der obendrein noch gut bezahlt wurde.
»Manchmal muss ich Gegenstände aus Ruderanlagen von Schiffen entfernen, damit der Kahn wieder flott wird. Oder ich muss mit einem Metalldetektor nach versunkenen Dingen suchen. Ich war auch schon in einer Talsperre unterwegs und habe sie auf Risse untersucht und alles auf Video aufgenommen. Das sind natürlich Jobs, die Spaß machen«, erklärte er stolz.
»Und welche Einsätze machen keinen Spaß?«
Er zog die Nase kraus. »Wenn du eine Lüfterkerze im Klärwerk montieren oder die Faultürme kontrollieren musst, wünschst du dir schon, du hättest in der Schule besser aufgepasst und einen anderen Beruf ergreifen können.«
Sie lachte. »Klingt nicht gerade verlockend, stimmt.« Nach einer kurzen Pause fragte sie: »Die Arbeit im Krater des Stadtarchivs ist bestimmt etwas ganz Besonderes, oder?«

»Das kann man wohl sagen.« Er nickte, leerte sein Glas und ließ sich von einer dünnen Kellnerin, die ständig mit einem gefüllten Tablett unterwegs war, ein neues Glas hinstellen. Das Mädchen malte einen Strich auf seinen Bierdeckel und war im nächsten Moment auch schon am Nachbartisch. »Die Schwierigkeit sind die fetten Steintrümmer und spitzen Eisenteile, die überall quer durcheinanderliegen. Dazwischen und drunter klemmen Aktenschränke und Regale. Du siehst das, wie gesagt, aber nicht, sondern musst dir durch bloßes Tasten ein Bild von der Lage machen.«

»Klingt gefährlich.«

»Ja, der Einsatz gehört auf jeden Fall zu den riskanteren Jobs. Du musst immer damit rechnen, dass etwas instabil ist, ins Rutschen kommt und dich begräbt oder dir den Rückweg versperrt. Oder du kannst mit den Schläuchen deiner Ausrüstung oder mit der Rettungsleine hängenbleiben. Dann ist ganz fix Schicht im Schacht.«

Vermutlich war das eine leichte Übertreibung, um vor Christa angeben zu können. Oder nicht? Völlig ungefährlich war die Arbeit mit Sicherheit wirklich nicht.

»Wann immer uns Papier zwischen die Finger kommt, müssen wir es hochbringen, das ist die Ansage. Aber eigentlich sind wir da unten, um richtig aufzuräumen.«

»Das heißt?«

»Das heißt zum Beispiel, dass morgen als Erstes Halterungen an einem Trümmerstück befestigt werden, das vermutlich mehrere Tonnen wiegt. Der Kran soll den Koloss aus dem Weg hieven, weil da drunter nämlich ein Regal liegt.« Er machte eine bedeutungsvolle Pause und sah sie an.

»Und?« Sie hielt die Spannung nur schwer aus. Mit etwas Glück hatten die Taucher in dem Regal Dokumente, womöglich sogar Pergamente ausmachen können.

»Das Regal ist noch komplett mit Akten gefüllt.« Er lehnte sich selbstzufrieden zurück, als hätte er allein das Schmuckstück des Archivs gerettet.

»Das ist großartig!« Sie gönnte ihm den Triumph. Immerhin hatte er tatsächlich einen nicht unerheblichen Anteil an dem Erfolg. »Das bedeutet, dass wir morgen jede Menge spannender Akten unter die Dusche bekommen.«

»Nicht so schnell!« Er hielt beide Hände vor sich, die Handflächen in Christas Richtung zeigend. »Wahrscheinlich sind wir morgen schon so weit, die ersten Akten hochholen zu können, erst muss aber sichergestellt sein, dass das Trümmerstück komplett frei liegt und aus der Grube gehoben werden kann, ohne dass alles ins Rutschen gerät. Sonst richten wir am Ende nur mehr Schaden an, als dass die Aktion was nützt.«

»Klar.«

Ein Kellner brachte das Essen.

Christa schob sich einen Bissen in den Mund und murmelte: »So ein Mist, dass ich nur eine Woche bleiben kann.«

»Warum kannst du nicht länger bleiben?«

»Ich konnte nicht länger Urlaub nehmen. Nächste Woche haben wir eine Veranstaltung im Archiv, die ich vorbereiten und durchführen muss. Leider.«

»Ich habe gehört, dass einige von euch ihre Freizeit damit verbringen, den alten Kram zu waschen. Ganz ehrlich, ich kapiere nicht, dass du extra dafür Urlaub genommen hast. Lohnt sich das alles überhaupt? Kannst du mit der Zeit nichts Besseres anfangen?«

»Ob sich das lohnt? Du redest wie diese eine Journalistin, die immerzu darauf pocht, wie viel das alles kostet und wie viele Brunnen von dem Geld in Afrika gebaut werden könnten.« Sie zog missbilligend eine Augenbraue hoch. »Ich kann mir keine spannendere Art vorstellen, meine Zeit zu verbringen.« Sie machte eine Pause und erzählte dann: »Im April 2009, also ziemlich kurz nach dem Einsturz, haben viele Institutionen Hilfe geleistet, indem sie Fachleute geschickt haben. Das Archiv in Lübeck hat mich sozusagen ausgeliehen. Damals wurden mir die Tage hier als Arbeitszeit angerechnet.« Sie musste wieder daran denken, welch ein Durcheinander geherrscht hatte. Die einen sagten voraus, dass die Bergungsarbeiten in einem halben Jahr abgeschlossen sein würden, die anderen sprachen davon, dass mindestens die Hälfte aller Bestände ohnehin unwiederbringlich zerstört sei. »Nachdem sich die Bergung immer länger hinzieht, wollte ich unbedingt noch einmal wiederkommen. Ich wollte die Chance nutzen, in dieser ganz anderen Phase wieder einen kleinen Anteil an den Rettungsmaßnahmen zu haben. Also habe ich Urlaub genommen.«

»Okay«, setzte er zwischen zwei Bissen an, »für eine Restauratorin ist das Ganze vermutlich eine einmalige Sache. Stellt sich trotzdem die Frage, ob sich das alles lohnt. Die Kosten sind doch irre! Das ist ja wohl nicht von der Hand zu weisen.«

»Nein, die Frage stellt sich nicht«, widersprach sie. »In dem Archiv waren rund dreißig Regalkilometer Materialien gelagert. Kannst du dir das vorstellen? Über tausend Jahre Kölner, aber auch rheinischer Geschichte waren dort versammelt. Und das ist längst nicht alles. Auch für die europäische Geschichte waren einige Dokumente von unschätzbarem Wert. Man muss einfach alles tun, um so viel wie möglich davon zu retten.«

»Soweit ich weiß, wurde doch schon der größte Teil gefunden, bevor wir angefordert wurden.«

»Rund neunzig Prozent sind geborgen, das stimmt. Fünf Prozent müssen wohl als endgültig verloren betrachtet werden. Bleiben aber immerhin noch fünf Prozent, für die man euch gerufen hat.«

»He, mir soll's recht sein. Ich mache den Job gerne und nehme auch gerne das Geld dafür.« Er lachte und fuhr sich mit einer

Hand durch das strubbelige hellbraune Haar. »Wenn ich allerdings höre, dass allein zehn Millionen für das unterirdische Bergungsbauwerk auf den Tisch geblättert wurden! Ganz ehrlich, da muss man schon mal Vergleiche mit Kosten für Brunnen in Afrika anstellen dürfen.«
»Zuerst habe ich mich auch gefragt, warum man nicht einfach das Wasser abpumpt. Das wäre bestimmt günstiger. Nur geht das nicht wegen des Wassers im U-Bahn-Tunnel direkt nebenan. Würden die die Grube abpumpen, wäre der Druck auf die Wand zwischen Krater und Tunnel zu groß, die Wand könnte einstürzen. Also seid ihr unverzichtbar.«
»Ich weiß.« Er grinste. »Das mit dem Druck, meine ich. Selbst mit Wasser ist die Geschichte mächtig instabil. Die Wand wird ständig beobachtet. Bewegt sie sich mehr als zwei Millimeter, sind wir raus aus der Nummer. Dann ist es vorbei mit der Bergung.«
»Das wäre furchtbar.«
»Ach was, ich würde auf diese restlichen fünf Prozent pfeifen. Kosten und Risiko stehen doch in keinem Verhältnis zu lächerlichen fünf Prozent.«
»Das Problem ist nur, dass wir keine Ahnung haben, woraus diese geschätzten fünf Prozent bestehen. Vergiss nicht, dass momentan alle Werte nur geschätzt sind. Es gibt schließlich noch keine vollständigen Aufzeichnungen über die gesicherten Archivalien.« Sie hatte den Faden verloren, war aber sofort wieder bei der Sache. »Ja, von welchen fünf Prozent reden wir also? Sind das nur Gewerbesteuerakten von vor zig Jahren? Oder sind darunter Schätze wie etwa das Tagebuch eines Ratsherrn aus dem 16. Jahrhundert?«
»Toll, für mein Tagebuch würde kein Mensch zehn Millionen hinblättern.«
»Du schreibst Tagebuch?«, fragte sie überrascht.
»Nö, aber wenn ich's täte, würde es auch keinen interessieren.«

»Das kommt darauf an. Das Tagebuch, von dem ich spreche, umfasst fünftausend Seiten und verrät unendlich viel über die Gesellschaft, die Kultur, die Politik Kölns von der Mitte bis zum Ende des 16. Jahrhunderts.«
»Aus der Sicht eines Ratsherrn.«
»Ja. Ich weiß, was du denkst, aber wir haben nun einmal nicht viele Dokumente, die den Alltag jener Zeit wiedergeben. Man hat nicht wie heute alles in Zeitungen und Büchern festgehalten. Papier oder davor Pergament war kostbar, nicht jeder konnte überhaupt schreiben. Von den einfachen Leuten gibt es darum solche Tagebücher nicht.«
»Schon klar.« Er zog die Augenbrauen hoch, so dass sich die sommersprossige Haut seiner Nase spannte. »Und weil dieses eine Tagebuch noch nicht gefunden wurde, gibt man ein irres Geld aus, um danach zu suchen.«
»Nein, das Buch war nur ein Beispiel. Niemand kann, wie ich schon sagte, bisher überblicken, was noch fehlt. Deshalb muss man um jeden Schnipsel kämpfen, als wäre er ein Heiligtum.«
Christa war in ihrem Element. Sie erzählte ihm von Urkunden, die von dem berühmten Barbarossa unterzeichnet waren, von Handschriften von Albertus Magnus und von Nachlässen, wie etwa denen von Adenauer und Böll, die ebenfalls im Kölner Stadtarchiv beheimatet gewesen waren.
»Ja, gut, Böll und Adenauer, das sagt mir natürlich was. Aber von diesem Magnussen habe ich noch nie etwas gehört.«
»Magnus, Albertus Magnus. Er war Philosoph und ...«
»Und wen interessiert das? Ich meine, wer entscheidet, was es wert ist, aufbewahrt zu werden, und was nicht?«
»Das ist nicht leicht«, gab sie zu. Sie versuchte ihm die Gedanken näherzubringen, die hinter dem Archivieren von Dokumenten steckten, schwärmte davon, wie viel man über seine Vorfahren, über deren Traditionen, Handel und Gebräuche lernen konnte.

»In Archiven erkennen wir, woher wir kommen«, schloss sie und bemerkte, dass viele Gäste gegangen waren. Nur noch wenige Tische waren besetzt, es war tatsächlich beinahe Ruhe eingekehrt.

Sie zahlten und traten hinaus in die eisige Luft. Schneeflocken segelten an ihnen vorbei.
»Wo wohnst du?«, wollte er wissen.
»In einer kleinen Pension nicht weit vom Bahnhof.«
»Nicht weit vom Dom, heißt das. In Köln orientiert man sich am Dom«, wies er sie lächelnd zurecht. »Ich bringe dich nach Hause.«
»Das ist nicht nötig.«
»Ist es doch. Ich will nämlich wissen, ob ihr den ganzen alten Kram überhaupt retten könnt. Geborgen bedeutet doch wohl noch lange nicht gerettet, oder? So wie das Zeug aussieht, wenn es aus dem Wasser kommt …«
»Das ist wahr.« Sie spazierten am Rheinufer entlang. Christa sah zum Schokoladenmuseum hinüber, dessen Lage sie reizvoller fand als seinen Inhalt. »Was gefunden ist, ist in der Tat noch nicht in Sicherheit. Aber gerade die Dokumente, die unter Wasser liegen, haben gute Chancen, das Unglück unbeschadet oder mit wenigen Schäden zu überstehen.«
»Tatsächlich?«
»Ja, das Wasser konserviert gewissermaßen. Wenn die Schriftstücke ununterbrochen im Wasser waren, also nicht zwischendurch an die Luft gekommen sind, dann sollte eine Restaurierung möglich sein.«
»Was macht ihr mit dem Zeug, wenn ihr es im Zelt abgespült habt? Ich sehe immer nur Kisten mit ganz viel Folie, die weggebracht werden.«
»Die Papiere werden nach der gründlichen Reinigung in Plastik eingeschweißt und dann auf verschiedene Kühlhäuser verteilt.

Dort werden sie bei etwa minus achtundzwanzig Grad schockgefroren und dann gefriergetrocknet, damit sich gar nicht erst Schimmel bilden kann. Damit ist sozusagen der Ist-Zustand gesichert.« Sie zog den Kragen ihres Mantels höher. »Es wird Jahre dauern, bis alles identifiziert und zugeordnet ist. Na ja, und auch das Restaurieren wird dauern. Ein großer Teil der Archivalien ist zumindest leicht beschädigt, ein anderer Teil stark. Das heißt, Schriftstücke, Dokumente und auch Siegel müssen trockengereinigt, Risse müssen geschlossen, Siegel teilweise neu befestigt werden. Da gibt es jede Menge zu tun.«

Sie waren vor dem unscheinbaren weißen Haus unweit des Doms angekommen.

»Hier wohne ich. Ist ganz in Ordnung«, meinte Christa und blickte an den sechs Stockwerken hinauf.

»Das war ein echt netter Abend. Hätte ich nicht gedacht.«

Sie lächelte spöttisch. »Warum hast du dann zugesagt?«

»Weil es ungewöhnlich ist, dass eine Frau einem Mann ohne Umschweife eine Verabredung vorschlägt. Und ich mag alles, was ungewöhnlich ist.«

»Ich beschäftige mich viel mit dem Mittelalter, beruflich und privat. Wenn ich sehe, was Frauen damals alles nicht konnten oder durften, welche Hintertürchen sie nutzen mussten, um überhaupt ans Ziel zu kommen, dann wird mir immer bewusst, wie gut wir es heute haben. Ich sehe gar nicht ein, mir die von Generationen erkämpften Vorzüge aus falscher Scham entgehen zu lassen.«

»Das leuchtet ein.«

»Also dann, bis morgen.« Sie streckte ihm die Hand hin.

Er nahm sie und drückte sie kräftig. »Bis morgen. Gute Nacht.«

Am nächsten Morgen verschlief Christa. Sie hatte von der Bergungsgrube geträumt, war selbst mit Ulrich unter Wasser. In ihrem Traum hatte es ausgesehen, als wären sie durch das Lübecker

Archiv getaucht, das geflutet worden war und in dem die Regale umgestürzt quer durcheinanderlagen. Ulrich schwamm unter einem diagonal angelehnten hohen Regal hindurch, blieb mit der Rettungsleine hängen und strampelte um sein Leben. Christa hatte versucht ihm zu helfen, doch er schlug und trat so heftig um sich, dass sie ihm nicht nahe genug kommen konnte. Seine Leine verhedderte sich dabei immer mehr. Mittelalterliche Pergamente trieben an ihr vorbei, die sie greifen wollte. Doch sie musste sich um den Taucher kümmern, der plötzlich nicht mehr Ulrich, sondern ihr Bruder war und dessen Gesicht sich allmählich blau verfärbte. Sie war mit klopfendem Herzen aufgewacht und hatte einige Zeit gebraucht, bis sie wieder hatte einschlafen können. Als um sechs Uhr ihr Wecker gepiept hatte, hatte sie ihn ausgeschaltet und war gleich wieder fest eingeschlafen. Glücklicherweise hatte etwa zwanzig Minuten später jemand unten auf der Straße mehrfach gehupt. Sie hatte eilig geduscht, die kurzen braunen Haare nur rasch aus dem Gesicht gekämmt und trocknen lassen, während sie sich angezogen hatte und in den Frühstücksraum gestürmt war. Dort kippte sie eine Tasse Kaffee hinunter und schmierte sich nebenbei ein Brötchen, das sie auf dem Weg zur Severinstraße verzehrte.

An der Baustelle angekommen, war ihre rechte Hand, mit der sie ihr Frühstück gehalten hatte, steif vor Kälte. Ihre Laune war im Keller. Sie konnte es nicht ausstehen, schon am frühen Morgen hetzen zu müssen. Womöglich hat Ulrich recht, dachte sie missmutig, als sie ihren Helm aufstülpte. Womöglich stand der Aufwand wirklich in keinem Verhältnis zu dem, was noch im Krater zu entdecken war.

Den ganzen Vormittag musste sie mit ihrer Müdigkeit kämpfen und hatte Mühe, sich zu konzentrieren. Ausnahmsweise machte sie mittags eine Pause. Zum einen würden ihr eine starke Tasse Kaffee und etwas Ruhe guttun, zum anderen wollte sie sich das

Spektakel nicht entgehen lassen, das sich an dem Wasserbecken abspielte. Dicke Taue waren an dem Trümmerstück befestigt worden, von dem Ulrich gesprochen hatte. Ein Kran zog das riesige Gebilde, ein Eckstück von einer Hauswand, nun millimeterweise aus dem Krater. Männer mit gelben Bauhelmen und grellen Warnwesten liefen um die Grube herum, bückten sich, um besser sehen zu können, und riefen Kommandos. Es gab Beifall, als der steinige Koloss, von dem Matsch und Wasser tropften, neben dem Becken auf einem Sandhaufen abgelegt wurde. Der Sand gab leicht nach, rutschte ein Stück, kleine Steine kullerten wie aufgescheuchte Insekten den Hang abwärts, einige sprangen mit leisem Platschen ins Wasser. Dann bewegte sich nichts mehr.
Christa spürte, wie sich ihre Laune besserte. Sie winkte Ulrich zu, der in voller Montur am Rand stand und das Schauspiel ebenfalls verfolgt hatte, und zeigte ihm den hochgestreckten Daumen. Sie wusste, dass der Bagger nun zum Einsatz kommen und große Mengen an Material an die Oberfläche befördern würde. Es war also höchste Zeit, wieder an die Arbeit zu gehen.
Einen Ordner nach dem anderen spülte sie sorgfältig ab, löste die Seiten so gut es ging voneinander, um so viel Dreck wie möglich vorsichtig zu entfernen. Es gab kaum eine Gelegenheit, einen Blick auf die Schrift zu werfen, um eine Idee davon zu bekommen, was man gerade geborgen hatte. Sehr alt schien das Papier nicht zu sein, und die Satzteile, die ihr ab und zu ins Auge sprangen, versprachen auch keine sonderliche Attraktion. Irgendwelche Erbschaftsangelegenheiten vermutlich. So etwas hatte die Menschen vor hundert Jahren ebenso beschäftigt wie vor zwanzig Jahren oder heute. Schon war ihr Korb wieder leer. Sie sah auf die Uhr. Noch knapp eine Stunde bis zum Schichtwechsel. Sie schnappte sich den Behälter und ging noch einmal den Weg hinunter zum Bagger. Sie musste einen Augenblick warten, dann tauchte die metallene Wanne, die sie an ein aufgesperrtes Maul

erinnerte, an der Wasseroberfläche auf. Die dreckige Brühe lief in Strömen an allen Seiten hinaus, während die Schaufel über den Boden gelenkt und abgesetzt wurde. Jetzt konnte Christa ihren Korb mit neuer Fracht füllen. Hinter ihr standen schon drei weitere Helfer, die darauf warteten, sich Nachschub zu holen. Es tropfte auf ihre Hose und ihre Gummistiefel, als sie die wenigen Schritte zum Zelt lief. Wie immer versuchte sie schon jetzt etwas zu erkennen. Doch wie jedes Mal musste sie aufgeben, weil der Schlamm zu dunkel und zu dicht auf allem lag, als dass man auch nur erahnen konnte, ob es sich um einen Ordner, ein einziges Blatt oder gar ein Dokument mit Siegeln handelte. Routiniert hievte sie den Korb auf den Gitterrost, um den gesamten Inhalt zunächst vom gröbsten Dreck befreien zu können. Dann griff sie nach der ersten Akte. Abbrausen, in die Folie geben und beiseitelegen. Schon war das nächste Stück an der Reihe. Der gleiche Ablauf. Sie spürte, wie ihre Gedanken nicht mehr bei der Sache waren, sondern sich auf den Weg nach Lübeck machten. Sie überlegte, welche Unterlagen ihr noch für die Veranstaltung in der nächsten Woche fehlten. Sie würde sich sputen müssen, wenn sie zu Hause war, um alles rechtzeitig zusammenzubekommen.

Wieder griff sie in den Korb und erstarrte in der Bewegung. Zwischen den papiernen Akten, die kaum älter als hundert Jahre sein mochten, lag ein einzelnes Blatt. Ein Pergament. Wie war das in dieses Regal geraten? Es war undenkbar, dass jemand das kostbare Stück einfach falsch abgelegt hatte. Nein, die Wucht, die bei dem Zusammensturz des Archivs so viel Zerstörung und für zwei Menschen den Tod gebracht hatte, musste verantwortlich dafür sein, dass der Bogen aus seinem Aufbewahrungskarton gerissen und zwischen diese Akten geschleudert worden war.

Ihr Herz schlug einen Takt schneller. Der Tag hatte so unerfreulich angefangen und brachte ihr anscheinend doch noch den besten Moment der ganzen Woche. Sie nahm behutsam eine Ecke mit dem Gummihandschuh, zog das Blatt zu sich herüber und spülte es Stück für Stück ab. Ihr war durchaus bewusst, dass jeder angewiesen war, nur die besprochenen Handgriffe zu erledigen und sich nicht länger mit einem einzelnen Fund aufzuhalten. Sie würden nicht vorankommen, wenn jeder seine private Neugier befriedigte. Trotzdem konnte sie nicht widerstehen, einen Blick auf die Schrift zu werfen. Die Tinte hatte ziemlich gelitten, viele Buchstaben waren nahezu abgeschliffen, es gab ein großes Loch, und eine Ecke fehlte.

Christa atmete tief durch. Ein Wort sprang ihr geradezu ins Auge, eine Buchstabenkombination, die ihr nur zu vertraut war. Kein Zweifel, da stand mit Tinte auf das Pergament gemalt das mittelalterliche Wort für Lübeck. Und es war von Betrug die Rede, von einem großen, ungeheuerlichen Betrug.

## Selburg in Semgallen, Oberlettland
## im Jahre 1224 – Heilwig von der Lippe

Heilwig von der Lippe eilte mit rauschenden Röcken durch den langen Gang des Bischofspalasts. Sie hatte sich nicht einmal umgezogen, sondern darauf bestanden, dass der Wagen sie direkt und ohne weitere Rast zum Palast brachte. Jetzt trug sie noch immer ihr Reisekleid, das ganz staubig war von den schlechten Straßen, auf denen sie hatte aussteigen müssen, wenn die Pferde zwischendurch getränkt oder getauscht worden waren. Es war ihr gleich. Sie wollte nur ihren Großvater sehen. Der Bischof von Salonien lag im Sterben, und sie wollte ihn noch einmal lebend zu Gesicht bekommen. Sie wünschte sich von ganzem Herzen, er möge seine Hand auf ihren Bauch legen und das Kind segnen, das sie unter dem Herzen trug.
Sie fröstelte. Es war kalt in dem Gemäuer. Dabei wollte draußen bereits der Frühling Einzug halten. Der Schreiber, ein hochgewachsener schlanker Mann mit grauem Haar und ein Freund ihres Großvaters, schritt vor ihr her auf die Privatgemächer des Bischofs zu. Es gehörte gewiss nicht zu seinen Aufgaben, die Enkelin des Kirchenmannes am Hauptportal zu begrüßen und sie durch den Palast bis hierher zu führen, doch hatte er es sich nicht nehmen lassen. Für ihn gab es in diesen Zeiten nichts anderes zu tun. Er wusste genau, dass seine Tage im Bischofspalast

im gleichen Maße gezählt waren wie die seines Herrn, bis dieser seinem Schöpfer würde gegenübertreten müssen. Es war vollkommen unüblich, dass ein Bischof einen Schreiber damit beschäftigte, seinen Lebensweg aufzuzeichnen. Zumindest, wenn es sich um einen Mann einfacher, ja geradezu dubioser Herkunft handelte. Für derlei Aufgaben hätten jederzeit die Mönche zur Verfügung gestanden. Doch der Missionsbischof war von Kindesbeinen an als höchst eigensinnig bekannt. So scherte er sich nicht darum, was üblich war oder nicht, sondern tat, was er für richtig hielt. Da er stets ein gottesfürchtiger Mann gewesen war, tat er viele gute Dinge und genoss trotz seiner manchmal wahrlich eigentümlichen Entscheidungen ein hohes Ansehen.

Sie hatten die Tür zu dem Schlafgemach des Bischofs erreicht. Heilwig musste schlucken. In welchem Zustand würde sie ihren Großvater vorfinden? Viel zu lange hatte sie ihn nicht mehr gesehen. Sie erinnerte sich an einen Mann mit Pausbäckchen und blauen Augen, dessen Haar die Farbe von Herbstlaub hatte. Der Schreiber öffnete die hohe, mit Schnitzereien verzierte Holztür. Er ging zur Seite und ließ sie passieren. Heilwig trat auf das kunstvoll gedrechselte Bett zu, über dem ein Baldachin schwebte. Sie hörte hinter sich die Tür ins Schloss fallen. Der Schreiber hatte sich zurückgezogen. Zu ihrer Überraschung hielt niemand bei dem sterbenden Bischof Wache. Sie war allein mit ihrem Großvater. An beiden Seiten seines Betts brannten Lichter in eisernen Ständern mit Krallenfüßen. Sie spendeten wenigstens ein bisschen Wärme. Heilwig kniete an seinem Bett nieder und küsste den Bischofsring, der lose auf dem Finger einer blassen Hand saß. Bernhard schlug die Augen auf.

»Heilwig, gutes Kind, wie schön ist es, dich zu sehen.«

»Großvater!« Sie lächelte ihn an. Seine Haut war wächsern, der sonst stets aufmerksame Blick etwas trübe, doch seine Stimme

klang noch immer voll. Auch war er nicht eingefallen, sondern wirkte, als hätte er bis gestern noch gut und reichlich gegessen.
»Du bist wohl allein gekommen?«
Sie hatte sich vor dieser Frage gefürchtet. »Vater muss sich um politische Geschäfte kümmern. Du kennst ihn doch«, antwortete sie mit dünner Stimme. Er ersparte es ihr, nach ihren sechs Geschwistern zu fragen, die sie, wie beide nur zu gut wussten, hätten begleiten können.
»Mein lieber Sohn Hermann konnte sich nie damit abfinden, dass ich mich für diesen Lebensweg entschieden habe. Deshalb ist er nicht mitgekommen. Und warum kann er das nicht? Weil er blind ist.«
Heilwig schwieg. Es war kein Geheimnis, dass im gleichen Maße, wie sie ihren Großvater liebte, der Rest der Familie die Nase über ihn rümpfte. Er war das schwarze Schaf. Sie kannte keinen anderen Grund dafür, als dass er eben seinen eigenen Kopf hatte. Das galt auch für ihren Vater Hermann, weshalb die beiden wohl immer wieder aneinandergeraten sein mochten. Doch darüber war nie gesprochen worden.
»Ich habe für ihn gebetet«, fuhr ihr Großvater fort, »dass unser Herrgott ihm ein Zeichen schickt, wie er mir vor vielen Jahren eines gesandt hat.«
»Was meinst du damit, Großvater? Von welchem Zeichen sprichst du?«
»Bring mir die Kissen von der Chaiselongue.« Er deutete in die andere Ecke des Raums.
Gehorsam stand sie auf und trug zwei dicke Kissen, die mit goldenem Brokat bezogen waren, zu ihm.
»Stopf sie mir in den Rücken, damit ich dich besser ansehen kann. Ich werde noch verrückt, wenn ich weiterhin den Baldachin anstarren muss.« Sie tat auch das. »Schon besser, ja, viel besser«, knurrte er zufrieden und atmete schwer. Bereits der Versuch, sich

ein wenig aufzusetzen, hatte ihn angestrengt. »Und nun hol dir einen Stuhl her. Du willst doch wohl nicht die ganze Zeit vor deinem Großvater auf den Knien liegen. Die Reise war gewiss anstrengend. In deinem Zustand ...«

Heilwig hatte Mühe, den schweren hohen Lehnstuhl anzuheben. Das letzte Stückchen schob sie ihn über den Steinboden ganz nah an das Bett ihres Großvaters heran. Das Kratzen der Holzbeine hallte laut von allen Wänden des hohen Raums wider.

»Ja«, sagte sie schnaufend, als sie sich zu ihm setzte, »der junge Graf hat mich unterwegs so manches Mal gepiesackt.« Sie legte ihre Hände auf ihren Leib und lächelte.

»Du meinst, es wird ein Junge?« Bischof Bernhard schmunzelte.

»Aber natürlich. Es ist unser erstes Kind, und Adolf ist doch ein gesunder Mann. Außerdem wünscht er sich so sehr einen Sohn.«

»Darüber entscheidet Gott allein.« Er schloss die Augen, und Heilwig meinte schon, er wäre eingeschlafen. »Siehst du, Kind, das ist das Unglück unserer Welt: Grafen, Könige und Kaiser meinen die Geschicke nach ihrem Willen lenken zu können. Dabei kann das nur Gott, unser Vater. Er allein und niemand sonst.«

Er öffnete die Augen wieder, die mit einem Mal blitzten, wie sie es früher getan hatten, als Heilwig noch ein Kind gewesen war.

»Ich verstehe nichts von diesen Dingen«, begann sie zögernd, »aber ist es nicht so, dass sie ihre Titel von Gott dem Herrn bekommen, um die Geschicke der Menschen nach seinem Willen zu lenken?«

Er lachte heiser. »So sollte es sein. Doch Gott ist nicht hier, um Titel nach seinem Ermessen zu verteilen. Das erledigen Kirchenmänner in seinem Namen und nach ihrem eigenen Ermessen. Die wenigsten, die Keuschheit, Bescheidenheit und Gehorsam predigen, glauben selbst daran.« Er zog eine Grimasse, als hätte sie ihm eine verdorbene Speise vorgesetzt. »Jeder hat nur seinen eigenen Vorteil im Sinn. Glaube mir, mein Kind, ich zähle wohl um die vierundachtzig Jahre. Das ist eine lange Zeit, in der man viel zu sehen bekommt. Da wird um Titel und Ländereien geschachert, da geht es darum, Macht zu erlangen. Was man dann damit anfängt, hat nichts mit dem zu tun, was man zuvor gelobt hat.« Er hatte sich in Rage geredet und musste eine Pause einlegen. Nach einigen tiefen Atemzügen fuhr er fort: »Ich habe Priester, Kardinäle und Bischöfe gesehen, die sich von Hurenwirten freie Frauen haben bringen lassen, die ihnen dann unter der Kutte zur Hand gegangen sind, während die Herren den Umbau eines Klosters besprochen haben.«

»Großvater!« Heilwig spürte, wie ihr die Hitze ins Gesicht schoss. »Das ist Sünde!«

Wieder lachte er heiser. »Davon spreche ich, Kind. Es ist mehr Sünde in der Welt als Gottesfurcht. Daran wird die Menschheit zugrunde gehen.«

Sie wusste nicht, was sie sagen sollte. Konnte sie ihn jetzt bitten, ihr ungeborenes Kind zu segnen? Und dann brauchte er vielleicht ein wenig Ruhe.

»Ich war nicht besser als sie«, sagte er in diesem Moment leise.

»Aber das ist doch nicht wahr«, widersprach sie augenblicklich. »Du warst ein gottgefälliger Mann, das weiß ein jeder.« Sie selbst wusste das im Grunde nicht. Sehr viel hatte sie nicht an seinem Leben teilgehabt.

»Erst seit ich in das Kloster Marienfeld ging. In der Zeit davor, als ich noch weltliche Macht hatte, da war ich gefürchtet.«

»Du bist nicht immer Mönch gewesen?« Heilwig war überrascht.

»Nein, mein Kind. Schon vor deiner Geburt bin ich Mönch geworden, doch zuvor war ich Ritter und Regent von Lippe. Ich habe zwei Städte gegründet.«

»Das wusste ich nicht.«

»Wie ich dir sagte, schon vor deiner Geburt habe ich die Regentschaft an deinen Vater abgetreten und bin in das Kloster gegan-

gen. Es wundert mich nicht, dass in deiner Familie nicht darüber gesprochen wird.« Ein abschätziges Lächeln erschien auf seinen Lippen. »Du wirst dich fragen, warum ich das getan habe.« Sie nickte. »Gott hat mich für mein Brennen und Rauben, für meine Gier nach Macht, für das Leid, das meine Untertanen durch mich erfahren haben, mit zwei lahmen Füßen bestraft. Die Zisterzienserbrüder haben mich geheilt. Das war das Zeichen. Ich habe es verstanden und bin in ihr Kloster eingetreten.« Er griff nach ihrer Hand, die auf seiner Bettdecke ruhte. »Dort habe ich gesehen, was wahrer Reichtum ist. Bruder Magnus hat mein Leben aufgeschrieben. Ich habe ihm alles erzählt. Aber ich glaube kaum, dass mein Sohn oder dein Gatte die vielen Rollen lesen werden. Darum musst du ihnen den rechten Weg zeigen. Bring sie der Kirche zurück!«
»Wie soll ich das denn anstellen? Ich bin nur eine Frau. Wer wird schon auf mich hören?« Sie senkte den Kopf. »Außerdem tust du Adolf Unrecht. Er ist ein guter Mann, der zur Kirche gehört.«
»Warum ist er dann nicht an deiner Seite? Du trägst sein erstes Kind unter dem Herzen, und er lässt dich allein auf eine gefahrvolle lange Reise gehen.« Seine Stimme wurde allmählich schwächer.
»Wie kannst du so etwas sagen, Großvater? Du weißt, dass er den ewigen Kampf seines Vaters fortführt, den Kampf um Holstein und um die stolze Stadt Lübeck.« Sie spürte nur zu deutlich, dass sie sich mit ihrer Rede selbst überzeugen wollte. Ihr Gatte hatte auch gute Seiten, gewiss, aber sie hatte ihn auch schon hart und unerbittlich erlebt. Und natürlich hatte sie ihn gebeten, sie zu begleiten, was er mit einer Handbewegung fortgewischt und mit einem gehässigen Lachen abgelehnt hatte.
»Ja, ich weiß.« Es klang wie ein Stöhnen, als würde es ihn schmerzen, dass Heilwigs Gatte Adolf IV. sich mühte, alte Herrschaftsgebiete zurückzubekommen.

»Adolfs Vater besaß die Stadtherrschaft, der Dänenkönig Waldemar hat diese zu Unrecht inne.«
»Rede nicht so daher.« Es war nur noch ein Flüstern. »Dein Mann setzt dir derlei Unfug in den Kopf. Aber ich sage dir, dass hinter König Waldemar einer der redlichsten, gottesfürchtigsten Männer steht, die ich je getroffen habe.«
Sie sah ihn neugierig an, ohne zu verstehen, worauf er hinauswollte oder warum er ihr all das erzählte.
»Wenn dein Gatte die Stadtherrschaft über Lübeck von Waldemar zurückhaben will, kämpft er auch gegen Albrecht von Orlamünde aus dem Geschlecht der Askanier. Er aber war stets großzügig der Kirche gegenüber wie kein Zweiter. Er hat zwei Klöster gegründet, und mit ihm unternahm ich eine Kreuzfahrt gegen die heidnischen Livländer. Albrecht ist fromm im Herzen, Kind. Er hat wie ein Held gekämpft, um die Kirche von ihren ungläubigen Feinden zu befreien. Wer gegen ihn ist, ist auch gegen Gott.«
Heilwig erschauderte. Sie hatte den Namen des Grafen Albrecht von Orlamünde schon gehört, ausgespien von den Lippen ihres Gatten.
»Überlege dir gut, auf welcher Seite du stehst«, sagte er und legte die Hand mit dem Bischofsring auf ihren Bauch. »Entscheidest du dich falsch, wird Gott dich strafen, so wie er deinen Gatten strafen wird.«

## Lübeck im März 1226 – Esther

Es hatte über Nacht geschneit. Ganz heimlich hatte sich ein weißes Tuch über die Gassen und die Quartiere der Handwerker und Ackerbürger gelegt. Esther liebte Schnee. Zwar bedeutete er noch mehr Mühsal, als der Alltag ohnehin für sie bereithielt, doch deckte er all die abscheulichen Gerüche zu, die sonst durch die junge Stadt Lübeck waberten, und er dämpfte auch den Lärm, der sie manches Mal um den Verstand zu bringen drohte. Wenn es schon im Skriptorium ihres Bruders allzu oft ohrenbetäubend zuging, wollte sie wenigstens draußen die Laute der Natur genießen, das Zwitschern der Vögel, das Grunzen der Schweine und das dunkle Rufen der Rinder, die morgens auf die Weiden und abends wieder in die Stadtmark getrieben wurden, und nicht zuletzt das leise Wiehern der Pferde. Stattdessen bekam sie allezeit nur das Hämmern und Feilen und Brüllen zu hören, das von allen Seiten von den vielen Baustellen erklang. Ein jeder war stolz auf die aufstrebende Stadt Lübeck, die im Jahre des Herrn 1226 höchstes Ansehen genoss. Esther dagegen war zwar fasziniert davon, wie Schritt für Schritt ein stattliches Rathaus und, man stelle sich vor, sogar ein Dom wuchsen und in der Alfstraße und der Fischstraße gar Bürgerhäuser aus Backstein entstanden, doch der allgegenwärtige Tumult, das ständige Getöse gefiel ihr keineswegs. Gerade erst hatte man die Stadtmauer fertiggestellt. Wollte denn dieses zügellose Wachsen des einst beschaulichen Lübecks ihrer Kindheit nie enden?

Sie vertrieb die Gedanken an ihre Kinderzeit und verließ die einfache Holzhütte, die sie mit ihrem Bruder bewohnte. Sie freute sich wie ein kleines Mädchen über die weiße Pracht und spürte, wie ihre Zuversicht und ihre Lebensfreude zurückkehrten. Am Vortag hatte sie sich entsetzlich gefühlt. Der Winter war schon fort, doch der Frühling wollte noch nicht kommen. Tagaus, tagein war es grau und feucht. Ihr Bruder Kaspar war missmutig, denn in der kalten Jahreszeit hatte er Not, das Auskommen für sich und seine Schwester zusammenzubringen. Die Zeit, in der er Dokumente für Kaufleute schreiben oder wichtige Unterlagen kopieren konnte, war kurz. Die Sonne ging spät auf und früh wieder unter. Ständig wurde seine Tinte zäh, und er musste sie aufwärmen. Von seinen Fingern gar nicht zu reden. Lange konnte er den Federkiel nicht halten, bis sie steif vor Kälte waren.

Wenn Esther es recht bedachte, war ihr Bruder zu allen Jahreszeiten missmutig. Zwar war er ein herzensguter Kerl, der sich treu um sie sorgte, doch schimpfte er im Winter über die lausigen Umstände, unter denen er das wenige verdiente, was gerade eben zum Leben reichte, und im Sommer klagte er darüber, dass die Arbeitstage nie zu enden schienen. Denn Fleiß, das wusste jeder, war Kaspars Sache nicht.

Sie ließ die einfache Behausung hinter sich und machte sich auf den Weg zur Trave. Wie fast immer, wenn sie in den Gassen oder am Flussufer unterwegs war, hatte sie ein Messer bei sich. Vielleicht konnte sie ein wenig Eichenrinde schneiden. An diesem Tag hoffte sie jedoch eher darauf, ein kleines Stück gebrannten Ziegel oder gar einen rostigen Hufnagel zu finden. Groß war diese Hoffnung nicht, aber es fehlte mal wieder an allem, um frische

Tinte zu kochen. Und das war nun einmal Esthers Aufgabe. Zwar war es üblich, dass jeder Schreiber seine Tinte selber anmischte, doch Kaspar hatte kein glückliches Händchen dafür. Mal geriet ihm die Tinte zu blass, mal zu zäh. Es war auch schon passiert, dass sich die mühevoll auf das Pergament gebrachten Buchstaben kurze Zeit später auflösten, weil er wieder einmal das rechte Mischungsverhältnis vergessen hatte.

Den derben Wollstoff ihres Umhangs fest um die Schultern gezogen, hielt sie mit einer Hand die Kapuze, die der Ostwind ihr vom Kopf zu fegen drohte. Der Schnee knirschte unter ihren Sohlen, der Ost pfiff ihr ins Ohr und trieb ihr Tränen in die Augen, die sie sich ein ums andere Mal abwischte. Kalt war es. Sie kämpfte sich tapfer voran, sich gegen die Böen stemmend, die sie, wie es schien, am Weitergehen hindern wollten. Doch sie ließ sich nicht aufhalten. Sie spürte, dass sie heute Glück haben und wenigstens eine Zutat finden würde, die sie für ihren Bruder so dringend benötigte. Aber schon nach wenigen Augenblicken wurde ihr klar, dass sie sich selbst etwas vormachte. Falls hier wahrhaftig ein oller Nagel vom Huf eines Pferdes läge, hatte der Schnee ihn zugedeckt. Sie seufzte. Ihre fröhliche Stimmung ließ sie sich dennoch nicht versalzen. Sie konnte ihrem Bruder mit ruhigem Gewissen sagen, dass sie es versucht hatte. Es war ja nicht ihre Schuld, dass ihr niemand die rechten Zutaten vor die Füße legte. So genoss sie die Freiheit, einfach ein wenig durch den Schnee zu stapfen, ihren Schuh dorthin zu setzen, wo noch keiner zuvor einen Abdruck in den weißen Teppich gemacht hatte, und dem Skriptorium mit seiner Enge oder der Hausarbeit zu entkommen.

»Hilfe!«

Esther hatte das sumpfige Ufer der Trave erreicht, das recht weit vom Hafen entfernt lag und noch mit Schilf und Bäumen bewachsen war. Ihr war, als hätte jemand geschrien. Oder war es nur der Wind, der sie an der Nase herumführte?

»Hilfe!«

Nein, jetzt war sie sich sicher, da rief jemand um Hilfe. Wieder und wieder hörte sie das Rufen. Es war eine zarte Stimme, doch die Person, der sie gehörte, schien Todesangst auszustehen und ihre ganze Kraft zusammenzunehmen. Esthers Herz schlug schneller, ihr Blut rauschte vor Aufregung in ihren Ohren. Der Hafen war zu weit, als dass sie von dort einen Hilferuf hätte hören können. Ihre Augen suchten das Ufer ab. Wenn der Wind wie an diesem Tag von Osten kam, drückte er viel Wasser in die Trave. Es stieg manches Mal sehr schnell an und leckte über den Uferrand. Wer nicht aufpasste, geriet leicht in den reißenden Fluss. Nicht umsonst hielt sie stets gehörigen Abstand. Einen Strom, ob er ruhig dahinfloss oder seine ganze gewaltige Kraft zeigte, von der Ferne anzuschauen war ihr ein Vergnügen, ihm zu nahe zu kommen war es nicht.

Da, eine Kinderhand! Sie ragte nicht sehr weit von der Uferböschung aus dem eisigen Wasser.

»Warte, ich helfe dir!«, schrie sie.

Das war leichter gesagt als getan. Sie sah sich rasch um, ob sich etwas finden ließe, das sie dem Ertrinkenden reichen konnte. Da lag ein Knüppel, den der Sturm wohl von einem der mächtigen Bäume geholt hatte. Dick war er, nur leider nicht besonders lang. Warum musste ausgerechnet ihr das passieren? Sie würde den Fluten näher kommen müssen, als es ihr lieb war.

»Ich helfe dir!«, rief sie wieder gegen das Pfeifen und Jaulen des Windes und gegen ihre eigene Furcht an, griff nach dem Ast und lief eilig ein Stückchen die Böschung hinab. Ihre Füße versanken im Morast. Heilige Mutter Gottes, flehte sie innerlich, steh mir bei! Sie musste achtgeben, dass sie nicht ausrutschte und selbst in die eisigen Fluten stürzte.

Ein Kopf tauchte auf, das Gesicht verzerrt vor Angst und Pein. Sie erkannte Petter, den Sohn des Hufschmieds, einen fürchterlichen Bengel, der nichts als Unfug im Sinn hatte. Ganz bestimmt war er mal wieder ausgebüxt. Er ruderte mit den Armen. Offenbar hatte er Esther mit dem Knüppel entdeckt und warf sich in ihre Richtung. Seine Bewegungen verrieten, dass er schon schwach war. Er würde es allein nicht schaffen. Und er musste augenblicklich raus aus dem kalten Wasser. Esther sah sich hilfesuchend um. Warum ließ sich nur keine Menschenseele blicken? Die Antwort konnte sie sich leicht selber geben. Die Leute erledigten das Notwendigste vor ihrer Tür oder rund um den Marktplatz. Wer konnte, blieb im Haus am wärmenden Feuer. Und der Hafen war zu weit. Von dort, wo große Warenposten von Schiff zu Schiff verladen wurden oder gar das Salz aus Lüneburg gelagert und weitertransportiert wurde, hatte sie keine Hilfe zu erwarten.

Ihr blieb keine Wahl. Sie hielt sich an den ausladenden Ästen eines Strauchs, der recht nah am Ufer stand, fest und beugte sich so weit wie möglich zu dem Jungen hinüber. Den knorrigen Ast hielt sie am hintersten Ende fest.

»Kannst du ihn packen?«, brüllte sie.

Petter ruderte erneut, reckte einen Arm in ihre Richtung, ließ ihn aber sogleich wieder erschöpft sinken.

»Mann in de Tünn!«, schimpfte sie. Ihre dunkelblonden Haare waren längst vom Sturm unter der Haube hervorgezerrt worden und wehten ihr nun ins Gesicht. Sie konnte sich nicht darum kümmern, konnte auch auf ihre Angst vor Wasser keine Rücksicht nehmen. Sie musste sich um das Balg des Hufschmieds kümmern. Auf der Stelle. Noch einmal blickte sie sich eilig um. Da war niemand weit und breit. Es nützte alles nichts. Sie schnallte ihre Trippen ab und stellte sie beiseite. Die würden im weichen Boden der Trave nur hinderlich sein. Dann ließ sie den Strauch los, der ihr Halt und Sicherheit gegeben hatte, und machte einen Schritt in das eisige Nass.

Die vom Wind getriebenen Wellen leckten augenblicklich an ihrem Bein. Es war so kalt, dass es schmerzte. Wie musste der Junge erst leiden! Sie biss die Zähne aufeinander und machte einen weiteren Schritt, dann noch einen. Der Schlamm unter ihren Füßen gab mehr nach als erwartet. Sie strauchelte. Beinahe hätte sie den Ast verloren, den sie Petter hinstrecken wollte. Mit einem Arm musste sie heftig rudern, damit sie nicht das Gleichgewicht verlor und der Länge nach in den Fluss stürzte. Dann wäre sie verloren. Allmählich gelang es ihr, sich zu fangen und wieder festeren Stand zu finden. Sie reckte Petter den knorrigen Knüppel entgegen.

»Los doch, halt dich fest!«, schrie sie ihn an. Ob es der strenge Ton war, den Petters Mutter zu nutzen pflegte, wenn das Früchtchen es mal wieder gar zu doll trieb, oder ob der Überlebenswille dem Kind noch einmal Mumm verlieh, hätte sie nicht zu sagen gewusst. Jedenfalls griff Petter nach dem Ende des Holzes und ließ es nicht mehr los. Esther zog mit aller Kraft. Mit den nassen Sachen war der Knirps ein schwerer Brocken. Ihr Atem ging stoßweise und stieg in kleinen Wolken von ihren Lippen auf.

»Lasst mich das machen, Weib!« Die tiefe Stimme war ganz plötzlich hinter ihr aus dem Nichts aufgetaucht.

Esther konnte sich nicht umsehen, aber ihr fiel ein Stein vom Herzen. Irgendjemand war doch noch an der Trave unterwegs.

»Petter ist ins Wasser gefallen. Allein kriege ich ihn nicht raus«, sagte sie atemlos. Schon war jemand neben ihr. Sie erkannte den Müllerssohn, den sie schon manches Mal auf dem Markt gesehen hatte. »So ein Segen, dass Ihr da seid«, japste sie.

Der junge Müller nahm ihr den Ast aus der Hand. »Geht aus dem Wasser«, kommandierte er.

»Aber ich …«

»Nun geht schon, Ihr holt Euch ja den Tod!« Noch während er sprach, hatte er den Jungen herangezogen. Der rührte sich nicht mehr.

Esther starrte gebannt auf den Körper des Kleinen. Dann tat sie nur zu gerne, was man ihr gesagt hatte. Langsam und vorsichtig drehte sie sich um und stieg die Uferkante hinauf. Sie spürte ihre Füße nicht mehr und begann am ganzen Körper zu zittern, doch sie war unendlich erleichtert, wieder festen Boden unter sich zu haben. Der junge Müller kam mit Petter auf dem Arm gleich nach ihr aus dem Wasser. Der alte Müller, der augenscheinlich mit seinem Sohn unterwegs gewesen war, hatte seinen Mantel ausgezogen, wickelte Petter darin ein und übernahm den reglosen Körper des Jungen. Ohne ein Wort machte er sich mit dem Knaben eilig davon.
Esther blieb mit dem jungen Müller zurück. Beide waren bis zur Hüfte nass.
»Nichts wie nach Hause«, sagte er.
Sie nickte. Ihre Zähne schlugen aufeinander.
»Du liebe Zeit, ist das kalt«, brachte sie klappernd hervor. »Warum muss ich bei dem Wetter auch an der Trave herumlaufen, anstatt in meiner Kammer zu bleiben?«
»Dem Herrn sei Dank, dass Ihr hier herumgelaufen seid. Nicht auszudenken, was geschehen wäre, wenn Ihr nicht zur Stelle gewesen wärt.«
Er hatte recht. Ihr Herz machte einen Hüpfer vor Freude. Bengel hin oder her, Petter wäre jetzt tot, wenn sie ihn nicht gehört hätte.
»Aber ohne Eure Hilfe hätte ich es nie geschafft.«
»Doch, hättet Ihr. Es hätte nur etwas länger gedauert.«
»Zu lange womöglich. Dann wäre der Junge doch noch erfroren«, gab sie zu bedenken.
Schlotternd liefen sie nebeneinander her auf den Marktplatz zu.
»Wollen wir hoffen, dass er nicht schon erfroren ist«, murmelte Esther, die den Anblick des leblosen Kindes nicht vergessen konnte.
Als sich ihre Wege am Markt trennten, fiel ihr auf, dass sie nicht einmal den Namen des jungen Müllers kannte.

Zu dem winzigen Querhaus, in dem die kleine Schreibstube untergebracht war, die sich kaum ein Skriptorium nennen durfte und die sich ihr Bruder mit zwei anderen Schreibern teilte, war es nicht so weit wie nach Hause. Also hielt sie darauf zu. Dort gab es wenigstens eine Feuerstelle, an der sie sich wärmen und ihre Kleider trocknen konnte.

Kaspar war allein, als sie eintrat. Mit einem schweren Holzhammer schlug er gerade auf die Galläpfel ein, die Esther im vergangenen Herbst gesammelt hatte. Wie üblich ging er ohne jegliches Gefühl vor, so dass die kostbaren kleinen Kugeln durch die Gegend sausten.

»Wo kommst du denn her? Und wie siehst du aus? Deine Lippen sind ja blau wie der Lapislazuli.« Kaspar starrte seine Schwester an, den Hammer in der Luft zum nächsten Schlag bereit. Erst jetzt fiel sein Blick auf ihren Rock, und er ließ das Werkzeug sinken. »Und du tropfst, als hättest du mit deinem Kleid in der Trave gestanden.«

»Ich habe mit meinem Kleid in der Trave gestanden. Ich hätte es bei der Kälte schlecht ausziehen können.«

Immer stärker schlugen ihre Zähne aufeinander.

»Aber was wolltest du denn bei dieser Kälte in der Trave?« Kaspars buschige rote Augenbrauen schoben sich nach oben, dass sich die Stirn in Falten legte. »Und überhaupt, was hat dich dazu bewegt, freiwillig ins Wasser zu steigen, wo du doch sonst sicherheitshalber einen großen Bogen darum machst?«

»Es kann keine Rede davon sein, dass ich etwas im Fluss wollte oder freiwillig hineingestiegen bin.« Sie warf einen getrockneten Fladen in die Flammen, um das Feuer ein wenig zu schüren. »Der Fluss führt Hochwasser, und der Hufschmiedsche Petter ist hineingestürzt.«

»Und du hast ihn gerettet?« Ihm war die Bewunderung für seine kleine Schwester deutlich anzusehen.

»Nicht allein«, sagte sie und erzählte ihm die ganze Geschichte. Dabei stand sie so nah an der Feuerstelle, wie es ihr nur möglich war. Den Stoff ihres Rocks breitete sie mit noch immer steif gefrorenen Fingern aus, damit er schnell trocknen sollte.
»Vitus wird Augen machen, wenn du ihm das erzählst«, brachte Kaspar hervor, als er alles angehört hatte.
»Wird er nicht, weil ich ihm nichts erzählen werde.«
Kaspar holte Luft, um zu widersprechen.
»Und du wirst ihm auch nichts erzählen«, forderte sie ihn auf. Ganz langsam verebbte ihr Zittern, und ihre Lebensgeister kehrten zurück. Wenn sie nur nicht krank wurde. Ein Mittelchen von dem Quacksalber auf dem Markt konnten sie sich nicht leisten. Nicht im Winter. »Er würde sich nur aufregen und mich dafür tadeln, dass ich bei dem Wetter am Traveufer unterwegs war.«
Wieder wollte Kaspar etwas sagen, war jedoch glücklicherweise ein wenig langsam, wie so oft.
Da sie ahnte, dass er sich erst jetzt fragte, was sie dort denn wohl gewollt habe, lenkte sie ihn ab: »Du sammelst jetzt besser die Galläpfel ein. Wir können es uns nicht leisten, dass du sie in alle Winkel schießt und welche verlorengehen. Es ist schließlich noch lange hin, bis ich wieder neue sammeln kann.« Sie rang sich ein Lächeln ab. »Ich gehe rasch nach Hause und ziehe mir etwas Sauberes an. Wenn ich zurück bin, kümmere ich mich um die Gallen.«
»Ich wollte dir nur die schwere Arbeit abnehmen«, gab er zurück. »Diese harten Dinger zu zertrümmern ist keine Arbeit für ein Mädchen. Dafür braucht es Kraft.«
»Nein«, korrigierte sie lächelnd, »dafür braucht es Fingerspitzengefühl. Eben darum ist es gerade eine Arbeit für mich.«

Lübeck lag auf einer Halbinsel, die Esther an den Rücken einer Schildkröte erinnerte, von der sie einmal eine Zeichnung gesehen hatte. Der Panzer fiel zur einen Seite zur Trave ab, und dort stand das Querhaus, in dem das Skriptorium untergebracht war. Auf der anderen Seite des Schildkrötenpanzers, der sich zur Wakenitz neigte, lag das kleine Holzhaus, in dem sie mit ihrem Bruder Unterschlupf gefunden hatte. Sie musste also an jedem Tag mindestens zweimal hinauf zur höchsten Stelle und an der anderen Seite wieder bergab laufen, was gerade im Winter bei Schnee und Eis nicht immer einfach war.

Als sie das Kleid, an dem der Schlamm aus dem Fluss nun getrocknet war, gegen ein anderes tauschte, seufzte sie tief. Sie besaß nicht viele Kleider oder Röcke und nur einen Umhang. Von Schuhen gar nicht zu reden. Kaspar sorgte schon dafür, dass sie ständig zu waschen hatte, denn er schaffte es fast immer, die Tinte auf seinen Ärmeln oder Beinkleidern zu verteilen, statt sie auf das Pergament zu bringen. Sie dagegen ging besonders vorsichtig mit ihren Sachen um, weil sie wusste, dass sie immer ein bisschen dünner wurden, wenn man sie zu oft im Zuber schrubbte. Ärgerlich betrachtete sie ihren Umhang. Sie klopfte den groben Schmutz ab. Das Kleid würde sie auf jeden Fall waschen müssen, mit dem Umhang musste es eben so gehen. Sie konnte sich jetzt nicht damit aufhalten. Schon war sie wieder zur Tür hinaus, die Füße eiskalt in den noch nassen Schuhen.

Sie war so in Eile, dass sie beinahe einen Mann umgerannt hätte, der den Schnee zur Seite geschoben hatte und gerade im Sand hockte, um seine Notdurft zu verrichten. Esther rümpfte die Nase. Konnte der Kerl das nicht ein wenig außerhalb der bewohnten Gassen erledigen? Außerdem, wozu gab es denn Kloaken? Sie winkte Reinhardt zu, einem der beiden Schreiber, die sich mit Kaspar die Stube teilten. Er winkte kurz zurück und redete dann wieder auf einen der Baumeister ein, die mit dem Bau des Rathauses beschäftigt waren. Zwischen dem Seidensticker, dem Löffelschmied und dem Schneider, der nur Frauengewänder anfertigte, die eifrig ihre Waren vor ihren einfachen Bretterbuden anpriesen, entdeckte sie im bunten Treiben des Marktplatzes plötzlich Vitus. Das vertraute, geliebte Gesicht war ernst und voller Sorge, wie so oft in den letzten Wochen und Monaten. Jetzt sah auch er sie, und seine Miene hellte sich auf. Er schob sich zwischen dem Hutmacher und zwei Laufburschen hindurch und kam zu ihr hinüber.

»Esther!« Er ergriff kurz ihre Hände, ließ sie aber gleich wieder los. Es gehörte sich nicht, Zärtlichkeiten auszutauschen. Immerhin waren sie noch nicht verheiratet. »Was ist mit deinem Umhang passiert?«

Sie errötete. Wie peinlich es war, ihm in einem derartigen Zustand unter die Augen zu treten.

»Das war nichts«, schwindelte sie. »Nur ein kleines Malheur.« Sie blickte zu Boden.

Glücklicherweise fragte Vitus nicht nach. Etwas schien ihn so zu beschäftigen, dass in seinen Gedanken für nichts anderes mehr Platz war.

»Du bist auf dem Weg in die Schreibstube?«, wollte er wissen.

»Ja.«

»Das ist gut. Dann begleite ich dich.«

»Gern!« Sie war ehrlich erfreut über die Aussicht auf ein paar Minuten mit ihm. Viel Zeit konnten sie nicht miteinander verbringen, bevor sie nicht vor Gott und den Menschen ein Paar waren. Wann das jedoch sein würde, stand in den Sternen.

»Vitus, das ist eine Freude«, begrüßte Kaspar den Gast. Und an Esther gewandt fragte er: »Geht es dir wieder besser mit trockenen Kleidern am Leib?«

Sie funkelte ihn aus zusammengekniffenen Augen an.

Vitus dagegen wurde aufmerksam. »Also doch nicht bloß ein kleines Malheur?«

»Wie ich sagte, es war nichts weiter«, wiegelte sie ab. Ihr war nicht wohl in ihrer Haut, denn sie konnte es nicht leiden, ausgerechnet Vitus gegenüber unaufrichtig zu sein.

»Nichts weiter?«, platzte Kaspar heraus. »Esther hat dem Petter das Leben gerettet!« Schon erzählte er die ganze Geschichte, ließ auch das kleinste Detail nicht aus, von dem selbst Esther bis zu diesem Zeitpunkt nichts gewusst hatte. Sie wollte ein ums andre Mal Einspruch erheben, nur war Kaspar einfach nicht zu halten. So fügte sie sich in ihr Schicksal und ließ ihn erzählen.

Als er geendet hatte, war es für einen Moment still in der kleinen Hütte. Vitus betrachtete Esther mit einem Blick, den sie nicht zu deuten vermochte. Wärme lag darin, aber auch Sorge meinte sie in seinen Augen zu lesen.

»Du hast dieser unausstehlichen Rotznase also das Leben gerettet. Donnerwetter, Esther, das war sehr mutig.«

»Ich war es ja nicht alleine.«

»Du bist ins Wasser gegangen, obwohl es nur wenig gibt, das dir mehr Angst macht, und du glauben musstest, du wärst ganz allein. So mancher gestandene Mann hätte nicht den Mumm in den Knochen gehabt.« Er warf Kaspar einen missbilligenden Blick zu. Der verstand den Seitenhieb auf seine eigene Person nicht, sondern bekundete mit heftigem Nicken seine Zustimmung.

»Wollen hoffen, dass du nicht zu husten anfängst«, meinte Vitus leise. »Ich habe schon genug Kummer.«

Kaspar sah ihn erschrocken an. »Warum, was ist denn passiert?«

»Nichts, Kaspar, nichts ist passiert. Das ist ja mein Kummer.« Er seufzte tief und fuhr sich mit beiden Händen durch das wellige schwarze Haar, das ihm bis auf die Schultern fiel.

»Ich verstehe nicht.« Hilflos griff Kaspar nach dem fleckigen Leinenlappen und rieb sich die Finger ab, obwohl sie ausnahmsweise nicht schwarz von Tinte waren. Esther trat zu ihm und legte ihm eine Hand auf den Arm. Zwar war sie beinahe zehn Jahre jünger als ihr Bruder, doch hatte sie manches Mal ein tiefes Bedürfnis, ihn

zu beschützen. Sie kannte seine guten Seiten ebenso wie seine Schwächen. Zu Letzteren gehörte gewiss, dass sein Geist ein wenig, nun, man konnte wohl sagen, ein wenig einfach war. Normalerweise hatte Vitus Geduld mit Kaspar, doch es kam auch vor, dass es mit ihm durchging, wenn dieser gar zu langsam im Geiste war. So wie jetzt. Esther dagegen ahnte, welche Sorgen den Geliebten umtrieben. Es war ja immer das gleiche traurige Lied.
Vitus ließ sich auf einen Holzschemel fallen, stützte die Ellbogen auf die Knie und schlug die Hände vors Gesicht. »Ich weiß«, murmelte er, »ich weiß, dass du es nicht verstehst.« Ein tiefer Seufzer, dann rieb er sich die Augen und blickte die beiden an. »Bitte verzeiht! Es ist nur so, dass diese Steuer, die ich für den Handel mit England zu berappen habe, mich noch vollends ruiniert. Die Kaufleute von Köln oder Tiel sind davon befreit. Mehr noch, sie erhalten immer mehr Rechte und Vergünstigungen. Wie soll unsereins noch dagegen anstinken?«
Esther zog missbilligend die Augenbrauen hoch.
»Aber es ist doch wahr«, eiferte er sich nun erst recht. »Würden die Geschäfte besser laufen, könnte ich dich endlich heiraten. Dann müsste Kaspar dich nicht durchbringen. Er ist ja kaum imstande, sich selbst zu füttern.« Vitus schnaufte und strich sich erneut durch das Haar.
»Du bist ungerecht, Vitus«, protestierte Kaspar. »Wir Schreiber sind alle Hungerleider. Es ist ein schwerer Beruf, der nicht recht entlohnt wird. Und im Winter ist die Zeit kurz, in der sich schreiben lässt. Es ist nicht meine Schuld. Du dagegen bist Kaufmann. Allerorts hört man doch, dass die Kaufleute von Lübeck immer bessere Geschäfte machen. Die ersten lassen sich gar Häuser aus Stein bauen.«
Vitus sprang auf. »Sie treiben eben Handel mit Gotland, nicht mit England. Und es sind nicht nur die Kaufleute von Lübeck, lieber Kaspar, es sind Fernhändler, die ihre Geschäfte hier abwi-

ckeln. Fernhändler aus dem Rheinland, zum Beispiel aus Köln. Früher, ja, da haben wir von dort noch Waren gekauft und weiterverkauft. Oder wir haben den Kölnern Waren gebracht. Jetzt streichen sie die Profite selber ein.« Er schüttelte den Kopf und ging zwischen den Pulten und dem Regal hin und her, in dem das Eisenvitriol, Kupfer- und Bleireste, Harzbrocken, die Gänsekiele, Schalen mit Baumrinde, einige Rollen Pergament und natürlich Tongefäße mit Tinte aufbewahrt wurden.
»Warum treibst du nicht Handel mit Gotland?«, wollte Kaspar wissen.
Wieder schnaufte Vitus vernehmlich. »Wenn das so einfach wäre! Mein Vater hat mir nun einmal einen Getreidehandel hinterlassen. Weizen, Roggen aus Holstein oder Sachsen-Lauenburg und auch fertiges Mehl, das haben die Engländer immer gern von uns gekauft ...«
Kaspar zuckte mit den Schultern, eine Geste, die Vitus endgültig zornig werden ließ.
»Du machst es dir leicht, hast stets gute Ratschläge parat, obwohl du von meinen Geschäften rein gar nichts verstehst. Hast du vergessen, dass ich neue Beziehungen nach Gotland und auch Norwegen spinnen wollte? Nur braucht es dafür erst ein kleines Vermögen. Ich muss an die Handelsplätze reisen, muss diese Beziehungen langsam aufbauen. Reisen kostet viel, Kaspar. Aber ich habe viel verloren, nachdem das Schiff, mit dem ich Getreide nach England geschickt habe, von Freibeutern überfallen wurde. Kapitän und Kaufgeselle tot, die Ware in den Händen von Halunken oder, kann sein, auf dem Grunde der Ostsee.« Er holte Luft. Esther wollte die Gelegenheit nutzen, ihn zu beschwichtigen. Sie wusste, dass ihn keine Schuld an seiner misslichen Lage traf, dass er einfach viel Pech gehabt hatte. Und Kaspar wusste es auch. »Wenn du wenigstens deine eigenen Geschäfte vorantreiben würdest«, ereiferte sich Vitus weiter.

»Du bist wahrhaftig ungerecht«, ging Esther nun dazwischen, der der Anblick ihres Bruders, wie er mit hängenden Schultern und verzweifelter Miene dastand, das Herz zusammenzog. »Kaspar ist wenigstens im Skriptorium. Er steht bereit, falls jemand kommt und etwas braucht. Reinhardt dagegen treibt sich auf Baustellen herum. Und auch von Otto keine Spur.«
»Skriptorium!« Vitus lachte verächtlich. »Ein Büdchen ist das hier bestenfalls. Otto hat ein paar eigene Schweine, um die er sich im Winter kümmert, wenn es hier kaum Arbeit gibt. Hast du das vergessen? Und Reinhardt treibt sich gewiss nicht herum, sondern bietet seine Dienste dort an, wo sie gebraucht werden. Was glaubst du, woher er plötzlich Aufträge hat?«
Esther schwieg betroffen und senkte den Blick. Darüber hatte sie noch gar nicht nachgedacht.
Vitus ging zu Kaspar hinüber, der kaum merklich vor ihm zurückwich. Er klopfte ihm versöhnlich auf die Schulter.
»Nimm's mir nicht übel, Kaspar. Ich weiß sehr wohl, dass du dir keinen leichten Beruf erwählt hast.«
»Erwählt ist gut«, murmelte der.
»Von euch Schreibern verlangt ein jeder, dass ihr richtig zu buchstabieren vermögt, in mehreren Sprachen möglichst. Alle Tage habt ihr den Gestank vom Tintekochen in der Nase, und das Kreuz wird euch bald krumm wie ein Flitzebogen. Und wie werdet ihr entlohnt? Du hast schon recht, einen Hungerlohn zahlt man euch.«
Kaspar, froh, aus Vitus' Schusslinie zu sein, nutzte die Gelegenheit und jammerte darüber, wie sehr der ganze Körper schmerzte, weil man sich ja nicht auf das Pergament stützen dürfe und in unmöglichster Haltung Stunde um Stunde ausharren müsse, wie groß seine Fähigkeiten waren, die doch von keiner Menschenseele ausreichend gewürdigt wurden. Esther hörte kaum zu. Hatte sie bisher geglaubt, es sei gut, wenn ihr Bruder stets in der kleinen

Schreibstube anzutreffen sei, war sie sich dessen nun nicht mehr sicher.

Vitus wechselte endlich das Thema und kam noch einmal auf die Rettung des kleinen Petter zu sprechen. »Da ist dir der alte Schmied nun wohl etwas schuldig, meine ich.«

»Aber Vitus, ich kann doch nichts dafür verlangen, dass ich meine Christenpflicht getan habe. Jeder hätte den Bengel aus dem Wasser gezogen.«

»Trotzdem sollte ihm das ein paar Nägel oder anderes wert sein, denkst du nicht? Du brauchst doch immer Eisen, um das Vitriol für die Tinte machen zu können. Eine Hand wäscht die andere, Esther. Daran ist nichts Schlechtes.«

Als Esther an dem Abend in ihrem Bett lag, konnte sie keinen Schlaf finden. Zu vieles ging ihr durch den Kopf. Zwar vermochte sie sich selbst nicht daran zu erinnern, wie sie vor vielen Jahren nach Lübeck gekommen waren, doch hatte Kaspar ihr die Geschichte so oft erzählt, dass es ihr vorkam, als wären es ihre eigenen Erinnerungen. Die Eltern hatten mit ihrem Sohn in Schleswig gelebt. In dem Ort, in dem Waren des gesamten Ostseeraums gegen die der nordwestlichen Länder, wie etwa Salz, Wein, Tuche oder Waffen, getauscht wurden, erging es ihnen nicht schlecht. Kaufleute aus Friesland, vom Niederrhein und anderen Gegenden trafen sich dort mit ihren Handelspartnern aus Dänemark und Schweden und solchen aus den slawischen Ländern. Für einen Schreiber wie den Vater gab es reichlich zu tun. Und doch sahen die Eltern ängstlich in die Zukunft. Sie beobachteten, wie die Bedeutung und die Macht der jungen Stadt Lübeck mehr und mehr wuchsen, Einfluss und Reichtum Schleswigs aber im gleichen Maße zurückgingen. So beschlossen sie, nach Lübeck überzusiedeln. Aus allen Himmelsrichtungen strömten die Menschen damals zu dem Handelsplatz, von dem sie sich nicht nur

Freiheit als Bürger der Stadt, sondern auch Wohlstand und zuverlässigen Schutz versprachen. Gleich nach Esthers Geburt wollte die Familie sich auf den Weg machen. So hatten die Eltern es gemeinsam beschlossen. Allein das Schicksal hatte andere Pläne, denn Esthers Mutter starb im Kindbett. Der Vater zog dennoch mit seinen beiden Kindern gen Lübeck, hatte er doch gehört, dass es dort reiche Kaufleute gab, die einem Schreiber eine feste Anstellung bieten konnten. Wenn es ihm gelänge, eine solche Anstellung zu ergattern, wäre er in der Lage, eine Haushälterin einzustellen, die sich dann auch um die Kinder, vor allem um das kleine Mädchen, kümmern konnte. Mit ihrem Hab und Gut waren sie sieben Tage unterwegs. Sie hatten Lübeck beinahe erreicht, da fielen Wegelagerer über sie her. Sooft Esther sich die Geschehnisse von damals auch ausmalte, wollte es ihr doch nie in den Kopf, dass der Vater sich damals nicht einer Gruppe von Händlern oder anderen Reisenden angeschlossen hatte. Immerhin war es bekannt, dass am Wegesrand nicht wenige Gefahren lauerten. Ein Mann alleine mit zwei Kindern? Das war ein leichtes Ziel. Auch Kaspar hatte ihr darauf keine Antwort geben können. Stattdessen erzählte er ihr dann immer, dass die Schurken nicht lange gefackelt hätten. Sie schlugen den Vater nieder, und es war allein Kaspars raschem Handeln zu verdanken, dass Esther und er noch am Leben waren, denn er hatte die Schwester, erst wenige Monate alt, gepackt und sich mit ihr hinter dichtem Buschwerk verborgen. Die Diebe hatten kein Interesse an einem Jungen und einem Wickelkind. Sie nahmen sich Münzen und was ihnen von Wert schien und machten sich davon. Kaspar harrte lange in größter Hitze hinter dem Gesträuch aus. Vor Durst klebte ihm die Zunge am Gaumen, das wimmernde Bündel in seinen Armen hielt er ganz fest. Dann endlich wagte er sich hinaus und hockte sich zu seinem Vater, dessen Blut, das aus einer klaffenden Wunde am Hinterkopf in den Sand gesickert war, trocknete. Lange, so hatte er Esther erzählt, hatte er nichts anderes tun können, als den leblosen Körper anzustarren. Dann wagte er, ihn am Arm zu berühren. Zaghaft erst, dann fester und immer fester, bis er ihn schließlich schüttelte und anschrie und mit ganzer Kraft auf seinen Brustkorb schlug. Da der Vater jedoch keinen Muckser von sich gab, nur dalag, den leeren Blick starr in den Himmel gerichtet, erhob sich Kaspar, wischte sich mit dem Ärmel den Rotz von der Nase und die Tränen aus dem staubigen, von den Ästen des Strauchs zerkratzten Gesicht und machte sich mit Esther auf das letzte Stück des Wegs nach Lübeck. Er wusste nicht, wohin sonst. So lange hatten seine Eltern über nichts anderes gesprochen als darüber, wie gut es ihnen in der Stadt gehen würde, wie herrlich sie leben würden. Nun besaß er nichts mehr und wollte umso mehr, dass sich diese Aussicht wenigstens für ihn und Esther erfüllte.

Nur war Lübeck leider nicht das Paradies. Obwohl Kaspar von seinem Vater gründlich ausgebildet worden war, lesen, schreiben und nicht weniger als vier Sprachen gelernt hatte, war es mit einer Anstellung nicht so einfach. Er hatte Glück, dass Otto und Reinhardt ihn zu sich nahmen, als Handlanger erst und Laufburschen, später als Gleichgestellten, der seinen eigenen Arbeitsplatz und dafür wie die anderen beiden Sorge zu tragen hatte, dass das Skriptorium stets ordentlich in Schuss war. Den Obolus nicht zu vergessen, den er dem Besitzer des Häuschens für die Nutzung zu zahlen hatte. Diesen Betrag durch drei statt wie zuvor durch zwei teilen zu können, mochte wohl den Ausschlag gegeben haben, dass Otto und Reinhardt Kaspar irgendwann mit sich auf eine Stufe gestellt hatten.

Esther wälzte sich unter der viel zu dünnen Decke hin und her. Es war kaum vorstellbar, dass sie ihr Leben der Geistesgegenwart von Kaspar, ihrem geliebten einfältigen Bruder, der stets schwer von Begriff war, zu verdanken haben sollte. Immerhin musste er an jenem düsteren Tag in einem Augenblick das Geschehnis erfasst und gehandelt haben. Womöglich, überlegte sie, hatte das Erlebte ihn so tief erschüttert, dass er sich danach verändert hatte. Womöglich wollte er gar nicht mehr alles verstehen, was um ihn herum vor sich ging. Sei es, wie es mochte, sie würde ihm nie vergessen, dass er sie unversehrt nach Lübeck gebracht und liebevoll großgezogen hatte. Sie hatte eine schöne Kindheit gehabt, war Otto und Reinhardt zwischen den Füßen herumgekrabbelt, hatte sich irgendwann an den Pulten hochgezogen, um auf wackligen Kinderbeinchen zu stehen. Mehr als einmal war eines der Möbel dabei umgestürzt, und die kostbare Tinte war aus den Rinderhörnern geflossen und hatte sich auf dem Lehmboden verteilt wie ein kleiner Teich, in den sie zu gerne ihre Fingerchen getupft hatte. Als sie laufen konnte, half sie, wo es ihr nur möglich war. Sie sammelte im Herbst Galläpfel von den Eichenblättern, schnitt Rinde und sah den Schreibern dabei zu, wie sie daraus und aus Vitriol, Grünspan, Bleiweiß, Ei, aus dem Harz der Akazie oder Kirsche und verschiedenen Pigmenten ihre Tinten kochten. Jeder Schreiber stellte seine eigene Tinte her und verwendete auch nur diese. Weil Kaspar darin nicht geschickt war, übernahm sie diese Aufgabe bald für ihn. Sie liebte es, immer wieder neue Mischungen zu probieren, die immer wieder andere Farben hervorbrachten. Aus der Rinde der Schlehenzweige etwa ließ sich ein rötliches Braun herstellen, die besonders haltbare Eisen-Gallus-Tinte war bläulich bis tiefschwarz, aus Kreuzdorn ließen sich unterschiedliche Farben machen, je nachdem, welche weitere Substanz man hinzufügte. Sie zerschlug Lapislazuli und gebrannten Ziegel und rieb die kleinen Brocken unermüdlich zu Pulver, mit dem sie blaue oder rote Tinte anrühren konnte. Oder sie schabte Bleiweiß ab und verbrannte es zu Mennige, einem besonders hübschen Rot. Im Lauf der Zeit hatte Esther gelernt, die Tinten so zu mischen, dass sie gut von der Feder aufgenommen und aufgebracht werden konnten, dass sie kräftig waren, ohne das Pergament jedoch zu zerfressen. Sie war eine Meisterin geworden.

Am nächsten Morgen war Esther bei Sonnenaufgang auf den Beinen. Sie klopfte ihren Umhang noch einmal kräftig aus und bürstete ihn, damit auch die letzten Bröckchen getrockneten Schlamms aus der Trave fort waren. Kaspar schlief noch fest, als sie aus ihrer Kammer schlüpfte und das Holzhaus verließ, in dem sie unweit von St. Ägidien lebten. Sie machte sich auf den Weg zum Dom. Wenn Reinhardt an der Baustelle des Rathauses nach Aufträgen fragte, würde sie für ihren Bruder eben an der des Doms um Arbeit bitten.
Es herrschte ein nahezu unüberschaubares Gewimmel an der Baustelle. Steinmetze, Maurer, Zimmerleute, Schmiede und andere Handwerker eilten geschäftig hin und her, kletterten Leitern empor, die mit schmalen Brettern zu einem Gerüst verknüpft waren, auf dem sich die Männer behende bewegten wie Katzen auf einem Dachfirst. Holz ächzte und knirschte. Stein rieb und krachte.
»Aus dem Weg, Mädchen!«, rief ihr ein Steinmetz zu, der an Steinbeil und Schlageisen zu erkennen war. »Es ist gefährlich, hier herumzulungern.«
»Ich lungere nicht herum«, empörte sie sich. »Ich bin auf der Suche nach dem Meister, der für diese Baustelle verantwortlich ist.«
Er baute sich vor ihr auf und musterte sie von oben bis unten. Trotz der Kälte standen ihm Schweißperlen auf der Stirn. »Es gibt nicht den einen Baumeister«, erklärte er ihr gereizt. Sie kostete ihn zu viel Zeit. »Wir haben hier beinahe so viel, wie deine beiden Hände Finger haben. Welchen davon willst du sprechen?«
Auf diese Frage war Esther nicht gefasst. Sie schluckte, dann sagte sie: »Den besten.« Sie sah ihm gerade in die Augen.

Der Mann schnaufte und schüttelte den Kopf. Um sich nicht länger mit ihr abgeben zu müssen, ließ er sie wissen: »Ich will sehen, ob Meister Gebhardt bereits mit dem Frühstück fertig ist.«
Der Baumeister war ein feister Kerl mit einem Bart, der ihm aus der Nase zu wachsen schien.
»Ich höre, eine junge Magd will mich sprechen?« Er sah sie an. Es stand ihm ins Gesicht geschrieben, dass er sich keinen Grund vorzustellen vermochte, was eine junge Frau von ihm wollte. Junge Burschen, ja, die kamen gewiss beinahe täglich, um nach Arbeit zu fragen.
»Verzeiht, wenn ich Euch Eure kostbare Zeit stehle, aber Ihr dürft versichert sein, dass es nicht zu Eurem Nachteil ist«, begann Esther.
»Eine Magd, die sich auszudrücken versteht«, brummte der Mann, fischte einen kleinen Span aus einem Lederbeutel, den er am Gürtel trug, und begann damit die Zwischenräume seiner Zähne zu säubern.
»Ihr müsst sehr klug sein, dass Ihr einen so mächtigen Dom zu bauen vermögt, Meister Gebhardt.«
»Dessen kannst du sicher sein. Ich werde nicht wie die Baumeister vor mir scheitern. Viel zu lange stand die Arbeit hier still, nur weil niemand in der Lage war, aus dem Backstein die gewünschten Verzierungen zu formen.« Er schüttelte missbilligend den Kopf. »Hast du es nicht mit einem Hausteinbau zu tun, so musst du dich eben umstellen.«
Esther hatte keine Ahnung, wovon er sprach. Sie wusste wohl, dass der Grundstein des Doms schon vor langer Zeit gelegt worden war, es dann jedoch eine lange Pause gegeben hatte, bevor die Bautätigkeit erneut aufgenommen wurde. Über die Gründe war ihr dagegen nichts bekannt.
»Es gibt hier eben keinen Naturstein, den wir behauen könnten. Hast du aber Backstein, kannst du ihn nicht wie Haustein behan-

deln«, erklärte er ihr. »Ein Baumeister, der kein Gefühl für sein Material hat, ist ein schlechter Baumeister. Das gilt auch für die Steinmetze, die du hier siehst, Mädchen. Sie sind alle gründlich ausgewählt, jeder Einzelne. Dieser Dom wird prachtvoll werden, der Stolz der ganzen Stadt und ein einziges Lob auf unseren Herrn.« Mit glänzenden Augen sah er hinauf in den Himmel, als wären die Doppeltürme, die sich erst abzeichneten, bereits fertig gemauert.

»Gewiss verlangt diese Aufgabe nicht nur ein beträchtliches Können in der Konstruktion und Planung, sondern Ihr müsst Euch sicher auch um allerlei Dokumente und Unterlagen kümmern.«

Dem dicken Baumeister war anzusehen, dass ihm Esthers Rede schmeichelte. Er wippte selbstgefällig auf den Zehenspitzen, wobei die vorderen Ränder der Trippen im Unrat der Straße versanken. Mit der einen Hand fuhrwerkte er weiter mit dem Hölzchen in seinem Gebiss herum, die andere vergrub er tief in der Tasche seines Mantels.

»Das ist wahr«, stimmte er ihr zu. »Bischof Bertold erwartet regelmäßig Bericht über den Fortschritt der Bauarbeiten, Listen sind aufzusetzen, damit das Material für die nächsten Schritte herangeschafft ist, wenn es gebraucht wird. Du hast recht, Mädchen, es gibt immer viel zu tun. Manchmal weiß ich nicht, wo mir der Kopf steht.«

Sie ignorierte, dass er kaum zu verstehen war mit seinen dicken Fingern und dem Hölzchen zwischen den Lippen, und sagte unbeirrt: »Und dann wünscht Ihr Euch, jemand könnte Euch etwas abnehmen!« Sie strahlte ihn an.

Für einen Augenblick verlor er glatt die Fassung, was ihm gewiss nicht häufig passierte. Er starrte sie mit aufgerissenen runden Augen an. Lange dauerte seine Überraschung jedoch nicht. Schon prustete er los, ließ den Span sinken und lachte, dass sein runder Bauch auf und nieder hüpfte.

»Du bist doch nicht hier, um nach Arbeit zu fragen? Ein Mädchen will einen Dom bauen, das stelle sich einer vor«, brachte er heraus, als er sich wieder beruhigt hatte.
»Aber nein.«
»Schön, vielleicht willst du ihn nicht allein bauen, mir aber Aufgaben abnehmen. Schon das ist höchst erheiternd.«
»Es geht ja nicht um mich«, erklärte sie. »Ich spreche für meinen Bruder Kaspar. Und er will auch gewiss keinen Dom bauen. Er ist der beste Schreiber der Stadt, müsst Ihr wissen. Nicht weit vom Salzhafen hat er ein kleines Skriptorium. Keiner schreibt Euch die Berichte für den Bischof schneller und besser.«
»Ich bin selbst des Schreibens mächtig. Warum soll ich einen dafür bezahlen, das für mich zu übernehmen?« Er begann erneut das Hölzchen zwischen seine Zähne zu schieben.
Esther überlegte rasch, dann sagte sie: »Ich habe keinen Augenblick daran gezweifelt, dass Ihr des Schreibens mächtig seid. Ihr seid ein kluger Mann. Aber bedenkt, wie viel Zeit es Euch ersparen würde. Ihr könntet einen Eurer Männer schicken, der meinem Bruder den Bericht diktiert. Oder noch besser, Kaspar kommt zu Euch und notiert jedes Eurer Worte, während Ihr hier auf der Baustelle seid, vermesst und Anweisungen geben könnt.«
Sie hielt den Atem an und beobachtete seine Miene. War es ihr gelungen, ihn zu überzeugen?
»In der Tat, das wäre nicht dumm«, murmelte er.
»Zwei Aufgaben in derselben Zeit zu erledigen, das nenne ich wahrhaftig nicht dumm. Wie ich hörte, ist einer der Baumeister, die mit dem Rathaus beauftragt sind, bereits auf die gleiche famose Idee gekommen ...«
Er wurde hellhörig. »Ach ja? Soso ... Nun, ich will es mir überlegen«, meinte er endlich.
Esthers Herz hüpfte vor Freude.
»Wo, sagtest du, finde ich deinen Bruder?«

Sie beschrieb ihm den Weg zur Depenau, jener Gasse, in der das Skriptorium lag. Dann fügte sie hinzu: »Aber was sollt Ihr Eure kostbare Zeit vergeuden und durch die halbe Stadt laufen? Überlegt es Euch, und ich bin morgen wieder zur Stelle und frage Euch nach Eurer Entscheidung.«
Er nickte. »Vortrefflich, Mädchen, vortrefflich.« Er ließ den Span zurück in den Lederbeutel gleiten. »Also dann, bis morgen.«
»Bis morgen. Danke, Herr, danke!« Sie wirbelte herum. Kaspar würde Augen machen, wenn sie ihm von ihrem Besuch an der Dombaustelle und dem glücklichen Verlauf des Gesprächs berichtete. Schon war sie auf dem Weg in das Skriptorium. Dann fiel ihr aber ein, was Vitus gesagt hatte. Eine Hand wäscht die andere. Und sie war es gewesen, die den Sohn des Hufschmieds gerettet hatte. Der alte Geizkragen würde ihr die Bitte um ein paar rostige Nägel, für die er ihr sonst stets einen Pfennig abnahm, heute nicht abschlagen können. Entschlossen machte sie kehrt, um den Weg zum Hof des Schmieds einzuschlagen.

Sie wich einer Magd aus, eilte um die Ecke und sah gerade noch den Domherrn Marold, wie er hinter einer Bretterwand der Baustelle verschwand. Sie hatte sich ganz gewiss nicht getäuscht. Der Domherr in seinem prächtigen Gewand mit üppigen Pelzbesätzen am Kragen und an den Ärmeln und mit einer großen Silberspange war kaum zu verwechseln. Mit einem Mal wurde Esther übermütig. Wenn ein Baumeister die Dienste ihres Bruders zu schätzen wusste, warum nicht auch der Domherr und Notar Marold? Seine tägliche Arbeit bestand doch ausschließlich aus dem Verfassen, Vervielfältigen und Lesen von Dokumenten und Verträgen. Der Gedanke, dass Marold womöglich einen Schreiber fest in Stellung nehmen konnte, beflügelte ihre Schritte. Sie bog um den mächtigen Teil des Doms, der bereits fertig in den Himmel ragte, und sah Marold mit einem Mann ganz nah an der Backsteinwand stehen. Sie kannte den anderen nicht. Sein schwarzer Mantel aus teurem Wollstoff, der ebenfalls mit Pelz abgesetzt war, verriet ihr jedoch die hohe Schicht, zu der er sich zählen durfte.

Das wären zwei lohnende Auftraggeber für einen Schreiber, ging ihr durch den Kopf. Die Art und Weise, wie die beiden Männer dort beieinanderstanden, wie sie sich immer wieder umsahen, gefiel ihr nicht. Sie spürte Unbehagen in sich aufsteigen und wollte die Herren auch nicht in ihrer gewiss wichtigen Unterhaltung stören. Zögernd ging sie auf die beiden zu, denn wie sähe es aus, wenn sie jetzt kehrtmachte? Sie würde einfach langsam an ihnen vorbeigehen und sich in der Nähe aufhalten, um wenigstens Marold abzufangen, wenn das Gespräch beendet war.

»He, was schleichst du hier herum?«, rief der Mann in dem schwarzen Mantel ihr zu.

»Ich schleiche nicht, ich habe Erledigungen zu machen«, antwortete sie rasch. Sie zog ihren Umhang fester um ihren Leib und blickte zu Boden, als sie an ihnen vorbeiging.

»Es war ein zweischneidiges Schwert, Waldemars Burgmannschaft davonzujagen«, sagte Marold gerade. »Wir müssen jetzt alles daransetzen, uns den Schauenburger vom Hals zu halten.«

»Kein Zweifel, Marold, diesem Ziel gilt auch das Bestreben des Rates. Gerade darum ist es ja von so großer Bedeutung, dass der Kaiser unsere Rechte und Freiheiten bestätigt, und zwar mit bester Eisen-Gallus-Tinte auf Pergament!«

Esther horchte auf und tat so, als würde sie hinter dem fertigen Gebäudestück abbiegen. In Wahrheit jedoch verbarg sie sich dort und lauschte, ob sie mehr von dem hören konnte, was die beiden redeten. Falls sie erfahren sollte, dass da ein guter Schreiber gebraucht wurde, konnte sie sogleich ihren Bruder vorschlagen.

»So weit sind wir uns einig«, sagte Marold. Und düster fügte er hinzu: »Kaiser Friedrich weitere Rechte abzuringen steht auf einem ganz anderen Blatt.«

»Seht es einmal so, Marold, über dreißig Jahre sind vergangen, seit Barbarossa uns die Urkunde geschrieben hat. Was ist heute wohl noch so, wie es vor dreißig Jahren einmal war? Nichts, gar nichts. Alles verändert sich ständig. Seht euch nur unsere prachtvolle Stadt an. Sie wächst, verändert ihr Gesicht. Und so muss es auch mit dieser Urkunde geschehen. Das ist nichts als eine Notwendigkeit, die der Fortschritt der Zeit von uns verlangt.«

»Eine Notwendigkeit, die, als Notar gesprochen, auf schwankenden Beinen steht. Das wisst Ihr wohl.«

Esther wurde heiß und kalt. Das, was sie da gerade anhörte, war keineswegs für ihre Ohren bestimmt. Sie musste fort, man durfte sie nicht erwischen, wie sie hier stand und lauschte. Aber ihre Beine waren wie in die Erde gewachsen, und sie spitzte die Ohren noch mehr, um weiteres zu erfahren.

»Aber nein, bester Marold, der Rat will ja nur einige Formulierungen ein wenig verändern, den einen oder anderen Satz hinzufügen. Ihr solltet die Sache als Domherr betrachten, als Sohn der Stadt, nicht unbedingt als Notar. Gehört es etwa nicht zu den Aufgaben des Rates, das Stadtrecht zu ergänzen und zu entwickeln zum Wohle aller Bürger, die in Lübeck ansässig sind?«

Marold antwortete nicht, sondern atmete nur laut und vernehmlich ein.

»Bedenkt, dass der Kaiser die Abschrift des Barbarossa-Dokuments lesen wird, bevor er daraufhin eine neue Urkunde ausstellt. Wenn ihm nicht alles genehm ist, was er dort liest, dann streicht er es eben. So einfach ist das.«

»Er könnte es lesen«, warf Marold ein. »Wird er es aber tun, vor allem gründlich tun? Das weiß keiner.«

»Nein, aber anlasten kann uns das auch keiner. Wir verbergen schließlich nichts, sondern legen diese Abschrift ganz offen vor. Und der Kaiser ist des Lesens mächtig. Er gehört nicht zu den vielen gekrönten Eseln, die mit Buchstaben nichts anzufangen wissen.« Vertraulich fügte er hinzu: »Es geht einzig um das Wohl unserer Stadt Lübeck. Daran habt Ihr doch keinen Zweifel?«
»Den habe ich nicht«, entgegnete Marold. »Sehen wir, was die nächste Ratssitzung bringt. Viel Zeit haben wir jedenfalls nicht zu verlieren, bevor sich die Abordnung auf den Weg nach Parma zum Kaiser macht.«
Esther hörte Schritte. Die beiden Männer verließen ihren abgeschiedenen Platz. Eilig machte auch sie sich auf den Weg, rannte beinahe los, um nicht doch noch von ihnen entdeckt zu werden. Sie ließ den Domplatz hinter sich, überquerte eine Gasse, eine zweite, in die dritte bog sie ein und sah im letzten Moment eine alte Frau, die vor einer Holzhütte mitten auf der Gasse stand, unablässig vor sich hin murmelte und die Hand ausstreckte, damit ihr barmherzige Menschen ein Almosen gaben. Esther wäre beinahe in die Alte hineingerannt. Immer mehr Menschen drängten sich täglich in Lübecks Straßen. Da war es geradezu sträflich leichtsinnig, sich dem Strom der sich sputenden Mägde und Botenjungen, der Hilfsarbeiter und Händler derartig in den Weg zu stellen. Esther war nicht die Einzige, die sich über das kleine gebückte Weib ärgerte. Auch andere schüttelten den Kopf und schimpften. Wie sie wollte auch Esther an der Greisin, unter deren dreckiger Haube schlohweißes Haar hervorlugte, vorbeieilen. Doch irgendetwas hielt sie auf. Was, wenn ein Fuhrwerk des Weges kam? Dies war schließlich keine enge Gasse, sondern ein breiter Weg, der ohne weiteres von einem Wagen befahren werden konnte. Die Pferde würden die Alte einfach niedertrampeln. So etwas kam vor. Esther hatte keine Zeit zu verlieren. Kaspar und das Skriptorium warteten. Aber sie konnte diese jämmerli-

che Gestalt – das Kleid war nicht minder fleckig als die Haube, Schuhe trug sie keine, sondern stand barfuß inmitten von Schlamm, Unrat und Kot – nicht einfach ihrem Schicksal überlassen. Sie fasste sich ein Herz und ging auf die Alte zu.

»Geh beiseite, Mütterchen«, sagte sie freundlich, »sonst stößt du noch mit einem Gaul zusammen, der um die Ecke gepresch kommt.«

Das Murmeln der Frau verstummte. Sie hob den Kopf. Esther erschrak. Noch nie zuvor hatte sie solche Augen gesehen. Sie sahen aus, als hätte jemand Milch in das Schwarze gegossen.

»Ich helfe dir«, flüsterte Esther verwirrt und wollte nach dem Ellbogen der Alten greifen.

Da zischte diese: »Ein Weibsbild, das lesen und schreiben kann, bringt Unglück!«

Esther war wie vom Donner gerührt und zog ihre Hand zurück. Niemand konnte wissen, dass Kaspar ihr das Lesen und Schreiben beigebracht hatte. Und niemand durfte es wissen, denn einer Frau wurden diese Kenntnisse nicht zugestanden. Es sei denn, sie lebte als Nonne in einem Kloster.

»Du wirst bestraft«, wisperte die Alte mit einer Stimme, die klang, als müsste sie ständig ein eingerostetes Scharnier öffnen und wieder schließen, um die Worte herauszubringen. Auch sprach sie sie eigenartig aus, als hätte sie etwas im Mund. »Du kannst deiner Strafe nicht entrinnen!«

Esther ließ sie stehen und hastete davon. Sie bog um zwei Ecken und lief bereits auf das einfache Gebäude zu, in der die Schreibstube untergebracht war, doch noch immer glaubte sie die knarzige Stimme zu hören, die ihr schlimme Strafe androhte.

»Du siehst ja aus, als wäre der Leibhaftige hinter dir her.« Kaspar betrachtete aufmerksam ihren Umhang. »Immerhin warst du anscheinend nicht wieder in der Trave. Ich hatte schon das

Schlimmste befürchtet, als ich meinen Morgenbrei heute alleine löffeln musste.«

»Einer von uns beiden muss ja tüchtig sein. Ich war beim Schmied«, log sie. Sie sah ihn an. Er hatte mal wieder vergessen, seine roten Locken in Ordnung zu bringen. Sie standen ihm wirr vom Kopf ab, als wäre er gerade erst seinem Bett entstiegen. Er sog die Oberlippe ein, wie er es meistens tat, wenn er ein wenig ratlos war. Esther hatte Mitleid mit ihm. Sie bedauerte, ihn so angefahren zu haben. So sehr hatte sie sich darauf gefreut, ihm die guten Nachrichten von der Baustelle zu bringen. Nur war sie jetzt vollkommen durcheinander. Erst dieses seltsame Gespräch, das sie angehört hatte, dann auch noch das unheimliche Weib, das Esther nie zuvor gesehen hatte und das dennoch ihr Geheimnis kannte. Sie musste eine Weile alleine sein. »Das heißt, ich wollte zum Schmied gehen, habe ihn aber nicht angetroffen«, stellte sie richtig und fand, dass diese Version der Wahrheit nahe genug kam. »Sei doch so gut und geh du noch einmal zu ihm.«

»Und was soll ich da?« Er sog die Oberlippe so weit ein, dass Esther schon befürchtete, auch seine Nase würde gleich zwischen seinen wulstigen Lippen verschwinden.

Sie ging zu dem Holzbrett, das an der Wand befestigt war und auf dem sich die Zutaten zum Tintenmischen befanden, die Kaspar gehörten. Das Fläschchen Vitriol war beinahe leer. Sie nahm es und schwenkte es vor seinem Gesicht.

»Was meinst du, wie viel Tinte ich mit diesem Tröpfchen machen kann?«

»Wofür willst du Tinte machen, wenn ich nichts zu schreiben habe?« Er war völlig arglos, machte sich zwar gewiss Gedanken über sein Auskommen und damit auch über das seiner Schwester, doch ein schlechtes Gewissen, dass er nicht selber für Arbeit sorgte, hatte er trotz Vitus' Angriff am Vortag nicht.

»Vielleicht hast du schon morgen mehr Aufträge, als du erledigen kannst. Du wirst so manchen Federkiel spitzen müssen.« Sie rang sich ein Lächeln ab.

»Warum, wie meinst du das?«

»Frag nicht so viel, Kaspar, spute dich lieber. Ich kann dir heute noch nicht mehr verraten, aber ich bitte dich, zum Schmied zu gehen und ihm zu sagen, dass ich es war, die den Petter aus der Trave gefischt hat. Und wehe dem Bengel, wenn er das nicht auf der Stelle bestätigt.«

»Und dann, was mache ich dann?«

»Dann lässt du dir rostige Hufnägel geben. Das ist eine geringe Bezahlung für das Leben seines Sohns, denkst du nicht?« Er sah sie an, sein Mund stand offen. »Uns aber kommen rostige Nägel oder anderes rostiges Eisen gerade recht. So brauche ich nicht erst zu warten, bis sich der Rost angesetzt hat, sondern kann ihn gleich im sauren Wein lösen und damit herrliche neue Tinte machen.«

Kaspar rührte sich nicht vom Fleck.

»Na, mach schon. Worauf wartest du?«

»Ja, ist ja gut, ich gehe ja schon«, murrte er, blieb aber stehen.

»Kaspar!«

»Der Petter«, sagte er zögernd, »ist das der Sohn vom Löffel- oder vom Waffenschmied?«

Esther seufzte. »Es ist der Sohn vom Hufschmied. Deshalb hoffe ich ja, dass nicht wenige rostige Hufnägel bei ihm zu holen sind.«

Er strahlte sie an. »Ja, das ist wohl gut möglich. Dann gehe ich jetzt.«

»Du weißt, wo der Hufschmied wohnt?«

Seine Miene verfinsterte sich. »Ich bin ja nicht dumm!«

Sie seufzte erneut. »Nein, das bist du gewiss nicht.«

Kaum dass sie allein in der beengten Schreibstube war, kehrte die Stimme der blinden alten Frau in ihren Kopf zurück. Esther schauderte. Woher hatte die wissen können, dass sie des Lesens und Schreibens mächtig war? Kein Mädchen, das nicht eine Klosterschule besuchte oder aus adeligem Hause stammte und privaten Unterricht genoss, durfte mit einer geistigen Ausbildung rechnen. Das weibliche Geschlecht galt nicht viel, im Gegenteil, es herrschte landläufig die Meinung, nur aus schlechtem Samen würden Mädchen entstehen. Und während der Zeugung müssten wohl feuchte Südwinde geherrscht haben, die viel Regen mit sich geführt haben. Kein gesunder Mann würde sonst etwas anderes als einen Jungen zeugen. Hatte das Unglück eine Familie getroffen, so wie es Esthers Eltern geschehen war, musste man sich seinem Schicksal fügen, brachte dem überflüssigen Kind Nähen und Weben und den absoluten Gehorsam gegenüber Vater und Mutter bei. Darüber hinaus wachte man äußerst streng über die Keuschheit des Mädchens. Das alles hatte Kaspar nicht getan. Er hatte seiner Schwester zur Erbauung christliche Texte vorgelesen, damit sie besser einschlafen konnte. Weil er aber nicht so oft Lust hatte, ihr vorzulesen, wie sie begierig war, neue Geschichten zu hören, hatte er ihr eines Tages beigebracht, selber zu lesen.
Wer mochte das blinde Weib sein, und woher konnte es von Esthers Fähigkeiten wissen? Das wollte ihr beim besten Willen nicht in den Kopf. Sie würde mit dem letzten Tropfen Vitriol Tinte mischen. Das hatte sie noch immer auf andere Gedanken gebracht. Zunächst musste sie dafür die Galläpfel zerschlagen. Sie nahm einige aus der irdenen Schale, griff nach dem Stein mit der schönen runden Form, der so gut in der Hand lag, und hockte sich auf den Lehmboden. Mit Kraft, aber vor allem mit Gefühl ließ sie den Stein auf die harten Kugeln niedersausen. Eine nach der anderen schlug sie in viele kleine Stücke. Diese sammelte sie auf und gab sie mit etwas Wasser in den Kessel, den sie über das Feuer hängte. Es

dauerte nicht lange, bis der vertraute säuerliche Geruch durch den Raum zog. Schwach zunächst, dann wurde er immer beißender. Hin und wieder rührte Esther die Gallen um. Schon hatte das Wasser eine kräftige braune Farbe angenommen. Eine Weile wollte sie dennoch warten, bevor sie den Extrakt abfüllen würde.
Die Tür ging auf, und Reinhardt trat ein. »Guten Tag, Esther. Immer tüchtig?«
»Ich will doch hoffen, dass Kaspar bald wieder reichlich Tinte braucht. Also mache ich ihm einen ordentlichen Vorrat.«
Er sah sich um. »Ist er heute nicht hier? Hat wohl bei einem Kaufmann zu tun, was?«
»Nein, er macht Besorgungen.«
»Besorgungen, aha.« Er nahm zwei Federkiele und ein Kuhhorn, in das er Tinte füllte. Das Horn verschloss er mit einem Leinenlappen und steckte es in eine Schlaufe an seinem Gürtel. »Ich werde in den nächsten Tagen am Rathaus zu finden sein. Es gibt dort einiges zu tun. Zwar wäre es mir lieber, ich könnte hier für den Baumeister schreiben, aber er will mich dort sehen.«
»Für Kaspar gibt es dort nicht auch zu tun?«, fragte Esther. Immerhin war längst nicht sicher, dass auch der Dombaumeister einen Schreiber bezahlen würde.
»Jeder ist sich selbst der Nächste, Esther. Ich bin froh, dass ich über den Winter komme.«
»Es war nur eine Frage. Kaspar findet gewiss auch noch genug Arbeit.« Sie lächelte zuversichtlich.
Reinhardt nickte ihr zu und verließ die kleine Schreiberwerkstatt. Esther mochte ihn, er war ein guter Kerl. Dass er zunächst an sein eigenes Auskommen dachte, war mehr als recht. Sie würde es auch nicht anders machen.
Stechender Geruch füllte nun jeden Winkel des Raums. Es war Zeit, den Extrakt der Galläpfel abzugießen. Vorsichtig nahm sie den Kessel von der Feuerstelle und ließ die Flüssigkeit langsam

durch ein feines Netz laufen, auf dem die festen Teile liegen blieben. Die Schale mit dem braunen Sud stellte sie ans Fenster, wo er bald abgekühlt sein würde.

Ihre Gedanken wanderten zurück zu dem Gespräch zwischen Domherr Marold und dem Mann in Schwarz. Die Begegnung mit der alten Frau hatte sie so abgelenkt, dass sie es vollkommen vergessen hatte. Was war es eigentlich, was sie da mit angehört hatte, fragte sie sich. So recht begreifen konnte sie das nicht. Sie stand noch immer bei dem Fenster, das von einem grob gezimmerten Brett verschlossen wurde. Der Wind pfiff an dessen Seiten und durch einen Riss im Holz hindurch und vertrieb den intensiven Geruch des Gallenextrakts rasch. Auch kühlte er den Auszug so schnell ab, dass Esther nun schon den letzten Tropfen Vitriol zufügen konnte. Es sollte eine Abordnung aus Lübeck zu Kaiser Friedrich nach Parma reiten, um ihn etwas unterschreiben zu lassen, was für die Stadt von großer Bedeutung war, so viel immerhin hatte sie sich gemerkt. Während sie in dem kleinen hölzernen Gefäß rührte und zusah, wie die Flüssigkeit schwarz und sämig wurde, grübelte sie über die anderen Dinge nach, die sie aufgeschnappt hatte. Als es klopfte und im nächsten Augenblick die Tür aufging, fuhr sie erschrocken herum.

»Mann in de Tünn, Vitus, hast du mich erschreckt!«

Vitus' sorgenvolles Gesicht hellte sich auf. »Du hast doch nicht etwa geträumt?«

»Nein, ich habe nachgedacht«, verteidigte sie sich. »Beim Tintenmischen kann ich am besten nachdenken.«

»Soso.« Er sah sich um. »Du bist allein?«

»Ja, ich habe Kaspar zum Schmied ...« Weiter kam sie nicht, denn Vitus war mit einem Schritt bei ihr, legte einen Arm um ihre Taille und küsste sie.

»Vitus, wenn uns jemand sieht!«, tadelte sie ihn, nachdem er sie frei gegeben hatte. Ein Lächeln konnte sie sich dabei aber nicht verkneifen. Nur selten hatten sie die Möglichkeit, Zärtlichkeiten auszutauschen. Umso mehr genoss sie es jedes Mal. Ein ganzer Schwarm kleiner Käfer schien in ihrem Bauch zu tanzen, so kribbelte es.

Er hockte sich auf eine Ecke des kleinen Tisches, der im dunkelsten Winkel der Werkstatt stand und zum Mischen der Tinte bestimmt war. Die anderen Plätze, an denen es Sonnenlicht gab, waren den Schreibern vorbehalten. Fasziniert sah er ihr zu, wie sie eine Messerspitze Alaun in die frische Tinte gab und wiederum rührte.

»Hätte ich nur einen Tropfen Lavendel- oder gar Rosenöl, dann könnte ich der Tinte einen angenehmen Duft verleihen. Für die Schreiber ist es nicht gerade erfreulich, den ganzen Tag mit ihren Nasen über sauer riechender Farbe zu hängen.« Sie seufzte.

»Für die Tintenmischerin ist es noch weniger erfreulich, doch du beklagst dich nicht darüber.«

»Ich mache nicht jeden Tag Tinte«, stellte sie richtig. »Kaspar aber und die anderen Schreiber hocken tagaus, tagein über ihrer Arbeit. Jedenfalls meistens«, fügte sie rasch hinzu. Sie ließ die schwarze Flüssigkeit in dem hölzernen Gefäß kreisen und betrachtete sie aufmerksam. »Sieht gut aus«, stellte sie zufrieden fest. »Wo ist nur wieder der kleine Trichter?« Sie sah sich um.

Vitus beugte sich vor, griff nach ihrer Hand und zog sie zu sich heran. Er legte die Arme um ihre Taille und ließ die Hände über ihr Hinterteil gleiten.

»Vitus, jeden Moment kann jemand hereinkommen.«

Es kümmerte ihn nicht. »Du bist zu dünn«, meinte er nachdenklich.

»So ein Unsinn«, widersprach sie.

»Aber sicher!« Er kniff durch den Stoff ihres Kleids in die festen Pobacken und gleich darauf in ihre Taille.

Esther schrie auf. »Um Himmels willen, Vitus.« Sie fürchtete, Baumeister Gebhardt könnte es sich überlegt haben und doch selber in Kaspars Schreibstube vorbeisehen. Was würde er denken? Er musste ja glauben, er sei geradewegs in einem Sündenpfuhl gelandet.

»Ein dralles Weib fühlt sich anders an«, beharrte er. »Du musst mehr essen. Ich will keine dürre Frau zu meinem Eheweib nehmen. Sonst hole ich mir nur blaue Flecken, wenn ich bei ihr liege.« Während er sprach, glitten seine Hände mit leichtem Druck über ihre Hüften und ihren Bauch.

Die Vorstellung, mit einem Mann das Lager zu teilen, und seine Zärtlichkeiten trieben ihr die Röte ins Gesicht. Mit einem Mal umschloss er ihre Brüste mit seinen Händen und knetete sie. Esther stieß einen spitzen Schrei aus.

»Du musst mehr essen«, wiederholte er. Seine Stimme war rauher als üblich. »Ich will Kinder haben. Mit denen hier kriegst du meinen Sohn nicht satt.« Um seinen Worten Nachdruck zu verleihen, drückte er erneut zu.

Blitzschnell machte sie einen Schritt zur Seite und huschte um den Tisch herum.

»Ich bin eine ehrbare Frau. Ich kann nicht zulassen, dass du mich so berührst«, brachte sie mühsam hervor und funkelte ihn herausfordernd an. Sie spürte ein verheißungsvolles Ziehen in ihrem Schoß, wie sie es nie zuvor gekannt hatte, und wünschte sich nichts sehnlicher, als dass er sie wieder zu sich heranzog und sie an noch ganz anderen Stellen ihres Körpers berührte.

»Deine Augen glänzen, und deine Wangen glühen. Sie strafen deine Worte Lügen.« Er wollte hinter ihr her.

Sie wich aus und brachte eins der Schreibpulte zwischen sich und ihn. Sie hatte großes Verlangen nach ihm, aber sie hatte auch Angst, dass sie beide eine Grenze überschreiten könnten und dafür in der Hölle schmoren mussten. Schon die Hitze zwischen ihren Schenkeln war nicht recht. Sie musste sich in Acht nehmen.

»Es ist mein Ernst, Vitus, Kaspar wird jeden Augenblick zurück sein. Er ist zum Hufschmied gegangen. Der Weg ist nicht weit. Er braucht gewiss nicht lang.«

Vitus gab auf. »Also schön«, sagte er, seufzte und setzte sich wieder auf die Ecke des Tisches. »Dann verschwenden wir eben die Zeit, die wir allein so wunderbar nutzen könnten. Erzähl mir, worüber du nachgedacht hast.«

Sie war gleichermaßen enttäuscht wie erleichtert und auch überrascht. Worauf wollte er hinaus? Sie musste ihre Gedanken ordnen.

»Vorhin. Du hast gesagt, dass du beim Tintenmischen am besten nachdenken kannst. Worüber hast du heute nachgedacht, wenn ich fragen darf?«

Die Erinnerung an die Unterhaltung, die sie mit angehört hatte, brachte sie vollständig auf den Boden der Tatsachen zurück.

»Ich habe vorhin, als ich an der Dombaustelle war, zwei Männer gesehen und aufgeschnappt, was sie gesagt haben. Rein zufällig ist das geschehen«, beeilte sie sich anzufügen.

»Was hattest du an der Dombaustelle zu schaffen?«

»Ich wollte nach Arbeit für Kaspar fragen.«

Statt einer Antwort zog er die Augenbrauen hoch und lächelte amüsiert.

»Na und? Du hast selbst gesagt, es ist eine gute Idee von Reinhardt, zum Rathaus zu gehen.«

»Schon gut«, unterbrach er sie. »Nur wäre es wohl Kaspars Angelegenheit, sich darum zu kümmern.« Sie wollte ihren Bruder in Schutz nehmen, doch er ließ sie nicht zu Wort kommen. »Aber statt Aufträge für ihn zu erbitten, hast du gelauscht?«

»Aber nein«, entrüstete sie sich. »Ich habe ja gefragt. Morgen wird mir der Baumeister seine Entscheidung mitteilen.« Sie schwieg einen Moment, dann erzählte sie weiter: »Ich war beinahe schon auf dem Heimweg, da habe ich Domherr Marold ent-

deckt.« Sie berichtete von ihrer Idee, auch ihm Kaspars Dienste anzubieten, und von dem Mann, der dann aufgetaucht war. »Es war ziemlich verwirrend, weißt du? Sie sprachen über die Abschrift einer Urkunde, die zum Kaiser gebracht werden soll.«
»Das ist nur für ein hübsches Frauenzimmer wie dich verwirrend.«
Esther zog eine Schnute. Sie konnte es nicht leiden, wenn er sie wie ein törichtes Kind behandelte. Aber er hatte ja, wie sie zugeben musste, recht. Als Frau kümmerte sie sich nicht um den Kaiser, den Rat der Stadt oder derlei Dinge. Das war nun einmal nicht ihre Aufgabe, und wenn sie etwas hörte, erschien es ihr meist sehr kompliziert.
»Der damalige Kaiser Barbarossa hat Lübeck eine Urkunde ausgestellt, die der Stadt nicht unerhebliche Freiheiten und Rechte zusichert. Nachdem aber der dänische König Waldemar gefangen genommen wurde und man seine Leute fortgejagt hat, müssen wir fürchten, dass Graf Adolf IV. seine gierigen Finger nach Lübeck reckt. Die Schauenburger haben lange genug das Stadtrecht ausgeübt, und es war nicht zum Besten der Stadt und ihrer Bürger.« Vitus strich sich durch das schwarze Haar. »Albrecht von Orlamünde ist ebenfalls noch immer festgesetzt. Wer also sollte dem Schauenburger noch im Wege stehen? Er hat die besten Rechte. Seit Waldemar fort ist, sind wir gewissermaßen herrenlos. Er kann nach uns greifen und uns zu seinem Eigentum machen.«
Esther sah ihn mit großen Augen an. »Du weißt nicht, was das bedeutet«, sagte er, stand auf und ging in dem kleinen dunklen Raum hin und her. »Der Schauenburger könnte mit uns anstellen, was immer ihm beliebt. Er könnte Lübeck gar verpfänden oder verkaufen, wenn das seinen Machtplänen nützen würde. Nicht wenige Städte hat ein solches Schicksal ereilt. Würde Kaiser Friedrich II. unsere Freiheiten und Rechte jedoch bestätigen, schriftlich bestätigen, wäre uns schon ein gutes Stück geholfen.

Das würde es dem Schauenburger ein wenig schwerer machen. Nur hielte ihn eine solche Bestätigung allein nicht für alle Zeiten davon ab, sich weiter der Stadt bemächtigen zu wollen.«
Esther dachte eine Weile nach und versuchte das Gehörte zu begreifen.
»Und wenn man manche Formulierung des Kaisers Barbarossa ändert, den einen oder anderen Satz hinzufügt, bevor man Friedrich die Urkunde vorlegt, so ist das dem Fortschritt, der Veränderung, die Lübeck in den letzten dreißig Jahren erlebt hat, geschuldet, ja? Das würde dann auch den Schauenburger in seine Grenzen weisen?«
Vitus hatte sich gerade wieder setzen wollen, wirbelte nun aber zu ihr herum und starrte sie an. »Was sagst du da?«
Sie erschrak. Gerade noch hatte sie gehofft, dass ihr Gefühl sie betrogen hatte, dass das, was sie gehört hatte, keinen Anlass zur Sorge darstellte. Seine Reaktion zeigte ihr, dass dies nicht stimmte. Es gab Anlass zu größter Sorge.
»Es ging darum, dem Kaiser weitere Rechte abzuringen«, stammelte sie.
»Und wie will man das anstellen?«, fragte er atemlos.
»Ich weiß nicht, ich bin nicht sicher ...«
Er packte ihre Schultern. »Esther, du musst es mir sagen!«
»Nun, wenn ich die Männer richtig verstanden habe, dann will der Rat das Stadtrecht ergänzen und entwickeln. Ja, so hat sich der Kerl mit dem schwarzen Mantel ausgedrückt. Die Urkunde soll ergänzt und ein wenig verändert werden, bevor man sie dem Kaiser zur erneuten Unterzeichnung vorlegt.«
Vitus war blass geworden. »Das wäre ja Betrug«, flüsterte er.
»Aber nein!«, rief sie voller Angst. Sie hatte es die ganze Zeit geahnt, aber nicht wahrhaben wollen. »Nein, sie sagten, der Kaiser könne das Dokument ja lesen und streichen, was ihm nicht recht sei, bevor er sein Siegel daruntersetzt.«

»Das kann er. Wird man ihn aber glauben machen, es handle sich um eine exakte Abschrift der Urkunde, die sein Großvater Kaiser Friedrich Barbarossa in ebendieser Form ausgestellt und unterzeichnet hat, so wird er seinem Vorfahr gewiss Vertrauen schenken und ihn bestätigen. Würde man festlegen, dass Lübeck untrennbar zum Reichsbesitz gehört, was so nicht in den Barbarossa-Privilegien steht, würde man aber die Abschrift in dieser Weise ergänzen, dann wäre die Stadt wirklich frei und unabhängig. Dagegen hätte selbst der Schauenburger keine Handhabe.«
Er hielt noch immer ihre Schultern umfasst und sah ihr nun direkt in die Augen.
»Aber dann wäre das doch ein guter Einfall, oder nicht? Gut für Lübeck und seine Bürger.«
»Es ist Betrug, Esther, es ist Betrug.«

# Sankt Augustin bei Bonn im März 2011 – Christa Bauer

Es hatte Christa Bauer viel Überredungskunst abverlangt, sich eingehend mit einem einzelnen Pergament beschäftigen zu dürfen, obwohl die Bergungsarbeiten an der Einsturzstelle des Kölner Stadtarchivs noch nicht abgeschlossen waren. Immerhin musste man zunächst einen Überblick erhalten, sortieren und erfassen, bevor man sich daranmachen konnte, die unzähligen Fundstücke wieder möglichst originalgetreu zu restaurieren. Auf zwanzig Orte in ganz Deutschland hatte man die geborgenen Bestände verteilen müssen. An einigen Orten könne überhaupt erst in etwa zwei Jahren mit der Erfassung begonnen werden, hieß es. Christa wollte nicht so lange warten. Sie wusste natürlich, dass Zeitdruck und Eile nicht angebracht waren, wenn man das Material retten wollte. Allein zwei Wochen dauerte es, bis einer einzigen Ladung im Vakuumgefriertrockner, den sie liebevoll Vaku-Froster nannte, schonend die Feuchtigkeit entzogen wurde. Zwei Wochen! Sie durfte gar nicht daran denken, wie viel Zeit vergangen sein würde, bis alle Stücke, die im Wasser gelegen hatten, ihren Weg in den Vaku-Froster und wieder heraus gefunden hatten. Außerdem mangelte es an Fachpersonal. Einige Restauratoren hatten nach der größten Archiv-Katastrophe, die es in Friedenszeiten je gegeben hatte, einen Arbeitsplatz gefunden.

Und es halfen noch immer andere Archive und Freiwillige dabei, die gigantische Aufgabe zu lösen. Doch überall kehrte zwei Jahre nach dem Unglück auch der Alltag wieder ein. In allen Institutionen musste auch die eigene Arbeit weitergehen. So würden einige bedeutende papierne Zeugen längst vergangener Tage noch jahrelang in Folie verpackt in Regalen liegen und darauf warten, dass jemand ihnen seine Aufmerksamkeit schenkte.

Sie zog die feinen Baumwollhandschuhe über und ließ das Pergament, das sie im Januar von Schlamm und Dreck befreit hatte, behutsam aus seiner Hülle gleiten. Gleich nachdem sie das Prachtstück entdeckt und die mittelhochdeutschen Worte für Lübeck und Betrug gelesen hatte, war sie zur Leiterin des Kölner Stadtarchivs gegangen, hatte von ihrem Fund berichtet und darum gebeten, den Bogen selbst untersuchen und wieder instand setzen zu dürfen. Zunächst war diese wenig begeistert von dem Anliegen gewesen. Doch Christa war hartnäckig.
»Jedem ist bekannt, dass Sie wegen der immens hohen Kosten, die das gesamte Unternehmen verschlingt, unter Beschuss stehen. Nicht alle Politiker oder Journalisten erkennen den Wert jahrhundertealter Folianten oder Verträge. Mit Argumenten allein werden Sie die nicht mehr lange in Schach halten können«, hatte sie freiheraus gesagt. »Wie viele laufende Meter Archivgut wo untergebracht werden konnten, beeindruckt die Herrschaften kaum. Wenn Sie denen auch noch erzählen, dass die noch zu leistende Arbeit über sechstausend Mannjahre dauern wird, fühlen sie sich eher in ihrer Meinung bestätigt. Dann sehen sie nur noch eine Kostenexplosion vor sich und verweisen auf den ohnehin schon gebeutelten Haushalt der Stadt.« Sie hatte ihre Worte kurz wirken lassen, dann hatte sie vertraulich gesagt: »Die stellen sich das so einfach vor – das Wichtigste heraussuchen, in Ordnung bringen und ab damit ins Regal. Dumm nur, dass es nicht

so einfach ist.« Es folgte eine weitere Kunstpause, dann hatte sie ihre kleine Ansprache wirkungsvoll beendet: »Wir beide wissen das. Und ich meine, wenn wir ein einziges Exponat von Wert kurzfristig restaurieren und der Öffentlichkeit präsentieren können, dann begreifen auch die Skeptiker, dass sich unsere Arbeit lohnt.«

Damit hatte Christa sie gehabt. Hinzu kam, dass es sich nicht um irgendein Dokument handelte, sondern um eines, das mit ihrer Heimatstadt Lübeck zu tun hatte und offenbar aus dem 12. bis 14. Jahrhundert stammte. Das hatte es wohl noch schwerer gemacht, ihr die Bitte abzuschlagen.

Sie war nach Lübeck zurückgefahren, hatte eine Veranstaltung durchgeführt und versucht sich auf ihren Alltag zu konzentrieren. Mit den Gedanken aber war sie ständig bei dem Pergament gewesen, das währenddessen im Vaku-Froster von gefährlicher Feuchtigkeit befreit wurde. Nun lag es endlich vor ihr im Zwischenarchiv des Bundesarchivs in Sankt Augustin bei Bonn, wo viele Stücke vorübergehend eine neue Bleibe gefunden hatten. Christa hatte keine Ahnung, ob ihr noch etwas von ihrem Jahresurlaub übrig bleiben würde, wenn sie hiermit fertig war, doch das scherte sie nicht. Sie wollte diesem Blatt, das dort in erbärmlichem Zustand vor ihr lag, zu altem Glanz verhelfen. Und noch wichtiger, sie wollte sein Geheimnis ergründen.

»Du meine Güte«, flüsterte sie. »Sieh dir nur an, was dir zugestoßen ist.« Ganz verzogen und wellig lag das Dokument vor ihr, von dem sie noch nicht den Verfasser kannte. Auf die zwei Wochen im Vaku-Froster waren einige Tage gefolgt, in denen man ihm kontrolliert wieder Feuchtigkeit zugefügt hatte. Zwar war die Gefriertrocknung eine unverzichtbare Rettungsaktion, die Schimmel verhinderte, der wiederum Faserabbau nach sich ziehen würde, doch war sie gleichzeitig auch ein brutaler Vorgang. Immerhin handelte es sich um organisches Material, und das

brauchte nun einmal einen bestimmten Feuchtigkeitsanteil, um flexibel zu bleiben.
Risse und ein großes Loch würden ihr einiges an Arbeit bescheren, die fehlende Ecke war dagegen noch ein geringes Übel. Sie griff nach der Plastikflasche mit dem Reinigungspuder und streute etwas davon auf den Bogen. Ganz sanft rieb sie ihn mit kreisenden Bewegungen ab. Es gab nichts Besseres, um Pergament von festgesetztem Schmutz zu säubern, ohne die dreidimensionale Oberfläche zu beschädigen. Dann drehte sie ihr Fundstück um und wiederholte den Vorgang auf der anderen Seite. Zum Schluss bürstete sie mit einem Rasierpinsel den verbliebenen Staub sorgfältig ab. Als erste Reparaturarbeit nahm sie sich die Risse vor. Sie hatte sich entschieden, diese nicht zu hinterkleben, sondern zu nähen, um mit möglichst wenig artfremdem Material auszukommen. Nähte hatten außerdem den unschlagbaren Vorteil, sich hervorragend anzupassen. Dehnte der Bogen sich aus oder zog sich zusammen, was schon bei kleinsten Klimaveränderungen unweigerlich geschehen würde, machte eine Naht das mit. Klebte sie dagegen Pergamentstreifen auf die Rückseite, um einen Riss zu schließen, wäre eine Faltenbildung im Lauf der Zeit unvermeidlich. Das wiederum bedeutete eine starke Belastung für das alte Dokument.
Am Morgen hatte sie bereits einige hauchfeine Streifen Kalbspergament vorbereitet, die ihr nun als Fäden dienen würden. Sie schnitt den ersten an einer Seite spitz zu und zog ihn durch die Öse der Nadel. Ein letzter tiefer Atemzug, bevor sie es wagte, in die vor Hunderten Jahren getrocknete und beschriebene Tierhaut zu stechen. Sie kam sich dabei vor wie eine Chirurgin in einem Operationssaal.

Die nächsten Tage brachte sie damit zu, die Enden der Fäden aufzuleimen und die Nähte sehr fein zu schmirgeln. Das Loch musste sie hinterkleben, hier blieb ihr keine Wahl. Mit einem

Skalpell spaltete sie den Flicken aus Kalbspergament, damit er schön dünn war. Den Leim hatte sie selbstverständlich nach altem Rezept eigens hergestellt. Der Bogen wurde zwischen Kartonecken gelegt, so dass er sich nicht verziehen konnte, und mit in Samt eingewickelten Steinen beschwert, bis der Leim vollständig getrocknet war. Auch die Übergänge hatte sie so lange sanft zu schleifen, bis sie kaum noch spürbar waren. Erst der letzte Arbeitsgang war dem Inhalt des mittelalterlichen Dokuments gewidmet, der Ergänzung der fehlenden Schrift. Schon während der Zwangspausen, die immer wieder auftraten, wenn etwas trocknen oder ruhen musste, hatte sie freilich damit begonnen, die Worte zu entziffern. Sie fand heraus, dass es sich bei dem Stück um das Vermächtnis eines Kölner Englandhändlers handelte. Das Vermächtnis datierte auf das Jahr 1231. In dieser Zeit gab es nicht wenige Fernhändler aus Köln, die sich in Lübeck für einige Wochen oder Monate des Jahres niederließen, um ihre Geschäfte, wie etwa den Handel mit den Engländern, von dort abzuwickeln.

»*Hiermit vermache ich der Lübecker Bürgerin ...*«, kritzelte Christa mit Bleistift auf ihren Notizblock, nachdem sie die ersten Worte aus dem Mittelhochdeutschen übertragen hatte. Der Name, der dann offenbar folgte, war kaum zu lesen. Sie malte ein Fragezeichen auf ihren Zettel. »*Dreihundert Mark Silber*«, las sie weiter und murmelte beeindruckt: »Ein schöner Batzen Geld.«

»*Um in den Genuss dieses beträchtlichen Anteils meines Vermögens ...*« Die nächsten Buchstaben waren wiederum unleserlich, doch sie ergänzte aus den Fragmenten, die noch vorhanden waren: »*zu gelangen ...*« Es folgte beinahe eine ganze Zeile, deren Oberfläche so stark vom Bauschutt abgerieben worden war, dass sie sich auf Anhieb nicht entschlüsseln ließ. Gedankenverloren klopfte Christa sich mit dem Ende des Bleistifts auf die Nasenwurzel.

»Geht es voran?«

Sie erschrak und hätte beinahe den Stift auf das kostbare Schriftstück fallen lassen.

»Entschuldigung, ich wollte Sie nicht erschrecken«, sagte Carsten Matthei. Das Gesicht des leitenden Mitarbeiters der Restaurationsabteilung drückte kein Bedauern aus. Die weiblichen Kollegen bekamen weiche Knie und wurden albern, wenn er auftauchte. Auf Christa wirkte er abstoßend arrogant mit seinen heruntergezogenen Mundwinkeln und der Andeutung eines Lächelns.

»Die Rekonstruktion des Pergaments ist so weit abgeschlossen«, beantwortete sie seine Frage. »Ich bin jetzt dabei, die Worte zu entschlüsseln, um Fehlstellen auffüllen zu können. Dazu muss ich allerdings noch die exakte Zusammensetzung der Tinte untersuchen. Ich will sicher sein, die vollkommen gleiche Mischung für die fehlenden Buchstaben zu verwenden.«

»Sie haben natürlich erkannt, dass es sich um ein Palimpsest handelt?«

Da war es wieder, dieses überhebliche Grinsen, das sie nicht ausstehen konnte. Wofür hielt er sie, für eine Anfängerin, eine Amateurin? Beinahe am ersten Tag, an dem sie den Fund in Sankt Augustin zur Hand hatte nehmen dürfen, war ihr klar gewesen, dass das Pergament schon früher einmal beschrieben gewesen war.

»Selbstverständlich. Ein Vermächtnis wurde im 13. Jahrhundert höchst selten auf neues Pergament geschrieben, dazu war der Beschreibstoff viel zu kostbar, wie jeder weiß, der sich auch nur ein wenig mit dem Thema befasst.« Sie gab sich keine Mühe, ihn anzulächeln. Stattdessen blickte sie ihn von oben herab an. Was der konnte, brachte sie schon lange zustande.

»Ganz richtig, Frau Kollegin, das weiß jeder. So wie jedem klar ist, dass die Worte, die zuvor auf dem Pergament gestanden haben und abgewaschen oder abgeschabt worden sind, noch älter sind als dieses unbedeutende Vermächtnis.«

»Moment mal«, unterbrach sie ihn in seinem Vortrag. »Nur weil etwas älter ist, ist es nicht automatisch von größerer Bedeutung, Herr Kollege.« Sie hatte die beiden letzten Worte stärker betont, als sie beabsichtigt hatte. Die Verärgerung war ihm vom Gesicht abzulesen. Trotzdem sprach sie weiter: »Im Gegenteil. Wir können davon ausgehen, dass der ältere Text nicht von Belang für die Zukunft war. Nur deshalb hat man ihn entfernt, um den Bogen Pergament erneut verwenden zu können.«

Ein übertriebener Seufzer sollte ihr wohl zeigen, dass es ihn ermüdete, ihr bestimmte Dinge erklären zu müssen.

»Aus damaliger Sicht war der Text vielleicht nicht mehr von Belang. Heute kann die Einschätzung eines Historikers ganz anders ausfallen. Das sollten Sie wissen.« Sie wollte darauf etwas entgegnen, doch er ließ sie nicht zu Wort kommen. »Ich möchte, dass Sie den Fund unter die Quarzlampe legen. Sollte sich herausstellen, dass der alte Text von größerer Bedeutung ist als das einfache Vermächtnis, werden Sie schön die Finger von der Tinte lassen.«

»Noch wissen wir doch gar nicht, ob es sich bei dem Fundstück P52 nur um ein einfaches Vermächtnis handelt. Es ist doch viel praktischer, wenn ich erst den Text fertig entziffere, um dann zu entscheiden, was weiter geschehen soll.«

Matthei verzog missbilligend die Lippen. »Sollten Sie herausfinden, dass der Kölner Dom den Lübeckern vererbt wurde und nun abgetragen und in Ihrer Hansestadt wieder aufgebaut werden muss, dürfen Sie die Handschrift gerne vervollständigen. Handelt es sich um einen weniger spektakulären Inhalt, will ich eine UV-Fotografie, damit wir mit Hilfe einer digitalen Bearbeitung den älteren Text rekonstruieren können.« Sein Ton duldete keinen Widerspruch, und der Mann besaß auch nicht genug Höflichkeit, um sich eine Erwiderung anzuhören. Er kehrte ihr den Rücken und verschwand so leise, wie er aufgetaucht war.

Sie war noch immer verärgert über das ungehobelte Auftreten dieses Matthei. Wie konnte man nur so ignorant sein? Üblicherweise war in einem Testament kaum von Betrug die Rede. So gewöhnlich schien P52 also nicht zu sein. Sie beeilte sich, dem Stück sein Geheimnis zu entlocken, allein schon, um diesem grässlichen Kerl einen spektakulären Inhalt präsentieren zu können.

»*Um mein Seelenheil zu retten, gestehe ich ... einen Mann getötet habe.*« Christa pfiff durch die Zähne. »Das wird ja immer schöner«, flüsterte sie zufrieden. Das Wort *Betrug* stand beinahe alleine. Erneut fehlte eine große Passage. Der letzte Absatz dagegen war wieder besser zu entziffern. »*Und ich bezeuge vor Gott und der Welt, dass ... Lübecker Reichsfreiheitsbrief ... Kaiser Friedrich II. ausgestellt hat, um eine Fälschung handelt aus der Hand von ...*« Wort für Wort hatte sie auf ihren Notizblock geschrieben. »Wie bitte?«, fragte sie laut und las noch einmal, was sie soeben notiert hatte. Kein Zweifel, da behauptete einer, dass das Dokument, auf dem Lübecks Freiheit und Eigenständigkeit fußte und das in Teilen bis in das Jahr 1937 gültig gewesen war, Betrug, ja, eine Fälschung sein sollte. Selbst heute noch hatten einige damals vom Kaiser verliehene Rechte und vor allem Land- und Seegrenzen Bestand. Ihre Gedanken rasten. Gut, stellte man heute einen Vertrag aus, so hieß es für gewöhnlich, dass auch dann alle Bestimmungen gültig blieben, wenn ein Passus als ungültig erkannt wurde. War das aber vor beinahe sechshundert Jahren auch schon so? Und welche Rechte oder Privilegien waren überhaupt betroffen? Sie konnte es noch immer nicht glauben – die älteste Urkunde städtischer Herkunft ganz Norddeutschlands eine Fälschung! Konnte das sein? Sie spürte den Drang, aufzustehen und sich zu bewegen, weil sie glaubte, die plötzliche Spannung sonst nicht mehr auszuhalten. Außerdem hätte sie jetzt liebend gerne eine Zigarette geraucht. Sie unterdrückte beides und konzentrierte sich noch einmal auf die schwarzen Buchstaben, die teilweise nur noch als Umrisse auf dem durchsichtigen Pergament zu erkennen waren. Wahrscheinlich hatte sie ein Wort falsch gelesen, einen Begriff falsch übersetzt. Sie nahm sich den letzten Absatz noch einmal vor. Ihre Gedanken schweiften immer wieder ab zu den beiden Ausfertigungen des Reichsfreiheitsbriefes, die den Stolz des Lübecker Archivs darstellten.

Als sie fertig war, ließ sie sich gegen die Stuhllehne sinken. Der Bleistift rutschte ihr aus den Fingern, fiel auf den Schreibblock und rollte von dort mit leisem hohlem Ton über die Tischplatte. Sie schüttelte langsam den Kopf. Kein Zweifel, die Privilegien, Rechte und Freiheiten, auf die die Stadt seit 1226 pochte, waren eine Lüge. Oder zumindest ein Teil davon.

»Da hast du deinen spektakulären Inhalt«, flüsterte sie. »Das ist viel mehr als das. Das ist eine Sensation!«

Plötzlich hatte sie Angst, irgendjemand könnte ihr ihre Entdeckung wegnehmen, bevor sie herausgefunden hatte, wem der Kölner Kaufmann ein derartig stolzes Sümmchen vermacht hatte, und vor allem, aus wessen Hand die ungeheuerliche Fälschung stammte.

## Plöner Bischofsberg im März 1226 – Heilwig von der Lippe

Adolf schlug mit der Faust auf den Tisch, so dass dieser bebte. Heilwig nahm ihre Tochter Mechthild, die erschrocken zusammengefahren war und zu weinen begonnen hatte, auf den Arm und übergab sie an die Amme mit den üppigen Brüsten, die sogleich gelaufen kam. Ein Feuer brannte im offenen Kamin, und auch die unzähligen Lichter ringsherum an den Wänden waren entzündet. Dennoch war es kalt in der Burg. Adolf schien das nicht zu bemerken.
»Mein Großvater hat dieses verdammte Lübeck gegründet, nachdem die jämmerliche Siedlung, die dort stand, abgebrannt ist. Und mein Vater hat Hamburg gegründet.« Sie wollte etwas sagen, ihn bitten, sich zu beruhigen, doch er tönte bereits mit donnernder Stimme: »Die Brauerei der Hanse! Sie habe ich von den Dänen zurückgeholt, Waldemar habe ich besiegt, und sein Lakai Albrecht von Orlamünde sitzt hinter Schloss und Riegel.« Er wurde noch lauter. »Alles könnte gut sein!«
Adolf lief in dem Saal auf und ab. Der Mann, den Heilwig nicht kannte und der bei ihrem Gatten vorgesprochen und die schlechte Nachricht gebracht hatte, stand mit gesenktem Kopf vor dem hohen Stuhl, von dem Adolf soeben aufgesprungen war, bevor er begonnen hatte, auf Tische einzuschlagen, Leuchter umzustoßen

und die Hunde zu treten, die sich jaulend davonmachten. Die Bediensteten waren vollauf beschäftigt, Flammen zu löschen, bevor sich ein Brand entfachte, und Möbel wieder zu richten.

»Ich war so kurz davor, mir zurückzuholen, was mir zusteht, was dem Schauenburger Geschlecht von jeher zusteht. Glauben diese verdammten Lübecker, sie können mir eine Nase drehen? Denen werde ich schön die Suppe versalzen.« Noch einmal ließ er die Faust auf den großen Eichentisch krachen, der mitten im Raum stand, dann drehte er auf dem Absatz um, eilte mit großen Schritten zu seinem Stuhl, der seinen Platz nahe bei dem Kamin hatte, holte tief Luft und setzte sich. Heilwig, die ein wenig abseits auf der anderen Seite des Kamins saß, atmete auf. Adolfs Ausbruch war augenscheinlich vorüber. »Reist zurück nach Lübeck und geht Euren Geschäften nach. Bei Euren ausgezeichneten Kontakten zum Rat der Stadt dürfte es für Euch ein Leichtes sein, herauszufinden, wann die Delegation nach Parma zum Kaiser aufbricht. Schickt mir einen Boten, wenn es so weit ist. Ich werde meine besten Ritter senden, die den Abgesandten Lübecks einen feinen Empfang bereiten werden. Parma erreichen die niemals, das ist sicher.« Er lehnte sich auf seinem hohen Stuhl zurück. Heilwig konnte seine Augen funkeln sehen. Sie musste – nicht zum ersten Mal, seit sie mit dem Schreiber Magnus den Bischofspalast verlassen hatte, in dem ihr Großvater gestorben war – an die Worte des Bischofs Bernhard von Salonien denken. Wenn sie nur wüsste, wie sie ihren Gatten dazu bringen sollte, ein gottgefälliges Leben zu führen. Er hatte mit der Festsetzung Albrechts von Orlamünde, dem Freund ihres Großvaters, zu tun. Und nun wollte er schon wieder mit Waffengewalt verhindern, was möglicherweise Gottes Wille war. Oder war es Gottes Wille, dass er Lübeck zurückgewinnen konnte? Wie sollte sie nur erkennen, welche Seite die richtige war? Sie fürchtete die Strafe des Herrn, und ihr Gefühl sagte ihr, dass es nicht in seinem Sinn sein konn-

te, eine ganze Delegation auszulöschen. Hätte ihr Mann sie doch nur gehen lassen, als der fremde Besucher gekommen war. Sie verstand von alldem nichts und wollte am liebsten auch nichts davon wissen. Doch jetzt sorgte sie sich mehr denn je um ihr Seelenheil und das ihres Ehemannes.
»Es würde mir nicht im Traum einfallen, Euch diese Bitte abzuschlagen«, sagte der Fremde in diesem Moment. »Natürlich werde ich Euch über den Zeitpunkt des Aufbruchs nach Parma unterrichten. Doch bedenkt eines, werter Graf, die Lübecker haben den Kaiser bereits um eine Audienz ersucht. Treffen die Abgesandten nicht ein, wird man nach ihnen suchen und den Überfall melden.«
»Was kümmert's mich? Meine Leute sind wie Wölfe. Sie verschwinden so leise in der Dunkelheit, wie sie daraus aufgetaucht sind. Niemand wird mich hinter dem Anschlag vermuten.«
»Das mag schon sein, doch wird man eine neue Verabredung mit dem Kaiser treffen, eine neue Abschrift ausstellen und erneut jemanden damit nach Parma entsenden. Dieses Mal dann mit einer kleinen Armee zum Schutz. Was hättet Ihr dadurch gewonnen?«
Adolf kratzte sich den Bart. »Dann ersuche ich meinerseits den Kaiser um eine Audienz, noch bevor die Lübecker in Parma eintreffen, und setze ihn über die schändlichen Betrugspläne in Kenntnis.«
»Ein guter Gedanke, gewiss.« Der Fremde machte eine Pause. Er hatte ein verschlagenes Gesicht wie ein Fuchs. Die lange Nase erinnerte wahrhaftig an eine Schnauze. Dann tat er einen Schritt auf Adolf zu und sprach weiter: »Wie aber gefällt Euch dieser Plan: Die Delegation aus Lübeck trifft in Parma ein, legt dem Kaiser die Abschrift vor, aufgrund derer er eine neue Urkunde anfertigen lässt, diese unterzeichnet und mit seinem Siegel versieht.« Bevor Adolf einen erneuten Ausbruch bekommen konnte, fuhr der Mann rasch fort: »In dieser Abschrift aber sind die entscheidenden Passagen, die Lübeck seine Freiheit garantieren und

Euch um den Zugriff auf die Stadtherrschaft betrügen, nun, sagen wir, vergessen worden.«

Adolf starrte ihn mit offenem Mund an. »Wie soll das passieren? Die Lübecker sind nicht blöde, sie sind gerissen. Niemals vergessen sie das, was sie am nötigsten wollen.«

»Wohl kaum, da habt Ihr recht. Man müsste ein wenig nachhelfen.« Ein böses Grinsen erschien auf dem Fuchsgesicht.

»Ihr meint ...« Ganz allmählich erhellten sich auch die Gesichtszüge des Grafen. »Ihr tauscht das Dokument, welches die Lübecker vorbereiten werden, gegen eines aus, das nur belanglose Gnadenerweisungen enthält. Letzteres unterschreibt Friedrich, die Lübecker ziehen zufrieden ihres Weges und machen dumme Gesichter, wenn ich ihnen sage, dass sie herrenlos sind und ich über die besten Rechtsansprüche verfüge, die Herrschaft zu übernehmen.« Er klatschte in die Hände und lachte laut auf. »Felding, Ihr seid genial!«

»Danke, werter Graf. Ich hoffe, Ihr besinnt Euch darauf, wenn Ihr in Lübeck Einzug haltet.«

»Worauf Ihr Euch verlassen könnt. Vielleicht setze ich Euch als Bürgermeister ein.«

»Gott bewahre! Nein, ich bin Kaufmann durch und durch. Zudem bin ich Kölner. Ich muss immer mal wieder zurück zum Alter Markt, zur Lint- und Salzgasse. Ich muss meine Klosterkirche Groß St. Martin sehen. Als Kaufmann bin ich schon oft genug in Lübeck, als Bürgermeister wäre ich es auf Dauer. Nein, werter Graf, das ist nichts für mich.«

»Und was wäre etwas für Euch?«

»Mir ist mehr an Barem gelegen.« Er rieb linkisch seine Hände.

»Schön, mir soll's recht sein.« Adolf wurde ungeduldig. Er betrachtete das Problem offenbar als gelöst und wollte nun vermutlich mit seinem Weib zu Abend essen, wie sie es vorgehabt hatten, als der Fremde, den er Felding nannte, aufgekreuzt war.

»Ich hörte, dass Ihr einen fähigen und vertrauenswürdigen Schreiber beschäftigt, der Eurer Gattin fromme Texte kopiert.« Er sah zu Heilwig hinüber, der seine Listigkeit einen Schauer über den Rücken jagte. Wie konnte ihr Gatte einem solchen Halunken nur trauen? Er würde ohne zu zögern auch Adolf verraten, wenn ihm das zum Vorteil gereichte, dessen war sie sicher. »Ich bringe Euch eine Wachstafel mit dem Wortlaut, den Euer Mann zu verfassen, und mit dem Namen, mit dem er zu unterzeichnen hat. Wie ich in den Besitz komme und wie ich Eure Abschrift gegen die echte austausche, das lasst nur meine Sorge sein.« Damit verneigte er sich zunächst vor dem Grafen und dann auch vor Heilwig und zog sich zurück.

Magnus, der Schreiber und Vertraute ihres Großvaters, sollte benutzt werden, um den Kaiser zu betrügen? Und schlimmer noch, wenn dieser hinterhältige Plan aufginge, wäre Albert von Orlamünde, auf den ihr Großvater so große Stücke gehalten hatte, endgültig verloren. Das musste sie verhindern. Als sie sich mit ihrem Mann an den Tisch setzte und in seine kalten Augen blickte, war Heilwig klar, auf welcher Seite sie stand.

# Lübeck, 2. April 1226 – Esther

Es war ein herrlich sonniger Tag, recht frisch noch, aber hell und strahlend mit nur wenig Wind. Esther summte ein Lied vor sich hin. Sie war auf dem Weg zur Dombaustelle, um Kaspar, der dort für Baumeister Gebhardt tätig war, seine Hafergrütze zu bringen. Wie angenehm es war, nicht im Schlamm zu versinken. Nach einigen trockenen Tagen war der Sandboden der Wahmstraße wie der der meisten Gassen fest und glatt. Der Unrat war zu den Seiten geschoben worden und stank zum Himmel. Nur noch hier und da gab es Pfützen von den Nachttöpfen, die die Leute am Morgen aus den Fenstern gekippt hatten. Sie schloss für einen Moment die Augen und genoss die Sonnenstrahlen auf ihren Wangen. Als sie in die Straße abbiegen wollte, die vom Koberg zur Baustelle führte, sah sie kurz nach links und erstarrte vor Schreck. Dort stand die blinde alte Frau, die Esther vor einigen Tagen begegnet und die ihr so unheimlich war. Wieder stand sie mitten auf dem Weg und hielt die Hand vorgestreckt, um eine milde Gabe zu erbetteln. Esther wandte den Blick ab und tauchte rasch im Gewimmel der breiten Gasse unter. Sie wollte der Alten um keinen Preis begegnen.
Dann hatte sie ihr Ziel erreicht. Der Baulärm war ohrenbetäubend. Da war ein Hämmern und Sägen, ein Feilen und Quiet-

schen des großen Holzrads, mit dem Lasten in die Höhe gezogen wurden.
»Ich suche den Schreiber Kaspar«, rief sie einem Steinmetz zu, der gerade mit einem Zirkel Maße von einem Mauerstück abnahm. »Er arbeitet für Baumeister Gebhardt.«
»Da drüben«, gab er knapp zurück und deutete auf eine Bretterbude.
Esther kannte sie schon. Meistens war ihr Bruder dort anzutreffen. Manchmal allerdings lief er auch mit Gebhardt über die Baustelle und notierte, was immer der ihm diktierte. Er hatte dann eine Schiefertafel in der einen und ein Stück Kreide in der anderen Hand, malte winzig kleine Buchstaben, um möglichst viel auf die Tafel zu bekommen, und übertrug später in der Schreibstube alles auf Pergament, von dem er zuvor die alten Notizen abgekratzt hatte. Die meisten Aufzeichnungen, die er für den Baumeister machte, waren nicht für die Ewigkeit bestimmt. Darum ließen sich einige Pergamentrollen wieder und wieder verwenden. Esther übernahm häufig das Abschaben, denn es erforderte Fingerspitzengefühl. Ging man zu grob vor oder setzte das Messer zu schräg an, konnte man den kostbaren Beschreibstoff beschädigen, und er war verloren.

Sie klopfte an die einfache Holztür.
»Nur herein!«
»Seid gegrüßt, Meister Gebhardt.«
»Ach, Esther, bringst du deinem Bruder wieder etwas Gutes?«
»Er muss doch bei Kräften bleiben, damit er beste Arbeit für Euch leisten kann.«
»Das ist wahr. Wer viel schafft, soll auch viel fressen!« Er lachte.
Kaspar verdrehte die Augen. Es war offensichtlich, dass es ihm zu viel Arbeit war, die der Baumeister von ihm verlangte. Jedes Mal, wenn er von der Baustelle nach Hause kam, beklagte er sich bei

Esther darüber, wie sehr sein Rücken schmerzte und seine Augen brannten.

»Auch mir knurrt der Magen«, sagte Gebhardt gedehnt und strich sich über den Wanst. »Ich werde auch speisen gehen. Wir machen nachher weiter.«

»Ja, Herr«, erwiderte Kaspar wenig begeistert. Esther füllte indessen die Grütze auf den Holzteller, den sie zuvor als Deckel auf der Schüssel getragen hatte. Der Schrecken, den sie beim Anblick der blinden Alten empfunden hatte, war schon wieder vergessen.

»Vielleicht sollte ich auch Diät halten«, brummte Gebhardt beim Anblick des Breis. »Das würde meiner Gicht gut bekommen, sagt der Quacksalber, dem ich mein Geld in den Rachen werfe. Aber ein kräftiges Stück Fleisch ist mir nun einmal lieber«, meinte er, schmunzelte und ließ die beiden allein.

»Das wäre mir auch lieber«, maulte Kaspar und betrachtete die Grütze naserümpfend.

»Wir können uns aber kein Fleisch leisten, das weißt du doch selbst.«

»Ich verstehe nicht, wieso. Gebhardt bestellt mich immer öfter zu sich, und er entlohnt mich anständig. Jedenfalls passabel. Und ich habe dafür gesorgt, dass wir uns vom Hufschmied jederzeit rostiges Metall ohne Bezahlung holen dürfen. Da müsste doch mal ein Pfennig übrig bleiben, oder nicht?« Er zog eine Flappe und spitzte den Federkiel an, der von der Tintensäure schon wieder ganz weich geworden war.

»Wir mussten dir ein neues Hemd kaufen, schon vergessen? Aus deinen anderen bekomme ich die Tintenkleckse nicht mehr heraus. Und sie sind abgewetzt. Damit hättest du dich unmöglich auf der Baustelle des Lübecker Doms sehen lassen können.« Esther war es leid, ihrem Bruder derlei Dinge immer wieder erklären zu müssen. Er konnte manchmal uneinsichtig sein wie ein verzogenes Kind. Außerdem wurmte es sie, dass er sich damit brüstete, dem Schmied die Zusage abgenommen zu haben, dass sie von

nun an rostiges Metall holen konnten, ohne dafür zahlen zu müssen. Immerhin war sie es gewesen, die des Schmieds Sohn gerettet hatte, und sie hatte Kaspar erst zu dem Schmied schicken müssen. Von allein wäre er gewiss nicht gegangen.
»Ich verlange ja keinen Fasan«, grollte er leise, während er lustlos seinen Löffel aus dem Gürtel zog und in der Grütze herumzustochern begann. »Aber für ein paar Rüben mit Speck müsste es doch mal reichen.«
Esther wollte ihn anfahren, besann sich aber. Er meinte es ja nicht böse. Es war für ihn nicht leicht, von Gebhardt ständig unter die Nase gerieben zu bekommen, welche herrlichen Köstlichkeiten sein Weib ihm aufgetischt hatte. Kaspar hatte nicht einmal ein Weib. Ob er gerne ein Mädchen hätte? Sie meinte, er habe ein Auge auf Malwine, die Tochter des Wirts, geworfen. So recht zugegeben hatte er das bisher jedoch nicht.
»Ich will sehen, was ich für wenig Geld bekommen kann. Du hast schon recht, ein paar Rüben mit etwas Speck sollten wir uns zwischendurch einmal leisten können.«
Das Strahlen seiner Augen ließ ihren Groll auf ihn vollends verfliegen.

Esther machte sich auf den Weg hinaus aus der Stadtmauer zum Dorf, das nicht weit vor den Toren Lübecks lag. Sie würde Kohl kaufen und versuchen ein paar Würste zu erstehen oder wenigstens Schweinepfoten. Wieder summte sie ein Lied und betrachtete erfreut das Meer winziger gelber Blumen, das sich links und rechts des Weges erstreckte. Sie waren spät dran. Selbst diesen frühen Gesellen war es in diesem Jahr wohl zu kalt. Noch immer lag hier draußen an einigen Stellen ein Restchen Schnee, der nun jedoch zusehends schmolz.
»Seid Ihr nicht das Weib, das mutig ist wie ein Mann und kleine Kinder aus der Trave zieht?«, hörte sie plötzlich eine tiefe Stimme

fragen. Sie blickte auf und erkannte den Müllerssohn, der ihr geholfen hatte, Petter aus dem Fluss zu fischen.

»Und Ihr seid der Mann, der verzweifelten Lebensretterinnen zu Hilfe eilt, wenn ich mich recht entsinne«, entgegnete sie gut gelaunt. Sie hatte gar nicht bemerkt, dass er ihr auf dem Weg entgegengekommen war, so sehr war sie in ihre Gedanken vertieft gewesen und so sehr hatte der Anblick der ersten Blüten des Jahres ihre Aufmerksamkeit beansprucht. Nun aber betrachtete sie ihn genauer, während er näher kam und vor ihr stehen blieb. Er hatte eine stattliche Figur mit breiten Schultern und kräftigen Händen. Sein Gesicht, das damals so ernst gewesen war, sah jetzt sehr freundlich aus. Sein blondes Haar leuchtete in der Sonne, ein blonder Bart zierte seine Oberlippe.

»Ihr hättet den Burschen auch ohne mein Zutun aus dem Wasser gezogen. Habt Ihr gehört, wie es ihm geht?« Nun blickte er wieder ernst drein.

»Er hatte Fieber, aber das hat es nicht lange bei ihm ausgehalten, sondern bald wieder Reißaus genommen. Jetzt hustet er wohl noch. Ich hörte, er hat eine Gesundheit wie ein Ross.«

»Hoffentlich hat seine Mutter ihm kräftig den Hintern versohlt. Ihr hättet Euch den Tod holen können wegen dieses Balgs.« Er schüttelte bei der Erinnerung den Kopf. Mit einem Mal verneigte er sich ein wenig ungelenk. »Mein Name ist Norwid. Ich bin der Sohn des Müllers.« Er machte eine Kopfbewegung, mit der er in Richtung einer Mühle zeigte, die ein gutes Stück entfernt zu sehen war.

»Ich bin Esther«, gab sie zurück, »Schwester des Schreibers Kaspar, der gerade bei Baumeister Gebhardt in Diensten ist.«

Einen Moment schwiegen beide. Dann fragte Norwid: »Was tut Ihr hier draußen?«

»Ich hoffe, einem Bauern ein paar Würste abkaufen zu können. Die Fleischhauer in der Stadt sind zu teuer. Es lässt sich nicht sonderlich viel verdienen als Schreiber, müsst Ihr wissen.«

»Unweit unserer Mühle gibt es einen Hofbauern, der ein Stückchen Wiesenland bewirtschaftet. Er hat ein wenig Vieh und gibt gerne etwas Fleisch für einen guten Preis her, wenn er sich so den Weg in die Stadt spart. Falls es Euch nicht zu weit ist, fragt dort nach.«
»Danke, das werde ich tun.« Sie blickte zu der Mühle. Nein, der Gang dorthin war ihr gewiss nicht zu weit, schon gar nicht bei solch schönem Wetter.
»Dann solltet Ihr nicht versäumen, meinem Vater in der Mühle einen Besuch abzustatten. Er war sehr angetan von Eurem beherzten Eingreifen.« Er lächelte sie an. »Er wird es sich nicht nehmen lassen, Euch ein kleines Säckchen Mehl zu schenken.«
»Aber das geht doch nicht.«
»Warum nicht? Vielleicht brauchen wir mal einen Schreiber. Dann würde ich Euch an die Großzügigkeit meines Vaters erinnern.«
Sie lachte. »Einverstanden!«
»Also dann«, sagte er, »passt auf Euch auf!«

Esther tat, was er ihr geraten hatte, und war bald darauf mit vier Würsten, die zwar ein wenig kümmerlich, dafür aber äußerst günstig zu haben waren, zwei Schweinepfoten und einem kleinen Sack Mehl auf dem Heimweg. Das war wahrhaftig ein guter Tag. Und für den Abend hatte sich Vitus angesagt. Beschwingt schritt sie auf die Stadtmauer zu.
Sie nahm den Weg über die Mühlenbrücke. Plötzlich hörte sie Vitus' Stimme.
»Wohin des Weges, schöne Frau?«
Sie ging zum Geländer und blickte vorsichtig nach unten auf das Wasser. Dort entdeckte sie ihn in einem kleinen hölzernen Boot.
»Was tust du da?«, rief sie ihm fröhlich zu.
»Habe ich dir nicht erzählt, dass ich mir den Kahn des Hafenmeisters borge, wann immer sich die Gelegenheit bietet? Damit

lassen sich Getreidesäcke bequemer von einem Ort an einen anderen bringen als auf einem Karren oder gar auf dem Buckel.«
»Doch, ich erinnere mich. Ich fragte dich damals, warum du diese Arbeit nicht von Tagelöhnern erledigen lässt.«
»Worauf ich dir erklärt habe, dass ich das durchaus meistens tue«, rief er hinauf.
»Dass es dir aber so viel Freude macht, ein Boot zu rudern«, beendete sie den Satz für ihn. Sie lachte und schüttelte den Kopf. »Ich kann mir beim besten Willen nicht vorstellen, was daran eine Freude sein soll.« Skeptisch beäugte sie den Nachen, der so aussah, als würde schon der kleinste Windhauch ihn zum Kentern bringen.
»Das hast du damals auch schon gesagt.« Indem er die Ruder geschickt einzusetzen vermochte, gelang es ihm, die Nussschale an nahezu derselben Stelle zu halten, als könnte die Strömung ihr nichts anhaben. »Komm herunter ans Ufer«, rief er ihr zu. »Du hast jetzt die einmalige Möglichkeit, genau diese Freude am eigenen Leib zu spüren.«
»Was meinst du damit?« Es war keine Kunst, sich diese Frage selbst zu beantworten, nur wollte sie einfach nicht wahrhaben, dass er sie zu einer Bootsfahrt einlud.
»Komm schon, sei kein Hasenfuß! Du hast einen Jungen aus reißenden Fluten gerettet, da wirst du dich doch wohl in ein Boot trauen.« Schon hielt er auf das Ufer zu.
Sie schluckte. »So reißend waren die Fluten ja gar nicht.« Sie wollte vor ihm wirklich nicht als Feigling dastehen, wenn das für eine Frau auch keine Schande war, nur war ihr das nasse Element eben so gar nicht geheuer. Sich vom Ufer ein Stückchen hineinzuwagen war eine Sache, die sie schon jede Menge Überwindung gekostet hatte, mit einem schaukelnden Kahn aber ganz hinaus in die Mitte der Trave zu paddeln, war dann ja wohl doch etwas anderes.

»Ach bitte, Esther, zier dich nicht!« Seine Augen strahlten voller Vorfreude wie die eines Kindes. Oder wie die von Kaspar, wenn sie ihm etwas Gutes zu essen bereitete. Wie sollte sie ihn enttäuschen? Dann fiel ihr etwas ein.
»Ich würde schon, Vitus, ganz bestimmt, aber im Moment ist es nicht glücklich, weißt du? Es ist nämlich so, dass ich Wurst, Fleisch und Mehl in meinem Korb habe und damit auf schnellstem Weg nach Hause will. Kaspar hat schon sein Morgenessen allein gelöffelt. Er mag gewiss nicht schon wieder auf mich warten.«
Er hatte das Ufer erreicht, war geschmeidig aus dem Boot gesprungen und hatte es ein Stück auf die Böschung gezogen.
»Wenn du Fleisch und Wurst für deinen Bruder hast, wird er dir jede Verspätung verzeihen.« Er sah sich rasch um, ob niemand sie beobachtete, nahm sie in den Arm und küsste sie auf die Nasenspitze. »Guten Tag, schöne Frau!«
»Guten Tag, mein Herr«, erwiderte sie glücklich.
»Also, was sagst du? Nur eine ganz kurze Runde, ja?«
»Aber ...«
»Kein Aber. Hast du vergessen, dass ich euch heute einen Besuch abstatte? Wenn Kaspar mit dir grollt, was er ohnehin nie lange aushält, dann werde ich alle Schuld auf mich nehmen. Einverstanden?«
Ihr Widerstand schmolz dahin. Die Aussicht auf eine gemeinsame Unternehmung war verlockend. Wenn es nur nicht ausgerechnet eine Bootsfahrt gewesen wäre.
»Ist es nicht noch viel zu kalt? Ich meine, wenn wir umkippen und hineinfallen ...«
»Das hatte ich nicht vor. Weißt du, das Umkippen gehört nämlich nicht zu den Freuden des Ruderns.« Er lachte sie so unbekümmert an, dass sie nicht länger dagegenhalten konnte. Es war ein so herrlicher Tag, da würde gewiss nichts Schlimmes passieren.

»Also schön.«

»Ja!« Er packte ihre Taille mit beiden Händen, hob sie hoch in die Luft und wirbelte sie herum.

»Vitus«, schrie sie, »die Wurst!«

Er setzte sie auf den Boden. »Es ist alles noch im Korb. Also, meine Dame, wenn ich Sie dann an Bord bitten dürfte.« Er nahm ihr den Korb ab und reichte ihr galant seinen Arm. Esther kletterte in das Boot und setzte sich auf ein schmales Brett, das als Sitzbank diente. Noch wackelte nichts, aber noch lag das Boot ja auch fest am Ufer. Das änderte sich schlagartig, als Vitus es mit aller Kraft auf den Fluss hinausschob. Im letzten Augenblick sprang er hinein. Jetzt schaukelte es entsetzlich.

»Warum habe ich nur zugestimmt?«, jammerte sie. »Wir werden kentern und ertrinken.«

»Noch schlimmer, die Wurst wird auf den Grund der Trave sinken«, erwiderte er und riss in gespieltem Entsetzen die Augen auf. Sie musste lachen. »Du gemeiner Kerl, mach dich nur lustig über mich.«

»Niemals«, verkündete er mit einer Unschuldsmiene.

Nachdem er sich auf die zweite Bank gesetzt und zu rudern begonnen hatte, hörte das Schwanken und Schlingern bald auf. Erstaunlich ruhig glitt das kleine Gefährt über den Fluss. Am Anfang hielt Esther sich mit beiden Händen krampfhaft an dem Brett fest, auf dem sie saß, doch mit der Zeit lockerte sie den Griff ihrer Finger immer mehr. Es war ein schönes Gefühl, über die kleinen Wellen zu gleiten. So müsste es sein, wenn man fliegen könnte.

»Und? Gar nicht so schlimm, oder?«, wollte er nach einer Weile wissen.

»Nein, es ist nicht schlimm. Es ist wunderbar, Vitus!« Das war es wahrhaftig. Nicht allein dieses leichte Schweben, sondern auch die lustigen Geräusche, das Glucksen des Wassers unter dem Bootsleib oder das Klatschen, wenn die Ruder eintauchten. Und

dann der Anblick der Stadt, wie sie sie noch nie zuvor gesehen hatte. Der Hafen, auf den sie zuhielten, die sonst so vertrauten Gassen, alles schien ihr plötzlich neu und aufregend zu sein. Sie konnte sich gar nicht sattsehen.
Als Vitus kehrtmachte, protestierte sie, doch er blieb bei seiner Entscheidung.
»Nur eine kleine Runde, so war es ausgemacht. Du willst Kaspar nicht zu lange warten lassen, und ich habe großen Hunger. Wenn ich dich jetzt nicht gehen lasse, hast du nichts auf dem Tisch, wenn ich nachher zu euch komme. Ein schrecklicher Gedanke!«
»Du hast recht, nach diesem wunderschönen Erlebnis, das du mir heute geschenkt hast, hast du etwas wahrlich Gutes verdient.«
»Außerdem muss ich den Kahn noch in den Hafen bringen, sonst leiht ihn mir der Hafenmeister nie mehr.«
»Das wäre höchst bedauerlich. Ich würde nämlich zu gerne mal wieder mitfahren, wenn ich darf.«
Das Boot hatte gedreht, und er zog die Ruder kräftig durch.
»Du darfst. Wenn du erst meine Frau bist, werde ich dir noch viel mehr solcher Erlebnisse schenken, das verspreche ich dir.«
Als Esther sich wenig später von ihm verabschiedet hatte und beschwingt nach Hause lief, gingen ihr seine Worte nicht mehr aus dem Sinn. Sie war erfüllt von einem tiefen Glücksgefühl, das ihren Körper wärmte. Wie gut sie es mit diesem Mann doch getroffen hatte! Er sah nicht nur gut aus, sondern konnte sie zum Lachen bringen, sie immer wieder überraschen und war gleichzeitig klug und vernünftig. Er würde ihr ganzes Leben auf sie achtgeben, dessen war sie sich sicher.


»Danke, Schwesterchen, das war köstlich!« Kaspar schob seinen Stuhl vom Tisch zurück, wischte sich mit dem Ärmel über die wulstigen Lippen und streckte die Beine von sich. Er sah ausgesprochen zufrieden aus.

»Ja, das war es«, stimmte Vitus ihm zu.

Esther räumte den winzigen Rest des Roggenbrots fort, das sie gebacken hatte. Vom Eintopf, den sie aus Rüben, Getreide und den Schweinepfoten zubereitet hatte, war noch genug übrig, um zwei Tage davon satt zu werden.

»Denkt euch, ich habe den Müllerssohn vor der Stadt getroffen, der mir damals geholfen hat, den Petter aus dem Wasser zu fischen«, erzählte sie, während sie Dünnbier einschenkte. »Die Mühle liegt zwar recht weit draußen, aber der Weg lohnt sich. Dort gibt es einige Hofbauern, die nicht gern in die Stadt gehen. Bei denen sind Fleisch und Wurst erschwinglich.«

»Ach ja?« Vitus sah sie aufmerksam über den Rand seines Bechers an, während er einen kräftigen Schluck nahm. »Von der Begegnung mit dem jungen Müller hast du mir vorhin gar nichts erzählt.«

»Ja, und der alte Müller ist auch sehr nett. Er hat mir sogar etwas Mehl geschenkt.«

»Du magst diesen Müllerssohn also?«

»Es war nett von ihm, mir den Hofbauern zu empfehlen und mich zu seinem Vater zu schicken.« Esther sah Vitus fragend an. »Aber mögen ... Ich kenne ihn kaum. Warum fragst du?«

»Nun, du sagtest, der alte Müller sei auch sehr nett. Das heißt doch wohl, dass du den jungen ebenfalls nett findest.«

Kaspar hatte die Unterhaltung amüsiert verfolgt, sein Blick war von einem zum anderen gewandert. »Hier ist einer im Raum eifersüchtig«, verkündete er fröhlich.

»Unfug«, entgegneten Esther und Vitus aus einem Mund.

Kaspars Grinsen wurde noch breiter.

»Als ob dafür ein Grund bestünde«, ereiferte sich Esther.

»Dann ist es ja gut«, sagten dieses Mal Kaspar und Vitus gleichzeitig. Für einen Moment war es still, nur im Ofen knackte das Feuer. Im nächsten Augenblick lachten alle drei los.

»Er war nur freundlich«, erklärte sie abschließend. »Ich dachte, er kann dir womöglich Mehl für einen guten Preis anbieten.«

Vitus strich sich die Haare zurück. »Warum nicht? Zwar arbeite ich schon seit langem mit den Müllern zusammen, die bereits meinen Vater belieferten, aber das muss nicht für alle Zeit so bleiben.«

Kaspar reckte die Arme in die Luft, faltete die Hände über dem Kopf und dehnte die Finger. »Ich bin müde«, verkündete er. »Ich werde es mir auf meinem Lager bequem machen.« Damit stand er auch schon auf, kam zu Esther hinüber und küsste sie auf den Scheitel. »Gute Nacht, Schwesterchen.« Vitus klopfte er gönnerhaft auf die Schulter. »Gute Nacht, Vitus.«

»Gute Nacht, Kaspar.« Vitus sah ihm nach. Als er die Holzstufen der Stiege knarren hörte, die nach oben zu den beiden Schlafkammern führte, sagte er: »So einfältig dein Bruder auch sein mag, so viel Fingerspitzengefühl hat er manches Mal. Das muss wohl an seinem Beruf liegen.« Er lächelte.

Auch Esther musste schmunzeln. »Gott der Herr ist in der Einfalt des Herzens zu suchen, vergiss das nicht. Aber du hast recht, manches Mal ist er überraschend feinfühlig. Jedenfalls, wenn es nicht gerade um den Umgang mit Galläpfeln oder Pergamentbogen geht.« Tatsächlich hatte Kaspar nicht ein einziges Mal gegähnt oder sonst wie erkennen lassen, dass er müde war. Es war ziemlich offensichtlich, dass er den beiden noch ein wenig Zeit allein gönnen wollte. Sie spürte ein wohlbekanntes Kitzeln in ihrem Bauch. Würde Vitus die Gelegenheit nutzen, um sie zu küssen oder so zu berühren, wie er es neulich getan hatte? Es hatte nicht den Anschein.

»Ich habe mich unter den Kaufleuten umgehört. Es ist ein offenes Geheimnis, dass der Rat das Barbarossa-Privileg zum Wohle der Stadt erweitern und dem Kaiser dann vorlegen will. Es scheint niemandem etwas auszumachen, dass es sich – streng genommen – um Betrug handelt.«

Esther hatte die Angelegenheit schon beinahe vergessen. Sie verstand nichts von diesen Dingen und hatte keine Lust, mit Vitus darüber zu sprechen. Was immer sie sagte, konnte sie in seinen Augen töricht erscheinen lassen.

»Ich habe viel darüber nachgedacht.« Er stellte den Becher auf den Tisch und stützte seine Ellbogen auf. Esther erkannte, dass dieses Thema ihn mehr beschäftigte, als sie vermutet hatte. »Es ist ein kühner Plan«, verkündete er. »Nicht ganz sauber, aber kühn. Ich habe mir ausgemalt, wie es wäre, wenn ich Einfluss auf die zusätzlichen Passagen hätte. Stell dir das nur einmal vor!«

Nun wurde sie hellhörig. »Du meinst, du könntest dir wünschen, was immer du willst, und der Kaiser würde es dir genehmigen?«

»So ungefähr, ja.«

Sie überlegte. »Was würdest du verlangen? Am besten einen Titel. Würde er dich in den Adelsstand erheben, müsste er dir auch Ländereien geben. Dann wärst du ein Lehnsherr und müsstest für das Getreide, das du verkaufst, nichts bezahlen. Du wärst reich, und wir könnten heiraten.«

Er lachte auf, seine Augen glänzten. »Das wäre wunderbar.« Er streckte eine Hand über den Tisch und legte sie auf ihre. »Aber so meine ich das nicht.«

Sie sah ihn fragend an.

»Nein, ich meine, wenn ich bestimmen könnte, dass keine Zölle mehr auf Warenlieferungen nach England zu zahlen sind, das würde mir schon genügen. Wie viel größer wäre mein Gewinn! Oder wenn der Kaiser wenigstens unterzeichnen würde, dass Kaufleute aus Lübeck denen aus Köln oder Tiel gleichgestellt wären. Dann liefen die Geschäfte wieder besser, und ich müsste mir nicht immerfort von den Engländern sagen lassen, dass sie bessere Angebote haben.«

Das leuchtete ihr ein. »Wenn du sagst, dass der Rat keinen Hehl aus seinen Plänen macht, könnte dann nicht eine Abordnung der

Kaufmannschaften eine Ratssitzung besuchen und ihre Wünsche für die neuen Absätze und Rechte äußern?«

»Wo denkst du hin? Überlege nur einmal, wie viele unterschiedliche Vorschläge da zusammenkämen. Nein, nicht einmal innerhalb einer Kaufmannsgilde würde man sich vermutlich einigen können. Jeder hätte nur seine eigenen Interessen im Sinn. Und wenn am Ende das Schreiben für den Kaiser viele Pergamentrollen umfassen würde, dann flöge der Schwindel auf, meinst du nicht?«

»Aber das ist nicht gerecht. Der Rat entscheidet, was gut für Lübeck ist. Schön. Dann müsste er doch auch erkennen, dass es nicht gut ist, wenn seine Kaufleute schlechter gestellt sind als die anderer Städte.«

»Das wissen die Ratsmänner durchaus. Nur liegt es nicht in ihrem Ermessen, das zu ändern.«

»Aber es liegt in ihrem Ermessen, andere Privilegien anzupassen?«

»Das ist etwas anderes«, murmelte er mit wenig Überzeugung. Sie konnte sehen, dass es in seinem Kopf zu arbeiten begonnen hatte. »Ein solcher Passus wäre phantastisch«, flüsterte er schließlich. »Ich wäre meine größte Sorge los, und wir könnten wahrhaftig endlich heiraten.«

»Kennst du denn nicht einen Ratsmann gut, den du bitten könntest? Es wäre doch nicht nur zu deinem Vorteil«, beharrte sie.

»Nein, Esther, das kann ich nicht tun.« Er rieb sich nachdenklich das Kinn. »Wenn Kaspar nur Ratsschreiber wäre. Oder noch besser Sekretär von Kaiser Friedrich. Dann könnte er das Werk verfassen und einen Passus nach meinem Geschmack einfügen.«

»Du meinst heimlich? Das wäre Sünde, Vitus.«

»Nicht mehr, als es jetzt auch Sünde ist, Esther. Sagtest du nicht selbst, es sei nicht gerecht, dass die Kaufleute keinen Einfluss haben, obwohl ihr Vorteil auch einen Vorteil für die Stadt bedeuten kann?«

»Nun ja, aber ist es nicht Politik, wenn die Ratsmänner das Schreiben ein wenig verändern? Wenn wir es tun, ist es ein Vergehen. Oder nicht?«
Sie war verunsichert.
»Es sind ohnehin nur Gedankenspielereien. Kaspar ist kein Ratsschreiber. Und wenn es Marold ist, der die Feder führt, haben wir keine Möglichkeit, ein Sätzchen einzufügen.«
Sie stand auf, ging um den Tisch herum und schlang ihm von hinten die Arme um den Hals. Ihre Lippen an seinem Ohr, flüsterte sie: »Es sei denn, Marold wäre für ein paar Augenblicke abgelenkt, und ich würde dieses Sätzchen einfügen. Natürlich müsste ich zuvor etwas von ihm Geschriebenes haben, damit ich den Schwung seiner Buchstaben üben könnte.«
Er schob sie erschrocken ein Stück von sich und sah ihr ins Gesicht. Als er die Erheiterung in ihren Zügen erkannte, stieß er erleichtert die Luft durch die Nase aus. »Für einen winzigen Moment meinte ich, es ist dir ernst.«
»Du hast mit diesen Gedankenspielen begonnen«, erinnerte sie ihn und gab ihm einen Kuss auf die Wange.

## Lübeck, 3. April 1226 – Esther

»Wo hat Kaspar nur seinen Kopf?« Otto griff nach einer Handvoll Gänsekiele und hielt sie in die Höhe. »Ohne die hier lässt sich die Tinte wohl kaum auf das Pergament bringen. Erst spitzt er sich neue Werkzeuge, dann lässt er sie liegen. Da wird der Dombauherr einen schönen Aufstand machen.« Er sah Esther an, die mit einem alten Lumpen die Tische putzte. Die hölzernen Fensterläden der kleinen Schreibstube waren weit geöffnet, damit das Licht der Sonne, die an diesem Morgen von einem blauen Himmel strahlte, hineinkonnte. Die Morgenluft war frisch und kühl. »Esther, liebes Mädchen, bist du so gut und bringst deinem Bruder die Gänsekiele?«
Sie legte den Lumpen beiseite. »Natürlich, Otto. Ich werde ihm auch gleich einen Kanten Brot und eine halbe Wurst bringen. Vielleicht beflügelt ihn das, besser auf seine Sachen zu achten.«
»Nur gut, dass sein Hinterteil angewachsen ist, sonst würde er wohl auch das noch vergessen und müsste den ganzen Tag stehen.«
Sie lachte. »Du bist zu streng. So oft kommt es nun auch nicht vor, dass er etwas vergisst. Und stehen muss er ohnehin.«
Er schnaufte übertrieben. »Bist ein liebes Mädchen«, sagte er. »Kaspar kann froh sein, dass er dich hat.« Damit drückte er ihr

das Werkzeug in die Hand. »Ohne dich hätte er erst gar keine Arbeit. Ich wünschte, ich hätte auch so eine Schwester.«

»Du hast deine Frau«, erinnerte sie ihn.

»Leider! Ich weiß nicht, warum Gott der Herr mich so hart bestraft.« Otto war klein und hatte einen krummen Rücken, der seine jahrelange Tätigkeit als Schreiber offenkundig machte. »Meine Alte ist nicht einmal in der Lage, unsere Schweine zu hüten. Zu fein ist sie sich dafür. Statt mir zu helfen, liegt sie mir alle Tage in den Ohren, welche Kleider und Spangen sie sich wünscht. Mein Bruder hat mich gewarnt. Er meinte, sie sei zu hübsch, um sie zur Frau zu nehmen. Und ich dachte, er ist nur neidisch, gönnt mir die zarte Knospe nicht, die sämtliche Kerle mit Stielaugen angeglotzt haben.« Stöhnend nahm er ein Fläschchen Tinte von seinem Regalbrett und füllte etwas in das Kuhhorn, das in dem Loch seines Pults steckte. »Dabei hat er recht gehabt. Leidenschaftlich für ein hübsches Weib zu brennen taugt nicht als Grundlage für die Ehe.«

»Aber du hast sie doch gewiss geliebt, oder nicht? Was soll daran wohl schlecht sein?«

»Liebe ist Leids Anfang, glaube mir. Aus der zarten Knospe ist ein hässliches Gewächs geworden. Wahrscheinlich macht sie mir tagaus, tagein die Hölle heiß, damit sie bald zur Witwe wird und mein Hab und Gut für sich alleine hat. Als ob bei mir etwas zu holen wäre.« Er tauchte einen Federkiel in die Tinte und wedelte mit der linken Hand, ohne sie anzusehen. »Nun mach, dass du fortkommst, damit Kaspar seine Arbeit nicht wieder verliert.«

Esther verließ das Querhaus in der Depenau. Statt den Hügel hinauf und auf schnellstem Weg zum Dom zu laufen, wählte sie den Umweg hügelabwärts und an der Trave entlang. Sie redete sich ein, dass es ihr einfach besser gefiel, einen Blick auf den Salzhafen werfen zu können, wo die Fässer gerollt wurden und sich die Segelschiffe auf dem Wasser wiegten. Doch in Wahrheit wollte sie um jeden Preis vermeiden, der alten Frau noch einmal zu begegnen, die ihr so unheimlich war. Allein der Gedanke an die milchig blinden Augen, die schrille Stimme und vor allem an die beunruhigenden Worte ließen sie schaudern.

Mit jedem Schritt, den sie in Richtung Dom machte, wurde der Lärm der gewaltigen Baustelle stärker. Eine Reihe Steine wurde nach der anderen aufeinandergesetzt. Das Gebäude wuchs und wuchs. Esther bewunderte, wie exakt die akkurat gebrannten Brocken zueinanderpassten und am Ende nicht nur eine dicke, solide, sondern auch eine völlig gerade Wand ergaben. Hier waren wahrhaftig Künstler am Werke. Drei rotznäsige Kinder mit schmutzigen Gesichtern und schäbigen Fetzen am Leib liefen ihr krakeelend in den Weg, tanzten einmal um sie herum und verschwanden im Gewimmel der Menschen, die etwas an der Baustelle anzuliefern oder dort Sonstiges zu schaffen hatten. Sie warf einen raschen Blick auf schwitzende Zimmerleute und Steinmetze und auf die Windenknechte, die wohl am härtesten schuften mussten, damit schwere Lasten mit Hilfe eines riesigen hölzernen Rads in die Höhe gezogen werden konnten. Es knarrte und quietschte bedrohlich. Esther hätte sich liebend gern die Ohren zugehalten, doch sie musste nach Kaspar fragen.

Sie erwischte ihn gerade noch rechtzeitig, bevor er sich selbst auf den Weg machte, um seine vergessenen Gänsekiele zu holen. Als sie kurz darauf die Baustelle wieder verlassen wollte, entdeckte sie Domherr Marold. Sie verlangsamte ihre Schritte. Sollte sie die Gelegenheit dieses Mal beim Schopfe packen, um nach einer festen Anstellung für ihren Bruder zu fragen? Dombaumeister Gebhardt entlohnte Kaspar nicht so übel, aber etwas Festes, Dauerhaftes wäre die bessere Wahl. Ihr kamen Vitus' Worte in den Sinn. Wenn Kaspar Ratsschreiber wäre, dann könnte er einen segensreichen Passus in das Dokument schmuggeln, das die Ratssendboten schon bald zum Kaiser bringen würden. Wenn es

Marold war, der dieses Dokument aufsetzte, dann wäre es für einen seiner Schreiber gewiss ein Leichtes, den Bogen in einem unbeaufsichtigten Moment zu entwenden, ein wenig zu ergänzen und wieder an seinen Platz zu legen.

»He, Weib, was stehst du da im Weg herum?«, rief ein Holzknecht erbost, der mit einem anderen Knecht einen Balken herbeischleppte.

Sie raffte ihren Rock und ging eilig in die Richtung, in die Marold verschwunden war. Sie tadelte sich selbst für ihre sündigen Gedanken. Niemals könnte sie von Kaspar verlangen, dass er einen Betrug beginge, wenn ihm das Glück zuteilwurde, eine Anstellung bei dem Domherrn zu ergattern. Nicht auszudenken, wenn man ihn erwischte. Sie sah Marold mit wehendem Mantel um eine Ecke verschwinden. Ob er sich wieder mit dem Mann treffen würde, mit dem sie ihn neulich belauscht hatte? Esther konnte nicht anders, sie musste es herausfinden. Sie schaute sich um, ob sie nur ja niemand beobachtete. Schon war sie an dem Mauervorsprung angelangt, an dem gerade noch der pelzbesetzte Saum seines Mantels zu sehen gewesen war. Vorsichtig spähte sie um die Ecke. Er sputete sich, ein rotes Backsteingebäude zu erreichen, das errichtet worden war, als man den Dombau wieder aufgenommen hatte. Darin befand sich sein Kontor, in dem er seine Geschäfte als Domherr und als Notar abwickelte. Er schien sehr in Eile zu sein. Esther kam kaum hinter ihm her, geschweige denn, dass sie die Möglichkeit gefunden hätte, ihn anzusprechen. Nur noch zwei Schritte trennten ihn von den Stufen zu dem schmucken Gebäude. Sie konnte schlecht rufen, während er ihr den Rücken zudrehte, das wäre unhöflich und ein denkbar unglücklicher Beginn für eine Unterhaltung. Was also konnte sie tun? Mit einem Mal sah sie, wie ein kleiner Gegenstand aus der Tasche seines weiten Mantels fiel.

»Ihr habt etwas verloren, Herr!«, rief sie. Doch sie wagte nicht, aus voller Kehle zu rufen, sondern war viel zu leise gewesen, als dass er sie hätte hören können. Schon schloss sich die Tür hinter ihm. Esther drehte sich um, blickte zurück, ob noch jemand beobachtet hatte, dass ihm etwas aus der Tasche gerutscht war. Aber die Männer auf der Baustelle hatten wahrlich anderes zu tun, und auf die Entfernung hätte wahrscheinlich niemand erkennen können, dass etwas gefallen war. Sie sah nach links und nach rechts. Ein paar Mägde und Burschen waren unterwegs. Eine Mutter zerrte ihre beiden Kinder, jedes an einer Hand, hinter sich her. Die Leute widmeten sich ihrem eigenen Tagewerk. Keiner kümmerte sich um Esther oder um den kleinen Gegenstand, der dort noch immer vor der Treppe auf dem sandigen Boden lag. Sie wusste, was zu tun war. Sie würde Marold bringen, was er verloren hatte. Das wäre ein vortrefflicher Beginn für eine Unterredung, in der sie ihn um eine Stellung für ihren Bruder bitten konnte. Sie fasste sich ein Herz und ging auf das Backsteingebäude zu, bückte sich und wollte geradewegs die Stufen nehmen und anklopfen, doch das, was sie da aufgehoben hatte, stahl ihr augenblicklich ihre ganze Aufmerksamkeit. Kein Zweifel, es handelte sich um ein Stückchen Papier. Reinhardt hatte einmal für einen reichen Kaufmann gearbeitet, der mit Genua Handel trieb. Von dort hatte dieser damals einige Bogen dieses neuartigen Beschreibstoffs mitgebracht, um unter anderem sein Vermächtnis darauf festhalten zu lassen. So war Esther in den ungewöhnlichen Genuss gekommen, das Material, von dem natürlich jeder Schreiber schon viel gehört hatte, ansehen und fühlen zu dürfen. Hier und da gab es immer jemanden, der Papier herstellte und wohlhabenden Patriziern oder Adligen anbot. Doch in großen Mengen stand es nicht zur Verfügung. In dem kleinen Skriptorium in der Depenau hatte Esther nur dieses eine Mal Papier zu Gesicht bekommen, danach nie wieder. Der Fetzen, den sie jetzt in der Hand hielt, war daher etwas ganz Besonderes für sie. Der Zettel war zweimal gefaltet. Seine fransig-faserigen Kanten verrieten, dass er einmal Teil eines größeren Bogens gewesen und abgerissen worden war. Esther bemerkte, dass sie noch immer am Fuße der Stufen direkt vor dem Eingang zu Marolds Kontor verharrte. Was, wenn die Tür aufging und jemand ins Freie trat? Er würde sie womöglich umrennen. Ganz sicher würde sich aber ein jeder fragen, was sie dort zu schaffen hatte. Und man würde glauben, dass sie etwas an sich genommen hatte, das ihr nicht gehörte. Sie umschloss das Stück Papier mit der rechten Hand, sah sich gehetzt um und lief in Richtung Mühlenbrücke davon. Was sollte sie jetzt nur anfangen? Was, wenn doch jemand sie beobachtet hatte? Sie würde rasch ein geschütztes Plätzchen aufsuchen, einen Blick auf den Zettel werfen und ihn dann zu Marold bringen. Sie schämte sich ihrer Neugier ein wenig, andererseits sah sie für niemanden einen Nachteil darin, wenn sie die Gelegenheit nutzte, diesen seltenen Stoff zu betrachten, bevor sie ihn seinem Besitzer zurückbrachte. Am besten würde sein, sie lief nach Hause. In der kleinen Holzhütte war sie ungestört.

Mit klopfendem Herzen hockte sie sich auf den einfachen Stuhl, auf dem Vitus am Abend zuvor gesessen hatte, und faltete den Zettel auseinander. Sie hätte sich gern näher an das offene Fenster gesetzt, denn nachdem sie draußen im grellen Sonnenschein gewesen war, erschien es ihr im Innern der Hütte sehr dunkel. Das wagte sie jedoch nicht, da sie fürchtete, jemand könnte sie mit einem Stück Papier in der Hand erwischen. Vor allem durfte sie nicht riskieren, dass jemand sie beim Lesen beobachtete.
Der Fetzen war von beiden Seiten beschrieben. Marold war reich genug, um so große Mengen Papier zu besitzen, dass er es nicht nur für besondere Anlässe aufbewahrte, vermutete sie. Gleichzeitig lag es ihm anscheinend dennoch fern, den kostbaren Beschreibstoff zu verschwenden, was auf einen allgemein besonnenen Umgang mit jeglichem Hab und Gut, auf Geiz oder darauf deuten konnte, dass er doch nicht so gut betucht war, wie sie

meinte. Auf einer Seite las sie: »Senator B. zur dreizehnten Stunde.« Sie drehte den Zettel um und erkannte, dass Marold offenbar ein altes Schreiben, das er einmal verfasst, nun zum Notieren einer Verabredung verwendet hatte. Es war gut möglich, dass ihm in dem ursprünglichen Brief ein Fehler unterlaufen oder ihm eingefallen war, dass er noch etwas ergänzen wollte. So hatte er ihn nicht aus der Hand gegeben, sondern ihn noch einmal neu verfasst und die Rückseite der ersten Ausführung für rasche Notizen gebraucht. Ja, so war es plausibel. Ihr Fund war keineswegs von Bedeutung, wurde ihr klar, und sie war enttäuscht. Er wäre ihr nicht freundlich gesonnen, wenn sie ihm diesen Wisch zurückbrachte. Wahrscheinlich lachte er sie gar aus. Auf der anderen Seite konnte die Verabredung mit diesem Senator, dessen Name er nicht ausgeschrieben hatte, noch bevorstehen. Dann wäre er gewiss doch froh, daran erinnert zu werden. Außerdem musste er denken, dass sie nicht lesen konnte. Sie konnte also gar nicht wissen, ob das Papier von Wert für ihn war oder nicht. Wenn sie ihm das vor Augen führte, musste er es ihr als gute Tat anerkennen, dass sie ihm wiederbrachte, was er verloren hatte. Sie hielt das wunderbare Material mit der Linken und streichelte mit dem Daumen der Rechten darüber. Auch die Ränder betastete sie behutsam. Wie weich sie waren. Und sie sahen beinahe aus, als wüchsen winzige Haare aus dem Innern, als bekäme das Papier ein hauchfeines Fell, wo man es grob zerrissen hatte. Sie lächelte wehmütig. Wie gut musste es jemandem gehen, der so einen herrlichen Bogen einfach nur so verwendete, ihn niemals einem Empfänger zukommen ließ. Sie malte sich aus, wie Marold, nachdem er bereits seine Unterschrift unter das Geschriebene gesetzt hatte, bemerkte, dass ihm etwas entfallen war. Vielleicht hatte er ohne weiteres Nachdenken einen zweiten Bogen ergriffen und den Brief erneut aufgesetzt, dieses Mal natürlich mit dem zuvor vergessenen Satz.

Mit einem Mal stieg Esther Hitze in den Kopf. Sie blickte gebannt auf die Buchstaben, die ihr schwarz entgegenstarrten. In diesem Augenblick wusste sie, dass ihr Fund sehr wohl von Bedeutung war. Er war ein Wink des Himmels. Sie war womöglich auserwählt, in das Schicksal der Stadt Lübeck, nun, zumindest in das einiger Kaufleute, einzugreifen. Es war kein Zufall, dass ausgerechnet sie, eine Frau, die lesen und schreiben konnte, diesen kleinen Zettel von der staubigen Straße aufgesammelt hatte. Hatte sie nicht eben noch zu Vitus gesagt: »Natürlich müsste ich zuvor etwas von ihm Geschriebenes haben, damit ich den Schwung seiner Buchstaben üben könnte.« Nun hatte sie es. Sie war dazu bestimmt, die Abschrift der Urkunde zu verfassen, die Vitus von seinen Sorgen befreien und sie selbst bald zu seinem Eheweib machen würde. Es konnte nicht anders sein, und es war ganz einfach, sie musste nur üben, die Buchstaben ganz genau so zu schreiben, wie man es von Marold kannte. Sie musste ihn so exakt, so glänzend kopieren, dass er selbst ihr Schreiben nicht von dem seinen unterscheiden konnte. In ihrer Hand hielt sie die Vorlage, die es ihr ermöglichte, sich darin zu üben. Und genau das würde sie tun.

Eine bisher kaum gekannte Aufregung hatte Besitz von ihr ergriffen. Sie stürmte die schmale Holzstiege hinauf in ihre Kammer und kramte die Wachstafel hervor, die Kaspar ihr gemacht hatte, als sie noch ein Kind gewesen war. Es war ein einfaches Exemplar. Er hatte damals ein rohes Holzbrett genommen und mit Hammer und Messer Späne und Stücke herausgeschlagen, bis eine viereckige Vertiefung entstanden war. Dann hatte er über dem Feuer eine Mischung aus Ruß, Harz und Wachs angerührt, in die Vertiefung gegossen und mehr schlecht als recht glatt gestrichen. Zum Schluss hatte er noch die Ränder ein wenig geschmirgelt, damit sie sich keinen Splitter in die zarten Finger riss. Fertig war ihre eigene Wachstafel gewesen, auf die sie sehr stolz gewesen war.

Darauf hatte sie mit einem Griffel, den er ihr aus einem Rinderknochen geschnitzt hatte, ihre ersten Buchstaben geübt. Unermüdlich hatte sie sich mit der Karolingischen Minuskel vertraut gemacht, mit den runden Formen und breiten Strichen, die die kleinen Buchstaben so gut lesbar machten. Zuerst hatte sie sich noch vier Hilfslinien ziehen müssen, um Ober- und Unterlängen gleichmäßig zu treffen. Irgendwann konnte sie jedoch auf jegliche Linien verzichten. Immer wieder strich sie die Wachsmasse glatt, wenn sie von oben bis unten Buchstaben hineingeritzt hatte, und begann von neuem. Nachdem ihr die gebräuchliche Schrift des Alltags und der Buchkunst gut von der Hand ging, übte sie auch Großbuchstaben, die zu Beginn eines Absatzes oder Kapitels als Initiale gern reich verziert wurden. Auch darin entwickelte sie eine ordentliche Geschicklichkeit, so weit es mit einem Griffel in einer etwas klumpigen Masse eben möglich war, auf deren Grund man immer wieder im grob behauenen Holz landete. Nach einigen Jahren hatte sie Holzleisten mit Knochenleim auf den Rand der Tafel geklebt, selbst Wachs mit Harz und Pigmenten angerührt und in die neu entstandene Vertiefung gegossen. Damit war die Masse dicker und ließ sich besser einritzen und wieder glätten. Manchmal fielen Esther fromme Reime ein, die sie auf ihrer Tafel notierte, um nicht aus der Übung zu kommen. Doch wann immer sie ihr Schreibwerkzeug hervorholte, zeterte Kaspar, dass sie sie noch beide in Teufels Küche bringe, wenn jemand erfahre, dass sie, eine Frau, des Schreibens mächtig sei.
»Ich hätte dir nie zeigen dürfen, wie es geht«, jammerte er dann. »Es wird schon seinen Grund haben, dass Gott nicht will, dass Frauen lesen und schreiben können.«
»Wenn Gott es nicht will, warum erlaubt er es dann ausgerechnet seinen Nonnen?«, hatte sie ihn gefragt.
»Das sind keine Frauen. Jedenfalls keine richtigen«, war seine Antwort gewesen.

Sie einigten sich darauf, dass Esther nur beim Licht eines Kienspans reimte oder Texte las. Dann bestand keine Gefahr, entdeckt zu werden.

Sie machte auch heute keine Ausnahme, sondern blieb in ihrer fensterlosen Kammer, obwohl sie es unten am Tisch bedeutend bequemer hätte. Nein, bei diesem Vorhaben konnte sie sich schon gar keine Zuschauer leisten. Was am Abend zuvor noch ein frommer Wunsch, ein schöner Traum, ein Scherz gewesen war, wurde nun zur ernsten Wahrheit. Esther sagte sich, dass sie noch nichts Verbotenes getan hatte. Noch konnte sie jederzeit aufhören und den Plan, der streng genommen noch keiner war, aufgeben. Sie würde nur probieren, ob es ihr gelänge, die Schrift des Domherrn Marold zu kopieren. Sie betrachtete die Buchstaben auf dem Papier eingehend. Es fiel sofort auf, dass er die Feder nach dem neuen Stil führte. Die Buchstaben waren hoch, dafür schlank, ihre kräftigen Schäfte waren oben und unten abgeknickt, äußerst feine Linien verbanden die Schäfte eines Buchstabens miteinander. Ecken und Winkel waren akkurat gezeichnet und erinnerten sie an die exakten Formen, die sie bei dem entstehenden Dom so bewunderte. Auch Marolds Groß- und Kleinbuchstaben sahen aus wie stolze und äußerst stabile Bauwerke. Sie strahlten eine solche Erhabenheit aus, dass sie zögerte, sich an ihrem Schwung zu versuchen. Esther atmete tief durch und setzte den Griffel im spitzen Winkel zur Wachsmasse an. So konnte sie einen breiten Strich ritzen, den ersten Schaft des großen M. Für die feinen Verbindungslinien setzte sie den Griffel nahezu senkrecht auf das Wachs, so dass sich nur die Spitze in das weiche Material bohrte. Sie stellte fest, dass sein »a« nicht gerade war, sondern stark nach rechts kippte. Das galt nicht nur für seinen Namen, auch in dem Wort »Senator« neigte sich der kleine Buchstabe gut sichtbar nach rechts. Es schien sich um eine Angewohnheit von Marold zu handeln, die sie sich zu eigen machen musste. Die Oberlänge beim kleinen »d« wölbte sich

jedes Mal wie ein kleiner Halbmond. Auch das war sowohl in seinem Namen als auch in den Wörtern »dreizehnten« und »Stunde« zu erkennen. Der Kienspan in der Halterung war längst heruntergebrannt, und sie hatte einen weiteren entzündet. Jedes einzelne Zeichen auf dem Papier studierte sie aufmerksam und machte es nach, wieder und wieder. Sie bemerkte kaum, wie die Zeit darüber verstrich. Als sie das Klappen der Tür hörte, schreckte sie auf.
»Esther?«
»Ich bin hier oben.«
»Was tust du um diese Zeit in deiner Kammer?«, rief Kaspar hinauf. »Du bist doch nicht krank?«
»Nein, ich komme schon hinunter«, antwortete sie hastig, glättete das Wachs ein letztes Mal, schob Tafel und Griffel zwischen ihre Wäsche und beeilte sich, die Treppe hinabzulaufen.
»Geht es dir gut?«, wollte Kaspar besorgt wissen, musterte sie neugierig und sog die Oberlippe nach innen.
»Ja, mir geht es gut.« Sie legte Reisig in die Glut, das sogleich auflöderte.
»Warum duftet es dann noch nicht nach meinem Abendessen?«, fragte er.
»Entschuldige, ich kümmere mich gleich darum.«
Seine sommersprossige Stirn legte sich in Falten. Er hatte keinen Tag ohne seine Schwester verbracht, seit diese auf der Welt war. Wahrscheinlich kannte er sie besser als sich selbst.
»Irgendetwas stimmt mit dir nicht«, meinte er und ließ sie nicht aus den Augen.
Sie lächelte. »Aber das ist doch Unsinn. Ich habe nur die Zeit vergessen, das ist alles.«
»Wobei?«
»Bei allem Möglichen«, sagte sie, ohne ihn anzusehen. »Du weißt schon, was Frauen eben den lieben langen Tag tun«, plauderte sie weiter und hängte den Kessel mit dem Eintopf über das Feuer.

Bevor er erneut nachfragen konnte, wollte sie von ihm wissen, wie es ihm auf der Baustelle ergangen sei.

»Dieser Gebhardt ist ein wahrer Sklaventreiber«, beklagte er sich sogleich. »Mir tun sämtliche Knochen weh. Will ich den Kopf zur linken Seite drehen, so schießt der Schmerz den ganzen Rücken hinunter, als würde mich jemand hinterrücks mit einem Messer piesacken.«

Sie hatte gar nicht darauf geachtet, doch während sie nun an der Feuerstelle stand und mit dem Holzlöffel im Kessel rührte, spürte auch sie nur allzu deutlich ein Ziehen, das von ihrem Haaransatz im Nacken bis zu ihrem Gesäß reichte.

»Ich weiß, was du meinst«, sagte sie so dahin.

»Tatsächlich? Wie das? Du hast schließlich nicht den ganzen Tag in krummer Haltung über einer Schiefertafel und später über dem Pergament gehockt. Du kannst dir gar nicht vorstellen ...«

»Doch«, unterbrach sie ihn, »ich kann es mir vorstellen, Kaspar, glaube mir. Der Eintopf ist gleich warm. Das wird dich auf andere Gedanken bringen.«

Sie hätte frisches Brot backen sollen. Von den Laiben, die sie gestern gebacken hatte, war nur noch ein winziger Kanten übrig. Sie reichte ihn Kaspar und füllte dann die Rüben in ihre Schüsseln.

Schon beim ersten Bissen maulte er prompt: »Das Brot ist alt und hart!«

»Nein, Bruder, altes Brot ist nicht hart. Kein Brot ist hart«, gab sie zurück.

»Dieses hier schon«, protestierte er.

Sie seufzte. Wie erschöpft sie war. »Du verstehst nicht, aber ich wiederhole es gern noch einmal, damit du es dir hinter die Ohren schreibst: Kein Brot ist hart«, sagte sie mit einer so deutlichen Betonung, dass auch er begriff.

In den nächsten Tagen achtete Esther sorgsam darauf, dass sie ihre Hausarbeiten nicht vernachlässigte. Auch brachte sie Kaspar einmal Wasser, das sie mit gewürztem Wein versetzt hatte, in die Schreibstube, als er nicht auf der Baustelle gebraucht wurde. Und sie machte ihm Honigkuchen. Wenn er nur zufrieden war, dann fragte er nicht viel und kümmerte sich nicht darum, wie sie ihre Zeit verbrachte. Jeden freien Augenblick konnte sie nutzen, um Marolds Schrift zu üben, bis sie schließlich meinte, man könne das Original nicht mehr von der Kopie unterscheiden.

»Du bist lange nicht mehr in der Schenke gewesen«, sagte sie an diesem Abend zu ihm, nachdem er sein Nachtmahl verzehrt hatte. »Morgen ist Sonntag, da brauchst du nicht bei Sonnenaufgang an die Arbeit zu gehen. Warum also gönnst du dir heute nicht einen Besuch dort?«

Kaspar sah sie mit großen Augen an. »Sagst du sonst nicht immer, dafür ist kein Geld da? Und jetzt schlägst du mir einen Gang in die Schenke selber vor. Warum das?«

»Nun, ich dachte, du kannst die Tochter des Wirts recht gut leiden.«

»Das ist wahr«, erwiderte er, grinste und rieb sich verlegen die Nase.

»Wird es nicht Zeit, dass du ihr den Hof machst?«

Er lehnte sich auf seinem Stuhl zurück und streckte die Beine von sich.

»Bestimmt will sie nichts von mir wissen. Ich bin nur ein armer Schreiber.«

»Immerhin bist du ein Schreiber, der für den Dombaumeister tätig ist. Das ist ein solides Auskommen, auf das du noch lange Zeit hoffen darfst. Ein kluges Mädchen wird das zu schätzen wissen. Außerdem machen deine roten Locken doch ohnehin alle Weiber verrückt«, neckte sie ihn. »Tu nur ja nicht so, als ob du das nicht wüsstest.«

Wieder rieb er sich die Nase. »Ach was, Schwester, das erfindest du nur.«
»Tue ich nicht.«
»Tust du doch!«
Sie huschte um den Tisch herum und wühlte ihre Hände in sein Haar. »O nein, Bruderherz, ich meine es ernst.«
»Lass das!« Er duckte sich unter ihr weg und lachte. »Dann gehe ich also in die Schenke«, verkündete er fröhlich.
»Und vorher bringst du mich zu Vitus und holst mich später auch wieder bei ihm ab, ja?«
»Aha, daher weht der Wind. Ich hätte mir doch denken können, dass du etwas im Schilde führst.«
Sie schluckte. Er konnte doch nichts von ihren Plänen wissen.
»Als ob meine Schwester mich ohne Hintergedanken in die Schenke gehen ließe. Von wegen der Tochter des Wirts den Hof machen. Ich soll dir nur als Begleiter herhalten, damit du deinen geliebten Vitus sehen kannst.«
Sie atmete auf. »Nicht nur«, besänftigte sie ihn zuckersüß. »Warum nicht das eine mit dem anderen verbinden?«
»Schon gut, schon gut, das ist eine feine Idee. Ich ziehe mir nur ein frisches Hemd über, dann können wir gehen.«


»Ich will nichts mehr davon hören!« Vitus bebte am ganzen Körper und ging mit raschen Schritten in seiner guten Stube auf und ab. Dabei zog er jedes Mal den Kopf ein, wenn er unter einem der dicken, beinahe schwarzen Balken hindurchkam, die das obere Stockwerk trugen. Er bewohnte das Haus seiner Eltern in der Fleischhauerstraße, einen schmalen zweigeschossigen Holzbau, wie er in der Gegend nicht selten war. Die Straße gehörte zum Johannisquartier, das sich an das Johanniskloster anschloss und überwiegend Heimat von Handwerkern war. Vitus' Großvater war Zimmermann gewesen, darum stand das Haus der Familie in diesem Quartier. Das Schicksal hatte dann wie so oft seinen eigenen Weg eingeschlagen und Vitus' Vater Getreidehändler werden lassen. Schon eine geraume Zeit vor dem Tod seines Vaters hatte Vitus dessen Geschäfte übernommen. Bis vor wenigen Wochen hatte seine Mutter oben in der Kammer gelegen und darauf gewartet, ebenfalls vom Herrgott abberufen zu werden. Sie hatte schon lange nicht mehr laufen oder wenigstens das Bett verlassen können. So musste es eine Erlösung für sie gewesen sein, als sie endlich ihrem irdischen Dasein Lebewohl sagen konnte. Zu gerne hätte Vitus ihr noch seine Braut präsentiert, zu gerne wäre sie sicher mit dem Wissen gegangen, dass ihr Sohn nun eine Familie gründen und in anständigen Verhältnissen leben würde, doch dies war ihr nicht mehr vergönnt gewesen. Nun war er also allein in dem Haus und konnte Esther nicht zu sich holen, ehe sie verheiratet waren. Ihr Ansehen wäre ruiniert gewesen.

Esther war zusammengefahren, so laut war er geworden. Unglücklich hockte sie auf einem der Stühle mit den hohen Lehnen, die um den Esstisch standen. Sie hatte nicht erwartet, dass er so ungehalten auf ihre Neuigkeiten reagieren würde. Im Grunde hatte sie angenommen, dass er erfreut war, erschrocken, aber auch erfreut.

»Aber du hast doch selbst gesagt, wenn Kaspar Ratsschreiber wäre, dann könnte er einen Passus ganz nach deinem Geschmack einfügen.«

»Nur ist Kaspar kein Ratsschreiber.« Er blieb vor ihr stehen und sah sie mit einem unergründlichen Ausdruck an. »Das war mir in jedem Moment bewusst, als wir über die Pläne des Lübecker Rates sprachen. Verstehst du, es war niemals ernst gemeint, sondern ich habe mir nur ausgemalt, was sein könnte. Aber es wird nie sein, Esther!« Er ging wieder ein paar Schritte und setzte sich dann zu ihr an den Tisch.

»Du sagtest auch, dieser zusätzliche Passus sei keine größere Sünde, als die Ergänzung des Dokuments ohnehin schon ist. Warum also bist du so wütend?«

»Weil es mir gleichgültig ist, ob Marold oder die Ratsmänner sich versündigen, Esther. Es ist mir aber nicht gleich, ob du das tust.« Er sah sie traurig an. »Ich kann doch keine Frau zu meinem Weib nehmen, die in einen Betrug verstrickt ist. Dass du des Schreibens kundig bist, ist schon schlimm genug!«

Sie musste schlucken. Nein, damit hatte sie wahrhaftig nicht gerechnet.

»Es ist ja nur, weil du sagtest, der Plan sei kühn, aber auch genial«, stammelte sie. »Und dass wir dann heiraten könnten, hast du gesagt. Darum habe ich Tag und Nacht geübt. Ich habe angenommen, der Plan gefällt dir.« Sie starrte auf ihre Hände, die ein kleines in Leinen gewickeltes Päckchen hielten.

Vitus rückte seinen Stuhl näher zu dem ihren und legte einen Finger unter ihr Kinn.

»Entschuldige, dass ich so laut geworden bin. Das ist nur geschehen, weil ich mich um dich sorge. Was, wenn jemand dich beim Üben gesehen hätte? Eine Frau, die schreibt, wird bestraft. Daran ist nicht zu rütteln.«

Sie sah ihm in die Augen. Zwar war sein Lächeln wieder sanft, dennoch vermochte das ihre Enttäuschung nicht zu vertreiben.

»Ich habe achtgegeben, dass mich keiner sehen kann. Ich bin nicht dumm«, sagte sie leise und senkte den Blick. Es war nicht zu überhören, wie gekränkt sie war.

Ein Holzscheit knallte im Kamin, die Bretter und Balken des Hauses knackten. Der Schein der Öllampe, die auf dem Tisch stand, ließ sein schwarzes Haar bläulich schimmern. Einige Atemzüge lang sprach keiner von ihnen.

Dann sagte er: »Zeig schon her!«

Überrascht sah sie wieder zu ihm auf.

»Du sagst, du hast Tag und Nacht geübt, also will ich sehen, wie weit du es gebracht hast. Das ist schließlich noch keine Sünde, oder?«
Stumm schüttelte sie den Kopf und wickelte die Wachstafel aus. Darauf stand:
»Und ich befreie die Lübecker Kaufleute, die mit England Handel treiben, von den unanständigen Abgaben, die man sich in Köln und Tiel gegen sie ausgedacht hat. Diese sind unzulässig und werden gestrichen, so dass die Lübecker den Kölner und Tieler Kaufleuten wieder gleichgestellt sind.
Außerdem stimme ich einer baldigen Eheschließung des angesehenen Kaufmanns und Englandfahrers Vitus Alardus mit der braven Tintenmischerin Esther aus Schleswig zu.
Gezeichnet Marold, Notar und Domherr zu Lübeck«
»Das wäre ein Traum, fürwahr.« Er küsste sie sanft auf die Wange. »Und es wäre ja sogar der Kaiser höchstpersönlich, der uns seinen Segen gibt.« Er lachte leise. »Ein schöner Traum, nur wird es leider immer ein Traum bleiben.«
»Niemand würde bemerken, dass es nicht Marold war, der das Schreiben verfasst hat«, erklärte sie eifrig und zog das Stückchen Papier hervor. »Siehst du, dies ist die Schrift des Domherrn. Und nun vergleiche sie mit meiner Schrift!«
Sie betrachtete beides voller Stolz. Das kleine »a« kippte stets ein wenig nach rechts, und jedes »d« wies in der Oberlänge eine halbmondförmige Wölbung auf. Auch sonst hatte sie alle Eigenarten Marolds exakt übernommen.
Zunächst hatte er noch schmunzeln müssen, als er die Worte gelesen hatte. Seine Augen glänzten. Dann las er sie ein weiteres Mal und verglich konzentriert den Schwung der Buchstaben und ihre Besonderheiten mit denen, die er auf Marolds Papier sah.
»Wie ein Haar dem anderen«, flüsterte er. Es klang fast ein wenig ängstlich, doch auch seine Bewunderung war nicht zu überhören.

»Niemand würde den Schwindel bemerken«, sagte sie voller Überzeugung. »Und wenn doch etwas schiefginge, käme niemals jemand auf mich. Immerhin bin ich eine Frau, und Frauen vermögen nicht zu schreiben.« Sie strahlte ihn an.

»Aus deinem Mund klingt das alles so einfach. Nur hast du dir nicht ausgemalt, was alles zu tun wäre, wenn wir wirklich eine gefälschte Urkunde nach Italien senden wollten.«

»Was meinst du?«

»Nun, wie ich hörte, wollen die Sendboten des Rates in vierzehn oder fünfzehn Tagen aufbrechen. Nur einmal angenommen, du hättest ein Pergament mit Marolds Schrift in unserem Sinne beschrieben, wie käme das in die Schultertasche der Boten? Hörst du, was ich sage, wir wollen es nur einmal annehmen. Es ist nicht ernst gemeint.«

»Ja, schon gut.« Sie überlegte. Bisher hatte sie noch keinen einzigen Gedanken daran verloren, dass es mit dem Schreiben allein nicht getan sein würde.

»Wie sollten wir überhaupt den Wortlaut in die Hände bekommen, den Marold verwenden würde? Man kann sich schlecht irgendetwas ausdenken. Dieser Schwindel flöge auf der Stelle auf.«

»Du hast recht. Wäre es nicht am geschicktesten, man würde das fertige Dokument den Boten abnehmen, es neu schreiben und ihnen wieder zukommen lassen? Natürlich dürften sie das nicht bemerken.«

»Natürlich nicht.« Er lachte auf. »Wir würden sie im Schlaf in der Kammer einer Schenke überraschen. Ich würde das Dokument aus der Tasche stibitzen, und du würdest es in einer Kammer nebenan abschreiben. Dann würde ich es wieder in ihre Tasche schmuggeln, und am nächsten Morgen würden sie unbekümmert ihres Weges reiten.«

Ihr war klar, dass er Scherze mit ihr trieb, denn ein solcher Plan würde niemals aufgehen.

»Oh, du solltest eine gute Auswahl an Tinten mitbringen, damit du auch die Farbe exakt triffst«, ergänzte er belustigt.
Nun war ihr Ehrgeiz endgültig geweckt. Es musste einen Weg geben, auch wenn sie ihn keinesfalls tatsächlich gehen wollten.
»Eine große Auswahl an Tinten dürfte unnötig sein, da die Boten das Schreiben nicht jeden Tag betrachten werden. Sie reiten damit nur zum Kaiser, und der hat es zuvor noch nicht gesehen, kennt also die Farbe auch nicht.«
»Vielleicht kennt er nicht einmal Marolds Schrift. Dann wäre deine ganze Arbeit umsonst.«
»Nein, die Boten in der Schenke zu bestehlen ist viel zu gefährlich«, sagte Esther und schüttelte den Kopf.
»Es wäre zu gefährlich«, korrigierte Vitus. »Es wäre, Esther, wenn jemand so kühn wäre, den Plan zur Tat zu machen.«
»Ja, gewiss«, entgegnete sie und warf ihm einen unschuldigen Blick zu. »Wenn jemand die Absicht hätte, die Fälschung des Rates durch eine eigene zu ersetzen, müsste er das in Lübeck tun. Am besten, er würde im letzten Moment, bevor die Boten die Abschrift abholen, den Tausch vornehmen.«
»Ihm bliebe nur sehr wenig Zeit, um die eigene Abwandlung zu verfassen.« Sein nachdenkliches Gesicht verriet, dass auch er jetzt ernsthaft darüber nachdachte, wie der Plan gelingen könnte.
In ihrem Kopf arbeitete es unablässig. Mit einem Mal sprang sie auf. Sie ging ziellos ein paar Schritte, dann kehrte sie zurück und setzte sich unter seinem belustigt-verwunderten Blick wieder hin.
»Als Kaspar sich seine Tinte noch selbst gemischt hat, da ist es geschehen, dass er die Zutaten im falschen Verhältnis verwendet hat.«
»Und?« Er hatte keine Ahnung, worauf sie hinauswollte.
»Mit der Tinte ließen sich glänzende braune Buchstaben malen, alles schien äußerst gut gelungen zu sein. Doch nach wenigen

Augenschlägen konnte man zusehen, wie die Schrift zu verblassen begann und schließlich vollständig verschwunden war.«
»Die Schrift hat sich aufgelöst?«
»Gewissermaßen, ja.«
»Wer Einfluss auf die geplante Fälschung nehmen will, müsste Marold eine solche Tintenmischung unterschieben.«
»Dann müsste er ihn aus seinem Kontor locken«, spann sie den Gedanken weiter, »das Pergament erneut beschreiben und sich schleunigst aus dem Staub machen.«
»Auf den ersten Blick würde Marold nichts bemerken, das kostbare Schriftstück zusammenrollen und mit einem Siegel verschließen.«
»Es würde nach Italien zu Kaiser Friedrich gelangen, von ihm bestätigt werden, und wir würden heiraten.« Wieder strahlte sie ihn an. Dann wich das Lächeln jedoch nach und nach aus ihrem Gesicht, und sie seufzte traurig. »Nur wer sollte das für uns tun?«
Er strich über ihre Wange. »Tja, wer?« Und dann fügte er hinzu: »Wäre es in der Tat möglich, eine solche Tintenmischung zu kochen?«
»Man müsste bestimmt mindestens ebenso lang probieren, wie ich das Schreiben der Buchstaben geübt habe. Das Schwierige ist, dass die Tinte sich in sehr kurzer Zeit auflösen müsste. Aber möglich wäre es.«
»Wenn Marold also abgelenkt wäre, man das Pergament an sich nähme, dann bliebe einem nicht viel Zeit, bis die Schrift verblasst, richtig?«
Sie nickte.
»Es wäre daher notwendig, die Worte rasch zu kopieren, auf etwas wie deine Wachstafel dort. Dann müsste man sie in Marolds Schrift mit guter Eisen-Gallus-Tinte auf das Pergament übertragen. Auch das müsste sehr flink gehen. Denkst du, auch das wäre möglich?«

»Ich glaube schon. Ja, ich denke, es wäre nicht einfach, aber zu schaffen.«
Er sah sie eindringlich an und ließ seine Finger von ihrem Gesicht über ihren Hals gleiten. »Es ist sehr verlockend«, flüsterte er.
»Ja, das ist es«, hauchte sie.
Vitus atmete tief ein. Seine Hand streifte ihre Schulter, glitt über ihren Arm und blieb auf ihren Fingern liegen, die den Griffel so vortrefflich in Marolds Manier zu führen vermochten.
»Aber es ist auch gefährlich«, erinnerte er mehr sich selbst als sie.
»Ich weiß, ja, das ist es.«
»Gefährlich, aber genial.« Er sprach so leise, dass sie ihn kaum noch verstehen konnte. Den Glanz seiner Augen und die Entschlossenheit, die mit einem Schlag in sein Gesicht traten, verstand sie dafür umso besser.
»Lass es uns tun, Esther«, sagte er feierlich.
»Ja, Vitus, lass es uns tun!«

# Lübeck, 9. April 1226 – Kaspar

Er ließ sich seinen Becher ein zweites Mal voll schenken. Bisher hatte Malwine, die Tochter des Brauers, noch keine Zeit für ihn gehabt. Oft war er freilich nicht hier in der Schenke, doch wenn er es sich leisten konnte, war es immer das Gleiche. Sie musste sich um die Gäste kümmern, eilte mit Krügen zwischen den Bänken hindurch, machte hier einen Scherz, strich dort die Pfennige ein. Wenn der Nachtwächter draußen auf der Gasse zu rufen begann, trollten sich die ersten, und es wurde von Stunde zu Stunde leerer. Dann kam es vor, dass Malwine sich sogar mal zu jemandem an den Tisch setzte. Zu Kaspar natürlich nicht, das hätte er auch nie zu hoffen gewagt. Nein, sie hockte sich zu denen, die reich genug waren, um regelmäßig in der Schenke ein und aus zu gehen. Sie mussten bei Laune gehalten und besonders freundlich behandelt werden, damit sie auch in Zukunft scheffelweise klingende Münze dort ließen.

Es machte ihm nichts aus, dass sie sich bisher kaum um ihn gekümmert hatte. Ihm reichte es, sich an ihrem Anblick zu erfreuen. Doch würde ihm das auch auf Dauer reichen? Es sei Zeit, ihr den Hof zu machen, hatte Esther gesagt. Warum eigentlich nicht? Nur wie stellte man das an? Wenn sie ihm den Becher reichte oder ihn später mehrfach füllte, lächelte sie ihn stets an. Auch sah sie ihm direkt in die Augen, anstatt, wie es viele Frauen taten, verschämt zu Boden zu blicken. Vielleicht mochte sie ihn ein ganz kleines bisschen. Hatte Esther nicht gesagt, alle Weiber seien scharf auf seine roten Locken? Nun ja, auch ihr Argument, dass er eine gute Stellung als Schreiber für einen Dombaumeister habe, war schließlich nicht von der Hand zu weisen. An seinem Tisch saßen ein Schmied und ein Windenknecht, mit dem er auf der Baustelle schon manches Mal ein Wort gewechselt hatte. Auch am anderen Ende der Bank erkannte er drei Männer, die an der Baustelle des Doms ihr Auskommen hatten. Der Schmied und der Windenknecht unterhielten sich gerade über einen kaputten Sack Salz, der an diesem Tag beinahe zu Handgreiflichkeiten zwischen fünf Weibern geführt hatte.

»Die eine hat die andere an den Haaren gerissen wie eine Furie. Es ist ein Wunder, dass sie nicht kahl zu ihren Männern nach Hause gegangen sind«, erzählte der Schmied. Der andere, der Tag um Tag damit beschäftigt war, das schwere Holzrad zu drehen, mit dem Steinblöcke und andere schwere Lasten in die Höhe gehievt wurden, schlug sich mit der schwieligen Pranke auf den Oberschenkel und lachte. Davon angefeuert, schmückte der Schmied die Geschichte immer mehr aus, berichtete von einer, die mit der Faust nach einer anderen geschlagen hatte. Wieder eine, ein besonders dralles Weib mit gewaltigen Brüsten, habe sich, während die Übrigen einander zerrend und kratzend davon abhielten, dem weißen Schatz nahe zu kommen, die Haube vom Kopf gerissen und diese emsig gefüllt.

»Dann ist die mit den dicken Titten jetzt reich. Eine Haube voller Salz, dafür kann sie ein kleines Vermögen verlangen«, meinte der Windenknecht anerkennend.

»Wenn sie's denn hätte behalten dürfen!«

»Haben die anderen sie doch noch zwischen die Finger gekriegt?«

Ihm war anzusehen, wie sehr er sich bereits auf deftige Einzelheiten freute.

»Die Weiber nicht, aber der Hafenvorsteher.«

»Oha, hat er ihr an Ort und Stelle den Hintern versohlt?« Wieder lachten beide schallend.

»Daran hätte er gewiss seine Freude gehabt. Welcher Mann hätte bei so einem prächtigen Arsch nicht gerne hingelangt?« Der Schmied zwinkerte Malwine, die gerade am Tisch vorbeiging, vertraulich zu. Sie lächelte.

Kaspar war das Verhalten der Kerle unangenehm. Es war ja nichts dabei, über einen üppig ausgestatteten Frauenkörper zu sprechen. Selbst Schilderungen ehelichen Verkehrs waren nicht ungewöhnlich. Im Gegenteil, wer als richtiges Mannsbild gelten wollte, gab gern zum Besten, wie er sein Weib gleich zweimal hintereinander hergenommen habe oder wie sie auf ihm geritten sei, bis der Morgen schon graute. Er selbst schämte sich stets, weil er bei derartigen Unterhaltungen immer nur zuhören konnte, was er freilich gern tat. Nur beitragen konnte er eben nichts. Wären es bloß die Ohren der Wirtsfrau, die solche Prahlereien auffingen, wäre es ihm herzlich egal. Bei der Tochter des Wirts jedoch schämte er sich, ohne dass er hätte erklären können, warum das so war.

»Ich hörte, du bist ein Schreiber«, sagte Malwine, als kaum noch Gäste an den Tischen saßen, und hockte sich auf die Bank ihm gegenüber.

»Das bin ich.« Der Alkohol vernebelte ihm ein wenig den Geist. Ihr Vater braute ein wahrhaft kräftiges Bier. Zudem wurde ihm ganz kribbelig, weil sie sich das erste Mal zu ihm setzte.

»Man erzählt sich über dich, du bist ein bisschen einfältig, stimmt das?«

Er spürte, wie er errötete, als wäre er ein Mädchen. »Ich weiß

nicht recht, immerhin spreche ich vier Sprachen. Das kann nicht jeder von sich behaupten.«
»Vier Sprachen, wirklich? Nein, dann musst du sehr klug sein!« Sie hatte die großen braunen Augen weit aufgerissen und sah ihn bewundernd an. Kein Zweifel, sie trieb keinen Schabernack mit ihm, sondern meinte es ernst.
»Na ja, die meisten Schreiber müssen in der Lage sein, in verschiedenen Sprachen Urkunden oder Briefe zu verfassen. So besonders ist das nicht. Aber dumm bin ich ganz bestimmt nicht.«
»Darf ich dir noch Bier einschenken?«
Am liebsten hätte er nein gesagt, denn er wollte nicht, dass sie aufstand, um den Krug zu holen. Nie und nimmer würde sie sich wieder zu ihm setzen. Nachdenklich lutschte er an seiner Oberlippe.
Sie lachte hell auf. »Was tust du da? Schneidest du gern Grimassen?«
Er wusste nicht gleich, wovon sie sprach. Als er begriff, öffnete er augenblicklich den Mund und presste anschließend die Lippen fest aufeinander, damit er nur ja nicht wieder seiner Angewohnheit nachgab.
»Eins kannst du wohl noch vertragen«, beantwortete sie sich ihre Frage selber, stand auf und war wenig später zurück.
Kaspar sah ihr zu, wie sie seinen Becher füllte. Er dachte kurz an Esther, die sicher bereits ungeduldig auf ihn wartete. Andererseits waren sie und Vitus gewiss auch froh, ein paar Stunden ungestört zu sein. Sie turtelten doch allzu gern. Außerdem war es schließlich Esther gewesen, die ihm geraten hatte, Malwine den Hof zu machen. Dann wollte er das auch tun.
»Vor allem könnte ich eine hübsche Frau vertragen«, platzte es aus ihm heraus.
»Soso, na, du bist ja ein Schlimmer.« Sie zwinkerte.

Erst jetzt fiel ihm auf, wie niedlich die Grübchen in ihren Wangen waren. Und ihre blonden Haare glänzten wie Gold, viel schöner als die seiner Schwester. Was hatte er da eben gesagt? Du meine Güte, was sollte sie nur von ihm denken?

»Verzeihung, ich meine ... Was ich eigentlich sagen wollte, ist, ich könnte gut ein wenig Gesellschaft vertragen und würde mich freuen, wenn du dich noch eine Weile zu mir setzen würdest.« Seine Zunge war ihm schwer, er hatte sich alle Mühe gegeben, deutlich zu sprechen und sich manierlich auszudrücken.

»Gern!« Sie raffte den Rock, um über die Bank zu klettern. Dabei konnte Kaspar einen kurzen Blick auf ihr Knie erhaschen.

»Deine Haare sehen aus wie ein Feuer. Du bist nicht oft hier, aber wenn du da bist, wünsche ich mir jedes Mal, ich könnte dein Haar berühren. Ich stelle mir immer vor, dass es ganz heiß sein muss.«

»Aber nein, es ist auch nicht wärmer als das Haar anderer Leute.« Sie kicherte. »Ich weiß, doch ich stelle es mir immer so vor. Und dann würde ich zu gerne hineinfassen.«

»Meine Schwester tut das manchmal. Sie wühlt ihre Hände immer ganz tief hinein.« Er lachte verlegen.

»Die Glückliche.« Sie seufzte und lächelte die ganze Zeit so wunderhübsch, dass ihm ganz schwindlig war. »Magst du es, wenn sie in deinen Haaren wühlt?«

Wenn er ihr den Hof machen wollte, war das ein guter Moment, kam ihm in den Sinn. Er nahm seinen Mut zusammen und sagte: »Mir wäre es lieber, wenn das eine Frau täte, deren Herz ich erobern könnte.« Hoffentlich war sein Blick so verschmitzt, wie er es beabsichtigte.

»Jetzt nimmst du mich aber auf den Arm«, rief sie aus. »Du hast bestimmt schon eine Menge Herzen erobert und auch gebrochen, habe ich recht?«

»Aber nein!«, gab er aufrichtig zurück.

»Wie müsste sie denn sein, die, deren Herz du gerne erobern würdest?«

Wenn er sich nicht sehr täuschte, konnte sie ihn tatsächlich leiden. Jetzt bloß nichts falsch machen. Er nahm einen kräftigen Schluck Bier. Unsinn, was konnte er schon falsch machen? Sie mochte ihn, und er war ja auch weiß Gott ein toller Kerl.

»Sie müsste natürlich sehr hübsch sein«, begann er. »Anständig soll sie auch sein. Für mich kommt keine in Frage, die schon alle Kerle der Stadt ausprobiert hat.«

Sie machte große Augen, sagte aber nichts. Er war auf dem richtigen Weg, das fühlte er ganz deutlich.

»Und ein gutes Herz müsste sie haben.« Er himmelte sie an. »Dann vielleicht noch Grübchen in den Wangen und das blonde Haar eines Engels«, hauchte er.

Wieder kicherte sie. Dann nahm sie seine Hand. »Willst du mal anfassen?«

Benebelt vom Bier und vor allem von Malwine, starrte er auf die Stelle ihres Kleides, an der sich ihre Brüste abzeichneten. Sie waren nicht gerade groß wie Schafsköpfe, aber auch nicht eben klein. Nichts täte er lieber, als seine Hände darum schließen. Er musste schlucken und nickte. Sie lachte die ganze Zeit leise, um ihre Unsicherheit zu verbergen, wie er annahm. Dann legte sie ihm eine dicke Strähne ihres blonden Haars in seine Hand.

Seine Enttäuschung dauerte nicht lange. »Ganz weich«, flüsterte er. Am liebsten hätte er dieses Haar nie wieder hergegeben.

»Jetzt ich«, forderte sie und entzog ihm die Strähne wieder.

»Was du? Ach so, du willst, aber das ... Wie sollen wir es machen?« Er glotzte sie hilflos an.

»Komm mir halt ein Stück entgegen«, kommandierte sie grinsend.

»Ach so, ja ...« Er beugte sich vor und lehnte seinen Oberkörper an den Tisch. Auf der Stelle streckte sie die Finger nach seinem

Wuschelkopf aus. Vorsichtig erst, als könnte sie sich wirklich verbrennen, dann packte sie jedoch ordentlich zu und vergrub die ganze Hand in seinem Schopf.
»Sie sind ganz fest«, bemerkte sie und betrachtete aufmerksam, wie seine Locken sich bewegten, wenn sie darin herumwühlte. »Es ist lustig.«
Er seufzte. »Es ist schön. Viel schöner, als wenn meine Schwester das tut.«
»Soll das heißen, ich darf mir Hoffnung machen, dass du jetzt versuchen wirst, mein Herz zu erobern?«
»Dürfte ich mir denn Hoffnung machen, dass es mir gelingt?«
Sie ließ den Arm sinken und berührte ihn dabei kurz mit der Hand an der Wange. Kaspar war überglücklich.
»Wenn ich dir darauf eine Antwort gäbe, wäre es zu einfach. Das musst du schon selbst herausfinden.« Damit erhob sie sich. Kaspar hoffte, er könne einen weiteren Blick auf ihre nackten Beine werfen, doch dieses Mal war ihm der Stoff ihres Kleids unglücklich im Weg.
»Dann darf ich wiederkommen?«
Sie spielte mit der Strähne, die sie ihn eben hatte berühren lassen, und schnupperte daran, als wäre sie in Gedanken.
»Ein jeder darf hier einkehren, wann immer er mag«, antwortete sie.
»Aber nicht ein jeder darf dein Haar berühren, hoffe ich.«
»Nein, das darf nicht jeder.«
»Ich komme wieder«, versprach er.

# Lübeck, 24. April 2011 – Christa Bauer

Christa Bauer eilte den Mühlendamm entlang zum Archiv der Stadt Lübeck. Der Eingang lag direkt neben dem altehrwürdigen Dom.
Wenn ihr nur von früher erzählen könntet, dachte sie beim Anblick der beiden hoch aufragenden Backsteintürme, die sich mit Hilfe einer Verstrebung aneinander festhielten.
Sie betrat das Gebäude, das sich das Archiv mit dem Museum für Natur und Umwelt teilte, und lief die Stufen zum Lesesaal hinauf, wo eine gerahmte Kopie des Reichsfreiheitsbriefes von 1226 aufbewahrt und interessiertem Publikum gern vorgeführt wurde.
»Guten Morgen«, rief sie leise ihrer Kollegin zu, die hinter dem kleinen Empfangstresen saß. Ihre Stimme zu senken war ihr im Lauf der Berufsjahre in Fleisch und Blut übergegangen. Der graue Filzbodenbelag dämpfte ihre Schritte, als sie um den runden alten Tisch herum lief, ein Schatz zwischen all den modernen Möbeln.
»Da bist du ja«, murmelte sie vor sich hin und griff nach dem Wechselrahmen, der die nur knapp fünfzig mal fünfzig Zentimeter große Pergamenturkunde barg. Zwar waren ihr Anblick und Inhalt sehr vertraut, doch sie kannte nicht jedes Wort, jede Abkürzung, die man im Mittelalter auf beinahe absurde Art und

Weise geliebt hatte, auswendig. Sie musste also überprüfen, ob der Passus, von dem sie in Sankt Augustin in dem Vermächtnis gelesen hatte, wirklich in den Freiheitsbrief aufgenommen worden war. Das würde die Worte des Kölner Kaufmanns, um dessen Testament es sich handelte, bestätigen und diese Urkunde hier als frühmittelalterliche Fälschung oder besser als auf einer Fälschung basierend entlarven. Christa nahm sich nicht die Zeit, sich zu setzen. Sie hatte das aus der Unglücksstelle des eingestürzten Kölner Stadtarchivs geborgene Dokument so weit entschlüsseln können, dass sie nun wusste, wonach sie zu suchen hatte. Gab es einen Passus, der Lübecker Englandfahrer mit denen aus Köln gleichstellte? Sie war sich dessen nicht sicher. Natürlich wäre es ein Leichtes gewesen, diesen Umstand von Sankt Augustin aus zu recherchieren. Sie hätte im dortigen Archiv problemlos ein Buch finden können, das den gesamten Text des Reichsfreiheitsbriefes wiedergab, oder sie hätte eben ein solches Buch bestellen lassen können. Auch im Internet wäre der gesamte Inhalt ohne große Mühe zu finden gewesen. Nur musste sie ja sowieso zurück in ihre Heimatstadt und an ihre Arbeit. Und sie wollte herausfinden, ob über die Begünstigte des Testaments, immerhin eine Lübeckerin, etwas im Archiv war. Diese Aufgabe, das war ihr klar, würde sie vor deutlich größere Herausforderungen stellen als die Überprüfung des Pergaments, dessen Kopie sie jetzt in den Händen hielt. Also hatte sie beschlossen, sich selbst auf die Folter zu spannen und erst hier vor Ort nach dem verräterischen Satz zu suchen. Der Rahmen war so groß, dass er Platz für zwei Ausfertigungen der Urkunde gehabt hätte. Auf die lateinische Originalausgabe folgte die deutsche Übersetzung, die sie jetzt überflog. Sie hielt den Atem an und las leise: »Außerdem befreien wir die genannten Lübecker Bürger, wenn sie nach England fahren, von der sehr missbräuchlichen und belastenden Abgabe, die, wie es heißt, die Leute von Köln und Tiel und deren

Genossen gegen sie ausgeheckt haben, und tilgen diesen Missbrauch gänzlich; vielmehr sollen sie nach Recht und Stand leben wie die Leute von Köln und Tiel und deren Genossen.« Mehr brauchte sie nicht zu lesen. Ihr fiel auf, dass genau dieser entscheidende Satz einen etwas anderen Farbton hatte als alle übrigen. Die Handschrift war dieselbe, kein Zweifel, nur sah es so aus, als hätte der Schreiber für diesen einen Satz eine andere Tinte verwendet. Sie wunderte sich, dass das noch niemandem aufgefallen war. Gut, es sprang nicht direkt ins Auge, aber immerhin, man konnte es erkennen. Verschiedene Tinten waren an sich nicht ungewöhnlich, aber nur einige Zeilen mit einer anderen, vielleicht neu angemischten Tinte zu schreiben, danach wieder zu der zu greifen, die davor zum Einsatz gekommen war, das war eben doch nicht üblich.

»Herzlich willkommen zurück, Frau Bauer«, begrüßte sie Dr. Florian Kayser, der Leiter des Archivs, und riss sie aus ihren Gedanken.

»Guten Tag, Chef«, begrüßte sie ihn. »Es ist wahr, dieser Kaufmann aus Köln hat die Wahrheit gesagt. Wir müssen eine Pressekonferenz einberufen.«

Kayser zeichnete aus, dass er auch in hektischen Situationen stets den Überblick behielt und mit vermeintlichen Sensationen und Skandälchen angenehm unaufgeregt umging. Auch in diesem Moment blieb er die Ruhe selbst.

»Was halten Sie davon, wenn wir es uns mit einer Tasse Tee in meinem Büro bequem machen und Sie mir endlich erzählen, was Sie in Köln so Spannendes aus dem Schutt geborgen haben?«

»Gute Idee.«

Wenig später saß sie ihm in seinem Büro gegenüber, das schlicht und ein wenig altmodisch eingerichtet war. Von dem breiten Schreibtisch, dem Rollcontainer und dem mannshohen Regal war kaum etwas zu sehen, weil sich überall Papiere und Aktenordner stapelten. Dazwischen lagen Notizblöcke, kleine Blöcke knallgelber Haftnotizen, unzählige beschriebene Zettel und jede Menge Kugelschreiber herum, von denen die meisten vermutlich keinen Strich mehr von sich gaben. Im krassen Gegensatz zu dem nahezu alles bedeckenden Chaos stand ein einziges Quadrat seiner Schreibtischplatte, auf der zwei Servietten lagen. Dort befand sich ein Stövchen, in dem ein Teelicht flackerte, und darauf eine Porzellankanne mit chinesischer Malerei. Außerdem stand dort eine Tasse für etwaige Gäste. Sie hatte ebenso wie seine eigene Tasse einen Siebeinsatz und einen Deckel. Kayser füllte einen kleinen Löffel weißen Tee in den Einsatz, goss heißes Wasser darauf und schloss den Deckel. Er reichte ihr die Tasse und eine kleine Schale, in die sie den Siebeinsatz stellen konnte, wenn der Tee ausreichend gezogen hatte. Christa und ihr Chef arbeiteten schon lange und sehr gut zusammen. Von ihm hatte sie das chinesische Tee-Ritual gelernt, das ihr zu einer lieben Gewohnheit geworden war. Doch in diesem Moment hatte sie einfach nicht die Gelassenheit, um die Tasse an ihren Wangen entlangzurollen oder den Dampf in ihre Augen steigen zu lassen.

»Na, dann mal los«, forderte er sie auf.

Sie fuhr sich durch das kurze braune Haar und begann ohne Umschweife von dem Vermächtnis zu erzählen, das sie inzwischen so weit rekonstruiert und entziffert hatte, um sich ein Bild von der ganzen ungeheuerlichen Geschichte machen zu können.

»Dieser Kaufmann aus Köln ist der mysteriösen Dame aus Lübeck dahintergekommen, dass sie in die Fälschung des Reichsfreiheitsbriefes verstrickt ist. Sie hat offenbar dafür gesorgt, dass dieser Passus in der Urkunde gelandet ist.« Sie hatte den Rahmen mit in das Büro genommen und las nun die Englandfahrer-Passage aus dem Pergament vor. Anschließend erzählte sie weiter: »Wenn sie ihr Vergehen gesteht, kommt sie in den Genuss von dreihundert Mark Silber, die er ihr vermacht. Übrigens hat er zugegeben, einen Mann getötet zu haben. Netter Haufen, was? Eine Betrügerin und ein Mörder.«

»Moment, mal langsam. Was soll die Frau davon gehabt haben, dass dieser Passus eingefügt wurde? Und vor allem, wie hat sie Einfluss auf den Wortlaut nehmen können?«

»Vielleicht hat sie einen Ratsherrn verführt. Oder sie hat sich als Mann verkleidet und als Schreiber gearbeitet.«

»Wenn sie schreiben konnte, müsste sie eine Nonne oder eine Adlige gewesen sein. Wissen Sie schon etwas über ihre Identität?«

»Nein. Ausgerechnet da, wo ihr Name gestanden hat, ist das Pergament so stark beschädigt, dass ich ihn noch nicht rekonstruieren konnte. Nicht einmal unter UV-Licht.«

»Haben Sie es schon mit Infrarot-Reflektografie versucht?« Er gab sich die Antwort selbst: »Nein, haben Sie noch nicht, aber selbstverständlich haben Sie bereits daran gedacht.«

Sie nickte. »Sehen Sie, das unterscheidet Sie von diesem unsäglichen Matthei. Der behandelt einen wie einen Idioten und geht immer davon aus, dass er der Einzige mit Fachkompetenz ist.«

»Ich hoffe, Matthei und ich unterscheiden uns nicht nur in diesem Punkt.« Er machte ein finsteres Gesicht.

Christa musste grinsen. »Sie können ihn auch nicht leiden, stimmt's, Chef?«

Wie sie erwartet hatte, war ihm keine Äußerung zu diesem Thema zu entlocken.

»Allerdings habe ich wenig Hoffnung«, fuhr sie fort. »Wenn unter UV-Licht die Buchstaben nicht zu erkennen sind, gar nichts davon, ist es eher unwahrscheinlich, dass die IR-Reflektografie ein besseres Ergebnis bringt.«

»Besser wenig Hoffnung als gar keine.« Er nippte an seinem Tee und wollte wissen, was sie als Nächstes vorhatte.

»Ich werde mir unsere mittelalterlichen Urkunden vorknöpfen. Vielleicht lässt sich irgendwo ein Hinweis darauf finden, dass der

Rat von Lübeck damals Interesse an dem England-Paragraphen hatte. Womöglich wird die Frau zu Unrecht beschuldigt, und dieser Typ aus Köln wollte ihr nur etwas anhängen.«
»Das ergibt nicht viel Sinn«, wandte er ein und goss ihr erneut heißes Wasser in die Tasse.
»Ja, das sehe ich genauso. Trotzdem will ich sichergehen. Falls sich nichts findet, muss ich eben meinen Hauptdarstellern auf den Leib rücken. Vielleicht lässt sich etwas über eine Schreiberin in Lübeck in der betreffenden Zeit herauskriegen, deren Vater zum Beispiel Englandfahrer war.«
»Das wird eine ziemliche Sisyphusarbeit.«
Sie versuchte in seinem Gesicht zu lesen. Hoffentlich eröffnete er ihr jetzt nicht, dass er sie für andere Aufgaben brauchte.
»Ich kann Sie nicht komplett für diese Geschichte freistellen, aber mir ist natürlich klar, wie brisant Ihre Entdeckung ist.« Die Tasse in der Hand, lehnte er sich in seinem Ledersessel zurück. »Das ist doch ein starkes Stück. Wir sind immer davon ausgegangen, dass es Absprachen zwischen den Lübeckern und Friedrich II. gegeben hat, die von Barbarossa erteilten Privilegien zu erweitern. Insgeheim habe ich noch immer gehofft, dass uns irgendwann entsprechende Unterlagen, Schriftwechsel vielleicht, in die Hände fallen, die das belegen. Wie es aussieht, können wir darauf lange warten.«
»Es hat keine Absprachen gegeben.«
»Die Lübecker haben betrogen.«
»Geschummelt«, korrigierte sie mit einem Lächeln auf den Lippen. »Das klingt doch viel netter.«
»Keine Absprachen. Die zusätzlichen Rechte und Vorteile, die in unserer Abschrift des Barbarossa-Privilegs fehlen, sind einer Fälschung einfach zugesetzt worden. Aufgrund dieser erweiterten Abschrift, die man dem Kaiser als Original seines Großvaters untergejubelt hat, hat dieser den Reichsfreiheitsbrief ausgestellt und mit seinem kaiserlichen Siegel versehen.«

»Alle Achtung!«
»Gilt das mir oder den Lübeckern?«
Ihre Antwort war ein Schmunzeln.
»Eins steht fest. Entweder war die Frau nur am Rande an dem Schwindel beteiligt. Dann müssten wir wohl davon ausgehen, dass der Rat der eigentliche Drahtzieher war.« Er machte eine Pause und dachte nach.
»Oder?«
»Oder sie war beispielsweise Albrecht II., Graf von Orlamünde, zugetan, und es ging ihr in erster Linie darum, ihm Genugtuung zu verschaffen.«
»Wie meinen Sie das?« Sie richtete sich auf ihrem Stuhl auf.
»Hausaufgaben nicht gemacht?«
Sie rollte mit den Augen.
»Der Graf hat seinem Onkel, dem Dänenkönig Waldemar, zur Stadtherrschaft über Lübeck verholfen. Diejenigen, die ihn in Gefangenschaft gebracht haben, waren darauf aus, sich eben dieser Herrschaft zu bemächtigen. Und sie hätten auch die besten Chancen gehabt, würde nicht in diesem Dokument stehen, dass Lübeck frei zu sein hat.«
Christa las die entsprechende Passage: »Die obengenannte Stadt Lübeck solle stets frei sein, das heißt, sie solle eine unmittelbare Stadt, ein Ort des Reiches sein und unmittelbar der kaiserlichen Herrschaft unterstehen, wobei sie niemals von dieser unmittelbaren Herrschaft getrennt werden soll.«
»Pech für diejenigen, die sich die Stadt schnappen wollten. Immerhin ein bisschen Wiedergutmachung für Albrecht.« Er stützte sich mit beiden Händen auf die Armlehnen seines Sessels, als wollte er aufstehen. Ein untrügliches Zeichen dafür, dass die Besprechung beendet war. »Versuchen Sie noch etwas mehr in die Finger zu kriegen, bevor wir die Pressevertreter einladen.«

Es war spät geworden, bis sie hatte Feierabend machen können. Mit brennenden Augen und schmerzendem Nacken kehrte sie in ihrer Lieblingskneipe in der Fleischhauerstraße unweit ihrer Wohnung ein. Sie schätzte das Ambiente des historischen Gewölbes, das ihr stets half, sich in vergangene Zeiten zu versetzen und Probleme, die ihr so manche Restaurierung aufgab, zu lösen. Außerdem gab es hier gutes Essen. Ideal, wenn man ungern am Herd stand, mit Fertiggerichten aber auch nichts anfangen konnte.

Christa nahm an einem Tisch auf der Galerie Platz, von wo sie einen Blick auf den Eingang, den Tresen und den offenen Kamin hatte. Sie stellte sich vor, dass diese Frau, der jemand ein kleines Vermögen vermacht hatte, hier im alten Stadtkern gelebt hatte. Gut möglich, dass das Haus, in dem sie jetzt hockte und auf ihr Abendessen wartete, damals schon stand. Es war auch denkbar, dass es gerade erbaut wurde. Nun gut, wahrscheinlicher war, dass an der Stelle ein anderes Haus gestanden hatte, welches im Lauf der Jahre aber vermutlich abgerissen und neu errichtet worden war.

»Christa, geben Sie uns mal wieder die Ehre? Wie schön!« Costas, der Chef des Restaurants, war an ihren Tisch getreten.

»Die gebe ich Ihnen doch mindestens zweimal die Woche«, entgegnete sie und schüttelte seine Hand. Der Mann mit dem schwarzen Haar und den sanften Augen war nicht nur ausgesprochen höflich, sondern hatte immer ansteckend gute Laune. Sie mochte ihn. Ein Grund mehr, um immer wieder hierherzukommen.

»Wenn Sie nicht gerade in Köln sind oder vor lauter Arbeit gar nicht zum Essen kommen«, warf er ein. »Haben Sie schon bestellt, oder kann ich noch etwas für Sie tun?«

»Danke, ich bin bestens versorgt.«

»Schön.« Damit zog er sich zurück und kümmerte sich um andere Gäste. Sie musste schmunzeln. Obwohl sie sich bereits so lange

kannten und auch schon lange Gespräche miteinander geführt hatten, die deutlich über den üblichen Smalltalk zwischen Wirt und Gast hinausgingen, wäre er nie auf die Idee gekommen, sie zu duzen. Dabei hätte sie gar nichts dagegen einzuwenden. Eigentlich mochte sie die legere Art viel lieber. Aber bei Costas hatte die förmliche Anrede einen ganz eigenen Charme.
Sie sah ihm einen Moment zu, wie er mit einer Gruppe von sechs Männern plauderte. Sie trugen Anzüge und hatten Akten auf dem Tisch. Geschäftsleute, vermutete sie. Dann kehrten ihre Gedanken zu der Lübeckerin zurück, die in dem ungewöhnlichen Testament vor über achthundert Jahren so reich bedacht worden war. Die Vorstellung, dass es gewissermaßen eine Verbindung gab, dass die vermeintliche Schreiberin von damals über dieselbe Erde geeilt war wie Christa heute, hatte etwas Magisches. Sie musste unbedingt mehr über diese geheimnisvolle Person erfahren. Vor allem musste sie herauskriegen, ob sie das verlangte Geständnis abgelegt und das Geld bekommen hatte. Plötzlich lief Christa eine Gänsehaut über den Rücken, und sie hatte den Eindruck, dass jemand sie beobachtete. Sie sah sich um, aber die Menschen, Pärchen und kleine Gruppen, kümmerten sich nicht um sie. Mit einem Mal wurde ihr klar, dass es nicht das Gefühl war, von Menschen beobachtet zu werden. Christa Bauer meinte, dass der Geist einer Toten, einer vor Hunderten von Jahren gestorbenen Frau, anwesend war.
»Wer bist du?«, fragte sie leise.

# Plöner Bischofsberg, 8. April 1226

»Nein, Herr, bitte nicht! Lasst mich gehen!« Die Stimme der Magd überschlug sich vor lauter Panik. Sie war ein junges Ding, noch ein Kind, ganz nach seinem Geschmack.
»Ja, recht so, zier dich nur gehörig.« Seine Stimme war rauh und verriet seine Erregung. »So jung, und doch weißt du schon, wie du einem Mannsbild den Kopf verdrehen kannst.«
»Ich bitte Euch, Herr, das war nicht meine Absicht. Bitte, das müsst Ihr mir glauben!«
»Absicht oder nicht, du wirst schon auf deine Kosten kommen. Na komm schon her!«
Ein hohes Kreischen, dann Geräusche wie von einem Handgemenge.
»Bitte, Herr, verschont mich!« Jetzt weinte die Magd.
»Keine Sorge, ich werde dir nicht gleich ein Balg ansetzen.« Er grunzte zufrieden. »Ah, herrlich festes Fleisch.« Das Mädchen schluchzte laut auf. »Fühlt sich gut an, nicht wahr? Das wird sich gleich noch viel besser anfühlen. Beine auseinander!«
»Nein, ich kann nicht, bitte, ich kann doch nicht ...« Ihr Flehen ging in ein Wimmern über.
»Nun reicht es mit dem Theater. Die Beine auseinander, sage ich. Sollst mir doch nur meinen Degen schmieren, damit ich es bei

meiner Alten gleich leichter habe. Die wird wieder daliegen wie ein toter Hering. Wie soll ein Mann da seinen Stammhalter zeugen, frage ich dich.« Während er sprach, keuchte er und stieß die Worte im gleichen Rhythmus hervor, mit dem er vermutlich in die junge Magd eindrang. Im Flur. Direkt vor dem Schlafgemach, das er mit seiner Gattin teilte.

Heilwig von der Lippe hielt sich die Ohren zu. Wenn er mit der Kleinen fertig war, würde er mit hartem, hoch aufgerichtetem Geschlecht zu ihr kommen und den Beischlaf verlangen, nicht ohne zu fordern, dass sie dieses Mal gefälligst einen Knaben hinzukriegen habe. Sie würde sich ebenso wenig wehren können wie die Magd. Es würde schmerzen, aber es würde immerhin rasch vorbei sein. Wenn sie Glück hatte, würde er schon nach wenigen Wimpernschlägen grunzend über sie fallen, kurz liegen bleiben, sich dann zur Seite rollen und sie für einige Tage in Frieden lassen.

Am nächsten Morgen fühlte Heilwig sich, als wäre ein Fuhrwerk über sie hinweggerollt. Sie hatte kein Glück gehabt. Ihr Mann war nicht etwa rasch mit dem Beischlaf fertig gewesen, wie sie erwartet hatte. Anscheinend hatte das Geplänkel mit der blutjungen Magd ihn so erhitzt, dass er gar nicht genug bekommen konnte.

»Du bist mir rechtmäßig angetraut«, hatte er geschrien und ihr brutal ins Gesicht geschlagen. »Ich kann von dir Gebrauch machen, wann immer, wie lange und so oft ich will.« Ein Schlag auf die andere Wange. »Und als mein mir rechtmäßig angetrautes Eheweib könntest du dir mal ein bisschen Mühe geben. Es kann doch nicht so schwer sein, es wie eine Hure zu treiben. Ich werde dir das Vergnügen daran schon beibringen. Und wenn ich es dir einprügeln muss«, hatte er gebrüllt und ihre Schenkel so weit auseinandergezerrt, dass sie glaubte, es würde sie zerreißen. Dreimal hatte sie die Glocke schlagen hören, bevor er endlich von ihr abgelassen hatte. Ihr einziger Trost war gewesen, dass sie eben kein Vergnügen daran empfunden hatte. Sie hatte ihren Mann nicht zum Verkehr ermuntert, sondern das alles lustlos über sich ergehen lassen. So war es keine Sünde und ihre Seele nicht in Gefahr.

Nun war ihr Gesicht geschwollen, und ihr Schoß brannte erbärmlich. Sie fühlte sich wie ausgehöhlt. Bisher war es ihr stets unrecht erschienen, wenn sie schlecht von ihrem Gatten gedacht hatte. Der Beischlaf war ein Übel, mit dem sich jede Frau abfinden musste, so hatte man es ihr beigebracht. Er hatte ja recht, dass er nach seinem Belieben von ihr Gebrauch machen durfte. Doch sie derartig zuzurichten konnte nicht recht und nicht in Gottes Sinn sein. Sie dachte an die Worte ihres Großvaters. Und sie dachte an den zweiten Besuch des Fremden, der Magnus dazu benutzen wollte, Kaiser Friedrich II. zu täuschen. Sie sah sich ängstlich in dem Schlafgemach um, als könnte jemand ihre Gedanken lesen. Eine Frau, die sich gegen ihren Gatten stellte, das war ungeheuerlich. Doch was blieb ihr übrig, wenn eben dieser Gatte auf der falschen Seite stand? Was hatte ihr Großvater noch gesagt? »Albrecht ist fromm im Herzen, Kind. Er hat wie ein Held gekämpft, um die Kirche von ihren ungläubigen Feinden zu befreien. Wer gegen ihn ist, ist auch gegen Gott.« Ihr Mann Adolf war gegen Albrecht von Orlamünde. Das bedeutete also, dass er gegen Gott war. Dafür würde er im ewigen Höllenfeuer schmoren. Niemand konnte von Heilwig verlangen, dass sie ihn auch dorthin begleitete.
Sie rief nach dem Kammermädchen. Von dessen entsetztem Gesicht konnte sie ablesen, wie schlimm ihr Mann sie tatsächlich zugerichtet hatte. Dennoch tat Heilwig, als wäre nichts vorgefallen. Sie ließ sich ankleiden und die Haare hochstecken. Dann verlangte sie den Schreiber Magnus zu sehen.

Magnus, hochgewachsen und seit geraumer Zeit erschreckend dünn, verneigte sich formvollendet. Seine Miene verriet nicht im mindesten, was er von ihrem Anblick hielt. Als er sich aufrichtete, schüttelte ihn ein trockener Husten, den er zu unterdrücken versuchte. Sein graues Haar, für sein stolzes Alter noch erstaunlich dick und voll, umwehte das magere Antlitz.
»Setzt Euch, Magnus«, forderte Heilwig ihn auf. Sie war besorgt um seine Gesundheit und fürchtete, dass er nicht mehr die Kraft hatte, sich lange auf den Beinen zu halten.
»Danke.« In dem zierlichen Sessel mit den geschwungenen Armlehnen wirkte er merkwürdig deplaziert.
»Ich will nicht lange um die Sache herumreden«, begann sie, obwohl es ihr äußerst schwerfiel, auf den Punkt zu kommen. »Der Graf hat Euch kürzlich eine Wachstafel zukommen lassen, deren Wortlaut Ihr auf Pergament übertragen sollt. Habt Ihr Euch nicht gefragt, warum der Verfasser das nicht selbst erledigt hat?«
»Nein, erlauchte Gräfin.« Seine knittrigen Lippen verzogen sich zu einem schmalen Lächeln. »Weder steht es mir zu, mir derlei Fragen zu stellen, noch zweifle ich an dem Nutzen dieser Tätigkeit.«
Sie zog fragend die Augenbrauen hoch, was ihr einen brennenden Schmerz einbrachte. So bemühte sie sich rasch wieder um entspannte Züge.
»Nun, der Schreiber tut sich schwer mit der rechten Reihenfolge und Vollständigkeit der Buchstaben, erlauchte Gräfin«, erklärte er. »Da ist es wohl nützlich, jemanden zu bitten, der dies besser beherrscht. Zumal das Schreiben von nicht unerheblicher Bedeutung ist.«
»Das ist es allerdings«, stimmte sie nachdenklich zu. »So wisst Ihr also, dass es dem Kaiser höchstselbst vorgelegt und als exakte Abschrift des von seinem Großvater, Kaiser Barbarossa, verfassten Briefs verkauft werden soll?«

»Es war nicht sehr kompliziert, den Zusammenhang zu begreifen. Die Andeutungen des Grafen und der Wortlaut, den ich zu verfassen hatte, haben mir verraten, wofür der Brief verwendet werden soll, erlauchte Gräfin.«

»Hört schon auf mit dieser hochgestochenen Anrede. Ihr habt mich auf Euren Knien geschaukelt, als ich kaum laufen konnte. Und Ihr wart, solange ich denken kann, ein Getreuer meines Großvaters, Gott hab ihn selig. Ich spreche zu Euch nicht als Gräfin, sondern als Mensch. Ihr müsst mir schwören, dass ich Euch als Mensch und als Freund meines Großvaters, des Bischofs, vertrauen kann.«

»Das könnt Ihr. Ich würde mein Leben für Euch geben, so wie ich es für den Bischof gegeben hätte, wenn es Gott der Herr von mir verlangt hätte.« Ein Blick in seine wässrig blauen Augen sagte ihr, dass er die Wahrheit sprach.

»Hört zu, Magnus, Ihr wisst, dass der Graf großes Unrecht von Euch verlangt. Viel weiß ich nicht über Eure Vergangenheit, nur so viel, dass man Euch auf der Stelle hängt oder rädert, wenn man Euch erwischt. Nach einem anderen, der hinter der Sache stehen könnte, wird niemand suchen. Ihr seid ein perfekter Sündenbock, nehme ich an.«

»Auf einen Fälscher wartet der Henker, gewiss. In diesem Falle, möchte ich meinen, wird man mir zuvor noch die Hand abhacken, mit der ich den Betrug am Kaiser versucht habe. Keine Seele wird an meiner Schuld zweifeln.« Er sprach ruhig, als hätte er sich mit seinem Schicksal bereits abgefunden.

»Es scheint Euch nicht sehr zu kümmern.«

»Habe ich denn eine Wahl? Ich werde Euch sagen, was mich wirklich kümmert. Ich bin unter Bettlern, Huren und Dieben groß geworden. Bevor ich lernte, mit dem Löffel zu essen, konnte ich schon ein paar Kartoffeln vom Feld stibitzen oder einem edlen Herrn ein Loch in die Geldkatze stechen und die Münzen

fangen, ohne dass er es bemerkt hätte. Ich war flink und furchtlos wie kein Zweiter. Mit acht Jahren begegnete ich dem Bischof, Gott hab ihn selig, der damals noch die Regentschaft in Lippe innehatte und einer der einflussreichsten weltlichen Herren der gesamten Gegend war. Er trug die herrlichsten Spangen auf seinen Schuhen, die ich jemals gesehen hatte. Nur eine davon hätte, den richtigen Halunken angeboten, ein kleines Vermögen gebracht. So griff ich also zu, als mir die Gelegenheit günstig erschien. Ich hatte Ihren Großvater unterschätzt. Er war aufmerksam wie ein Habicht. Entdeckt zu werden war mir nicht neu, doch am Schlafittchen gepackt zu sein, bevor ich mich davonmachen konnte, das hatte ich zuvor noch nicht erleben müssen.«
»Hat er Euch bestraft?«
»Nein. Aber er hat mir in allen Farben und Einzelheiten ausgemalt, welche Strafe mich erwartet, wenn ich mir noch ein einziges Mal etwas zuschulden kommen lasse. Dann hat er mich mit sich genommen und dafür gesorgt, dass ich zum Ritter ausgebildet werde.«
»Warum hat er das getan?« Sie war verwirrt. Einem Dieb wurde für gewöhnlich die Hand abgehackt. Ihm stattdessen eine Ausbildung zum Ritter zukommen zu lassen war mehr als ein gnädiges Entgegenkommen, es war ein kostbares Geschenk.
»Weil er ein guter Mensch war. Seht Ihr, jeder sagte damals, er habe mich zu sich genommen und das Handwerk eines Ritters lernen lassen, weil er mein Talent, meine Schnelligkeit und meinen Mut erkannt hatte und für seine Zwecke nutzen wollte. Ich aber bin gewiss, dass es meine Not war, die er erkannt hat, und dass er mich auf den Pfad Gottes führen wollte. Nun etwas tun zu müssen, das ihm nicht gefallen hätte, das nicht recht auf den Weg des Herrn passt, das ist es, was mich kümmert, oder sollte ich besser sagen, was mich bekümmert.«
Sie dachte eine Weile über das Gehörte nach, dann sagte sie: »Nun wird mir klar, warum es Herren gibt, die Euch nicht als

Ritter und Vertrauten des Bischofs anerkannt haben, bis heute nicht. Wenn sie Euch gegenüberstehen, sehen sie Eure dubiose Vergangenheit und zuallererst Eure niedere Herkunft.« Sie nickte und ging langsam durch ihre Kammer. »Ihr seid der perfekte Sündenbock«, wiederholte sie. »Es scheint ein perfekter Plan zu sein. Doch er wird nur aufgehen, wenn Ihr in der verlangten Weise mitspielt.«

Er machte sich in dem kleinen Sessel gerade. »Was meint Ihr?«

»Wie weit seid Ihr mit dem Pergament?«, fragte sie, ohne ihm zu antworten.

»Schon morgen beim ersten Hahnenschrei werde ich in den Wagen steigen, den Graf Adolf für mich für die Reise nach Lübeck anspannen lässt. Bis dahin muss es geschafft sein.«

»Würdet Ihr es auch schaffen, von neuem zu beginnen und dennoch rechtzeitig fertig zu werden?«

»Gewiss, ich arbeite ja nicht langsam wie ein Leimsieder. Nur weiß ich nicht, warum ich ...«

»Bringt Ihr das Pergament direkt zu dem Herrn, der mit meinem Gatten unter einer Decke steckt?«

»Ja, erlauchte Gräfin. Er wird es dann in ein Skriptorium bringen, wie er sagte, von wo die Sendboten es nach Parma schaffen werden.« Ein geringschätziges Grinsen huschte über sein mageres Antlitz. »Er wollte es keinesfalls hier abholen. Es sähe wohl komisch aus, wenn dieser Kaufmann damit auf dem Weg von der Burg des Grafen von Schauenburg angetroffen würde. Dieses Risiko überlässt er getrost mir.« Er wurde wieder ernst. »Ich nehme an, es ist das Skriptorium des Ratsschreibers, in dem die Rolle schließlich abzuliefern ist. Diese heikle Aufgabe will er zu meiner großen Freude dann doch lieber selbst erledigen.«

»Dieser Kaufmann wird gewiss sicherstellen, dass Ihr den Text so verfasst habt, wie er es wünscht?«

»Nun, das wird er sich kaum nehmen lassen.« Er erhob sich aus

dem Sessel, was ihn augenscheinlich eine Menge Kraft kostete.
»Worauf wollt Ihr hinaus?«
»Er ist es, der die Wachstafel beschrieben hat, die Euch als Vorlage dient. Ist das richtig?«
»Ja.«
»Ihr sagt, er schreibt nicht sehr gut?«
»Nun, er macht einige Fehler, aber das ist nichts Besonderes. Nicht jeder Kaufmann kann überhaupt schreiben. Zwar werden es immer mehr, aber einige verstehen sich noch immer besser auf das Rechnen und haben ihre Leute für Briefe und dergleichen.«
»Gewiss, gewiss.« Sie wedelte ungeduldig mit der Hand in der Luft. Ihr Kopf schmerzte. Sie musste Magnus jetzt für ihren Plan gewinnen, sonst würden sie beide im Höllenfeuer schmoren.
»Meint Ihr, dass ihm dann auch das Lesen schwerfällt?«
»Schon möglich. Ja, ich denke, davon könnt Ihr ausgehen.«
»Er liest nicht gut, er wird also nur flüchtig einen Blick darauf werfen, erkennt etwas, das ihm bekannt vorkommt, und ist zufrieden. Wenn ich ihn richtig einschätze, wird er so schnell wie möglich damit zum Ratsschreiber eilen. Den muss er für einen Augenblick dazu bringen, seine Schreibstube zu verlassen, um dessen Pergament gegen das von Euch geschriebene zu tauschen. So soll es wohl in die Hände der Sendboten gelangen, die damit nach Parma reiten sollen. Und dann wird er seinen vermeintlichen Triumph feiern. Was denkt Ihr?«
»So könnte es sein, ja. Aber vielleicht ist auch alles ganz anders. Ich habe mich gefragt, warum er dem Grafen von den Plänen der Lübecker berichtet und diesen Ausweg gefunden hat, der eben den Plan vereiteln soll.«
»Er will Geld. Das dürfte für einen kleinen Falschmünzer wie ihn Grund genug sein.«
»Was, wenn er mehr im Schilde führt? Man hat mich zum Ritter ausgebildet, nicht zum Kaufmann. Aber mir scheint, als ließe es

sich als Händler in einer freien Stadt nicht übel leben. Sollte es also nicht in seinem Interesse sein, den Plan der Lübecker zu unterstützen und die Stadt vor dem Zugriff des Grafen zu bewahren?«

Darüber hatte sie noch nicht nachgedacht. Wie auch? Sie wusste nicht genug über derartige Dinge.

»Ließe sich denn unter einem Stadtherrn Adolf von Schauenburg und Holstein weniger günstig Handel treiben?«, wollte sie darum wissen.

»Manch einer mag das befürchten.«

»Ihr versteht es, Antworten zu geben, die Euch nicht in Schwierigkeiten bringen. Lernt man das auch als Ritter?«

»Nein, das lernt man bei Bettlern und Dieben.«

Sie musste lächeln.

»Was, meint Ihr, führt der Kerl im Schilde, wenn es ihm nicht allein um ein kleines Vermögen geht?«

»Ich wünschte, ich wüsste es. Es ist zu vermuten, dass ein anderer hinter ihm steckt, einer mit Interessen, die wir uns nicht einmal ausmalen können.«

»Was bedeutet das?«

»In diesem Fall müsste dieser Felding das von mir verfasste Pergament sehr genau prüfen. Nur so könnte er sicher sein, dass dieser große Unbekannte ihm nicht am Zeug flicken kann.« Er dachte kurz nach, den Zeigefinger, der dünn wie ein Ästchen war, an den Lippen. Dann sagte er: »Wenn ich es recht durchdenke, bin ich sicher, dass er sich Zeit nehmen wird, jede Zeile zu lesen. Ob nun jemand mit in die Angelegenheit verwickelt ist oder ich mich diesbezüglich täusche. Er traut mir nicht. Wahrscheinlich traut er niemandem.«

Nun war es an Heilwig, nachzudenken. Sie ging hinüber zu dem Gemälde, das ein Maler kürzlich von ihrer kleinen Tochter Mechthild angefertigt hatte, und drehte Magnus den Rücken zu.

Während es in ihrem Kopf arbeitete, betrachtete sie versonnen das zarte Kindergesicht, das mit sicherem Pinselstrich auf die Leinwand gebracht war. Lange brauchte sie nicht, dann wusste sie, was zu tun war.
»So müsst Ihr beide Schriftstücke mit nach Lübeck nehmen und ein lohnendes Sümmchen Geld obendrein. Felding muss die Ausgabe zu sehen bekommen, die ihn zufriedenstellt. Und Ihr müsst einen finden und dafür bezahlen, dass er im letzten Augenblick, unmittelbar bevor die Sendboten das Dokument holen, meine Ausgabe gegen die des Herrn Felding austauscht.«
»Eure Ausgabe? Ich verstehe nicht recht.«
Sie drehte sich auf dem Absatz um und kam mit schnellem Schritt zu ihm hinüber. Vor Schreck verschluckte er sich und musste entsetzlich husten.
»Ich weiß genau, was es ist, das im Wortlaut unterschlagen werden soll. Bringt mir die Wachstafel her. Und bringt auch Pergament und Tinte mit. Ihr schreibt alles noch einmal, und ich werde Euch sagen, was Ihr zusätzlich niederschreibt.«
Er nickte. Sie meinte den Anflug eines Lächelns auf seinen ausgedorrten Lippen zu erkennen.
»Es bringt Euch nicht mehr in Gefahr, als der Auftrag es ohnehin vermag. Dafür erfüllt es einen Wunsch des geliebten Bischofs, Friede seiner Seele. Denn mit dem winzigen Satz, der unterschlagen werden soll, den ich Euch jedoch für meine Fassung zu diktieren gedenke, wird es meinem Mann nicht mehr möglich sein, die Stadtherrschaft über Lübeck zu erringen. Er wird Albrecht von Orlamünde umsonst hinter Kerkermauern gebracht haben.«
Ihre Augen funkelten.
Magnus verneigte sich. »Ich bin gleich zurück.«
»Da kommt mir noch etwas in den Sinn«, sagte sie, als er bereits an der Tür war.
»Ja?«

»Wir werden auch noch erwähnen, dass es Heinrich der Löwe war, der Lübeck gegründet hat.«

»Wenn ich es recht weiß, entspricht das wohl kaum der Wahrheit. Der Großvater Eures Gemahls, Adolf II., war es, der hier die erste Burg anlegen ließ. Der Löwe hat sie ihm später nur abgenommen. War es nicht so?«

»Gewiss, so war es. Soweit ich allerdings weiß, hatten Barbarossa und der Löwe zwar ihre Zwistigkeiten miteinander, doch haben sie auch einiges füreinander getan. Warum wohl sollte Barbarossa ihn da nicht als *primus loci fundator* erwähnen und die lächerlich kurze Zeit davor mit dem Bau der Burg vergessen? Was entspricht schon der Wahrheit? Der Kaiser hätte gewiss seine Freude daran, meint Ihr nicht?«

»Es kommt nicht darauf an, was ich meine.« Nach einer kurzen Pause setzte er hinzu: »Jedoch meine ich, dass Ihr Eure Freude daran habt.«

Heilwig lächelte. »Meinem Mann jedenfalls würde die ganze Sache gar nicht schmecken. Ja, Ihr habt recht, ich habe meine Freude daran.« Ihr fiel noch etwas ein. »Und ich werde Euch morgen früh nach Lübeck begleiten.«

Er hob fragend die Brauen.

»Ich werde meinem Gemahl sagen, dass ich diesem Felding nicht traue. Was, wenn er ein doppeltes Spiel treibt und von den Lübeckern ein Sümmchen dafür verlangt, dass er Euch auflauern lässt? Ebenso, wie er dem Grafen das Vorhaben des Lübecker Stadtrates geflüstert hat, könnte er dem Rat flüstern, dass der Schauenburger Wind von der Sache bekommen hat und sie mit einer eigenen Ausfertigung der Schrift zu durchkreuzen gedenkt. Reise ich mit Euch, wird er das nicht wagen. Zumindest werde ich das meinem Mann weismachen. Außerdem war es schon länger mein Wunsch zu sehen, wie weit es mit dem Dom vorangegangen ist.«

Zum ersten Mal an diesem unerfreulichen Tag strahlte sie über das ganze grün und blau geschlagene Gesicht. »Welch trefflicher Einfall! Ich werde meinen Gatten bitten, mir einige Mark Silber zu überlassen, die ich für den Dom spenden möchte. Immerhin glaubt er, bald Stadtherr zu sein. Die Lübecker werden ihn weniger hassen, wenn sie erfahren, dass er den Bau des Gotteshauses großzügig unterstützt hat. Diese Vorstellung wird ihm gefallen.« Und leise fügte sie hinzu: »Nur wird das schöne Geld nicht beim Dom ankommen, denn wir benötigen es für unseren kleinen Plan.«

# Lübeck, 10. April 1226 – Reinhardt

Domherr Marold sah von seinem Schreibpult auf. »Ihr wünscht?«
Der Mann mit dem schmalen Gesicht und der auffallend spitzen langen Nase verneigte sich übertrieben tief. Er wurde von einem Kerl begleitet, der kein Wort sagte, aber ebenfalls eine formvollendete Verbeugung zustande brachte.
»Hochverehrter Domherr«, begann der etwas Kleinere. Seine Stimme hatte einen unangenehm einschmeichelnden Tonfall, der Marold auf Anhieb abstieß. »Mein Name ist Felding. Ich bin ein rechtschaffener Fernhandelskaufmann aus Köln, der in dieser großartigen und bedeutenden Stadt ehrlich und fleißig seinen Geschäften nachgeht.«
»Wenn dem so ist, solltet Ihr es nicht nötig haben, dies so angestrengt zu betonen«, gab Marold verächtlich zurück.
»Ich betone dies nur aus einem Grunde«, sprach der Mensch unbeirrt weiter, dessen Visage Marold mit jedem Atemzug weniger leiden konnte. »Nicht alle Fernhandelskaufleute leben und arbeiten einträchtig mit den Lübeckern zusammen. Hier und da gibt es Reibereien, wenn ich so sagen darf. An denen mag ich mich jedoch in keiner Weise beteiligen, denn es geht mir gut hier, und mein Geschäft blüht.«

»Schön für Euch. Was kann ich nun für Euch tun?«, wollte Marold ungeduldig wissen.

»Es ist in der Stadt ein offenes Geheimnis, dass Ihr damit betraut seid, eine Abschrift der Urkunde zu fertigen, mit der Kaiser Barbarossa Lübeck einst mit großzügigen Privilegien ausstattete.«

Marold ließ seine Feder sinken. Der Kerl mit dem Gesicht eines Fuchses wurde ihm immer unangenehmer.

»Was habt Ihr damit zu schaffen?«, fragte er barsch.

»Nichts, im Grunde habe ich gar nichts damit zu schaffen«, antwortete der rasch. »Doch hielt ich es für meine Pflicht, Euch wissen zu lassen, was ich gehört habe.« Er machte eine lange Pause und sah zu Boden.

»Und das wäre?«

»Ich hörte, dass Adolf, der Graf von Schauenburg und Holstein, Wind von der Sache bekommen hat.«

Marold sprang auf, blieb aber hinter seinem Pult stehen. Er stützte die geballten Fäuste auf das Holz. »Wie das?«

»Darüber vermag ich Euch nichts zu sagen. Ich hörte nur, dass der Graf, nun, sagen wir mal, wenig angetan von der Vorstellung war. Immerhin soll ihm der Zugriff auf die Stadt unmöglich gemacht werden, was ich nur zu gut verstehen und aus tiefstem Herzen unterstützen kann. Niemand kann ernsthaft den Schauenburger an der Spitze Lübecks wünschen!«

»Nein, das kann sich niemand wünschen, denn allen würde es schlecht damit ergehen.« Die Knöchel seiner Hände traten weiß hervor, so kräftig stützte er sich auf, als er sich nun vorbeugte, um seinen Besucher eindringlich anzusehen. »Ihr seid doch nicht nur hergekommen, um mir diese Nachricht zu überbringen. Was wollt Ihr?«

Der Kerl, der sich als Kaufmann aus Köln namens Felding vorgestellt hatte, deutete wiederum eine Verbeugung an.

»Wie Ihr seht, bin ich nicht allein gekommen. Dies hier ist mein Schreiber, der alles von mir erlernt hat, was für den Handel mit

Wein und Getreide nötig ist. Ich nahm ihn als Lehrjungen vor etlichen Jahren zu mir. Er war stets tüchtig und vor allem gewissenhaft. Es hat sich gezeigt, dass ihm das kaufmännische Denken nicht so sehr liegt, dafür führt er den Gänsekiel sicher und sauber wie kaum jemand.«

»Warum erzählt Ihr mir das?«, fragte Marold knapp.

»Als ich hörte, dass Graf Adolf Kenntnis von den Lübecker Plänen hat, war mir sofort klar, dass er versuchen wird, diese zu vereiteln.«

»Und was hat das eine mit dem anderen zu tun?«

»Das will ich Euch gern sagen.« Er machte erneut eine Pause. Marold war drauf und dran, endgültig die Geduld zu verlieren. »Wenn Graf Adolf etwas unternimmt, wird sich das gewiss gegen denjenigen richten, der das Schreiben aufsetzen soll. Jeder in der Stadt weiß, dass Ihr derjenige seid. Es sind noch acht Tage, bis sich die Sendboten mit der Pergamentrolle auf den Weg machen. Zeit genug, die Spur zu verwischen.«

»Was meint Ihr damit?«

»Nun, noch ist es möglich, dass sich herumspricht, Ihr hättet die Aufgabe abgelehnt, weil Ihr sie, sagen wir, als Notar nicht auf Euch nehmen könnt. Adolf würde die Rats- und Stadtschreiber aufsuchen. Womöglich wird er sogar dem Skriptorium in der Depenau einen Besuch abstatten. Ihr habt vielleicht schon davon gehört. Dort bieten drei Schreiber ihre Dienste an. Am Ende wird ihm nichts übrigbleiben, als den Sendboten aufzulauern, doch die gehen wohl kaum ohne Schutz, habe ich recht?«

»Natürlich nicht.« Marold war im höchsten Maße angespannt. Er dachte fieberhaft nach, was er von alledem halten sollte.

»Dass er auf mich und meinen treuen Schreiber kommt, halte ich für vollkommen unmöglich«, schloss Felding.

»Wie sollte er?«, murmelte Marold leise. Der Kaufmann mit dem verschlagenen Gesicht bewahrte ihn womöglich vor einer gefährlichen Unternehmung, die er von vornherein abgelehnt und nur auf Drängen des Rates übernommen hatte. Dennoch traute er ihm nicht über den Weg. Irgendetwas an diesem Mann störte Marold bis ins Mark.

»Bedenkt weiter«, ergänzte Felding, »dass es nicht Eure Handschrift ist, die man erkennen wird, falls der ganze Schwindel auffliegt. Wenn wir das Dokument an Eurer Stelle schreiben, seid Ihr aus der Schusslinie, sowohl aus der von Adolf als auch aus der des Kaisers – im Fall der Fälle.«

Marold stieß sich mit einem Seufzer von seinem Pult ab und ging auf Felding zu.

»Ihr macht mir nicht den Eindruck, als wärt Ihr gänzlich selbstlos und wolltet mich nur schützen. Was habt Ihr im Sinn? Wie wollt Ihr Euer großzügiges Angebot entlohnt wissen?«

»Aber werter Domherr, was denkt Ihr von mir?« Er schnappte übertrieben nach Luft wie ein Hering auf dem Trockenen. Dazu riss er die Augen weit auf. Sein Schreiber starrte derweil die ganze Zeit auf seine eigenen Schuhe und trat unruhig von einem Fuß auf den anderen. Ihm schien die Angelegenheit nicht besonders zu gefallen. Kein Wunder, er war derjenige, der den Kopf hinhalten sollte. »Wie ich Euch sagte, bin ich ein rechtschaffener Kaufmann, der der wunderbaren Stadt Lübeck einiges zu verdanken hat. Darum sehe ich es als meine Pflicht und meine Freude an zu helfen, wenn ich kann. Um der ganzen Wahrheit die Ehre zu geben, muss ich ergänzen, dass ich meine Heimat Köln trotz aller Vorzüge Lübecks vermisse. Ich gedenke mir dort ein Haus zu bauen mit Blick auf Vater Rhein, wo ich mich beizeiten zur Ruhe setzen kann. So ein Häuschen kostet bedauerlicherweise viel. Und man muss immer damit rechnen, dass einem Waren gestohlen werden oder verderben. Vor bösen Verlusten ist kein Kaufmann gefeit.«

»Ihr wollt Geld«, stellte Marold fest.

»Ich bitte Euch, Herr, ich käme nicht auf den Gedanken, etwas zu verlangen. Allerdings, wenn Ihr es für richtig haltet, mich für meinen exzellenten Schreiber zu entlohnen, dann will ich Euch nicht vor den Kopf stoßen und ablehnen.« Sein schiefes Grinsen von unten herauf widerte Marold an.

Felding klatschte in die Hände und hüpfte albern auf der Stelle, kaum dass sie das kleine Backsteingebäude verlassen hatten und um die nächste Ecke gebogen waren.
»Es ist genauso gelaufen, wie ich es wollte«, rief er voller Freude.
»Ihr habt gut lachen, und ich muss jetzt das Reisig aus dem Feuer holen.«
»Nun, bester Reinhardt, eine Rathausbaustelle ist ein guter Ort. Dort sprechen bedeutende Persönlichkeiten unserer Stadt, Ratsmänner und derlei hohe Tiere ganz nebenbei über höchst brisante Dinge. Wenn Ihr klug wärt wie ich, hättet Ihr selbst Euren Plan entwickeln und Profit daraus schlagen können.« Er lächelte ihn fröhlich an. »Nicht verzagen. Zwar seid Ihr weniger klug, dafür aber sehr glücklich, denn durch mich kommt Ihr nun auch in den Genuss eines vortrefflichen Geschäfts.«
»Ihr habt mir nicht gesagt, wie gefährlich dieses Geschäft für mich ist«, protestierte Reinhardt.
»Aber es ist ja nicht gefährlich, mein Bester.«
»Nicht gefährlich? Ihr seid drollig! Ihr sagtet doch selbst, dass der Graf womöglich auch in unserem Skriptorium nach dem Verfasser der Fälschung suchen wird. Und es wird meine Handschrift sein, die dem Kaiser vorgelegt wird. Wenn der etwas bemerkt …«
»Es wird nicht Eure Handschrift sein. Das denkt nur Marold. Die Urkunde ist ja längst geschrieben.«
»Sie ist schon fertig?« Er zog verwundert die Augenbrauen hoch.
»Aber ja! Du hast nicht recht zugehört. Man muss Spuren verwischen. Ich werde dafür sorgen, dass niemand weiß, wo und von

wem das Schriftstück aufgesetzt wird. Außerdem werde ich einen Sendboten großzügig dafür bezahlen, dass er das Pergament in Eurem Skriptorium abholt, wenn es so weit ist. Dafür, dass Ihr die Schriftrolle, die ich Euch geben werde, dem Boten aushändigt, werdet Ihr ebenfalls reich entlohnt. Das ist alles.«

»Das nenne ich leicht verdientes Geld«, meinte Reinhardt und grinste zufrieden.

Das eben noch recht freundlich dreinschauende Fuchsgesicht verzog sich zu einer hässlichen Fratze. »Wehe Euch, wenn Ihr nur ein Sterbenswörtchen darüber verliert, dass wir uns erst vor wenigen Tagen begegnet sind. Zu keiner Seele auch nur das geringste Wort über unsere Verabredung, oder der Lohn wird Euch nicht schmecken.«

»Ihr könnt Euch auf mich verlassen«, stieß Reinhardt erschrocken aus.

# Lübeck, 11. April 1226 – Esther

»Mann in de Tünn, so wird das nie etwas«, schimpfte Esther vor sich hin. Seit einem Tag und einer Nacht hatte sie eine Rezeptur nach der anderen ausprobiert. Mal war die Tinte nicht einmal ein ganz klein wenig verblasst, dann hatte sie schon angenommen, endlich auf dem richtigen Weg zu sein, doch gänzlich verschwunden war die Schrift wieder nicht. Und nun wurde das Pergament an der Stelle ganz dünn, an der sie zuletzt den frisch angemischten Sud aufgetragen hatte. Vielleicht war die Säure im Wein zu stark, überlegte sie. Obwohl die Fensterläden geöffnet waren, hing ein beißender Geruch in der kleinen Schreiberwerkstatt, der an Erbrochenes erinnerte. Esther hatte sich so sehr daran gewöhnt, dass sie ihn nicht mehr wahrnahm. Ihre Augen brannten, doch das schob sie der Erschöpfung zu. Sie war so müde, dass sie sich kaum noch auf den Beinen zu halten vermochte, aber sie hatte keine Zeit, sich auszuruhen. Morgen musste die Tinte fertig sein, die auf den ersten Blick wie beste Eisen-Gallus-Tinte erschien, sich dann aber nach wenigen Atemzügen auflöste. Vitus würde sie irgendwie zu Marold schaffen. Wie er das anstellen wollte, wusste sie nicht. Es wäre nicht gut, wenn sie alle Einzelheiten des Plans kennen würde, hatte Vitus sehr bestimmt erklärt. Jeder hatte seine Aufgabe, jeder trug einen Teil

des Risikos. So hatten sie es ausgemacht, nachdem sie alles wieder und wieder durchdacht, verworfen und doch wieder aufgegriffen hatten. Sie hatten sich an ihrem gemeinsamen Abend, als Kaspar in der Schenke gewesen war, in Rage geredet, hatten sich alles so schön ausgemalt, dass sie am Ende beschlossen hatten, den kühnen Plan wahrlich in Angriff zu nehmen. Dann waren die Zweifel gekommen, später die Angst. Von ihrem Vorhaben lassen konnten sie dennoch nicht.
»Guten Morgen, Mädchen. Du meine Güte, es stinkt bestialisch hier. Du willst uns wohl vergiften.« Otto stöhnte. Er sah an diesem Morgen noch krummer aus als gewöhnlich.
»Entschuldige, ich muss nur Tinte kochen.«
»Das musst du hin und wieder, und trotzdem stinkt es dann nicht immer, als hätte eine Katze in die Ecke gepisst. Verwendest du andere Zutaten als sonst?« Er kam neugierig zur Feuerstelle herüber, die Hände in den Rücken gestützt. Er hatte Schmerzen, das war nicht zu übersehen.
»Vielleicht war der Wein nicht in Ordnung«, sagte sie ausweichend. »Geht es dir nicht gut, Otto?«
»Nein, Mädchen, mein Rücken wird von Tag zu Tag schlechter. Hätte ich zu Hause nicht so ein greuliches Weib, ich hätte mich längst zur Ruhe gesetzt.« Er stützte sich auf ein Pult und versuchte den kleinen Körper gerade aufzurichten. »Weib hin oder her«, sagte er ächzend, »lange mache ich das nicht mehr mit. Ihr werdet bald einen anderen für das Skriptorium suchen müssen.«
Sie ging zu ihm und strich ihm sanft über das gebeugte Kreuz. »Ich könnte mir keinen anderen vorstellen. Du gehörst doch hierher, Otto.« Betrübt dachte sie, dass sie sich wohl oder übel mit dem Gedanken vertraut machen musste, ohne den alten Schreiber und irgendwann auch ohne Reinhardt auskommen zu müssen. Die beiden waren deutlich älter als Kaspar. Sie hatte immer gewusst, dass irgendwann die Zeit für sie gekommen war, nur

hatte sie diesen Gedanken stets weit von sich geschoben. Immerhin waren die beiden Schreiber nicht nur Kaspars Partner, sondern auch so etwas wie ihre Familie.

»Hast du es schon mit einem Heilpflaster aus Ziegenmist, Honig und Rosmarin probiert? Ich kann dir eines auf dem Markt besorgen. Du wirst sehen, morgen fühlst du dich wieder wie ein junger Bursche.« Sie wollte ihm so gerne helfen, hoffte, dass er noch lange Tag für Tag in die Schreibstube kam. Andererseits wünschte sie sich, er möge ihr Angebot ablehnen. Wenn sie jetzt auch noch auf den Markt laufen und ihm die Arznei besorgen musste, dann wurde sie unter Umständen nicht rechtzeitig fertig.

»Solange ich in Bewegung bin, geht es mir am besten, Mädchen. Ich gehe wieder. Hier hält man es heute ohnehin kaum aus. Ich werde so lange herumlaufen, bis ich ermattet auf mein Lager fallen und schlafen kann. Bei der Gelegenheit statte ich dem Quacksalber selbst einen Besuch ab. Mal sehen, welche Mittelchen er mir andrehen will.«

Nicht lange nachdem Otto gegangen war, tauchte Reinhardt auf. Ausgerechnet. Esther hatte gehofft, dass er den ganzen Tag auf der Rathausbaustelle zubringen würde und sie ungestört mit ihrer Tinte experimentieren konnte.

»Puh, welch übler Geruch!« Er rümpfte die Nase. »Du hast gestern schon den ganzen Tag Tinte gemacht. Was ist los, Esther, willst du ganz Lübeck damit einfärben?«

»Aber nein.« Sie seufzte. »Ich weiß ja auch nicht, was auf einmal los ist. Die Tinte will mir nicht so gelingen, wie ich es im Sinn habe.« Das war nicht einmal gelogen.

»Du kochst Tinte, seit du ein kleines Mädchen bist. Du kennst dich mit Schlehenzweigen und Eichenblättern, mit Lösungs- und Bindemitteln ebenso gut aus wie Otto und ich. Da willst du mir weismachen, dass dir die Tinte nicht gelingt?« Er zog die

linke Augenbraue nach oben, was ihn ulkig aussehen ließ. Nur war Esther leider nicht nach Lachen zumute. Sie hatte schon kaum noch Gefäße übrig, die sie mit Tintenmischungen befüllen konnte. Die letzte würde sie mit weiterem Gallenauszug verdünnen müssen, damit sie das Papier nicht beschädigte, aber würde die Schrift dann nicht kräftig und vor allem haltbar bleiben? Sie dachte angestrengt darüber nach, welche Ingredienzen sie noch ausprobieren konnte. Da fiel ihr Blick auf die irdene Schale mit den Galläpfeln. Es waren nur noch drei. Jetzt entsann sie sich wieder, dass ihr der schwindende Vorrat schon Sorge bereitet hatte, als sie irgendwann in der Nacht einige der kleinen Kugeln aus der Schale genommen und zerschlagen hatte. »Esther?« Sie erschrak. Reinhardt hatte sie anscheinend die ganze Zeit angesehen und auf eine Antwort gewartet. Bloß wusste sie nichts zu sagen.
»Wie steht es mit deinem Vorrat an Gallen und an rostigem Eisen oder Kupfer?«, wollte sie stattdessen von ihm wissen.
»Aus dir soll einer schlau werden.« Er schüttelte den Kopf. »Ich habe von beidem noch. Warum fragst du?«
»Weil mir allmählich die Gallen ausgehen«, gab sie zerknirscht zu. »Aber rostige Nägel habe ich im Überfluss. Lass uns einen Tausch machen.«
»Das wäre ein schlechter Tausch für mich.«
»Warum? Eine Zutat gegen die andere. Was soll daran schlecht sein?«
»Was führst du im Schilde, Esther? Dein Bruder wäre töricht genug, Galläpfel und Nägel als gleichwertige Zutaten zu sehen, du aber bist es nicht. Du weißt, dass Kupfer und Eisen das ganze Jahr über zu haben sind. Auf neue Gallen dagegen müssen wir bis zum Herbst warten. Das ist eine lange Zeit, und man muss sich gut einteilen, was man hat.«
Er hatte recht, und sie schämte sich, dass sie ihm einen solchen Handel angeboten hatte. Andererseits benötigte man die Wuche-

rungen, die auch als Eichäpfel bekannt waren, nur selten. Mit den verschiedensten Arten von Dornen oder auch mit Eichenrinde ließ sich vortrefflich Tinte herstellen, was die meisten Schreiber auch überwiegend taten. Sie musste ihm mehr bieten, um den Handel für ihn profitabel zu machen. Nur was?

»Wozu braucht Kaspar unbedingt Eisen-Gallus-Tinte in großer Menge?«

»Das kann ich nicht sagen«, stammelte sie. Sie fand es schrecklich, ihn hinters Licht zu führen.

»Du kannst mir alles sagen, Esther. Du kennst mich nahezu dein gesamtes Leben.« Er lächelte sie freundlich an, seine Stimme war sanft. »Sieh dich nur an, deine Augen sind gerötet, und die Schatten darunter können einen das Fürchten lehren. Wüsste ich es nicht besser, ich würde glauben, du bist seit gestern noch nicht zu Hause gewesen.«

»Das bin ich auch nicht«, gab sie leise zu und ließ den Kopf hängen.

Er trat einen Schritt näher. »Das gefällt mir nicht, das gefällt mir gar nicht, Esther.« Er legte ihr einen Finger unter das Kinn und zwang sie, ihn anzusehen. »Steckt Kaspar etwa in Schwierigkeiten?«

»Aber nein!«

»Was ist es dann?« Er blickte sie voller Sorge an.

Weil sie die Wahrheit doch unmöglich aussprechen konnte, fragte sie: »Gibst du mir ein paar Gallen, Reinhardt?«

Wieder schüttelte er den Kopf. Er ging zu dem Regal, auf dem seine Tinten, seine Farbpigmente und auch Gummi arabicum und andere Ingredienzen standen. Aus einem tönernen Behältnis ließ er eine gute Zahl der von Esther so begehrten Kügelchen in seine Hand rollen. Er kam zu ihr zurück und streckte ihr die Hand entgegen. Die Kugeln darauf kullerten aneinander.

»Danke!« Sie wollte nach dem kostbaren Material greifen, doch blitzschnell schlossen sich seine Finger darum.

»Ich mache mir Sorgen um dich, Esther. Du siehst aus wie das Leiden unseres Herrn und verhältst dich äußerst merkwürdig, gelinde gesprochen. Wenn du mir sagst, was mit dir los ist, dann gilt unser Handel – Gallen gegen Eisen.«

Esther fühlte sich elend. Am liebsten wäre sie nach Hause gegangen und hätte geschlafen. Sie war so schrecklich müde. Aber das ging auf keinen Fall. Wie gerne würde sie sich Reinhardt anvertrauen. Noch immer steckte ihr der Gedanke in den Knochen, dass sie das Skriptorium irgendwann nicht mehr mit den beiden älteren Schreibern würden teilen können. Einen der beiden, die sie wahrhaftig beinahe ihr gesamtes Leben kannte, nun anschwindeln zu müssen, machte die Sache nicht leichter. Im Gegenteil. Ihr war klar, dass Vitus nicht begeistert sein würde, wenn sie jemanden in den Plan einweihte, aber Reinhardt gehörte doch zu ihren engsten Vertrauten. Sie saß in einer schrecklichen Zwickmühle.
»Schade, ich hätte dir gern geholfen.« Er zuckte mit den Schultern und machte Anstalten, die Gallen zurück in das Gefäß zu bringen. »Ich hätte dir nicht nur hiermit helfen wollen, sondern auch bei deinen Problemen, die du augenscheinlich hast. Aber zwingen kann ich dich nicht.«
»Ein bisschen Hilfe kann ich wohl gebrauchen«, gestand sie leise. »Nur will ich dich doch nicht in eine Angelegenheit hineinziehen, die dir am Ende womöglich schaden könnte.«
»Ist es so schlimm? Kaspar hat doch etwas angestellt, oder?«
Sie hatte keine Wahl, sie musste sich ihm offenbaren. Dann bekäme sie, was sie brauchte, um weiterprobieren zu können. Was sollte schon geschehen? Reinhardt war für sie wie ein Onkel. Wenn sie ihn um Verschwiegenheit bat, würde er schweigen. Nicht einmal Otto gegenüber würde er ein Wort sagen, wenn sie das von ihm verlangte.

»Also schön. Aber du musst mir dein Wort geben, bei deiner Seele, dass du niemandem davon erzählst, nicht einmal Otto. Und auch dein Weib und deine Kinder dürfen nichts erfahren.«
»Esther, du machst mir allmählich wahrhaft Angst.« Nach einem Atemzug sagte er: »Erzähl es mir!«
Sie ging zu ihrem Tischchen hinüber, auf dem Pigmente und Säuren, Honig und Harze in den verschiedensten Tiegeln und Schalen beisammenstanden. Sie bedeutete ihm, näher zu kommen, denn sie wollte dieses Gespräch, wenn es schon sein musste, so weit wie möglich vom Fenster entfernt und auch so leise, wie es eben ging, führen.
»Du weißt, dass mein Herz dem anständigen Kaufmann und Englandfahrer Vitus Alardus gehört.« Sie sah prüfend in sein Gesicht, auf dem sich ein Lächeln zeigte. »Nein, es ist nicht, was du denkst. Wir haben nichts Unanständiges miteinander getan.«
»Aber ihr würdet gern.« Er feixte.
»Reinhardt!«
Er machte die Miene eines Unschuldsengels, amüsierte sich dabei aber prächtig.
»Du weißt gewiss auch von diesem Barbarossa-Schreiben, das dem Kaiser zur Bestätigung nach Parma gebracht werden soll«, flüsterte sie. Alle Farbe wich aus seinen Wangen. Er starrte sie an. War er derartig entsetzt, dass sie davon Kenntnis hatte? Das hatte sie nicht erwartet. »Ganz Lübeck spricht davon«, meinte sie. »Hinter vorgehaltener Hand, versteht sich.«
»Wohl wahr«, stimmte er zu. Seine Stimme war eine Nuance leiser geworden, sein Antlitz wirkte noch immer unbeweglich und blass wie aus Sandstein gemacht.
Esther erzählte von Vitus' Schwierigkeiten, von der Benachteiligung der Lübecker Englandfahrer im Gegensatz zu denen aus Tiel und Köln. Sie schüttete ihr Herz darüber aus, dass aus ihrer Heirat nichts werden konnte, solange Vitus' Geschäfte nicht bes-

ser liefen. Ausführlich schilderte sie jeglichen Zusammenhang und mühte sich redlich, Reinhardt dazu zu bringen, selbst auf den Gedanken zu kommen, dass nur ein ganz bestimmter Passus in dem erwähnten Dokument sämtliche Probleme lösen könnte, ohne jemandem zu schaden. Nur war Reinhardt natürlich viel zu anständig und kam leider nicht auf diese Idee. Weil er sie nur leer anblickte und hin und wieder zum Fenster schaute, ob auch niemand zu sehen war, der sie belauschte, musste sie sich schließlich offenbaren.

»Vitus weiß von alledem nichts. Er würde es niemals gutheißen. Und auch Kaspar steckt nicht in der Sache drin. Es ist alleine mein Vorhaben«, erklärte sie ihm eifrig, nachdem er ihren Plan kannte.

»Und wie willst du das alleine bewerkstelligen? Du kannst nicht schreiben«, stellte er verständnislos fest.

So erleichtert sie einerseits war, Reinhardt in ihr Geheimnis eingeweiht zu haben, so erschrocken war sie andererseits, dass eine Offenbarung eine weitere nach sich ziehen konnte. Oder sie musste einen Teil der Wahrheit für sich behalten, was ihr wiederum nicht behagte. Doch schien ihr das der bessere Weg zu sein.

»Natürlich nicht. Kaspar muss das übernehmen.«

»Sagtest du nicht eben noch, er stecke nicht in der Sache drin?«

»Ja, das sagte ich. Und es ist auch wahr.« Sie blickte nun ebenfalls hastig zum Fenster und wieder zu ihm, wurde immer nervöser und begann zu schwitzen. »Du kennst ihn doch, Argwohn gehört nicht zu seinen ersten Eigenschaften. Und er ist manches Mal ein wenig begriffsstutzig. Ich habe ihn ein kleines bisschen angeschwindelt, damit er nicht glaubt, er müsse etwas Unrechtes tun. Er weiß nur, dass Vitus und ich bald heiraten können, wenn er das Schreiben so hinbekommt, als würde es von Marold selbst stammen, und es erst mit dem Siegel des Kaisers bestätigt ist. Das heißt für ihn, ein anderer ernährt mich. Mehr braucht er nicht zu wissen, um sich beflügelt an die Arbeit zu machen und eifrig die Schrift des Domherrn zu üben.« Sie lächelte bemüht. Reinhardt schaute skeptisch drein, und so fuhr sie rasch fort: »Ich bitte dich, auch Kaspar gegenüber kein Wort zu erwähnen. Kann sein, dass er etwas ahnt, dass er spürt, dass ich ihm nur die halbe Wahrheit sage. Sprichst du ihn darauf an, kann er sich nicht länger in seiner Unwissenheit einrichten.«

Er nickte langsam. In seinem Kopf arbeitete es. Es hatte den Anschein, als ob er darüber nachdachte, was er mit dem Gehörten anfangen konnte. Gewiss kämpfte er mit sich, ob er ihr die Geschichte noch ausreden oder ob er ihr gar seine Hilfe anbieten sollte, nahm sie an. Er tat nichts dergleichen.

»Das ist kein Kinderspiel, Esther«, sagte er mit finsterer Miene. »Was der Rat der Stadt vorhat, ist nicht ungehörig. Wenn aber ein Einzelner sich erdreistet, sich in derartig bedeutende Angelegenheiten einzumischen, dann ist das etwas ganz anderes.« Wieder blickte er zum Fenster, dann trat er einen Schritt auf sie zu und packte sie an den Schultern. »Nimm dich bloß in Acht. Mächtige Kräfte sind in diese Sache verwickelt«, raunte er. Der Druck seiner Hände verstärkte sich, seine Finger bohrten sich in ihr Fleisch. »Ich verstehe dein Motiv, aber ich fürchte, du hast nicht den Weitblick und das Wissen, um eine Affäre dieser Größe zu begreifen und gänzlich zu durchschauen. Überlege dir gut, was du tust! Ein falscher Schritt, und du landest in des Teufels Küche.« Mit einem Mal ließ er sie los. »Nimm dir ein paar Galläpfel, wenn du sie noch brauchst«, sagte er, als er zu seinem Regal ging und sich zwei Federkiele, sein Messer zum Schärfen der Schreibgeräte, Tinte und eine Wachstafel mit Griffel nahm. »Ich habe an der Baustelle zu tun.«

Damit ließ er sie stehen. Als er das Skriptorium verlassen hatte, fiel ihr auf, dass er ihr nicht sein Wort gegeben hatte, Stillschweigen zu bewahren.

## Lübeck, 11. April 1226 – Reinhardt

Er eilte hinunter zum Salzhafen. Den Kragen seines einfachen Mantels hatte er trotz der kräftigen Sonnenstrahlen hochgeschlagen. Das Leben spielte ihm in der letzten Zeit merkwürdig mit, ging es ihm durch den Kopf. Es hatte damit angefangen, dass sein Weib nicht mehr das Lager mit ihm teilen wollte. Nicht, dass sie unwillig wäre oder ihn barsch zurückstieß, nein, nur war ihr immer häufiger nicht wohl. Sie klagte über Schmerzen und Schwindel, war gereizt und schläfrig. Es war ihnen beiden rätselhaft, was mit ihr los war. Auch der Bader und eine weise Frau, die sein Weib aufgesucht hatte, vermochten sich keinen Reim zu machen. Und einen Medicus konnten sie sich nicht leisten. So fand er sich damit ab, neben seiner Arbeit am Rathaus auch die Aufgaben zu erledigen, die sonst seine Frau im Hause verrichtet hatte. Natürlich hätte er sie vor die Tür setzen und sich eine andere suchen können, wie es manch einer wohl getan hätte, doch sie war ein gutes Weib und schon seit über zwanzig Wintern seine Gefährtin. Er mochte sich nicht ausmalen, ohne ihr heiteres Wesen auskommen zu müssen. Außerdem war er zwar noch kein Greis, aber auch kein junger Bursche mehr. Es stand zu befürchten, dass ihn nur noch eine hässliche Vettel nehmen würde.

Er ging an der Trave entlang, auf der große Handelsschiffe schaukelten. Wie viel Salz, Tuch und Fisch wohl schon in ihren Bäuchen über das Meer geschippert war? Langsam setzte er einen Fuß vor den anderen, als müsste er mit jedem Schritt seine Gedanken ordnen. Nun ging es also schon einige Wochen so, dass er im Rathaus für den Baumeister schuftete und obendrein noch Frauenarbeit verrichtete. Er war mit seinen Kräften bald am Ende, da kam ihm das Angebot des Kölner Kaufmanns ganz recht. Der hatte ihn eines Tages im Skriptorium aufgesucht, als er dort gerade alleine war. Wenn er jetzt daran zurückdachte, meinte er, es könne nur Gottes Wille gewesen sein, dass er zu dieser Stunde einsam in der Schreibstube saß und diese Begegnung hatte. Also musste es doch auch in seinem Sinn sein, wenn Reinhardt beherzt die Gelegenheit ergriff, die sich da bot. Zunächst hatte der Mann, dessen Name Felding war, einen einfachen Auftrag in Aussicht gestellt.

»Ich habe ein höchst offizielles Schreiben zuzustellen.« Das waren seine Worte gewesen. »Ist es wohl möglich, das Geschäft über Euer Skriptorium abzuwickeln?« Reinhardt hatte sich über die äußerst eigenwillige Ausdrucksweise gewundert. Erst hatte er angenommen, dass es sich um die ganz alltägliche Bitte handelte, ein Schreiben aufzusetzen. Dann hatte ihm gedämmert, dass mit diesem Handel etwas nicht stimmte. Der Lohn war hoch, sehr hoch, die Umstände finster. Er solle ihn zum Domherrn begleiten, wo sie gemeinsam vorsprechen würden. Das heißt, nein, nur er würde das Wort an Marold richten, Reinhardt solle höchstens zu allem nicken, keinesfalls Fragen stellen und schon gar nicht widersprechen. Dass es sich um einen Auftrag handle, den ein übereifriger Geselle als nicht gänzlich rechtmäßig bezeichnen könnte, hatte Felding zugegeben. Was er allerdings tatsächlich im Schilde führte, war Reinhardt bis zu dem Besuch bei Marold nicht klar gewesen. Dass er jedoch imstande war, mit einem Mann wie dem Domherrn ein

Gespräch zu führen, ohne Scheu bei ihm vorzusprechen, obwohl der nicht gerade erfreut über den Besuch gewesen war, das hatte tiefen Eindruck auf Reinhardt gemacht. Und seine Sorge, die ihn im Lauf der Unterhaltung mit dem hohen Herrn befallen hatte, hatte Felding später auch zerstreuen können.
Er blieb an der Ecke stehen, wo die Braunstraße auf den Pfad traf, der an der Trave entlangführte. Es hätte alles so einfach sein können. Felding würde ihm eine Rolle mit einem geheimnisvollen Pergament bringen, ein Bote würde sie bei ihm abholen, und dafür würde er reich entlohnt werden. Das Einzige, was er darüber hinaus tun musste, war schweigen. Nun hatte ihn auch Esther genau darum gebeten. Das Dumme war, dass sie mit ihrem Plan, den der Teufel ihr eingeflüstert haben musste, alles kaputt machen konnte. Zwar hatte sie ihm nicht verraten, wie sie das von Kaspar verfasste Schriftstück in die Hände der Sendboten bringen wollte, doch wenn ihr das tatsächlich gelänge, würde Felding ihm womöglich vorhalten, er habe die Geschichte vermasselt, ja, er habe gar mit Esther gemeinsame Sache gemacht. Was dann? Keine einzige Mark Silber würde er zu sehen kriegen. Er kannte Esther, seit sie ein brabbelndes und krabbelndes kleines Etwas war. Es tat ihm aufrichtig leid, ihr Geheimnis nicht für sich behalten zu können. Doch das war beim besten Willen nicht möglich. Er brauchte den in Aussicht gestellten Lohn, um nicht mehr so viel für den Baumeister zu arbeiten oder seiner Frau gar den Gang zum Medicus zu ermöglichen. Er blickte die Braunstraße hinab und hinauf. Nur ein Bursche, ein Bote vielleicht, verließ ein Kontorhaus und eilte davon. Ansonsten war niemand zu sehen. Rasch klopfte er an die Tür des Kölner Kaufmanns Felding.

»Seid Ihr kopfalbern? Wie könnt Ihr mich in meinem Kontor aufsuchen?« Felding beendete gerade sein Mittagessen. Eine dicke Scheibe Roggenbrot diente ihm als Teller für ein Stück Bra-

ten, dessen kleiner Rest noch ganz köstlich duftete. Die Soße hatte das Brot vollständig durchtränkt, so dass auf dem Tisch, von dem er es nahm, um sich den letzten Bissen des Fleisches in den Mund zu schieben, ein dunkler, fettig glänzender Fleck zurückblieb. Die beiden Gesellen, die bei Reinhardts Eintreten noch still über Papiere gebeugt gewesen waren, hatte er eilig mit verschiedenen Anweisungen aus dem Haus geschickt. Jetzt konnte er sich ganz seinem ungebetenen Gast zuwenden. Er schnaubte vor Wut.
»Aber wieso? Ihr habt doch selbst zu Marold gesagt, dass ich für Euch arbeite, dass Ihr mir alles beigebracht habt. Was soll verkehrt daran sein, wenn ich in Eurem Kontor ein und aus gehe?«
Der Mann mit der spitzen Nase stutzte. »Wohl wahr«, sagte er dann und setzte sein verbindliches Lächeln auf. »Nun denn, was führt Euch zu mir?«
Was er zu tun hatte, war richtig, betete sich Reinhardt im Geiste vor. Trotzdem war ihm elend zumute.
»Es ist so, das kleine Skriptorium, das Ihr ja bereits kennt, das teile ich mir mit zwei weiteren Schreibern.«
»Das ist mir nicht neu.«
»Gewiss, gewiss. Was Ihr aber nicht wisst, einer der beiden hat eine Schwester.«
»Faszinierend. Nur denkt Euch, ich kenne einen Mann, der hat zwei Schwestern! Was sagt Ihr nun?«
»Ich verstehe nicht.« Reinhardt war durcheinander.
»Du meine Güte, an Eurem Schädel scheint mir das Beste Euer Haar zu sein. Ich frage mich, ob Ihr der richtige Mann für mich seid. Wenn ich nur keinen Fehler gemacht habe.«
Reinhardt wusste nicht, warum er derartig angegriffen wurde.
»Sagt, was Ihr zu sagen habt. Ich bin in Eile.« Felding leckte die dicke Brotscheibe gründlich ab, trat ans Fenster und warf sie hinaus. Ein Straßenköter oder ein Schwein würde sich daran gütlich

tun. Reinhardt lief das Wasser im Mund zusammen. Vielleicht, so hoffte er, hatte ein armer Tropf Glück, dass ihm der unerwartete Segen vor die Füße gefallen war.

»Was Ihr wissen solltet, ist, dass eben diese Schwester ähnlich wie Ihr eine Urkunde in Auftrag gegeben hat, die den Kaiser erreichen und ihm einen Satz unterjubeln soll, von dem sie sich Vorteile verspricht.« Felding wirbelte herum und starrte ihn an. Augenblicklich begriff Reinhardt, was er da von sich gegeben hatte. »Verzeiht, ich meinte es nicht so, wie es sich angehört haben mag. Ich wollte nicht etwa andeuten, dass Ihr dem Kaiser etwas unterjubeln wollt. Der Rat der Stadt will gewissermaßen ...« Weiter kam er nicht, denn Felding schoss auf ihn zu.

»Seid Ihr betrunken, oder habt Ihr Euch eine Geschichte ausgedacht, um mir mehr Lohn aus der Tasche zu ziehen?«

»Aber nein, werter Herr«, gab Reinhardt betroffen zurück.

»Wie sollte ein einfaches Weib einen solchen Auftrag geben können? Nun gut, Ihr sagt, ihr Bruder ist auch ein Schreiber. Sie könnte ihn bitten. Wie aber sollte sie auf einen so glänzenden Einfall gekommen sein? Keine Frau versteht etwas von Politik, und es handelt sich hier um höchste Politik. Was hätte sie davon? Welche Vorteile könnte ein Frauenzimmer sich von dem Unterfangen versprechen? Und woher wollt Ihr überhaupt wissen, dass sie Derartiges im Schilde führt?« Stille. »Hä, hat es Euch die Sprache verschlagen?«

»Was wolltet Ihr wissen?«, fragte Reinhardt verwirrt, der damit gerechnet hatte, dass sich Felding auch die letzten Fragen selbst beantworten würde, wie er es davor getan hatte. Dann fiel es ihm ein, und er entgegnete: »Sie hat es mir selbst erzählt. Ich kenne Esther, seit sie ein kleines Mädchen ist. Sie vertraut mir. Glaubt mir, sie hat nichts Böses im Sinn. Im Grunde will sie diesen Satz nicht einmal für sich selbst auf das Pergament gebracht haben, sondern für einen Mann. Jedenfalls lässt sie bereits jemanden üben, damit dessen Schrift der von Marold auf das Haar gleicht.« Die Geschichte war heraus, dann konnte er auch gleich die Einzelheiten preisgeben.

»Interessant, interessant«, murmelte Felding vor sich hin und wanderte mit langen Schritten zum Fenster und wieder zurück zu seinem Schreibpult, wo der Soßenfleck inzwischen eingetrocknet war und eine Kruste gebildet hatte. »Wie, sagt Ihr, ist ihr Name?«
»Esther, sie heißt Esther. Sie ist eine gute Frau. Jedenfalls war sie es bisher. Ich kann mir auch nicht erklären, was sie dazu treibt. Aber sie will gewiss niemandem schaden.«
»Ich kann mir wohl denken, was sie treibt.« Seine Augen blitzten. »Sagtet Ihr nicht, sie tut das für einen Mann? Dann muss es wohl Liebe sein, die sie treibt.«
»Schon möglich, ja. So muss es sein. Ihr wisst ja, wie das ist mit der Liebe.«
»Nein, weiß ich nicht.«
»Oh, ich ...«
»Aber vielleicht ist es auch bloß die reine Fleischeslust. Ist sie eine recht schamlose Person?« Da war ein Glanz in seinem Blick, der Reinhardt Sorge bereitete.
»Nein, wo denkt Ihr hin? Sie ist ja noch ein Kind.« Mit einem Mal fiel ihm ein, wie sie errötet war, als er sie vorhin arglos geneckt und gefragt hatte, ob sie Unanständiges mit Vitus angestellt habe oder gern anstellen würde. War es möglich, dass sie sich zu einem lüsternen Weibsbild entwickelt hatte, ohne dass es ihm aufgefallen war?
»Ein recht einfallsreiches Kind mit sündigen Einfällen, wie mir scheint. Ich werde sie mir mal näher ansehen.«
»Ich bitte Euch, sie darf nicht erfahren, dass ich sie verraten habe. Ich tat es ja nur zur Sicherheit, damit Ihr achtsam seid. Bitte, erschreckt sie nicht. Behaltet sie nur im Auge, damit sie Euren Plan nicht vereiteln kann.«

Felding lachte. Es klang ein wenig wie das Gackern einer Henne. »Ich dachte, dafür bezahle ich Euch, dass der Plan gelingt.« Er schloss den Fensterladen, zog einen Pfennig aus seiner Tasche und reichte ihn Reinhardt. »Es war richtig, dass Ihr zu mir gekommen seid. Ich werde diese Esther vor sich selbst beschützen. Sie ahnt ja nicht, worauf sie sich da einlassen will, dieses dumme Ding.«
»Ja, Herr, danke, Herr, das ist gut. Das habe ich ihr auch gesagt.«
»An unserer Abmachung ändert sich nichts«, erklärte Felding. Damit war das Gespräch beendet.

# Lübeck, 11. April 1226 – Esther

Sie rieb sich die seltsam kribbelnden Wangen und ließ den Kopf einige Male kreisen. Es knirschte bedenklich in ihren Knochen. Schatten tanzten vor ihren Augen. Während sie sämtliche Zutaten wieder an ihren Platz zurückstellte, warf sie immer wieder einen Blick auf den kleinen Fetzen Pergament, auf den sie zuletzt ein paar Buchstaben gemalt hatte. Es hatte wahrhaftig den Anschein, als würden diese von Mal zu Mal blasser. Hatte sie es endlich geschafft? Oder gaukelte ihr ihr matter Geist nur etwas vor, damit sie es nur gut sein ließ und sich ausruhte? Sie nahm die Schale mit der letzten Tintenmischung, die, wenn sie Glück hatte, diejenige war, mit der sie Marold an der Nase herumführen konnten. Ganz vorsichtig stellte sie sie auf das Regalbrett. Sie traute sich nicht, die Tinte in ein dafür vorgesehenes Gefäß zu füllen. Vor Erschöpfung zitterten ihre Hände, und ihr Blick war verschwommen. Was, wenn sie die kostbare Flüssigkeit verschüttete? Dann musste sie von neuem anfangen. Kaum dass sie die Schale abgestellt hatte, klopfte es. Esther fuhr erschrocken herum. Ihr Herz schlug einen Takt schneller.

»Wer ist da?«

Die Tür öffnete sich. »Ein ehrbarer Kaufmann, der nach einem guten Schreiber verlangt. Darf ich eintreten?«

Sie konnte ein leises Seufzen nicht unterdrücken. »Gewiss, seid gegrüßt«, gab sie höflich zurück und bemühte sich um ein freundliches Gesicht. Ausgerechnet jetzt musste jemand kommen, der Kaspars Dienste brauchte. Jederzeit hätte sie sich darüber gefreut, wäre beflissen ans Werk gegangen, nach den Wünschen des Mannes zu fragen. Doch in diesem Moment wollte sie nur allein sein, sich ausruhen.
»Dieses ist doch das Skriptorium des Reinhardt, des Otto und des Kaspar, von dem ich nur Gutes gehört habe?«
»Ja, Herr, da seid Ihr hier richtig. Zu dumm nur, dass gerade heute keiner der drei zugegen ist. Sie sind alle sehr beschäftigt, müsst Ihr wissen.«
»Das kann ich mir denken. Wer etwas kann, ist gefragt, nicht wahr?«
»Ja«, sagte sie und hoffte inständig, dass er beschließen würde, zu einem späteren Zeitpunkt zurückzukehren. Der Mann war höflich und gut gekleidet. So jemanden ließ man nicht so einfach gehen. Sie musste sich zusammenreißen. »Ihr benötigt also einen Schreiber. Muss es gleich jetzt sein, oder darf ich meinem Bruder ausrichten, dass er Euch aufsuchen soll?«
»Einer der drei Herren ist also Euer Bruder?«
»So ist es. Ich bin Esther, die Schwester des Schreibers Kaspar aus Schleswig.«
»Esther! Was für ein hübscher Name.« Er verneigte sich galant. »Im Angesicht Eurer Schönheit verblasst er jedoch.«
Ihr wurde mit einem Schlag bewusst, dass sie fürchterlich aussehen musste. Was hatte Reinhardt gesagt? Die Schatten unter ihren Augen konnten einen das Fürchten lehren, und sie sah aus wie das Leiden des Herrn. Die Hitze schoss ihr vor Verlegenheit in die Wangen, und sie zupfte hilflos an ihrem Haar, das sich fast vollständig gelöst hatte und von der Haube nicht mehr verborgen wurde.
»Kein Grund zu erröten, nur weil ich die Wahrheit spreche.«

»Es ist nur ...« Sie nestelte weiter an ihrem Schopf herum.
»Stünden nicht fünfzehn Schilling Strafe darauf, würde ich jetzt Eure zarte Hand berühren, damit Ihr aufhören mögt, Euer Haar zu richten. Es ist wunderschön, gerade so, wie es ist.«
Esther wusste nicht, was sie sagen sollte. Sie fühlte sich ganz benommen und ließ die Hand sinken.
»Wie ich Euch sagte«, stammelte sie, »es ist niemand zugegen. Nur ich. Wenn ich Euch irgendwie zu Diensten sein kann ...«
Was redete sie denn da?
»Wie meint Ihr das?« Himmel, was mochte dieser ehrbare Kaufmann nur von ihr denken?
»Nun, ich kann meinem Bruder sagen, dass Ihr ihn zu sprechen wünscht.«
Er trat näher an ihren Tisch und schielte nach dem Stück Pergament. »Es ist niemand zugegen, nur Ihr«, flüsterte er.
Erschrocken folgte sie seinem Blick. Was, wenn er die Buchstaben entdeckt hatte, die sie zuletzt geschrieben hatte? Doch da war nichts zu entdecken, die Buchstaben waren verschwunden. Das cremefarbene Material war sauber, als wäre noch nie ein Federstrich darauf geführt worden. Sie hatte es geschafft, die Tinte war endlich goldrichtig für ihren Zweck.
»Gott sei es gedankt!«, hauchte sie.
Er zog die Stirn in Falten und beobachtete sie aus zusammengekniffenen Augen. Mit seiner spitzen Nase und den schmalen Lippen erinnerte er sie an ein Tier.
»Es ist Euch also recht, dass ich Euch alleine angetroffen habe? Ihr gefallt mir. Doch bestimmt, Ihr gefallt mir sehr.«
Sie war verwirrt. »Wie meint Ihr? Wirklich, ich ... Lasst mich bitte wissen, ob ich meinen Bruder zu einer bestimmten Zeit in Euer Kontor schicken soll. Mehr kann ich nicht für Euch tun.«
»Dessen bin ich mir nicht sicher. Nein, dessen bin ich mir gar nicht sicher.« Bevor sie etwas erwidern konnte, fuhr er fort: »Ich

komme in einer äußerst, nun, sagen wir mal brisanten Angelegenheit. Ihr seid ein Weib und versteht nichts von Politik, daher kann ich offen zu Euch sprechen. Von Marold, dem Domherrn und Notar, habt Ihr vielleicht schon gehört?«

Sie sah ihn ängstlich an. Hatte er sie womöglich beobachtet, als sie vor Marolds Haus das Papier aufgehoben und eingesteckt hatte? Mit einem Schlag war sie wieder hellwach.

»Den Namen hörte ich einmal, meine ich«, entgegnete sie vorsichtig.

»Gewiss habt Ihr das. Nun, dieser Marold hat sich an mich gewandt, weil der ehrenwerte Rat der Stadt ihn damit beauftragt hat, ein Schreiben aufzusetzen, das für Lübeck von allerhöchster Bedeutung ist.«

»So?« Konnte es Zufall sein, dass ein Fremder mit ebendiesem Thema ausgerechnet zu ihr kam? Natürlich, beruhigte sie sich selbst, es musste ein Zufall sein. Was sonst? Weder Vitus noch Reinhardt hatten etwas ausgeplaudert, da war sie sicher. Der Besucher konnte also nichts wissen. Außerdem sprach ja die ganze Stadt kaum mehr über etwas anderes. Ein Zufall also, nichts weiter.

»Die Sache ist aber die, dass eben jenes Schreiben durchaus seine Tücken hat. Es könnte geschehen, dass eine hohe Persönlichkeit davon nicht besonders angetan ist und dem Verfasser einigen Ärger bereiten möchte.«

»Wie unerfreulich für den Domherrn«, sagte sie leise.

»Ganz recht, das ist es. Und genau darum kam er ja zu mir. Ihm ist nämlich bekannt, dass ich einen Schreiber beschäftige, der äußerst verschwiegen und sehr geschickt ist. Er fragte mich, ob nicht dieser Mann das Schriftstück für ihn aufsetzen könne.«

Esther fühlte sich, als hätte ihr jemand einen gehörigen Schlag gegen die Brust versetzt. Dann war alles umsonst. Stunde um Stunde hatte sie jeden Strich, jede Wölbung von Marolds Schrift geübt, bis sie sie perfekt nachahmen konnte. Nur würde er gar nicht derjenige sein, den sie kopieren musste. Woher sollte sie eine Kostprobe des fremden Schreibers bekommen? Sie schwankte leicht und musste sich am Tisch festhalten.

»Ist Euch nicht wohl?« Er schob Ihr einen Schemel zurecht. »Nehmt doch einen Moment Platz.«

Sie ließ sich fallen. »Es geht schon«, sagte sie tonlos. Es war vorbei. Ihr Plan würde nicht aufgehen. Niemals. Sie musste ihn begraben. Und vielleicht war es auch besser so.

»Wo war ich? Ach ja, er kam also zu mir, und selbstredend hätte ich ihm gerne jede Hilfe zukommen lassen, die mir nur zur Verfügung steht. Leider hat sich mein Schreiber jedoch kürzlich die Hand verletzt. Wann er wieder in der Lage sein wird, die Feder zu führen, ist noch ungewiss.« Er machte eine Pause. Esther hörte ihm kaum noch zu. »Ihr könnt Euch sicher ausmalen, in welch misslicher Situation ich mich befinde. Ich kann dem Domherrn doch seine Bitte nicht abschlagen. Darum bin ich auf die Idee gekommen, mich hier nach jemandem umzusehen, der ebenfalls verschwiegen und im Umgang mit Buchstaben begabt ist. Ich würde ihn über das übliche Maß entlohnen, versteht sich.«

Langsam tauchte Esther aus einem undurchdringlichen Nebel auf. Was hatte er eben gesagt? Er suchte nach einem Schreiber, der das Dokument für den Rat aufzusetzen imstande war? Beinahe hätte sie laut aufgelacht.

»Verstehe ich Euch recht, Ihr benötigt jemanden, der Euren Schreiber vertreten kann? Mein Bruder soll dieses Werk verfassen, von dem Ihr sagt, dass es Tücken hat, so dass der Verfasser womöglich Ärger zu erwarten hat?«

»So ist es, liebe Dame, ich suche jemanden, dessen Lippen verschlossen sind, der mit Buchstaben hervorragend umzugehen versteht und der ein wenig Mut hat. Ihn will ich, wie ich sagte, äußerst freigebig dafür entlohnen.«

Esther konnte ihr Glück nicht fassen. Der Herrgott selbst musste ihr diesen Mann geschickt haben. Nun war doch nicht alles umsonst. Im Gegenteil. Sie brauchten sich nicht mehr darum zu sorgen, wie die Tinte zu Marold gelangen konnte und sie ihn aus seinem Kontor weglocken sollten. Es stand nicht mehr zu befürchten, dass der Domherr, zurück an seinem Schreibpult, den Schwindel auf der Stelle bemerken würde. Es war beinahe so, als wäre Kaspar eben doch der Ratsschreiber. Gewiss würde es nun viel leichter sein, den Schwindel durchzuführen.
»Ihr habt diesen Jemand gefunden, Herr!«, rief sie fröhlich und sprang auf. Im nächsten Moment zog erschreckende Schwärze vor ihren Augen auf. Sie fasste sich an die Stirn.
»Ihr seid doch nicht krank?« Der Mann hatte nach ihrem Ellbogen gegriffen und stand ganz nah bei ihr. Nachdem die Schwärze sich verzogen hatte, sah sie in sein Gesicht und bemerkte, dass er sehr besorgt dreinschaute.
»Nein, mir geht es gut. Mir geht es wahrlich gut!«

Esther fühlte sich munter und erfrischt wie lange nicht. Sie würde Vitus einen Besuch in seinem Kontor abstatten, das in seinem Elternhaus in der Fleischhauerstraße untergebracht war. Hoffentlich traf sie ihn an. Nicht selten war er draußen am Hafen bei den Speichern oder bei der Verladung von Korn oder Mehl direkt an einem Schiff. Man konnte nicht vorsichtig genug sein. Einmal nicht aufgepasst, schon fehlte hier ein Pfund oder dort ein ganzer Sack. Sie überlegte kurz, ob sie runter zur Trave gehen und dort nach ihm schauen sollte, entschied sich dann aber anders. Ihn am Hafen auszumachen, in dem Gewirr von Trägern, die Lasten schleppten, von Männern, die Fässer rollten, und von Bötern, Lotsen, Tagelöhnern und anderen Arbeitsleuten, die verschiedenste Aufgaben zu erfüllen hatten, würde nicht einfach sein. Selbst wenn sie ihn dort erspähte, wäre es unmöglich, mit ihm zu

reden. Sie wäre nur im Weg. Im Kontor dagegen konnte er sich sicher einen Moment für sie stehlen. Immerhin hatte sie eine wundervolle Nachricht zu verkünden.
Es war ein herrlicher Tag mit klarer Luft, die noch recht kühl gewesen wäre, wenn die Sonnenstrahlen nicht bereits so viel Kraft gehabt hätten. Ein Vogelschwarm zog am blauen Himmel über sie hinweg. Sie lauschte einen Moment den Flügelschlägen und den gurrenden Rufen. Am Ende der Gasse fragte sie sich, ob sie den Weg an der Petrikirche vorbei nehmen und Reinhardt einen Besuch an der Rathausbaustelle abstatten sollte. Er hatte sie so eindringlich gebeten, auf sich achtzugeben, sie gewarnt, sich aus der Geschichte herauszuhalten, dass er über ihre Nachricht gewiss hocherfreut wäre. Andererseits würde sie nur stören. Der Baumeister hatte bestimmt ebenso wenig Verständnis für eine Arbeitsunterbrechung wie Meister Gebhardt von der Dombaustelle. Auch er konnte es nicht leiden, wenn Esther sich länger als nötig bei Kaspar aufhielt, dem jede Ablenkung nur zu willkommen war. Und es war auch kein guter Einfall, ihm zu sagen, dass Kaspar nun ganz offiziell diesen heiklen Auftrag bekommen würde. Nein, sie würde später noch Gelegenheit haben, Reinhardt zu beruhigen, ohne ihm jede Einzelheit erzählen zu müssen. Dennoch nahm sie den Weg über den Markt. Von dort war es nicht weit in die Fleischhauerstraße. Sie sah eine Gemüsefrau, die frischen Bärlauch feilbot. Daneben stand ein Junge, der zwei Hasen an den Mann bringen wollte. Sie hockten in ihrem winzigen aus Weidenzweigen gefertigten Käfig, schoben die weichen Näschen durch das biegsame Gitter und ergatterten einige Grashalme, die sich gerade erst aus der Erde geschoben hatten. Ein Stückchen weiter entdeckte sie Norwid. Er machte ein Gesicht, als hätte er soeben einen Krug sauren Wein geleert. Niemand sollte so verdrießlich dreinschauen, wie er es tat. Schon gar nicht an so einem schönen Tag. Sie konnte nicht anders, sie musste ihn einfach ein wenig aufheitern.

»Seid gegrüßt, Norwid, Sohn des Müllers«, sprach sie ihn fröhlich an, als sie vor ihm stand.
»Seid gegrüßt, Esther. Ich habe Euch gar nicht gesehen.«
»Wie es scheint, habt Ihr eher den Leibhaftigen gesehen. Jedenfalls zieht Ihr eine Miene, als wäre es so.«
»Der Leibhaftige, ja, mit dem hatte ich wohl zu tun«, sagte er finster.
Esther erschrak.
»Wenn er sich nur hergetraut hätte, ich hätte gewusst, was ich mit ihm angestellt hätte. Aber er hat uns nur das geschickt, was von meiner Schwester noch übrig ist.« Er hatte leise gesprochen, als würde er mit sich selbst reden. Als er jetzt aufsah, glitzerten seine hellblauen Augen gefährlich. So hatte sie diesen freundlichen Mann noch nie gesehen.
»Was sagt Ihr da? Was ist mit Eurer Schwester?«
»Nichts, was ich Euch berichten könnte. Ihr seid viel zu zart für so was.«
»Wisst Ihr nicht mehr? Ich bin die Frau, die unerschrocken ungezogene Rotznasen aus dem Fluss fischt!« Sie hätte ihm so gerne ein Lächeln abgerungen, doch da war anscheinend nichts zu machen. »So schlimm?«, fragte sie, als sie seinen hasserfüllten Blick sah.
»Wir können von Glück sagen, wenn sie es überlebt. Doch was rede ich von Glück? Was soll dann aus ihr werden? Zu verheiraten ist sie gewiss nicht mehr. Wer will schon eine, die hinkt, nur noch ein Auge hat, dafür aber womöglich einen Bastard am Rockzipfel?«
Esther schlug das Kreuz. »Heilige Mutter Gottes! Kann ich helfen?«
Er sah sie böse an. »Wie wollt Ihr helfen? Wollt Ihr das zersplitterte Bein mit einem Federkiel richten?« Er ließ die Schultern hängen. Die Wut schlug mit einem Mal in pure Verzweiflung um,

und mit dem Zorn schien auch das Leben aus seinem Körper zu weichen. Der sonst so stattliche Kerl war ein Bild des Jammers. Wie nur sollte sie ihn trösten?

»Sie ist doch noch ein Kind«, sagte er heiser und wischte sich mit dem Handrücken über die Wange. Doch Esther hatte die Träne erblickt, die sich ihren Weg gebahnt hatte.

»Ihr müsst einen Richter anrufen«, sagte sie. »Wenn Eurer Schwester so großes Unrecht getan wurde, dann muss der Schuldige zur Rechenschaft gezogen werden.«

»Und wer wird der Tochter eines Müllers glauben, wenn ein Graf etwas gegen sie behauptet?«

»Ein Graf? Grundgütiger!« Dann war es aussichtslos. Warf ein Ritter einem Grafen etwas vor oder ein anderer Adliger gar, dann würde ein Richter entscheiden, wer die Wahrheit sprach und wer nicht. Aber ein armes Mädchen gegen einen einflussreichen Herrn höchsten Standes, da war das Urteil schon gefällt, bevor auch nur einer ein Wort gesagt hatte. »Das ist nicht gerecht«, flüsterte sie bestürzt. Ihre Fröhlichkeit war dahin. Mit einem Schlag spürte sie die Erschöpfung wieder in allen Gliedern.

»Hat Euch etwa jemand eingeredet, das Leben sei gerecht?« Seine Entrüstung brach sich wieder Bahn. »Wir sollen ihm auch noch dankbar sein, dass er sie mit einem Wagen nach Hause bringen ließ. Wäre seine Gemahlin nicht nach Lübeck gereist, er hätte Bille wahrscheinlich vor seine Tür geworfen und sich nicht darum geschert, was aus ihr wird. So aber hat man sie auf die offene Karre geschmissen zu den Kisten mit den Kleidern der erlauchten Gräfin. Es ist ein Wunder, dass der Schauenburger uns nicht noch einen Pfennig dafür abnehmen lässt, dass sie nicht hat laufen müssen.«

»Der Schauenburger? Ihr sprecht von Graf Adolf IV.?«

»Ich kenne keinen Zweiten, der so böse ist wie er. Ihr solltet Euch den Mund auswaschen, nachdem Ihr seinen Namen darin geführt habt.«

»Gott der Herr wird ihn bestrafen«, sagte sie zuversichtlich.
»Der Dreckskerl wird sich in der Hölle wie zu Hause fühlen. Sagt mir, welche Strafe ihn treffen könnte?«
»Er wird bestraft werden«, wiederholte sie eindringlich. Sie selbst würde dafür sorgen, indem sie ihm den Griff nach der Stadt Lübeck endgültig verwehrte. Das war gewiss etwas, das den Grafen treffen konnte. Hatten sie noch immer Zweifel geplagt, sich an der unsauberen Sache zu beteiligen, wusste sie nun mit letzter Sicherheit, dass sie das Richtige tat.

Nach der Begegnung mit Norwid war sie nicht, wie sie es eigentlich vorgehabt hatte, zu Vitus gegangen, sondern nach Hause gelaufen. Sie hatte noch Brot backen und dann das Abendessen für Kaspar richten müssen. Auch warteten ein Wams und eine Hose ihres Bruders auf sie, die einige Tintenkleckse abbekommen hatten.
»Ich habe Otto getroffen«, berichtete Kaspar, als sie nach dem Mahl beisammensaßen. Noch war es draußen nicht nachtschwarz, aber die Luft, die in die kleine Stube strömte, war kalt. Also schloss Esther den Fensterladen und entzündete die Öllampe. »Er hat erzählt, dass er es im Skriptorium nicht ausgehalten habe vor Gestank. Was hast du denn nur angestellt? Noch habe ich Tinte. Du treibst doch nicht hinter meinem Rücken Handel damit?« Er saugte die Oberlippe ein und ließ sie nicht aus den Augen.
»Unfug! So arg war es gar nicht. Ich habe nur ein paar neue Rezepturen probiert, wie ich es manches Mal tue. Nichts weiter.«
»Dann hat der Otto wohl aufgeschnitten. Kann sein, dass er bloß eine Ausrede gesucht hat, warum er nicht geblieben ist. Habe ihn schon lange nicht mehr schreiben sehen.« Er entließ seine Oberlippe wieder in die Freiheit. Sie glänzte feucht vom Speichel.
»Nicht mehr lange, dann wird er überhaupt nicht mehr in das Skriptorium kommen«, meinte sie. »Du wirst dir etwas überlegen

müssen. Zusammen mit Reinhardt kannst du den Obolus für das Häuschen vielleicht noch aufbringen, aber auch er wird nicht ewig schreiben können. Was dann?«

Er legte die sommersprossige Stirn in Falten. »Was du dir nur immer für Gedanken machst! Noch sind beide da und bezahlen hübsch ihren Anteil.«

Sie wollte etwas erwidern, ließ es aber gut sein. Es erschien ihr einfach zu anstrengend, mit ihm zu debattieren. Ihr Kopf fühlte sich leer an. Sie würde besser schlafen gehen.

»Ich hab's!«, verkündete Kaspar da. »Denk dir, ich habe neulich von einer Tinte gehört, die kostbarer und schöner nicht sein kann. Wie konnte ich das nur vergessen? Ich wollte dich schon längst bitten, mir solche Tinte zu machen. Damit werde ich gefragter sein denn je, und wir können es uns leisten, die Stube allein zu halten.« Er strahlte sie an. Kaspars Welt war beneidenswert einfach.

»Und was braucht man für diese Wundertinte?«, fragte sie matt.

»Nur Quecksilber und Rauschgelb.«

»Von diesem Rezept habe ich noch nie gehört.«

»Siehst du? Und so geht es jedem. Ich werde der einzige Schreiber in Lübeck sein, der diese Tinte besitzt. Sie wird aussehen wie pures Gold!« Er lehnte sich zurück und schlug die Beine übereinander. Stolz, wie er war, konnte man meinen, er besäße jetzt schon ein Fläschchen dieser geheimnisvollen Mischung. Esther ahnte, dass irgendjemand den einfältigen Schreiber Kaspar gründlich an der Nase herumgeführt hatte.

»Was stelle ich nun mit diesen beiden Zutaten an?«, wollte sie von ihm wissen.

»Das ist lustig, weißt du? Du nimmst das Ei einer Henne, bläst es aus und gibst Pigment und Quecksilber hinein. Dann legst du ihr das Ei wieder ins Nest und lässt sie es ausbrüten. Sie wird mächtig staunen, was für ein goldiges Küken sie da zustande gebracht hat.«

Er lachte über seinen Spaß. Esther sah ihn verständnislos an, ohne eine Miene zu verziehen. »Das war ulkig«, erklärte er etwas enttäuscht. »Du hast es nicht begriffen, nicht wahr? Sei's drum, jedenfalls schnappst du dir das Ei nach einer geraumen Zeit und zerreibst den Inhalt der Schale mit wenigen Tropfen Wasser.«
Noch immer starrte sie ihn an.
»Das ist alles. Fertig ist die Tinte!«
»Und woher willst du diese ungewöhnlichen Zutaten bekommen?« Sie hoffte, dass er mit dieser Frage eine gute Weile beschäftigt sein würde. Dann brauchte sie ihm nicht begreiflich zu machen, dass an diesem merkwürdigen Rezept nichts stimmte und dass sie keinesfalls daran dachte, sich für dumm verkaufen zu lassen.
»Quecksilber bekommst du gewiss beim Spiegelmacher«, verkündete er siegessicher. »Und das andere wirst du auch schon irgendwo auftreiben.«
Esther war es leid, sich diesen Unfug länger anzuhören. Sie würde ihn auf andere Gedanken bringen.
»Du hast mir noch gar nicht von deiner Begegnung mit der Wirtstochter erzählt. Sooft ich dich auch gefragt habe, hast du mir doch nichts verraten. Was hat das zu bedeuten, mein liebster Bruder?« Sie setzte eine leicht pikierte Miene auf.
»Du hast mich gefragt?« Er wollte ihr doch wahrhaftig vorgaukeln, sich daran nicht erinnern zu können. Aber seine Wangen leuchteten verräterisch.
»Nun los, sag schon, hast du ihr den Hof gemacht?«
Ein Grinsen breitete sich auf seinem Gesicht aus. »Ich glaube, das habe ich.«
»Du glaubst? Ein Mann weiß doch, ob er einer Frau den Hof macht oder nicht. Oder hattest du zu viel von dem starken Bier getrunken? Als du mich von Vitus abgeholt hast, konntest du ja kaum noch gerade gehen.«

»Du übertreibst. So arg war es nun wirklich nicht.« Nach einer Pause, Esther meinte schon, er sei eingeschnappt und würde wieder nichts preisgeben, sagte er plötzlich: »Sie wollte mein Haar anfassen. Und denk dir, ich durfte auch eine Strähne ihres Haars in die Hand nehmen.«
»Das hat sie dir erlaubt?« Sie war ehrlich überrascht. Die Frau, die ihren Bruder einmal zum Mann bekam, konnte sich glücklich schätzen, denn er war ehrlich und herzensgut. Nur machte er es den Damen nicht eben leicht, seine guten Eigenschaften zu entdecken.
»Sie hat es nicht nur erlaubt, sie wollte es so.« Er nickte eifrig. »Sie hat sogar meine Hand genommen.«
»Das freut mich, Kaspar, das freut mich wirklich von Herzen. Du scheinst ihr überaus erfolgreich den Hof gemacht zu haben.« Sie lächelte. Das war mal ein erfreulicher Gedanke an diesem wunderlichen Tag. Damit wollte sie zu Bett gehen.
Sie erhob sich. »Ich bin müde, Kaspar, ich gehe schlafen.«
»Was ist nur los mit dir in der letzten Zeit? Ich stand von früh bis spät über meine Arbeit gebeugt, bis mir alle Knochen schmerzten. Ich hätte mehr als einen Grund, müde zu sein, aber schau mich an.«
»Gute Nacht, Kaspar.«
Als sie die Stube verließ, hörte sie ihn sagen: »Du dagegen hast nur ein wenig Tinte gekocht und es dir den lieben langen Tag gut ergehen lassen. Wie viel schwächer Frauen doch sind als wir Männer!«

Am nächsten Morgen wurde Kaspar schon früh auf der Baustelle gebraucht. Also blieb Esther nichts anderes übrig, als an seiner Stelle in das Skriptorium zu gehen. Der Kaufmann, den der Himmel ihr geschickt hatte, wollte heute wiederkommen, um die Einzelheiten des Auftrags zu besprechen. So hatte er es angekün-

digt, bevor er sich am Vortag formvollendet von ihr verabschiedet hatte. Sie war heilfroh, dass auch Reinhardt offenkundig bereits am Rathaus zu tun hatte. Otto ließ sich ebenfalls nicht blicken. Es ging ihm noch nicht besser, vermutete sie. Sie würde wieder allein mit dem Mann sprechen. Ihr war es recht. Von diesem Auftrag musste keiner etwas erfahren, und sie konnte sicherstellen, dass Kaspar in den Genuss kam, ihn zu erledigen. Nicht auszudenken, wenn der Fremde Otto oder Reinhardt mit der Aufgabe betrauen würde. Dann wäre ihr Plan am Ende doch hinfällig.
Als es klopfte, fuhr ein Kribbeln durch ihren Körper. Sie war schrecklich aufgeregt. Wenn nur niemand ihre Unterredung stören oder der Mann es sich noch anders überlegen würde.
»Nur herein!«, rief sie.
»Seid gegrüßt, schöne Esther!«
»Seid gegrüßt, werter Kaufmann«, erwiderte sie.
Er stutzte. »Habe ich mich Euch etwa noch nicht vorgestellt? Wie unhöflich von mir.«
»Aber das macht doch nichts.«
»Es macht nichts? Ihr müsst ja meinen, ich hätte keine Manieren. Nein, es ist unverzeihlich. Wie kann ich das nur wiedergutmachen?«
Sie lächelte ihn freundlich an. »Indem Ihr mir nun Euren Namen verratet?«
»Felding, mein Name ist Josef Felding.« Er verneigte sich.
»Ich bin sehr erfreut!«
»Wie nett.« Er war ein geringes Stück kleiner als sie und blinzelte sie fröhlich an. »Ich denke noch immer darüber nach, womit ich meinen Fehler, mich Euch nicht gleich am ersten Tage mit Namen vorgestellt zu haben, wiedergutmachen kann.«
»Das habt Ihr bereits, indem Ihr dies nachgeholt habt.«
»Nein, das ist nicht genug, bei weitem nicht«, widersprach er. »Womit könnte ich die Gunst einer so bezaubernden Dame ge-

winnen?«, fragte er, als wäre sie gar nicht anwesend. »Vielleicht würde Euch ein seidenes Halstuch erfreuen? Sagt ja, und ich werde Euch eines bringen.«
Esther besaß natürlich kein Halstuch aus Seide. Sie besaß überhaupt kein Tuch für den Hals, nur einen wollenen Schal und ein Schultertuch, das ebenfalls aus Wolle war. Ihre Kleider waren dazu geeignet, sie zu wärmen, nicht, sie zu schmücken. Gern hätte sie etwas zur reinen Zierde besessen, etwas, das Vitus dazu brachte, sie so zu berühren, wie er es schon manches Mal verstohlen getan hatte. Doch was sollte er wohl von ihr denken, wenn sie sich so etwas von einem anderen Mann schenken ließ? Überhaupt war es vollkommen ausgeschlossen, ein Geschenk von einem Fremden anzunehmen.
»Ihr wisst, dass es sich für mich nicht ziemt, in diesem Fall ja zu sagen.«
»In welchem Fall fiele es Euch denn leichter?«
Er war geschickt in der Kunst der Rede. Und er hatte Charme. Wenn er auch kein schöner Mann war, so hatte er doch Qualitäten, die einer Frau schon gefallen konnten.
»Ihr seid doch nicht gekommen, um mit mir zu reden.«
»Wie könnt Ihr das wissen?«
»Ihr sagtet gestern, Ihr würdet heute zurückkehren, um Einzelheiten des Auftrags zu besprechen, den Ihr zu vergeben habt. Also wolltet Ihr wohl eher meinen Bruder antreffen. Nur leider ist er auch heute nicht hier, wie Ihr seht.«
»Ich bedaure das nicht sehr. Wenn ich auch als Kaufmann hier bin, der ein Geschäft abschließen will, so bin ich doch auch ein Mensch. Ein Mann, wenn man es genau nimmt. Und als solcher bin ich nicht etwa blind für die Reize einer schönen Frau.«
Esther begann sich unbehaglich zu fühlen. Sein Charme in allen Ehren, doch dieser konnte auch leicht in Schamlosigkeit umschlagen. Sie musste vor ihm auf der Hut sein.

»Verzeiht, werter Kaufmann Felding«, begann sie vorsichtig. Sie wollte ihn keinesfalls vor den Kopf stoßen, sonst wäre das verlockende Geschäft womöglich futsch. »Ihr schmeichelt mir sehr. Glaubt bitte nicht, dass mir das nicht gefällt.«

Sein Ton, eben noch sanft und ein wenig singend, war plötzlich sachlich. »Ich schmeichle Euch nicht einfach, ich mache Euch den Hof. Ihr seid doch nicht verlobt, nehme ich an. Und eine bessere Partie als mich dürftet Ihr Euch als mittellose Schwester eines kleinen Schreibers kaum angeln können. Ich streiche nicht gerne um eine Sache herum wie der Kater um den dampfenden Brei.« Er sah sie an, als hätte er sie gerade darum gebeten, ihm eine Tinte zu mischen, und erwarte nun ihre Antwort. Esther schnappte nach Luft. Was dieser Kerl sich herausnahm! Und sie hatte ihn wahrhaft für einen Ehrenmann mit besten Manieren gehalten.

»Wenn ich auch nicht verlobt bin, so bin ich doch nicht frei«, gab sie zurück. »Mein Herz gehört schon einem anderen.« Um ihn nicht allzu dumm dastehen zu lassen, fügte sie süß hinzu: »Doch habt Dank für Euer großmütiges Angebot. Gäbe es diesen anderen nicht, ich hätte gern darüber nachgedacht.«

Er legte den Kopf schief und beäugte sie. Sonderlich enttäuscht wirkte er nicht.

»Was nun das Dokument angeht, das Ihr benötigt ...«, wechselte sie das Thema.

Er ging nicht darauf ein. »Nein, lasst uns ein wenig über diesen Mann plaudern, für den Ihr im Begriff seid, eine große Dummheit zu begehen.«

»Ich verstehe nicht.«

»Tut Ihr das aus Liebe? Ich frage nur, weil mir dieses so häufig besungene und in schwülstigster Dichtung gelobte Gefühl nicht bekannt ist. Das ist mir übrigens ganz recht so, denn ich würde es nicht schätzen, wenn etwas so stark wäre, dass es meine Gedanken gänzlich durcheinanderbringen könnte.«

»Verzeiht, verehrter Kaufmann Felding, ich habe wirklich keine Ahnung, was Ihr im Sinn habt.«
»Die Frage ist doch, was Ihr im Sinn habt, schöne Frau. Liebt Ihr diesen Mann so arg, dass es Euch den Geist vernebelt hat? Oder seid Ihr einfach ein geiles Frauenzimmer, das sich durch die Fälschung eines Dokuments fleischliche Gefälligkeiten erschleichen will?«
Esther ließ sich auf einen Schemel fallen. Ihr war übel.
»Wie ich hörte, gibt es durchaus einiges, womit ein Mann eine Frau beglücken kann, ohne dass ihr bald darauf der Leib schwillt.«
»Was erlaubt Ihr Euch?«, flüsterte sie tonlos. In ihrem Kopf wiederholte sie ständig drei Worte: Fälschung eines Dokuments. Wie konnte er davon wissen? Oder hatte sie irgendetwas falsch verstanden? Nur, was war da schon falsch zu verstehen?
»Ich komme aus Köln. Hatte ich das schon erwähnt? Man hat mir zugetragen, dass Ihr etwas niederschreiben lassen wollt, das uns Kölnern gar nicht gut gefallen würde.« Er schüttelte den Kopf. »Schade, Ihr seid eine hübsche Person, nur leider nicht klug. Euch mit mir und allen übrigen Kölnern anzulegen ist alles andere als gescheit.«
Sie blickte ins Leere und wusste nicht, was sie sagen sollte.
»Ich will Euch zugutehalten, dass Ihr dieses Vorhaben ausgeheckt habt, als Ihr mich noch nicht kanntet.« Er baute sich vor ihr auf. »Die Sache ist dennoch die, dass der werte Domherr Marold mich, wie ich Euch sagte, gebeten hat, jenes Schreiben aufzusetzen, das Ihr fälschen lassen wollt. Seht es einmal so: Über die Nachteile hinaus, die Ihr mir als Kölner zumuten wollt, würdet Ihr auch noch dafür sorgen, dass ich bei Marold in Missgunst falle. Ihr werdet begreifen, dass ich das nicht zulassen kann.«
»Gewiss nicht.«
»Eben. Selbst wenn Ihr nur ein törichtes Weibsbild seid, werdet Ihr des Weiteren zu der Einsicht gelangen, wie unmöglich es für

mich ist, mich ausschließlich auf Euer Wort zu verlassen. Ich muss ganz sicher sein, dass Euer Bruder, der es wohl ist, den Ihr zu Eurem Werkzeug zu machen gedenkt, nicht doch noch das für Marold aufgesetzte Pergament gegen seines austauscht. Sosehr ich dies bedaure, bleibt mir nichts anderes übrig, als Graf Adolf IV. von Schauenburg und Holstein über Kaspars schändliche Absicht in Kenntnis zu setzen.«

Esther sprang auf. Wäre er nur ein kleines Stück größer gewesen, hätten sich ihre Nasenspitzen berührt. Sie machte einen Schritt zur Seite, um seiner körperlichen Nähe zu entkommen.

»Was hat der Graf damit zu tun?«, fragte sie atemlos.

»Seht Ihr, das ist das Erfreuliche daran, wenn der Herrgott einen mit einem wachen Geist ausgestattet hat. Man ist nicht darauf beschränkt, nur in eine Richtung denken zu können. Meint Ihr nicht, dass der Schauenburger mir dankbar sein wird, wenn ich die Pläne der Lübecker an ihn verrate?«

Wollte er darauf wahrhaftig eine Antwort von ihr haben?

»Nun, was meint Ihr dazu? Nun kommt schon, für gar so dämlich habe ich Euch nicht gehalten. Enttäuscht mich nicht!«

»Natürlich wäre er Euch dankbar«, murmelte sie.

»Sehr gut!«, rief er aus.

»Aber dann liefert Ihr Marold oder gleich den ganzen Stadtrat ans Messer, dabei wolltet Ihr Marold doch zu Diensten sein.«

»Nicht schlecht für ein Frauenzimmer«, gab er begeistert zurück. »Jetzt passt auf! Ich berichte dem Graf, dass der Schreiber Kaspar dieses ungeheuerliche Vorhaben ersonnen hat, dem Kaiser eine Fälschung zu schicken«, erklärte er mit kräftiger Stimme.

»Ich bitte Euch, sprecht doch nicht so laut!« Sie hastete zum Fenster. Gerade rannte ein Bengel mit schmutzigem Gesicht die Gasse entlang. Eine dicke Frau war hinter ihm her. Es lag auf der Hand, dass da jemand lange Finger gemacht hatte. Die Dicke, keuchend und immer langsamer werdend, hatte keine Chance, den Dieb zu stellen, der Haken schlug wie ein Hase. Esther fühlte sich selbst wie eine Gejagte, nur leider eine mit Eisenkugeln an den Füßen. Sie schloss die Läden.

»Der Graf hält Euren Bruder auf, während die Lübecker in Ruhe ihr Schreiben mit den Boten nach Parma schicken können. Genial, was meint Ihr?« Sie konnte trotz der Dunkelheit, die die Schreibstube jetzt erfüllte, größte Zufriedenheit in seinem Gesicht lesen.

»Es ist ja nicht wahr«, flüsterte sie.

»Bitte?«

Sie schluckte schwer. Sie musste daran denken, was Norwid berichtet hatte. Was würde der Graf mit ihrem Bruder anstellen? Würde er ihn töten? Selbst wenn er ihn am Leben ließe, schien das nicht viel besser zu sein. Sie musste Kaspar aus der Sache heraushalten. Ganz gleich, welchen Preis sie dafür zu zahlen hatte.

»Mein Bruder hat nichts damit zu schaffen. Er weiß nicht einmal von meinem Einfall.«

Er legte den Kopf schief. »Ihr wollt mir weismachen, Ihr hättet allein einen so raffinierten Plan erdacht? Schon das erscheint mir, nun, sagen wir, nicht eben glaubhaft. Wahrscheinlich ist es doch eher so, dass Euer Bruder Euch darauf brachte, damit er Euch nicht mehr länger ernähren muss. Ist es nicht so?«

»Nein!«

»Wer war es dann? Bitte sagt mir nicht, der Mann, dem Euer Herz gehört, hat Euch dazu angestiftet. Dann hat er Euch nicht verdient.«

»Nein, so glaubt mir doch, niemand hat mich angestiftet. Niemand weiß davon.« Am liebsten wäre sie aus dem Skriptorium gestürmt, hinaus auf die Gasse, wäre zur Trave gerannt und hätte sich sehnlichst gewünscht, das alles sei nur ein böser Traum. Hatte sie vorhin noch gehofft, niemand würde die Unterredung stö-

ren, wäre sie jetzt dankbar für jede Menschenseele, die dies hier beenden würde. Nur würde ihr das nicht helfen. Dieser Felding ließ sie nicht mehr aus seinen Klauen. Sie war verloren.
»Macht Euch doch nicht lächerlich!«, fuhr er sie an und schnaubte ungeduldig. »Wie hättet Ihr denn den Schwindel durchführen wollen, wenn Euch keiner dabei hilft, der des Schreibens kundig ist?«
Ihre Gedanken rasten, drehten sich im Kreis. Sie ging einen Schritt in die eine Richtung, dann gleich wieder einen in die andere. Sosehr sie auch nach einem Ausweg suchte, ihr blieb nichts anderes übrig, wenn sie sowohl Kaspar als auch Vitus schützen wollte.
»Ich selbst kann schreiben«, sagte sie.
Er sah sie wie vom Blitz getroffen an. Damit hatte er nicht gerechnet. Mit einem Mal platzte er los vor Lachen. Es hörte sich an, als hätte sich ein Huhn in die Schreibstube verirrt, das gackernd den Ausgang suchte.
»Das ist gut«, brachte er keuchend hervor, ehe er sich aufs Neue ausschüttete. »Ihr habt Humor. Und das in dieser für Euch wenig vergnüglichen Stunde. Eine Frau, die schreiben kann! Keine Adlige, noch weiter davon entfernt, eine Nonne zu sein.« Er schlug sich auf die Oberschenkel und verbog sich höchst eigenartig. Dann beruhigte er sich wieder, strich Beinkleider und Wams glatt und richtete sich gerade auf.
»Es ist die Wahrheit«, beharrte sie.
»Hat Euch noch niemand verraten, dass ein Spaß nicht besser wird, wenn man ihn zweimal hintereinander macht?«
»Es ist kein Spaß«, sagte sie kaum hörbar.
»Beweist es!«, zischte er.
Sie schluckte. Natürlich, damit hatte sie rechnen müssen. Ganz langsam ging sie zu dem Brett hinüber, auf dem ihr Bruder seine Vorräte hatte. Sie nahm einen Federkiel und die Schale mit der

Tinte, die sie zuletzt gemacht, aber noch nicht umgefüllt hatte. Damit ging sie zu dem Pult, an dem Kaspar üblicherweise arbeitete. Noch nie hatte sie den Platz eines Schreibers einnehmen dürfen. In diesem Augenblick hatte sie keine Freude daran.
»Hier!« Er hatte in sein Wams gegriffen und ein Stück Pergament hervorgeholt.
Esther tauchte den Federkiel in die Tinte. Die Spitze verursachte leise kratzende Geräusche auf der getrockneten Tierhaut, die ihr doch viel zu laut in den Ohren dröhnten. Eigentlich hätte man eine Lampe oder wenigstens einen Kienspan anzünden müssen, aber so fiel es ihr nicht gar so schwer, ihr Geheimnis zu lüften. Wieder und wieder tunkte sie das Schreibgerät in die dunkelbraune Flüssigkeit und malte Buchstabe um Buchstabe. Felding war ein wenig zurückgewichen und betrachtete das unheimliche Treiben, das ihm wie Hexerei erscheinen mochte, aus sicherer Entfernung. Als sie fertig war, stellte sie alles zurück, bevor womöglich noch jemand Zeuge ihrer Fähigkeiten wurde. Dann reichte sie ihm das Pergament. Darauf stand:
»Ja, Ihr könnt es mir glauben, ich bin des Schreibens mächtig. Esther aus Schleswig«
Er hielt es mit spitzen Fingern an der äußersten Ecke.
»Heilige Mutter Gottes«, brachte er entsetzt hervor. Lange lähmte ihn der Schreck jedoch nicht. Hastig steckte er das Beweisstück ein.
»Damit habt Ihr mich in der Hand«, sagte sie. »Wenn Ihr mich verratet, ist mir eine Strafe sicher, die nicht gering ausfallen dürfte. Ihr habt also keinen Grund mehr, den Schauenburger ins Spiel zu bringen. Ihr wisst jetzt, dass ich von meinem Vorhaben Abstand nehmen werde, damit Ihr Euer Wissen für Euch behaltet.«
Mit schief gelegtem Kopf ging er um sie herum. Er schien noch nicht endgültig überzeugt zu sein. Esther verstand nicht, warum er noch zögerte.

»Es ist wahr, Ihr werdet dem werten Marold nicht mehr in die Quere kommen. Nur weiß ich nicht, ob mir das genügt. Der Einfall mit dem Schauenburger war gar zu glücklich.« Er kratzte sich die Nasenspitze. »Stellt Euch das nur einmal vor: Ich könnte dem Domherrn und der Stadt Lübeck zu Diensten sein, könnte sie gleichzeitig an den Feind verraten und sie vor diesem schützen. Und beide Seiten würden mich reich dafür belohnen. Gebt zu, das ist ein allzu verlockender Gedanke.« Wieder kratzte er sich an der Spitze seiner langen Nase. »Ihr dürft außerdem nicht außer Acht lassen, dass ich Euch vorhin noch den Hof gemacht habe. Bisher hatte ich kein Glück bei den Weibern. Der Himmel weiß, woran das liegt. Aber ich bin auch nur ein Mann aus Fleisch und Blut und habe Bedürfnisse. Es wäre reizend, wenn eine das Lager mit mir teilen würde. Noch dazu eine, die vorzeigbar und von einiger Leidenschaft ist.« Er ließ seinen Blick ungeniert über ihre Brüste und zu ihren Hüften gleiten, als würde er eine Ware betrachten, die er zu kaufen gedachte. »Ich bin noch immer der Meinung, dass Ihr eine schamlose Person seid, ein geiles Frauenzimmer, das mit großer Erfinderlust immer wieder neue fleischliche Reize ausprobieren möchte. Was könnte ein Mann sich mehr wünschen?«

Sie sah einen Glanz in seinen Augen, der sie schaudern ließ.

»Was führt Ihr noch im Schilde?«, wollte sie voller Angst wissen.

»Diese Frage stelle ich mir auch noch. Mit dem winzigen Schriftstück habt Ihr mir die Macht gegeben, Euch zu meiner Frau zu machen. Nur weiß ich nicht, ob ich das will. Ein Weib, das schreibt, ist nicht wenig unheimlich, wenn es nicht im Kloster unterrichtet wurde. Womöglich fällt mir alles ab, wenn ich mich in Euren Schoß versenke.«

Ihre Wangen brannten. Sie konnte nicht fassen, dass er so zu ihr sprach, dass er offenbar tatsächlich darüber nachdachte, was er mit ihr alles anstellen wollte.

»Seid von nun an stets von Sonnenaufgang bis Sonnenuntergang hier in der Schreibstube. Sobald ich mir etwas für Euch überlegt habe, statte ich Euch wieder einen Besuch ab.« Damit verneigte er sich und ließ sie allein.

# Lübeck, 22. Mai 2011 – Christa Bauer

Vor ihr stand eine Handvoll Mikrofone, die meisten von lokalen Radio- und Fernsehsendern, aber auch bundesweit ausstrahlende Stationen waren dabei. Christa Bauer warf ihrem Chef Dr. Kayser, der rechts neben ihr an dem grauen Tisch mit der Kunststoffplatte und den metallenen Beinen saß, einen Blick zu. Sie hatten beide damit gerechnet, dass es einen großen Andrang geben würde, aber die Zahl der Journalisten, die sich jetzt im Audienzsaal des Lübecker Rathauses drängelten, übertraf alle Erwartungen. Sie sah sich in dem hohen Raum um, dessen Wände und Decke mit kunstvollen Stuckarbeiten verziert waren. Alte Gemälde schmückten den Saal, der eigentlich hohen Besuchern der Stadt oder besonderen Veranstaltungen vorbehalten war. Hier eine Pressekonferenz abzuhalten war ungewöhnlich. Aber sie hatten ja auch Ungewöhnliches zu verkünden. Und das war noch eine dezente Umschreibung dessen, was sie gleich den wartenden Damen und Herren der Presse präsentieren würden.
Zu ihrer Linken saß Matthei, der darauf bestanden hatte, an der Pressekonferenz teilzunehmen.
»Immerhin wurde das gute Stück bei uns in Sankt Augustin restauriert, und ich bin nun einmal der Leiter der Restaurationsab-

teilung«, hatte er erklärt. »Wer könnte besser die Technik und das Vorgehen erklären, die schließlich zum Erfolg geführt haben?«
Diejenige, die die Technik angewendet und das Vorhaben vorangetrieben hat, hätte sie ihm damals am liebsten geantwortet. Nun saß er also neben ihr.
Hoffentlich würde Kayser nicht wieder gegen sein Mikrofon klopfen, wenn er das erste Mal das Wort ergriff. Er sah auf seine Armbanduhr, dann ein fragender Blick zu ihr. Ihre Antwort war ein Nicken. Sie war bereit. Kayser zog sich das Mikro ein Stückchen näher heran und pustete hinein. Sie verdrehte kaum wahrnehmbar die Augen.
»Guten Tag, meine sehr verehrten Damen und Herren, ich begrüße Sie sehr herzlich zu unserer Pressekonferenz. Schön, dass Sie so zahlreich erschienen sind. Erlauben Sie, dass ich mich kurz vorstelle. Mein Name ist Florian Kayser. Ich bin Leiter des Lübecker Stadtarchivs.« Typisch, seinen Doktortitel unterschlug er. »An meiner Seite meine geschätzte Kollegin Christa Bauer.« Sie nickte kurz in die Runde und sah, wie die meisten etwas auf ihre Blöcke kritzelten. »Sie ist Restauratorin in unserem Haus.«
Noch hüstelte hier und da jemand, andere rutschten auf ihren Stühlen herum oder zupften noch rasch einen Stift aus der Tasche. Doch allmählich kehrte Ruhe ein.
»Wie Sie bereits unserer Pressemitteilung entnehmen konnten, hat Frau Bauer ehrenamtlich in ihrer Freizeit in Köln geholfen, Materialien zu bergen und zu sichern, die beim Einsturz des dortigen Stadtarchivs verschüttet worden waren.« Er machte eine kleine Pause und wollte den versammelten Journalisten vermutlich Gelegenheit geben zu applaudieren, was Christa unangenehm war. Ihre Hilfe war selbstverständlich, und sie war nur eine von ganz vielen gewesen. Betreten blickte sie auf ihre Unterlagen und tat so, als würde sie darin blättern. »Wie der Zufall es wollte, ist ihr dabei eine Urkunde aus der ersten Hälfte des 13. Jahrhun-

derts in die Hände gefallen, die mit unserer Heimatstadt Lübeck zu tun hat. Ich darf Ihnen verraten, dass es eine große fachliche Leistung war, das stark angegriffene Pergament derart zu untersuchen und zu rekonstruieren, dass uns nun der gesamte Inhalt bekannt ist. Auch dafür hat Frau Bauer unseren Dank und unsere Anerkennung verdient.«

»Schon gut«, flüsterte sie und fuhr sich durch das kurze braune Haar. Sie spürte Mattheis Blick auf sich ruhen, tat ihm aber nicht den Gefallen, ihn anzusehen. Auf sein spöttisches Grinsen konnte sie wahrlich verzichten.

»Ich darf Ihnen darüber hinaus verraten, meine Damen und Herren, dass die Entschlüsselung des Schriftstücks zu einer äußerst brisanten Erkenntnis geführt hat, die uns zwingt, unsere Geschichte, die Geschichte dieser Stadt, mit ganz anderen Augen zu sehen. Nun will ich Sie nicht länger auf die Folter spannen und gebe das Wort an Christa Bauer weiter, die Sie über den Inhalt informieren und anschließend natürlich noch für Ihre Fragen zur Verfügung stehen wird.« Er nickte ihr kurz zu. »Bitte, Frau Bauer.«

»Guten Tag, meine Damen und Herren. Auch ich begrüße Sie recht herzlich zu einem bestimmt höchst interessanten Nachmittag. Ich verspreche Ihnen, Sie werden einiges zu schreiben bekommen.« Leises Gelächter hier und da. Neben ihr räusperte sich jemand. Da fiel ihr auf, dass Kayser vergessen hatte, Matthei vorzustellen. Natürlich waren in der Einladung zur Pressekonferenz sämtliche Teilnehmer genannt worden, doch war es ungehörig, ihn auszulassen, während Kayser sich selbst und Christa durchaus vorgestellt hatte. »Doch bevor ich mit meinen Ausführungen beginne, habe ich die angenehme Aufgabe, Ihnen den Kollegen aus Sankt Augustin vorzustellen, dessen kompetenter Unterstützung wir einen guten Teil unseres Erfolgs verdanken.« Sie strahlte ihn an. Es war ihr ein Vergnügen, ihm ein wenig Honig um den Bart zu schmieren, denn er wusste nur zu gut, dass sie es nicht so meinte. Außerdem steckte doch ein Quentchen Wahrheit darin. Er hatte verlangt, dass sie das Dokument unter die Quarzlampe legte. Dadurch und schließlich mit Hilfe der Infrarot-Reflektografie hatte sie die fehlenden Buchstaben und Worte sichtbar machen können. Sie deutete auf den Kollegen, dessen Kieferknochen verräterisch hervortraten. »Carsten Matthei!«

Wie sie erwartet hatte, ergriff er das Wort. Mehr als eine Begrüßung gestand sie ihm jedoch nicht zu, sondern übernahm geschickt wieder, als er Luft holte. Sie beschrieb in wenigen Worten, wie in Köln gearbeitet worden war, welches Gefühl von ihr Besitz ergriffen hatte, als sie die Worte »Lübeck« und »Betrug« auf einem mittelalterlichen Pergament ausgemacht hatte. Kayser hatte ihr ans Herz gelegt, auch den emotionalen Aspekt nicht auszusparen. Journalisten mögen es, wenn es menschelt, waren seine Worte gewesen. Schließlich offenbarte sie, dass es sich bei dem Fund um das Vermächtnis des Kaufmanns Felding aus Köln handelte, der darin einen Mord gestand.

»Wen er getötet hat und warum er das getan hat, konnten wir noch nicht entschlüsseln. Zu gerne würde ich die Kollegen in Köln um Hilfe bitten und sie recherchieren lassen, ob sie irgendetwas über diesen feinen Herrn Felding in ihrem Archiv haben. Nur sind die Bestände ja gerade auf noch immer neunzehn Stellen in ganz Deutschland verteilt. Es wird Jahre dauern, bis wir auch nur einen Überblick über das haben, was die Katastrophe überstanden hat.«

Ein Raunen zeigte ihr, dass ihre Zuhörer fasziniert von der Geschichte waren. Matthei rutschte neben ihr unruhig auf seinem Stuhl hin und her. Es lag auf der Hand, dass er auch endlich zu Wort kommen wollte. Klar, als Teilnehmer einer Pressekonferenz den Mund zu halten machte keinen besonders guten Eindruck. Aber da musste er nun durch, dachte sie belustigt. Schließlich war es seine Idee, dabei zu sein. Sie ließ ihren Blick wieder durch die Sitzreihen schweifen und entdeckte plötzlich einen Mann mit braunen, strubbeligen Haaren, der sie fröhlich angrinste. Die Überraschung war ihr vermutlich ins Gesicht geschrieben, was ihn ziemlich zu amüsieren schien. Es war Ulrich, der Taucher aus Köln. Sie nickte ihm kurz zu und fuhr dann in ihren Ausführungen fort: »Weiter geht aus dem Testament hervor, dass Felding eine beträchtliche Summe seines Vermögens einer Lübeckerin mit Namen Esther vermacht hat. Allerdings hat er eine Bedingung damit verknüpft.« Sie machte eine Pause, um die Spannung zu erhöhen, und sah in die Runde. »Sie sollte das Geld nur bekommen, wenn sie gestehen würde, die Vorlage gefälscht zu haben, aufgrund deren Kaiser Friedrich II. den Reichsfreiheitsbrief für Lübeck ausgestellt hat.«

Ein Murmeln und Fragen brach los. Ungläubige Gesichter. Die Bombe war geplatzt und eingeschlagen. Die Journalisten redeten durcheinander, wollten jedes Detail wissen.

»Bitte«, sagte Kayser und klopfte gegen das Mikrofon, »meine Herrschaften. Ihre Fragen werden alle beantwortet. Aber bitte eine nach der anderen.« Er erteilte einem Mann in einem Strickpullover, der diesem zwei Nummern zu groß zu sein schien, das Wort.

»Inwiefern soll es sich um eine Fälschung handeln?«

Der Nächste wollte wissen, wie sicher das Ganze sei. Man sei schließlich auch schon mal auf gefälschte Hitler-Tagebücher hereingefallen. War es unmöglich, dass der Kölner Kaufmann die Lübeckerin zu Unrecht beschuldigte? Natürlich tauchten auch Fragen auf nach dem Inhalt des Reichsfreiheitsbriefs und seinem Vorgänger, den Kaiser Barbarossa ausgestellt hatte.

Christa und Kayser gaben geduldig Auskunft. Matthei hatte sich auf seinem Stuhl zurückgelehnt und die Arme vor der Brust verschränkt. Es gab nichts, was man von ihm wissen wollte.

Christa sah verstohlen auf ihre Uhr. Die Stunde, die sie eingeplant hatten, war längst um. Sie würde versuchen, die Fragerunde nun zu beenden und einen abschließenden Ausblick auf das zu geben, was sie in dieser Angelegenheit noch unternehmen wollte.

Da fragte eine Reporterin aus der dritten Reihe: »Ist es denn überhaupt möglich, dass die Beschuldigte getan hat, was dieser Kölner ihr vorwirft? Frauen konnten im Mittelalter doch gar nicht schreiben«, meinte sie. Die Dame mit den platinblonden Haaren war nicht gerade als Edelfeder bekannt. Es mussten andere Qualitäten sein, die ihr den Job als Ressortleiterin gebracht hatten.

»Das trifft heute auch noch auf einige zu«, rief ein Mann, der in der hinteren Reihe saß. Die Blonde schaute sich böse um, während alle anderen sich bestens amüsierten.

Christa ging nicht auf den Zwischenruf ein, sondern erklärte: »Das ist nur die halbe Wahrheit. Wir gehen davon aus, dass diese Esther eine Adlige oder eine Nonne gewesen sein muss. Dann wäre es nicht ungewöhnlich gewesen, dass sie schreiben konnte. Ich bin an der Sache dran, aber bisher konnten wir keine Esther ausfindig machen, die zu dieser Personengruppe gehört und zur fraglichen Zeit hier in der Hansestadt gelebt hat. Im Jahre 1226 hat man bei weitem nicht alles schriftlich festgehalten und dann auch noch dauerhaft aufbewahrt. Sollte sie zu einer adligen Familie oder zu einem bedeutenden Patriziergeschlecht gehört haben, stehen unsere Chancen nicht ganz so übel, dass ihr Name irgendwo auftaucht. Bedenken Sie aber bitte, dass wir dann auch noch einen Zusammenhang zwischen ihr und diesem Kaufmann finden müssen. Oder zumindest einen Hinweis auf ein Motiv, das sie dazu gebracht haben könnte, diese Vorlage zu fälschen. Handelt es sich um eine Nonne, sehe ich schwarz. Dann kommen wir unserer Esther wohl nie auf die Spur.«

»Ich habe gehört, dass während des Zweiten Weltkriegs und kurz danach viele Archivalien in Stollen von Bergwerken, zum Beispiel in Salzbergwerken, eingelagert waren.« Der Mann aus der letzten Reihe, der sich eben über die Kollegin lustig gemacht hatte, war aufgestanden. »In den Wirren der damaligen Zeit sollen nicht wenige Stücke in die Hände von Privatpersonen gelangt sein. Entspricht das der Wahrheit? Und würde es sich nicht lohnen, einen Aufruf zu starten, um nach historischen Schriftstücken zu fragen, die in Privathaushalten lagern, und so unter Umständen mehr über Felding und Esther herauszufinden?« Er setzte sich wieder und zückte seinen Schreiber.

»Es ist richtig, dass Unterlagen und kostbare Dokumente in Stollen in Sicherheit gebracht wurden. Und es stimmt auch, dass immer wieder welche auftauchen, die lange vermisst wurden.« Christa musste einen Schluck Wasser trinken. Ihre Kehle war rauh und schrecklich trocken vom vielen Reden. »Wenn man Glück hat, bieten die Personen, die auf die eine oder andere Weise in den Besitz solcher Stücke gekommen sind, diese einem Museum oder Archiv zum Kauf an. Viele scheuen diesen Schritt allerdings, weil sie Angst haben, Aussagen über die Herkunft machen zu müssen. Oder sie meinen, ihre Schätze steigen noch im Wert. Erschwerend kommt hinzu, dass vermutlich ohnehin nur ganz wenige historische Zeugnisse in Privatbesitz geraten sind. Ich halte es darum für vollkommen aussichtslos, aufgrund eines Aufrufs ausgerechnet etwas zu ergattern, das uns in dieser Sache weiterbringt. Ich möchte Sie aber auch nicht aufhalten, wenn Sie einen entsprechenden Hinweis in Ihren Artikel setzen wollen. Sie hätten eine ziemlich gute Geschichte, wenn einer Ihrer Leser uns doch helfen könnte.« Sie lächelte unverbindlich und sah zu Kayser, der kurz nickte. »Ich danke Ihnen für Ihre Aufmerksamkeit und Ihr Interesse und natürlich für die vielen guten Artikel, die wir alle gern lesen werden.«

Ulrich wartete im Foyer des Rathauses auf sie.
»Ulrich, das ist eine Überraschung«, begrüßte sie ihn und streckte ihm die Hand entgegen.
»Ich hoffe, eine angenehme.«
Sie lachte. »Absolut. Was machst du hier?«
Kayser trat zu ihnen und reichte ihm ebenfalls die Hand. »Guten Tag, schön, dass Sie kommen konnten. Für wen schreiben Sie, wenn ich fragen darf?«
»Das ist Ulrich ...« Christa wollte ihn vorstellen, bemerkte dann aber, dass sie nicht einmal seinen Nachnamen kannte.
»Ulrich Dobsky«, stellte er sich selbst vor.
»Wir haben uns in Köln kennengelernt. Er ist Taucher und hatte die Ehre und das Vergnügen, zwischen riesigen Mauerstücken und Regalen des Archivs herumzutauchen«, erklärte sie.
»Frau ...«
»Bauer«, ergänzte sie und grinste.
»Frau Bauer hat mir so viel über alte Pergamente und kostbare Tagebücher erzählt, dass ich doch neugierig geworden bin. Als ich dann hörte, dass ihr sozusagen auf den letzten Drücker, kurz bevor sie wieder nach Lübeck zurückmusste, noch so ein Fund ins Netz gegangen ist, da wollte ich natürlich mehr darüber wissen.«
»Verstehe.« Kayser nickte. »Ich muss dann mal los. Einen schönen Tag noch.« Und an Christa gewandt sagte er: »Wir sehen uns morgen.«
»Ja, bis morgen.« Sie schaute ihm kurz nach, dann blickte sie sich um, ob Matthei noch irgendwo war. Von ihm war allerdings keine Spur zu entdecken. Wahrscheinlich schmollte er jetzt richtig und hatte mit den ersten Journalisten den Saal verlassen, während sie noch mit Kayser und einer Redakteurin der *Lübecker Nachrichten* gesprochen hatte.
»Hast du noch ein bisschen Zeit?«, wollte Ulrich wissen.
»Ja, und großen Hunger. Gehen wir etwas essen?«

»Gern.«

Sie traten auf die Breite Straße hinaus.

»Du bist doch nicht nur in Lübeck, um an unserer Pressekonferenz teilzunehmen. Wie hast du dich eigentlich ohne Presseausweis akkreditieren können? Und woher wusstest du überhaupt von der Veranstaltung?«

»Das sind ein bisschen viele Fragen auf einmal, findest du nicht?« Er pustete, als wäre er eben nach einem Tauchgang wieder an die Oberfläche gekommen.

»Meinst du? Also gegen die Journalisten bin ich noch harmlos, finde ich. Du hast doch gehört, wie sie eine Frage nach der anderen abgeschossen haben.« Jetzt schnaufte sie laut und vernehmlich. »Wenn wir schon einmal hier sind, kann eine winzige Stadtführung nicht schaden, was meinst du?«, schlug sie spontan vor.

»Wieso nur eine winzige?«

»Weil ich Hunger habe. Und wenn ich hungrig bin, werde ich unausstehlich. Vor allem seit ich mir das Rauchen abgewöhnt habe. Also, hast du Lust?«

»Klar! Aber nur ganz kurz«, setzte er gespielt verängstigt hinzu.

Sie zeigte ihm das berühmte Café Niederegger. »Ich bin nicht sehr für Süßes zu haben, aber wer Marzipan mag, findet hier das Paradies.« Nachdem sie ihm den schönsten Blick auf das Kanzleigebäude präsentiert hatte, führte sie ihn noch zur Mengstraße. »Tata, das weltbekannte Buddenbrookhaus.«

»Aha«, machte er wenig beeindruckt.

»Jetzt sag bloß nicht, du hast noch nichts davon gehört. Thomas Mann, sagt dir der Name etwas?«

»He, ich bin ja kein Kulturbanause. Klar habe ich schon vom Buddenbrookhaus gehört.«

»Da bin ich doch beruhigt. Die Stadt liebt die Manns. Das war zwar nicht immer so, gilt dafür heutzutage aber umso mehr. Heinrich wurde übrigens in der Breiten Straße geboren. Familie

Mann und Lübeck, das ist wie ...« Sie überlegte. »Ja, das ist wie Millowitsch und Köln.«
Er lachte. »Lass den Vergleich bloß keinen Kultursenator hören.«
»Stimmt, dann bin ich meinen Job im Archiv los und werde aus der Stadt gejagt.« Sie lachte.
»Ich dachte, der Grass ist euer Millowitsch.«
»Nee, irgendwie passt der Vergleich auch nicht. Aber lass mal, wenn Lübeck den nicht hätte, würde man hier nur tote Dichter verehren.« Sie rollte mit den Augen. »Ziemlich traurige Vorstellung, was?« Sie lotste ihn in die Fleischhauerstraße. »Jetzt habe ich aber wirklich Kohldampf. Komm, wir gehen in mein Lieblingsrestaurant.«

»Also, was hat dich in den Norden verschlagen?«, wollte Christa wissen, nachdem sie an einem Tisch Platz genommen hatten und von Costas begrüßt worden waren.
»Ich dachte mir, ich mach's mal wie du.«
Sie runzelte fragend die Stirn.
»Na ja, ich verbinde Arbeit und Freizeit. Hast du in Köln doch auch gemacht. Ich soll hier in der Nähe vielleicht einen Einsatz bekommen. Weiter östlich, vor Rügen, soll ein neuer Offshore-Windpark entstehen. Wir werden wohl die Seekabel verlegen oder zumindest daran beteiligt sein. Wir haben übermorgen einen Ortstermin dort. Da dachte ich mir, ich fahre einfach früher und gucke mir mal die Stadt an, aus der diese sympathische Restauratorin kommt, die mich einfach bei der Arbeit angesprochen und um ein Date gebeten hat.«
Es hatte also auch ein wenig mit ihr zu tun, dass Ulrich hier war. Christa stellte fest, dass ihr dieser Gedanke gefiel.
»Also ein Date war das nun wirklich nicht«, widersprach sie lachend. »Aber ich freue mich trotzdem, dass ich dich anscheinend ein bisschen neugierig auf unsere schöne Hansestadt machen

konnte. Und als du angekommen bist, hat niemand über etwas anderes geredet als über die Pressekonferenz, oder wie?«

»Nicht ganz. Ich habe im Archiv angerufen, um nach dir zu fragen. Ich dachte, es wäre pfiffig, sich zu verabreden, sonst hättest du womöglich gar keine Zeit für mich gehabt. Eine Kollegin sagte mir, dass du im Rathaus einen Ortstermin hast, um eine Pressekonferenz vorzubereiten.« Er lehnte sich zufrieden auf seinem Stuhl zurück. »Die war echt nett. Hat mir haarklein erzählt, worum es geht, und mich sofort auf die Gästeliste gesetzt, als ich ihr sagte, woher ich dich kenne und dass ich es bin, der das Pergament unter Einsatz seines Lebens aus der Dreckbrühe gerettet hat.«

»Verstehe!« Sie nickte und musste schmunzeln. Wer nicht alles an dem spektakulären Fund beteiligt sein wollte! Allerdings war ihr Ulrich deutlich lieber als dieser Matthei, und sie fand, dass er auch tatsächlich einen erheblich größeren Beitrag geleistet hatte.

»Als du mir damals in Köln immer erzählt hast, wie wichtig es sei, auch noch die letzten fünf Prozent zu bergen, weil man ja nicht wissen könne, welche Teile zu diesen fünf Prozent gehören, da dachte ich, du hättest nicht alle Latten am Zaun«, gab er ehrlich zu und rollte mit den Augen.

»So?«

»Klar! Meine Güte, so wichtig können doch eine Handvoll Akten nicht sein, dass man dafür Millionen hinblättert und Dutzende Menschen schuften lässt. Dachte ich jedenfalls. Aber als ich hörte, was du gefunden hast ... Das ist ein echter Hammer, was du da heute erzählt hast. Stell dir mal vor, jemand würde aufgrund deiner neuen Erkenntnisse klagen, und Lübeck würde seine Freiheit verlieren.«

»Das stelle ich mir lieber nicht vor, aber die Gefahr besteht auch nicht.«

»Nur mal angenommen. Heutzutage findet sich doch immer irgendjemand, der gegen irgendwen klagt, nur um in die Schlagzei-

len zu kommen oder viel Kohle zu verdienen. Was, wenn ein Anwalt einen Erben dieses Grafen von Holstein ausgraben würde, dem Lübeck eigentlich hätte gehören können. Da käme bestimmt ein hübsches Schadenersatzsümmchen zusammen.«
»Hör bloß auf. Die Reichsfreiheit ist zwar inzwischen hinfällig, weil es kein Kaiserreich mehr gibt, aber in unserem Rechtssystem ist erschreckend vieles möglich. Bring also bloß niemanden auf Ideen.«
Sie plauderten den ganzen Abend. Christa hatte sich lange nicht mehr so wohl und entspannt gefühlt. Es war nach Mitternacht, als sie aufbrachen.
»Dann werde ich mich heute mal revanchieren und dich nach Hause bringen«, kündigte sie an. »Wo wohnst du denn?«
»In so einem kleinen Hotel an der Untertrave, ganz in der Nähe der alten Salzspeicher.«
»In der Nähe des Holstentors«, korrigierte sie ihn grinsend. »In Lübeck orientiert man sich am Holstentor.«

# Lübeck, 15. April 1226 – Esther

Felding hatte sie schmoren lassen. Zwei Tage war er nicht erschienen. Wie er es verlangt hatte, hielt sie sich von Sonnenaufgang bis zum Untergang im Skriptorium auf, lief von der niedrigen Eingangstür zum Fenster und wieder zurück, räumte sämtliche Regalbretter leer, wischte sie mit einem nassen Lumpen ab und räumte alles wieder an seinen Platz. Kaspar hatte sie Hirsebrei und einige Scheiben Brot in einen kleinen Korb gepackt und ihm erklärt, sie könne ihm sein Mittagessen nicht bringen.

»Ich will im Skriptorium nach dem Rechten sehen, vielleicht noch etwas Tinte machen«, hatte sie gesagt. Doch damit war sie natürlich nicht durchgekommen.

»Du hast die letzten Tage nichts anderes gemacht als Tinte zu kochen. Ich habe selbst gesehen, dass sämtliche Gefäße damit gefüllt sind. Geh lieber zum Spiegelmacher und frage ihn nach Quecksilber«, hatte er sie angewiesen.

»Nein, das werde ich nicht tun.« Ihr Ton war härter gewesen, als sie es beabsichtigt hatte. Aber sie hatte nun einmal wahrlich ernste Sorgen und konnte sich nicht um die Bären scheren, die ihr Bruder sich aufbinden ließ. »Ich wollte noch einmal raus in das Dorf laufen und den Hofbauern nach Wurst und Fleisch fragen.«

Verflixt, wieso hatte sie ausgerechnet das gesagt? Ein paar Pfennige hatte sie zwar zur Verfügung, aber sie würde womöglich nicht die Gelegenheit haben, den weiten Weg zu laufen. Immerhin konnte sie nicht damit rechnen, dass dieser Unmensch aus Köln gleich beim ersten Hahnenschrei auftauchte.

Kaspars Miene hellte sich auf. »Das ist eine gute Idee. Warum hast du das nicht gleich gesagt? Nach dem Quecksilber kannst du in den nächsten Tagen noch fragen.« Glücklicherweise hatte er sich auf den Weg gemacht, ohne eine Antwort von ihr abzuwarten. Wie sie befürchtet hatte, war seine Enttäuschung groß, als es am Abend nur Brei mit Rüben gab.

»Nicht ein Fitzelchen Fleisch? Wie das?«, hatte er vorwurfsvoll gefragt.

»Es hat nichts gegeben. Nur eine Schweineschnauze hätte ich bekommen können, doch der Preis war viel zu hoch. Der Mann hat ein halbes Vermögen dafür verlangt«, eiferte sie sich.

»Ich schinde mich von früh bis spät, bringe brav meinen Lohn nach Hause, und es soll nicht für ein paar Würste reichen? Was soll das für ein Leben sein, Esther? Das ist doch nicht recht!«

»Versündige dich nicht, Kaspar. Wir haben ein gutes Leben. Es reicht immer, um satt zu werden, und wir sind gesund, haben unser Augenlicht und können auf unseren beiden Beinen laufen. Was brauchen wir denn mehr?«

»Wurst!«

Typisch Kaspar, gegen seinen Starrsinn war kein Kraut gewachsen.

»Sieh dir den Baumeister Gebhardt an, der schaufelt jeden Tag Fleischberge in seinen Wanst, bis er beinahe platzt«, fuhr er fort. »Und was tut er dafür? Läuft nur herum, kommandiert andere, scheucht jeden, der sich nicht schnell genug für ihn dreht, und führt hochgestochene Reden.«

»Willst du einen Dom bauen?« Er sog die Oberlippe ein und sah sie bockig an. »Na, also. Ich werde in den nächsten Tagen wieder zum Hofbauern gehen. Gewiss habe ich dann mehr Glück«, hatte sie ihn getröstet.


Nun war sie schon den dritten Tag in der Schreibwerkstatt, aufgeregt, mit klopfendem Herzen und voller Angst. Einmal war Otto aufgetaucht und einmal Reinhardt. Der war eine geraume Weile geblieben. Immer hatte sie so tun müssen, als wäre sie schrecklich beschäftigt, immer hatte sie geradezu panisch die Tür im Blick behalten, ob nicht ausgerechnet jetzt dieser Felding hereinspazierte. Nun war sie allein und würde es, wie es aussah, auch bleiben. Draußen regnete es. Sie hatte den Fensterladen geschlossen, damit die Feuchtigkeit nicht hineinkam. Selten war ihr der kleine Raum so düster und so eng vorgekommen. Sie fühlte sich wie ein Tier, ein Reh vielleicht, das in den Wald gehörte, wo es den ganzen Tag laufen konnte, ohne an eine Grenze zu stoßen. Steckte man ein solches Tier in einen winzigen Käfig, in dem es sich kaum rühren konnte, musste es zugrunde gehen. Die Enge der Lehmwände schien sich auf ihren Körper zu übertragen. Der Brustkorb schnürte ihr den Atem ab, sie spürte ein Kribbeln, das jedoch nichts Schönes oder Angenehmes an sich hatte.
Es klopfte, die Tür ging auf, ohne dass sie den Besucher hereingebeten hätte, und Felding war da.
»Seid gegrüßt, Esther aus Schleswig!«
»Ich grüße Euch, Josef Felding aus Köln«, gab sie misstrauisch zurück. Er schien wieder der ehrenwerte Herr mit dem glänzenden Benehmen zu sein, nur wusste sie es leider besser.
»Wie Ihr wisst, streiche ich nicht gerne um eine Sache herum ...«
»... wie der Kater um den dampfenden Brei«, brachte sie den Satz für ihn zu Ende.

Er stutzte, dann sagte er: »Ja, das ist richtig.« Er nickte, doch wie es aussah, fiel es ihm nicht so leicht, zur Sache zu kommen, mochte das nun ein gutes oder ein schlechtes Zeichen sein. »Ihr könnt schreiben. Gott der Herr wird Euch dafür strafen. Was soll ich mich darum scheren?« Er sah sich um und schüttelte den nassen Mantel. Offenkundig war er im Begriff, ihn auszuziehen und zum Trocknen an die Feuerstelle zu hängen, doch dann überlegte er es sich anders. »Für ein Frauenzimmer seid Ihr außerdem über die Maßen gewitzt. Ganz Lübeck spricht von dieser Urkunde, die man sich vom Kaiser erhofft, doch nicht einer hätte es gewagt, für sich ganz persönlich Vorteil daraus zu schlagen.« Er kam einen Schritt auf sie zu und zog die Augen zu kleinen Schlitzen zusammen. »Zeigt mir Eure Hände!«

»Was meint Ihr?« Sie verstand gar nichts.

»Ihr habt Eure Hände auf dem Rücken. Zeigt sie mir. Ich will sie sehen.«

Esther hatte die Angewohnheit, ihre Hände auf dem Rücken zu falten, wenn sie entsetzlich aufgeregt war. So konnte sie verbergen, dass sie in solchen Momenten mit den Nägeln der Zeigefinger an der zarten Haut um die Daumennägel herum so lange kratzte und riss, bis sie sich zu lösen begann. Es kam nicht oft vor. Als sie das erste Mal mit Vitus allein gewesen war, war es passiert. Und jetzt. Sie streckte die Hände vor und drehte die Handflächen nach oben, weil sie keine Ahnung hatte, worauf es ihm ankam.

»Schon gut, schon gut«, murmelte er und wirkte dabei fast ein wenig peinlich berührt. Seine Sicherheit hatte er jedoch rasch wieder. »Es wäre immerhin möglich gewesen, dass Ihr Euch mich vom Hals schaffen wolltet und mit einem Dolch oder einem Seil auf mich gewartet hättet.«

»Um Euch zu töten?«, fragte sie entgeistert. »Auf diesen Gedanken bin ich nicht gekommen.«

»Und, tut es Euch leid?«

»Nein. Wie übel Ihr mir auch mitspielen wollt, nichts kann so schlimm sein, dass ich mir dafür das ewige Höllenfeuer einhandeln möchte.«

»Seid Ihr sicher, dort nicht ohnehin zu schmoren? Ihr könnt schließlich schreiben!«

Sie schlug das Kreuz. »Gütiger Herr im Himmel, wäre ich von edler Herkunft, wäre das nichts Besonderes. Wie kann es eine Todsünde sein, nur weil meine Eltern einfache, aber ehrliche Leute waren, denen es nicht vergönnt war, mich aufwachsen zu sehen?«

Da war wieder dieser unergründliche Blick mit schief gelegtem Kopf.

»Ihr meint also, für Euch müsste das gleiche Recht gelten wie für eine Dame aus einem Patrizierhaus?«

»Nein, ich meine ... So habe ich das nicht gemeint«, stotterte sie.

»Ewiges Höllenfeuer hin oder her«, verkündete er mit einem Mal fröhlich, »diese Entscheidung muss ich erfreulicherweise nicht treffen. Und Ihr könnt es nicht. Um mich darüber mit Euch auszutauschen, bin ich nicht hergekommen.«

»Nein, gewiss nicht.«

»Ihr sagtet, Ihr seid nicht einmal auf den Gedanken gekommen, mir einen Dolch in die Eingeweide zu rammen oder mir die Kehle abzuschnüren. Ich verrate Euch, worauf ich nicht gekommen bin. Ich hatte nicht den kühnen Einfall, etwas in diese Abschrift, die mir allmählich lästig wird, weil niemand mehr über etwas anderes zu reden scheint, zu schreiben, das mir einen lohnenden Profit verspricht.«

»So war es bei mir ja auch nicht.« Sie brach ab, denn sonst hätte sie Vitus doch noch verraten.

»Nein, nein, stellt Eure Geistesleistung nicht unter den Scheffel. Ich habe mir etwas überlegt.«

Sie trat einen Schritt zurück, um sich an der Wand halten zu können. In den nächsten Atemzügen würde ihr Schicksal besiegelt werden.
»Nun macht nicht ein so verzagtes Gesicht«, munterte er sie auf. »Ich finde Euch … Wie soll ich es ausdrücken? Ich finde Euch ein wenig unheimlich, aber auch reizvoll. Ja, ich möchte beinahe sagen, ich kann Euch leiden.«
Sie wusste nicht, was sie von seinen Worten halten sollte. Verschlagen wirkte er jedenfalls nicht, wie er da vor ihr stand und sie anlächelte.
»Ich habe eine Lösung gefunden, die uns beiden gut zupasskommt.«
»Ihr meint …?«
»Ich sagte Euch doch, ich bin ein ehrenwerter Kaufmann. Haltet Ihr mich für einen Schurken?«
Sie schwieg.
»O nein, das bin ich nicht. Ich mache Geschäfte, wie viele es tun. Und nun machen wir beide ein Geschäft, ja?« Er sah sie erwartungsvoll an. Seine Augen blitzten.
»Was soll das für ein Geschäft sein?«
»Hört zu!« Er zog sich einen Schemel heran, fuchtelte mit einer Hand, um ihr zu bedeuten, dass sie sich ebenfalls setzen sollte, und hockte sich hin. »Wenn ich richtig im Bilde bin, wollt Ihr den Lübecker Englandfahrern einen kleinen Vorteil verschaffen. Ihr wollt sie von einer Abgabe befreien, die in meinen Augen jedoch höchst angemessen ist. Die Leute von Köln und Tiel sind von dieser Abgabe befreit. Und seht, das soll auch so bleiben. Jedenfalls soweit es die Kölner betrifft, die Tieler mögen ruhig tief in ihre Säckel greifen.«
»Ihr sagtet, Ihr hättet eine Lösung, die uns beiden gut zupasskommt. Wenn ich Euch richtig verstehe, wollt Ihr jedoch Euren Vorteil gegenüber den Lübecker Englandfahrern nicht aufgeben. Was sollte mir also an Eurer Lösung zusagen?«

»Einmal davon abgesehen, dass Ihr nicht in der Position seid, an Euren Vorteil zu denken, solltet Ihr zunächst lesen, was ich mir ausgedacht habe.«

Er zückte eine Wachstafel und zeigte sie ihr. »Dieses hier werdet Ihr niederschreiben.« Sie las die Worte auf der Tafel. Nach seinem Wortlaut waren die Kölner zwar noch immer besser gestellt, die Steuern, die die Lübecker zu entrichten hatten, waren aber immerhin auf einen nicht gar so hohen Betrag festgelegt, wogegen die Kaufleute aus Tiel anteilig für das Gewicht ihrer Ware zur Kasse gebeten werden durften und damit den Lübeckern gegenüber deutlich benachteiligt waren.

»Der Gedanke, dass die besondere Stellung der Kölner vom Kaiser höchstpersönlich bestätigt wird, ist einfach wunderbar. Und in gewisser Weise haben wir doch auch ein Recht darauf. Immerhin haben Kölner längst vor den Lübeckern in London Geschäfte gemacht. Ohne Euch wäre ich dennoch nicht darauf gekommen, dass es mir zu einem ganz persönlichen Vorteil gereichen kann, dem Marold zu Diensten zu sein.« Er lachte fröhlich. »Ihr werdet das niederschreiben«, wiederholte er, »und zwar in der Handschrift des ehrwürdigen Domherrn Marold.«

Wie vom Blitz getroffen blickte sie zu ihm auf.

»Ja, auch das weiß ich. Es ist eigentlich nicht wichtig, kann aber auch nicht schaden. Merkt Euch, Ihr solltet bei all Euren Plänen, die Ihr noch aushecken werdet, immer einen Sündenbock parat haben.«

»Ich werde gewiss nichts mehr aushecken«, flüsterte sie.

»Sagt das nicht. Freut Euch lieber, dass ich nicht gern Euch als Sündenbock sehen will.«

»Wahrscheinlich habt Ihr noch anderes mit mir vor.«

»Nein, Esther, bestimmt nicht. Ich sagte Euch doch, ich kann Euch leiden.« Er stand auf und sah plötzlich ein wenig traurig aus. »Vielleicht finde ich kein Weib, weil mir keins traut. Aber warum nicht?«, fragte er sich selbst.

Auch Esther stand auf.

»Noch dreimal senkt sich die Nacht über Lübeck, kräht der Hahn, um einen neuen Tag zu begrüßen. Dann wird der Sendbote des Rates hier in diesem Skriptorium das Schreiben an sich nehmen, das von allergrößter Bedeutung für die Stadt, für mich und für Euch ist. Zu meiner unbändigen Freude tut eben dieser Bote, was ich wünsche, und für Euch gilt das auch. Ich bestimme den Lauf der Dinge und verdiene üppig daran. Merkt Euch, meine liebe Esther, so sollte ein Geschäft stets beschaffen sein.«

»Ich schreibe also den Wortlaut der Wachstafel auf Pergament.«

»In Marolds Schrift.«

»Ja, in Marolds Schrift. Und Ihr werdet mich nicht verraten? Ihr spielt kein Spiel mit mir?«

»Gute Frau, was kann ich tun, damit Ihr mir glaubt?«

»Gebt mir eine Sicherheit. Gebt mir mein Geständnis, dass ich schreiben kann, zurück.«

»Nein. Vielleicht tue ich es, wenn alles vorbei ist und die Reiter auf dem Weg nach Parma sind. Das werde ich mir überlegen.«

»Ihr seid nicht aufrichtig zu Marold, sondern nutzt es aus, dass er Euch um einen Gefallen gebeten hat. Dafür verratet Ihr ihn an den Schauenburger. Doch auch dem gegenüber seid Ihr nicht aufrichtig. Wie kann ich da glauben, dass Ihr es zu mir seid?«

»Das ist wahr, da könnt Ihr nie sicher sein.« Er lachte in sich hinein. »Nehmt das Wort eines ehrenwerten Kaufmanns. Mehr könnt Ihr nicht verlangen.«

Sie zog abschätzig die Augenbrauen hoch, wagte aber nicht, weiter nach Sicherheiten zu verlangen, die er ihr ohnehin verweigern würde.

»Ich werde morgen zur Mittagszeit hier sein, um Euch die genaue Stunde zu nennen, zu der der Bote kommt. Sorgt dafür, dass Ihr auch dann allein hier seid.« Er senkte den Kopf und schwieg.

Was ging nur jetzt wieder in ihm vor? »Und nun muss ich gehen, nicht wahr?«

»Ich weiß nicht. Ich schicke Euch nicht fort«, antwortete sie zögerlich.

Er hob den Kopf und blickte ihr in die Augen. Zum ersten Mal sah er glücklich aus. Er erinnerte sie an einen Fuchs. Nein, nicht einfach ein Fuchs, ein junger Fuchs, der gerade mit seinen Geschwistern gespielt und gefressen hatte und sein junges Leben nach Herzenslust genoss. Sie war gerührt von diesem Anblick. Schweigend standen sie sich gegenüber. Jegliche Feindseligkeit war fort. Da hob er die Hand und streichelte ihr über die Wange.

»Danke, Esther, das ist seit sehr langer Zeit das Schönste, was eine Frau zu mir gesagt hat.«

Sie wusste nichts zu erwidern. Noch immer lag die schlanke Hand des Kaufmanns auf ihrer Wange, da klopfte es, die Tür flog auf, und Vitus trat aus dem Regen herein. Esther fuhr der Schock in die Glieder.

»Mann in de Tünn, hast du mich erschreckt!«

»Komme ich ungelegen?«, fragte er eisig und sah von ihr zu Felding. Der hatte es nicht eilig, seine Hand sinken zu lassen. Ein wissendes Lächeln trat auf sein Gesicht. Ihm war sofort klar, wen er da vor sich hatte.

»Nein, natürlich nicht.« Esther spürte, wie ihre Wangen glühten. Es musste ja aussehen, als wären sie und der Besucher sich nähergekommen. »Das ist der ehrenwerte Kaufmann …«

»Ich weiß, wer das ist«, fiel Vitus ihr ins Wort.

Felding nickte ihm zu. »Vitus Alardus, nehme ich an? Englandfahrer so wie ich.«

»Englandfahrer ja, aber gewiss nicht wie Ihr, Felding. Für uns Lübecker sind Ehre und Glaubwürdigkeit höchste Güter. Ihr Kölner dagegen schert Euch nicht um derartige Werte. Ihr habt gut

dafür gesorgt, dass wir Euch nicht gleichgestellt sind, sondern einen großen Nachteil haben.«
»Ehre und Glaubwürdigkeit schön und gut. Darauf halten auch die Kölner große Stücke. Bloß sind es keine einfachen Zeiten. Jeder muss sehen, wo er bleibt. Und was heißt schon Nachteil? Wenn einer blind ist, kann er umso besser hören, sagt man.«
»Ihr habt gut reden. Euch hat man das Auge nicht ausgestochen.«
»Und darüber bin ich von Herzen froh. Sonst wäre mir der Liebreiz dieser Dame entgangen, und das wäre zutiefst bedauerlich.« Er deutete eine Verbeugung vor Esther an. Wie unangenehm das alles war. Die Spannung zwischen den beiden Männern hing geradezu greifbar im Raum, und sie stand mitten dazwischen. Zu gern hätte sie Vitus ein Zeichen gegeben, damit er ein wenig freundlicher zu dem Mann war. Der konnte es sich immerhin jederzeit anders überlegen und sie nicht so einfach davonkommen lassen.
Vitus funkelte sie an. »Nun, meine Dame, wenn ich Euch mit diesem Herrn allein lassen soll, damit er weiter in den Honigtopf greifen und Euch das süße Zeug um den Mund schmieren kann, lasst es mich nur wissen!«
Sie schnappte nach Luft. »So ein Unfug«, murmelte sie leise. Lauter setzte sie hinzu: »Kaufmann Felding ist Kaspars Kunde. Wir haben soeben über einen Auftrag gesprochen.«
»Ach ja? Dann flüsterst du wohl jedem Kunden Dinge, wie es sonst kein Weib zu tun vermag.«
»Vitus, was …?« Wenn er doch nur aufhören würde so zu reden. Sie wünschte sich sehnlich, dass er warten und die Angelegenheit in aller Ruhe mit ihr besprechen würde, wenn sie alleine waren.
»Sie lud mich ein, noch ein wenig zu bleiben, anstatt mich bei diesem unmenschlichen Regen zum Gehen aufzufordern. Dabei war alles besprochen. Seht Ihr, Vitus Alardus, Euch mögen Frauen ganz andere Dinge sagen. Aber für mich war diese Freundlich-

keit schon das Höchste. Deshalb sagte ich diesen Satz zu ihr, als Ihr hinzukamt.«

Vitus war für einen Moment sprachlos, Esther hoffte sehr, er würde sich entschuldigen, doch dazu ließ Felding ihm keine Gelegenheit.

»Ich werde jetzt gehen, denn ich will ja nicht Zwietracht säen zwischen zwei Menschen, die innig verbunden sind. Vitus Alardus.« Er nickte ihm höflich zu, als wäre nichts weiter vorgefallen. »Schöne Esther aus Schleswig.« Vor ihr verneigte er sich. »Es ist ein Vergnügen, mit Euch Geschäfte zu machen.« Damit ging er hinaus in den Regen, der immer lauter auf das kleine Querhaus prasselte.

»Schöne Esther«, schnaubte Vitus, kaum dass sich die Tür hinter Felding geschlossen hatte. »Mit Euch Geschäfte zu machen! Was sollen das wohl für Geschäfte sein, die er mit einer Frau macht? Kannst du mir das erklären?«

»Ja, das kann ich«, sagte sie fest. »Wenn du dich nur beruhigen willst.« Er würde nicht übel staunen, wenn sie ihm erzählte, dass er sich nicht länger um den Schmuggel des falschen Schreibens sorgen musste, dass einiges für sie viel leichter ablaufen konnte, als sie es sich ausgemalt hatten.

»Ich will mich aber nicht beruhigen!« Er war außer sich. »Dich in einer innigen Begegnung mit einem anderen zu finden. Obendrein mit einem Kölner!« Das schien schwerer zu wiegen als alles andere. »Gerade jetzt, wo Vertrauen das Wichtigste ist, das wir einander geben müssen. Das hätte ich nie von dir gedacht, Esther, nie und nimmer.«

»Du solltest auch jetzt nicht schlecht von mir denken, Vitus. Was dir wie eine innige Begegnung erschienen sein mag, war gar nichts.«

»Gar nichts? Schon für die Berührung deiner Hand hätte er mit einer Strafe rechnen müssen, wenn man ihn dabei erwischt. Er

aber hat deine Wange berührt und seine dreckigen Finger nicht etwa eilig zurückgezogen, als ich eingetreten bin. Er muss sehr unerschrocken sein. Oder er hatte deine Einwilligung.«
»So war es nicht, Vitus. Diese Berührung war ohne Bedeutung. Er ist ein einsamer Mensch, der einen lohnenden Auftrag für Kaspar hat. Ich war nur freundlich zu ihm.«
Sein Gesicht war dunkelrot, seine Augen blitzten vor Zorn. Eine Strähne seines schwarzen Haars fiel ihm in die Stirn. Sogleich strich er sie unwirsch zurück.
»Ein einsamer Mann, der mit einem lohnenden Auftrag wedelt, erhält in diesem Skriptorium also eine Zusatzleistung von der Schwester des Schreibers? Du solltest dich auf den Markt stellen und das verkünden. Dann wird es Kaspar an Arbeit nicht mangeln.«
Esther holte aus und schlug ihm ins Gesicht. Gleich nachdem das geschehen war, hielt sie ihre Hand, die brannte, als hätte sie damit in die Glut der Feuerstelle gegriffen. Sie war erschüttert, wusste nicht, wie ihre Wut sie so hatte lenken können. Gleichzeitig war sie über die Maßen enttäuscht. Vitus hatte mit ihr beinahe gesprochen wie mit einer Hure, kaum besser als wenige Tage zuvor Felding. Wie nur konnte er ihr das antun?
Sie standen einander gegenüber, nur der Regen war zu hören, das leise Knistern des Feuers und ab und zu ein Tropfen, der von seinem Mantel auf den harten Lehmboden fiel. Muffig-säuerlicher Geruch lag noch immer in der engen Schreiberwerkstatt. Esther fröstelte. Es war feucht und klamm, und die Kälte, die ihr von Vitus entgegenschlug, jagte ihr eine Gänsehaut über den Leib. Sie wollte sich entschuldigen und auch ihn bitten, seine kränkenden Worte zurückzunehmen. Und dann wollte sie ihm alles erzählen. Sie würde ihm sagen, mit welchem Anliegen Felding gekommen war, dass er von ihren Schreibkünsten wusste, sie damit in der Hand hatte, welches Geschäft er ihr aber angeboten hatte. Doch Vitus kam ihr zuvor.

»Es ist wohl besser, ich gehe jetzt«, sagte er mit einer leisen rauhen Stimme, die ihr Angst machte. Es klang so endgültig. »Ich bin froh, dass die Sache mit der Urkunde noch nicht vonstattengegangen ist. So hast du dich nicht für mich schuldig gemacht, und ich muss auch nichts tun, was gegen das Gesetz ist. Es wird mir auch so gelingen, es als Kaufmann wieder zu etwas zu bringen. Ich habe mein Dach über dem Kopf, und ich vermag ehrliche und anständige Geschäfte zu machen. Warum also sollte ich mit Furcht in die Zukunft blicken? Was ich habe, reicht für mich alleine allemal.«

»Vitus, lass uns doch so nicht auseinandergehen!«, brachte sie flehend hervor.

»Warum nicht? Kann sein, dass es besser so ist.« Er klang nicht böse, sondern unendlich betrübt. »Ist doch möglich, dass ich aus gutem Grund in genau diesem Augenblick hereingekommen bin, um zu erkennen, dass du nicht das reine Wesen bist, das ich immer in dir sah. Unter Umständen bewahrt diese Erkenntnis uns beide vor einer großen Dummheit, die wir uns zu tun hinreißen lassen wollten.« Er streckte die Hand nach ihr aus. Sie glaubte schon, er würde sie auf ihre Wange legen, wie es Felding getan hatte, doch dann zog er sie zurück, als könnte er sie nicht berühren, weil ein anderer eine unsichtbare Spur hinterlassen hatte. »Bei Kaspar weiß ich dich in guten Händen«, sagte er. »Leb wohl, Esther.«

Ohne auch nur auf ein letztes Wort von ihr zu warten, drehte er sich um und verschwand in den Regen. Was hätte sie auch sagen sollen? Sie stand eine ganze Weile wie gelähmt, den Blick auf die geschlossene Tür gerichtet. Ihr war, als wäre ihr Leben in den letzten Tagen vollkommen aus den Fugen geraten. Zunächst war da der kühne Plan gewesen, der sie, so meinte sie zumindest, noch enger zu Vitus und ihn zu ihr gebracht hatte. Dann das ungeheuerliche Auftauchen dieses Felding, das entsetzlich große Angst und Verzweiflung, zum Schluss aber auch Hoffnung in ihr ausgelöst hatte. Und jetzt war Vitus gegangen, hatte ihr Lebewohl gesagt. Der Mann, zu dem sie doch gehörte. Ihm hatte sie sich selbst versprochen mit Kaspars Segen. Sie hatte nicht einmal eine Idee, was sie ohne ihn anfangen, was aus ihr werden sollte. War es ihr bestimmt, als alte Jungfer zu enden, deren Leben darin bestand, für den Bruder Tinte zu kochen, das Essen zu bereiten, seine Wäsche und die kleine Hütte sauber zu halten? Oder würde Kaspar von ihr erwarten, dass sie einen anderen heiratete? Nein, das war ganz undenkbar. Felding hatte ihr den Hof gemacht. Ihn könnte sie womöglich umstimmen und davon überzeugen, dass eine Frau, die schreiben kann, keineswegs unheimlich war. Ganz langsam kam sie wieder zu sich. Was hatte sie da gerade gedacht? Niemals würde sie das Eheweib des Kölners werden. Aber was dann? Sie musste sich ablenken, etwas tun, irgendetwas erledigen, das sie immer tat, das sie kannte, das ihr vertraut war. Sie musste Halt finden, irgendwie. Sie würde die Stadt hinter sich lassen und zum Hofbauern gehen. Vielleicht konnte sie endlich ein wenig Fleisch bekommen, auf das Kaspar so sehnsüchtig wartete.

## Lübeck, 15. April 1226 – Kaspar

Ich habe wirklich keinen Schimmer, was in letzter Zeit mit meiner Schwester los ist.« Er seufzte. »Du hast gewiss deine eigenen Sorgen, nur dachte ich, du bist ja auch eine Frau und verstehst womöglich, warum sie sich so eigenwillig aufführt.«
Malwine saß dieses Mal neben ihm. Er war ungewöhnlich früh von der Baustelle weggekommen, und um diese Zeit war in der Schenke noch kaum Betrieb. Er spürte ihr Bein warm durch den Stoff ihrer Kleider.
»Ich finde es schön, dass du mit deinem Kummer zu mir gekommen bist.« Sie lächelte, und ihm wurde ganz wohlig zumute.
»Früher war sie stets zu Hause oder in meinem Skriptorium. Gut, hin und wieder hat sie auch Rinde gesammelt oder Gallen, wenn die Zeit dafür war, aber dann hat sie mir immer vorher gesagt, wohin sie gehen würde. Heute, als ich nach Hause kam, war sie nicht da. Ich weiß nicht, wo sie ist. Das geht schon ein paar Tage so.«
»Vielleicht hat sie sich verliebt und trifft heimlich einen Mann.«
»Aber nein, sie ist ja verlobt, jedenfalls beinahe. Sie liebt Vitus über alles. Nein, das kann es nicht sein.«
»Kann doch sein, dass die beiden Streit hatten. Das kommt vor zwischen Liebenden.«

»Ist das immer so?« Er legte den Kopf schief und sah ihr in ihre hübschen braunen Augen.

»O ja, immer!«

»Schade. Weißt du, wenn ich einmal eine Verlobte habe, dann will ich mich nie mit ihr streiten.«

»Du weißt ja nicht, was dir entgeht.« Sie blickte sich um, ob auch keiner ihrer Unterhaltung lauschte, beugte sich so nah zu ihm, dass er den Duft ihrer Haut riechen konnte, und flüsterte: »Meine Mutter hat mir erklärt, es gebe nichts Besseres, als sich ordentlich die Hölle heißzumachen. Das bringt euch Kerle in Wallung wie nichts anderes. Sie behauptet, sie hat immer die allergrößte Freude, wenn es dann zur Versöhnung kommt.« Sie zwinkerte ihm zu. »Meine Eltern kabbeln sich oft, und sieh nur, wie viele Kinder wir im Hause sind.«

»Von der Seite habe ich es noch nicht betrachtet.« Er schmunzelte. »Du bist eine kluge Frau, wie mir scheint.«

»Und eine anständige noch dazu, mit blondem Haar und Grübchen.« Sie lachte. Dann fiel ihr etwas ein. »Mein Vater will sein Bier nicht länger nur in Lübeck verkaufen. Er sagt, wenn die riesigen Heringsschwärme bei Falsterbo und Skanör gehandelt werden, dann müsste man dort sein und Bier feilbieten. Wie denkst du darüber?«

Ihr Antlitz wirkte mit einem Mal ganz ernst. Sie interessierte sich tatsächlich für seine Meinung. Jetzt galt es, etwas Gescheites zu äußern.

»Wenn dein Vater so viel mehr braut, als in Lübeck durch die Kehlen fließen kann, ist das gewiss kein dummer Gedanke. Ich hörte, in Schonen wird lübisches Bier genauso geschätzt wie an vielen anderen Orten.«

»Ein gewitzter Kaufmann könnte dort also ein lohnendes Geschäft machen?«

Er nickte bedächtig. »Das glaube ich gewiss.«

»Aber mein Vater kann weder schreiben noch rechnen.«
»Das ist weniger günstig. Was das Schreiben betrifft, so biete ich ihm gern meine Hilfe an, nur am Rechenbrett bin ich nicht der Beste«, gab er zerknirscht zu.
»Du würdest ihm immerhin mit dem Schreiben helfen, ist das wahr?« Sie strahlte über das ganze Gesicht, so dass sich ihre Grübchen besonders tief abzeichneten.
»Natürlich!« Scheu setzte er hinzu: »Wenn ich dich dann öfter sehen kann, wüsste ich nicht, was ich lieber täte.«
»Ich weiß aber nicht, ob mein Vater dir viel dafür geben könnte.«
»Mach dir darum nur keine Sorgen. Ich helfe euch wirklich gern.«
Malwine regelmäßig zu sehen war mehr Lohn, als er je bekommen hatte. Dafür wollte er sich gern den Buckel krumm sitzen.

# Lübeck, 15. April 1226 – Esther

Schon nach wenigen Schritten drang der Regen durch ihren Mantel, durchweichte die Kapuze, lief über ihr Gesicht. Tropfen sammelten sich in ihrem Haar, wurden dicker, fielen hinab und fingen sich in ihren Wimpern. Sie verschleierten ihr den Blick. Esther scherte sich nicht darum. Sie setzte einen Fuß vor den anderen. Trotz der Kälte, die mit der Nässe allmählich bis auf ihre Haut durchdrang, empfand sie beinahe so etwas wie Erleichterung. Ihr war, als wüsche der Regen, der so unschuldig vom Himmel kam, ihre Wange sauber, die Felding berührt hatte. Abzuwaschen, was sie sich hatte anhören müssen, war jedoch selbst dieser prasselnde Guss nicht in der Lage. Sie konnte kein einziges der Worte vergessen. Die dröhnten in ihren Ohren, als hätten sie sich dort eingebrannt. Sie nahm nichts anderes wahr, weder die Menschen in den Gassen, die mit eingezogenen Köpfen an ihr vorübereilten, noch die dicke Stadtmauer, die sie passierte. Irgendwann kam sie bei dem Hofbauern an, ohne dass sie hätte sagen können, ob ihr auf dem Pfad dorthin jemand begegnet war. Sie hatte Glück. Der Mann hatte gerade ein Schaf geschlachtet und verkaufte ihr Blut, Innereien und ein Stück Fleisch zu einem wirklich guten Preis. Darüber freuen konnte sie sich nicht. Sie versprach, den Krug, in dem das Blut war, zurückzubringen, sam-

melte große Blätter, mit denen sie das Fleisch und die Innereien vollständig bedecken konnte, und legte zum Schluss einen breiten Fetzen Baumwolle über den Korb. Nachdem sie sich verabschiedet hatte, lief sie wieder los und stellte irgendwann überrascht fest, dass sie nicht den direkten Weg zur Stadt eingeschlagen hatte, sondern auf die Mühle zuhielt, in der Norwid zu Hause war. Sie wusste nicht, was sie dort wollte. Ihre Füße waren einfach gelaufen, ihre Seele schmerzte und versuchte sich hinter dem zu verstecken, was Esther tat, und ihr Kopf hatte offenbar beschlossen, hierherzukommen. Nur wozu? Sie stand vor der Eingangstür, der Korb baumelte in ihrer Hand. Sie klopfte nicht, stand einfach nur da, mit hängenden Schultern und gesenktem Kopf. Nach einer guten Weile wurde ihr klar, wo sie war, dass es keinen Sinn hatte, hier herumzustehen und auf ein Wunder zu warten, das nicht geschehen würde. Ebenso wenig klug war es, Norwid mit ihren Sorgen zu belasten. Er hatte genug eigene, und sie konnte ihm ohnehin nicht einmal annähernd erklären, was sie plagte. Also atmete sie einmal tief durch und machte kehrt, um nach Hause zu gehen. Da öffnete sich knarrend die Tür.
»Esther, du meine Güte, was treibt Ihr hier bei dem Regen? Um ein Haar hätte ich Euch über den Haufen gerannt.« Norwid stand mit einem Holzeimer vor ihr und betrachtete sie aufmerksam.
»Verzeiht, ich wollte nicht im Weg stehen. Ich wollte gerade gehen.«
»Aber Ihr wart doch noch gar nicht da. Ich meine, Ihr habt nicht geklopft, wart nicht im Haus. Warum wollt Ihr dann schon wieder fort?«
Wie sollte sie ihm das nur erklären? Sie konnte doch schlecht sagen, dass sie einfach dort gestanden hatte, ohne selbst zu wissen, warum.
»Seid Ihr gekommen, um etwas Mehl zu holen?«

»Nein«, sagte sie rasch. Sie wollte auf keinen Fall, dass er glaubte, sie würde auf ein weiteres Geschenk seines Vaters hoffen.

»Kommt erst einmal herein«, wies er sie in einem Ton an, der keinen Widerspruch duldete. »Ich muss Wasser für meine Schwester holen. Aber ich bin sofort wieder bei Euch.« Damit eilte er zum Brunnen und war, ehe sie sich's versah, wieder zurück.

Sie sah zu ihm auf, als er mit dem Eimer an ihr vorbeilief, doch sagen konnte sie noch immer nichts. Nie zuvor hatte sie sich so gefühlt wie an diesem Tag. Ihr war, als wäre sie selbst wie das Fleisch in ihrem Korb von Blätterschichten und Stoff bedeckt, so dass nur wenig von der Umwelt zu ihr drang und sie auch kein Zeichen nach draußen senden konnte.

Norwid war durch eine Tür verschwunden, vermutlich in die Schlafkammer. Sie hörte ihn mit seinem Vater sprechen und ihn bitten, sich eine Weile allein um Bille zu kümmern. Als die Tür sich erneut öffnete und er zurück in die Stube kam, stand sie noch immer da. Zu ihren Füßen hatte sich bereits eine kleine Wasserlache auf dem Lehmboden gebildet.

»Es ist schön, dass Ihr mir einen Besuch abstattet. Setzt Euch doch.« Er rückte ihr einen Stuhl zurecht, der an einem grob gezimmerten Tisch an der Feuerstelle stand. Als sie dort Platz nehmen wollte, kam er ihr entgegen und nahm ihr den durchnässten Umhang ab. »Ich hänge ihn hier auf, vielleicht trocknet er, bis Ihr Euch wieder auf den Weg macht.«

Sie ließ sich auf den Stuhl fallen und bemerkte erst jetzt, wie sehr sie fror. Die Wärme des flackernden Feuers tat ihr gut.

Norwid rückte sich ebenfalls einen Stuhl zurecht und nahm ihr gegenüber Platz.

»Darf ich Euch ein Stück Brot anbieten und etwas Wein?«

Sie schüttelte den Kopf. »Nein, vielen Dank«, sagte sie leise. Sie war nicht hungrig.

Er lehnte sich an den Tisch, die Hände unter dem kantigen Kinn gefaltet. »Was ist denn nur los mit Euch?«, fragte er. Seine Stimme war so sanft, in seinem Blick lagen so viel Sorge und Aufmerksamkeit, dass Esther ganz warm ums Herz wurde. Sie kannte ihn doch kaum, und dennoch war ihr, als säße sie bei einem Freund, dem sie sich anvertrauten konnte. Mit einem Mal brachen alle Dämme, und Tränen liefen ihr über die Wangen. Sie schluchzte und schlug die Hände vors Gesicht.
»Na, na, so schlimm?« Er stand auf. »Mir scheint, Ihr könnt eine heiße Suppe vertragen.« Ohne ihre Zustimmung abzuwarten, löffelte er mit einer hölzernen Kelle Gerstensuppe aus dem Kessel, der über dem Feuer hing, in eine Schale, stellte die vor sie hin und legte ihr einen Holzlöffel dazu.
Verstohlen wischte sich Esther mit dem Ärmel Nase und Augen trocken. Sie musste sich beruhigen. Liebend gern würde sie sich ihren Kummer von der Seele reden, aber sie wusste, dass sie das nicht durfte. Ihr Verstand hatte endlich wieder eingesetzt, und es war ihr sehr bewusst, dass dieser Mann, sei er auch noch so freundlich, ein Fremder war. Gerade erst war sie auf die schönen Worte und die guten Manieren des Kaufmanns Felding hereingefallen. So etwas durfte ihr keinesfalls noch einmal passieren.
»Nun esst erst einmal«, sagte Norwid, der sich wieder gesetzt hatte. »Ihr könnt es gebrauchen, dünn, wie Ihr seid.«
Sie musste an Vitus denken, der kürzlich das Gleiche zu ihr gesagt hatte. Sie müsse mehr essen, damit sie ihm einen Sohn schenken und den auch satt kriegen könne, hatte er gesagt. Beinahe hätte sie wieder aufgeschluchzt. Sie würde nie die Mutter von Vitus' Kindern werden. Besser, sie gewöhnte sich an diesen Gedanken. Die Suppe duftete herrlich. Sie holte tief Luft und kostete davon.
»Wildschwein?«, fragte sie ungläubig, nachdem sie einen Brocken Fleisch aus der Schale gefischt hatte.

»Ja, denkt Euch nur, es ist neben unserer Mühle tot zusammengebrochen. Wir hätten es liebend gern unserem Lehnsherrn gebracht, nur wäre es vermutlich verdorben, bevor wir es ihm hätten geben können.« Er setzte eine Unschuldsmiene auf und lächelte ihr verschmitzt zu.
Auch Esther musste lächeln. »Es ist köstlich. Ihr habt gewiss richtig gehandelt.«
Er lachte leise und nickte. Dann sagte er ernst: »Es ist gut, Euch wieder lächeln zu sehen.«
Während sie die Schale leerte, sprachen sie nicht viel. Norwid erzählte, dass es für das Getreide zu nass und zu kalt sei. Sein Vater und er würden sehnsüchtig auf ein paar trockene Tage und auf Wärme warten. Dann gebe es eine gute Ernte.
Esther hörte ihm zu und sagte, dass das nasse Wetter auch für das Skriptorium schlecht sei. »Das Pergament quillt und wellt sich. Unmöglich, lange an einer Schreibarbeit zu sitzen.« Als sie die Suppe gegessen hatte, sagte sie: »Ich danke Euch für die schmackhafte Stärkung.« Nach einer winzigen Pause fügte sie hinzu: »Verzeiht mein gänzlich unpassendes Auftauchen und sonderbares Verhalten. Ich weiß ja selbst nicht, warum ich ausgerechnet hierherkam.«
»Ich wüsste nicht, was es zu verzeihen gäbe. Wie ich vorhin schon sagte, ich freue mich über Euren Besuch. Wenn ich Euch auch gern fröhlicher angetroffen hätte.«
»Es gab einen Streit«, begann sie zaghaft. Sie erzählte von Vitus, davon, dass sie hätten heiraten wollen, wenn seine Geschäfte nur besser liefen. Sie berichtete auch von dem Besucher im Skriptorium, der einen äußerst lohnenden Auftrag für ihren Bruder in Aussicht gestellt habe, und von der Begegnung zwischen ihm und Vitus, der die Lage missverstanden habe.
»Er hat mir furchtbare Dinge an den Kopf geworfen, und dann hat er Lebewohl gesagt und ist gegangen«, schloss sie.

Er strich über seinen blonden Bart, während er ihr zuhörte. »Ich kann ihn wohl verstehen«, meinte er schließlich. »Die eigene zukünftige Braut allein mit einem Fremden, der sie noch dazu unschicklich berührt. Ich für meinen Teil würde nicht wagen, Eure Wange zu streicheln.«

»Ich gebe ja zu, dass er damit zu weit gegangen ist. Doch ging alles wie von allein. Ich meine, er hat mich nicht um meine Einwilligung gebeten, wie Vitus unterstellt hat. Er hat es einfach getan, und es erschien mir in diesem Moment auch ganz natürlich. Er war einfach dankbar, dass ich ihn bei diesem Wolkenbruch nicht vor die Tür gesetzt habe.«

Er schnaubte verächtlich. »Das scheint mir mehr ein Vorwand gewesen zu sein, um Euch zu berühren. Mein Ihr nicht? Euer Verlobter jedenfalls könnte es so gesehen haben.«

»Aber wie hätte ich es denn verhindern sollen? Dieser Fremde hat mich ja nicht gefragt. Und er war zuvor in keiner Weise anzüglich.« Sie fühlte Hitze in ihre Wangen schießen, denn das war eine glatte Lüge gewesen. »Ich hatte keinerlei Grund, mich unbehaglich zu fühlen, allein mit ihm im Skriptorium.« Sie senkte den Kopf, weil sie Angst hatte, er könne ihre Unehrlichkeit in ihrem Gesicht lesen.

»Euer Vitus wird das auch einsehen, wenn sein Blut sich ein wenig beruhigt hat. Würde er Euch nicht von Herzen lieben, wäre er erst gar nicht so aufgebracht gewesen.«

»Das mag wohl sein.« Sie seufzte. »Nur glaube ich nicht, dass er sich besinnt und noch einmal mit mir spricht. Schon möglich, dass er nach wenigen Schritten durch den Regen kehrtgemacht hat und in die Schreibstube zurückgekommen ist. Bloß hat er mich dann nicht mehr angetroffen, denn ich bin ja auf und davon gelaufen.«

Er betrachtete sie eine Weile schweigend, dann sagte er: »Ihr habt also gestritten. Nun schön, das ist nicht gerade erfreulich, das gebe ich zu. Aber seht es doch einmal so: Ihr habt wenigstens jemanden, mit dem Ihr streiten und Euch gewiss auch wieder versöhnen könnt. Ihr habt zwei gesunde Beine, die es Euch ermöglichen, fortzulaufen an einen Ort, an dem Ihr nachdenken oder mit jemandem reden könnt.«

Sie sah ihn mit großen Augen an. Was sollte daran wohl tröstlich sein?

»Ich zeige Euch etwas.« Er stand auf. »Kommt!«

Esther erhob sich und folgte ihm langsam in die Kammer, in die er zuvor den Eimer Wasser gebracht hatte. Es war dunkel, nur eine Öllampe in einer Ecke spendete einen zarten Schein, und durch die Ritzen des geschlossenen Fensterladens drang der letzte schwache Schimmer des ohnehin grauen Tageslichts hinein. Der Geruch von feuchtem Stroh lag in der Luft und mischte sich mit üblem Wundgestank. Norwids Schwester Bille lag auf einem Lager aus Stroh. Unter der Wolldecke schaute das gebrochene Bein hervor. Jemand hatte eine lange Holzleiste daran gebunden, damit der Knochen wenigstens annähernd gerade zusammenwuchs. Esther gewöhnte sich allmählich an das Halbdunkel. Sie sah den Müller an der Bettstatt seiner Tochter sitzen.

»Ich grüße Euch«, sagte sie und zwang sich zu einem Lächeln, das ihr beim Anblick von Billes Gesicht jedoch augenblicklich entglitt. Man hatte ihr das verletzte Auge zugenäht. Die Wunde, die der Graf ihr zugefügt haben mochte, war offenkundig groß gewesen. Sie einfach zu schließen schien Esther nicht der beste Einfall zu sein. Das Auge nässte stark, an den Rändern hatte sich eine blutig-eitrige Kruste gebildet.

»Was hat man Euch nur angetan?« Sie kniete neben dem Krankenlager nieder. »Ich bin Esther. Ich habe zusammen mit Eurem Bruder den kleinen Petter aus der Trave gefischt.«

Bille drehte den Kopf zur Seite, um sie mit dem gesunden Auge ansehen zu können.

»Wie nett, dass Ihr uns besucht. Norwid hat mir von dem Tag erzählt. Er hat voller Bewunderung von Euch gesprochen.« Ihr Mund verzog sich zu einem Lächeln. Sie wirkte erstaunlich munter, ihre Stimme klang beinahe fröhlich und stand in einem merkwürdigen Gegensatz zu dem Anblick, den das junge Geschöpf bot.

»Hat sich ein Arzt Eure Wunde angesehen?«, wollte Esther wissen, obwohl sie sich die Antwort denken konnte.

»Für einen Medicus haben wir kein Geld«, sagte der Müller und richtete sich schwerfällig auf. »Ich gehe wieder an die Arbeit. Du bleibst eine Weile bei ihr, ja, Norwid?«

»Ja, Vater.«

Der Müller nickte Esther zu und ging. Er wirkte müde. Zwischen seiner Arbeit und der Pflege seiner Tochter blieb ihm anscheinend kaum Zeit zum Schlafen.

»Ein Zahnbrecher auf dem Weg nach Lübeck hat ihre Verletzungen versorgt«, erklärte Norwid. »Wir beten täglich zum heiligen Quirin, dass er ihr kaputtes Bein heilen und das Eitergeschwür von ihr nehmen soll.«

»Die beiden beten so inbrünstig, dass ich kaum in den Schlaf finde«, sagte Bille und lachte leise. »Wenn das nicht hilft, bin ich verloren.«

Esther sah Norwids Augen schimmern. Er setzte sich auf einen kleinen Schemel, den sein Vater frei gemacht hatte.

»Es wird helfen. Ihr müsst nur daran glauben«, sagte sie und fühlte sich elend. Aber was hätte sie sagen können? Dass dieses Auge mehr brauchte als Gebete? Dass man schon oft von Wunden gehört hatte, die so schlimm eiterten, dass dies das Ende bedeutete? Es würde Norwid nur noch trauriger machen und Bille ihren Lebensmut rauben, den sie zu Esthers unermesslichem Erstaunen bewahrt zu haben schien. Und wäre es nicht auch Blasphemie? Wenn Gott und die Heiligen nicht helfen konnten, wer dann?

»Ja, es wird helfen«, sagte auch Norwid und strich ihr eine feuchte Strähne von der schweißglänzenden Stirn. Sie hatte Fieber. Vielleicht war sie darum so gelöst, so beinahe aufgekratzt, vielleicht war sie in einer Art Fieberwahn.
»Wenn nicht, ist dieser Unmensch verloren«, setzte er zornig hinzu. »Ich schwöre, wenn du nicht gesund wirst, werde ich seine Tochter genauso zurichten. Und ihn werde ich dabei zusehen lassen.«
»Mir hilfst du damit nicht, Bruderherz. Und die Tochter des Grafen kann doch nichts für die Greueltaten ihres Vaters.« Ihre Stimme wurde leiser. »Ich bin erschöpft. Nachts kann ich nicht schlafen, weil ihr betet oder schnarcht, und am Tage ist immer einer von euch um mich herum. Wie soll ich da wohl gesund werden, frage ich Euch?« Sie sah Esther mit dem unverletzten Auge an und grinste. Man konnte jetzt jedoch erkennen, dass die Fröhlichkeit einer lähmenden Müdigkeit wich.
»Ihr solltet Euch ausruhen. Ich will auch für Euch beten. Noch einer mehr kann gewiss nicht schaden. Und ich bin weit fort in der Stadt. Ich kann Euren Schlaf also nicht stören.« Sie erhob sich. »Lebt wohl, Bille!«
»Statt für mich zu beten, versprecht mir lieber, dass Ihr mich wieder besuchen werdet. Es ist furchtbar langweilig, tagaus, tagein hier zu liegen. Ein wenig Ablenkung tut mir sicher gut.«
»Ich verspreche es.«
Norwid führte sie hinaus. In der Stube nahm er wortlos ihren Umhang vom Haken und reichte ihn ihr.
»Sie ist sehr tapfer«, sagte Esther, als sie ihren Umhang umlegte.
»Wir beten zu Gott, dass sie nicht auch noch ein Kind kriegt. Das würde sie nicht überstehen.«

Die Dämmerung brach bereits herein. Sie musste sich sputen, wenn sie noch die Stadt erreichen wollte, bevor man die Tore schloss. Kaspar würde sich bereits zu Tode ängstigen. Sie beschleunigte ihre Schritte. Aus dem starken Regen war ein leichtes Nieseln geworden. Es machte ihr nichts aus. Überhaupt war sie nicht mehr gar so niedergeschlagen wie vorhin, als sie blindlings aus der Stadt geflohen war. Sie hatte heute viel verloren, gewiss, aber weiß Gott nicht alles. Die Begegnung mit Bille hatte ihr vor Augen geführt, wie reich sie noch immer war. Dieser Graf von Schauenburg war der Teufel. Sie musste Lübeck mit seinen Kindern und Frauen vor ihm schützen. Felding mochte sein eigenes böses Spiel treiben, aber er war ihr Schlüssel, um den Teufel aus ihrer Stadt fernzuhalten. Und genau das würde sie tun.

*Lübeck, 17. April 1226 –*
Heilwig von der Lippe

Der lange schwarze Mantel wehte über den Boden der Marienkirche, als sie eilig den Gang in Richtung Altar entlangschritt. Unter dem mit kostbarem Schwanenfell gefütterten Mantel, der von zwei auffälligen Silbertasseln geschmückt war und von einer Tasselschnur zusammengehalten wurde, trug sie ein dunkelrotes Kleid aus schwerer Seide. Sie blickte hinauf zu der Decke aus dunklem Holz, die sich wie ein Firmament über das Kirchenschiff und die Bänke wölbte. Vorne in der ersten Reihe saß Bischof Bertold in seine Gedanken oder ein Gebet versunken. Sie trat bis zu der Holzbank, auf der er kauerte. Als sie dort stehen blieb, verstummte das Rascheln ihrer Gewänder, und es war ganz still in dem Gotteshaus.
Bertold blickte nicht auf. »Heilwig von der Lippe, nehme ich an? Gemahlin des Grafen von Schauenburg und Holstein?«
»Ja, ehrwürdiger Vater, die bin ich.« Sie neigte das Haupt.
Jetzt erst richtete er sich auf, wendete ihr den Kopf zu und blickte sie lange schweigend an. Dann erhob er sich. Er trug eine weiße Alba aus Seide, eine ebenfalls aus Seide gefertigte Stola, die reich mit Kreuzen bestickt war, und eine rote Dalmatika.
»Der Bote hat mir Eure Nachricht gebracht. Sie ist ein wenig ungewöhnlich, meine Tochter.«

»Ich weiß, Vater, aber es ist mir eine Herzensangelegenheit. Könnt Ihr mir helfen?« Sie hatte zwei Finger auf die Tasselschnur gelegt, eine Haltung, die sich für eine Dame ihres Standes schickte, in einer Kirche jedoch gleichermaßen unangebracht war. Heilwig wollte von vornherein deutlich machen, dass sie nicht nur als demütige Bittstellerin kam.
»Gehen wir in meine Privatgemächer, dort lässt es sich komfortabler reden.« Schon schob er sich aus der Bank, bekreuzigte sich in Richtung des Altars und ging an ihr vorbei.
Auch Heilwig schlug ein Kreuz und folgte ihm.
Wenig später fand sie sich in einem prächtigen Raum wieder, dessen Wände Seidenteppiche zierten. Es gab goldene, fein geschwungene Leuchter, in denen dicke weiße Lichter steckten. Am steinernen Kamin standen vier Stühle, deren Sitzflächen prall gepolstert und mit Samt bezogen waren. Die Armlehnen aus fein poliertem Holz malten einen gewagten Schwung in die Luft und endeten in jeweils einem Löwenkopf.
»Nehmt Platz, meine Tochter.« Bischof Bertold hatte sich kaum auf einem der Stühle niedergelassen, als ein Bediensteter, ein junger Bursche, etwas ungelenk Wein in zwei Zinnbecher goss. Danach trat der Jüngling wieder zurück auf seinen Platz gleich neben dem geöffneten Fenster, wo er auszuharren hatte, bis der Bischof und seine Besucherin etwas benötigten oder man ihn endlich gehen ließ.
»Ihr habt also die Reise aus Plön hierher unternommen, um Eure Amme zu finden.«
»Ja, ehrwürdiger Vater. Ich kenne sie, solange meine Erinnerung reicht. Sie hat mich auf ihrem Schoß geschaukelt, in ihren Armen gewiegt, mich gefüttert, weil die Brüste meiner Mutter kein Kind ernähren konnten. Sie war wie ein Teil von mir.« Sie verzichtete darauf, ihm zu erzählen, wie ihre Amme sie darüber hinaus, als sie gerade sechs Lenze zählte, zu unterrichten begonnen hatte. So

verstand sie schon einiges von Dichtung und Philosophie, als sie ein Jahr später Privatunterricht erhielt. Der Lehrer, der in das Haus der Familie von der Lippe kam, vermochte ihr nichts beizubringen. Er stolzierte nur auf und ab, hörte sich am allerliebsten stundenlang reden und kümmerte sich weder darum, ob seine kleine Schülerin begriff, was er da von sich gab, noch scherte es ihn, wenn sie verhalten gähnte oder ihr gar die Augen zufielen, was nicht selten geschah. Erst wenn er aus dem Hause war, begann für Heilwig das Lernen und Verstehen. Ihre Amme Mechthild, nach der sie ihre Erstgeborene benannt hatte, verstand es aufs beste, ihr auch komplizierte Dinge so zu beschreiben, dass sie sich etwas darunter vorstellen konnte. Wissen durfte das natürlich niemand. Und noch weniger durften Vater und Mutter erfahren, dass Mechthild, deren Augen von Tag zu Tag trüber wurden, eine Gabe zu haben schien, die Heilwig faszinierte. Im gleichen Maße, wie ihr Augenlicht abnahm, gewann sie die Fähigkeit, Dinge zu sehen oder zu erahnen, die sonst kein Mensch zu sehen imstande war. Auch davon würde Heilwig dem Bischof besser nicht berichten.
»Was ist aus ihr geworden?«
»Ich dachte, das wüsstet Ihr. Sie lebt heute in Lübeck. Deshalb bin ich hier.« Jedenfalls unter anderem deshalb, fügte sie im Stillen hinzu.
»Und was ist damals geschehen, dass sie aus Eurem Leben gegangen ist? Hättet Ihr sie nicht als Kammerfrau bei Euch behalten können? Ihr habt selbst Kinder. Wäre sie ihnen nicht eine ebenso gute und liebevolle Amme gewesen, wie sie es Euch war?«
»Man hat sie fortgejagt«, erwiderte sie bitter. Unvermittelt tauchten die grausigen Bilder von damals wieder auf. Heilwig war beinahe zwanzig Jahre alt. Graf Adolf IV., der um ihre Hand anhalten wollte, war zu Gast. Es war allerhöchste Zeit, und ihre Eltern waren froh, dass sie nun endlich unter die Haube gebracht wer-

den konnte. Als er die milchigen Augen der alten Amme sah, fuhr ihm der Schreck in die Glieder.

Heilwig spürte den Blick des Bischofs auf sich gerichtet. »Sie war meine Kammerfrau, bis ich fast zwanzig Jahre alt war. Und ich hätte mir nichts sehnlicher gewünscht, als sie meiner Mechthild an die Seite zu stellen. Gewiss, sie war damals schon alt, ein kleines gebeugtes Weib mit weißem Haar, doch ihr Herz war noch immer jung und voller Liebe.«

»Wenn sie eine so gute und gottgefällige Frau war, warum hat man sie dann fortgejagt?«

Sie hatte nicht damit gerechnet, dass der Bischof so viel über ihre Amme und ihren Wunsch, diese wiederzusehen, wissen wollte.

»Meine Vermählung mit dem Grafen von Schauenburg und Holstein wurde beschlossen. Er war der Ansicht, für eine Amme sei ich bei weitem zu alt, zu einer Kammerfrau aber tauge die Gute nicht mehr.« Die ganze Wahrheit war, dass Mechthild in dem Augenblick, in dem Adolf verkündete, er habe eine junge, kräftige Kammerfrau für seine Zukünftige, die ihr noch viele Winter gute Dienste zu leisten imstande sei, Heilwigs Hand umklammerte und sie anflehte, sie nicht fortzuschicken.

»Ich bitte Euch sonst um kein Brautgeschenk«, hatte Heilwig zu Adolf gesagt. »Lasst mir nur dieses Weib, das ich mein ganzes Leben kenne. Mich von ihr zu trennen würde mir das Herz brechen.« Sie war überzeugt, dass ein Mann, der sie heiraten wollte, ihr diesen Wunsch nicht abschlagen konnte. Doch da irrte sie.

»Sollte es Euch nicht das Herz brechen, eine alte Frau, die schon nicht mehr aufrecht stehen kann, noch immer tüchtig in Diensten zu sehen? Wollt Ihr ihr nicht lieber die Ruhe gönnen, die sie nach einem fleißigen Leben verdient hat?« Sein Lächeln war bezaubernd gewesen, sein Einwand nicht von der Hand zu weisen. Also hatte sie tieftraurig zugestimmt. Doch damit fing das Grau-

en erst an. Statt der Hand umschlang die Alte nun Heilwigs ganzen Leib. Sie schrie und zeterte, ihre Stimme überschlug sich.
»Für den Rest meines Lebens werde ich kreischen und krakeelen und jedermann verkünden, dass der Graf von Schauenburg ein gottloser Haderlump ist, der seiner Braut ihren einzigen Wunsch ausschlägt.«
»Besonders lange dürfte das ja nicht mehr sein«, hatte Adolf kalt erklärt.
Man musste Mechthild mit Gewalt von Heilwig fortreißen. Beide weinten und streckten die Hände aus, um die andere zu halten. Doch all ihre Gegenwehr nützte nichts. In den folgenden Tagen hörte Heilwig das Schreien und Jammern jede Nacht, bis sie schließlich mit Adolf in der Kutsche saß und in ihre neue Heimat gebracht wurde.
Erst von ihrem Großvater erfuhr sie, dass Mechthild nicht gestorben war, wie man ihr gleich nach den Hochzeitsfeierlichkeiten mitteilte. Als sie an seinem Sterbebett saß, erzählte er ihr, dass man der Alten ein Stück ihrer Zunge herausgeschnitten hatte, um sie für die Beleidigung des Grafen Adolf zu bestrafen. Danach hatte man sie in ein feuchtes Kellerloch gesperrt, wo sie bei vollkommener Dunkelheit tagaus, tagein alleine hocken musste.
»Als ich deinen Vater das letzte Mal sah, das wird wohl schon zwei Sommer her sein, da bat ich ihn um seines eigenen Seelenheils willen, er möge die Amme Mechthild frei lassen. In Lübeck gibt es das Johanniskloster, in dem Alte und Kranke zumindest für eine Weile gut aufgehoben sind«, hatte er ihr berichtet, während sie, eine Hand auf ihrem gewölbten Leib, die andere über den Fingern des Großvaters, in seinen letzten Augenblicken bei ihm saß. »Dorthin hat man sie gebracht. Das solltest du wissen, mein liebes Kind, bevor ich vor unseren Schöpfer trete und niemand mehr da ist, der es dir sagen kann.«

»Man hat sie also nach Lübeck gebracht, wo es ihr auf ihre letzten Tage gut ergehen sollte?«, fragte der Bischof.

»Ja, so war es wohl.«

»Und nun seid Ihr gekommen, meine Tochter, um nach eben dieser Amme zu suchen.« Er betrachtete nachdenklich seinen Bischofsring. Ohne sie anzusehen, sagte er: »Euer Gemahl ist darüber nicht eben erfreut, nehme ich an.«

»Wie Ihr wisst, hat mein Gemahl ein ganz besonderes Verhältnis zu Lübeck. Eine tiefe Zuneigung und lange Geschichte verbindet ihn mit der Stadt. Er ist ganz erpicht darauf, dass ich ihm vom Fortschritt des Dombaus berichte, für den er eine äußerst großzügige Summe zu spenden gedenkt.« Sie hatte damit gerechnet, dass er ihr nun beflissen jegliche Hilfe anbot, die sie wünschte, und ihr mitteilte, wo sie Mechthild finden konnte. Doch das tat er nicht.

»Die Marienkirche, in der ich vorhin im Gebet saß, als Ihr kamt, steht nicht ohne Grund an dieser Stelle gleich bei dem Rathaus und dem Markt. Sie ist die Kirche des Rates und der Kaufleute.« Sie fragte sich, worauf er hinauswollte.

»Als ich gerade laufen konnte, wurde die Holzkirche, die zuvor auf dem gleichen Platz gestanden hat, durch das heutige Bauwerk ersetzt. Wir weilen also gewissermaßen die gleiche Dauer auf Gottes Erdboden. Seht mich an, ich bin alt. Nicht mehr lange, dann wird man einen neuen Bischof bestimmen.«

»Euch stehen gewiss noch einige Sommer bevor, ehrwürdiger Vater.«

»Das weiß nur Gott allein.« Er blickte fromm nach oben, als könnte er geradewegs in den Himmel schauen. »Dass die Kirche St. Marien ihre Zeit hinter sich hat, das ist kein Geheimnis. Für all die tüchtigen Kaufleute und ehrbaren Ratsmitglieder ist sie längst zu klein. Und ich will meinen, sie dürfte auch ein gutes Stück prächtiger sein.«

»Denkt Ihr, Gott der Herr hatte an der Holzkirche weniger Freude als an der jetzigen oder an einer noch prachtvolleren?«

»Nein, mein Kind, das glaube ich gewiss nicht.«
Sie wollte ihn gerade fragen, warum er dann wohl meinte, ein festes Bauwerk, das zu guten Teilen aus Stein gemacht war, nach nur einem Menschenleben abreißen und durch ein größeres und prunkvolleres ersetzen zu müssen, doch sie schluckte die Worte hinunter. Sie wollte Mechthild sehen, und zwar bald.
»Aber gewiss seid Ihr der Meinung, dass eine neue große Kirche St. Marien dem Rat wie auch den Kaufleuten gut zu Gesicht stünde.«
»O ja, meine Tochter, das wäre auch dem Herrgott eine Freude. Stellt sie Euch nur einmal vor, diese riesige Kirche, mit einem Boden aus Gotländer Stein, mit Säulen und Verzierungen.«
»Und wie wäre es, wenn mein Gemahl, der Graf, dafür einen Passionsaltar stiftete?«
»Der Dank der ganzen Stadt wäre ihm ebenso gewiss wie ein Platz im Himmel, meine ich.«
»Welch ein herrlicher Lohn, Vater. Dann werde ich also zu ihm zurückkehren und ihn das Nötige in die Wege leiten lassen. Der Dom wird auch so gebaut, dafür stiftet heute ein jeder. Wir werden die Ersten sein, die für die neue Kirche St. Marien stiften«, verkündete sie feierlich. Und bei sich dachte sie: Nicht mehr lange, dann ist meinem Gemahl der Griff nach dieser Stadt verwehrt. Keinen Pfennig wird er dann für einen Altar lockermachen.
»Und nun wünscht Ihr, nehme ich an, Eure gute alte Amme zu sehen.«
»Ja. Wo finde ich sie?«

Heilwig erschrak, als sie die kleine Gestalt mitten auf der breiten Gasse stehen sah, die nackten Füße in Morast und Unrat versunken. Sie hatte sie sofort erkannt. Sie würde zu ihr gehen und ihr einen Silbertaler geben. Mechthild stand da, eine Hand vorgestreckt, und murmelte vor sich hin. Langsam, ganz langsam ging Heilwig auf sie zu. Es schmerzte sie, ihre Amme so zu sehen, in dreckigen Lumpen, das Haar unter einer fleckigen Haube vom Kopf abstehend. Sie sah aus, als wäre sie dem Irrsinn anheimgefallen. Wen sollte das wundern? Nach allem, was sie hatte durchmachen müssen. Heilwig fühlte sich schrecklich schuldig. Sie hätte darauf bestehen müssen, Mechthild mit sich zu nehmen. Sie hätte sie beschützen müssen. Aber sie hatte Adolf vertraut.

Noch einige Schritte lagen zwischen den beiden Frauen. Heilwig bemerkte, dass niemand der Alten ein Almosen gab. Jeder hastete an ihr vorüber oder schlenderte seines Weges. Zwei Kinder drehten ihr eine Nase, zogen Grimassen und machten sich über sie lustig. Sie konnte es ja nicht sehen. Als ein Bursche sie grob anrempelte, wurde es Heilwig zu viel. Sie ließ ihre Scheu hinter sich und näherte sich rasch. Mechthild hob den Kopf und wendete ihn in Heilwigs Richtung. Man konnte meinen, sie habe wie ein Tier ihre Witterung aufgenommen. Die trüben weißen Augen füllten sich mit Tränen. Es sah aus, als stünde Milch darin, die mit dem nächsten Wimpernschlag über ihre Wange kullern würde. Sie hatte Heilwig erkannt, ohne dass diese auch nur ein Wort gesprochen hatte. Zittrige, knochige Finger streckten sich nach ihr aus. Wie damals, als man sie auseinandergerissen hatte. Heilwig trat ganz nah zu ihr und neigte ihr Antlitz, damit Mechthild es anfassen konnte.

»Bleibt bloß weg von der«, rief eine hübsche Magd, die einen schweren Korb die Gasse entlangschleppte. »Wenn Ihr Euch von der anfassen lasst, stinkt Ihr hinterher nach Pisse und habt die Beulenpest am Hals.«

Heilwig wollte etwas entgegnen, doch da kam schon ein Junge gelaufen, bückte sich, hob einen Stein auf und warf ihn nach Mechthild.

»Da, du Hexe!«, brüllte er. »Die fault, obwohl sie noch am Leben ist. Und sie ist nicht ganz richtig.« Er drehte mit dem Zeigefinger ein paar Kreise neben seinem Ohr.
Einige Passanten lachten, auch die Magd stimmte ein.
Ein Mann in dem teuren Gewand eines Patriziers rief: »Troll dich, Petter! Wer nicht mehr taugt als die Laus im Pelz einer Ratte, sollte sich hüten, über eine Alte zu urteilen, die in ihrem Leben unbestreitbar schon manche gute Tat getan hat.« Er schwenkte seinen Gehstock, was den Jungen namens Petter dazu veranlasste, das Weite zu suchen. Dann kam er näher, griff nach Mechthilds Hand und legte ihr einen Pfennig hinein.
»Danke«, sagte Heilwig für die Alte, die wieder begonnen hatte unverständliches Zeug zu murmeln.
Der Mann nickte nur und ging.
»Komm mit mir, Mechthild«, sagte sie sanft. »Hier ist kein guter Ort für unser Wiedersehen. Weißt du noch, was du mir beigebracht hast, als ich ein kleines Mädchen war? Du hast mir gesagt, ich soll täglich ein Bad nehmen, damit ich immer am allerbesten von allen dufte.« Wann hast du das letzte Bad genommen, fragte sie sich betroffen. »Unzählige Male hast du mich gebadet, mir die Haare gewaschen und gekämmt und mir die Nägel poliert. Erlaube mir, dass ich dir jetzt zurückgebe, was du mir damals Gutes getan hast, ja?«
Sie antwortete nicht. Aber sie ließ es zu, dass Heilwig ihren Arm nahm und sie behutsam mit sich führte.

»Die wollen wir hier nicht!« Die Nonne baute sich vor Heilwig auf und stemmte die Fäuste in die ausladenden Hüften.
»Und aus welchem Grund, wenn ich fragen darf?«
»Die war schon mal hier. Hat in die Ecke geschissen und alles einfach liegen lassen, statt es in die Kloake zu werfen wie anständige Menschen. Ebenso gern wie sie hätte man einen Hundeschänder oder Henker im Haus«, schimpfte die Dicke.

»Wenn du mehrere Winter in einem Kellerloch verbracht hättest, Nonne, in dem es weit und breit keine Kloake gibt, hättest du dich auch daran gewöhnt, deine Notdurft im Raum zu lassen«, wies sie sie zurecht. »Wir sind nicht gekommen, um mit dir zu lamentieren. Wenn diese Frau hier Geld hat, dann besinnst du dich doch bestimmt wieder darauf, wie sich ein frommer Mensch zu verhalten hat, oder?«
»Die hat aber kein Geld. Hatte nie irgendetwas.« Sie blieb wie angewurzelt stehen, verschränkte jetzt nur die fleischigen Arme vor dem mächtigen Busen.
Heilwig zückte einen kleinen samtenen Beutel, öffnete ihn und hielt ihn der Nonne unter die Nase. Die spähte hinein und bekam Glupschaugen.
»Das ist ein Vermögen. Das gehört doch Euch und nicht der!« Sie deutete mit dem Daumen auf Mechthild, die sich an Heilwigs Ellbogen festklammerte und den linken Fuß in der Luft hielt. Anscheinend bereitete es ihr Schmerzen, mit ihm aufzutreten. Das war Heilwig bald aufgefallen, als sie sich gemeinsam auf den Weg gemacht hatten.
»Da täuschst du dich. Die Münzen gehören Mechthild. Und einen Teil davon ist sie bereit, dem Johanniskloster zu geben, wenn man sie hier ein Bad nehmen lässt und ihr ein frisches Kleid und ein Paar Schuhe besorgt.«
»Das ließe sich wohl machen«, meinte die Nonne und wippte vor auf die Zehenspitzen, um noch einen Blick auf die glänzenden Münzen erhaschen zu können.
»Außerdem braucht sie eine saubere Haube und Trippen für die Schuhe.«
»Trippen auch?« Die Dicke hob missmutig die Augenbrauen.
»Gewiss. Die Schuhe sollen ja recht lange halten.«
Wieder deutete die Nonne ungeniert mit dem Daumen auf die Besucherin, die dieses Mal gut zahlen konnte. »Die da hält doch selbst nicht mehr lange.«

»Sie ist blind, aber nicht taub«, fauchte Heilwig. »Du wirst ab sofort besser darauf achtgeben, was du sagst.«
»Ist ja schon gut«, maulte sie. »Aber mit Verehrteste werde ich die nicht anreden.« Sie drehte sich um, winkte den beiden, ihr zu folgen, und watschelte einen langen Gang hinunter. An dessen Ende lag eine kleine Kammer, in der ein Waschzuber stand, den die dralle Nonne mit heißem Wasser füllen ließ. Sie kündigte an, dass sie die gewünschten Kleider besorgen werde, und ließ sich dafür einige Münzen aushändigen. Heilwig wusste sehr gut, dass es zu viel war. Das sagte ihr schon das zufriedene Gesicht der Ordensfrau. Es kümmerte sie nicht.
Endlich war sie mit ihrer Amme allein. Sie löste die Haube von dem Haar, das verklettet und verfilzt war. »Es tut mir so leid«, sagte sie leise, während sie ihr aus dem Kleid half. »Alles tut mir so schrecklich leid. Ich hätte dich niemals gehen lassen dürfen. Ich hätte mich weigern sollen, ihn zum Mann zu nehmen, wenn er mir nicht diesen einen Wunsch erfüllt.« Es war nicht einfach, die Alte zu entkleiden, weil sie sich noch immer an Heilwigs Arm festklammerte und nicht loslassen wollte. Schließlich gelang es ihr doch. Sie schluckte hart, und ihre rauhe Stimme verriet das Entsetzen, das sie bei dem Anblick des ausgemergelten Körpers packte. Die Hüftknochen standen spitz hervor, die Brüste, die sie einst so gut genährt hatten, hingen schlapp herunter wie leere Hautbeutel. »Und nun hinein in das heiße Wasser. Das wird dir guttun.« Mehr konnte sie nicht sagen. Zu gewaltig war der Kloß, der ihr in der Kehle saß. Sie löste die krummen Finger von ihrem Arm und schob Mechthild sacht an den Rand des Zubers. Sie hob zuerst ihr rechtes Bein hinein, dann das linke. Schulterblätter und jeder einzelne Wirbel waren so deutlich zu erkennen, dass es den Anschein hatte, jemand hätte ihr eine übergroße Perlenschnur und zwei Flügel unter die Haut gepflanzt. Als Mechthild in der Wanne saß, holte Heilwig ein Fläschchen hervor. Sie öff-

nete es und hielt es ihr unter die Nase. »Rosenwasser. Duftet herrlich, nicht wahr?« Mechthild schnupperte wie ein Tier. Sie sagte noch immer kein Wort, doch aus ihrer Kehle drang ein Laut, der Wohlbefinden ausdrückte. »Und ich habe dir noch etwas mitgebracht«, sagte sie.

Nachdem sie sie gewaschen hatte, konnte sie sehen, dass die Haut schuppig und an einigen Stellen fleckig rot war. Unter dem linken Fuß gab es eine eitrig entzündete Wunde. Vermutlich war Mechthild in einen scharfen Gegenstand getreten. Wenn Heilwig daran dachte, wie lange sie schon mit dem schmerzenden Schnitt auf dem kalten harten Boden und im Schlamm gestanden hatte, spürte sie hilflose Wut. Es war ein Wunder, dass die alte Frau noch am Leben war. Bevor sie sie endlich in die sauberen Kleider steckte, die die Nonne gebracht hatte, salbte sie sie mit Mandelöl. »Es kommt aus Italien«, erklärte sie. »Du hast keine Vorstellung, wie weit weg das ist.« Sie lachte. »Aber das Öl ist das Kostbarste, was man bekommen kann. Schon Könige hat man damit gesalbt, und deshalb ist es für dich gerade recht, meine liebe, gute Mechthild.« Die Antwort war ein Kichern, das Heilwig das Herz aufgehen ließ. »Sie haben mir gesagt, du seist tot. Ich habe erst kurz vor dem Tode meines Großvaters von ihm erfahren, was sie dir angetan haben. Wie kann ich nur wiedergutmachen, was du erleiden musstest? Ich kann nicht erwarten, dass du mir verzeihst, aber ich bin gekommen, um alles in Ordnung zu bringen, um für Gerechtigkeit zu sorgen.«

Mit dem schlichten grauen Leinenkleid, der passenden Haube und den zu einem Knoten gesteckten Haaren darunter sah sie rührend aus. Heilwig rief nach der Ordensfrau, damit jemand kommen und Mechthilds Fuß versorgen würde. Und dann sollte man ihr eine Kammer zuweisen, in der sie bleiben konnte.

»Ihr nehmt sie nicht wieder mit?«

»Vorerst nicht. Ich kümmere mich um eine Bleibe, sei sicher. Aber ein paar Nächte wird sie es auch bei euch gut haben.«

Wenig später war eine Schlafstatt für Mechthild gefunden. Zum ersten Mal seit Jahren lag sie auf einer Matratze aus Stroh, auf der eine dicke Wolldecke lag. Sie zog sich die zweite Decke bis zum Kinn und seufzte selig.
»Ich sehe morgen wieder nach dir«, versprach Heilwig. »Nun schlafe und werde wieder gesund.«
»Gutes Kind«, flüsterte Mechthild.
Heilwig lächelte.
»Gutes Kind, das Gutes tut.«
»Es ist das mindeste.«
»Es ist das Richtige …« Als Heilwig sich bereits umgedreht hatte, hörte sie Mechthild noch flüstern: »… für diese Stadt. Nur nimm dich in Acht vor dem Weib mit der Feder.«
Heilwig drehte sich um. Hatte sie richtig verstanden? »Was sagtest du?«
Mechthild murmelte unverständlich vor sich hin.
»Wolltest du mir noch etwas mitteilen?« Sie war auf der Hut. Eine Warnung aus dem Mund dieser Frau hatte sie immer ernst genommen und dies nie bedauert.
»Das Weib mit der Feder, die Tintenmischerin. Sie ist gefährlich. Sie kann alles zunichtemachen.«
Heilwig bekam eine Gänsehaut. Sie hatte geglaubt, Mechthild spreche davon, wie gut es sei, dass sie sich um sie kümmere. Doch jetzt ging es offenbar um etwas ganz anderes. Um etwas, das sie eigentlich nicht wissen konnte. Eindeutig, sie besaß ihre Fähigkeit noch immer. Sie kannte Heilwigs Plan, wusste, was diese in Lübeck zu schaffen hatte.
»Von wem sprichst du?«, wollte sie wissen.
Mechthild kniff die Augen zusammen und warf ihr einen düsteren Blick zu. »Du musst sie vernichten«, zischte sie. »Sie darf nicht am Leben bleiben.«

# Lübeck, 17. April 1226 – Magnus

Magnus trug einen schwarzen Umhang mit Kapuze, die er weit in das schmale Gesicht gezogen hatte. Wie ein Schatten verharrte er vor dem Haus, in dem er vor wenigen Stunden mit der Gräfin die von Felding in Auftrag gegebene Pergamentrolle abgeliefert hatte. Nun wartete er, dass Felding, der mit dem Resultat, wie er sagte, äußerst zufrieden war, obwohl er kaum mehr als einen flüchtigen Blick darauf geworfen hatte, das Haus verließ. Er würde das Schreiben in einem Skriptorium hinterlegen, von wo es am nächsten Morgen die Sendboten abholen sollten, um damit gen Parma zu reiten. Magnus tastete nach der zweiten Pergamentrolle, die er in einem ledernen Beutel unter dem Umhang trug. Diese Version enthielt Passagen, die die Lübecker vom Kaiser nur allzu gern unterschreiben lassen würden, die der Kölner Kaufmann jedoch geflissentlich vergessen hatte. Die Gräfin wusste genau, was Felding und ihr Gatte da hatten unterschlagen wollen. Sie hatte dafür gesorgt, dass Magnus eine zweite Rolle mit nach Lübeck genommen hatte. Er musste jetzt dafür Sorge tragen, dass genau diese in die Hände des Sendboten gelangte. Seine Finger konnten die runde, längliche Form spüren. Und sie ertasteten gleich daneben eine kleine, schwere und sehr harte Kugel, den Beutel mit den Münzen, die jemanden im Skriptorium reich machen und überzeugen würden, dem Boten die zweite Urkunde auszuhändigen.

Schon zweimal hatte sich die Tür zu dem Kaufmannshaus geöffnet. Magnus hatte sich dann stets weggedreht, als käme er eben die Straße herunter. Vorsichtig hatte er rasch über seine Schulter gespäht und erkennen müssen, dass es nicht Felding war, der sein Kontor verließ. Das machte ihm nichts aus. Er hatte Zeit. Die Gräfin, die für ihn noch immer Heilwig von der Lippe und auf keinen Fall Gräfin von Schauenburg und Holstein war, machte einen Besuch, wie sie ihm mitgeteilt hatte. Sie hatte es ihm nicht gesagt, aber er war sicher, dass sie die Gelegenheit, in Lübeck zu sein, nutzte, um nach ihrer Amme Mechthild Ausschau zu halten. Ihm selbst war diese Frau nie geheuer gewesen, aber Heilwig hing sehr an ihr. Sie hatte keinen Augenblick aufgehört, an Mechthild zu denken. Das hatte jedem spätestens klar sein müssen, als sie ihre Erstgeborene nach der Amme benannte, statt ihr den Namen der eigenen Mutter oder der ihres Gatten zu geben. Magnus wusste, dass man ihr eingeredet hatte, Mechthild sei tot, und er wusste auch, dass der Bischof, Heilwigs Großvater, ihr in dieser Sache reinen Wein hatte einschenken wollen, bevor er starb. Offenbar hatte er diesen Wunsch in die Tat umgesetzt. Ihm selbst war seit langem bekannt, dass das Weib nicht tot, sondern nach Lübeck gebracht worden war. Es war also nicht sonderlich schwer zu erraten, wem die Gräfin einen Besuch abstattete. Es würde ihn nicht wundern, wenn sie auf dem Rückweg drei Personen in der Kutsche wären.
Wieder öffnete sich die Tür. Felding trat auf die Gasse. Er eilte die Braunstraße hinunter auf den Hafen zu. An der Trave angelangt, bog er links ab und ging mit unvermindertem Tempo seines Weges. Es fiel Magnus leicht, sich ihm unbemerkt an die Fersen

zu heften. Zwar war es lange her, dass er so etwas zum letzten Mal gemacht hatte, doch was man im Kindesalter lernte, das vergaß man nie mehr. Welch ein Vergnügen, dem Mann zu folgen, der sich in Sicherheit wähnte. Welch eine Freude, dem Schauenburger und diesem fuchsgesichtigen Kölner schon sehr bald in die Suppe spucken zu können. Die Abschrift auszustellen war nur ein Teilchen das Ganzen. Jetzt musste sie an den richtigen Mann gebracht werden. Und Felding wies ihm, ohne es zu wissen und zu wollen, den Weg.
Dieser bog in die fünfte Gasse links ein. Hier war es schon bedeutend schwerer, sich nicht erwischen zu lassen, denn viele Menschen waren hier nicht unterwegs. Doch Magnus war wie ein Geist. Seine Schritte waren nicht zu hören, nicht einmal der Stoff seines Umhangs gab auch nur das leiseste Knistern von sich. Er beobachtete, wie Felding in einem kleinen Querhaus verschwand. Blitzschnell war er heran und postierte sich nahe bei dem offenen Fenster.
»Gut, dass ich Euch alleine antreffe, Reinhardt«, hörte er Felding sagen. »Ich hatte schon befürchtet, die reizende Esther ist ebenfalls zugegen. Nicht, dass ihr Anblick mich nicht erfreut hätte, sie ist wahrlich hübsch anzusehen, aber was wir zu bereden haben, ist nicht für die Ohren eines Frauenzimmers gedacht, meine ich.«
Schritte waren zu hören. Jemand ging an das Fenster, vermutlich der Kerl, den er Reinhardt genannt hatte. Magnus tauchte in den Schutz der Hausecke, hörte, wie der Fensterladen geschlossen wurde, und kehrte augenblicklich auf seinen Posten zurück. Von dem raschen Gehen war er ein wenig aus der Puste. Er musste sich eingestehen, dass seine Kräfte erheblich schwanden, doch dieses Vorhaben war wie ein Jungbrunnen für ihn. Es war sehr lange her, dass er sich so lebendig gefühlt hatte.
Der hölzerne Sichtschutz verhinderte zwar, dass jemand in die kleine Schreiberwerkstatt spähen konnte, einen ungebetenen Zu-

hörer abzuwehren war er dagegen kaum in der Lage. Magnus konnte dem Gespräch leicht folgen, seine Ohren waren immerhin noch so gut wie die eines jungen Mannes.

»Die Dinge haben sich geändert, Reinhardt. Das Pergament ist noch nicht fertig. Nein, das trifft die Lage nicht exakt, das Pergament war fertig, wies jedoch einen Fehler auf.«

Magnus traute seinen Ohren nicht, für deren Zuverlässigkeit er soeben noch seine Hand ins Feuer gelegt hätte. Es war nicht lange her, dass er selbst zusammen mit Heilwig das genannte Dokument abgeliefert hatte. Und Felding hatte es angenommen. Kein Wort von einem Fehler. Sollte er das Schreiben nach ihrer Begegnung erst gründlich geprüft und Unstimmigkeiten festgestellt haben? Das konnte er sich nicht vorstellen, er selbst hatte jede einzelne Zeile mehrfach gelesen, bevor sie sich auf die Reise nach Lübeck gemacht hatten.

»Und was heißt das jetzt?«, hörte er den Mann mit Namen Reinhardt fragen. »Morgen kommt der Sendbote, dachte ich.«

»Und so ist es auch, mein Bester, so ist es.« Es entstand eine kurze Pause. Dann hörte er Feldings Stimme wieder. »Was, wenn ich Euch jetzt fragte, die Abschrift doch noch anzufertigen, damit sie beim ersten Hahnenschrei bereitliegt? Wärt Ihr dazu in der Lage?«

Magnus hatte keinen Schimmer, was dieser hinterhältige Kaufmann im Schilde führte. Er nahm Geld von Graf Adolf IV. dafür, dass er das von Magnus angefertigte Schriftstück dem Boten übergab. Doch das fiel ihm offenbar gar nicht ein. Warum um alles in der Welt wollte er ein weiteres Schriftstück aufsetzen lassen?

Zwei Männer gingen des Weges, und er musste rasch so tun, als hätte auch er es eilig, zu einem Haus zu gelangen. Als sie vorüber waren, kehrte er umgehend zu seinem Platz unter dem Fenster zurück. Er hörte eben noch, wie dieser Reinhardt Rechtfertigungen stammelte, warum es kaum möglich war, auf die Schnelle für Ersatz zu sorgen. Und es sei ja auch ganz anders ausgemacht gewesen. Felding schien weder überrascht noch besonders ärgerlich darüber zu sein.

»Also schön, ich dachte, es wäre Euch eine Freude, mehr Anteil an diesem bedeutsamen Unterfangen zu haben. Sagt nur später nicht, ich hätte Euch nicht gefragt!«

»Wie geht es denn jetzt weiter?«, wollte Reinhardt wissen. Seine Stimme verriet, dass ihm eine Störung des offenbar längst verabredeten Ablaufs überhaupt nicht zusagte.

»Der Bote kommt beim achten Glockenschlag, daran hat sich nichts geändert. Seid zur siebten Stunde und keinesfalls früher im Skriptorium. Ich werde rechtzeitig zur Stelle sein, um Euch die Pergamentrolle zu übergeben.«

»Woher wollt Ihr die nehmen, wenn doch …?«

Felding schnitt ihm ungeduldig das Wort ab. »Seht Ihr, das ist nun einmal der Unterschied zwischen uns beiden. Ich finde auch ohne Eure Hilfe rasch eine Lösung. Ihr dagegen wüsstet weder ein noch aus.«

Magnus dachte schon, der Kölner würde sich nun verabschieden, doch da hörte er, wie Reinhardt fragte: »Ist es Euch auch gelungen, Esther vor sich selbst zu schützen? Lässt sie womöglich die Finger davon, ihren Bruder eine eigene Abschrift des Dokuments verfassen zu lassen?«

Was redete er da? Es sollte noch eine Fälschung geben?

»Die kleine hübsche Esther … Ich habe ihr die Augen darüber geöffnet, wie schwer ein Betrug im Vergleich zu einer schwärmerischen Liebelei wiegt. Mir scheint, sie war recht angetan von mir. Ich wäre nicht überrascht, wenn sie ihr Verlöbnis nicht mehr gar so ernst nehmen und sich einem erfolgreicheren Kaufmann zuwenden würde, wobei die Betonung auf reicheren Kaufmann liegt.«

»So?«
»Gewiss! Könnt Ihr Euch etwa nicht vorstellen, dass ein nettes Weib sich zu mir hingezogen fühlen könnte?«
»Doch, ja, warum nicht? Ich dachte nur, sie und Vitus ...«
»Wie auch immer. Morgen zur siebten Stunde hier. Nicht früher und nicht später. Mehr braucht Euch nicht zu kümmern.«
Das Gespräch war beendet. Magnus hatte ohnehin genug gehört, wenn er auch einiges reichlich verwirrend fand. Er ging die Gasse ein Stück hoch, denn er war sicher, dass Felding denselben Weg zurück nehmen würde, auf dem er gekommen war. Darum schlug Magnus gerade die andere Richtung ein und verbarg sich hinter einem Holzhaus, das seine besten Tage bereits vor langer Zeit hinter sich gelassen hatte.

# Lübeck, 17. April 1226 – Esther

Wie erwartet, hatte Kaspar sie mit Vorwürfen und einem Donnerwetter empfangen, als sie nach dem Besuch bei Norwid und seiner Schwester gerade eben noch bei Anbruch der Dunkelheit nach Hause gekommen war.
»Warum sagst du mir nicht, wenn du zu dem Dorfbauern gehen willst?«, hatte er geschrien. Er war außer sich vor Angst um sie gewesen. Sie warf ein, dass sie ihm doch schließlich gesagt habe, sie wolle erneut versuchen ein wenig Fleisch zu bekommen. Sie habe gemeint, er wisse, dass sie deshalb die Stadt verlassen habe. Doch Kaspar war nicht zu beschwichtigen. Gerade neulich erst habe man eine Frauenleiche vor der Stadtmauer gefunden. Es sei immerhin möglich, dass da ein Mörder umging, der nur auf einsame Weibsbilder wartete. Esther hatte gehört, dass die Frau wohl gestorben war, weil sie ein Kind unter dem Herzen getragen und vor der Zeit mitten auf dem Feld geboren hatte. Von einem Mord sprachen nur die Aufschneider, die Geschichtenerzähler, die Vergnügen daran fanden, wenn ihren Zuhörern die Haare zu Berge standen. Doch auch diesen Einwand hatte er einfach weggewischt. Erst als sie ihm traurig berichtete, dass sie einen furchtbaren Streit mit Vitus gehabt habe, beruhigte er sich ein wenig. Wenn sie so niedergeschlagen war, konnte er nicht länger mit ihr schimpfen.

»Da hatte meine blitzgescheite Malwine also recht«, stellte er fest.
»Meine Malwine?« Sie wurde hellhörig.
»Als ich nach Hause kam und du nicht da warst, bin ich zu ihr in die Schenke gegangen. Ich habe ihr erzählt, wie wundersam du dich aufführst.«
»Du kennst sie noch kaum, aber redest mit ihr über mich?« Sosehr sie sich für ihren Bruder freute, so fühlte sie sich doch gleichermaßen betrogen.
Er ging nicht auf sie ein. »Sie ist sehr nett, weißt du, und verständnisvoll. Ich habe eine gute Weile bei ihr gesessen. Als ich wiederum nach Hause kam, warst du noch immer nicht da. Dabei war es schon beinahe Zeit, dass die Stadttore geschlossen wurden. Ich hatte wirklich Angst, dass dir etwas Grausames zugestoßen ist.«
»Ich weiß ja, Kaspar, entschuldige bitte.« Bei der Erinnerung an die Wirtstochter schien sein Zorn endgültig verraucht zu sein. Mit leuchtenden Augen erzählte er von ihr. Es verpasste Esther einen Stich, ihn so frisch verliebt zu sehen, während sie ihre Liebe gerade verloren hatte. Als er bemerkte, wie traurig sie war, hörte er auf der Stelle auf, von Malwine zu schwärmen, und gab sich stattdessen alle erdenkliche Mühe, sie zu trösten.
»Soll ich mal mit ihm reden, so von Mann zu Mann? Auf mich wird er bestimmt hören.«
»Ich weiß nicht, Kaspar. Am besten, ich schlafe eine Nacht darüber. Vielleicht gehe ich morgen selber zu ihm. Oder er steht wieder vor unserer Tür, wer weiß? Gut möglich, dass ich dich doch bitte, mit ihm zu reden. Morgen ist ein neuer Tag, dann sieht die Welt gewiss ganz anders aus.«
Kaspar war froh gewesen, dass sie nicht länger betrübt war. Er war auf ihr Spiel hereingefallen. Esther dagegen hatte mit Grauen an den nächsten Tag gedacht. Dann würde Felding wiederkehren, um ihr zu sagen, wann der Bote ihre Abschrift ab-

holen würde. Wenn doch nur schon alles vorbei wäre, das Wiedersehen mit Felding und der ganze Schwindel mit dem Schriftstück.

Nun war es bald so weit. Sie war an diesem Morgen zum Salzhafen hinuntergelaufen. Manchmal kam es vor, dass ein Sack mit dem weißen Gold einen Riss hatte und die wertvollen Körner im Sand landeten. Das war dann auch für die armen Leute die Gelegenheit, die Kostbarkeit zu erstehen. Esther hätte zu gern etwas Salz gehabt, denn dann hätte sie das Essen nicht nur schmackhafter zubereiten, sondern vor allem das Fleisch länger lagern können. Mit jedem Tag würde es jetzt wärmer werden, und Lebensmittel verdarben schneller. Leider hatte sie kein Glück gehabt.
Felding wollte zur Mittagsstunde im Skriptorium sein. Sie würde auf ihn warten müssen, doch es war ihr lieber, zeitig dort zu sein. Immerhin war es möglich, dass sie Otto oder Reinhardt antraf. Und dann? Es musste ihr irgendwie gelingen, den Schreiber, im schlimmsten Falle beide, aus dem Haus zu treiben. Aber wie nur sollte sie das tun? Sie hoffte inständig, die kleine Werkstatt leer vorzufinden. Gerade bog sie in die Gasse ein, in der das Skriptorium lag, als Felding ihr über den Weg lief.
»Bezaubernde Esther«, rief er ihr entgegen. »Welch ein Glück, Euch hier zu treffen!«
»Ich grüße Euch, Josef Felding. War unsere Verabredung nicht für die Mittagsstunde ausgemacht?« Sie war verunsichert. Sie hatte ihn doch hoffentlich nicht falsch verstanden und dadurch warten lassen. Verärgert schien er jedenfalls nicht zu sein.
»Ja, Ihr habt völlig recht, aber ich hatte etwas mit einem Ratsmitglied zu besprechen und dachte, ich schaue schon früher in Eurer Werkstatt vorbei.«
»In der meines Bruders«, stellte sie richtig.

»Wie auch immer. Jedenfalls hoffte ich Euch schon anzutreffen, doch ich hatte Pech. Nur ein Schreiber, der sich Reinhardt nennt, war zugegen. Wie ich sehe, lacht mir das Glück doch noch, denn es lässt Euch glatt vor meine Füße laufen.«

Esther blickte sich hastig um. Sie war weniger glücklich darüber, ihn auf offener Gasse anzutreffen. Was, wenn Vitus es sich doch noch einmal überlegte, mit ihr sprechen wollte und sie beide erneut zusammen sah?

»Nervös?«, fragte er mit schief gelegtem Kopf und zusammengekniffenen Augen.

»Mir scheint, was wir zu besprechen haben, ist nicht für fremde Ohren bestimmt. Vielleicht sollten wir irgendwohin gehen, wo wir allein sind.«

»Meine liebe Esther, Ihr erstaunt mich. Als ich Euch den Hof gemacht habe, gabt Ihr mir einen Korb. Habt Ihr es Euch anders überlegt?«

»Gewiss nicht«, zischte sie. »Ich dachte, wir machen ein Geschäft. Haltet Ihr es für klug, dies hier draußen zu tun?«

»Unser Geschäft wickeln wir erst morgen ab«, gab er leise zurück. Er griff in seinen Mantel und holte ein Licht hervor. »Zündet das morgen an, wenn die Glocke die sechste Stunde schlägt. Sobald es heruntergebrannt ist, geht Ihr in das Skriptorium und legt das von Euch verfasste Schreiben auf dem Pult ab, das diesem Reinhardt gehört.«

»Aber wozu soll das …?«

»Ihr seid nicht in der Position, mir Fragen zu stellen. Glaubt mir, es ist besser für Euch, wenn Ihr nicht zu viel wisst. Ein Frauenzimmer verplappert sich nur allzu schnell. Tut, was ich Euch gesagt habe. Der Bote wird sich das Schreiben holen, es versiegeln und dem Kaiser nach Italien bringen. Schon ist die Sache erledigt.«

»Und dann? Werden wir uns wiedersehen?«

»Ihr bittet mich um eine erneute Begegnung? Nur wir zwei?«
»Ihr wollt mich falsch verstehen, nicht wahr?« Sie wusste, dass es nicht klug war, ihn wütend zu machen, aber sie war nun einmal selbst zornig und konnte ihren Ärger nicht einfach hinunterschlucken. »Ihr wisst genau, dass ich den Fetzen Pergament von Euch zurückhaben will.«
»Ich habe Euch niemals versprochen, dass Ihr ihn von mir bekommt«, wies er sie zurecht. »Ihr wisst, was Ihr zu tun habt. Wenn ich Euch wiederzusehen wünsche, aus welchem Grund auch immer, werde ich es Euch schon mitteilen.« Er streckte ihr das Licht hin. Kaum dass Esther es an sich genommen hatte, ließ er sie stehen und ging, ein fröhliches Liedchen pfeifend, davon.

Wenn doch nur alles bereits vorüber wäre, ging es ihr erneut durch den Kopf. Wenigstens musste sie nun nicht länger Zeit vergeuden und auf Felding warten. Sie konnte nach Hause gehen und die letzten Zeilen auf das Pergament setzen. Am Tag zuvor hatte sie eigentlich alles geschrieben haben wollen, doch dann kam der Streit mit Vitus dazwischen, und sie war fortgelaufen und viel später zurückgekehrt, als gut war. Die Auseinandersetzung mit Kaspar hatte ebenfalls eine gute Weile gedauert. Als sie sich schließlich in ihre Kammer hatte zurückziehen können, war es bereits so dunkel, dass es eine Qual war, die Buchstaben auf das Pergament zu bringen. Sie besaß keine eigene Öllampe für ihre Schlafstube. Entweder musste sie einen brennenden Kienspan mit der Linken halten, oder sie konnte ihn in den Halter an der Wand stecken. Dann allerdings kam das Licht von rechts, wenn sie sich auf ihr Lager setzte. Sie machte sich also selbst so viel Schatten, dass sie den Tintenstrich kaum sah. Im Stehen zu arbeiten war ebenfalls unsinnig. Ihre Schrift würde darunter leiden und niemals der von Marold so gleichen, wie es notwendig war. Mal hatte sie den Span in der Hand gehalten, dann wieder hatte sie sich so weit über das Pergament gebeugt, dass sie wenigstens eine Ahnung von den Linien hatte. Irgendwann hatten ihre Augen jedoch von der Anstrengung und der Erschöpfung des Tages gebrannt, und sie hatte die Tinte trocknen lassen und alles gut versteckt.

An diesem Tag musste sie also ihre Aufgabe beenden. Sie lief die Gasse hinauf, bog rechts ab, dann wieder links und überquerte den Klingberg. Dort drehte sie sich um, weil sie ständig ein merkwürdiges Kribbeln im Nacken spürte, als würde jemand sie dauernd ansehen. Vom Pferdemarkt kamen Händler und Laufburschen heran und eilten zum größten Teil in Richtung der Breiten Straße davon. Ihr war kurz, als hätte sie einen großen Mann in einem schwarzen Umhang gesehen, doch als sie genauer hinblickte, war dieser nicht mehr zu erkennen. Ein Schauer lief ihr über den Rücken. Sie schalt sich selbst eine Närrin. Sie musste sich geirrt haben. Ihre ängstliche Seele spielte ihr gewiss einen Streich. Noch zweimal abbiegen, dann hatte sie das Holzhaus erreicht, in dem sie mit Kaspar wohnte. Als sie vor der Tür stand, schaute sie sich noch einmal um. Wieder war ihr, als wäre dort ein schwarzer Umhang eben zwischen zwei Häusern verschwunden. Jemand war hinter ihr her. Und nun wusste er, wo sie wohnte. Ohne weiter darüber nachzudenken, war sie nach drinnen geschlüpft. Sie wäre besser die Gasse bis zum Ende und dann in das Johannisquartier gelaufen. Sie hätte zu Vitus gehen und ihm sagen können, dass jemand ihr auf den Fersen war. Doch was dann? Am Ende zog sie Vitus nur wieder in die Sache hinein, von der er die Finger lassen wollte. Überhaupt, sie musste sich beruhigen. Wahrscheinlich bildete sie sich sowieso alles nur ein. Esther fasste sich ein Herz, öffnete die Haustür und trat hinaus. Sie konnte gerade noch sehen, wie ein großer Mann mit schwarzem Umhang, die Kapuze trotz des milden Wetters auf dem Kopf, die Gasse verließ. Sie schluckte. Es war also kein Trugbild, der Verfolger war Wirklichkeit gewesen. Wenn sie es auch noch so sehr wünschte, war sie doch nicht beherzt genug, ihm nachzurennen und ihn zu fragen, was er von ihr wollte. Stattdessen ging sie wieder hinein und zwang sich, gründlich nachzudenken.

Als Erstes lief sie die Stiege hinauf in ihre Kammer. Sie ließ die Tür offen, damit sie das Tageslicht, das durch ein Fenster im Flur hereinkam, ausnutzen konnte. Rasch holte sie das Pergament, Tinte und die Feder hervor. Die Passage, die den Lübecker Englandfahrern das Leben wenigstens wieder etwas erleichtern sollte, hatte sie bereits geschrieben. Sie überflog eilig jedes Wort. Als sie damit fertig und zufrieden war, griff sie nach der Wachstafel. Sie tauchte die Feder in die Tinte und schrieb:
»Wir verleihen ihnen ferner den Grund und Boden außerhalb von Travemünde, neben dem Hafen, wo man das Hafenzeichen hält ...«
Esther verstand nichts von all diesen Dingen. Sie hätte nicht einmal zu sagen gewusst, ob die Zeilen von Felding oder vom Rat der Stadt Lübeck stammten. Oder standen sie tatsächlich so in der Urkunde, die Barbarossa einst ausgestellt hatte? Sie hatte keinen Schimmer. Es war ihr auch herzlich gleichgültig. Während sie den letzten Absatz übertrug und die Kammer erfüllt war vom Kratzen der Feder auf der ungegerbten Haut eines Kalbs, hoffte sie nur inständig, dass dieser Bogen Pergament morgen versiegelt und mitgenommen wurde und sie dann nie wieder etwas davon zu Ohren bekam.
Endlich war der letzte Federstrich gesetzt. Sie betrachtete ihr Werk. Wenn herauskam, was sie hier gerade getan hatte, konnte das ihr Todesurteil bedeuten. Ging aber alles gut aus und der Kaiser nahm die von ihr geschriebenen Worte als Vorbild für eine Urkunde, die Lübeck wichtige Privilegien zusicherte, dann hätte es Vitus in Zukunft wieder ein bisschen leichter, seinen Geschäften erfolgreich nachzugehen. Ob er ahnen würde, dass sie es war, die hinter der Passage steckte, wenn sich die Neuerung für die

Englandfahrer erst einmal herumsprach? Ob er zu ihr kommen und ihr dafür danken würde? Für ihre Zukunft spielte das keine Rolle mehr, denn Vitus würde ihr trotzdem nicht verzeihen, dass sie sich von einem Fremden hatte unschicklich berühren lassen. Sie seufzte. Viel wichtiger war, dass dem Schauenburger demnächst gründlich seine Zukunft verbaut sein würde – jedenfalls im Hinblick auf seinen Appetit auf die Stadt Lübeck. Mit diesem Schriftstück, das hier vor ihr lag, hatte sie ihren Anteil daran. Vor gar nicht langer Zeit hatte sie sich um solche Dinge nicht gekümmert, wäre es ihr gleichgültig gewesen, ob der Schauenburger Stadtherr würde, doch jetzt, nachdem sie Bille gesehen hatte, war sie bereit, gegen ihn zu kämpfen. Ihr Herz klopfte vor Angst und vor Aufregung, und sie bedauerte sehr, dass sie diesen Moment mit niemandem teilen konnte.

Sie versteckte das Pergament wieder zwischen ihrer Wäsche und Feder und Tinte hinter einem losen Regalbrett. Dann nahm sie ihren Griffel zur Hand und strich damit mehrfach kräftig über die Wachstafel, bis die Buchstaben, die Felding in die weiche Masse geritzt hatte, vollständig verschwunden waren. Sie erschrak kurz, als ihr in den Sinn kam, der Kölner wolle vielleicht vergleichen, ob sie den Wortlaut auch exakt übertragen hatte. Doch dann beruhigte sie sich. Gewiss kannte er jedes Wort im Schlaf. Es war gefährlicher, die Vorlage im Hause zu behalten, die sie leicht in Teufels Küche bringen konnte. Wieder fiel ihr der Mann mit dem schwarzen Umhang ein. Was, wenn er etwas wusste? Felding hatte auch von ihrem Plan erfahren, eine Fälschung anzufertigen. Woher wusste er Bescheid? Und wenn er es wusste, war es dann nicht auch denkbar, dass der Mann auf der Gasse ebenso Kenntnis davon hatte? Wer noch alles? Der Stolz auf das Pergament, das selbst Marold kaum als nicht von ihm geschrieben erkennen würde, wich einer Panik, die ihr die Kehle zuschnürte. Sie konnte nicht in dieser Hütte bleiben. Unmöglich. Sie musste fort und alles aus dem Haus schaffen, was einem Eindringling einen Beweis in die Hände spielen konnte. Ein erster Einfall sagte ihr, es wäre klug, Tinte und Feder zurück in das Skriptorium zu bringen. Dann erkannte sie, dass damit nichts gewonnen wäre. Nein, ein Federkiel und ein Fässchen mit Tinte im Haus eines Schreibers, daran war nichts Verdächtiges. Es sei denn, man würde es in der Kammer der Schwester finden. Sie holte beides erneut hervor und trug es hinunter in die Stube. Gleich darauf rannte sie die Stufen wieder hinauf. Sie überlegte fieberhaft, ob es einen Ort gäbe, an dem das Pergament sicher zu verstecken war, aber ihr fiel keiner ein. Wenn wahrhaftig jemand Bescheid wusste, wenn er hier eindrang und ihre Sachen durchsuchte, dann wäre der Bogen zwischen der Wäsche bald entdeckt. Sie faltete die Hände auf dem Rücken und lief umher wie ein Tier im Pferch. Plötzlich jagte ein Geistesfunke durch ihren Kopf, der ihr auf Anhieb richtig erschien. Es gab einen Platz, wo sie diese Nacht verbringen konnte, wo sie niemand vermutete und das bedeutende Schriftstück sicher war – in der Mühle von Norwid und seinem Vater. Sie würde auf Kaspar warten und ihm erklären, dass sie fortmüsse. Gleich danach würde sie sich auf den Weg machen. Sie konnte einen mit Gewürzen versetzten Wein als Geschenk mitnehmen, der Bille gewiss guttat. Diese würde sich über den erneuten Besuch freuen, und Esther konnte sich notfalls zwischen den Mehlsäcken zur Ruhe legen, um keinen Platz zu beanspruchen. Das würden die Männer ihr sicher nicht verwehren. Sollte sie einfach so lange bleiben, bis es zu spät war, vor der Schließung der Stadttore Lübeck zu erreichen? Oder sollte sie gleich fragen, ob sie eine Nacht in der Mühle bleiben durfte? Schon bei ihrem letzten Besuch hatte sie sich höchst eigenartig aufgeführt. Was sollte Norwid nur von ihr denken, wenn sie nun mit diesem äußerst ungewöhnlichen Anliegen auftauchte?

Sie lief auf und ab, wusste nicht, was richtig und was falsch war. So ratsam ihr dieser Einfall im ersten Moment erschienen war, so zweifelhaft kam er ihr jetzt vor. Schwere Entscheidungen hatte sie in ihrem Leben nie treffen müssen. Dafür war Kaspar stets da gewesen, und irgendwann, so hatte sie gedacht, würde Vitus das für sie übernehmen. Nur war sie jetzt unglücklicherweise allein und musste entscheiden. Und es hing so unendlich viel davon ab, ob sie eine kluge Wahl traf oder nicht. Sie lief die Stiege hinab und spähte durch die Risse im Fensterladen. Da draußen war niemand zu sehen. Natürlich nicht. Er hätte schon direkt vor dem Fenster stehen müssen, wenn sie ihn durch diesen winzigen Spalt hätte sehen wollen. Den Laden zu öffnen oder vor die Tür zu treten, um die Gasse entlang blicken zu können, wagte sie nicht. Stattdessen blieb sie dort stehen, den Oberkörper vorgebeugt, das Gesäß nach hinten gestreckt und die Nase fest an das Holz gepresst. Da hörte sie zwei Schritte, quietschende Scharniere, und die Tür öffnete sich.

Sie fuhr herum. »Mann in de Tünn, du hättest mich beinahe umgebracht!«

Kaspar starrte sie an. »Weil ich nach Hause komme?«

»Nein, weil du dich angeschlichen hast.«

»Ich habe mich nicht … Was ist denn mit dir los? Du siehst aus, als wäre gerade vor mir der Leibhaftige hier gewesen.«

»Nein, niemand war hier«, sagte sie und ging eilig zur Feuerstelle hinüber. Kaspar war früh dran. Die Glocke hatte noch nicht einmal zur vierten Stunde geschlagen. Ihr blieb also noch genug Zeit, ihm sein Abendessen zu bereiten und dann aufzubrechen.

Er ließ sich auf einen Stuhl fallen und streckte die Beine aus. »Was für eine elende Schinderei! Du musst dich mit Vitus vertragen, hörst du? Er ist ein Kaufmann. Die verdienen ihr Geld leichter als wir Schreiber.« Er stöhnte und krümmte seinen Rücken einmal in die eine und gleich darauf in die andere Richtung.

»Du vergisst, dass er im Moment große Sorgen hat. Die Geschäfte gehen schlecht. So leicht, wie du meinst, hat er es bestimmt nicht. Außerdem spielt das keine Rolle mehr«, fügte sie leiser hinzu. »Er hat mir Lebewohl gesagt. Du hättest mich eben bei unserem Vater lassen und dein Glück in Lübeck allein versuchen sollen.«
»Dann wärst du tot, mausetot!«, rief er aus.
»Vielleicht besser, als dir auf der Tasche zu liegen.«
»Was redest du da nur?« Er schüttelte den Kopf, dass die roten Haare nur so wippten.
Sie bereitete ihm ein Stück Fleisch zu, das sie in seine Schale legte und mit Eintopf übergoss. Für sich selbst füllte sie nur etwas Eintopf auf.
»Ein Festmahl!«, sagte er erfreut. »Wieso gönnst du mir einen solchen Genuss?«
»Du weißt doch, dass ich gestern beim Hofbauern Fleisch bekommen habe. Das hält schließlich nicht ewig. Außerdem habe ich dir gestern, ohne es zu wollen freilich, einen so großen Schreck eingejagt, dass ich meine, du kannst etwas gebrauchen, das dich wieder auf die Beine bringt.« Sie zwang sich zu einem Lächeln.
»Das ist allerdings wahr«, stimmte er zu, griff mit einer Scheibe Brot nach dem Fleischbrocken und schlug seine Zähne hinein.
Während er gierig aß, löffelte Esther nur langsam ihre Schale leer. Gerade hatte sie noch gedacht, das köstliche Essen würde ihren Bruder gewiss in eine so prächtige Stimmung versetzen, dass sie ihn sogar überzeugen konnte, die Nacht außerhalb der Stadt verbringen zu dürfen. Im nächsten Augenblick war ihr jedoch in den Sinn gekommen, dass es auch für Kaspar zu gefährlich war, im Haus zu bleiben. Der Unhold mit dem schwarzen Umhang würde nicht lange fackeln. Und er würde kaum glauben, dass Kaspar mit der Angelegenheit nichts zu tun hatte. Sie musste ihn warnen, ihn einweihen. Es ging nicht anders.

»Die gefälschte Abschrift ist hier im Haus, und ich bin sicher, dass der Mann mit dem schwarzen Umhang mich verfolgt und gesehen hat, dass ich in ebendieses Haus gegangen bin«, schloss sie ihren Bericht.

Kaspar starrte sie an, als hätte sie mit einem Mal drei Augen im Gesicht. Sie hatte gewartet, bis er sich satt gegessen hatte, und das war gut so, denn sonst wäre ihm der Eintopf womöglich auf dem Löffel verdorben. Seit sie begonnen hatte ihm die ganze Geschichte zu erzählen, angefangen bei der Idee, die Vitus und sie gehabt hatten, bis hin zu der Erpressung durch Felding, der wusste, dass sie schreiben konnte, hatte Kaspar sich nicht mehr bewegt. Er hielt seinen Löffel etwa zwei Finger breit über der Holzschale, den Mund leicht geöffnet. Er kam vor lauter Erstaunen nicht einmal dazu, die Oberlippe einzusaugen, wie er es sonst zu tun pflegte.

»Wir sind hier nicht mehr sicher. Jedenfalls nicht so lange, bis das Pergament übergeben ist. Aber mach dir nur keine Sorgen, ich weiß einen Ort, an dem wir für eine Nacht unterkommen können.«

»Ich soll mir keine Sorgen machen?« Er erwachte aus seiner Starre. »Ein fremder Mann, den man anscheinend nicht gerade zu den ehrbaren Menschen zählen kann, weiß davon, dass meine Schwester, eine Frau von einfacher Herkunft, schreiben kann. Er verlangt von ihr, dass sie eine Urkunde des Kaisers Barbarossa fälscht, die dann Kaiser Friedrich II. vorgelegt werden soll.« Er schnappte nach Luft.

»Sie täuscht dabei die Schrift des Domherrn Marold vor«, ergänzte sie kleinlaut.

»O ja, das hatte ich beinahe vergessen. Sie schreibt nicht nur, nein, sie erdreistet sich auch noch, das so zu tun, dass Domherr Marold zur Rechenschaft gezogen wird, wenn alles auffliegt. Woher konntest du überhaupt wissen, wie dieser Herr schreibt? Nein, sag es nicht, ich will es lieber nicht wissen.« Er schüttelte den Kopf und starrte sie fassungslos an. Dann schien er zu überlegen. »Felding wusste von eurem Plan, bevor Vitus dich verlassen hat. Außer Vitus wusste nur Reinhardt davon. Nicht einmal deinem eigenen Bruder hast du etwas gesagt, aber Reinhardt wusste es«, schimpfte er.

»Ich bitte dich, Kaspar, nicht so laut! Ich wollte es auch Reinhardt nicht sagen, aber er hat mich nun einmal so gedrängt. Glaube mir, ich wollte dich nur schützen. Darum habe ich es für mich behalten.«

Sie saßen an dem schlichten Tisch, in der Feuerstelle knisterten die allmählich verlöschenden Flammen.

»Ich muss nachdenken«, sagte Kaspar und lutschte an seiner Oberlippe. »Vitus hat dich nicht verraten. Niemals. Dann bleibt nur Reinhardt.«

»Ich kann mir nicht vorstellen ...«

»Wie sollte dieser Felding sonst davon erfahren haben?«

»Darüber denke ich ja auch schon die ganze Zeit nach. Ich wünschte, ich hätte eine Antwort.«

»Es war Reinhardt, es muss so sein«, beharrte er.

»Aber Felding sagte mir vorhin, als ich ihm auf der Gasse begegnet bin, er hätte gehofft, mich im Skriptorium anzutreffen, aber da sei nur ein Mann gewesen, der sich Reinhardt nennt. Spricht man so von einem, den man schon zuvor gekannt, mit dem man womöglich Geschäfte gemacht hat?«

»Nicht, wenn man ehrlich ist, nein. Nach allem, was du mir berichtet hast, scheint Ehrlichkeit nur nicht zu seinen ersten Eigenschaften zu zählen.«

»Das ist wahr«, gab sie zu. »Trotzdem, wir kennen Reinhardt schon so lange.«

»Ich kann es mir ja auch nicht vorstellen. Nur kann ich mir noch weniger eine andere Erklärung ausmalen. Wir müssen ihn fragen.«

»Nein, Kaspar, dazu haben wir keine Zeit. Wir müssen die Stadt verlassen, bevor es dunkel wird.«

»Auf keinen Fall verlassen wir die Stadt. Ich kenne diesen Müller nicht einmal. Wer weiß, ob wir ihm trauen können?«

»Ich gebe dir mein Wort darauf, dass wir das können. Ich sagte dir doch, dass er mir damals geholfen hat, den Petter aus der Trave zu fischen. Und er hat mir den Rat mit dem Hofbauern gegeben. Warum sollten wir ihm nicht trauen können?«
Sie konnte sehen, dass es in seinem Kopf gehörig arbeitete.
Nach einer Weile sagte er: »Also schön, wir werden Reinhardt morgen fragen, wenn alles überstanden ist. Ab jetzt musst du diese schreckliche Geschichte nicht mehr allein durchstehen. Ich habe dir das Leben gerettet, als du ein Baby warst. Und ich werde dich auch jetzt nicht im Stich lassen.«
Esther sprang auf und schlang ihm die Arme um den Hals. »Ach, du Guter, du ahnst nicht, wie erleichtert ich bin. Es war so schrecklich, dir nichts sagen zu können!«
»Du musst mir versprechen, dass du dich nie wieder auf solche riesigen Dummheiten einlässt.«
»Versprochen!« Sie vergrub ihren Hals an seiner Schulter.
»Auch nicht auf kleine Dummheiten, hörst du?«
Sie nickte und schmiegte sich an ihn.
»Und noch etwas. Wir werden nicht zu diesem Müller gehen. Wir gehen zu Vitus.«
»Was?« Sie fuhr hoch, als hätte ein Wildschwein sie in die Wade gebissen. »Auf keinen Fall!«
»Keine Widerrede, Esther, es wird so gemacht. Ich habe es mir gut überlegt. Erstens trägt Vitus auch Verantwortung dafür, dass du dich auf diese Sache eingelassen hast. Und zweitens liegt sein Haus nur zwei Gassen entfernt. Wir brauchen nicht die Stadt zu verlassen und uns die Füße wund zu laufen. Außerdem gibt es bei ihm leere Kammern, in denen wir bequem schlafen können. Du siehst, es ist die vernünftigste Lösung.«
»Aber ich will ihn nicht sehen«, protestierte sie.
»Doch, das willst du. Und das musst du. Ihr müsst miteinander reden, Esther. Es wird allerhöchste Zeit.«

Ihr Protest hatte ihr nichts genützt. Kaspar beharrte darauf, ab jetzt die Führung in dieser in höchstem Maße unangenehmen Sache zu übernehmen. Und der erste Schritt seines Plans hieß nun einmal, Vitus über den Stand der Dinge zu informieren und bei ihm Herberge für die Nacht zu finden.

Sie schlüpften aus dem Haus, blickten sich nach allen Seiten um, liefen die Gasse hinunter, bogen rechts ab und liefen die zweite Gasse rechts hinauf. Ein kurzer Weg. Esther erschien er dennoch wie eine ewige Wanderung. Immer wieder meinte sie Schritte zu hören oder einen Mann im schwarzen Gewand zu sehen. Dabei waren es nur Schatten. Nicht mehr lang, dann würde die Dunkelheit über Lübeck hereinbrechen. Dann wollte sie keinesfalls mehr mit der ebenso kostbaren wie gefährlichen Fracht unterwegs sein. Wenn sie sich hastig umsah, fuhr Kaspar zusammen. Trotzdem tat er so, als wäre er unerschrocken.

»Da war nichts«, sagte er mehr als einmal zu ihr. »Du brauchst keine Angst zu haben, ich bin ja bei dir.« Sie fragte ihn nicht, was er gegen einen großgewachsenen Mann auszurichten gedachte, der bestimmt eine Waffe im Umhang versteckt trug. Obwohl sie dem Wiedersehen mit Vitus beklommen entgegenblickte, fiel ihr doch ein Stein vom Herzen, als sie das Kaufmannshaus in der Fleischhauerstraße unversehrt erreicht hatten.

»Guten Abend. Das nenne ich ungewöhnlichen Besuch zu ungewöhnlicher Stunde.« Vitus zog die Augenbrauen zusammen. Seine Haare hingen ihm kreuz und quer um das Gesicht. Esther meinte Wein gerochen zu haben, als er gesprochen hatte.

»Nenne es, wie immer du magst, nur lass uns eintreten«, drängte Kaspar und sah sich gehetzt um.

»Habt ihr etwas ausgefressen?«

»Bitte, können wir das im Haus besprechen?« Esther hatte das Gefühl, jeden Augenblick könnte jemand um die Ecke treten, die drei zusammen sehen und alle auf einen Schlag erledigen.

Vitus trat zur Seite. »Bitte.«

Als die Tür sich hinter ihnen schloss, atmete sie auf. Es war ihr sehr recht, dass Vitus auch den schweren Riegel in die Verankerung schob.

»Bester Vitus«, begann Kaspar, »ich weiß, dass du dich mit meiner Schwester gestritten hast. Sie kann einen aber auch allzu leicht an den Rand des Irrsinns treiben.«

Esther schnappte nach Luft, doch fiel ihr nichts ein, was sie dazu hätte sagen sollen.

»Nur damit du beruhigt bist, es tut ihr alles furchtbar leid, und sie wird sich bei dir in aller Form entschuldigen.«

»Moment mal, Kaspar, dafür sind wir doch wohl nicht gekommen.« Sie funkelte ihn wütend an.

»Das hätte mich auch gewundert«, sagte Vitus und ging voraus in die Stube. Auf dem Tisch stand eine Flasche Wein. Sie hatte sich also nicht getäuscht. Er holte Zinnbecher für die beiden, Zeugen besserer Zeiten. Verstohlen fuhr er sich durch den zerzausten Schopf und versuchte das schwarze Haar wenigstens notdürftig in Ordnung zu bringen. »Gewiss seid ihr auch nicht gekommen, um Wein mit mir zu trinken, aber wo ihr nun schon einmal da seid ...« Er bedeutete ihnen, Platz zu nehmen. Wortlos schenkte er ihnen und sich ein. »Auf einen unerwarteten Besuch.« Er hob seinen Becher und trank einen kräftigen Schluck. Als er den Becher abstellte, sagte er: »Es ist schön, euch zu sehen.« Dabei warf er Esther einen sanften Blick zu.

Sofort hatte sie einen Kloß im Hals. Es war ihr unmöglich, etwas zu sagen. Sie lächelte ihn nur scheu an.

Kaspar trank den Becher in einem Zug bis zur Hälfte aus.

»Vitus, Esther hat mir nicht nur von eurem Streit berichtet, sie hat mir auch von eurem teuflischen und, wie ich meine, törichten Plan erzählt, euer Schicksal und das der Stadt Lübeck in die Hand zu nehmen, indem ausgerechnet Esther, eine Frau einfacher Herkunft, eine Fälschung niederschreibt.«

Vitus sah sie fragend an. Sie waren sich einmal einig gewesen, Kaspar besser nicht einzuweihen, da er, einfältig, wie er war, den Mund womöglich im falschen Moment nicht halten würde.
»Beruhige dich, Kaspar, dir dürfte doch klar sein, dass der Streit unseren Plan überflüssig gemacht hat. Du regst dich umsonst auf«, entgegnete er.
»Das meinst du! Bloß hat Esther noch lange nicht Abstand davon genommen. Nein, denk dir, sie hält daran fest! Also, sie muss daran festhalten, weil dieser Feldling sie in der Hand hat.«
»Felding, sein Name ist Felding.« Sie seufzte. »Er wusste von unserem Vorhaben, Vitus.« Sie sah ihn aufmerksam an. In seinem Gesicht war nacktes Erstaunen zu lesen. Er hatte sie nicht verraten. Natürlich nicht. Zum zweiten Mal an diesem Abend erzählte sie die Geschichte vom Auftauchen des Kölner Kaufmanns, davon, dass er sich zunächst als vermeintlicher Kunde ihr Vertrauen erschlichen und ihr dann von der Fälschung erzählt hatte, die er für Marold anfertigen lassen sollte.
»Ich dachte, das sei ein Geschenk Gottes. Ich habe wirklich geglaubt, dass wir unsere Version des Schreibens abliefern könnten und Felding dafür Sorge tragen würde, dass sie dem Boten übergeben würde. Das wäre viel weniger gefährlich und kompliziert, als wir es zuerst vorhatten.« Niedergeschlagen erzählte sie, wie Felding dann sein wahres Gesicht gezeigt hatte. »Er wusste von meinem Vorhaben, und er wusste davon, dass ich es deinetwegen tun wollte.« Sie sah ihm in die Augen und schluckte. »Wenn ich dich und Kaspar heraushalten wollte, musste ich ihm sagen, dass ich schreiben kann. Er hatte gedroht, Kaspar an den Schauenburger zu verraten, selbst wenn er gar nicht genau wüsste, worum es bei der ganzen Sache ging. Und ich hatte doch von Norwid, dem Müller, erfahren, wie grauenhaft der Schauenburger dessen Schwester zugerichtet hat. Ich musste alles auf mich nehmen.«
Sie spürte Tränen aufsteigen und kämpfte dagegen an.

»Es muss Reinhardt gewesen sein, der sie an Felding verraten hat«, ereiferte sich Kaspar und streckte Vitus seinen Becher hin, damit er ihn erneut füllte. »Woher sonst soll er davon gewusst haben?«

»Du hast es Reinhardt erzählt?«

Esther fühlte sich elend. Vitus musste ja den Eindruck bekommen, sie habe jedermann den einst geheimen Plan verraten. »Er war wie ein Onkel, und ich brauchte Gallen von ihm. Ich hätte doch niemals geglaubt ... Und ich wäre doch auch im Traum nicht darauf gekommen, dass er ausgerechnet etwas mit diesem undurchsichtigen Felding zu schaffen hat, der für Marold die Abschrift anfertigen soll.« Sie schwieg. Wenn sie jetzt darüber nachdachte, könnte sie sich für ihre Arglosigkeit ohrfeigen. Aber damals?

»Wie es scheint, hat Reinhardt das Geheimnis mehr als einmal herausposaunt«, fuhr Kaspar fort. »So ein Kerl in einem schwarzen Mantel war heute hinter Esther her. Er hat sie bis zu unserer Hütte verfolgt. Was soll er schon von ihr gewollt haben, wenn nicht das Pergament? Wenn es der Mörder wäre, der umgeht, hätte er sie sich doch schnappen können, meinst du nicht?«

»Welcher Mörder?«

»Kaspar hört auf all die Aufschneider, die zum Besten geben, dass vor den Toren eine Frau gemeuchelt wurde.«

»Aber es ist wahr!«

»So? Ich hörte, sie habe ein Kind erwartet, das viel zu früh ans Licht wollte. Sie war allein. So haben Mutter und Kind die Geburt nicht überstanden.«

»Davon hörte ich auch«, stimmte Vitus zu.

Kaspar schmollte.

»Ich bin deiner Ansicht, Kaspar, dass dieser Kerl, von dem du sprichst, es wahrhaftig auf Esther abgesehen haben könnte, weil er von der Urkunde weiß.« Er dachte kurz nach. »Ihr bleibt heute

Nacht hier. Wir dürfen nicht riskieren, dass er euch einen ungebetenen Besuch abstattet.«

»Das habe ich auch gleich gesagt«, verkündete Kaspar. »Und es war mein Plan, bei dir zu bleiben. Immerhin hast du Esther doch diese Flausen in den Kopf gesetzt, oder nicht?«

»Kaspar!«

»Er hat schon recht. Ich habe davon geschwärmt, wie gut es wäre, Einfluss auf das Schreiben zu haben, das den Kaiser bewegen soll, die Stadt erneut mit Privilegien auszustatten. Hätte ich keinen Nutzen davon, hättest du nie Marolds Schrift geübt.«

Sie schwieg. Zwar stimmte, was er sagte, daran gab es keinen Zweifel, dennoch mochte sie ihm nicht die Schuld geben.

»Was ich noch nicht verstehe«, begann Vitus nachdenklich. »Felding hätte doch niemals zugestimmt, dass wir Lübecker Englandfahrer denen aus Köln gleichgestellt werden. Wie konntest du also glauben, mit ihm gemeinsame Sache machen zu können?«

»Nun, er will natürlich nicht, dass ihr gleichgestellt seid, stimmt aber zu, euch die Sicherheit zu geben, dass die Abgaben für euch Lübecker nicht ständig erhöht werden. Und er stellt euch deutlich besser als die Leute aus Tiel. Das ist doch immerhin eine gewisse Bereicherung, denkst du nicht?«

»Ich denke, dass diesem Kerl nicht zu trauen ist. Er treibt ein doppelbödiges Spiel, wenn du mich fragst. Kann es nicht sein, dass er dich nur beruhigen wollte, in Wahrheit aber nicht ein Wort zum Vorteil der Lübecker Englandfahrer in seiner Version vorkommt?«

»Nein, das kann nicht sein.« Sie ging zu ihrem Mantel und zog das Pergament hervor. »Hier! Ich habe seine Version von einer Wachstafel auf diesen Bogen übertragen, Wort für Wort. Lies selbst!« Sie reichte ihm ihre Arbeit.

Er überflog die Zeilen. »Jeder wird das für ein Schreiben aus Marolds Hand halten, nicht wahr?«

Sie nickte voller Stolz.

Er schüttelte fasziniert den Kopf und las weiter. »… sollen die Leute aus Lübeck zehn Mark Silber pro Lieferung, die Leute aus Tiel dagegen eine Mark Silber pro Kilo an Abgaben zahlen, während die Leute aus Köln davon befreit bleiben.« Er schnaubte verächtlich. »Das hat er sich fein ausgedacht.«
»Aber zehn Mark Silber für eine ganze Lieferung, das ist nicht so schrecklich viel, oder doch?«
»Nein, das ist es nicht.«
»Da siehst du mal, mit welchen Sümmchen ein Kaufmann zu tun hat. Ich finde, das ist ein schöner Batzen!« Kaspar machte große Augen.
»Ich habe nicht gesagt, dass es wenig ist, Kaspar, aber diese Summe kann ich, wenn die Lieferung nur groß genug ist, beim Einkauf oder beim Müller herausschlagen. Dann muss ich meine Ware nicht mehr teurer anbieten als die Kölner. Und um die Leute von Tiel muss ich mir keine Gedanken mehr machen. Eine Verbesserung ist hiermit schon erreicht.« Er legte den Bogen gerade auf den Tisch, als es draußen polterte und dann einen lauten Schlag gab.
Kaspar sprang auf und riss die Augen noch weiter auf als zuvor. Esther konnte sich nicht von der Stelle rühren. Sie griff sich erschrocken an die Brust.
»Seid ihr ganz sicher, dass euch niemand hierher gefolgt ist?«, flüsterte Vitus.
Beide nickten stumm.
Er sah von einem zum anderen und holte tief Luft. »Dann sollte da draußen auch nichts sein, das uns ängstigen könnte.« Damit erhob er sich, nahm die Öllampe vom Haken und ging zur Haustür.
Kaspar und Esther waren im nächsten Moment hinter ihm.
»Sei bitte vorsichtig«, wisperte sie.
Er blickte sich um, als würde er etwas suchen, womit er einem, der hinter der Tür lauerte, eins über den Schädel geben konnte.

Doch da war nichts. Vitus horchte eine Weile. Da war ein leises Scharren zu hören, sonst nichts. Langsam schob er den Riegel zur Seite. Kaspar wich einige Schritte zurück. Vitus öffnete und streckte die Lampe vor.
»Jemand da?«, rief er. Seine Stimme klang sicher und fest. Von der Gasse war ein schrilles Quieken zu hören. »Schweine«, stellte Vitus fest. »Da war wieder einmal jemand nicht in der Lage, sein Vieh im Pferch zu halten.« Er leuchtete mit der Lampe etwas tiefer und fand eine angebissene, an einer Seite schimmlige Scheibe Brot zu seinen Füßen. Das Borstentier musste sie verloren haben. Nun schwenkte er die Lampe, um nachzusehen, was den furchtbaren Lärm verursacht haben könnte. »Da haben wir es ja«, stellte er fest. »Die Leiter ist umgefallen. Ich wollte einen der Fensterläden oben wieder ganz machen, bin aber nicht fertig geworden. Also habe ich die Leiter stehen lassen. Normalerweise bekomme ich nämlich keinen Besuch von Schweinen«, scherzte er.
Esther fiel ein Stein vom Herzen. Sie lachte. Auch Kaspar hatte sich inzwischen herangetraut.
»Du bist vielleicht drollig«, maulte er. »Lässt eine Leiter am Haus stehen, so dass es für die finsteren Gestalten der Stadt nur recht bequem ist, dich im Schlaf in der Kammer zu überfallen.«
Vitus schloss die Tür und verriegelte sie. »Mir scheint, du hockst wahrlich mit den übelsten Geschichtenerzählern zusammen, Kaspar. Deshalb siehst du auch in jedem rechtschaffenen Mann einen Unhold und in jeder Begebenheit ein grausiges Geschehen.«
Sie wollten gerade zurück in die Stube gehen, da hörten sie, wie jemand die Stufen vor dem Haus hinabsprang und davonlief.
»Mann in de Tünn«, flüsterte Esther entsetzt.
»Mir scheint, das Schwein, das die Leiter umgestoßen hat, lief auf zwei Beinen«, sagte Vitus nachdenklich. »Jedenfalls ist der Kerl fort. Hätte er uns an den Kragen gewollt, hätte er seine Chance genutzt, als die Tür offen war. Vielleicht war es gar nicht der, der

hinter euch her ist. Wahrscheinlich war es nur ein Herumtreiber, der versucht hat sich eins der Schweine zu greifen.«

Sie gingen zurück in die Stube und setzten sich. Esthers Herz klopfte. Sie würde in dieser Nacht keinen Schlaf finden, fürchtete sie.

»Da draußen war jemand«, sagte Kaspar, »und ihr macht euch über mich lustig, weil ich in jedem rechtschaffenen Mann einen Unhold sehe. Pah! Der schwarze Mann, der hinter Esther her war, ist jedenfalls kein rechtschaffener Mensch.«

Vitus war sehr ernst. »Nein, das glaube ich auch nicht.« Er leerte die Weinflasche zu gleichen Teilen in die Becher. »Wie geht es nun weiter?«

Esther berichtete, dass sie sich in der Frühe im Skriptorium einzufinden und das Pergament auf Reinhardts Pult zu legen habe.

»Das ist alles?«

»Das ist alles. Felding bezahlt einen Boten dafür, dass er das Schriftstück versiegelt und sich damit auf den Weg macht. Ich hoffe inständig, dass Felding mir, wenn alles gutgegangen ist, den Fetzen wiedergibt, auf dem ich zugegeben habe, schreiben zu können. Aber sicher ist das nicht.«

»Mach dir keine Sorgen, Esther. Du hast Reinhardt doch nicht auch erzählt, dass du des Schreibens mächtig bist, oder?«

»Nein.«

»Dann wissen es nur wir drei.«

»Und Felding«, ergänzte Kaspar.

»Wer wird ihm glauben, wenn wir ihn alle auslachen? Du wirst behaupten, deine Schwester könne zwar die beste Tinte der Stadt kochen, aber damit schreiben kann sie gewiss nicht. Ich werde sagen, dass es mir nie in den Sinn käme, ein Verlöbnis mit einer Frau einzugehen, die heimlich lesen und schreiben gelernt hat. Gott bewahre!« Er schlug die Augen nieder. »Das grenzt ja an Hexerei!«

»Stimmt«, pflichtete Kaspar begeistert bei. »Wie will er beweisen, dass du es warst, die diese Zeilen geschrieben hat? Am Ende war

er es selbst, um dir eins auszuwischen. Immerhin hat er dir seit geraumer Zeit den Hof gemacht. Das habe ich oft genug gesehen.« Er strahlte.
Esther sah ihn fragend an.
»Richtig«, sagte Vitus. »Aus diesem Grund hatte ich ihn ja auch um eine Aussprache gebeten. Ich habe ihm erklärt, dass es nicht in Frage kommt, unsere Verlobung zu lösen. Er solle sich nur keine Hoffnung machen und meine Braut in Zukunft nicht mehr mit peinlichen Komplimenten und unschicklichen Angeboten behelligen.«
»Ihr meint …«
»Wenn wir uns einig sind, wollen wir doch mal sehen, wer auf seiner Seite steht.«
Esther war überglücklich. Bis zu diesem Moment hatte sie geglaubt, Felding könne von ihr verlangen, mit ihr anstellen, was immer ihm in den Sinn kam. Jetzt fühlte sie sich, als hätte jemand ihre Fesseln durchschnitten. Wenn die Sache morgen früh erledigt war, brauchte sie nichts mehr mit ihm zu schaffen zu haben.

Nachdem sie ein Bett für Kaspar gerichtet hatte und dieser schlafen gegangen war, kehrte sie zurück zu Vitus und setzte sich zu ihm.
»Warum hast du mir nicht gesagt, dass dieser Mistkerl dich unter Druck setzt? Du hättest es mir sagen können, gleich nachdem er gegangen ist.«
»Bitte entschuldige, Vitus, das wollte ich. Gleich nachdem Felding das erste Mal da war und noch so tat, als hätte er nur einen äußerst heiklen Auftrag zu vergeben, wollte ich zu dir kommen und dir die guten Neuigkeiten bringen. Ich dachte ja noch, nun würde für uns alles viel einfacher werden. Aber mir fehlte die Zeit, ich musste Kaspar versorgen, für ihn die Wäsche machen, es hat sich einfach nicht ergeben. Und so kam es zum zweiten Treffen, bevor ich dir berichten konnte. Da hat er mir ganz offen den Hof gemacht. Außerdem hat er mich wissen lassen, dass er von meinem Vorhaben

weiß. Er fragte, ob ich es aus Liebe täte oder um mir fleischliche Gefälligkeiten von dir zu erkaufen.« Sie errötete bei dem Gedanken und senkte den Blick. »So hat er es genannt.«
Vitus fasste ihre Hände und zog sie auf seinen Schoß. »Eine reizvolle Vorstellung«, sagte er leise.
»An diesem schrecklichen Gespräch war nichts Reizvolles. Er drohte, Kaspar an den Schauenburger auszuliefern, also sagte ich ihm, dass ich allein hinter dem Plan stehe. Das erschien ihm natürlich unmöglich, und so musste ich auch noch zugeben, dass ich selbst schreiben kann. Ich habe ihm das Geständnis auf ein Stückchen Pergament gekritzelt. Er hat es mit spitzen Fingern an sich genommen, als könnte er sich vergiften, wenn er nur die Buchstaben berührt.« Sie lachte bitter. »Er hatte noch nicht genug«, fuhr sie fort. »Er sagte, er habe bisher kein Weib überreden können, mit ihm das Lager zu teilen. Jetzt habe er mich in der Hand und würde sich überlegen, ob er mich zu seiner Frau machen wolle.«
Vitus hatte ihr zärtlich über den Rücken gestrichen, während sie gesprochen hatte. Er lachte auf. »Niemals! Was glaubt der denn? Du wirst nie mit einem anderen als mit mir das Lager teilen. Wenn du mir nur etwas gesagt hättest. Ich hätte ihm diese Erkenntnis zur Not in seinen dämlichen Schädel geprügelt.«
Sie sah ihn an. »Gilt das noch immer?«
»Was? Dass ich ihn verprügeln möchte? Nur zu gern, wenn ich ihn in die Finger kriege.«
»Das meine ich nicht. Ich meine das mit dem Lager.«
»Ja, Esther, das gilt noch immer.« Er küsste sie sanft auf die Wange. »Ich war drauf und dran, zu dir zu kommen. Du hast mir gefehlt, und ich wollte mir nicht vorstellen, den Rest meines Lebens ohne dich auskommen zu müssen.«
»So ist es mir auch ergangen.« Sie seufzte erleichtert und schmiegte ihren Kopf an seinen Hals.
Er küsste sie auf den Scheitel und streichelte ihren Nacken.

»Wenn du doch nur etwas gesagt hättest.«

»Ich wollte ja«, murmelte sie. »Aber du sagtest, dass du dich gar nicht beruhigen willst. Du mochtest mir nicht zuhören. Wie hätte ich dir da alles erklären können?«

»Du hast recht.«

»Dabei war es wirklich so, wie er sagte. Es war für ihn schon eine große Freundlichkeit, dass ich ihn nicht in den Regen gejagt habe. Weißt du, Vitus, er sagte mir, er könne mich gut leiden. Er scheint mir wahrhaft ein einsamer Mensch zu sein.«

»Was er sich möglicherweise selbst zuzuschreiben hat.«

»Gewiss.« Sie richtete sich wieder auf. »Seine Hand auf meiner Wange war jedenfalls nicht unschicklich gemeint. Und er hatte auch keine Einwilligung. Ich habe mich nur nicht getraut, ihn brüsk zurechtzuweisen. Als du dann angedeutet hast, ich würde Zärtlichkeiten mit jedem austauschen, der einsam ist und einen lohnenden Auftrag bringt, da konnte ich dir gar nichts mehr sagen. Da war ich so verletzt.«

»Immerhin konntest du mir noch ins Gesicht schlagen.« Er rieb sich bei der Erinnerung die Wange. »Ich hatte keine Ahnung, dass du so viel Kraft hast.«

»Es tut mir so leid.«

»Nein, das hatte ich wohl verdient.« Er machte ein gequältes Gesicht, so dass sie lachen musste.

»Ich wusste einfach keine Erklärung für den Anblick, du und er alleine. Die Vorstellung, dass ein anderer deine weiche Haut spüren darf, hat mich fast um den Verstand gebracht.« Er streichelte behutsam über ihre Wange und küsste sie auf die Nase. »Ich möchte das alles für mich haben«, sagte er heiser. »Das alles.« Er fuhr mit seinen Fingern über ihre Stirn, über ihr Haar, über ihre Lippen, die sich wie von allein ein wenig öffneten. Dann glitt seine Hand über ihr Kinn und den Hals abwärts bis zu dem kleinen Grübchen. Noch weiter glitten seine Finger und verschwanden unter dem Stoff ihres Kleides.

Esther schloss die Augen. Sie vergaß alles um sich herum und gab sich ganz dem Gefühl hin, das seine Hände auf ihrem Körper entfachten. Er liebkoste ihre Brüste, die sich ihm entgegenreckten. Da war ein Ziehen zwischen ihren Schenkeln, eine Lust, die ihr jegliche Vernunft zu rauben drohte.
»Wolltest du dich nicht in aller Form bei mir entschuldigen?«, fragte Vitus dicht an ihrem Ohr.
»Aber das habe ich doch.«
»Du hast dich entschuldigt, aber noch nicht in aller Form.« Er küsste sie auf den Hals und auf ihre beinahe entblößte Schulter.
»Und wie soll ich das deiner Meinung nach anstellen?«
Seine Augen schimmerten dunkel. »Teile heute Nacht das Lager mit mir, Esther. Ich verspreche dir, es wird nichts geschehen, was Folgen hat, die wir noch nicht tragen können. Und ich verspreche dir auch, dass es das Schönste sein wird, was du je erlebt hast.« Er legte seine Lippen ganz sanft auf die ihren. Schnell wurden seine Küsse leidenschaftlicher, fordernder. Seine Zunge erkundete ihre Lippen, fand ihre Zunge. Esther meinte, sie müsse zerspringen.
»Lass uns hinaufgehen«, flüsterte sie.

# Lübeck, 17. April 1226 – Magnus

Dass da noch eine Frau im Spiel war, gefiel ihm nicht. Das gefiel ihm ganz und gar nicht. Er musste Heilwig davon berichten. Aber zunächst würde er diesem Reinhardt das Pergament bringen, das nach Parma geschickt werden sollte. Die klimpernden Münzen in dem Säckchen würden diesen Schreiber gewiss rasch überzeugen. Magnus betrat das Skriptorium. Der Mann, der Reinhardt sein musste, drehte sich um. Er wirkte ein wenig erschrocken.
»Seid gegrüßt. Ihr müsst der Schreiber Reinhardt sein. Ist es so?«
»Seid gegrüßt, edler Herr. Woher kennt Ihr mich?«
»Nun, ich komme geradewegs aus Plön und fragte die Leute hier in den Gassen, wo ich denn wohl einen Schreiber finden könne. Da nannte man mir das Skriptorium in der Depenau. Das ist doch hier, oder etwa nicht?«
»Ja, schon, aber ich bin nicht der einzige Schreiber, der hier seiner Arbeit nachgeht. Da wären noch der Kaspar und der Otto. Woher könnt Ihr also wissen, dass ich Reinhardt bin?« Der Mann war ausgesprochen misstrauisch. Entweder lag das in seiner Natur, oder die Sache, in der er da steckte, wuchs ihm über den Kopf und machte ihn so nervös.
»Ich wusste nicht, dass hier gleich mehrere Schreiber ihre Dienste anbieten. Ich hörte immer nur euren Namen. Euch empfehlen

die Leute, wenn man sie fragt.« Er setzte ein freundliches Lächeln auf. Es bereitete ihm Freude, mit diesem Mann ein Spielchen zu treiben. Er würde noch früh genug erfahren, warum Magnus in Wahrheit gekommen war.

»Das ehrt mich, das ehrt mich wirklich sehr, edler Herr. Ihr habt also eine Schreibarbeit zu vergeben?« Zwar zeigte er Interesse an seinem vermeintlichen Kunden, wie es sich gehörte, doch schien er unruhig zu sein. Es sah aus, als wäre er auf dem Sprung, das Skriptorium so schnell wie möglich zu verlassen.

»Ich habe einen Auftrag für Euch, ja.« Das war nicht gelogen. »Für gute Arbeit bezahle ich gut. Was sagt Ihr?«

Reinhardt knetete die Hände. Es war offensichtlich, dass er sich ein gewinnbringendes Geschäft nur äußerst ungern entgehen ließ, dass ihm an diesem Tag jedoch nicht der Sinn danach stand, mit einem Fremden zu verhandeln.

»Es ist so, werter Herr, dass Ihr gewiss darum nur meinen Namen gehört habt, weil ich wohl der gefragteste Schreiber von uns dreien bin. Man mag in diesen Tagen auf meine Dienste an der Rathausbaustelle nicht verzichten. Das ist auch der Grund, weshalb ich mich jetzt sputen und das Skriptorium verlassen muss. Morgen in den frühen Abendstunden habe ich gewiss mehr Zeit für Euch. Kann Euer Auftrag so lange warten?« Er blickte ihn zerknirscht an. Ihm war natürlich klar, dass schon diese Frage beinahe unverschämt war.

»Nein, mein Auftrag kann nicht warten«, antwortete Magnus knapp und beobachtete ihn amüsiert.

»Zu dumm. Nun gut. Vielleicht erläutert Ihr mir rasch, worum es geht. Dann kann ich Euch sagen, ob es mir möglich ist, Euch meine Dienste zur Verfügung zu stellen.«

»Ein prächtiger Vorschlag. Ich bin sicher, wir werden uns rasch einig sein, und dann könnt Ihr zum Rathaus eilen.«

»Schön, gut, also worum geht es?«

»Es geht um das Dokument, das ein Bote morgen beim achten Glockenschlag bei Euch abholen wird«, sagte er, als wäre es das Normalste überhaupt, dass er hierüber Kenntnis hatte.
Reinhardt wurde blass. »Woher ...?«, stammelte er.
»Bitte? Ist Euch nicht wohl?«
»Hört zu, guter Mann, ich bin nur ein kleiner Schreiber. Ich weiß nicht, warum dieses Skriptorium gewählt wurde, um irgendeine Urkunde ausgerechnet hier an irgendeinen Boten zu übergeben. Und ich will damit auch nichts zu schaffen haben.«
»Aber bester Reinhardt, Ihr wisst sehr wohl, um welche Urkunde es sich handelt. Der Kölner Kaufmann Felding hat Euch sogar gebeten, sie neu zu verfassen, weil in seiner Fassung ein Fehler ist. Ihr wollt mir doch nicht weismachen, Ihr wüsstet nichts von dem Inhalt?«
»Ihr kennt Felding? Ihr wisst auch von dem Fehler? Wie das?« Schweiß stand ihm auf der Stirn. Er wirkte atemlos.
»Ja, denkt Euch, Felding macht nicht nur mit Euch seine Geschäfte.«
Reinhardt sprudelte los wie das Blut beim Aderlass: »Hört mich an, edler Herr, ich bin ein unbescholtener Bürger. Aber meine Frau ist krank, und der Medicus kostet viel. Nur deshalb habe ich mich darauf eingelassen, dieses Schriftstück an mich zu nehmen und einem Boten auszuhändigen. Dafür werde ich bezahlt. Das ist alles. Mehr kann ich Euch dazu nicht sagen.«
»Ihr sollt mir nichts sagen. Was Ihr für mich tun sollt, ist dieses: Ihr werdet morgen zur siebten Stunde im Skriptorium sein, um das bedeutungsvolle Schreiben von Felding anzunehmen.« Langsam zog er die zweite von ihm angefertigte Fassung aus der Tasche, die er unter seinem Gewand trug. »Im allerletzten Augenblick, wenn der Bote bereits hier ist, werdet Ihr diese Rolle an ihn übergeben. Mehr verlange ich nicht von Euch.«
Reinhardt war verblüfft. »Das soll alles sein? Und Ihr wollt mich dafür entlohnen?«

Wieder griff Magnus in den Lederbeutel. Er hielt ihm das Säckchen mit den Münzen hin. Als Reinhardt danach greifen wollte, zog er die Hand zurück. Er löste das Band, das das Säckchen verschlossen hatte, öffnete es und gewährte Reinhardt einen Blick hinein.

»Das ist ein Vermögen!«, stieß der hervor.

»Die Hälfte gebe ich Euch jetzt. Die andere Hälfte bekommt Ihr, wenn Ihr mir morgen, nachdem der Bote das Skriptorium verlassen hat, die andere Pergamentrolle, die von diesem Felding, vorweisen könnt.«

Eine Schweißperle lief über Reinhardts Schläfe. Seine Augen glänzten. Wie gern hätte er ohne weiteres Zögern zugestimmt, das war offenkundig. Doch er war nun einmal kein kaltschnäuziger Halunke. Ihm fehlte scheinbar tatsächlich jegliche Erfahrung mit Betrügereien. Und so machte ihm die Sache gehörig Angst.

»Felding wird hier sein«, gab er zu bedenken. »Er wird das Schriftstück nicht aus den Augen lassen. Wie kann ich da die Rolle, die er mir geben wird, gegen die austauschen, die Ihr mir überlasst?«

»Nun, mein lieber Reinhardt, das ist die Aufgabe, für die ich Euch bezahle. Zu verschenken habe ich nichts.«

Der Schreiber sah verzweifelt drein. Ob er darüber nachdachte, sich mit dem Geld zufriedenzugeben, das Felding ihm geboten hatte?

»Seid unbesorgt, die Schriftrolle, die der Kölner Euch morgen überbringen wird, ähnelt dieser wie ein Haar dem anderen. Sie trägt sogar die gleiche Handschrift. Ihr legt diese also einfach bereit und deckt meinetwegen ein Tuch darüber. Dann legt Ihr die zweite Rolle daneben. Jetzt müsst Ihr Felding nur für einen Moment ablenken. Oder Ihr wartet, bis der Bote erscheint. Seid sicher, Felding wird das Dokument aus den Augen lassen und zur Tür sehen. Das ist der Zeitpunkt, an dem Ihr rasch das Tuch von der einen auf die andere Rolle zieht. Das wird er nicht bemerken.«

Reinhardts Augen bewegten sich rasch hin und her. Er begann zu einem Regal zu laufen und Gegenstände auf sein Pult zu stellen.
»Wie sagtet Ihr? Ich lege die Rolle hier hin und decke einen Lumpen darüber. Natürlich, das ist genial. Ein alter Lumpen zum Fortwischen der Tintenkleckse ist nichts Ungewöhnliches. Ja, guter Herr, so könnte es gelingen.«
»So sind wir uns handelseinig?«
Reinhardt nickte eifrig. Dann erstarrte seine Miene, und er wollte wissen: »Wie könnt Ihr so sicher sein, dass die Rollen einander so gleichen, dass sogar die Handschrift ein und dieselbe ist?«
»Weil ich beide geschrieben habe«, gab er gelassen zur Antwort.
»Ihr seid der Fälscher?«
»Wollt Ihr nicht hinausgehen und es auf der Gasse herumposaunen?«
»Verzeiht, Herr.« Er musste das Gehörte verarbeiten. »Aber wieso zwei Ausfertigungen? Habt Ihr Euren Fehler behoben? Dann könnt Ihr Felding das doch sagen. Er ist bestimmt froh, das zu hören, dann braucht er ja nicht noch ein Schreiben anzufertigen.« Er kicherte albern. »Ich meine, sonst hätten wir schon drei. Meint Ihr nicht, das wird ein bisschen viel?«
»Reißt Euch zusammen«, fuhr Magnus ihn an. »Felding wird Euch nur eine Schriftrolle bringen. Es bleibt also bei zwei, mit denen Ihr es zu tun bekommt. Im Übrigen habe ich keinen Fehler gemacht. Warum er das behauptet, muss ich noch herausfinden.«
»Wenn Euch kein Fehler unterlaufen ist, verstehe ich noch weniger, warum Ihr Euch die Arbeit zweimal gemacht habt.«
»Das geht Euch nichts an.«
Reinhardt dachte darüber nach und nickte verstehend. Der Mann war kein Idiot. Nachdem er sich von seinem Erstaunen erholt hatte, begriff er, dass es jemanden gab, der andere Interessen verfolgte als Felding. Gleichermaßen schien ihm klar zu sein, dass es besser war, die Einzelheiten nicht zu kennen.

»Also schön. Ihr lasst mir die da hier.« Er deutete auf die Pergamentrolle, die Magnus noch immer in der Hand hielt. »Und dazu die Hälfte der Münzen. Morgen zeige ich Euch die andere Rolle, die Ihr selbst nur zu gut kennt, oder diejenige, die Felding geschrieben hat, und Ihr bezahlt mir den Rest. So ist es ausgemacht, ja?«

»Ja, so ist es ausgemacht.«

»Die Hand darauf«, sagte Reinhardt und streckte die Rechte vor. In seinem Gesicht spiegelte sich ebenso viel Zweifel wie Freude. Magnus schlug ein.

## Lübeck, 17. April 1226 –
## Heilwig von der Lippe

Heilwig hatte sich nach der Begegnung mit ihrer alten Amme Mechthild ein wenig ausgeruht. Der Anblick und der Zustand, in dem die greisenhafte Frau war, hatten ihr sehr zugesetzt. Lange hatte sie in dem Sessel gehockt und vor sich hin gestarrt. Sie konnte einfach nicht vergessen, was sie gesehen hatte, den knochigen Rücken, die wunde Haut, die gebeugte Figur. Und auch der Spott, den Mechthild auf der Gasse hatte ertragen müssen, wollte ihr nicht aus dem Kopf. Ob es ihr jeden Tag so ergangen war? Vielleicht hatte sie noch viel Schlimmeres erdulden müssen. Über ihren Gedanken war sie irgendwann weggedämmert. Ein Klopfen hatte sie geweckt. Sie brauchte einen Atemzug, um zu begreifen, dass sie in der Kammer war, die Bischof Bertold ihr zur Verfügung gestellt hatte. Rasch zupfte sie ihre Kleider zurecht.
»Wer ist dort?«
»Ich bin es, Magnus.«
»Kommt rein, Magnus, die Tür ist offen.« Sie erhob sich aus dem Sessel. Nach dem Besuch bei Felding hatten sich ihre Wege getrennt. Sie war gespannt, ob er alles zur Zufriedenheit hatte erledigen können.
Magnus trat ein und verneigte sich galant vor ihr. Ihr war, als würde er aufblühen, seit sie sich auf den Weg nach Lübeck ge-

macht hatten. Ja, schon in dem Moment, als er von ihr ins Vertrauen gezogen worden war und den Auftrag bekommen hatte, eine zweite Abschrift zu verfassen, hatte anscheinend eine Verwandlung eingesetzt.

»Konntet Ihr das Skriptorium ausfindig machen?«, fragte sie leise.

»Nichts leichter als das.«

»Dann habt Ihr auch die Schriftrolle abgeben können?«

»Ja, erlauchte ... ja, das habe ich getan. Ich bin zuversichtlich, dass der Schreiber, der für die Übergabe ausgewählt ist, dem Boten die richtige Fassung aushändigen wird.« Er schmunzelte. »Ich habe ihm genau gesagt, wie ich es anstellen würde, dass niemand den Tausch im letzten Augenblick bemerkt.«

»Und Ihr glaubt, er wird das schaffen?«

»Ich glaube es erst, wenn er mir morgen die Fassung vorweisen kann, die keinesfalls den Weg nach Parma finden soll. Und ich glaube, dass es nicht schaden kann, das Gelingen Eures Vorhabens heute in Euer Gebet einzuschließen.« Sein Antlitz zog sich mit einem Mal zusammen.

»Worüber grübelt Ihr nach?«

»Da ist etwas, das mir Sorgen macht.«

Unruhe erfasste sie. »Und das wäre?«

»Da gibt es eine Frau, von der Felding und der Schreiber gesprochen haben. Wie es scheint, ist sie in die Sache verstrickt.«

»Eine Frau?«

»So ist es, ja. Ich belauschte Felding und den Schreiber in dem Skriptorium. Es war die Rede davon, dass eine Frau namens Esther ebenfalls ein Schriftstück anfertigen lassen wollte, das dem Boten des Kaisers untergeschoben werden soll.«

Heilwig wurde flau. Sie ließ sich wieder auf den Sessel fallen und atmete schwer.

»Was habt Ihr denn? Ist Euch nicht wohl?« Er war mit einem Schritt bei ihr und blickte besorgt auf sie nieder.

»Es ist nur … Nein, sprecht Ihr erst weiter«, forderte sie ihn auf. Sie wollte alles wissen, was er gehört oder gesehen hatte, bevor sie Mechthild ins Spiel brachte.
Er lief vor ihr auf und ab. »Diese Esther scheint die Schwester eines anderen Schreibers zu sein, der dort im Skriptorium seine Dienste anbietet. Er sollte das Schriftstück aufsetzen, doch es klang so, als wäre es Felding gelungen, die beiden von diesem törichten Vorhaben abzubringen.«
»Dann ist es doch gut«, sagte Heilwig, ahnte jedoch bereits, dass die Geschichte noch nicht zu Ende war.
»Ich fürchte, Felding hat mal wieder gelogen. In meinen Augen hatte es den Anschein, als hätte er gar nicht versucht sie davon abzubringen. Denkt Euch, die beiden trafen sich vor der Schreibwerkstatt, direkt nachdem Felding sie verlassen hatte.«
»Wer, Felding und diese Esther?«
»So ist es. Und stellt Euch nur vor, sie wirkten sehr vertraut miteinander. Natürlich musste ich mich weit abseits halten, so dass es mir nicht möglich war, das Gespräch der beiden zu verfolgen, doch konnte ich beobachten, wie er ihr etwas zugesteckt hat.«
Heilwig wusste nicht, was sie davon halten sollte. Sie hörte Magnus weiter zu, der von einem angeblichen Fehler in seiner Schriftrolle erzählte. Das alles war höchst verworren. Und schon morgen früh galt es. Dann musste alles so ablaufen, wie sie es gemeinsam mit Magnus ausgedacht hatte. Unsicherheiten, die alles in Frage stellten, konnten sie sich einfach nicht leisten.
Als er geendet hatte, sprang sie auf. »Kommt!«
»Wohin gehen wir?«
»Wir gehen ins Johanniskloster.«

Es dauerte lange, bis die hohe Holztür mit den schweren Eisenbeschlägen sich öffnete. Zuvor hatte eine Ordensfrau durch eine winzige Luke geblinzelt und sich ausführlich erklären lassen, mit wem sie es zu tun hatte und was genau Heilwig wollte. Nun stand sie vor ihnen und verschränkte ihre fleischigen Arme vor der Brust. Die Schwestern schienen alle wohl genährt zu sein. Freundlichkeit und Sanftmut waren dagegen offenkundig keine Voraussetzungen, um hier mildtätigen Dienst tun zu dürfen.

»Und zu wem wollt Ihr zu dieser unpassenden Stunde?«, fragte sie erneut. »Ein jeder hat sich Ruhe nach seinem Tagewerk verdient und schläft längst.«

»Wer schläft, sündigt nicht«, sagte Magnus leise und erntete dafür einen missbilligenden Blick.

»Wie ich Euch schon sagte, habe ich meine alte Amme heute hierhergebracht, damit sie für ein paar Nächte ein sicheres Dach über dem Kopf hat und sich ebenfalls so ausruhen kann, wie es ihr zusteht.«

»Und diese Ruhe wollt Ihr jetzt stören?«

Heilwig schluckte. Ihr war ja auch nicht wohl dabei. Doch es blieb nun einmal nicht die Zeit, bis zum nächsten Morgen zu warten. Dann war es vielleicht schon zu spät.

»Es muss sein«, antwortete sie darum kurz.

»Aber den Mann wollt Ihr doch wohl nicht mitnehmen in die Kammer einer alten Frau«, stellte die Ordensschwester entschieden fest.

»Warum wohl nicht? Mechthild hat gewiss nichts dagegen.«

»Ich glaube nicht, dass ich das zulassen kann.« Sie blickte finster drein.

»Glaubt mir, ich würde nur zu gern hier warten.« Magnus griff in seine Tasche, nahm eine Münze aus dem Beutel, in dem die zweite Rate für den Schreiber war, und reichte sie ihr. »Doch denke ich, es ist von Bedeutung, dass ich die Gräfin begleite. Und ich bin gewiss, Ihr könnt das guten Gewissens geschehen lassen.«

Die Münze verschwand schnell in der drallen Hand.

»Geht Ihr wahrhaftig ungern mit mir?«, flüsterte Heilwig Ma-

gnus zu, als sie hinter der Schwester den schlichten Gang entlangschlichen, von dem die Türen zu den Schlafsälen und Kammern führten.
»Nur in diesem Fall«, versicherte er.
»Warum nur?«
»Ich kenne Eure Amme. Sie hat den bösen Blick.«
Heilwig seufzte. Selbst Magnus glaubte solchen Unfug.

Mechthild hatte nicht, wie die Ordensschwester geglaubt hatte, einen furchtbaren Schreck bekommen und Zeter und Mordio geschrien, als es zu nachtschlafender Zeit bei ihr geklopft hatte. Stattdessen saß sie aufrecht im Bett, als hätte sie die späten Gäste bereits erwartet.
Tatsächlich sagte sie: »Ihr seid also gekommen.«
»Du hast es gewusst, nicht wahr?«
Mechthild murmelte wieder einmal vor sich hin, als würde sie Worte, die sie benutzen wollte, zunächst ausgiebig im Mund hin und her bewegen und durchkauen.
»Du hast von einer Frau mit der Feder gesprochen«, sagte Heilwig. »Ihr Name ist Esther, oder nicht?«
»Ein Weib, das schreibt, wird bestraft. Sie darf nicht leben.« Leise wiederholte sie die Sätze in einem fort.
»Sie selbst kann nicht schreiben«, warf Magnus ein. Ihm schien äußerst unbehaglich zumute zu sein.
Mechthild brach mitten in ihrem Geflüster ab und wendete ihm zum ersten Mal ihr Antlitz zu.
»Sie hat den bösen …«, hauchte er erschrocken, doch Heilwig fuhr ihn an.
»Papperlapapp! Sie sieht mehr als wir beide, mehr als die meisten Menschen. Daran ist nichts Böses.« Sie funkelte ihn an. »Sie besitzt eine außergewöhnliche Gabe. Die mag uns fremd sein, Magnus, aber was fremd ist, muss noch lange nicht von Übel sein.«

Sie konnte in seinem Gesicht lesen, dass er anderer Meinung war, aber zu gute Manieren hatte, ihr zu widersprechen. Heilwig setzte sich auf das Lager und legte Mechthild eine Hand auf die Wange, deren Haut sich wie sehr feines, dünnes Leder anfühlte. Sofort griff die Alte nach der Hand und hielt sie mit ihren knochigen Fingern fest.

»Es ist sehr wichtig«, begann Heilwig von neuem. »Du hast von dieser Frau gesprochen. Und nun hat Magnus ebenfalls von einer Frau gehört und hat Sorge, dass diese uns womöglich schaden könnte.« Einerseits war sie sich beinahe sicher, dass Mechthild genau wusste, was sie in Lübeck zu tun gedachte, andererseits hatte sie Bedenken, ihr zu viel zu offenbaren. Wenn sie ständig vor sich hin murmelte, dann konnte es doch sein, dass sie alles wiedergab, was sie hörte und wovon sie Kenntnis hatte. Wenn der Falsche etwas aufschnappte, mochte das böse enden. »Ich bin nicht nur in die Stadt gekommen, um dich zu finden«, begann sie vorsichtig. »Es gibt da eine Angelegenheit, die ich gemeinsam mit dem Schreiber Magnus zu erledigen habe.«

»Ein Dokument von größter Wichtigkeit«, sagte Mechthild heiser. Ihre Stimme krächzte noch mehr als üblich, so dass selbst Heilwig ein Schauer über den Rücken lief. »Ich habe es gesehen. Und ich sehe das Weib. Ihr dürft sie nicht am Leben lassen. Sie wird Euch ins Unglück stürzen«, zischte sie in einem merkwürdigen Singsang. Magnus bekreuzigte sich verstohlen.

»Aber Mechthild, was redest du denn nur? Wir können doch niemanden töten!« Die letzten Worte waren kaum zu hören, so leise hatte Heilwig gesprochen. Das Unvorstellbare über die Lippen zu bringen kostete sie größte Überwindung.

»Ihr müsst!«, beschwor Mechthild sie. Ihr dürrer Oberkörper schoss nach vorn, und sie packte Heilwigs Schultern mit beiden Händen. »Ihr dürft sie nicht leben lassen. Nicht leben lassen.

Dürft sie nicht leben lassen.« Pausenlos wisperte sie wiederum dieselben Worte.

»Lasst uns gehen, das hat doch keinen Zweck. Ich werde mir diese Esther mal genauer ansehen. Zur Not verbringe ich die ganze Nacht vor ihrer Tür, bis es Zeit wird, ins Skriptorium zu gehen.« Magnus knetete ungeduldig die Hände.

»Nicht leben lassen!«, befahl die Alte mit einer hohen lauten Stimme.

»Du wirst noch alle Schwestern aufwecken«, versuchte Heilwig sie zu beschwichtigen. »Ich verspreche dir, wir werden uns um das Weib mit der Feder kümmern.« Behutsam löste sie die Hände von ihren Schultern und drückte Mechthild zurück auf das Lager.

»Es ist das Tintenweib«, sagte die. »Sie ist mit dem Teufel im Bunde.«

»Lasst uns gehen«, drängte Magnus erneut.

Heilwig erhob sich. Was hatte sie sich von diesem Besuch erhofft? Sie wusste es nicht zu sagen.

»Sie ist mit dem Teufel im Bund. Mit dem Teufel aus Köln.« Sie atmete geräuschvoll aus und schloss die Augen.

Kaum hatte sich die Holztür des Johannisklosters hinter ihnen geschlossen, sagte Magnus: »Ich habe sie bis nach Hause und später zu einem Kaufmannshaus gar nicht weit von hier im Johannisquartier verfolgt. Ich werde zu diesem Haus zurückgehen und ihr dort auflauern. Der Bote des Kaisers kommt in das Skriptorium. Das steht fest. Wenn sie also vorhat, ein eigenes Spielchen zu spielen, dann muss sie sich in aller Frühe dorthin begeben. Und dann schnappe ich sie mir.«

»Ihr nehmt Euch doch wohl nicht zu Herzen, was Mechthild gesagt hat, dass wir diese Esther nicht leben lassen dürfen?« Heilwig war flau. Eine Fälschung war eine Sache, ein Mord aber eine ganz andere.

»Wo denkt Ihr hin? Zwar bin ich unter Dieben, Bettlern und Betrügern aufgewachsen, Mörder waren jedoch nicht darunter. Es kann allerdings nicht schaden, sie ein wenig aufzuhalten, damit sie die Sendboten verpasst. Mehr wollen wir doch nicht, habe ich recht?«
Sie nickte. »Was aber, wenn sie das Haus verlassen hat, während Ihr bei mir wart oder eben, als wir im Kloster bei Mechthild waren?«
Er dachte einen Moment nach. »Wahrscheinlich ist es wirklich besser, wenn ich morgen beim ersten Hahnenschrei unweit der Schreibwerkstatt meinen Beobachtungsposten beziehe. Taucht diese Esther auf, kann ich sie mit ein paar Münzen gewiss überzeugen, sich augenblicklich wieder auf den Heimweg zu machen.«
»Ihr geht recht großzügig mit der zweiten Rate des Schreibers Reinhardt um, will mir scheinen.« Sie schmunzelte.
»Glaubt mir, er wird den Beutel mit dem klimpernden Inhalt an sich reißen und froh sein, mit der ganzen Sache nichts mehr zu schaffen zu haben. Nachzählen wird er bestimmt nicht. Jedenfalls nicht in meiner Anwesenheit. Bin ich erst weg, soll er sich ruhig gehörig ärgern.«
Sie hatten das Haus des Bischofs erreicht. Magnus begleitete sie bis zu ihrer Schlafkammer, obwohl er dann wieder die Treppe hinabsteigen und einen langen Gang hinuntergehen musste, um in einer Nische bei der Küche sein Lager zu beziehen.
»Klopft an meine Tür, wenn Ihr Euch auf den Weg macht«, bat Heilwig.
»Ihr denkt doch nicht daran, mit mir zu gehen?«
»Ich denke nicht nur daran, ich werde es tun.« Diese Entscheidung hatte sie schon lange getroffen.
»Haltet Ihr das wirklich für einen günstigen Einfall?«
»Warum wohl nicht?«

»Weil ich diesem Felding nicht traue. Alles Mögliche kann morgen früh in dieser Schreibstube geschehen. Ich möchte nicht, dass Ihr in Gefahr geratet oder Dinge mit ansehen müsst, die Ihr nicht verkraften würdet.«

»Ich danke Euch, Magnus. Seid gewiss, dass die Gattin des Grafen von Schauenburg nicht nur schaurige Dinge anzusehen, sondern gar auszuhalten gewöhnt ist. Es ist also nicht nötig, mich zu schonen. Gerade wenn nicht alles nach unserer Vorstellung verläuft, ist es doch denkbar, dass ich nützlich sein kann. Mein Wort hat einiges Gewicht, auch hier in Lübeck. Und ich kann damit drohen, Bischof Bertold zu Hilfe zu holen. Euch dagegen wird man ohne viel Federlesen unschädlich machen.«

Er nickte nachdenklich. Sie wusste, dass ihm nicht wohl war bei dem Gedanken. Dennoch leuchteten ihm ihre Argumente ein.

»Dann solltet Ihr jetzt schlafen. Bei Sonnenaufgang machen wir uns auf den Weg.«

# Lübeck, 31. Mai 2011 – Christa Bauer

Christa Bauer rieb sich den Nacken. Statt hier zu hocken und ein drittes Glas Weißwein zu bestellen, sollte sie besser in ihrem Bett liegen und sich endlich einmal wieder ausschlafen. Nur ließ diese geheimnisvolle Esther sie ja doch nicht in Ruhe. Meist recherchierte sie zehn bis zwölf Stunden täglich und machte trotzdem keine nennenswerten Fortschritte. Wenn sie dann völlig geschafft das Licht löschte, drehten ihre Gedanken sich unaufhörlich im Kreis. Sobald es dunkel war und sie eigentlich entspannen konnte, kamen ihr neue Ideen. Oft musste sie mehrmals in der Nacht die kleine Leselampe wieder anknipsen, um sich ein Internet-Forum oder ein Institut zu notieren, mit dem sie noch keinen Kontakt aufgenommen hatte. Oder ihr fiel ein weiterer Suchbegriff ein, eine weitere Abteilung im Archiv oder in den Archiven anderer Hansestädte, alles Ansätze, um ihre Suche fortzuführen. Ja, sie träumte sogar von der rätselhaften Frau. In ihren Träumen war diese eine Bürgerliche gewesen, die weder eine kirchliche noch die Ausbildung einer Adligen genossen hatte. Sie könnte also gar nicht schreiben, doch ihr Unterbewusstsein ignorierte diese Tatsache hartnäckig. Sie überlegte kurz, ob sie auf das weitere Glas doch verzichten und stattdessen Ulrich anrufen und während eines Abendspaziergangs mit ihm plaudern sollte.

Ab und zu tat sie das, und auch er rief immer mal wieder an. Sie unterhielten sich längst nicht mehr ausschließlich über ihre Berufe, sondern redeten über Politik, lohnende Reiseziele oder über Dokumentationen, die sie sich im Fernsehen angeschaut hatten. Sie mochte ihn. Sie mochte ihn sogar sehr, und es tat ihr gut, sich von ihm hin und wieder ablenken zu lassen.
»Haben Sie noch einen Wunsch, Christa?« Sie hatte Costas, der an ihren Tisch getreten war, gar nicht bemerkt.
»Ja, ich hätte gern noch ein Glas Wein.« Nun hatte sie doch ganz automatisch bestellt. Auch gut, blieb sie also einfach hier hocken und beobachtete stumpf die anderen Gäste, bis sie ein wenig benommen vom Alkohol war und ihre Augen von alleine zufielen.
Nach nur einer Minute war Costas mit dem Wein zurück.
»Bitte schön!« Zu ihrer Verwunderung zog er sich einen Stuhl heran und setzte sich zu ihr. Das kam höchst selten vor, schon gar nicht dann, wenn so viel Betrieb herrschte wie an diesem Abend.
Sie sah ihn fragend an.
»Was ist los mit Ihnen, Christa?«
»Wieso, was soll denn los sein?«
»Liebeskummer?«
Sie hatte gerade das Glas angesetzt und hätte sich beinahe verschluckt.
»Wie kommen Sie denn darauf?«
»Ich habe diesen Mann, mit dem Sie mal da waren, lange nicht mehr gesehen. Dabei hatte ich den Eindruck, dass Sie ihn sehr gerne mögen, oder?«
Sie runzelte die Stirn, obwohl sie sofort wusste, wen er meinte.
»Ach, Sie sprechen von Ulrich. Das ist nur ein Bekannter aus Köln, ein Berufstaucher. Er hat das Pergament hochgeholt, das dann bei mir auf dem Tisch gelandet ist und das uns nun zwingt, Lübecks Geschichte mit anderen Augen zu sehen.«

»Also kein Liebeskummer«, stellte er fest und sah sie noch einmal zweifelnd an. Sie schüttelte den Kopf. »Sie haben dunkle Ringe unter den Augen, Sie haben eindeutig abgenommen. Ich mache mir wirklich Sorgen um Sie.« Er fuhr sich mit der Hand durch das schwarze Haar, eine Geste der Verlegenheit. Seine guten Manieren erlaubten es ihm wahrscheinlich nicht, sie in ein derart privates Gespräch zu verwickeln, doch sein echtes Interesse an ihr brachte ihn dazu, seine Manieren diesbezüglich kurzfristig über Bord zu schmeißen.

Sie atmete tief durch. »Es ist die Arbeit.«

»Ich dachte, das meiste ist geschafft. Sie haben diese alte Urkunde doch entziffert, oder nicht?«

»Ja, schon, aber damit ist es ja noch nicht zu Ende. Dieses blöde Ding bereitet mir wirklich Kopfzerbrechen.«

»Blödes Ding? Sie meinen doch nicht das Pergament? Nein, so würden Sie niemals über ein historisches Dokument sprechen.« Er lächelte. Eigentlich hatte sie sich verordnet, in ihrer Freizeit möglichst wenig von dieser mysteriösen Esther und ihren Recherchen zu reden, doch vielleicht tat ihr genau das ganz gut. Wenn sie einem Außenstehenden alles noch einmal erzählte, stolperte sie womöglich über ein winziges Detail, das ihr einen neuen Ansatz bot. Und seinem Lächeln konnte sie ohnehin nicht widerstehen.

»Soweit ich es beurteilen kann, ist sie weder eine Nonne noch eine Patrizierin oder gar Adlige gewesen«, erklärte sie seufzend, nachdem sie ihn einigermaßen ins Bild gesetzt hatte. »Es gibt einfach so verdammt wenige Unterlagen aus der Zeit. Es wäre der pure Zufall, wenn ich auf Gerichtsakten über eine Frau stoßen würde, die schreiben konnte und dafür bestraft wurde. Diese Esther ist wie ein Phantom.«

Er hatte ihr aufmerksam zugehört. Helfen konnte er ihr natürlich nicht. Das hatte sie auch nicht erwartet. Allerdings sah er sie mit einem Mal ganz merkwürdig an.

»Die Frau hieß Esther?«

»Ja. Und?«

»Nichts. Ich dachte nur gerade ... Nein, nichts.« Er machte eine wegwerfende Handbewegung, als hätte er gerade einen absurden Gedanken gehabt und diesen soeben wieder verworfen.

Eine Weile schwiegen sie beide. Sie rechnete schon damit, dass er aufstehen und sich erneut um seine anderen Gäste kümmern würde. Aber das geschah nicht. Die Stille zwischen ihnen war greifbar. Das war sonst nie der Fall.

»Es müsste wohl ein Wunder geschehen, damit ich der geheimnisvollen Esther noch auf die Spur komme«, sagte Christa und griff zu ihrem Glas.

»An Wunder muss man glauben, damit sie passieren«, stellte er fest und machte noch immer keine Anstalten, sich zu erheben. Er knetete seine stets perfekt gepflegten Hände. »Denken Sie nur mal an den Brand hier im Haus. Ist es nicht ein Wunder, dass einige Balken stehen geblieben sind und sogar heute noch ihre Last tragen können?« Er deutete auf die schwarzen Balken, verkohlte Zeugen eines Feuers, das dem Gebäude vor einiger Zeit übel zugesetzt hatte. Sie erinnerte sich gut daran, dass sie damals befürchtet hatte, man würde das wunderschöne alte Bauwerk vollständig abreißen müssen. Bis zu dem Zeitpunkt war sie noch keine Stammkundin des Restaurants gewesen. Sie war noch Studentin und Essengehen ein echter Luxus. Trotzdem hatte sie interessiert verfolgt, was man unternommen hatte, um das Haus zu retten, was schließlich zu großen Teilen gelungen war.

Als hätte er ihre Gedanken gelesen, sagte er: »Ich war damals ganz und gar nicht sicher, dass nicht alles abgerissen werden muss. Wie ich schon sagte, es war ein Wunder.«

»Da haben Sie recht«, pflichtete sie ihm bei. »Nur leider sind die nicht sehr reich gesät.«

»Wenn Sie sich da mal nicht täuschen.« Er warf einen schnellen Blick hinüber zum Tresen, wohl um sich zu versichern, dass man noch ohne ihn auskam. »Mir ist da eben etwas eingefallen. Wahrscheinlich hat es überhaupt nichts zu bedeuten, aber ... Könnte doch sein, dass der Zufall es will und ich Ihnen helfen kann.«
»Na, jetzt wird's aber spannend. Raus mit der Sprache, was ist Ihnen durch den Kopf gegangen?« Sie konnte sich nicht im mindesten vorstellen, wie er ihr wohl helfen sollte, ein berufliches Problem zu lösen, noch dazu ein so kniffliges. Trotzdem war sie plötzlich nervös. Außerdem hatte sie das Gefühl, alle Gäste des Lokals interessierten sich auch dafür und hörten ihnen zu. Das war natürlich nicht der Fall. Um sie herum waren alle in angeregte Unterhaltungen vertieft, lachten und flirteten. Niemand kümmerte sich um das, was Costas mit ihr zu besprechen hatte.
»Das ist lustig, ich wollte es Ihnen nämlich schon ganz lange sagen oder besser zeigen, aber irgendwie bin ich nicht dazu gekommen. Um ehrlich zu sein, wollte ich Sie in Ihrer knapp bemessenen Freizeit nicht damit belästigen, weil es so unwichtig ist. Aber ich bin eben neugierig.«
Jetzt wurde sie wirklich hellhörig. »Zeigen, was wollten Sie mir denn zeigen? Costas, Sie sprechen gerade ziemlich in Rätseln.«
»Also, es hat hier ja mal gebrannt«, begann er.
»Darüber sprachen wir gerade. Aber, o Wunder, das Gebäude steht noch, inklusive der meisten Balken.«
»So ist es.«
»Ich nehme nicht an, dass Sie mir einen besonders verkokelten Balken zeigen wollen?«
»Nein, nein. Damals waren eine Menge Leute hier, Fachleute, die die Bausubstanz begutachtet und geprüft haben, ob die Statik stark gelitten hat. Man wollte ganz sicher sein, dass das, was Feuer und Löschwasser überstanden hatte, nicht ein paar Wochen später in sich zusammenfällt.«

»Ich erinnere mich. Man hat in der Zeitung ein paar Artikel darüber lesen können.«

»Bestimmt haben Sie dann auch gelesen, dass im Rahmen der Prüfungen und Untersuchungen auch jede Menge altes Zeug im Keller oder darunter gefunden wurde. Ich meine, das ist doch Ihr Steckenpferd.«

»Altes Zeug? Ja, so kann man es auch sagen.« Sie musste grinsen. »Jedenfalls musste die Bautätigkeit gestoppt werden beziehungsweise warten, bis die Maulwürfe grünes Licht gegeben hatten.«

»Ich nehme an, die Maulwürfe waren Archäologen?«

»Ja, ja. Sie müssen zugeben, die Bezeichnung passt zu denen. Gucken Sie sich doch nur die an, die seit letztem Jahr im Gründungsviertel buddeln. Seit sie das Geld aus dem Welterbetopf bekommen haben, graben sie doch alles um, was nicht niet- und nagelfest ist, von der Alfstraße bis zur Braunstraße.«

»Ein bisschen mehr Respekt für dieses Traumprojekt und die Wissenschaftler, die da ihre Arbeit machen, wenn ich bitten darf! Waren Sie mal dort?«

»Nein, was sollte ich denn da?«

»Immerhin arbeiten die Maulwürfe, wie Sie sie nennen, in offenen Zelten und lassen sich über die Schulter schauen. Sollten Sie mal machen, dann denken Sie vielleicht anders über die Buddelei.«

»Ja, kann ja sein. Ist bestimmt interessant.« Er machte eine Pause und wusste anscheinend nicht mehr, wo er stehengeblieben war. Sie lächelte. »Worauf wollen Sie eigentlich hinaus?«

»Als diese Archäologen hier damals meinen Keller auf den Kopf gestellt haben, da haben sie, wie gesagt, allerlei gefunden. Ich bin zu ihnen hingegangen und habe gefragt, ob ich irgendetwas behalten darf.«

Sie legte den Kopf schief und zog die Stirn kraus. »Sie haben was getan? Sie sind zu denen spaziert und meinten: Jungs, die olle

Schüssel da, die hat doch sowieso einen Sprung, kann ich die nicht haben? Nur so als Erinnerungsstück.«
»So natürlich nicht. Aber immerhin ist das doch mein Haus. Ich bin der Eigentümer. Die stellen hier alles auf den Kopf und nehmen auch noch mit, was zu meinem Haus gehört? Das habe ich einfach nicht eingesehen.«
»Ihnen war doch klar, dass Ihnen nichts gehört, was dort gefunden wird? Ich meine, Sie haben nicht ernsthaft gedacht, die Fundstücke gehören zu Ihrem Haus und damit Ihnen?«
»Wer sagt das eigentlich?«, verlangte er dickköpfig zu wissen.
»Paragraph 15 des Denkmalschutzgesetzes des Landes Schleswig-Holstein«, antwortete sie wie aus der Pistole geschossen. »Ich darf mal zitieren? Wer in oder auf einem Grundstück Kulturdenkmale entdeckt oder findet, hat dies …«
»Was ist denn der Unterschied zwischen entdecken und finden?«, unterbrach er sie.
»Costas!« Sie funkelte ihn streng an, musste jedoch schmunzeln. Dieses Behördendeutsch war wirklich eine Sprache für sich. »Also, der hat dies unverzüglich der oberen Denkmalschutzbehörde mitzuteilen. Das war jetzt die verkürzte Fassung. Sonst fragen Sie mich nämlich noch, was mit all den anderen komplizierten Formulierungen gemeint ist. Und in Absatz 2 heißt es übrigens, dass die Verpflichtung ferner für den Eigentümer des Grundstücks besteht.«
»Ist ja auch egal, jedenfalls dachte ich, fragen kostet nichts. Außerdem wollte ich gar nicht so eine olle Schüssel haben, sondern etwas viel Schöneres, was mein Restaurant sehr schmückt.«
»Und das wäre? Herrje, Costas, nun spannen Sie mich doch nicht länger auf die Folter.« Sie sah sich um und lachte. Das war ja wirklich eine drollige Geschichte.
»So ein Papier«, sagte er begeistert.
»Papier?«

»Na ja, so eins, wie Sie gefunden haben.«
Sie ließ die Hände, auf die sie ihr Kinn gestützt hatte, fallen und hätte beinahe das Weinglas umgestoßen, das noch immer halb gefüllt vor ihr stand.
»Die haben hier ein Pergament gefunden?«
»Ja.«
»Und das haben die Ihnen überlassen? Das glaube ich niemals.«
»Nein, natürlich nicht das Original. Die haben mir aber eine Kopie gemacht, die wirklich schön geworden ist. Auf dickem gelblichem Papier. Sieht richtig echt aus. Das Ganze habe ich in einen goldenen, verschnörkelten Rahmen gesetzt.« Er formte mit Daumen und Zeigefinger einen Kreis. »Sieht sehr edel aus«, versicherte er ihr.
Eine Kellnerin trat an den Tisch und bat Costas, kurz in die Küche zu kommen. Zunächst versuchte er sie abzuwimmeln, besann sich dann aber doch.
»Ich bin gleich zurück.« Weg war er.
Sie trank einen großen Schluck Wein. Das war ja eine Überraschung. Sie war wirklich gespannt, das Schriftstück einmal sehen zu dürfen. Immerhin gehörte die Fleischhauerstraße, das ehemalige Johannisquartier, zu den ersten bebauten Gebieten der Stadt. Es konnte sich also um ein Dokument aus der Gründerzeit handeln. Sie wunderte sich, dass sie noch nie etwas von diesem Fund gehört hatte. Wo mochte das Original gelandet sein? Wahrscheinlich war es nichts von Bedeutung, vielleicht eine mittelalterliche Einkaufsliste. Sie schmunzelte. Was sie wirklich nicht verstand, war, dass diese Kopie in dem edlen Rahmen, wie er vollmundig erzählt hatte, nicht im Restaurant hing. Vielleicht schmückte er damit sein Wohnzimmer, aber es hätte deutlich besser zu ihm gepasst, das gute Stück hier zu präsentieren, wo seine Gäste es auch sehen können. Und hatte er nicht von etwas Schönem gesprochen, das sein Lokal schmückt? Sie

konnte es wirklich kaum mehr erwarten, dass er sie endlich aufklärte.

Er kam zurück, setzte sich aber nicht wieder. »Entschuldigung. Der Ofen wollte nicht so, wie meine Mitarbeiter wollten.« Er lachte.

»Würden Sie mir Ihre Kopie bei Gelegenheit mal zeigen?«

Er nickte eifrig. »Das hatte ich schon so lange vor. Sie wissen bestimmt, ob es wertvoll ist. Vor allem würde ich doch so gern wissen, was draufsteht. Aber diese komische Schrift kann ja kein Mensch lesen.«

»Das können mehr, als Sie vielleicht glauben.«

»Kommen Sie, wir müssen eine Etage hinaufgehen. Sie hängt in dem Raum, den ich meistens für Feiern herrichte, Hochzeiten, Geburtstage, so etwas.«

»Ich wusste gar nicht, dass Sie so einen Raum haben.«

»Sie haben ja auch noch nicht geheiratet.«

»Gott bewahre!« Sie lachte, während sie hinter ihm her die Treppe hinaufstieg. Sie betraten einen großzügigen Raum, in dem in der Mitte gerade eine lange Tafel aufgebaut war. Christa staunte. Derartige Räumlichkeiten hatte sie hier tatsächlich nicht vermutet. Das kam davon, dass sie meistens auf ihrem Stammplatz auf der Galerie saß.

Er steuerte auf die grob verputzte Backsteinwand an der Stirnseite zu.

»Hier ist mein ganzer Stolz!« Als hätte er es mit einem rohen Ei zu tun, nahm er den etwas sehr goldenen Rahmen von der Wand.

»Darauf können Sie wirklich stolz sein«, flüsterte sie. Sooft sie solche Dokumente auch schon gesehen hatte, versetzten sie sie doch immer wieder in Begeisterung und erfüllten sie mit Ehrfurcht. Wie viele Menschenleben waren vergangen, seit jemand das hier mit Feder und Tinte geschrieben hatte?

»Frühes Mittelalter, würde ich meinen. Aber um das genauer sagen zu können, müsste ich das Original sehen. Wo ist das eigentlich?«

»Soweit ich weiß, wurde das dem Mittelaltermuseum in Stockholm zur Verfügung gestellt. Die Archäologen sagten, es handelt sich nicht um irgendetwas Bedeutendes, sondern nur um einen privaten Brief sozusagen. Und weil man sich in Stockholm wohl sehr auf den Alltag des Mittelalters spezialisiert und damals gerade nach Stücken aus möglichst allen Ostseestädten gesucht hat, haben die das bekommen. So habe ich es jedenfalls in Erinnerung.«

Sie hatte ihm aufmerksam zugehört und betrachtete jetzt die ersten Zeilen und vor allem das Material beziehungsweise das, was davon zu erkennen war. Durch das Kopieren war der Text ein wenig verschwommen. Außerdem, vermutete sie, hatte das Pergament wohl auch ordentlich gelitten in den Jahren, in denen es von Schutt und Steinen begraben war. Hinzu kam, dass es nicht gerade aufwendig restauriert worden war. Das war jedenfalls ihr Eindruck.

»Ich dachte, für Sie ist es vielleicht interessant, weil darin nämlich auch der Name Esther vorkommt.«

»Was sagen Sie da?« Ihre Augen glitten hektisch über die Zeilen.

»Glaube ich zumindest. Viel kann ich ja nicht lesen, wie gesagt. Also eigentlich fast gar nichts. Die Schrift ist nun wirklich nicht sehr deutlich und dann diese komische Sprache ... Aber immer, wenn ich mal die Muße habe und mir mein gutes Stück länger ansehe, dann denke ich, dass da an einer Stelle Esther steht.«

Sie hörte ihn schon gar nicht mehr, folgte vielmehr seinem Finger, den er über eine Stelle des Glases hielt. Was sie auf Anhieb entziffern konnte, raubte ihr den Atem.

»Haben Sie nicht vorhin über Wunder gesprochen?«, fragte sie ihn, ohne den Blick zu heben. »Man muss nur daran glauben?

Anscheinend ist das nicht einmal nötig. Damit hätte ich nie gerechnet, aber hier habe ich mein Wunder.« Sie strahlte ihn an.
»Wirklich? Also habe ich recht, und da ist wirklich von einer Esther die Rede?«
»Nicht von einer Esther, Costas, von meiner. Ich fasse es nicht. Esther ist nicht länger ein Phantom. Wie es aussieht, gab es jemanden, der nicht wollte, dass sie vergessen wird.«

# Lübeck, 18. April 1226 – Esther

Als sie erwachte, fühlte Esther sich großartig. Dabei hatte sie in der letzten Nacht nicht eben viel Schlaf bekommen. Die Erinnerung an das, was sie mit Vitus getan hatte, trieb ihr ein Kribbeln in den Bauch, als wäre dort eine ganze Armee Ameisen unterwegs. Verstohlen blinzelte sie zu ihm hinüber. Zwar war es durch den geschlossenen Fensterladen noch recht dunkel in seiner Kammer, doch das Morgenlicht, das sich seinen Weg durch die Risse im Holz und den Spalt zwischen Laden und Fensterrahmen bahnte, reichte aus, um sein Gesicht zu erkennen. Überrascht stellte sie fest, dass er nicht mehr schlief.
»Du bist schon wach?«
»Guten Morgen. Ja, ich bin mit dem Glockenschlag erwacht. Seitdem sehe ich dir zu, wie du schläfst«, sagte er zärtlich.
»Du siehst mir zu, wie ich schlafe?« Sie musste lachen. »Das scheint mir keine besonders interessante Tätigkeit zu sein.«
»Da irrst du. Du bist sehr hübsch anzusehen, wenn du selig schlummerst.«
»Und wenn ich wach bin?« Der Blitz traf sie wie aus heiterem Himmel, und sie gab ihm keine Gelegenheit für eine Erwiderung. »Mann in de Tünn, du bist doch nicht mit dem Glockenschlag zur sechsten Stunde erwacht, oder doch?«

»Ich nehme es an. Es war schon hell draußen. Noch höre ich keine Fuhrwerke auf der Gasse, daher kann ich mir nicht vorstellen, dass es schon die siebte Stunde war.«

Noch während er sprach, war sie von seinem Lager aufgesprungen. Es scherte sie nicht, dass er sie in aller Ruhe nackt betrachten konnte. Sie hastete zu ihrem Kleid und fingerte daran herum, bis sie die eingenähte Tasche zu fassen bekam.

Vitus stützte sich auf seine Ellbogen und beobachtete ihr Treiben ebenso verwirrt wie amüsiert.

»Das Licht, ich muss das Licht anzünden. Heilige Mutter Gottes, wenn es nur nicht schon zu spät ist!« Damit rannte sie, das Wachslicht, das Felding ihr gegeben hatte, in einer Hand, das Kleid unter den Arm geklemmt, hinunter in die Stube. Sie musste es schleunigst anzünden. Als es brannte, kam Vitus herein.

»Kannst du mir erklären, was los ist?«

Sie schlüpfte in ihr Kleid und rief darunter hervor: »Felding hat mir das Licht gegeben und aufgetragen, es anzuzünden, wenn die Glocke zur sechsten Stunde schlägt. Sobald es abgebrannt ist, soll ich mich auf den Weg zum Skriptorium machen, um das Pergament zu bringen.«

»Warum hast du das nur nicht früher gesagt?«

»Ich dachte, ich hätte.« Sie zerrte an dem Stoff ihres Gewands herum und fürchtete schon, er würde im nächsten Moment reißen. Endlich fand sie den Ausschnitt, durch den ihr Kopf wieder ins Freie kam.

»Wie lange ist es her, dass die Glocke geschlagen hat?«, fragte sie voller Angst.

»Nun ja, eine Weile.« Auch er war nicht mehr so ruhig wie noch eben gerade, als sie das Lager geteilt hatten. »Warum gehen wir nicht einfach jetzt schon?«, schlug er vor. »Besser zu früh dort sein als zu spät.«

»Ein famoser Vorschlag. Auf der anderen Seite wird er sich doch etwas dabei gedacht haben, mir diese genaue Anweisung zu geben. Wozu das ganze Theater mit dem Licht, wenn ich einfach nur vor der siebten Stunde dort sein soll?«

»Ich habe keinen Schimmer.« Er sah hinüber zu der Flamme, die fröhlich flackerte. »Es dauert seine Zeit, bis es verlöscht. Am besten, wir essen einen Brei oder einen Kanten Brot und machen uns dann auf den Weg. Was denkst du?«

»Ich kann nichts essen.« Ihr war elend. Wie hatte sie nur verschlafen können? Als ob dieser Tag nicht ohnehin schon schlimm genug wäre. »Und überhaupt, wieso meinst du, wir gehen gemeinsam? Es war nur die Rede davon, dass ich zu erscheinen habe.«

»Du glaubst doch nicht wahrhaftig, ich lasse dich allein zu diesem Halunken gehen. Kommt gar nicht in Frage.«

Kaspar tauchte in der Tür auf. Sein rotes Haar stand ihm wie ein munteres Feuer zu allen Seiten vom Kopf ab. Er rieb sich müde die Augen.

»Was macht ihr denn für einen abscheulichen Lärm?«

»Heute ist der Tag, an dem Esther das Schriftstück in das Skriptorium bringen muss. Hast du das etwa vergessen?«

»Nein, gewiss nicht. Ich wusste nicht, dass sie so früh aufbricht. Die Glocke hat noch nicht einmal zur siebten Stunde geschlagen.«

»Zur achten kommt bereits der Bote«, erklärte sie ihm.

»Was soll dann die Eile? Der Weg ist nicht weit.«

»Frag nicht, Kaspar!« Sie strich ihm fahrig über den Schopf. »Geh lieber nach Hause und richte dir etwas für dein Mittagessen, das du mit zum Dom nehmen kannst. Und dann musst du dich sputen, wenn du Baumeister Gebhardt nicht verärgern willst.«

»Wie soll ich für Gebhardt schreiben, wenn meine einzige Schwester sich in größte Gefahr begibt? Das kann ich nicht.«

»Du musst sogar«, entgegnete sie eindringlich.
»Keineswegs. Ich habe dir gesagt, dass wir das ab jetzt gemeinsam durchstehen. Und das werden wir. Ich lasse dich nicht im Stich.« Eben aus dem Bett gekommen, sah er aus wie ein großer, ungelenker Junge. Ihr ging das Herz auf bei diesem Anblick. Es war ein wunderbares Gefühl, einen solchen Bruder zu haben, der sein ganzes Leben für sie da sein würde. Sie stellte sich auf die Zehenspitzen und küsste ihn auf die Stirn.
»Du hilfst mir am meisten, wenn du deiner Arbeit nachgehst wie an jedem Tag.«
Bevor er widersprechen konnte, sagte Vitus: »Esther hat recht. Wer weiß, wo Felding seine Ohren überall hat. Wenn er hört, dass du heute nicht zum Schreiben erschienen bist, wird er nur misstrauisch. Auch die Ratsmänner und die Boten sollen sich sicher fühlen, wenn der Plan gelingen soll. Es ist wirklich besser, du lässt dich auf der Baustelle sehen.«

Normalerweise fand Esther einen gewissen Gefallen daran, morgens in den Gassen Lübecks unterwegs zu sein. Die Häuser lehnten sich müde aneinander, die Menschen waren noch nicht so eilig auf den Beinen, wie es im Lauf des Tages der Fall sein würde. Und der Lärm war meist auch noch wohltuend gedämpft. Es schien ihr stets, als hätte das Leben noch nicht recht Fahrt aufgenommen, ein Zustand, den sie zu gerne beobachtete. Nur war an diesem Tag eben nichts so wie üblich. Als sie dem Marktplatz zustrebten, nahm sie nicht die angenehme Langsamkeit wahr. Im Gegenteil, sie störte sich daran, dass ein Laufbursche ihnen im Wege stand, als wären seine Füße soeben an Ort und Stelle festgewachsen. Und es widerte sie an, dass Nachttöpfe geleert wurden, eine Frau den Rock raffte, um ihr Morgengeschäft gleich vor dem Haus zu verrichten, und ein Mann sich in aller Gemütsruhe in der Nase bohrte, als hätte sich dort über Nacht etwas festgesetzt, das es zu beseitigen galt, und anschließend noch so dicht vor ihr ausspuckte, dass er um ein Haar ihre Schuhe getroffen hätte.

Vitus schien das alles nicht zu bemerken. Er schritt zügig aus, so dass sie Mühe hatte, an seiner Seite zu bleiben. Als sie an St. Petri vorüberkamen, sandte sie ein rasches Stoßgebet zum Himmel. Wenn der Herrgott ihr den Betrug nur verzeihen und sie beschützen wollte. Das kleine Querhaus lag ruhig da im Schatten der umstehenden höheren Gebäude. Nichts rührte sich.

»Was, wenn jemand drinnen ist? Reinhardt oder Otto?«

»Otto kommt nicht mehr, das weißt du«, beruhigte Vitus sie. »Sein Weib hat mit Kaspar gesprochen, das hat er gestern gesagt.«

»Das ist wahr. Was aber ist mit Reinhardt?«

Er zog sie in einen Winkel zwischen zwei Häusern, von wo sie die Tür des Skriptoriums im Blick hatten, packte ihre Schultern mit beiden Händen und sah ihr in die Augen.

»Hör zu. Wenn Reinhardt schon dort sein sollte, dann musst du ihm etwas vormachen.«

»Aber was soll ich denn …?«

Er legte ihr einen Finger auf die Lippen. »Hör mir zu, Esther. Du wirst ihm ein Märchen erzählen. Sag ihm, du wärst heute von einem lauten Poltern erwacht. Als du nachgesehen hast, war Kaspar nicht aufzufinden und in eurer Stube sei ein Stuhl umgestoßen und ein Regal fast vollständig leer geräumt gewesen.«

»Aber davon ist doch nichts wahr!« Hörte dieses ständige Lügen denn nie auf?

»Das ist unwichtig. Du musst ihn einfach dazu bekommen, das Skriptorium zu verlassen. Dränge ihn zur Tür. Im gleichen Augenblick musst du das Pergament auf sein Pult legen.«

Sie tastete nach dem Schriftstück, vergewisserte sich zum x-ten Mal, dass sie es unter ihrem Umhang trug.

»Und dann?«

»Dann läufst du mit ihm nach Hause, bist unendlich überrascht, alles wieder in schönster Ordnung zu finden, und treibst ihn durch die halbe Stadt und zum Hafen hinunter, um nach Kaspar zu suchen.«
»Reinhardt würde doch als Erstes zur Dombaustelle gehen. Und dann ist der Spuk vorbei.«
»Dann sagst du ihm eben, Kaspar habe ausdrücklich betont, er müsse heute nicht zum Dom, weil Meister Gebhardt selbst nicht zugegen sei.«
»Ach Vitus, es ist so schrecklich, Reinhardt derartig anzulügen. Wie soll ich das je wieder in Ordnung bringen?« Sie schmiegte sich an ihn und verbarg ihr Gesicht an seiner Schulter. Deutlich spürte sie seinen kräftigen Körper, die Muskeln seiner Arme, seine Wärme. Dieses Mal war es etwas ganz anderes als gestern Nacht. Die Berührung war nicht aufregend, sie schenkte ihr eine große Geborgenheit, die sie jetzt so dringend brauchte. Es würde gut werden, alles würde gut werden, wenn Vitus nur bei ihr war.
»Du musst dich damit abfinden, dass er es sein könnte, der dich an Felding verraten hat. Da geschieht es ihm ganz recht, ein wenig an der Nase herumgeführt zu werden, denkst du nicht?« Er schob sie ein Stück von sich und lächelte sie aufmunternd an. »Vielleicht ist er gar nicht da, und deine Sorge ist unbegründet. Geh jetzt hinein«, forderte er sie sanft auf. »Ich bin hier«, sagte er eindringlich. »Sollte irgendjemand das Skriptorium betreten wollen, bin ich zur Stelle und halte ihn auf.«
»Gut, dann gehe ich jetzt.« Sie schluckte. Ihre Kehle war wie zugeschnürt. Er drückte sie noch einmal fest an sich, dann ließ er sie los. Es gab kein Zögern mehr.

Esther überquerte die Gasse. Eine Hand lag auf dem Dokument, damit sie es so rasch wie möglich zücken und an den vereinbarten Platz legen konnte. Mit der anderen wollte sie den Riegel zur

Seite schieben, doch da sah sie das Schloss, das noch niemand geöffnet und mit hineingenommen hatte. Sie tastete nach dem kleinen Schlüssel, den jeder Schreiber hatte. Ihre Finger zitterten. Sie bekam ihn zu fassen, warf einen Blick zu Vitus hinüber beziehungsweise zu der finsteren Ecke, in der sie ihn wusste. Da fiel ihr der Schlüssel zu Boden.

»Herrje«, stieß sie leise aus. Sie blickte sich wieder um. Noch war die Gasse leer.

Nur die Ruhe, ging es ihr durch den Kopf, es war ja nichts daran, dass sie zu dieser Stunde das Skriptorium aufschloss. Sollte jemand sie aus einem der Fenster beobachten, würde er gewiss nichts ungewöhnlich finden. Sie atmete schnell, ihr Brustkorb hob und senkte sich so sehr, dass sie meinte, jeder müsste es bemerken. Tapfer vermied sie es, an den Häusern hinaufzusehen, ob jemand am Fenster war. Sie steckte den Schlüssel in die runde Trommel des Vorhängeschlosses. Mit einem Klicken, das ihr heute lauter erschien als sonst, sprang es auf. Esther zog den Bügel aus dem Riegel. Beinahe wäre ihr auch das Schloss zu Boden gefallen, aber sie konnte es gerade noch packen. Ein letzter rascher Blick über die Schulter zu Vitus' Versteck, dann schlüpfte sie in die kleine Schreiberwerkstatt.

Düster war es und muffig. Wie gern hätte sie den Fensterladen geöffnet, um frische Luft und das Morgenlicht hereinzulassen, doch das war beileibe kein guter Einfall. Was hatte Felding ihr aufgetragen? Das Schriftstück auf Reinhardts Schreibpult legen, das war alles gewesen. Sie führte sich die Begegnung mit ihm noch einmal vor Augen. Ja, sie war sich ganz sicher. Je weniger sie wisse, desto besser, hatte er noch verkündet. Schließlich sei sie ein redseliges Weibsbild. Schön. Sie straffte sich und atmete tief durch. Sollte er haben, was er wollte. Wenn sie gleich wieder ging, wusste sie am wenigsten. Sie legte den Gegenstand, der ihr noch den Verstand rauben würde, neben einen alten Putzlumpen, den

Reinhardt anscheinend achtlos auf seinem Pult liegen gelassen hatte. Das war sonst gar nicht seine Art, stellte sie fest, kümmerte sich aber nicht weiter darum. Sie hatte getan, was sie musste. Nun nichts wie raus hier!

Sie flog geradezu in seine Arme.
»Es ist geschafft. Ich habe es getan, Vitus. Es ist vorbei.« Sie bekam kaum Luft, so aufgeregt war sie. Am liebsten hätte sie getanzt, gesungen, jubiliert. »Jetzt muss er mir den Fetzen mit meinem Geständnis wiedergeben. Er kann nicht anders.« Ihr fiel ein, was Vitus und Kaspar zu diesem Thema gesagt hatten. »Das braucht er nicht einmal«, sprudelte sie weiter. »Er kann mir nichts mehr anhaben, nicht wahr? Es ist wahrlich vorüber!«
»Nein, er kann dir nichts mehr anhaben. Und nun beruhige dich bitte. Du hast es zwar geschafft, Esther, aber ganz vorbei ist es erst, wenn der Bote das gute Stück abgeholt hat.«
Natürlich, er hatte recht. Sie musste sich zusammenreißen, fiel es ihr auch noch so schwer.
»Schon besser.« Er lächelte und sah sehr erleichtert aus. »Wir wollen doch nicht, dass jemand aufmerksam auf uns wird.«
»Nein, das wollen wir nicht.« Allmählich ging ihr Atem wieder langsamer und gleichmäßiger. Auch konnte sie wieder klarer denken. »Und jetzt warten wir nur noch?«
»Das will ich hoffen. Handeln müssen wir nämlich nur dann, wenn etwas schiefläuft, und das wäre gar nicht gut.«
Die Glocke von St. Petri schlug zur siebten Stunde. Esther fuhr zusammen und sah hinüber zum Skriptorium, als müsste dort jetzt etwas geschehen. Aus dem Augenwinkel nahm sie eine Bewegung wahr, wandte den Kopf und entdeckte Reinhardt, der die Gasse entlangkam.
»Sieh nur! O nein, wir müssen ihn aufhalten.« Schon wollte sie losstürmen.

»Warte! Sieh doch!« Vitus hielt sie mit kräftigem Griff und deutete in die andere Richtung. Felding!
»Was sollen wir tun?«
»Nichts«, flüsterte er und zog sie weiter in den Winkel hinein. »Wir tun nichts als abzuwarten.«
Immer wieder versuchte sie ihren Kopf weiter vorzurecken, um sehen zu können, was dort vor sich ging. Jedes Mal zog Vitus sie sanft, aber bestimmt zurück. Was sie erspäht hatte, verwirrte sie. Es hatte den Anschein, als redeten Reinhardt und Felding recht vertraut miteinander. Sie hatten sich wie alte Bekannte begrüßt und dann leise ein paar Worte gewechselt. Reinhardt wirkte unruhig, soweit sie es einschätzen konnte. Er steckte doch wohl nicht mit diesem Kaufmann aus Köln unter einer Decke! Was sollte sie sonst davon halten? Das würde bedeuten, dass er sie wahrhaftig verraten hatte. Der Gedanke versetzte ihr einen Stich. Wieder reckte sie vorsichtig den Hals und konnte gerade noch sehen, wie die beiden gemeinsam das Skriptorium betraten.

## Lübeck, 18. April 1226 – Josef Felding

Die Glocke verkündete die siebte Stunde. Felding bog in die Depenau ein und entdeckte augenblicklich den Schreiber Reinhardt. Wunderbar, er liebte Zuverlässigkeit und hasste es, warten zu müssen.
»Ich grüße Euch, werter Reinhardt. Dann wollen wir wohl mal zur Tat schreiten, was?« Sein Vorhaben, das er sich so herrlich ausgedacht hatte, war im Begriff, an sein Ziel zu gelangen. Das verschaffte ihm beste Laune.
»Ich grüße Euch, Felding. Eben schlägt die Glocke zur siebten Stunde.«
Wie unsicher er war! Pah, was für ein jämmerlicher Zwerg, der eigens darauf hinweisen musste, pünktlich zur Stelle zu sein.
»Der Riegel ist geschlossen, das Vorhängeschloss ist jedoch fort.« Er senkte seine Stimme. »Das bedeutet, jemand ist schon da.«
»Oder jemand war schon da. Ist das so ungewöhnlich?« Es sah also danach aus, dass auch Esther sich fügsam an die Abmachung gehalten hatte. Recht so. Welch ein glücklicher Tag! Der Schauenburger würde ihm die zweite Hälfte eines kleinen Vermögens bezahlen, Marold würde sich auch nicht lumpen lassen. Und dank dieser reizenden Esther konnte er sich einen zusätzlichen Vorteil verschaffen. Hätte sie nicht diesen brillanten Einfall mit

dem Englandfahrer-Passus gehabt, ihm wäre ein besonders hübscher Trumpf durch die Lappen gegangen. Bei dem Gedanken an die Frau spürte er ein Pulsieren in seinen Lenden. Derzeit gelang ihm alles, was er anpackte. Warum sollte es ihm nicht auch gelingen, sie für sich zu gewinnen, wenn er sie nur an der richtigen Stelle anpackte. Beinahe hätte er laut aufgelacht über seine Wortspielerei. Er wollte endlich ein Weib auf seinem Lager haben. Und er wollte diese Esther. Es musste doch mit dem Teufel zugehen, wenn er sie nicht kriegen sollte.

In aller Ruhe betrat er hinter Reinhardt den düsteren Raum. Der Schreiber war umgehend zu seinem Pult geeilt. Er würde eine hübsche Überraschung erleben.

»Was zum …?«, stieß er auch schon aus.

»Ist etwas nicht in Ordnung?« Felding schlenderte zu ihm hinüber. Währenddessen zog er ganz langsam ein Pergament hervor, die beste Fassung, die je geschrieben worden war. Nämlich von ihm selbst. Auch wenn ihm diese Esther gefiel, würde er ihr den kleinen Vorteil für ihren Geliebten natürlich nicht durchgehen lassen. Und es wäre schließlich auch für sie besser, wenn er, Felding, einen großen Vorteil hatte. Jedenfalls dann, wenn er sich endgültig entschließen sollte, sie zu seinem Weib zu machen.

»Doch, werter Felding, alles ist bestens, bestens«, stammelte Reinhardt. »Ich will nur rasch ein wenig Ordnung machen.« Er griff nach dem Schriftstück, das auf seinem Pult bereitlag, und wollte es schleunigst in einem Regal verschwinden lassen. Dafür, dass er am ganzen Leib flatterte, reagierte er rasch, das musste man ihm lassen.

»Was habt Ihr da?« Es war ihm wahrhaft ein Genuss, ein wenig mit diesem Schwächling zu spielen wie mit einer Maus, die er gefangen und in eine Holzschachtel gesetzt hatte.

»Nichts, nur eine Arbeit, die ein anderer Kaufmann hat schreiben lassen.« Glitzerte da nicht eine Schweißperle auf seiner Stirn?

»Darf ich mal sehen?«
Reinhardt wurde blass. Er setzte zu einer Erwiderung an, fand aber zunächst keine Worte. Er konnte einem fast leidtun.
»Also, wird's bald?«
»Verzeiht, werter Herr Felding, aber das geht nicht. Ich meine, ich wollte sagen, was würdet Ihr von mir denken, wenn ich Euch ein Schriftstück zu lesen gäbe, das für einen anderen bestimmt ist? Ihr müsstet ja glauben, ich würde auch Eure Dokumente herumzeigen. Dabei fiele mir das niemals ein.«
»Soll ich Euch sagen, bester Reinhardt, was ich von Euch denke? Ich fürchte, ich habe Euch mit der ganzen Angelegenheit auf eine Idee gebracht, und nun habt Ihr Euer eigenes Spielchen getrieben, eine eigene Abschrift verfasst, die Ihr nun vor mir zu verbergen sucht.«
»Wie? Aber nein! Wie sollte ich wohl …?« Seine Wangen färbten sich dunkelrot, das war selbst bei dem schummrigen Licht zu erkennen, und die Stirn glänzte jetzt schweißnass.
»Beweist es! Zeigt mir, dass der Bogen, den Ihr so emsig wegzuräumen im Begriff seid, keine Abschrift der Barbarossa-Privilegien ist, die Ihr irgendjemandem zum Gefallen ein wenig verändert habt. Lasst mich überprüfen, ob Ihr eine Kopie von dem in der Hand haltet, was ich Euch mitbrachte. Jedenfalls nahezu eine Kopie.« Damit legte er seine Version auf das Pult.
»Wie sollte ich denn …? Ich kenne doch nicht einmal den Wortlaut.«
»Kann doch sein, Ihr seid noch einmal zu Marold gegangen. Allein. Ja, natürlich, Ihr seid auf Ruhm und Reichtum aus und wollt sicherstellen, dass die Fassung, wie der Rat sie sich ausdachte, nach Parma gelangt. Ihr wollt die Stadt vor dem Schauenburger retten!«
»Nein, so glaubt mir doch!« Reinhardt blickte mit einem Mal verwirrt drein.
»Narr! Dabei habe ich Euch selbst eine Chance gegeben, mehr

Anteil an diesem bedeutungsvollen Geschäft zu haben. Ihr hättet eine Version anfertigen dürfen, aber Ihr wart ja zu feige.«

»Was sagtet Ihr da eben?«

»Zu feige wart Ihr und wolltet nicht.«

»Nein, davor. Ihr sagtet, ich wolle die Stadt vor dem Schauenburger retten. Aber das ist es doch, was Marold und der Rat wollen. Und Ihr habt die Aufgabe von Marold übernommen. Ich war ja selbst dabei, als Ihr ihn vor Graf Adolf warntet.«

»Doch erinnert Ihr Euch nicht mehr daran, was ich Euch beizubringen suchte. Man muss seinen Geist benutzen, immer einen Plan haben, der den anderen einen Schritt voraus ist. Wie groß, glaubt Ihr, ist die Gunst, die mir Graf Adolf erweist, wenn ich den Plan der Lübecker vereitle?« Er kostete den Anblick des völlig verblüfften Reinhardt aus. Diesem war wahrhaftig noch nicht der Gedanke gekommen, dass er, Felding, ein doppeltes Spiel treiben könnte. Wie konnte man nur so einfältig sein?

»Ihr habt Marold Eure Hilfe nur zum Schein angeboten? Diese Schriftrolle dort«, er deutete mit dem Kopf darauf, »ist eine Fälschung aus Eurer Feder und nach Eurem Geschmack?«

»Allerdings!« Er strahlte ihn höchst zufrieden an. »Damit trefft Ihr den Nagel auf den Kopf.« Das freundliche Lächeln erstarb so rasch, wie er es aufgesetzt hatte, und er verlangte finster: »Nun zeigt mir Euer Pergament! Ich bin sicher, Ihr habt es nicht anders gemacht als ich.«

»Aber nein, Herr, nie wäre ich auf den Gedanken gekommen …« Felding verlor die Geduld mit diesem Jammerlappen und schlug einen härteren Ton an. »Her damit, oder ich schneide Euch Eure verlogene Zunge ab!«

»Ich kann es Euch erklären«, wimmerte er und reichte ihm zitternd die Rolle. »Wollt Ihr Geld? Ich kann Euch welches geben! Bitte, Herr, ich tat das alles doch nur für mein Weib. Sie ist krank, und der Medicus ist teuer.«

Er redete unablässig weiter in einem fürchterlich klagenden Singsang, der Felding noch den Verstand rauben würde. Ungeduldig entriss er ihm Esthers Schreiben und tat so, als wisse er nicht, was er dort zu lesen bekam. Seine Augen glitten nur zum Schein über die ersten Zeilen, wobei ihm auffiel, dass das Frauenzimmer Marolds Schrift nicht eben gut getroffen hatte, wenn er nicht irrte. Verdammt, er hätte ihr auf die Finger sehen müssen. Jetzt war es zu spät. Sollte alles herauskommen und es eng für ihn werden, könnte er mit diesem Gekritzel kaum den Domherrn ans Messer liefern. Er würde doch Esther opfern müssen, ein Gedanke, der ihm deutlich missfiel. Er wollte sie lebend und in Freiheit, er wollte sie für sich. Noch immer wehklagte Reinhardt unaufhörlich und bat wieder und wieder um Gnade. Felding hörte kaum hin. Er steckte die von Esther geschriebene Fassung in sein Gewand. Das Vorhaben musste eben gelingen, man durfte ihm nicht auf die Schliche kommen, dann wären seine einsamen Nächte gezählt.

»Diese Urkunde wolltet Ihr also nach Parma schicken«, donnerte er. »Wie hätte ich wohl dagestanden vor dem Grafen, wenn der Kaiser sie erst unterschrieben und mit seinem Siegel versehen hätte, hä?«

»So glaubt mir doch! Die Urkunde stammt nicht von mir. Ich habe sie nicht geschrieben. Ein schwarzer Mann gab sie mir. Er verlangte wie Ihr, dass ich sie dem Boten gebe. Mehr weiß ich Euch nicht zu sagen.«

Wie einfallslos. Da behauptete dieses arme Würstchen doch in der Tat, noch jemand habe sein Pult nur als Übergabeort benutzen wollen. Nun schön, er wusste natürlich wirklich nicht, woher die Rolle plötzlich gekommen war. Es musste ihm scheinen, als wäre sie vom Himmel gefallen. Das hätte er noch weniger behaupten können. Felding merkte, dass er dieses Theaters hier müde wurde. Außerdem musste er sich sputen. Nicht mehr lange, dann käme der Bote. Vorher gab es noch etwas zu tun.

Er tastete in seinem Gewand nach dem zweiten Gegenstand, den er für diese kleine Verabredung mitgebracht hatte.
»Ihr habt mich enttäuscht, mein lieber Reinhardt, Ihr habt mich wahrlich enttäuscht.«
»Nein, Herr, es ist ja nicht, wie Ihr glaubt.« Seine Stimme war nur noch ein Schluchzen.
»Wisst Ihr, fast beneide ich Euch ein wenig. Ihr habt ein Weib, für das Ihr sogar bereit seid, Euch in Gefahr zu begeben. Auf der anderen Seite ... Gerade diese Eigenschaft der sogenannten Liebe ist es, die mir nicht recht zusagen mag.« Er schlenderte langsam um das Pult und um den schlotternden Reinhardt herum. »Sie scheint einem den Geist zu vernebeln. Ihr hättet Euch ein Beispiel an mir nehmen sollen. Ich weiß stets, was zu tun ist.« Der Holzgriff seines Langsaxes lag sicher in seiner Hand. »Selbst als ich Euch verriet, welch doppeltes Spiel ich treibe, war das kein unbedachter Fehler von mir. Denkt Euch nur, schon in dem Moment wusste ich, dass Ihr keine Gelegenheit mehr haben würdet, es eilig herumzutratschen.«
»Was meint Ihr damit?«
In dem Augenblick, als Reinhardt sich fragend zu ihm drehen wollte, holte Felding mit seiner Waffe aus. Ein gezielter Hieb durchtrennte Reinhardts Kehle. Die Augen des Sterbenden starrten Felding voll grenzenlosem Grauen an.
»Welch ein Narr Ihr doch seid, wenn Ihr geglaubt habt, ich könnte Euch am Leben lassen«, sagte er kopfschüttelnd, während er einen Hocker an die Wand rückte. »Das war nicht möglich, bei allem, was Ihr wisst.«
Er versetzte Reinhardt, der sich noch eben aus eigener Kraft aufrecht halten konnte, einen Stoß, so dass dessen Beine an den Hocker stießen und er darauf zusammenbrach. Felding bemerkte das blutige Schwert, das er noch immer in der Hand hielt. Er wollte es zurück in die Scheide gleiten lassen. Nein, besser, er verbarg es

in seinem Ärmel und spülte es rasch draußen im Brunnen ab. Dann würde er zurückkehren und den Toten notdürftig verbergen, bis der Sendbote das Pergament geholt hatte. Danach brauchte er sich um die Leiche nicht weiter zu scheren. Er warf einen letzten schnellen Blick auf seine Fassung des Barbarossa-Privilegs.

»Damit sind die Kölner vor den Lübeckern auf immer bessergestellt«, flüsterte er gehässig. »Als Lübecker Englandfahrer ist kein Geschäft mehr zu machen. Wollen doch mal sehen, ob die hübsche Esther da nicht einen anderen als ihren Bräutigam erwählt.«

## Lübeck, 18. April 1226 – Reinhardt

Die Glocke verkündete die siebte Stunde. Als Reinhardt in die Depenau bog, sah er den Kölner Kaufmann bereits, der ebenfalls in diesem Moment eingetroffen zu sein schien. Er schluckte, sein Herz pochte. Worauf hatte er sich nur eingelassen? Im Stillen ging er zum wiederholten Male durch, was er zu tun vorhatte – das Dokument aus Feldings Hand empfangen, neben das von dem schwarzen Mann legen, den Lumpen in einem unbeobachteten Augenblick von einem Pergament über das andere ziehen, fertig.
»Ich grüße Euch, werter Reinhardt. Dann wollen wir wohl mal zur Tat schreiten, was?« Der Kerl schien beste Laune zu haben. Kein Wunder, er hielt die Fäden in der Hand. Obendrein war er es sicher gewöhnt, derartige Geschäfte abzuwickeln, was auf ihn selbst keineswegs zutraf. Wenn doch nur alles längst vorbei wäre.
»Ich grüße Euch, Felding. Eben schlägt die Glocke zur siebten Stunde«, sagte er unsicher. Er wollte rasch die Tür öffnen und hineinschlüpfen. Es musste ja nicht sein, dass jemand sie zusammen sah. »Der Riegel ist geschlossen, das Vorhängeschloss ist jedoch fort.« Er senkte seine Stimme. »Das bedeutet, jemand ist schon da.« Ob Kaspar bereits zu so früher Stunde an seinem Platz war? Das wäre ungewöhnlich. Dann schon eher Esther. Er

schickte ein Stoßgebet zum Himmel, dass das nicht der Fall war. Ihr wollte er am allerwenigsten begegnen.

»Oder jemand war schon da. Ist das so ungewöhnlich?«, wollte Felding wissen. Das war es im Grunde nicht. Ja, wahrscheinlich hatte sie ein paar Utensilien für ihren Bruder geholt, damit er direkt zur Dombaustelle gehen konnte.

Die Tür knarrte widerwillig, als er sie öffnete. Er ging voraus in den düsteren Raum und eilte umgehend zu seinem Pult, bevor Felding, der sich gottlob Zeit ließ, ihm auf den Fersen war. Der Anblick fuhr ihm durch die Glieder wie ein Blitz.

»Was zum …?«, stieß er aus und biss sich im nächsten Moment auf die Zunge. Der alte Lumpen, den er über das Schreiben des schwarzen Mannes gelegt hatte, lag jetzt daneben. Er war sich ganz sicher, dass er das Schriftstück vollständig bedeckt hatte, als er das Skriptorium am Vortag verlassen hatte. Wer zum Teufel hatte in seinen Sachen geschnüffelt? War ihm jemand auf der Spur? O Himmel! Blitzschnell zog er den Leinenfetzen auf die kostbare Rolle. Doch was war das? Da war noch eine Rolle. Er hatte sie sehr wohl zugedeckt. Niemand hatte geschnüffelt, jemand hatte eine zweite Ausgabe hinzugelegt. Es gab zwei Dokumente!

»Ist etwas nicht in Ordnung?« Felding schlenderte zu ihm hinüber.

»Doch, werter Felding, alles ist bestens, bestens«, stammelte er. Was sollte er nur tun? Der Lumpen war zu klein, um zwei Schriftrollen zu verbergen, das war ihm sofort klar. Und wenn er sich jetzt lange daran zu schaffen machte, fiel die Fassung des schwarzen Mannes Felding in die Hände. »Ich will nur rasch ein wenig Ordnung machen.« Er griff danach und wollte sie einfach in das Regal legen. Das wäre am wenigsten augenfällig, hoffte er. Und weiter betete er, eine Gelegenheit zu bekommen, um die Rolle aus dem Regal gegen die zu tauschen, die Felding bei sich trug.

»Was habt Ihr da?«
»Nichts, nur eine Arbeit, die ein anderer Kaufmann hat schreiben lassen.« Schweiß trat ihm auf die Stirn. Würde er ihm glauben? Er betete inständig dafür.
»Darf ich mal sehen?«
Reinhardt fühlte sich, als hätte er ihm soeben kräftig in die Eingeweide getreten. Das hier würde böse enden, sehr böse. Er war verloren.
»Also, wird's bald?«
»Verzeiht, werter Herr Felding, aber das geht nicht.« Damit würde er sich nicht zufriedengeben. Niemals. Reinhardts Hirn arbeitete fieberhaft. »Ich meine, ich wollte sagen, was würdet Ihr von mir denken, wenn ich Euch ein Schriftstück zu lesen gäbe, das für einen anderen bestimmt ist? Ihr müsstet ja glauben, ich würde auch Eure Dokumente herumzeigen. Dabei fiele mir das niemals ein.« Gut gemacht. Diese Erklärung war schlüssig. Er musste daran denken, wie Felding ihn damals angefahren hatte, als er diesen in dessen Kontor aufgesucht hatte. Es war ihm nicht recht, dass Reinhardt einfach aufgetaucht war. Als er ihm dann aber vorgehalten hatte, er habe doch selbst behauptet, sie würden sich schon lange kennen, hatte Felding das eingesehen und war auf der Stelle besänftigt gewesen. Warum sollte es jetzt anders sein?
»Soll ich Euch sagen, bester Reinhardt, was ich von Euch denke? Ich fürchte, ich habe Euch mit der ganzen Angelegenheit auf eine Idee gebracht, und nun habt Ihr Euer eigenes Spielchen getrieben, eine eigene Abschrift verfasst, die Ihr nun vor mir zu verbergen sucht.«
»Wie? Aber nein! Wie sollte ich wohl …?« Er spürte Hitze in seinen Wangen aufsteigen. Panik ergriff ihn.
»Beweist es! Zeigt mir, dass der Bogen, den Ihr so emsig wegzuräumen im Begriff seid, keine Abschrift der Barbarossa-Privilegien ist, die Ihr irgendjemandem zum Gefallen ein wenig verändert

habt. Lasst mich überprüfen, ob Ihr eine Kopie von dem in der Hand haltet, was ich Euch mitbrachte. Jedenfalls nahezu eine Kopie.« Er legte eine weitere Version auf das Pult. Noch ein Pergament! Er würde noch komplett wahnsinnig. Aber natürlich, Felding war ja nur aus dem einen Grund gekommen, ihm die Abschrift zu bringen. Reinhardt schwor sich, dass er sich zur Ruhe setzen und nie wieder eine Feder oder ein Pergament anrühren würde, wenn er das hier unbeschadet überstehen sollte.
»Wie sollte ich denn …? Ich kenne doch nicht einmal den Wortlaut«, brachte er flehend hervor. Das war sogar die Wahrheit. Wenigstens die musste diesem Kerl doch einleuchten.
»Kann doch sein, Ihr seid noch einmal zu Marold gegangen. Allein. Ja, natürlich, Ihr seid auf Ruhm und Reichtum aus und wollt sicherstellen, dass die Fassung, wie der Rat sie sich ausdachte, nach Parma gelangt. Ihr wollt die Stadt vor dem Schauenburger retten!«
»Nein, so glaubt mir doch!« Reinhardt stutzte.
»Narr! Dabei habe ich Euch selbst eine Chance gegeben, mehr Anteil an diesem bedeutungsvollen Geschäft zu haben. Ihr hättet eine Version anfertigen dürfen, aber Ihr wart ja zu feige.«
»Was sagtet Ihr da eben?«
»Zu feige wart Ihr und wolltet nicht.«
»Nein, davor.« Er wiederholte ungläubig: »Ihr sagtet, ich wolle die Stadt vor dem Schauenburger retten. Aber das ist es doch, was Marold und der Rat wollen. Und Ihr habt die Aufgabe von Marold übernommen. Ich war ja selbst dabei, als Ihr ihn vor Graf Adolf warntet.« Er verstand gar nichts mehr. Esther hatte er gewarnt, dass diese Sache kein Kinderspiel sei. Wäre es nicht so grausig, er hätte lachen mögen. Jetzt war ihm die ganze Geschichte selbst über den Kopf gewachsen.
»Doch erinnert Ihr Euch nicht mehr daran, was ich Euch beizubringen suchte. Man muss seinen Geist benutzen, immer einen Plan haben, der den anderen einen Schritt voraus ist. Wie groß,

glaubt Ihr, ist die Gunst, die mir Graf Adolf erweist, wenn ich den Plan der Lübecker vereitle?«

Es dauerte nicht lange, bis er begriff. »Ihr habt Marold Eure Hilfe nur zum Schein angeboten? Diese Schriftrolle dort«, er deutete mit dem Kopf darauf, »ist eine Fälschung aus Eurer Feder und nach Eurem Geschmack?«

»Allerdings. Damit trefft Ihr den Nagel auf den Kopf.« Das breite Grinsen dieses Halunken erstarb so rasch, wie es auf der fiesen Visage erschienen war. »Nun zeigt mir Euer Pergament! Ich bin sicher, Ihr habt es nicht anders gemacht als ich.«

»Aber nein, Herr, nie wäre ich auf den Gedanken gekommen ...« Er wusste nicht mehr ein noch aus. Er würde ihm das Schreiben aushändigen müssen.

»Her damit, oder ich schneide Euch Eure verlogene Zunge ab!«

»Ich kann es Euch erklären«, wimmerte er und reichte ihm zitternd die Rolle. Nun blieb ihm nur noch eine Möglichkeit. »Wollt Ihr Geld?«, bot er an. »Ich kann Euch welches geben! Bitte, Herr, ich tat das alles doch nur für mein Weib. Sie ist krank, und der Medicus ist teuer.«

Er redete unablässig auf ihn ein, doch Felding schien ihn gar nicht mehr zu hören. Seine Augen glitten über die Zeilen. Als er genug gelesen hatte, steckte er die Fassung des schwarzen Mannes in sein Gewand. Eine lag noch immer unter dem Lumpen, die von Felding verfasste war ebenfalls noch da. Er konnte dem langen dürren Kerl mit dem schwarzen Umhang also noch immer ein Pergament vorweisen und damit den Rest des in Aussicht gestellten Geldes bekommen, selbst wenn Feldings Plan aufgehen und seine Version den Weg nach Parma finden sollte. Wenn er nur den Kölner irgendwie besänftigen könnte. Danach sah es nur leider nicht aus.

»Diese Urkunde wolltet Ihr also nach Parma schicken«, donnerte der. »Wie hätte ich wohl dagestanden vor dem Grafen, wenn der

Kaiser sie erst unterschrieben und mit seinem Siegel versehen hätte, hä?«
»So glaubt mir doch! Die Urkunde stammt nicht von mir. Ich habe sie nicht geschrieben. Ein schwarzer Mann gab sie mir. Er verlangte wie Ihr, dass ich sie dem Boten gebe. Mehr weiß ich Euch nicht zu sagen.« So, jetzt war es raus. Entweder Felding glaubte ihm oder nicht.
Nicht mehr lange, dann käme der Bote. Vielleicht konnte er ihn mit seiner Geschichte wenigstens lange genug hinhalten. Dann würde er die Unruhe nutzen und an dem Boten vorbei auf und davon laufen.
»Ihr habt mich enttäuscht, mein lieber Reinhardt, Ihr habt mich wahrlich enttäuscht.«
»Nein, Herr, es ist ja nicht, wie Ihr glaubt.« Seine Stimme gehorchte ihm nicht mehr.
»Wisst Ihr, fast beneide ich Euch ein wenig. Ihr habt ein Weib, für das Ihr sogar bereit seid, Euch in Gefahr zu begeben. Auf der anderen Seite … Gerade diese Eigenschaft der sogenannten Liebe ist es, die mir nicht recht zusagen mag.«
Er überlegte angestrengt, was er darauf erwidern konnte. Zeit schinden, hämmerte er sich ein, irgendwie Zeit schinden, bis der Bote da war.
»Sie scheint einem den Geist zu vernebeln. Ihr hättet Euch ein Beispiel an mir nehmen sollen. Ich weiß stets, was zu tun ist.« Felding war in aller Ruhe um ihn herumgeschlichen. Was führte er im Schilde? Würde er ihn ausliefern oder für ein weiteres finsteres Geschäft missbrauchen? »Selbst als ich Euch verriet, welch doppeltes Spiel ich treibe, war das kein unbedachter Fehler von mir. Denkt Euch nur, schon in dem Moment wusste ich, dass Ihr keine Gelegenheit mehr haben würdet, es eilig herumzutratschen.«
Keine Gelegenheit mehr … Er würde doch nicht … Reinhardt stockte der Atem.

»Was meint Ihr damit?« Er drehte sich zu ihm herum. Beim nächsten Wimpernschlag spürte er ein Brennen an der Kehle. Ihm wurde schwindlig. Felding hatte eine Waffe in der Hand. Er vermochte sich nicht zu erklären, woher sie so plötzlich gekommen war. Eine blutige Waffe!
»Welch ein Narr Ihr doch seid, wenn Ihr geglaubt habt, ich könnte Euch am Leben lassen.«
Reinhardt hörte die Worte wie durch einen Schleier. Etwas lief ihm feucht den Hals hinunter. Alle Kraft wich aus seinem Körper.
»Das war nicht möglich, bei allem, was Ihr wisst.« Reinhardt nahm wahr, wie er rückwärtsgestoßen wurde und mit den Beinen an einen Hocker stieß. Dann legte sich Schwärze über ihn. Was würde dieser Unmensch Esther antun? Was würde aus seiner kranken Frau und seiner lieben Heimatstadt Lübeck werden? Er bat seinen Schöpfer, dem er nun würde entgegentreten müssen, um Vergebung, auf dass er nicht im ewigen Höllenfeuer schmoren musste. Sein letzter Gedanke galt seinem geliebten Weib. Ein schöner Gedanke. Reinhardt starb mit einem leisen Lächeln auf den Lippen.

# Lübeck, 18. April 1226 – Josef Felding

Ein seltenes Hochgefühl hatte Besitz von ihm ergriffen. Die Freuden, die ein Weib einem zuteilwerden lassen konnte, mochten auch nicht größer sein. Er blickte sich nach allen Seiten um. Hatte sich dort in dem finsteren Winkel zwischen den beiden Häusern nicht etwas bewegt? Nein, alles war ruhig. Hastig zog er das Schwert aus dem Ärmel, füllte den Eimer, holte ihn hinauf und spülte die Waffe gründlich ab. Wieder ein schneller Blick die Gasse entlang, dann schob er das Schwert zurück in die Scheide. Nun würde er sich rasch um Reinhardt kümmern und gleich darauf den Boten begrüßen. Alles lief zu seiner größten Zufriedenheit. Er wandte sich dem Skriptorium zu, als er Schritte hinter sich hörte.

»Felding, das nenne ich Glück, dass ich Euch hier treffe!«

Er wirbelte herum. Domherr Marold stand vor ihm.

»Ich grüße Euch, verehrter Domherr! Was führt Euch in diese abgelegene Gasse?« Verdammt, was wollte der hier?

»Nun, wenn ihr die Depenau für so abgelegen haltet, was treibt Ihr Euch dann hier herum?« Wie immer erschien nicht das kleinste Lächeln auf dem Gesicht des arroganten Marold. »Ich komme geradewegs aus Eurem Kontor«, erklärte er wütend. »Euer Geselle sagte mir, Ihr seid wohl wieder einmal in das

Skriptorium gegangen. Die Gesandtschaft, die der Rat nach Parma schicken will, wird heute bei mir nach der Abschrift verlangen. Wann gedachtet Ihr sie mir zu bringen?«
»Aber werter Marold, bitte ereifert Euch doch nicht gar so sehr. Ihr müsst verstehen, dass ich auch mich und meinen Schreiber schützen muss.« Sein Geist war wach und in höchstem Maße alarmiert. Er musste sich etwas einfallen lassen. »Darum habe ich das kostbare Dokument hier hinterlegt. Soeben war ein Bote da und hat es abgeholt. Habt Ihr ihn denn nicht gesehen? Gerade erst ist er doch um diese Ecke gebogen.« Er schaute die Depenau entlang, als könnte er wahrhaftig noch einen Mann erkennen, der eben hinter den Häusern in die nächste Gasse verschwand, und deutete mit dem Finger in die Richtung. »Kein Grund zur Sorge. Er läuft geradewegs zu Eurem Kontor, um Euch die Abschrift zu bringen.«
Marold kniff die Augen zusammen, aber er hatte den Köder offenbar geschluckt.
»Was sollen diese Spielchen? Warum habt Ihr mir das Pergament nicht einfach gebracht, Felding?«
»Wie ich schon sagte, ich muss an meinen Schutz denken. Man muss Spuren verwischen, wisst Ihr noch? Das habe ich getan, nichts weiter.«
»Euer Schreiber, Euer Bote ... Ihr habt zu viel in dieser heiklen Angelegenheit an Euch gerissen. Überhaupt, kann man sich auf diese Männer verlassen, die Ihr mit so wichtigen Aufgaben betraut habt?«
»Oh, aber gewiss doch! Ich lege meine Hand für jeden Einzelnen von ihnen ins Feuer. Geht nur in Euer Kontor, dann werdet Ihr schon sehen.«
Er schien noch zu zögern. Dann sagte er: »Also schön, aber gnade Euch Gott, wenn ich den Boten nicht antreffe oder das Schriftstück auch nur den winzigsten Fehler enthält.« Ärgerlich schüt-

telte er den Kopf. »Verdammt, Ihr hättet es mir längst zeigen müssen, als noch Zeit war, etwas auszubessern. Doch Ihr wart nie zu sprechen. Jedenfalls nicht für mich!«
»Nein, so war es nicht. Ich hatte viel zu tun. Ich bin ein ehrbarer und tüchtiger Kaufmann. Ihr habt mir nichts davon gesagt, dass Ihr die Abschrift schon frühzeitig ansehen wollt.« Er gewann allmählich wieder die Oberhand, während er sein Unschuldsgesicht aufsetzte. »Aber das war ja auch gar nicht nötig. Mein Schreiber hat eine erstklassige Arbeit geleistet. Selbstverständlich habe ich jede Zeile persönlich geprüft. Ach, was sage ich? Jedes einzelne Wort! Ihr werdet sehr zufrieden sein.«
Marold schien eine Erwiderung auf der Zunge zu liegen, doch er ließ ihn einfach wortlos stehen und schoss an ihm vorbei in die Richtung, in die der angebliche Bote ebenfalls gelaufen war. Nach wenigen Schritten blieb er abrupt stehen, zögerte einen Atemzug lang und machte kehrt. Was hatte das jetzt wieder zu bedeuten? Felding ballte die Faust in seinem Gewand.
»Ich habe es mir überlegt. Ihr werdet mich begleiten«, ordnete Marold in einem Ton an, der keinen Widerspruch duldete.
Felding dachte rasch nach. Die Schriftrolle lag an ihrem Platz. Es konnte höchstens noch das Viertel einer Stunde dauern, bis der Bote sie abholen und in Marolds Kontor bringen würde. Gut, begeistert wäre dieser gewiss nicht, neben dem Pergament auch noch eine Leiche zu finden, aber es war ein hartgesottener Bursche. Der Schreck und der Anblick würden ihn nicht davon abhalten, seinen Auftrag auszuführen. Und wenn Felding ihm ein paar Münzen extra gab, würde er obendrein schweigen.
»Ihr zögert?«
»Verzeiht, werter Marold, das Leben eines Kaufmanns ist kein Süßholzschlecken. Wie ich eben schon sagte, bin ich immer fleißig, habe alle Hände voll zu tun. Es gibt ja so viel zu erledigen und zu regeln. Eigentlich wollte ich einem Händler einen Besuch

abstatten, doch kann das natürlich warten, wenn Ihr meine geschätzte Anwesenheit wünscht. Gehen wir!« Das Viertel einer Stunde, um mehr ging es nicht, hoffte er. Wenn in dieser Zeit nur kein Kunde oder einer der anderen Schreiber auftauchte. Diese Änderung des Ablaufs behagte ihm nicht, nein, sie behagte ihm ganz und gar nicht.

# Lübeck, 18. April 1226 – Esther

»Was hat Reinhardt mit diesem Widerling zu schaffen?«
»Sein Name ist Felding«, korrigierte Vitus sie grinsend. Sie ging nicht darauf ein, ihr war nicht nach Scherzen zumute. »Und was hat der an dem Brunnen getrieben?« Esthers Freude und Erleichterung waren wie weggeblasen. Da war eine große Enttäuschung darüber, dass Reinhardt, wie es aussah, tatsächlich ihr Vertrauen missbraucht hatte. Wie konnte er ihr das nur antun? Jetzt war Felding mit Marold fort, und Reinhardt hockte noch immer im Skriptorium. Das konnte nur eines heißen – er war in alles eingeweiht und wartete auf den Boten. »Ich verstehe das alles nicht«, sagte sie und seufzte. Vitus streichelte ihr beruhigend über die Wange. »Wenn Reinhardt und Felding das Vorhaben schon ausgeheckt haben, bevor er mich verraten hat, hätte Felding von mir doch keine Abschrift mehr zu verlangen brauchen. Wozu? Reinhardt ist ein Schreiber, er hätte das für ihn erledigen können.« Ihr fiel etwas ein. »Nicht einmal der weiß, dass auch ich des Schreibens mächtig bin. Es ist einfach absurd, mir diesen Auftrag aufzuhalsen.«
»Nach allem, was du berichtet hast, hatte Felding das auch nicht von Anfang an im Sinn.«
»Ja«, sagte sie leise, »du hast recht.« Es war alles so verwirrend. »Oder wusste Reinhardt vielleicht nur von Feldings Plan und hat

mich bloß verraten, um sich einen Vorteil zu verschaffen? Womöglich musste er gar kein gefährliches Schreiben aufsetzen, sondern soll jetzt nur die Abholung überwachen und wird dafür noch reich belohnt.«
»Ich kann dir deine Fragen nicht beantworten. Das kann nur einer.«
»Reinhardt.«
»Genau. Gehen wir hinein und stellen ihn zur Rede.«
Sie spürte, wie sich ihre Brust zuschnürte, als läge ein eisernes Band darum.
»Gibt es denn keinen anderen Weg?«
Vitus schüttelte den Kopf. »Nein, den gibt es nicht. Du musst mit ihm reden. Noch viel wichtiger ist jedoch, dass der Bote dein Schriftstück an sich nimmt, versiegelt und damit fortreitet. Wir müssen dafür sorgen, dass das geschieht und Reinhardt es nicht womöglich verhindert.«
»Du meinst ... Aber wozu?«
»Ich weiß es nicht, Esther. Ich weiß überhaupt nicht mehr, wer in dieser Posse auf welcher Seite steht, wer mit wem unter einer Decke steckt und wer welche Interessen hat. Wir werden das herausfinden. Komm!«

Froh, dass Vitus vorging, folgte sie ihm über die Depenau und in das Skriptorium. Sobald sie den düsteren Raum zum zweiten Mal an diesem Tag betreten hatte, spürte sie den Wunsch, selbst mit dem Schreiber, der ihr stets wie ein Onkel gewesen war, zu sprechen. Das konnte Vitus ihr nicht abnehmen.
»Ich grüße dich, Reinhardt«, sagte sie beklommen. Er saß auf einem Hocker an die Wand gelehnt, was eine äußerst eigenartige Haltung war, wie sie fand. Zudem trug er anscheinend ein Tuch um den Hals. Genau konnte sie das bei dem schummrigen Licht nicht sagen. Er antwortete ihr nicht einmal. Ob er ein schlechtes

Gewissen hatte? Er würde ja wohl kaum eingenickt sein, nachdem sein Besucher eben erst die Werkstatt verlassen hatte. Dennoch, er rührte sich nicht einen Deut. Sie machte einen Schritt auf ihn zu.

»Stehen bleiben!«, rief Vitus in dem Moment und verstellte ihr mit einem Satz den Weg.

»Was um alles in der Welt …?« Der Druck auf ihrer Brust wurde stärker, sie konnte kaum mehr atmen. Ein scheußliches Gefühl beschlich sie. Irgendetwas war hier nicht in Ordnung. Nein, irgendetwas war ganz und gar nicht in Ordnung.

»Er ist tot«, hörte sie Vitus sagen, der ihr den Rücken zugedreht und sich über Reinhardt gebeugt hatte. »Dieses Schwein hat ihm die Kehle durchgeschnitten.«

Das konnte doch nicht wahr sein. Hilflos machte sie einen weiteren Schritt, als ob sie den beiden Männern auf die Schliche kommen, sie dazu bringen wollte, zuzugeben, dass sie einen Scherz mit ihr trieben.

»Bleib, wo du bist«, verlangte er mit sanfter Stimme. »Es ist besser, du siehst dir das hier nicht so genau an, sonst trägst du es nur für den Rest deines Lebens mit dir herum.«

Während ganz langsam die Erkenntnis in ihr Bewusstsein drang, dass niemand einen Scherz machte, dass Reinhardt mausetot war, wandte sie sich dessen Pult zu. Sie zwang sich, an etwas anderes zu denken, sich um die Urkunde zu kümmern. Der Bote konnte jeden Augenblick erscheinen. Sie war benommen wie damals, als Vitus im Streit von ihr gegangen war. Nein, dieses Mal war es noch viel schlimmer.

»Gibt es irgendwo eine Decke, in die wir ihn wickeln können?«

»Eine Decke? Nein. Wozu sollte man die in einer Schreibstube wohl brauchen?« Vitus konnte Fragen stellen!

»Verstehst du denn nicht? Der Bote ist gleich hier. Wenn er uns mit der Leiche sieht, muss er glauben, wir hätten Reinhardt ins

Jenseits befördert. Gott hab ihn selig.« Er war mit einem Schritt bei ihr und packte ihre Schultern. »Wir müssen jetzt schnell sein und klar denken, hörst du?«
Er hatte recht. Sie warf einen raschen Blick auf Reinhardt. Das hätte sie nicht tun sollen. Jetzt erkannte sie, dass das, was sie für ein Halstuch gehalten hatte, Blut war. Sie musste würgen, Tränen stiegen ihr in die Augen. Nur jetzt nicht die Fassung verlieren. Sie zwang sich, Vitus ins Gesicht zu sehen.
»So ist es gut«, flüsterte er. »Ist dein Pergament noch da?«
»Hier liegt eines, ja.« Er ließ sie los, sie griff nach dem Schriftstück. Im gleichen Augenblick flog die Tür auf.

## Lübeck, 18. April 1226 –
## Heilwig von der Lippe

Bei Sonnenaufgang hatten sie sich auf den Weg gemacht. Es war ein windiger Tag, der Morgen noch sehr kühl. Sie hatten kaum miteinander gesprochen und sich beinahe lautlos durch die Straßen bewegt, bis sie in der Depenau angekommen waren.

»Der Riegel ist mit einem Schloss gesichert«, hatte Magnus auf der Stelle bemerkt. »Es ist also noch niemand da. Gut so.« Damit hatte er sie hinter einen Holzverschlag geführt, den er zuvor als Beobachtungsposten auserkoren hatte. Es stank nach Urin. Vermutlich erledigten die Bewohner der Häuser hier ihre Notdurft oder leerten ihre Nachttöpfe aus. Heilwig versuchte nur ganz flach zu atmen. Sie legte zwei Finger auf die Tasselschnur. Diese Haltung, ihrem Stand entsprechend, half ihr, die verkommene Umgebung zu ignorieren. Und natürlich der Gedanke, endlich Rache für die Qual ihrer Amme und für das nehmen zu können, was ihr Gatte ihr über ungezählte Winter angetan hatte. Sie wartete ab, als wäre dies hier etwas, das sie manchen Tag machte. Durch einen Spalt im Holz konnte sie den Eingang des Skriptoriums und einen Teil der Gasse sehen. Magnus hatte den Platz geschickt gewählt.

Es dauerte eine gute Weile, in der nichts geschah. Nur einmal lief ein Bäckerjunge mit einem Korb vorbei. Es duftete nach frischem

Brot. Eine Wohltat zwischen dem üblen Geruch, der allzu schnell wieder in ihre Nase drang.
Mit einem Schlag spannte sich Magnus' Körper neben ihr an.
»Da ist sie«, raunte er ihr zu.
Heilwig beugte sich etwas vor, um durch den Spalt zu spähen.
»Sie ist nicht allein«, wisperte sie.
»Das wird der Kaufmann sein, dem ihr Herz gehört. Ihre Fälschung ist ein Liebesdienst, den sie ihm erweisen will, wenn ich es recht verstanden habe.«
Wieder verstrich eine Weile, in der sie die beiden nicht mehr sehen konnte.
»Was tut sich?« Sie wurde unruhig.
»Sieh einer an«, murmelte er gedehnt. »Die Turteltauben verbergen sich dort zwischen den beiden Häusern. Auch ich hatte diesen Ort zunächst im Sinn, habe dann aber festgestellt, dass wir von hier besser zu allen Seiten blicken und schneller verschwinden können, falls es notwendig werden sollte.«
Jetzt konnte sie das Tintenweib, wie Mechthild sie genannt hatte, sehen. »Sie geht in das Skriptorium! Was ist, wenn sie Euer Schreiben entdeckt und gegen das ihre austauscht?«
»Ich werde hineingehen, sobald Reinhardt da und sie fort ist«, erklärte er ihr.
Es war ein gutes Gefühl, Magnus an ihrer Seite zu wissen. Es schien kaum etwas zu geben, das ihn aus der Ruhe brachte. Vor allem wusste er stets, was zu tun war.
Heilwig fuhr ein Schauer über den ganzen Körper. Da war etwas an ihren Füßen. Der Rock ihres Kleides raschelte und wogte. Beinahe hätte sie aufgeschrien. Eine Ratte hatte sie gestreift und machte sich eilig auf ihren kurzen Trippelbeinchen davon.
»Schon gut«, beruhigte Magnus sie. »Die fürchtet sich mehr vor Euch, als dass Ihr Grund habt, ängstlich zu sein.«

»Ich weiß, es war nur der Schreck«, gab sie zurück und hatte sich im nächsten Moment wieder unter Kontrolle. Wenn die Bildung in ihrem Elternhaus und das Leben mit Adolf sie etwas gelehrt hatten, dann war es Disziplin.

»Sie kommt zurück.« Er ließ die Depenau samt Schreibstube auch nicht für einen Atemzug aus den Augen. »Und hat nichts Eiligeres zu tun, als sich wieder bei ihrem Geliebten zu verbergen.«

»Sie gehen nicht fort?« Den Winkel zwischen den beiden Häusern konnte sie nicht sehen. Eine Verwachsung im Holz versperrte ihr die Sicht.

»Nein. Mir scheint, sie machen es wie wir. Sie wollen wissen, was weiter geschieht.«

»Dann werden sie Euch sehen, wenn Ihr hineingehen wollt. Und das dürfen sie nicht.«

»Warum nicht? Sie kennen mich nicht. Sie werden mich für den Boten halten oder für einen Kunden.«

Das ist wahr, dachte sie bei sich. Es gab also keinen Anlass zur Besorgnis.

»Das hätte schiefgehen können«, kommentierte er weiter, was er sah. Sein dünnes Lächeln bedeutete ihr, wie viel Vergnügen ihm die Beobachtung im Verborgenen machte. »Kaum ist sie raus aus dem Skriptorium, taucht auch schon der feine Herr Felding auf. Und auch Reinhardt, der Schreiber, ist zur Stelle.«

»War es so ausgemacht?«

»Aber ja. Felding bringt nun eine der beiden Abschriften, die ich verfasst habe, zu Reinhardt. Die Version, die ich nach Euren Wünschen geschrieben habe, liegt bereits auf dem Pult, von einem Putzlumpen geschützt.«

»Natürlich, das hattet Ihr mir ja erklärt.«

»Die beiden werden warten, bis der Bote erscheint. Dann vertauscht Reinhardt die Rollen, und alles ist zu Eurer Zufriedenheit geschehen.«

»Was aber, wenn diese Frau wiederum eine Fassung hinterlegt hat? Wie können wir sicher sein, dass nicht diese nach Parma gebracht wird?«

Er kniff nachdenklich die Augen zusammen. »Nehmen wir einmal an, sie kocht ihr eigenes Süppchen. Dann muss sie in Verbindung zu dem Boten stehen. Sie ist nicht geblieben, um das Pergament eigenhändig zu übergeben. Das kann nur heißen, es ist ein Platz ausgemacht, an dem der Bote den Bogen suchen wird.« Er sah sie voller Genugtuung an. »Und dieser Platz dürfte sich wohl kaum unter einem alten Lumpen befinden. Die Abschrift, die Felding von mir verlangt hat, wird also keinesfalls in die Hand des Boten geraten. Ob es die von Euch diktierte oder die von Esther geschriebene sein wird, werde ich herausfinden.«

Diese Erklärung war sehr überzeugend, wie sie meinte. »Schön, hoffen wir, dass es die richtige von den beiden ist, denn sonst müsst Ihr wiederum eingreifen«, gab sie zu bedenken.

Mit einem Mal veränderte sich seine Miene. »Wollen vor allem hoffen, dass Felding sogleich an diese Esther denkt, wenn er das zweite Schreiben entdeckt. Sollte er Reinhardt verdächtigen, die Zeilen selbst gefälscht zu haben, wäre das ausgesprochen ungünstig.«

»Warum? Was kümmert es uns, wenn die beiden sich in die Haare geraten?«

»Wenn das geschieht«, zischte er, »hat Reinhardt keine Gelegenheit mehr, die Dokumente nach unserem Plan zu vertauschen.«

Wieder verstrich eine Weile, die Heilwig wie eine Ewigkeit erschien. Wäre es nicht doch klug, wenn Magnus hineinging? Was, wenn der Bote kam, während beide noch drinnen miteinander stritten? Dann würden sie diesem Boten auflauern, das Pergament zurückholen und ihn zwingen müssen, den Tausch vorzunehmen. Die Vorstellung sagte ihr ganz und gar nicht zu. Zudem musste sie immer wieder an Mechthilds Worte denken. Ob das

Tintenweib ihnen wirklich noch gefährlich werden konnte? Auf der einen Seite traute sie Magnus zu, klüger und gerissener zu sein als dieses Mädchen. Auf der anderen war da die düstere Prophezeiung. Mechthild irrte sich niemals. Sie schauderte. Trotzdem, keinesfalls durfte ein Menschenleben bei dieser Sache geopfert werden. Ihr Gatte, und bei weitem nicht er allein, hielt das zwar für ein durchaus akzeptables Mittel bei all seinen Unternehmungen, sie hatte sich jedoch geschworen, es nicht ebenso zu halten. Sie war schließlich keine Kriegsherrin und verabscheute das Gemetzel, dessen man sich landläufig bediente, über alle Maßen. Gott der Herr würde niemals gutheißen, dass ein Mensch den anderen tötet, aus welchem Grund auch immer.
»Ich gehe hinein«, verkündete Magnus aus heiterem Himmel. »Ich halte es nicht mehr aus. Besser, ich sehe drinnen nach dem Rechten.«
»Was wollt Ihr denen sagen? Beide kennen Euch!«
»Ich werde sagen, ich bin gekommen, um den Boten zu begleiten. Es gefällt Euch nicht, wie mit dem bedeutsamen Dokument umgesprungen wird. Bedenkt doch, wie wundersam es erscheinen kann, was Felding sich da erdacht hat. Wir bringen das Pergament in sein Kontor, er trägt es in das Skriptorium, von wo ein Bote es dem Domherrn Marold bringt, der es wiederum an die Gesandtschaft übergibt, die nach Parma reitet. Selbst eine Närrin muss durchschauen, dass da jemand etwas im Schilde führt. Und Ihr seid gewiss keine Närrin.«
Sie nickte langsam. Bevor sie ihre nächste Frage stellen konnte, bekam sie von ihm die Antwort darauf. »Alles, was Reinhardt über mich behauptet, streite ich ab. Felding hält keine großen Stücke auf ihn. Es wird nicht schwer sein, ihn für mich einzunehmen. Zumal er vorsichtiger sein wird, sobald er weiß, dass Ihr ihm misstraut.«
»Ihr sorgt also selbst dafür, dass die richtige Fassung in die richtigen Hände kommt.«

»Jawohl, erlauchte Gräfin. Bleibt hier, bis Ihr seht, wie wir das Skriptorium und die Depenau verlassen. Daraufhin könnt auch Ihr aus der Deckung kommen und zurück zum Haus des Bischofs gehen. Dort treffen wir uns wieder.«
Das Knarzen einer Tür zog ihre Aufmerksamkeit auf sich.
Magnus war augenblicklich wieder auf seinem Posten. »Felding! Was treibt er da am Brunnen? Irgendetwas hat er aus seinem Ärmel gezogen. Verdammt, ich ... Verzeiht meine unflätige Sprache. Es ist nur, ich kann einfach nicht erkennen, was das ist.«
»So ein verdammter Mist«, sagte sie leise. Es war der einzige Moment, in dem er die Gasse und die Schreibwerkstatt aus den Augen ließ und sie verstört anstarrte. Fast hätte sie laut gelacht, doch sie riss sich zusammen und lächelte ihn an. »Nein, es ist ja wahr, so deutliche Worte zum rechten Zeitpunkt können höchst befreiend sein.«
Offenkundig wusste er darauf nichts zu erwidern. In seinem Antlitz konnte sie jedoch lesen, dass er sie von diesem Moment an nicht mehr als seine Herrin, sondern als Komplizin betrachtete.
»Hoffentlich verschwindet er gleich, dann gehe ich hinein.« Noch immer lag ein Schmunzeln auf seinen trockenen Lippen.
»Seht nur! Das ist der Domherr Marold!«
»Was will der hier? Herrje, es wird immer komplizierter.«
Mit angehaltenem Atem beobachteten sie, wie die beiden redeten. Oder stritten sie gar? Viel zu verstehen war nicht. Es dauerte nicht lange, da machte sich Marold auch schon davon. Nach wenigen Schritten hielt er jedoch inne und kehrte zurück. Wieder wechselten sie Worte, danach verschwanden sie gemeinsam. Sogleich machte Magnus Anstalten, endlich nach dem Rechten zu sehen.
»Soll ich Euch nicht besser begleiten?«
»Nein, ich gehe allein«, bestimmte er. »Das darf doch nicht ...«
Kaum dass Felding und Marold außer Sichtweite waren, kamen

Esther und Vitus aus ihrem Versteck hervor und hielten geradewegs auf das Skriptorium zu.
Seine Augen funkelten abenteuerlustig.
»Die beiden Ahnungslosen kennen mich nicht. Ich jedoch weiß genau, was sie im Schilde führen. Das wird ein Spaß!«
»Seid bloß vorsichtig, Magnus! Ihr wisst, was Mechthild gesagt hat.«
»Das Tintenweib macht mir keine Angst. Außerdem drängt die Zeit. Mir bleibt gar nichts anderes übrig, als jetzt auf der Stelle hineinzugehen. Ich sehe Euch im Haus des Bischofs.«
Damit huschte er über die Gasse wie ein Schatten.

# Lübeck, 18. April 1226 – Magnus

Er betrat das schäbige Querhaus. Es dauerte einen Wimpernschlag, bis seine Augen sich an das wenige Licht gewöhnt hatten. Zu seiner grenzenlosen Verblüffung fand er die drei nicht im Gespräch beieinander. Er hatte erwartet, dass Esther den älteren Schreiber, den sie lange und gut kannte, überreden würde, ihre Fassung an den Boten des Kaisers zu übergeben. Stattdessen stand sie wie vom Donner gerührt, ein Pergament in der Hand, an Reinhardts Pult. Der hockte regungslos auf einem Schemel, von Esthers Geliebtem halb verdeckt.
»Was hat das zu bedeuten?«, fragte er die beiden in einem sehr strengen Ton, der seine Überraschung verbarg.
Esther starrte ihn mit offenem Mund an. Ihr Gesichtsausdruck war vollkommen leer. Nein, das traf es nicht ganz, denn in ihre Augen trat ein Anflug von Erkennen.
»Es bedeutet beileibe nicht das, was es zu bedeuten dünkt.«
Der Mann, dem Esthers Herz gehörte, hatte tiefschwarzes Haar, das ihm bis auf die Schultern fiel. Eine Strähne hing ihm quer über Nase und Mund, und er strich sie eilig beiseite. Eine hastige Geste, die nicht zu den langsam und offenkundig sorgsam gewählten Worten passen wollte.
»Erlaubt, dass ich mich Euch vorstelle. Mein Name ist Vitus

Alardus, Englandfahrer und Getreidehändler.« Er verneigte sich formvollendet. Magnus' Augen passten sich an das Dämmerlicht an und erkannten, dass Reinhardt nicht einfach auf dem Schemel hockte. Er war tot. Angesichts der Leiche hinter ihm war Vitus' förmliche Begrüßung geradezu grotesk. Esther stellte er nicht vor. So weit gingen die feinen Manieren nicht. Gut möglich, er wollte sie schützen und ihren Namen besser nicht preisgeben.
»Mit wem haben wir die Ehre?«
»Wollt Ihr mich zum Narren halten? Ihr habt einen Mann getötet, seid im Begriff, ein Dokument zu stehlen, und meint mit mir eine gepflegte Unterhaltung führen zu können?«
»Wir haben ihn nicht umgebracht!«, rief Esther entsetzt. Es mutete an, als wäre sie eben aus ihrer Starre erwacht.
»Sie spricht die Wahrheit. Wir kennen diesen Mann gut und haben ihn vor wenigen Augenblicken gefunden. Er hatte sein Leben bereits ausgehaucht, als wir ihn hier entdeckten. Wir hätten ihm gern geholfen, das müsst Ihr uns glauben, aber es war zu spät.«
Felding hatte dem armen Tropf den Hals durchgeschnitten, so viel stand fest. Es war anzunehmen, dass er zu viel gewusst hatte.
»Ich muss Euch glauben? Ich wüsste nicht, warum. Weiter behauptet Ihr, Ihr kanntet ihn gut? Dann ist das wohl Eure Art zu trauern, indem Ihr auf seinem Pult herumschnüffelt.«
»Ich habe nicht …« Sie ließ das Pergament auf das Pult fallen, als hätte es mit einem Mal Zähne bekommen und nach ihr geschnappt.
»Wie würdet Ihr es nennen?«
»Wer seid Ihr, dass Ihr meint uns verhören zu können?«
Aha, dieser Vitus ging zum Gegenangriff über. Bitte, sollte er nur.
»Ich bin der Bote des Kaisers, gekommen, um ein Schriftstück von größter Wichtigkeit an mich zu nehmen und dem Domherrn Marold zu bringen.«

»Ihr seid früh hier.«
»Wusstet Ihr nicht, dass Pünktlichkeit die Höflichkeit der Könige ist? Nicht mehr lange, dann wird die Glocke die achte Stunde schlagen.«
Diese Esther war ein hübsches Geschöpf. Ganz langsam, Schritt um Schritt, hatte sie sich zu Vitus zurückgezogen und drängte sich jetzt an ihn. Sie war kein böser Mensch, das konnte er sehen. Sie erinnerte ihn an Ulla, eine fröhliche kleine Person, mit der er aufgewachsen, und die beste Diebin, die ihm je begegnet war. Sie konnte einem verraten, dass sie ihm gleich etwas aus der Tasche stibitzen würde, und es gelang ihr dennoch, den Raub durchzuführen, ohne dass der Bestohlene es merkte. Ulla hatte ein gutes Herz gehabt, die Not hatte sie gezwungen, anderen Menschen etwas wegzunehmen. Wie hätte sie sonst überleben sollen? Vielleicht war es mit dieser Esther dasselbe. Vielleicht war dieser kleine Betrug der einzige Weg zu ein bisschen Glück. Was mochte aus Ulla geworden sein, ging ihm durch den Kopf.
»Habt Ihr gehört, was ich sagte?«
Magnus erschrak. Seine Gedanken hatten sich auf Wanderschaft begeben, und er hatte ganz und gar nicht gehört, was dieser Vitus gesagt hatte. Das durfte ihm nicht noch einmal passieren.
»Ihr wollt mir weismachen, Ihr hättet dem da nicht die Kehle sauber durchtrennt«, stellte er fest.
»Ich sagte, dass wir mit Euch gerechnet haben«, erklärte Vitus ungeduldig. »Als wir Reinhardt gemeuchelt fanden, glaubten wir, irgendein finsterer Geselle hat die kostbare Urkunde, die für den Kaiser bestimmt ist, geraubt.«
»Aber sie ist noch da.«
»Ja«, sagte Esther leise und sah zu dem Pult hinüber.
Magnus griff nach dem zusammengerollten Bogen. Er holte tief Luft. Wessen Handschrift würde er zu sehen bekommen? Seine eigene war es jedenfalls nicht, das erkannte er auf einen Blick. Das

konnte nur bedeuten, dass er Esthers Version vor sich hatte. Vermutlich hatte sie die von Felding schon verschwinden lassen und ihre bereitlegen wollen. Seine Abschrift, die es galt, nach Parma zu schaffen, musste noch unter dem Lumpen liegen.
»Das ist sie nicht!« Seine Stimme zerschnitt die atemlose Stille, die soeben noch geherrscht hatte.
Esther löste sich aus der schützenden Umarmung von Vitus und machte wieder einen zaghaften Schritt in Richtung des Pults.
»Ihr habt den bedauernswerten Schreiber getötet, um mir eine Fälschung unterzuschieben. Was hattet Ihr vor? Wolltet Ihr den Kaiser betrügen, die Stadt Lübeck ins Unheil stürzen?«
»Nein!«, riefen beide wie aus einem Mund.
»Woher wollt Ihr wissen, dass das dort nicht die richtige Abschrift ist?«, fragte Vitus in scharfem Ton.
Magnus freute sich wie ein Kind über diesen Moment. Er riss den Lumpen in die Höhe, und darunter kam ein weiteres Pergament zum Vorschein.
»Weil dieses die echte Urkunde ist«, verkündete er triumphierend. »Ich werde dafür Sorge tragen, dass sie ihr Ziel erreicht. Ihr könnt mich nicht aufhalten.« Leise fügte er hinzu: »Zwei Jammergestalten, die sich selbst von Schweinen ins Bockshorn jagen lassen, halten mich gewiss nicht auf.« Was diese beiden Hasenfüße anging, so hatte er wohl recht. Sie hätten es nicht verstanden, ihn aufzuhalten. Unglücklicherweise hatte er die Rechnung ohne seinen alternden Körper und die Enge dieser elenden kleinen Schreiberwerkstatt gemacht. Magnus wollte das Pergament packen, dessen Versteck er soeben gelüftet hatte. Er bewegte sich dabei zu schnell, war nicht mehr so geschmeidig wie als junger Kerl und stieß mit aller Wucht gegen die Ecke des Möbels. Auch der Schmerz, der ihm durch sämtliche Glieder schoss, hätte ihm früher nichts anhaben können. In diesem Augenblick vernebelte er ihm jedoch beinahe die Sinne. Er krümmte sich für die Dauer

eines Herzschlags. Schon diese kurze Zeit der Unachtsamkeit reichte diesem verfluchten Weibsbild, um mit wenigen Sätzen bei ihm zu sein, beide Fassungen an sich zu reißen und im nächsten Moment hinter einem der anderen drei Pulte Schutz zu suchen.
»Ihr macht Eure Lage nur noch schlimmer«, rief er japsend. »Besser, Ihr gebt mir zurück, was Ihr unrechtmäßig an Euch genommen habt.« Es durfte nicht schwer sein, einem Frauenzimmer zwei Pergamente aus der Hand zu schlagen.
»Lauf!«, hörte er da Vitus schreien. Dann spürte er, wie ihn etwas am Kopf traf. Er ging nicht zu Boden, nicht sofort. Und das durfte er auch nicht, denn er musste die flüchtende Tintenmacherin aufhalten. Eben wollte er auf sie losstürmen, da rammte dieser Vitus ihm sein ganzes Körpergewicht in die Seite. Ein Knirschen und Knacken, Magnus hatte keine Chance, seine Knochen waren mürbe. Er taumelte und stürzte schließlich doch. Lange dauerte es freilich nicht, bis er sich hochgerappelt hatte. Nur war es für ihn zu lange. Er hatte kostbare Zeit verloren, das würde er sich nie verzeihen.

# Lübeck, 18. April 1226 – Esther

Esther hielt mit einer Hand den gerafften Rock, mit der anderen presste sie zwei Pergamentrollen an ihre Brust. Kaum dass sie aus dem Querhaus getreten war, hatte sie ihre Trippen von den Füßen geschleudert und achtlos liegen lassen. Sie stolperte, taumelte, fing sich im letzten Moment ab und rannte weiter. Wohin? In ihrem Schädel hämmerte es. Immer wieder war da nur das eine Wort: Wohin? Nach Hause? Unmöglich. Der Kerl kannte den Weg.

Hinter sich meinte sie das eigentümliche, vertraute Knarren der Skriptoriumstür zu hören, dann Schritte, schnell und schwer. Sie wagte nicht, sich umzudrehen, stürmte voran in Richtung Salzhafen. Dort waren gewiss viele Menschen, Arbeiter, die ihr Tagewerk längst begonnen hatten. Und es gab Fässer und Säcke, ein großes Durcheinander, in dem man sich verbergen konnte. Die Glocke von St. Petri schlug zur achten Stunde.

»Esther!« Das war Vitus. Sie wagte noch immer nicht, sich umzuschauen, und hastete weiter. Was, wenn der andere ihm dicht auf den Fersen war?

»Esther, warte!« Er holte auf. Schon immer war er schneller als sie gewesen. Wann immer sie im Spaß ein kleines Wettrennen auf

einer der Wiesen draußen auf der Allmende eines Dorfs veranstaltet hatten, war er ihr stets überlegen gewesen.
Allmählich verlangsamte sie ihre Schritte etwas. Das Stechen in ihrer Brust wurde immer schlimmer, sie konnte kaum atmen. Zu gern hätte sie sich irgendwo verkrochen und ausgeruht. Als sie das Traveufer erreicht hatte, war Vitus mit ihr gleichauf.
»Ich habe dafür gesorgt, dass er uns nicht so bald auf den Fersen ist«, stieß er aus, als kennte er ihre Gedanken genau. Auch er keuchte heftig. »Allerdings fürchte ich, allzu lange lässt er sich von einem Sturz nicht aufhalten.« Er hatte ihren Ellbogen gepackt und dafür gesorgt, dass sie stehen blieb.
»Wir müssen weiter, irgendwohin, wo uns niemand findet.« Dann fiel ihr etwas ein. »Nein, wir müssen zu Marold. Wir müssen ihm die Urkunde bringen, andernfalls war alles umsonst!«
»Du solltest beide erst einmal wieder in deinem Kleid verbergen, sonst verlierst du sie noch. Auch wäre es nicht gerade günstig, wenn jemandem eine Frau mit zwei Pergamentrollen auffiele.«
Da hatte er recht. Sie blickte sich rasch um und stopfte die beiden Dokumente verstohlen in die Tasche, die sie eigens in ihr Kleid genäht hatte.
»Wie kamst du nur auf den Einfall, ihm die Schreiben vor der Nase wegzuschnappen? Ich dachte, mich trifft der Schlag.« Er lächelte, und in seiner Stimme schwang unverhohlene Bewunderung.
»Das war kein Bote, das war der Kerl, der mich verfolgt hat.«
»Bist du sicher? Dass er sich nur als Bote des Kaisers ausgibt, ist mir auch rasch in den Sinn gekommen. Wer er aber war, hätte ich nicht sagen können.«
»Hinter dir war er ja auch nicht her.«
»Bis jetzt«, entgegnete er und riss die Augen auf. »Da kommt er!«
»O Herr im Himmel, was sollen wir denn jetzt tun?« Der Anblick des hochgewachsenen dünnen Mannes mit dem wehenden

schwarzen Umhang ließ sie schaudern. Immerhin war nicht zu übersehen, dass er sich nach dem Sturz, von dem Vitus gesprochen hatte, nicht mehr so geschmeidig bewegte wie zuvor. Auch war er nicht mehr so schnell auf den Beinen. Es würde ihm nicht mehr gelingen, sie beinahe unbemerkt wie ein Geist zu verfolgen.
»Wir nehmen das Boot«, verkündete Vitus und zog sie auch schon mit sich in Richtung des Ufers.
»Bist du von Sinnen?« Der Ostwind blies kräftig und drückte viel Wasser in die Trave. Das sonst so freundliche Flüsschen gebärdete sich an diesem Tag wie ein tosender Strom. Das Boot, auf das Vitus unbeirrt zuhielt, war diesen wilden Wassermassen nicht gewachsen, niemals. Es würde kentern, dessen war sie ganz sicher.
»Du wolltest doch zu Marold, oder etwa nicht?«, rief er ihr zu und sprang bereits in die kleine hölzerne Nussschale, die gefährlich schaukelte. Er reichte ihr die Hand. »Nun komm schon, Esther, du hattest dir doch gewünscht, noch einmal mit mir zu fahren. Weißt du noch?«
»Gewiss, aber doch sicher nicht bei diesem Sturm!«
»Jetzt oder nie. Nun los doch, oder willst du warten, bis der Kerl auch mit an Bord springt?«
Das wollte sie auf keinen Fall. Sie raffte ihr Kleid noch höher und machte einen beherzten Satz. Das Boot bäumte sich auf. Es hüpfte und schlingerte, als ob es gleich an Ort und Stelle untergehen wollte.
Esther kauerte sich auf das einfache Holzbrett, auf dem sie auch bei ihrer kleinen Fahrt gesessen hatte. Wie glücklich sie damals gewesen war. Vitus nahm, nachdem er die Leine gelöst und das Boot vom Ufer abgestoßen hatte, auf dem zweiten Brett Platz und griff nach den Rudern. Der Wind zerrte an Esthers Haube und biss ihr in die Wangen. Als sie am Morgen das Haus verlassen hatten, war es ihr gar nicht so kalt vorgekommen. Aber wahrscheinlich waren die Böen zwischen den Häusern auch weniger

spürbar gewesen als hier draußen. Sie erinnerte sich an Menschen, die sie auf dem Weg ins Skriptorium gesehen hatte, begriff jetzt aber, dass sie längst nicht alles, was um sie herum gewesen war, wahrgenommen hatte. Sie war viel zu angespannt gewesen. Keine zwei Stunden waren seitdem vergangen. Und doch war ihre Welt nicht mehr die gleiche. Reinhardt war tot, sie auf der Flucht. Wie sollte das je gut ausgehen? Sie konnte sich keine Antwort auf diese bange Frage geben.
»Keinen Moment zu früh«, raunte Vitus, als die Strömung das kleine Boot ergriff und geschwind in Richtung Mühlenbrücke trieb. Am Ufer stand die schwarze Gestalt wie erstarrt. Mit kräftigen Schlägen klatschten die Ruder ins aufgewühlte dunkelgraue Wasser. Vitus und der strenge Ost arbeiteten perfekt zusammen.
»Den sind wir fürs Erste los«, rief sie laut gegen den Wind an.
»Und was tun wir jetzt?«
»Du wolltest doch zu Marold. Wir rudern bis zur Wassermühle. Von dort sind es nur wenige Schritte bis zum Dom und seinem Kontor.«
»Hast du vergessen, dass er mit Felding fortgegangen ist? Was ist, wenn die beiden noch immer zusammenstecken?«
»Dann stellen wir Felding zur Rede und verraten Marold dessen düstere Pläne.«
»Die kennen wir doch noch nicht einmal alle. Du hast vorhin selbst gesagt, du weißt nicht, wer in dieser Posse auf welcher Seite steht, wer mit wem unter einer Decke steckt oder welche Interessen hat. Wir könnten nichts anderes als wirres Zeug reden. Stellt der Domherr uns Fragen, können wir sie nicht beantworten. Felding dagegen weiß auf alles eine kluge Antwort zu geben, darauf ist Verlass.« Sie klammerte sich an dem grob behauenen Brett fest und hoffte, dass sie sich keine Splitter in die Finger riss. »Wir brauchen Zeit, Vitus. Wir müssen einen Plan erdenken.«

»Also wohin dann? Bis zu meinem Haus ist es ein gutes Stück, und wir müssten direkt am Dom vorbei, wenn wir keinen Umweg machen wollen. Aber wir können es schaffen, denke ich. Wenigstens weiß der Kerl nicht, wo ich lebe. Er wird uns also kaum abfangen.«

»Du denkst, das weiß er nicht? Zwei Jammergestalten, die sich selbst von Schweinen ins Bockshorn jagen lassen, halten mich gewiss nicht auf, hat er gesagt. Da wusste ich, dass er es ist.«

»Natürlich, du hast recht.« Vitus hielt auf das Ufer zu. »Die Worte haben mich auch stutzig gemacht, nur ging dann alles so schnell, dass ich das glatt wieder vergessen habe. Also war er in der Nacht am Haus und hat die Leiter umgestoßen.«

»Ja, er muss mir an unserer Hütte aufgelauert haben und Kaspar und mir dann doch gefolgt sein.«

»Wohin sollen wir dann gehen?« Vitus strich sich die Haare aus dem Gesicht, die der Wind sofort wieder durcheinanderwirbelte. »Mir scheint, das Johanniskloster ist ein guter Ort. Die frommen Ordensfrauen dort werden zwei Menschen in Not sicher nicht abweisen.«

»Mir scheint, ich kenne einen besseren Ort, der vor den Toren der Stadt liegt.« Sie hatten das Ufer erreicht. Vitus sprang aus dem Boot, zog es auf den Sand und band die Leine an einem Baum fest. Dann reichte er ihr die Hand. Esther sprang und landete in seinen Armen. Sie sagten beide kein Wort, sondern hielten sich nur für einen Moment ganz fest. Wenn Vitus nur bei ihr war, würde sie diesen Schrecken schon irgendwie überstehen, ging ihr durch den Kopf. Liebend gern wäre sie ewig so stehen geblieben, nur war dies weder der rechte Ort noch die rechte Zeit.

»An dem Abend, als Kaspar und ich zu dir kamen, war das Kaspars Idee. Ich wollte nicht bei dir um Unterschlupf bitten, nachdem du mir so fürchterliche Dinge gesagt hast und gegangen bist. Du erinnerst dich gewiss an Norwid, den jungen Müller. Bei ihm und seiner Familie wollte ich die Nacht verbringen.«

»Ich dachte, du kennst ihn kaum«, erwiderte er ein wenig zögerlich.
»Ich vertraue ihm, Vitus, er ist ein guter Mensch. Lass uns keine Zeit verlieren. Ich werde dir unterwegs mehr von ihm erzählen.«
Er sah sie nachdenklich an. Vitus war ein umsichtiger Mann und gewiss kein Freund übereilter Entscheidungen. Schließlich nickte er und gab ihr einen Kuss auf die Wange. Sie traten aus dem Schutz der Bäume und Sträucher, die diese Uferstelle säumten, eilten vorbei am Dom, wobei sie sich so weit von Marolds Kontor fernhielten, wie es ihnen nur möglich war, und liefen auf die Mühlenbrücke zu.
»Haltet die Diebe!«
»Mann in de Tünn, wo kommt der so schnell wieder her?« Der lange Kerl aus dem Skriptorium hinkte zwar ein wenig, machte ansonsten aber den Eindruck, als hätte er sich von der Rauferei ganz passabel erholt. Während sie auf der Trave um die Stadt herum gerudert waren, hatte er den erheblich kürzeren Weg gehabt. Er konnte nicht wissen, wohin sie wollten, doch hatte er sich wahrscheinlich klug überlegt, dass sie die Urkunde Marold bringen würden. Auf jeden Fall hatte er sehen können, welche Richtung sie eingeschlagen hatten. Da war es keine Kunst, ihnen aufzulauern.
»Hier lang!« Vitus packte ihre Hand und zog sie mit sich.
»Diebe, das sind die Diebe, die ehrliche Kaufleute bestehlen. Haltet sie auf!«, schrie der Halunke.
Er war gerissen. Allein würde es ihm schwerfallen, sie zu stellen, also versuchte er Helfer für sich zu gewinnen.
»Auf der Baustelle kennt man mich«, brachte sie atemlos hervor. »Dort wird man ihm nicht so schnell glauben. Wir müssen zurück zum Dom!«
Sie schlugen einen Haken und rannten zurück in die Richtung, aus der sie eben erst gekommen waren. Ihr Verfolger konnte nicht aufholen, ließ sich nur leider auch nicht abschütteln. Immer wie-

der schrie er und versuchte die Leute auf der Gasse dazu zu bringen, den Flüchtenden den Weg abzuschneiden. Welch ein Glück, dass Langfinger, Burschen, die einer Magd einen unschicklichen Klaps auf den Allerwertesten verpasst, oder Mägde, die vom Kuchenteig genascht hatten, beinahe täglich durch Lübecks Straßen gejagt wurden. Immer war irgendjemand hinter irgendwem her. Die wenigsten scherte das noch.

Als sie die Baustelle erreicht hatten und Esther einen Steinmetz erspähte, den sie kannte, rief sie: »Helft mir, ich bitte Euch! Ein Mann ist hinter mir her. Er will mich töten!«

»Das ist doch Esther, die Schwester von Kaspar, dem Schreiber«, raunte der Steinmetz einem Maurer zu.

»So helft mir doch. Da, der Kerl da mit dem schwarzen Umhang, er führt Übles im Schilde.«

Vitus und sie suchten Schutz an einem der beiden hölzernen Lasträder. Die Windenknechte sahen sich verständnislos an und zuckten mit den Schultern. Esther beobachtete voller Angst, wie der schwarze Kerl, der die Lage augenscheinlich erkannte, wie der Blitz die Richtung wechselte. Wie es aussah, hatte er sich seine Kräfte geschickt eingeteilt. Der Steinmetz und der Maurer setzten ihm nach, bekamen ihn jedoch nicht zu packen. Immer wieder wich er aus, bückte sich unter einer zugreifenden Hand weg und war im nächsten Augenblick schon wieder hinter einem Haufen von Steinen verschwunden.

»Er wird entkommen«, flüsterte Esther entsetzt.

»Nein, ich schnappe mir den Schurken!« Vitus, der ein wenig verschnauft hatte, war im Begriff, in die Tat umzusetzen, was er soeben angekündigt hatte, da hörten sie einen dumpfen Klang und einen Schrei aus dem Winkel, in dem Esther den vermeintlichen Boten zuletzt gesehen hatte.

»Ich habe ihn. Ich habe ihn wahrlich niedergestreckt!« Kaspar kam hinter den Steinen, die bereitlagen, um die Vorderseite des

Doms weiter in den Himmel wachsen zu lassen, zum Vorschein. Seine roten Haare wurden vom Wind durcheinandergewirbelt und leuchteten wie ein lustiges Feuer.

»Gut gemacht, Kaspar«, sagte der Steinmetz, der die Stelle gerade erreicht hatte.

»Alle Achtung, diese behende Beweglichkeit hätte ich einem Schreiber gar nicht zugetraut«, pflichtete der Maurer, ein kräftiger Kerl mit riesigen Händen, ihm bei.

Auch Esther kam, Vitus an ihrer Seite, näher.

»Dich schickt der Himmel!« Sie umarmte ihren Bruder. »Woher wusstest du, dass wir Hilfe brauchen können?«

»Euer Gebrüll war kaum zu überhören. Da dachte ich mir, ich sehe mal nach dem Rechten.« Der Stolz kroch ihm aus jeder Pore.

»Ich hole ein Seil. Dann schnüren wir den Lump zusammen und schleppen ihn zum Häscher«, schlug der Steinmetz vor. Und an den am Boden Liegenden gewandt, fügte er hinzu: »Das wird dich lehren, anständige Frauen nicht zu belästigen.«

»Wir danken Euch, werter Herr«, ergriff Vitus das Wort. »Es war höchst ehrenhaft, dass Ihr ohne Umschweife helfen wolltet. Doch können wir Euch nun nicht länger Eure Zeit rauben. Ihr werdet gebraucht, um den prächtigsten Dom der gesamten Gegend zu bauen.« Er blickte zu dem Bauwerk, das in der Tat mit jedem Tag mehr beeindruckte. »Kaspar hat den Finsterling allein zur Strecke gebracht. Da werden wir ihn wohl auch zu zweit zu den Häschern schaffen können.«

Esther verfolgte das Gespräch der Männer. Erst wollten die beiden sich nicht lumpen lassen, dann gestanden sie ein, dass es Meister Gebhardt gar nicht zusagen würde, wenn sie ihre Arbeit im Stich ließen. Schließlich einigte man sich darauf, dass der Maurer ein Seil brachte. Den Rest wollten Vitus und Kaspar allein erledigen.

»Du wirst am Pranger stehen, bis du verfaulst«, schleuderte Kaspar dem Halunken entgegen, während Vitus ihm die Arme auf den Rücken band. »Die Leute werden dich bespucken und mit Unrat bewerfen.«

»Hör auf, Kaspar«, ermahnte Esther ihn gedämpft. Sie wusste selber nicht, warum, doch war es ihr nicht recht, wie ihr Bruder diesen Mann, von dem er nichts wusste, beschimpfte. Da war etwas in den Augen des Fremden, das ihr Mitleid weckte. Natürlich hatte sie keinesfalls vergessen, was er im Skriptorium zu ihnen gesagt, was er getan hatte. Nur konnte Kaspar davon eben nichts wissen. Und er wusste auch noch nicht, dass Reinhardt tot und das nicht die Schuld dieses Mannes war. Da war immer noch Felding, der wahre Unhold. Sie mussten sich gut überlegen, was zu tun war. Vielleicht, kam es ihr in den Sinn, konnten sie über ihren fremden Verfolger gar an Felding herankommen. Aber natürlich, das war die Idee.

»Lass ihn in Frieden, Kaspar«, sagte sie bestimmt. »Und nun zu Euch. Ihr werdet uns augenblicklich verraten, wer Ihr wirklich seid und was Ihr in der Schreiberwerkstatt zu schaffen hattet.« Sowohl Vitus als auch der fremde Kerl schienen in höchstem Maße erstaunt über ihre plötzliche Entschlossenheit zu sein.

»Du hast recht, Esther, die Fragen, die wir Reinhardt stellen wollten, soll er uns beantworten. Aber nicht hier. Denkst du, wir können dem Müller so weit trauen, dass er uns auch mit diesem Schuft aufnimmt und nicht verrät?«

»Ja, ich bin guter Dinge, dass wir das können.«

»Also los!« Vitus schubste den Gefesselten vorwärts. Das Ende des Seils, das dessen Hände zusammenhielt, verschwand in seiner Faust.

»He, was ist mit mir?« Kaspar war wieder ganz der Alte. Mit hängenden Schultern stand er da und lutschte an seiner Oberlippe.

»Du hast gut gehandelt, aber jetzt gehst du am besten zurück zu deiner Arbeit. Gebhardt wird dich gewiss schon vermissen.« Esther legte ihm eine Hand auf den Arm. »Danke, Kaspar, du bist mein Held.«

»Nein, nein, nein, so lasse ich mich nicht abspeisen. Was ist mit Reinhardt? Was ist im Skriptorium geschehen? Ich weiß nicht einmal, warum ihr hier herumrennt, anstatt dafür zu sorgen, dass der Bote das Dokument in Empfang nehmen kann.«

»Pssst«, machte Esther entsetzt. Wie konnte er nur so laut über Dinge sprechen, die besser niemand zu Ohren bekam?

»Geh zurück an deine Wachstafel«, drängte Vitus ihn. »Esther wird dir den Weg erklären, dann kommst du, wenn du dein Tagewerk beendet hast, nach.« Bevor er protestieren konnte, fuhr er fort: »Dann sollst du auch alles erfahren, was sich heute zugetragen hat.«

»Kommt nicht in Frage«, beharrte er und kratzte sich am Kopf, dass die roten Locken nur so wogten. »Ohne mich wäre euch dieser fette Fisch erst gar nicht ins Netz gegangen. Ich begleite euch.«

»Dann sind wir schon zu viert. Der Müller wird nicht gerade begeistert sein«, gab Esther zu bedenken. Sie hoffte sehr, ihren Bruder überreden zu können, denn es würde schon kompliziert genug werden, Norwid alles zu erklären. Gleichzeitig Kaspar ins Bild setzen zu müssen machte die Sache nicht gerade leichter.

»Ob drei oder vier, was spielt das für eine Rolle?«

Sie seufzte und warf Vitus einen Blick zu. Der verlor allmählich die Geduld und nickte kaum sichtbar.

»Also schön«, gab sie nach. »Was wirst du Gebhardt sagen?«

»Ich sage, dir ist nicht wohl, und ich muss mich um dich kümmern.« Er strahlte sie an. »Er mag dich. Wenn es zu deinem Besten ist, wird er mich auf der Stelle gehen lassen.«

Sie nickte, er machte auf dem Absatz kehrt und sauste in die Baracke, in der der Dombaumeister sein Kontor hatte.

Sie hatten etwa die halbe Strecke hinter sich gebracht. In der Ferne zeichneten sich bereits die Spitzen der Getreidemühle gegen den grauen Himmel ab. Kaspar hatte beinahe unablässig Fragen gestellt, bis Vitus einmal die Stimme erhoben hatte. Seitdem sagte er kein Wort mehr. Der Gefesselte sprach ohnehin nicht mehr. Er bemühte sich um eine aufrechte Haltung und hielt eisern Schritt mit seinen unerwünschten Begleitern. Sein etwas schleppender Gang und das Zucken, das hin und wieder über sein Antlitz huschte, verrieten jedoch, wie schwer es ihm fiel. Im Skriptorium war es düster gewesen. Erst jetzt konnte Esther sein Gesicht genau erkennen. Es war das eines bereits recht alten Mannes, mit knochigen Wangen, trockenen, leicht bläulichen Lippen und einer Haut, die sie an Pergament erinnerte. Er spürte, wenn sie ihn ansah, und wendete ihr dann den Kopf zu, woraufhin sie sich jedes Mal eilig wegdrehte und die Wiesen und Felder betrachtete. Dort war ein Bauer mit Ochs und Pflug unterwegs, da halfen die Kinder eines anderen Bauern dabei, Steine vom Acker zu klauben. Einmal kam ihnen ein altes Reisigweib entgegen. Es ging gebeugt und schleppte seine schwere Last, den müden Blick auf den Boden gerichtet, tapfer Schritt um Schritt.

»Ich habe nachgedacht«, meinte Vitus unvermittelt. »Wir sollten eine kleine Rast einlegen. Am besten dort drüben unter den ausladenden Ästen der alten Eiche.«

Sie wollte widersprechen, denn so schrecklich lange waren sie nicht unterwegs, und es würde auch nicht mehr lange dauern, bis sie ihr Ziel erreichten. Doch sie besann sich. Der Alte konnte eine Pause gewiss gebrauchen. Obendrein gab es keinen Grund zur Eile, und sie selbst war auch ein wenig erschöpft. Kaspar schmollte ohnehin und stapfte missmutig hinter ihnen her.

»Setzt Euch«, befahl Vitus dem Gefangenen. Der gab keinen Ton von sich, ließ sich aber gehorsam ins hohe Gras fallen. Er lehnte sich an den Stamm des mächtigen Baums und starrte in die Ferne.

»Wer seid Ihr? Warum seid Ihr hinter mir her gewesen?« Esther fand einen flachen Erdhügel, auf dem sie sich niederließ. Kaspar plumpste neben ihr ins Gras, und Vitus hockte sich zu ihnen.

»Wer sagt Euch, dass ich hinter Euch her war? Ich bin gekommen, um eine Schriftrolle abzuholen. Nicht mehr und nicht weniger. Ihr wart vor mir da und habt den Schreiber getötet.«

»Was?« Kaspar fiel die Kinnlade hinunter, seine Augen waren vor Entsetzen geweitet, sein Blick wanderte rasch von dem Fremden zu Esther, weiter zu Vitus und wieder zu Esther, bei der er haften blieb. Sie hatte auf der Stelle ein schlechtes Gewissen, denn sie hätte ihm diese böse Nachricht schon früher und schonend beibringen müssen.

»Es ist wahr«, sagte sie traurig. »Reinhardt ist tot.«

»Ihr habt ihn umgebracht?«

»Natürlich nicht«, fuhr Vitus ihn an. »Felding war es.«

»Richtig, Ihr seid ja im Bilde«, sagte Magnus. »Das hatte ich ganz vergessen. Von Eurem Versteck zwischen den beiden Häusern konntet Ihr sehen, wie Reinhardt und Felding das Querhaus betraten, wie aber nur Felding wieder herauskam.«

»Ihr wisst …?« Ihr stockte der Atem. Er war also schon früher in der Nähe gewesen, hatte sich einmal mehr wie ein Schatten herangeschlichen. Wie lange mochte er sie beobachtet haben? So war es auch kein Zufall gewesen, dass er sie kurz vor dem Glockenschlag zur achten Stunde überrascht hatte.

»Ihr sagt uns jetzt besser, wer Ihr seid und in wessen Auftrag Ihr handelt.« Vitus war aufgestanden, baute sich vor dem Alten auf und sah auf ihn hinab. »Sonst könnte es sein, dass Euch auf dem Weg zur Mühle etwas zustößt und wir drei dort alleine eintreffen.«

»Mein Name ist Magnus. Meine Aufgabe lautet, dem Boten, der nach Parma zum Kaiser gesandt wird, ein Schreiben von größter

Bedeutung zukommen zu lassen. Mehr werde ich nicht preisgeben.«

Der Mann drückte sich gewählt aus und schien Manieren zu haben. Ein dahergelaufener Landstreicher war er sicher nicht.

»Wir alle wissen, von welchem Schreiben die Rede ist.« Vitus hockte sich vor ihn hin. »Ihr dagegen müsst noch mehr wissen. Ihr erkanntet auf der Stelle die Fassung auf dem Pult als Fälschung.«

»Zudem war Euch bekannt, dass sich unter dem Putzlumpen eine weitere Fassung befand«, ergänzte Esther.

»Felding war vor Euch da. Er ging zusammen mit Marold fort. Seid Ihr sein Wächter? Solltet Ihr das Skriptorium im Auge behalten, bis der echte Bote es verlassen hätte?«

»Ja!«, rief sie. »Dann habt Ihr uns gesehen, wie wir das Haus erneut betraten, und musstet einschreiten. Ist es so?«

Im Blick des Mannes lag größte Verachtung. »Ihr meint, ich sei Felding zu Diensten?« Er lachte kurz auf. »Das ist komisch, wisst Ihr? Denn in gewisser Weise stimmt es sogar. Oder ich sollte besser sagen: Es scheint zu stimmen. Felding selbst meint, ich hätte ihm meine Dienste zur Verfügung gestellt.«

»Könnt Ihr Euch wohl etwas klarer ausdrücken?« Vitus betrachtete ihn angespannt.

»Ja, bitte, ich verstehe nämlich kein Wort«, warf Kaspar beleidigt ein.

»Stünde ich wahrhaftig auf der Seite dieses Kölner Fuchsgesichts, würde das bedeuten, ich würde dem Schauenburger in die Hände spielen. Ehe ich das tue, sterbe ich lieber.«

»Was sagt Ihr da?« Vitus' Stimme überschlug sich. »Felding und Graf Adolf von Schauenburg und Holstein machen gemeinsame Sache?«

»So ist es.«

»Das kann nicht sein. Ich weiß sicher, dass Felding das Dokument so hat aufsetzen lassen, dass dem Schauenburger der Zu-

griff auf die Stadt Lübeck verwehrt wäre«, gab Esther zu bedenken. »Auch weiß ich, dass er die Pläne des Lübecker Rates an den Grafen verraten wollte, doch nur zum Schein. Er wollte von zwei Seiten entlohnt werden, wie er mir sagte, doch wollte er dafür Sorge tragen, dass am Ende der Plan der Lübecker aufgeht.«
»Der Haderlump treibt mehr als ein doppeltes Spiel. Er ließ ein Pergament schreiben, in dem der Passus, der den Lübeckern so wichtig ist, unterschlagen wurde. Von Euch ließ er eines anfertigen, das eben diesen Passus aber sehr wohl enthielt.« Er sah ihr direkt in die Augen.
»Ihr wisst, dass ich …?«
»Dass Ihr schreiben könnt? Ja.«
»Heilige Mutter Gottes!« Sie blickte hilfesuchend zu Vitus.
»Ich frage Euch erneut«, sagte der. »Wer seid Ihr, und bei wem steht Ihr in Diensten?«
»Mein Name ist Magnus«, wiederholte er stur. Dann schien er abzuwägen, was er zu verlieren hatte oder gewinnen konnte, besann sich und erzählte: »Ich war ein Freund und Gefährte des Bischofs Bernhard von Salonien und sein persönlicher Schreiber. Er war der Großvater von Heilwig von der Lippe, der Gattin des Grafen von Schauenburg und Holstein. Nach seinem Tod folgte ich der erlauchten Gräfin an den Hof.«
»Aber dann steht Ihr auf der Seite des Schauenburgers.«
»In seinen Diensten, wenn Ihr so wollt. Doch betrachte ich es anders. Ich verstehe mich als der Schreiber der erlauchten Gräfin. Wie auch immer, auf seiner Seite stehe ich gewiss nicht. Niemals.«
Sein Hass auf Graf Adolf war nicht minder groß als der, den Norwid gegen diesen Teufel hegte, das war nicht zu übersehen. Esthers Version des Dokuments würde dem Schauenburger die Lust auf die Stadt Lübeck gehörig verderben. Zumindest in diesem Punkt müsste es diesem Magnus gerade recht sein, was sie vorgehabt hatte.

»Wenn Ihr Graf Adolf von Herzen verabscheut, könnt Ihr kein böser Mensch sein«, begann sie behutsam. Magnus blickte sie an. In seinen Augen lag ein Schimmer, der da zuvor noch nicht gewesen war. Sie spürte, dass sie auf dem richtigen Weg war. »Ihr wusstet, dass unter dem Lumpen noch ein Pergament war. Woher?«
Er zögerte noch einen Wimpernschlag, dann erwiderte er: »Weil es mein Einfall war. Ich habe diesem Reinhardt einen Sack voll Münzen gegeben, damit er meine zweite Abschrift, eine Abwandlung der ersten, dem Boten des Kaisers übergibt.«
»Abwandlung? Zweite?«, fragten Vitus und Kaspar gleichzeitig.
»Felding hat Graf Adolf von den Plänen des Lübecker Rates berichtet, das ist wahr. Der hat getobt vor Wut.« Ein hämisches Grinsen huschte über die knittrigen Lippen.
»Der Kölner ist wahrhaftig ein Verräter«, stieß Vitus zornig aus.
»Er ist viel mehr als das. Er bot Adolf an, ein Schreiben aufsetzen zu lassen, das dem des Rates auf das Haar gleicht. Nur sollte eine einzige Passage darin fehlen.« Magnus blickte vielsagend in die Runde.
»Er würde dafür Sorge tragen, dass dieses Schreiben anstelle des vom Rat in Auftrag gegebenen nach Parma gebracht würde.«
»Und Ihr solltet die Fälschung schreiben.« Vitus schüttelte böse den Kopf. »Aber das habt Ihr nicht getan?«
»O doch, ich hatte keine Wahl. Ich habe es sogar besonders gut gemeint und gleich zwei Dokumente verfasst.« Wieder dieses schadenfrohe Schmunzeln. Esther begann diesen Magnus zu mögen. Sie konnte kaum mehr glauben, dass er es war, der sie in Angst und Schrecken versetzt hatte. »Ich habe herausgefunden, dass Felding das Skriptorium zur Übergabe benutzen will. Er hatte Euren Freund Reinhardt dafür bezahlt, dass er achtgibt, damit alles ungestört seinen Gang geht.«
»Das schlägt doch dem Fass den Boden aus«, eiferte sich Kaspar. »Reinhardt hat von zwei Männern Geld genommen und bei der Schurkerei mitgemacht?«

»Beruhige dich, Kaspar. An dem Geld hat er keine Freude mehr. Man hat ihm die Kehle durchgeschnitten. Das ist ein hoher Preis, denkst du nicht?«

Kaspar griff sich erschrocken an den Hals und schwieg.

»Felding hat ihm die Kehle durchgeschnitten«, stellte Magnus richtig. »Ich hätte wissen müssen, dass er nicht davor zurückschreckt. Ich hätte auf ihn aufpassen müssen. Es lag doch auf der Hand, dass Reinhardt genug wusste, um Felding in Teufels Küche zu bringen. Das war sein Todesurteil, das hätte mir klar sein müssen«, sagte er leise mehr zu sich selbst. Dann fiel ihm ein, was er gerade berichtet hatte, und fuhr fort: »Jedenfalls habe ich Reinhardt dafür entlohnt, im letzten möglichen Augenblick meine Urkunde, die Felding ihm bringen würde, mit meiner zweiten zu vertauschen. Das gleiche Pergament, die gleiche Schrift, Felding würde nichts auffallen, dachte ich. Ich empfahl Reinhardt, die zweite Fassung unter dem Lumpen zu verbergen. In dem Moment, in dem der Bote auftaucht, so sagte ich ihm, könne er den Lappen blitzschnell auf die Schriftrolle ziehen, die Felding ihm mitbringen würde. Der würde gewiss zur Tür schauen und den Boten begrüßen und daher nichts bemerken.« Er senkte den Kopf. »Vielleicht hätte Felding ihn sogar am Leben gelassen. Wer würde schon einem kleinen Schreiber glauben? Womöglich hat er den Betrugsversuch doch bemerkt, und Reinhardt musste deshalb sterben«, sagte er bedrückt.

Vitus schüttelte energisch den Kopf. »Das glaube ich kaum. Ich bin eher der Ansicht, der gute Reinhardt war von vornherein als Opfer vorgesehen.«

Esther führte sich das Geschehen in der Depenau noch einmal vor Augen. Magnus hatte ein Pergament zur Hand genommen, das offenbar nicht das war, welches er auf die Reise nach Parma schicken wollte. Er hatte also seine zweite Fassung noch unter dem Lumpen vermutet. Ihre Kopie von Marolds Handschrift war eben dieses Pergament aber auch nicht. Es gab also noch eine Abschrift? Sie dachte darüber nach, ob es klug war, die kostbaren Dokumente hervorzuholen. Auf der anderen Seite, er wusste ohnehin, dass sie sie bei sich hatte. Was konnte es also schaden?

»Von wegen, die Lübecker Englandfahrer sind wenigstens ein bisschen besser gestellt als zuvor«, schimpfte Vitus. »Dieser Drecksskerl wollte mir und meinesgleichen das Genick brechen!«
»Mehr noch, während die Kölner und Tieler zuvor gleichgestellt waren, wollte er vom Kaiser jetzt eine Besserstellung der Kölner bestätigt haben, für immer und mit Unterschrift und Siegel.« Esther konnte es einfach nicht fassen.
»Obendrein hat er die Sätze geflissentlich vergessen«, sagte Vitus und betonte besonders das letzte Wort, »die den Lübeckern ihre Freiheit sichern.«
»Dann ist das also nicht das Schreiben, das Ihr angefertigt habt?« Magnus lehnte noch immer am Baum, die Hände auf dem Rücken.
»Nein, mein Schreiben ist dieses hier, das unter dem Putzlumpen verborgen lag.« Sie hielt es ihm hin, so dass er einen Blick darauf werfen konnte. Er überflog die Zeilen.
»Der Wortlaut Eurer Fassung entspricht nahezu der meinen, und sie liegt im Interesse des Rates von Lübeck und in dem der Englandfahrer. Nach mir war nur noch Felding im Querhaus. Er muss meine zweite Abschrift also an sich genommen haben, denn sie fehlte, als ich Euch überraschte.«
»Ja, es waren nur meine und diese hier da, die Felding wohl selbst geschrieben haben muss. Wie durchtrieben er doch ist. Er hatte niemals vor, meine Abschrift zu verwenden. Zunächst wollte er Eure dem Kaiser vorlegen, dann kam ihm der Einfall, eine eigene Fassung anzufertigen, die ihm einen gehörigen Vorteil verschaffen und dem Schauenburger in die Hände spielen soll.«

»Meines Wissen wartet der Domherr Marold dringend auf die Urkunde, die schon heute mit der Gesandtschaft auf die Reise gehen sollte. Als ich hörte, dass Ihr Euch auch noch in diese ganze ohnehin schon so komplizierte Angelegenheit einmischt, war ich alles andere als froh darüber, das könnt Ihr mir glauben. Jetzt sehe ich die Sache natürlich anders. Euer ganz eigenes Anliegen mag mir herzlich gleichgültig sein. Was zählt, ist, dass Ihr den Lübeckern ihre Freiheit sichert. Das entspricht dem Anliegen der erlauchten Gräfin. Und meinem.« Er sah sie an. »Warum bringen wir Marold nicht Eure Fassung?«

Was sollte sie darauf sagen? Im Grunde war es genau das, was Vitus und sie die ganze Zeit wollten. Würden sie jetzt aber zu dem Domherrn gehen, würde er erfahren, dass sie schreiben konnte, wofür sie eine Strafe zu erwarten hätte. Es sei denn, sie ließen sich eine Geschichte einfallen, die erklärte, wie sie in den Besitz der Abschrift gekommen waren. Aber nein, das würde ihnen nicht helfen. Er würde sich das Dokument sehr genau ansehen und den Passus der Englandfahrer entdecken. Er konnte eins und eins zusammenzählen, würde sie als Lügner und Betrüger entlarven und ihnen ihre Schandtat gewiss nicht durchgehen lassen.

»Das haben wir vor«, erklärte Vitus. »Wir werden zu Marold gehen, aber ohne Euch. Woher wissen wir, dass Ihr die Wahrheit sagt?«

»Bringt mich zum Haus des Bischofs Bertold. Dort ist die erlauchte Gräfin Heilwig von der Lippe zu Gast, mit der ich in die Stadt kam. Sie wird Euch bestätigen, dass ich ihr persönlicher Schreiber bin. Sollte Euch das nicht reichen, gehe ich allein zu Marold, um Euch aus der Sache herauszuhalten. Ich sorge dafür, dass Euer Schriftstück nach Parma gebracht wird. Was sagt Ihr?«

»Das klingt verlockend, in der Tat«, gab Vitus nachdenklich zu. »Seid Euch darüber im Klaren, dass wir Euch nicht aus den Augen lassen werden. Wenn Ihr uns für dumm verkaufen wollt, wird Euch das sehr leidtun.«

Magnus setzte sein kluges Lächeln auf. »Ich bin ein alter Mann. Womit wollt Ihr mir drohen, mit dem Tod? Der kommt bald von alleine. Statt mir zu misstrauen, stellt Euch lieber die Frage, warum ich versuchen sollte, Euch zu täuschen. Wir stehen auf derselben Seite. Genau wie Ihr will auch ich dem Schauenburger den Griff nach der Stadtherrschaft vereiteln. Wir sind keine Gegner, wie ich selbst lange Zeit geglaubt habe. Vielmehr haben wir alle etwas davon, wenn wir uns zusammentun, meine ich. Wie denkt Ihr darüber?«

Vitus zog Esther ein Stück beiseite. Kaspar sprang augenblicklich auf und gesellte sich zu ihnen.

»Was meinst du, Esther, können wir ihm Glauben schenken?«

»Er hat mich zwar in Angst und Schrecken versetzt, als er hinter mir her war, aber angetan hat er mir nichts. Dabei hätte er es leicht tun können«, überlegte sie laut. »Bedenke nur einmal, wie lange er mir auf der Spur war. Er hat mich von der Depenau bis nach Hause verfolgt. Dort war ich eine geraume Weile allein, bis du kamst, Kaspar. Er hätte wahrlich eine Menge Gelegenheiten gehabt, mich zu überwältigen. Doch hat er sie nicht genutzt, sondern mich lediglich beobachtet.« Sie sah zu ihm hinüber, wie er unter dem Baum saß, das graue Haar vom Wind zerzaust, den Blick gedankenverloren in die Ferne gerichtet. »Ja, ich denke, wir können ihm glauben.«

»Dann binde ich ihn jetzt los.«

»Das würde ich nicht tun«, warf Kaspar eifrig ein. »Ihm erst einmal zu glauben ist eine Sache, ihn aber gleich loszubinden eine ganz andere. Was ist, wenn er losrennt, wenn er wieder solche Haken schlägt? Ich kann nicht versprechen, dass ich ihn erneut zu packen kriege.«

»Er läuft nicht davon. Warum sollte er? Außerdem, was wäre so schlimm daran? Ich habe noch immer beide Pergamente in meiner Tasche. Was will er schon ausrichten?«

»Sie hat recht. Wir können es wagen.«

»Warte, Vitus!« Esther legte ihre Hand auf seinen Arm. »Wenn du ihn befreit hast, was wollen wir dann tun?«

»Ich dachte, wir gehen zu Marold und bringen ihm die Urkunde. Wir haben jetzt immerhin ein paar Antworten mehr parat, meinst du nicht? Und Magnus wird sie bestätigen.«

»Schon, aber es gibt da diese eine Passage in unserer Abschrift, die wir nur schwerlich erklären können, ohne unseren Betrugsversuch zu gestehen. Und außerdem, was ist mit Reinhardt? Wir können nicht beweisen, dass Felding ihn getötet hat. Vielleicht sucht man uns längst, weil Felding uns des Mordes bezichtigt hat. Dann werden uns die Häscher festnehmen, sobald wir durch das Stadttor treten.«

»Das ist wahr«, stimmte Magnus ihr ruhig zu. Er hatte offenbar gute Ohren. »Da, wo das Johanniskloster steht, ist die Stadtmauer kaum mehr als ein Steinhaufen. Lasst uns morgen in aller Frühe versuchen dort ungesehen in die Stadt zu kommen. Jetzt ist schon die Mittagsstunde vorüber. Die Gesandtschaft wird heute gewiss nicht mehr aufbrechen. Womit auch?«

Die Vorstellung, eine Nacht zu haben, in der sie schlafen und neue Kraft schöpfen konnten, war Esther sehr angenehm. Vor allem würden sie nichts überstürzen müssen, sondern konnten in Ruhe einen Plan schmieden.

»Stimmt, Marold muss eine neue Abschrift anfertigen oder anfertigen lassen. Das dauert eine Weile. Er wird die Gesandtschaft auf morgen vertrösten«, sagte sie. »Gehen wir weiter zur Mühle.«

Vitus nickte, half Magnus auf die Beine und band dessen Hände los.

»Ihr kommt also vom Hof des Grafen von Schauenburg«, sprach Esther, der etwas eingefallen war, ihn an.

»Ja, wie ich Euch sagte.«

»Doch seid Ihr keineswegs ein Freund des Grafen.«

»Alles andere als das.«

»Dann wird Norwid sich sehr freuen, Eure Bekanntschaft zu machen. Kommt!« Nachdem sie ein paar Schritte gegangen waren, fragte Esther: »Woher konntet Ihr wissen, dass ich des Schreibens mächtig bin?«

»Ich habe schon als Kind gelernt, mich unsichtbar zu machen, um den Reichen so manche Münze oder Silberspange abzunehmen und sie zu belauschen. So etwas verlernt man nicht.« Eine Weile schwieg er, ein dünnes Lächeln auf den blassen Lippen. Dann veränderte sich sein Gesichtsausdruck. »Außerdem ist da dieses Weib, das mich vor Euch, einer Schreiberin und Tintenmacherin, gewarnt hat. Sie kann mehr Dinge sehen als andere Menschen, sagt man. Und es scheint so, als wäre das die Wahrheit. Wenn Ihr mich fragt, sie hat den bösen Blick.«

Esther musste an sich halten, um nicht aufzuschreien. Sie wusste nur zu gut, von wem hier die Rede war.

## Lübeck, 18. April 1226 – Josef Felding

»Was ist denn da draußen los?« Marold war übelster Laune und wollte offenbar auf der Stelle für Ordnung sorgen. Bevor er das Fenster erreichen konnte, kam Felding ihm zuvor. Zwar konnte er diesen eitlen Domherrn so gut leiden wie schleimigen Auswurf, doch musste er ihn besänftigen und sich gut mit ihm stellen. Dass der Bote noch nicht da war, machte ihn allmählich nervös. Etwas war schiefgegangen, und ihm musste schleunigst etwas einfallen, um hier verschwinden und selbst nach dem Rechten sehen zu können.

»Kümmert Euch nicht darum, werter Marold. Ich werde für Euch den Fensterladen schließen, dann müsst Ihr das Gesindel da draußen nicht länger hören.«

»Wenn Ihr den Laden schließt, ist es hier drinnen finster wie die Nacht. Außerdem wollen wir doch sehen, wo Euer Bote bleibt, nicht wahr? Oder lohnt das Warten nicht, weil Ihr keinen Boten beauftragt habt?«

»Wie könnt Ihr nur so von mir denken? Und was hätte ich davon? Wie ich Euch schon bei meinem ersten Besuch sagte, liegt mir das Wohl dieser Stadt am Herzen wie kaum etwas. Ich bin ein ehrbarer …«

Marold schnitt ihm das Wort ab. »Hört endlich auf damit! Ich kann Euer Gefasel nicht mehr hören. Was auch immer Ihr sein mögt, ich hätte mich niemals mit Euch einlassen dürfen.«

Da hatte dieser arrogante Fatzke ausnahmsweise einmal recht. Wie sehr, würde er begreifen, wenn Graf Adolf Stadtherr sein würde. Schon jetzt freute er sich darauf, dem Schauenburger die gute Nachricht zu überbringen, seine Belohnung einzustreichen und es sich für den Rest seines Lebens gut ergehen zu lassen. Doch noch war es nicht so weit. Leider. Er warf einen ungeduldigen Blick hinaus zur Baustelle, wo noch immer ein Handgemenge im Gang zu sein schien. Mit einem Mal erkannte er Esther, die im Schatten des riesigen Lastenrads Schutz suchte. Und da war auch dieser Vitus. Was hatte das jetzt wieder zu bedeuten?

»Bitte, verehrter Marold, lasst mich da draussen rasch für Ruhe sorgen. Dann beleidigt niemand mehr Eure Ohren, und ich bin guter Hoffnung, dass mein Bote in der Zwischenzeit eintreffen wird.«

Ehe der Domherr widersprechen konnte, war er bereits aus der Tür und auf der Gasse. Keinen Wimpernschlag zu spät, denn er konnte gerade noch sehen, wie Magnus von einem rothaarigen Jungen zu Boden geworfen wurde. Was um alles in der Welt ging hier vor? Was hatte dieser Magnus hier zu suchen? Die Sache drohte ihm vollends zu entgleiten. Das durfte nicht geschehen. Er presste sich an eine Mauer und beobachtete, wie ein Mann mit auffallend grossen Händen, der eben noch mitten in dem Tumult gewesen war, fortging und gleich darauf mit einem Seil zurückkehrte.

Felding wusste, was zu tun war. Er durfte um keinen Preis verpassen, wohin sie Magnus schleppten, was sie mit ihm im Sinn hatten. Er sprang die Stufen zu Marolds Kontor hinauf, riss die Tür auf, ohne geklopft zu haben, und schrie: »Sie haben meinen Boten überfallen! Es muss einen Verräter geben. Jemand hat uns verraten und den Boten überwältigt.«

»Was, aber …?«

»Sorgt Euch nicht, werter Marold. Jetzt kann ich beweisen, wie sehr ich Euch und der Stadt Lübeck ergeben bin. Ich bringe Euch die Urkunde zurück, ich schwöre!« Er war schon wieder halb hinaus, da fügte er noch hinzu: »Bei meinem Leben!« Das war womöglich eine Spur zu dick aufgetragen, aber ihm gefiel es. Hinter sich hörte er Marold zetern, doch er war nicht aufzuhalten. Er sah, wie der Rothaarige und dieser Vitus, dem Esthers Herz noch gehörte, den gefesselten Magnus vor sich hertrieben. Zwar war es nicht gerade seine Stärke, jemanden unbemerkt zu beschatten, in diesem Fall dürfte es allerdings nicht allzu schwierig sein. Zu viert waren sie gut zu erkennen und würden auch nicht sonderlich schnell vorankommen.

Verdammt, sie hielten auf die Stadtmauer zu. Da draußen auf dem gewundenen Pfad zwischen Wiesen und Feldern hindurch würde es sehr viel tückischer für ihn werden, ihnen auf den Fersen zu bleiben, ohne entdeckt zu werden. Er musste großen Abstand halten. Wohin wollten sie nur gehen? Ein altes Weib kam ihm entgegen. Es trug einen Ballen Reisig auf dem gebeugten Rücken.

»He, Weib«, rief er ihr zu. Sie blieb stehen und blickte ihn ängstlich an.

»Du willst das Reisig gewiss auf dem Markt verkaufen. Habe ich recht?«

»So ist es, Herr.«

»Was wirst du dafür bekommen, einen Pfennig?«

»O nein, Herr, es ist sehr gutes Reisig, und es ist viel. Die Leute können Besen daraus machen, gute Besen, Herr.«

»Wie viel?« Er hatte nicht die Zeit, mit ihr ein Schwätzchen zu halten. Er wollte das Bund Holz. Würde sich einer der vier dort vorne umsehen, dächte er sich sicher nichts bei dem Anblick eines Mannes, der Reisig schleppte.

»Für alles? Nun, es ist eine ordentliche Menge, die ich da auf dem Buckel schleppe ...«

»Wie viel, du redselige Vettel?«

»Ihr solltet Euch schämen, so mit einem alten Weib zu sprechen, das sein Leben lang tüchtig und anständig war.«

Er schnitt ihr das Wort ab. »Du hast jetzt die Wahl, Weib. Entweder du sagst mir deinen Preis, oder ich nehme mir das Reisig, ohne dafür zu zahlen, und dein Leben endet auf der Stelle an diesem Ort.« Sollte er seine Waffe zücken, um seine Worte zu bekräftigen? Als er die Angst in ihren Augen sah, wusste er, dass das nicht nötig sein würde.

»Vier Pfennige bekomme ich sicher dafür. Es ist viel Reisig, Herr«, wiederholte sie.

»Ich gebe dir zwei. Du bist alles auf einen Schlag los und sparst dir den Weg bis zum Markt.«

»Zwei Pfennige für diesen Batzen Reisig?«, quakte sie.

»Und für dein Leben.«

»Ja, warum nicht?«, murmelte sie schnell, ließ das Holz zu Boden sinken und streckte ihm die knochige Hand hin.

Felding gab ihr zwei Pfennige und warf sich die gebundenen Äste auf den Rücken. Verflucht, es wog mehr, als er vermutet hatte. Kein Wunder, dass die Alte nicht mehr aufrecht gehen konnte.

Nachdem sie ein gutes Stück gelaufen waren, legten die hübsche Esther und ihre Begleiter eine Rast ein. Ihm war es nur recht, denn der Schweiß rann ihm trotz des kühlen Winds bereits in Strömen von der Stirn und über den Rücken. Er ließ seine Fracht ins hohe Gras gleiten und hockte sich, geschützt von einem Fliederbusch, daneben.

Wieso hatten sie Magnus in ihrer Gewalt? Das wollte ihm nicht in den Kopf. Er musste gründlich nachdenken, sich den Morgen noch einmal ins Gedächtnis rufen. Reinhardt war pünktlich zur siebten Stunde am Skriptorium gewesen, dessen Schloss bereits geöffnet worden war. Esther hatte ihr Schreiben auf Reinhardts Pult bereitgelegt und war längst wieder fort. Alles so, wie er es erwartet hatte. Er hatte ihre Abschrift in seinem Gewand verschwinden lassen, seine eigene Ausgabe der Barbarossa-Privilegien auf dem Pult zurückgelassen und diesen jämmerlichen Schreiber aus dem Weg geräumt. Auch das war exakt so gelaufen, wie er es sich zuvor ausgemalt hatte. Anstatt dann allerdings in Ruhe auf die Ankunft des Boten warten zu können, musste er mit Marold gehen, der unglücklicherweise aufgetaucht war. Was sich danach am Skriptorium zugetragen hatte, wusste er nicht. Hatte Esther es mit der Angst bekommen und war zurückgekehrt, um ihr Pergament zu holen? Das war nicht gerade überzeugend, aber immerhin denkbar. Vitus konnte sie dazu gebracht haben. Wie passte aber Magnus in die Geschichte? Natürlich, er hatte herausgefunden, wo die Übergabe geschehen sollte, und war sicherlich von der Gattin des Grafen oder sogar vom Grafen selbst beauftragt worden, die Durchführung zu überwachen, um Bericht erstatten zu können. Wenn es so war, dann hatten alle drei die Leiche zu sehen bekommen. Verfluchter Dreck! Das würde doch bedeuten, dass zumindest dieser Magnus, wenn er das Skriptorium beobachtet hatte, den Mörder kannte. Ja, es war sehr gut möglich, dass er ihn, Felding, hatte mit Reinhardt hineingehen sehen. Auf der anderen Seite ... Falls die beiden Turteltauben vor Magnus die Schreiberwerkstatt betreten hatten, stünden sie ebenfalls unter Verdacht. Als ob nicht alles schon arg genug wäre, fuhr ihm jetzt richtig der Schreck in die Glieder. Wenn Esther zurückgekommen war, um ihr Schreiben zurückzuholen, das aber längst in seinem Gewand steckte, dann hatte sie stattdessen seine Fassung an sich genommen. Das Pergament an Ort und Stelle, die Angst im Nacken, jeden Moment entdeckt zu werden, da würde sie sich nicht lange damit aufgehalten haben, einen Blick darauf zu wer-

fen. Deswegen war auch der Bote nicht bei Marold aufgetaucht. Höchstwahrscheinlich hatte er das Skriptorium betreten, den Toten gesehen, dafür aber keine Urkunde gefunden und schleunigst das Weite gesucht.
Er vergewisserte sich, dass die vier noch unter dem großen Baum hockten. Wie es aussah, machten sie keine Anstalten, so bald weiterzuziehen. Was er noch immer nicht verstand, war, warum Magnus gefesselt war. Das ergab in seinen Augen keinen Sinn. Sie hätten ihn töten sollen oder vielleicht vor ihm auf und davon laufen. Nur hatte es sich gerade umgekehrt abgespielt. Er war an der Dombaustelle der Gejagte gewesen. Musste ihn das überhaupt kümmern, fragte er sich mit einem Mal. Im Grunde nicht. Wichtig war doch nur, dass Esther das Dokument bei sich führte, das er selbst für den Kaiser verfasst hatte. Er hatte im Gegenzug ihre Version und obendrein noch die, die er Magnus hatte schreiben lassen. Alles war ganz einfach. Er musste die vier irgendwie aus dem Weg schaffen. Dann konnte er zu Marold gehen und ihm Esthers Schriftstück sowie ihr Geständnis, dass sie schreiben kann, vorlegen. Weiter würde er behaupten, dass sie seinem Boten aufgelauert und den bedauernswerten Reinhardt ins Jenseits befördert hatten. Er würde voller Abscheu berichten, wie sie Marold eine Fälschung hatten andrehen wollen, was er jedoch vereitelt hatte. Es würde herrlich werden, er könnte sich damit brüsten, ganz allein dafür gesorgt zu haben, dass den Halunken ihr Handwerk gelegt wurde, und bereits eigenhändig eine neue Abschrift verfasst zu haben. Dieser arrogante Widerling würde ihn um Verzeihung bitten müssen. Welch eine Genugtuung! Vor die Ernte hatte der Schöpfer leider das Säen gesetzt. Er würde in der Tat eiligst ein neues Schreiben verfassen müssen. Marold würde er das zeigen, das Magnus geschrieben hatte und das derzeit gut bewahrt in seinem Kontor lag. Er würde dem Domherrn anbieten, dieses vor seinen Augen zu versiegeln und ihm zu übergeben.

Ein kleiner Taschenspielertrick, zugegeben der heikelste Moment seines Vorhabens, und seine erneute Abschrift der Privilegien, die Vorzüge für Kölner Englandfahrer eingeschlossen, bekäme das Siegel und würde endlich nach Parma reisen.
Felding sah, wie Vitus seinem Gefangenen auf die Beine half. Es ging anscheinend weiter. Auch er sprang hurtig auf die Füße und zerrte sein Reisigbündel wieder auf seinen Rücken. Wohin mochten sie gehen? Er war wirklich neugierig. Vielleicht gab es hier draußen irgendwo eine Hütte, in die sie Magnus zu bringen gedachten. Gut möglich, dass sie vorhatten, von der Gräfin eine Summe zu verlangen, damit sie ihn wieder auf freien Fuß setzen würden. Eine Hütte wäre eine glückliche Fügung. Wenn es ihm gelänge, die vier Ahnungslosen dort einzusperren, konnte er ohne weitere Verzögerung in die Stadt und zu Marold zurückkehren. Er war höchst zufrieden mit sich. Das Einzige, was ihn noch schwerer drückte als das Holz auf seinen Schultern, war der Gedanke, dass die hübsche Esther ihm niemals gehören würde. Er musste sie opfern. Und das war jammerschade. Nein, es war weit mehr als das.

# Vor den Toren Lübecks am Abend des 18. April 1226 – Esther

Sie hatte Norwid alles erzählt. Allein zunächst, die anderen warteten mehrere Fuß vor der Mühle. Nichts hatte sie ausgelassen, nicht einmal den Tod des Reinhardt. Einzig über ihre Schreibfertigkeit hatte sie ihn im Unklaren gelassen. Es machte schließlich keinen Unterschied, ob Kaspar oder sie für das Pergament verantwortlich war, das dem Schauenburger gründlich in die Parade fahren würde. Norwid hatte ihr aufmerksam zugehört mit dem ernsten Gesichtsausdruck, der ihr inzwischen schon vertraut an ihm war.

»Wenn jedes Wort, das Ihr sagt, die Wahrheit ist, und daran zweifle ich nicht, dann ist dieser Magnus mir herzlich willkommen. Euer Bruder und Euer Bräutigam sowieso. Holt sie nur her. Mein Vater und ich werden uns um das Essen und um Schlafplätze für Euch kümmern. Früher hätte Bille das getan«, fügte er bedrückt hinzu. »Sie wird sich so freuen, Euch wiederzusehen.« Er gab sich alle Mühe, seine Traurigkeit zu verbergen. »Und sie wird sich auch freuen, wenn sie hört, dass Ihr dem Schauenburger eins auswischen werdet. Lasst die anderen nur herkommen«, wiederholte er. »Wir feiern ein Freudenfest.«

»Macht Euch bitte keine Umstände. Wir wussten nur nicht, wohin. Wir sind Euch schon dankbar, wenn wir für diese Nacht ein

Dach über dem Kopf haben, aber wir wollen Euch keineswegs eine Last sein.«

»So ein Unfug.« Er schüttelte den Kopf und zupfte sich an dem blonden Bart. »Euer Besuch ist ein Lichtstrahl in dieser düsteren Zeit.«

»Ich danke Euch von Herzen, Norwid.« Sie ging und holte Vitus, Kaspar und Magnus, wie es ausgemacht war.

Nachdem sie die Männer miteinander bekannt gemacht hatte, ging sie zu Bille. Es war nicht lange her, dass sie das Mädchen zum ersten Mal gesehen hatte, doch kam es ihr wie eine Ewigkeit vor, weil sich seither so vieles zugetragen hatte. Bille war, wie sie glaubte, noch blasser als bei ihrer ersten Begegnung. Sie schien zu schlafen. Außer ihr war niemand in der kleinen, finsteren Kammer, in der es auch an diesem Tag übel roch. Der Müller hatte wohl eingesehen, dass es ihr nicht viel nützte, wenn er Stunde um Stunde bei ihr hockte. Er musste seiner Arbeit nachgehen, damit half er ihr mehr.

Mit einem Mal schlug sie das gesunde Auge auf und drehte ihren Kopf zu Esther.

»Ihr haltet Euer Versprechen, mich wieder zu besuchen, schnell. Das hätte ich nicht gedacht.« Ihre Stimme war schleppend und schwach. Ihr Zustand war zum Gotterbarmen. »Ihr dachtet bestimmt, ich mache es nicht mehr lange, was?« Sie versuchte ein Lachen, musste aber husten.

»Sagt doch nicht so etwas, ich bitte Euch.« Esther wurde es schwer ums Herz. Das durfte das arme Geschöpf um keinen Preis spüren. »Nein, es gibt einen wahrlich erfreulichen Grund für meinen Besuch. Ich bin nämlich nicht alleine gekommen. Am besten, Ihr ruht Euch erst einmal noch ein wenig aus. Euer Bruder wird Euch alles erzählen.«

»Ihr spannt mich auf die Folter, und ich soll schlafen? Wie soll das gehen?«

Die Kleine hatte einen unerschütterlichen Humor, das musste man ihr lassen.
»Ich verrate Euch nur so viel: Die Männer, mit denen ich hier bin, und ich haben einen Plan ausgeheckt, der dem Schauenburger sein Vorhaben, Stadtherr von Lübeck zu werden, auf alle Zeit verderben wird. Nun, was sagt Ihr?«
Es dauerte einige Atemzüge, bis sie antwortete. »Wenn Ihr in diesem Plan noch Aufgaben für einen einäugigen Krüppel habt, zögert nicht, mich um Hilfe zu bitten.«

Sie saßen um den Tisch in der Stube, der alte Müller, Norwid, Vitus, Kaspar, Magnus und sie, als wären sie alte Freunde. Norwid und sein Vater mussten ihren Vorrat ordentlich geplündert haben. Sie hatten ein wahres Festessen aufgetragen. Bevor sie alle zu speisen begonnen hatten, waren sie zu Bille gegangen und hatten ihr ihre Portion gebracht. Diese hatte ihre Besucher neugierig betrachtet. Als ihr gesundes Auge Magnus erfasste, schrie sie auf. Norwid war mit einem Satz an ihrer Seite.
»Was ist denn los? Was hast du? Du musst vor diesen Männern keine Angst haben.«
»Ich kenne den da!« Sie deutete auf Magnus. »Er ist im Bund mit dem Teufel!« Sie bebte, ihre Stimme war hasserfüllt. »Wie soll er wohl dem Schauenburger etwas verderben, wenn er doch sein Brot isst?«
»Er mag in seinen Diensten sein, aber er hasst ihn so wie Ihr und Euer Bruder, glaubt mir.« Esther war ebenfalls näher an ihr Lager getreten. »Ich habe nicht daran gedacht, dass Ihr ihn kennen könntet. Bitte verzeiht, der Schreck muss Euch in alle Glieder gefahren sein.«
»Ich erkenne Euch«, sagte Magnus leise. »Ihr seid das Geschöpf, das hinten im Wagen bei den Kleidern der Gräfin lag, als wir nach Lübeck kamen. Ihr seid seine Schwester?«

»Ja«, antwortete Norwid an ihrer Stelle. »Es ist meine Schwester, die man wie einen Sack Getreide oder ein Stück Vieh auf einen Wagen geschmissen und in die Stadt geschafft hat. Ein Wunder, dass sie das überlebt hat.«

»Das ist es.« Magnus nickte. »Ich war eingeschlafen, als wir in Lübeck ankamen. Ich hatte nicht bemerkt, dass wir noch eine Rast eingelegt hatten, um sie abzuladen. Als wir unser Ziel erreichten, fragte ich, was aus ihr geworden sei. Der Fuhrmann hat sich nicht klar ausgedrückt, aber ich nahm tatsächlich an, sie sei unterwegs gestorben. Gewundert hätte es mich nicht.« Er schüttelte kaum merklich den Kopf.

»Ihr werdet Eurem Herrn die traurige Botschaft bringen müssen, dass das nicht der Fall ist«, sagte Bille hart und atmete schwer.

»Du irrst dich, Bille, er ist kein böser Mann.« Norwid berichtete ihr mit wenigen Worten, was auch er erst kurz zuvor erfahren hatte. Auch Magnus redete auf sie ein, erzählte von sich und seinem Groll auf den Grafen. Es dauerte eine gute Weile, bis sie sich beruhigt hatte. Die gesamte Gesellschaft hatte sich um ihr Lager gedrängt, was aufgrund der Enge nicht bequem und aufgrund des beißenden Geruchs nicht eben angenehm war. Doch hatte sich keiner etwas anmerken lassen, und Esther hatte beobachtet, wie sich der alte Müller kurz abgewendet und verstohlen eine Träne der Rührung fortgewischt hatte. So viel Leben hatte es wohl seit langem nicht in der kleinen, finsteren Kammer gegeben. Vitus, dem Esther auf dem letzten Stück des Wegs von Bille berichtet hatte, legte ihr sogar eine Kette aus kleinen Blumen, Zweigen und frischen grünen Blättern um, die er gepflückt und geflochten hatte, während Esther mit Norwid zunächst alleine gesprochen hatte.

»Ich danke Euch. Ich habe nie in meinem Leben schöneren Schmuck besessen«, sagte sie und strahlte ihn an. Wahrscheinlich hatte sie überhaupt noch nie Schmuck besessen, ging es Esther durch den Kopf, und sie warf Vitus einen dankbaren Blick zu.

Erst als Bille erschöpft war und bat, ihr nun endlich ihre Nachtruhe zu lassen, die sie, wie sie lächelnd sagte, brauchte, um so umwerfend hübsch auszusehen, waren sie in die Stube gegangen und hatten sich zu Tisch gesetzt.

Kaspar streckte die Beine von sich und klopfte sich auf seinen Bauch, der sich deutlich unter dem Leinenhemd abzeichnete.
»Es war köstlich!«, verkündete er und schleckte sich die Finger ab.
»Das war es in der Tat«, stimmte Magnus zu. »Wir haben Euch zu danken.«
»Ihr könnt es gutmachen«, erwiderte Norwid ernst. »Macht diesem Schauenburger das Leben nur so schwer, wie Ihr es vermögt, das ist uns mehr als genug Dank.«
»Was hat dieser Unmensch Eurer Schwester nur angetan? Sie ist mir in der Burg kaum begegnet. Als man sie auf den Wagen legte, damit wir sie mit nach Lübeck nehmen können, hat mir niemand sagen wollen, was ihr zugestoßen ist.«
»Dieses Monstrum hat sich über sie hergemacht, wann immer seine Gattin ihm nicht zu Willen war oder er Appetit auf etwas Jüngeres hatte.«
»Norwid!«
»Es ist doch wahr, Vater!«
»Das ist es, aber wir haben Gäste, darunter eine junge Dame, für deren Ohren solche Geschichten nicht taugen.«
»Schon gut«, sagte Esther leise, obwohl sie bei der Vorstellung, dass Bille mit diesem Fiesling das Lager hatte teilen müssen, wann immer er wollte, das Grauen packte.
»Sie war nicht die Einzige. Er hat sich stets die Magd genommen, die ihm in die Finger kam. Darum habt Ihr meine Schwester nicht sehr oft gesehen. Sie hat sich jeden Tag aufs Neue bemüht, Arbeiten zu erledigen, bei denen sie ihm eben nicht über den Weg lief. Immer ließ es sich nur nicht vermeiden.«

»So ein dreckiges Schwein«, schimpfte Kaspar. »Wenn das jemand meiner Malwine antäte, ich weiß nicht, was ich mit ihm anstellen würde.«

Vitus zog fragend die Brauen hoch, Esther lächelte nur vielsagend.

»Und wie ist das mit dem Bein und dem Auge geschehen?«, wollte Kaspar wissen.

Norwid berichtete, wie sie dem Grafen einmal entwischt war. Er hatte ihr wutentbrannt nachgestellt, einen metallenen Leuchter gegriffen und nach ihr geworfen. Gerade in dem Moment hatte sie sich umgedreht, um zu sehen, ob sie ihrem Peiniger entkommen konnte. Der Leuchter schlug ihr das Auge aus, sie taumelte und stürzte rückwärts eine Steintreppe hinunter. Norwid fasste sich kurz, bemühte sich, die gar zu scheußlichen Einzelheiten nicht zu schildern. Dennoch war es so still in dem Raum, dass man Bille in ihrer Kammer nebenan leise schnarchen hören konnte.

Magnus erzählte, wie furchtbar zugerichtet er Heilwig vorgefunden hatte, kurz bevor sie nach Lübeck aufgebrochen waren. »Mit seinem eigenen Eheweib geht dieser Teufel nicht besser um als mit den Mägden. Es war nicht immer so, aber es wurde mit jedem Sommer, der ins Land ging, schlimmer. Ich kenne Heilwig, seit sie auf der Welt ist. Ich habe sie auf meinen Knien geschaukelt, gesehen, wie sie zu einer Dame heranwuchs. Wie ich Euch schon sagte, ich verstehe mich als ihr persönlicher Schreiber. Ihr bin ich verpflichtet, nicht ihrem Gatten.«

»Darauf wollen wir trinken!«, rief Norwid etwas zu laut aus. Es lag auf der Hand, dass er die beklemmende Stimmung in der Stube zu vertreiben suchte. »Wollten wir nicht ein Freudenfest feiern? Vater, bring uns doch eine Flasche von deinem Selbstgebrannten«, schlug er vor.

So beklemmend ihr Beisammensein auch angefangen hatte, so erfreulich wurde es später. Sie tranken und erzählten sich voneinander. Magnus konnte herrliche Geschichten zum Besten geben, wie er als junger Bursche einmal in einen Hühnerstall gestiegen war. Das Federvieh war völlig verängstigt, gackerte und flog so um ihn herum, dass er gar nicht in der Lage war, nach Eiern zu suchen. Am Ende hatte er aufgegeben und, Hühnerkot im Haar und eine Feder an der Lippe, die Flucht ergriffen.

»Wo wir gerade von Hühnern sprechen«, begann Kaspar. »Es gibt da ein ganz besonderes Tintenrezept.« Er senkte die Stimme, um die Spannung zu erhöhen. Esther, die ahnte, was jetzt kam, rollte mit den Augen. »Man muss die Zutaten in eine leere Eierschale geben und von dem Huhn mehrere Tage ausbrüten lassen. Dann erhaltet Ihr ein Pulver, das Ihr nur noch mit Wasser verrühren müsst. Ihr könnt Euch nicht vorstellen, welch herrliche Tinte sich auf diese Weise herstellen lässt.«

»Nein, das kann ich mir tatsächlich nicht vorstellen«, stimmte Vitus belustigt zu.

»Das ist nicht verwunderlich, weil du dich damit nicht auskennst.« An Esther gewandt, fragte er: »Wie weit bist du damit eigentlich gekommen? Hast du schon alles zusammen, was wir brauchen?«

»Ach, Kaspar, ich bitte dich, du glaubst dieses Ammenmärchen doch nicht wirklich. Zutaten, die von einer Henne ausgebrütet werden müssen … Da hat dir wahrlich jemand einen Bären aufgebunden.«

»Das glaube ich nicht«, gab er verdrossen zurück.

Die anderen feixten. Norwid schenkte erneut die Gläser voll, sein Vater zündete zwei Talglampen an, beides Zeichen ihrer Großzügigkeit und Gastfreundschaft. Magnus erfreute die Runde mit einer weiteren Geschichte.

»Wenn ich Euch erzähle, wie ich dem Bischof das erste Mal begegnete, werdet Ihr mir nicht glauben. Ich war noch ein Kind, flink und äußerst geschickt darin, Patrizier und Kaufleute um ihre Geldkatze zu erleichtern. Als ich die Silberspangen auf den Schuhen des Bischofs sah, war es um mich geschehen. Ich wollte sie unbedingt haben. Ich warte also einen günstigen Moment ab, in dem viele Menschen um ihn herum sind, es ein Gedränge gibt und niemand auf einen Knirps achtet, der auf allen vieren gekrochen kommt. Ich schwöre Euch, der Bischof hat sich nichts anmerken lassen, obwohl er mich auf der Stelle entdeckt haben muss. Ich pirsche mich also an, löse fingerfertig die Spange von seinem ersten Schuh und finde mich im nächsten Augenblick in der Luft baumelnd wieder. Er hat mich am Hosenboden gepackt, so dass ich auf der Höhe seines mächtigen Wanstes hing wie ein Fisch an der Angel.«

Wieder großes Gelächter, dann musste Magnus erzählen, wie es nach dieser Begegnung zu einer Freundschaft zwischen ihm und dem Bischof hatte kommen können. Das tat er gern. Er hatte also eine Ausbildung als Ritter genossen. Kein Wunder, dass er sich auszudrücken und zu benehmen wusste.

Als sie schließlich zu Bett gingen, waren sie alle müde, aber recht zuversichtlich. So schwierig und voller böser Überraschungen der Tag auch gewesen sein mochte, so glücklich war es doch, dass er diese kleine Gemeinschaft zusammengeführt hatte. Das Lager der Gäste war in einem Raum der Mühle gerichtet, in dem die fertigen Mehlsäcke darauf warteten, abgeholt zu werden. Sie erklommen eine Stiege in einem Anbau. Selbst bei stärkstem Regen blieb das Mehl hier oben trocken.

Magnus und Kaspar legten sich auf die Strohballen zur Linken, Vitus und Esther zur Rechten der Säcke.

Als sie unter die Wolldecke kroch, meinte Esther, ihr würden die Augen auf der Stelle zufallen.

»Für dich habe ich auch eine Kette gemacht«, flüsterte Vitus da und legte ihr in der Dunkelheit einen Kranz aus kleinen Blüten

und Blättern um den Hals. Dann presste er seinen warmen Körper an ihren Rücken. »Gute Nacht, meine geliebte Esther.«
»Gute Nacht, Vitus.« Was hatte sie an diesem Tag nicht alles durchgemacht und war dennoch so glücklich wie nie zuvor.

Sie erwachte aus einem verworrenen Traum. Wo war sie nur? Ein Gefühl von Weite erfüllte sie, das konnte kaum ihre kleine Schlafkammer sein. Natürlich nicht, sie erinnerte sich wieder. Sie war in der Mühle, zusammen mit Vitus, Kaspar und Magnus. Sie hörte das Schnarchen der Männer. Zufrieden schob sie ihr Hinterteil näher an Vitus heran, um sich an ihm zu wärmen, und zog die Decke bis an ihr Kinn. Sie wollte noch etwas schlafen, bei Morgengrauen würden sie aufbrechen. Kaum dass sie sich erneut bequem und dicht an ihren Geliebten geschmiegt hatte, spannte sich ihr Körper mit einem Schlag an. Da war doch etwas, da war ein Geräusch gewesen. Zuerst glaubte sie, sich getäuscht zu haben. Wahrscheinlich war es nur das Grunzen der Männer, die allesamt zu viel von dem Selbstgebrannten durch ihre Kehlen hatten fließen lassen. Oder eine Maus oder Ratte war über den Boden gehuscht. Das konnte vorkommen. Nein, da war es wieder. Jetzt war sie ganz sicher, da war ein Knacken gewesen. Ihr wurde heiß und gleich wieder kalt. Hätten sie Magnus doch nicht trauen dürfen? Was, wenn er längst ein Messer gezückt hatte und über Kaspar gebeugt stand, um ihm als Erstem den Hals durchzuschneiden? Sie musste sich beruhigen. Immerhin war es Felding, der Reinhardt auf dem Gewissen hatte, nicht Magnus.
»Vitus«, flüsterte sie. Keine Antwort, er schlief tief und fest.
Das Knacken wurde lauter und war in immer kürzeren Abständen zu hören. Ein leises Knistern kam hinzu. Außerdem war da ... Sie schnupperte. Das war Rauch! Heilige Mutter Gottes, es brannte.
»Aufwachen!«, rief sie. »Es brennt! Feuer!«

Vitus schnellte hoch. »Was ist los?«
Auch auf der anderen Seite der Mehlsäcke rührte sich etwas, Schritte nackter Füße auf dem Holzboden. Magnus öffnete die winzige Luke, die es anstelle eines Fensters gab. Von draußen drang schwach ein flackernder Schein zu ihnen.
»Die Mühle brennt!«, schrie er entsetzt.
Auch Vitus war bereits auf den Beinen. »Wir müssen hier raus, schnell, und den anderen drüben im Haus helfen!«
Esther war mit zwei Sätzen bei Kaspar, der noch immer selig schlummerte.
»Aufwachen, Kaspar, es brennt!« Sie packte seine Schulter und schüttelte ihn kräftig. Er grummelte vor sich hin, stieß sie weg und zog sich die Decke über die Nase. »Mann in de Tünn«, schimpfte sie, »das gibt's doch nicht. Wach auf, sonst wirst du geröstet«, fuhr sie ihn an, riss die Decke weg und schlug ihm ins Gesicht.
»Aua, was fällt dir ein? Warum lässt du mich nicht ...?« Er stützte sich auf die Ellbogen. »Ihr seid ja alle schon wach.«
»Das Haus brennt, Kaspar, wir müssen helfen!«
»Warum sagst du das nicht gleich? Was ist mit Bille? Sie kann doch nicht weglaufen. Geht es ihr gut?« Er sprang auf, taumelte, wusste nicht, wohin oder was tun.
»Die Tür ist verschlossen«, brüllte Vitus. »Oder irgendetwas ist von außen dagegengestürzt und versperrt uns jetzt den Weg.«
»Was sollte denn umgestürzt sein?« Magnus war bei ihm und rüttelte jetzt ebenfalls an der Tür. »Sie öffnet sich nicht einmal einen Spalt. Jemand hat von außen den Riegel davorgelegt, jemand will, dass wir umkommen.«
»Was?«, kreischte Kaspar, stürzte zur Tür und warf sich mit aller Kraft dagegen. Ein Knarren, das war alles.
»Das ist also ihr Freudenfest«, stieß Magnus bitter aus. »Sie haben nur vorgegeben, dass sie mir vertrauen. In Wahrheit halten sie mich noch immer für einen Getreuen des Grafen und nehmen

an mir Rache. Es ist Euer Pech, die Nacht im selben Raum zu verbringen wie ich.«

»Das glaube ich nie und nimmer«, widersprach Esther. »Viel eher ist das ein Unglück, und sie haben die Talglampen vergessen.«

»Und uns hier eingesperrt?« Kaspars Stimme überschlug sich.

»Überlegen wir, wie wir hier rauskommen«, sagte Vitus.

»Uns bleibt nur die Tür«, meinte Magnus. »Ein Fenster gibt es nicht, und die Luke dort drüben ist viel zu schmal. Nicht einmal Ihr passt da hindurch, Esther. Lasst es uns zusammen versuchen«, sagte er zu Vitus. »Auf drei! Eins, zwei, drei!« Die beiden Männer krachten gegen die Tür, vergebens.

»Die Flammen schlagen immer höher«, kreischte Kaspar, der an dem kleinen Ausguck Posten bezogen hatte. Er begann zu husten.

»Gibt es denn hier nichts, womit man das Holz zerschmettern könnte?« Magnus begann zwischen den Säcken zu suchen. »Wenn es nur nicht so dunkel wäre!«

»Dunkel ist es nicht mehr lange«, rief Kaspar zurück. »Das Feuer wird immer größer. Bald wird es auch nach diesem Teil des Gebäudes greifen.«

»Vitus, was sollen wir denn nur tun?« Esther spürte Tränen aufsteigen.

»Wir finden einen Ausweg. Vertrau mir!« Das klang weniger zuversichtlich, als er wohl beabsichtigt hatte. Er blickte sich hastig um. »Da ist eine Luke in der Decke. Natürlich, von der Mühle gelangt das Mehl durch das dicke Rohr, das draußen zu sehen ist, hierher auf den Dachboden und in die Säcke. Vielleicht können wir hinaufgelangen und von dort ins Freie.« Schon fing er an, Säcke zu schleppen und übereinanderzustapeln. Sie rutschten auseinander, sobald er versuchte, den Berg zu erklimmen. Immer mehr musste er heranholen. Esther wollte ihm helfen, doch bekam sie kaum einen Sack von der Stelle, so schwer waren sie.

»Fasst doch mal mit an!«, schrie sie die Männer an.

Magnus gab seine Suche auf und gehorchte. »Ich bin größer als Ihr«, stellte er fest, als der Stapel schon eine gute Höhe erreicht hatte. »Lasst es mich versuchen!« Vitus trat zur Seite, und er erklomm die Säcke, als stiege er Stufen empor. Seine Arme hielt er ausgebreitet, um die Balance zu halten. Einmal kam er ins Wanken, ruderte mit den Händen, so dass Esther fürchtete, er würde stürzen, doch er schaffte es, sein Gleichgewicht wiederzuerlangen. Vorsichtig setzte er einen Fuß auf den obersten Mehlsack. Ihre Augen hatten sich an das wenige Licht gewöhnt, so dass sie erkennen konnte, wie er behutsam darauf trat, Stück für Stück sein Gewicht immer weiter verlagerte, bis er das zweite Bein schließlich nachziehen konnte. Vitus und sie starrten hinauf, hielten den Atem an, als Magnus sich unendlich langsam nach oben reckte und den Griff packte, mit dem er die Luke öffnen konnte. Er drückte dagegen, die Holzklappe gab wahrhaftig nach, und er konnte sie zur Seite schieben. Über ihm klaffte eine schwarze Öffnung.

»Könnt Ihr irgendetwas erkennen?« Vitus hatte den Kopf in den Nacken gelegt und starrte angestrengt zur Decke.

»Nein, hier ist alles dunkel. Ob es hier oben einen Ausstieg ins Freie gibt, lässt sich nicht sagen.«

»Da!« Das war Kaspars Stimme. »Da ist Norwid!« Augenblicklich schob er seinen Kopf so weit durch die Luke, wie er nur konnte, und begann zu schreien: »Hilfe! Helft uns! Wir sind eingesperrt, holt uns hier raus!«

»Hört er dich?« Vitus lief eilig zu ihm hinüber. »Lass mich mal sehen!«

»Ich glaube, er hat mich gehört«, sagte Kaspar aufgeregt und schloss Esther, die zu ihm gelaufen war, in seine Arme. »Er wird uns herausholen.«

»Wenn er will«, wandte Magnus ein. Noch immer stand er oben auf dem Haufen Mehlsäcke.

»Natürlich will er! Ich bin so froh, dass er lebt.«

Er hielt sich in der Öffnung über ihm fest, sprang ab und versuchte sich ganz nach oben zu ziehen. Doch dafür hätte der Stapel höher sein müssen. Es gelang ihm nicht. Im Gegenteil, der oberste Sack geriet ins Rutschen, so dass Magnus nun noch höher hätte springen müssen. Er musste aufgeben.

»Hast du sonst noch jemanden gesehen?« Esther blickte ihren Bruder voller Hoffnung an.

»Nein, nur Norwid.«

Vitus hatte die ganze Zeit gerufen und beide Arme durch das Loch gesteckt und gewinkt. Jetzt zog er die Hände zurück und lugte nach draußen.

»Norwid ist wieder ins Haus gelaufen. Aber sein Vater ist auf dem Weg hierher!«

»Gott sei's gedankt!« Esther wischte sich eine Träne ab, die ihr über die Wange lief.

Sie mussten nicht lange warten, bis sie Schritte auf der Stiege hörten. Ein Quietschen und Ächzen, dann war der Riegel beiseitegezogen, und die Tür ließ sich öffnen.

»Wer hat das nur getan?«, fragte der Müller. Seine Wangen waren gerötet, Schweiß und Ruß standen ihm auf der Stirn.

»Ist Bille in Sicherheit?«, wollte Kaspar wissen, während sie alle gemeinsam die Stiege hinunterrannten.

»Norwid kümmert sich um sie. Wir haben versucht die Mühle zu retten. Das ist doch alles, was wir haben!«

Draußen wurde Esther das ganze Ausmaß der Katastrophe mit einem Schlag bewusst. Sie hatte nicht wie die beiden Männer schon einen Blick durch den kleinen Ausguck geworfen. Umso größer war ihr Entsetzen. Die Mühle stand in hellen Flammen. Schon waren die Flügel nur noch glühende Gerippe, aus denen das Feuer züngelte und leckte. Auch aus dem Dach schlug bereits die Glut. Zwar saß es noch wie ein Hut auf dem Gebäude, allerdings sah es nicht aus, als könnte es noch lange standhalten. Immer weiter fraßen sich die Flammen nach unten. In der Stube konnte es unmöglich ausgebrochen sein, überlegte sie. Da sah sie Norwid, der Bille auf den Armen trug. Ihr Bein mit der angebundenen Holzleiste stand in einem eigenartigen Winkel ab, ihre Arme hingen schlaff.

»Guter Gott, lebt sie?«, wisperte Kaspar ängstlich. Norwid ging wortlos an ihnen vorbei und legte seine Schwester so weit von der Mühle entfernt ins Gras, dass er sicher sein konnte, hier würde ihr nichts geschehen.

»Willst du nicht nach ihr sehen?«, forderte Esther Kaspar auf.

»Meinst du?«

Sie nickte und rang sich ein Lächeln ab, was ihr angesichts der Verwüstung nur mäßig gelingen wollte. Dennoch war sie froh, Kaspar ein wenig abgelenkt und beschäftigt zu wissen. Auch war es für Bille sicher gut, wenn jemand bei ihr war.

Vitus legte einen Arm um sie. Neben ihm stand Magnus. Norwid trat zu ihnen. Sie waren wie versteinert. Nur der alte Müller nicht.

»Wir müssen etwas tun, wir müssen es aufhalten«, schrie er.

»Zu spät«, gab Norwid tonlos zurück.

Sein Vater dagegen stürzte los zum Brunnen. »Holt mehr Eimer!«, rief er, während er den Bottich, der am Rand des Brunnens gestanden hatte, hinabfallen ließ und gleich darauf gefüllt hinaufhievte.

»Es hat keinen Sinn, die Mühle ist nicht zu retten.« Norwid klang erschöpft.

»Versuchen wir es!« Vitus rannte los. Im Lauf fragte er, wo er mehr Behälter finden könnte. Noch immer rührte sich Norwid nicht vom Fleck. Auch Magnus schüttelte den Kopf, als könnte er die absonderlichen Versuche der beiden nicht verstehen.

Esther begann zu zittern, obgleich ihre Wangen von der Hitze des Feuers glühten. Sie sah zu dem stallartigen Anbau, in dem sie einige Stunden geschlafen hatten. Der Ostwind, der bereits am Tag gehörig Kraft gehabt hatte, blies nun noch heftiger. Er frisch-

te immer mehr auf und trieb Funken durch die Luft. Es sah aus, als würde der ganze Himmel lodern. Das Dach, über das Magnus zu fliehen versucht hatte, stand inzwischen ebenfalls in Flammen, die Mühle brannte lichterloh. Es mutete nahezu lächerlich an, wie Vitus und der Alte diese kleinen Mengen Wasser gegen das glühende Holz kippten, als versuchten sie mit einem einzigen Schluck den Durst eines ganzen Tages zu löschen. Sie liefen einige Male hin und her, dann hielt Vitus den Müller auf. Dieser aber riss sich los, hetzte erneut zum Brunnen, füllte seinen Eimer und hastete mit ihm zurück. Dann blieb er wie angewurzelt stehen. Der Bottich glitt ihm aus der Hand, das Wasser versickerte im sandigen Boden. Er packte sich an die Brust und brach im nächsten Augenblick zusammen. Vitus kniete sofort bei ihm, und auch Norwid rannte los. Als Esther sich ebenfalls auf den Weg machen wollte, hielt Magnus sie auf.
»Bleibt hier! Ihr könnt ihm nicht helfen. Zwei starke Männer, das ist alles, was er jetzt braucht.«
Sie schleppten den Müller, der sich nicht rührte, zu der Stelle, wo Kaspar bei Bille hockte.
»Er muss leben«, sagte Esther heiser. »Wären wir nicht gekommen, läge er friedlich in seinem Bett, und seine Mühle stünde nicht in Flammen.«
»Das steht nicht fest. Feuer ist eine ständige Gefahr, das wisst Ihr. Allzu schnell frisst es hier einen Stall, da eine Kathedrale oder eben eine Mühle.«
»Ihr wollt mir weismachen, dass es Zufall ist? Das würde ich nur zu gerne glauben, bloß kann ich es nicht.«
»Zufall oder nicht …«
Ein Schrei schnitt ihm das Wort ab. Sie blickten sich beide nach den anderen um, doch von denen hatte niemand diesen markerschütternden Laut von sich gegeben. Auch Vitus, Norwid und Kaspar sahen sich erschrocken um.

»Wir sind nicht alleine«, stellte Magnus fest. »Gut möglich, dass Ihr mit Eurem Verdacht recht hattet.« Er lief mit langen Schritten zu dem Anbau, aus dessen Richtung der Schrei gekommen war. Esther hatte Mühe, ihm zu folgen.
»Wen haben wir denn hier?«, fragte Magnus gedehnt, als er den Mann erkannte.
»Ihr?« Esther starrte Felding an, der auf dem Boden kauerte und sich den rußverschmierten, blutenden Arm hielt.
»Ich konnte Euch nicht brennen lassen, darum bin ich zurückgekehrt«, erklärte er keuchend.
»Welch rührende Geschichte.« Magnus' Stimme triefte vor Ironie.
»Das soll doch wohl heißen, Ihr habt das Feuer gelegt«, stellte Vitus fest, der hinzugekommen war.
Es krachte und toste. Hier ging ein brennender Balken zu Boden, dass die Funken nur so stoben, dort stürzte ein ganzes Stück des Dachs in sich zusammen, als wäre es nur aus Blättern und Ästchen gedeckt gewesen.
»Wir müssen hier weg. Könnt Ihr gehen?« Vitus funkelte ihn verächtlich an.
Felding rappelte sich hoch, knickte aber sofort wieder ein und heulte auf. Sein Bein hatte offenbar auch etwas abbekommen.
»Dann müssen wir ihn eben tragen«, meinte Vitus und packte auch schon an. Felding schrie vor Schmerz, was Vitus nicht kümmerte.
»Warum lasst Ihr ihn nicht liegen?« Norwids Gesicht glühte. In seinem Bart und in dem blonden Haar hingen Asche und Splitter. »Wenn ich es richtig verstanden habe, ist das der Mann, der mit dem Schauenburger gemeinsame Sache macht. Soll er erst hier verkohlen und dann in der Hölle schmoren!«
»Es ist unsere Christenpflicht, ihn zu retten«, erwiderte Vitus schlicht.

Magnus fügte hinzu: »Wer weiß, vielleicht kann er uns noch nützlich sein.« Er packte Feldings Füße. Gemeinsam schleppten sie ihn fort von dem Feuer, das so heiß brannte, als wären sie längst alle in der Hölle, und legten ihn ein gutes Stück abseits von Bille und dem alten Müller in das hohe Gras.

Esther taumelte hinter ihnen her und ließ sich an einer mächtigen Eiche einfach fallen. Gegen den Stamm gelehnt, beobachtete sie, wie die Flammen alles verschlangen. Ihr gingen Feldings Worte nicht aus dem Kopf. Er hatte sie nicht brennen lassen können. Darum war er zurückgekehrt. Vitus hatte recht, das konnte nur eins bedeuten: Er war hinter ihnen her gewesen, ohne dass einer von ihnen etwas bemerkt hatte. Er hatte diese schreckliche Feuersbrunst entfacht, die Tür verriegelt und damit gerechnet, dass sie alle darin umkamen. Reinhardts Tod ging auf seine Rechnung, gewiss hätte es ihm nicht viel ausgemacht, noch mehr Leben auf sein Gewissen zu laden. Nur sie, Esther, hatte er nicht töten können. Sie starrte vor sich hin.

»Schon gut, es ist alles gut. Beide werden es schaffen, Bille und auch ihr Vater. Alles wird wieder gut werden.« Sie hatte nicht gemerkt, dass Vitus zu ihr gekommen war und sich über sie beugte. Auch spürte sie jetzt erst, als er sich neben sie in das Gras gleiten ließ und ihr den Arm um die Schultern legte, wie sehr sie am ganzen Leib zitterte und dass Tränen ihr unablässig über die Wangen liefen. Da waren sie also, Kaspar und Norwid hockten bei Bille und dem alten Müller, Magnus gab auf Felding acht, und Vitus und sie hielten einander umschlungen. Gemeinsam sahen sie zu, wie das Bauwerk, das bis zum Tag zuvor noch Heimat und Auskommen von dreien von ihnen gewesen war, in sich zusammenfiel. Als der Morgen graute, loderten nur noch vereinzelt Flammen zwischen den verkohlten Balken auf, waren nur noch hier und da ein wenig Glut, ein paar Funken zu sehen zwischen all der Zerstörung und dem Rauch.

»Verzeiht mir«, winselte Felding. »Ich habe nicht gewollt, dass es so kommt. Das müsst Ihr mir glauben!«

»Wer muss dir glauben, du Verräter?«, zischte Magnus. »Du lügst doch, wenn du nur atmest!«

»Ihr legt ein Feuer und wollt nicht, dass es brennt«, brüllte Norwid ihn an. Er war außer sich. »Um ein Haar hättet Ihr meinen Vater getötet und meine Schwester. Unser Leben haben wir gerettet, doch beileibe nicht mehr. Wovon sollen wir uns Essen kaufen, wo sollen wir wohnen? Na los, sagt schon!«

»Er hat Geld«, erklärte Magnus ruhig. »Der Schauenburger entlohnt ihn mehr als großzügig.« Während er sprach, griff er in Feldings Gewand, das Brandlöcher aufwies. Er holte ein Säckchen hervor. »Dem Herrn sei Dank, es ist kein Raub der Flammen geworden.« Damit reichte er Norwid den Beutel. »Nehmt das für den Anfang. Gewiss wird Euch dieses Ungeheuer dort gerne noch ein schönes Sümmchen obendrauf legen.« Er spie vor Felding aus.

»Das geht doch nicht«, stammelte Norwid unsicher, als er die Münzen erblickte.

»Es ist nicht viel, ich weiß, es reicht längst nicht, Euch eine neue Mühle bauen zu lassen. Wie ich schon sagte, es ist nur für den Anfang.«

Norwid reichte seinem Vater den kleinen Sack. Der weitete die Öffnung mit den Fingern und machte große Augen.

»Das können wir nicht annehmen. Wir können es Euch niemals zurückgeben und stünden ewig in Eurer Schuld.«

»Aber nein, was redet Ihr? Wir stehen in Eurer Schuld. Immerhin haben wir bisher weder für das Festmahl noch für das Schlaflager bezahlt. Ich bitte Euch, nehmt es dafür an.«

»Er soll ein Geständnis ablegen«, schlug Vitus vor. »Ich will aus seinem Mund hören, was er ausgeheckt und verbrochen hat. Und dann gehen wir zu Marold, wo er das alles wiederholen wird.«

»Natürlich, das mache ich, ganz wie Ihr wollt. Wir gehen zu Marold. Gern. Ich tue alles, was Ihr verlangt, Vitus Alardus.«
Er wand sich wie ein Wurm am Boden. Esther fühlte unermessliche Abscheu in sich aufsteigen.
»Er ist glitschig wie ein Aal«, meinte Kaspar. »Raus mit der Sprache, habt Ihr den Schreiber Reinhardt getötet?«
»Das war ein bedauerliches Unglück.« Er wimmerte schlimmer als ein altes Waschweib. Und die Wahrheit war von ihm gewiss nicht zu erwarten. Esther wandte sich ab. Sie konnte seinen Anblick, das verschlagene Fuchsgesicht, in das Schweiß und Dreck schwarze Streifen gezeichnet hatten, nicht länger ertragen.
»Ich habe ihm ein ehrliches und gutes Geschäft angeboten, ich bin Kaufmann und kein Mörder! Doch was tut er? Will mich betrügen und zu seinem eigenen Vorteil noch mit anderen Geschäfte machen. Das konnte ich nicht durchgehen lassen.«
»Da wart Ihr gezwungen, ihn zu töten, das sieht ein jeder ein.« Kaspar schnaubte vor Wut und raufte sich die roten Locken.
»Aber nein, ich wollte ihm mit dem Messer doch nur ein wenig Angst einjagen. Da stürzt er auf mich zu, stolpert und fällt in das Messer.«
Konnte das wahr sein? Taten sie ihm Unrecht mit ihrem Verdacht?
»Er muss wahrlich unglücklich gefallen sein, dass das Messer ihm die Kehle glatt durchgeschnitten hat.« Vitus konnte sich nur mit Mühe beherrschen, das vermochte sie an seiner Stimme zu erkennen. »Ihr habt von ehrlichen Geschäften gesprochen. Meint Ihr damit solche, wie Ihr sie mit Marold oder mit Esther im Sinn hattet?«
»Nun ja, ich gebe ja zu, dass ich gerne so manchen Handel gleichzeitig abschließe. Denkt Ihr als Kaufmann etwa nicht so? Lasst Ihr Euch ein lohnendes Sümmchen entgehen, nur weil Ihr bereits ein anderes in Aussicht habt?«

Magnus spuckte erneut vor ihm aus. »Was bist du nur für eine elende Kreatur!«

»Ihr habt Marold zugesichert, die Urkunde für den Rat aufzusetzen. Nur hattet Ihr niemals vor, diese nach Parma zu schicken. Stattdessen hat Euch Magnus eine geschrieben, die ganz dem Geschmack des Schauenburgers entsprach. Aber nicht einmal die sollte den Kaiser je erreichen. Von zwei Seiten wolltet Ihr Euch entlohnen lassen, habt in Wahrheit aber nur Eure eigenen Interessen im Kopf gehabt.«

»Ganz so ist es nicht«, verteidigte sich Felding. »Die ebenso schöne wie kluge Esther hat mich doch erst auf den Gedanken gebracht, meine eigene Fassung niederzuschreiben.«

»Was sagt Ihr da? Wie könnt Ihr es wagen?« Esther war aufgesprungen und stand nun vor ihm. Zum ersten Mal in ihrem Leben spürte sie Lust, einem Menschen Schmerz zuzufügen. Wie er da lag und um sein Davonkommen log, hätte sie am liebsten nach ihm getreten.

»Aber ja«, säuselte er. »Zunächst wollte ich nur für beide Seiten die Dokumente anfertigen und Gott unseren Herrn entscheiden lassen, welche ihr Ziel erreicht.«

»Lass Gott aus dem Spiel, du Bastard«, drohte Magnus.

»Mir war es gleich. Es war wie eine Wette, müsst Ihr wissen. Doch dann erfuhr ich von Esther, die immerhin selbst den Einfall hatte, eine Urkunde zu fälschen. Ich habe sie nicht darauf gebracht, das könnt Ihr mir nicht vorhalten.« Er sah ihr direkt in die Augen, bis sie wegschauen musste. Es stimmte ja. Und zu allem Überfluss lag ein Schimmer in seinem Blick, der sie merkwürdig berührte. »Euch ging es nicht um Lübeck und seine Bürger, Euch ging es allein um den Vorteil eines jämmerlichen Kaufmanns, der es ohne Taschenspielertricks anscheinend zu nichts bringt.«

»Ich werde Euch gleich ...« Vitus sprang auf ihn zu und packte ihn am Kragen.

»Nein, nicht, Vitus!«, rief sie.
»Ach was, lass ihn doch«, meinte Kaspar. »Der hat es verdient, dass ihm mal jemand gehörig die lange Nase krumm haut.«
»Nein«, beharrte sie. »Magnus hat ganz recht, wir brauchen ihn lebend, damit er dem Domherrn Marold alles gesteht, was er getan hat.«
»Lebend schon, aber gern mit zerschlagener Visage«, gab Kaspar zurück.
Vitus' Faust war noch immer in der Luft, mit der anderen Hand hielt er Felding in eisernem Griff. Er atmete hörbar aus und warf ihn ins Gras zurück.
»Ihr habt es nötig, von Taschenspielertricks zu faseln. Ich habe Eure Version der Privilegien gelesen. Mit den Vorteilen, die Ihr den Kölner Englandfahrern ergaunern wolltet, lässt sich's leicht Handel treiben. Jeder Narr könnte das.«
»Genug der Worte!« Magnus baute sich neben Vitus auf. »Wir sollten uns auf den Weg machen. Was denkt Ihr?«
Vitus nickte. »Ihr habt recht, gehen wir.«
»Und was ist mit Bille und ihrem Vater?« Kaspar sprang auf. »Wir können sie nicht einfach hier zurücklassen.« Er zog die Oberlippe ein.
»Am besten, wir versuchen bei einem der Hofbauern unterzukommen«, überlegte Norwid laut. »Vielleicht kann ich dort Arbeit finden.« Er half seinem Vater auf die Beine und sprach leise mit ihm.
Esther nahm Magnus beiseite.
»Ihr sagtet, die Gräfin sei im Hause des Bischofs zu Gast.«
»Das ist richtig, ja.«
»Und Ihr sagtet auch, der Teufel hat sein eigenes Eheweib nicht besser behandelt als die Mägde.«
»Worauf wollt Ihr hinaus?«
»Er trägt die Schuld an Billes erbarmungswürdigem Zustand.

Wäre sie gesund, könnten alle drei ihre Dienste anbieten. So aber bekommt ein Bauer zu einem arbeitenden Burschen einen Alten und ein verkrüppeltes Mädchen dazu. Niemand wird sie aufnehmen.«
Er nickte langsam. Dann sagte er laut: »Ich schlage vor, Ihr begleitet uns in die Stadt. Wir tragen Bille abwechselnd. Werdet Ihr den Weg alleine schaffen?«, fragte er den alten Müller.
»Gewiss, wenn wir zwischendurch eine kleine Rast einlegen können.«
»Das werden wir. Bille braucht so bald wie möglich einen Medicus. Den werden wir in der Stadt finden.«
Das Gesicht des Vaters begann zu strahlen, seine Augen leuchteten. »Mit dem Geld, das Ihr uns gabt, könnten wir einen bezahlen. Worauf warten wir noch? Gehen wir! Kann sein, dass ich es auch ohne eine Rast schaffe.«
Norwid trug Bille zuerst auf seinen Schultern. Vitus und Kaspar nahmen Felding, der schrecklich humpelte und sich auf einen dicken Ast stützte, den er gefunden hatte, in ihre Mitte. Esther ging mit gesenktem Kopf hinter ihnen her. Einen Schritt hinter ihr lief der Müller mit Magnus. Sie hörte, wie dieser sagte: »Im Hause von Bischof Bertold ist die Gräfin von Schauenburg zu Gast. Ich werde zu ihr gehen und ihr berichten, was ihr Gatte Eurer Tochter angetan hat. Habt keine Angst, sie ist eine gottesfürchtige und gute Frau. Sie wird für Euch sorgen.«

# Lübeck, 19. April 1226 – Marold

»Was um alles in der Welt hat das zu bedeuten?« Er starrte die kleine Gruppe von Menschen an, die soeben Einlass in sein Kontor erbeten hatte.
»Ich grüße Euch, verehrter Domherr. Erlaubt, dass ich mich vorstelle. Mein Name ist Vitus Alardus, Getreidehändler und Englandfahrer dieser Stadt.«
»Ich kenne Euer Gesicht.«
»Dies ist Esther aus Schleswig, die ich zur Frau nehmen werde. Und das ist Magnus, persönlicher Schreiber der Gräfin von Schauenburg und Holstein.«
Die beiden neigten die Köpfe.
»Den hier kennt Ihr wohl«, brachte Vitus mit einiger Abscheu hervor und gab Felding einen Stoß, so dass der auf die Knie fiel.
»Was habt Ihr mit dem zu schaffen? Und dann auch noch ein Schreiber des Schauenburgers.«
»Nein, Herr, ein Schreiber seiner Gattin, der Gräfin Heilwig. Wenn Ihr Euch nur einen Moment gedulden wollt, werdet Ihr sehen, welchen Unterschied diese scheinbare Spitzfindigkeit macht.«
Marold konnte sich keinen Reim auf das alles machen. Sehr weit her war es mit seiner Geduld auch nicht, aber er war wirklich

neugierig, was diese Menschen ihm zu sagen hatten. So lange würde es schon nicht dauern. Danach konnte er immer noch damit beginnen, die Abschrift für den Kaiser anzufertigen, auf die er am Vortag bis weit in den Abend hinein gewartet hatte. Aber vielleicht war das gar nicht mehr nötig. Womöglich hatte Felding den Boten gefunden und der Abschrift wieder habhaft werden können, wie er versprochen hatte.

»Wie seht Ihr nur aus?« Marold musterte die Gestalten, die Ruß auf der Haut und den Kleidern hatten und deren Haare feucht und klebrig von Schweiß waren.

»Das ist eine lange Geschichte, die wir Euch gern erzählen werden. Doch lasst uns zuerst das Wichtigste besprechen.«

Marold zog die Augenbrauen hoch. Nun wurde er wirklich neugierig.

»Bitte!«, sagte er und ließ sich auf seinem aufwendig gedrechselten Stuhl nieder.

»Wir haben Kenntnis darüber, dass Ihr gestern auf eine Abschrift der Barbarossa-Privilegien gewartet habt, die dieser Kerl Euch bringen sollte. Die Herkunft dieser Abschrift hat er zu verschleiern versucht, um den Schauenburger zu verwirren. So jedenfalls hat er es Euch gegenüber behauptet und weiter vorgegeben, das Vorhaben des Lübecker Rates zum Erfolg führen zu wollen, nicht wahr?«

»So ist es«, bestätigte Marold.

»In Wahrheit jedoch steht er auf der Seite des Schauenburgers.«

»Wie bitte, ein Verräter?« Marold sprang auf. Warum nur hatte er nicht auf sein Gefühl vertraut? Vom ersten Augenblick an hatte er Felding nicht ausstehen können. Niemals hätte er sich auf einen Handel mit ihm einlassen dürfen. »Das ist eine schwere Anschuldigung, dessen seid Ihr Euch wohl bewusst. Könnt Ihr es beweisen?«

»Nein, werter Marold, glaubt diesem hinterhältigen Unhold doch kein Wort!« Felding, der noch immer auf dem Boden kniete, setzte

eine Leidensmiene auf. Blut war auf einem seiner Arme getrocknet, und auch das Beinkleid sah aus, als verhülle es eine blutende Wunde. Hätte er ihn nicht so abscheulich gefunden, er hätte tatsächlich Mitleid mit ihm haben können. »Sie haben den Schreiber getötet, um ihren Betrug in die Tat umsetzen zu können. Denkt Euch nur, guter Herr, sie haben versucht die Abschrift, die ich für den Rat der Stadt Lübeck anfertigen ließ, gegen ihre eigene auszutauschen.«
Was sagte er da? »Wolltest du nicht ein Geständnis ablegen, du Hund?« Vitus war einen Schritt auf ihn zugegangen und beugte sich drohend über ihn.
Was sollte man davon halten? »Lasst Felding sprechen!«, entschied Marold.
»Danke, Herr, ich danke Euch sehr!«
Marold ertappte sich dabei, dass er hoffte, der Kaufmann Vitus könne diesem schmierigen Kriecher eine üble Machenschaft beweisen. Zwar stünde er vor dem Stadtrat nicht eben glücklich da, wenn er zugeben musste, sich mit einem verschlagenen Speichellecker eingelassen zu haben, doch war noch nicht alles zu spät. Und es würde ihm einfach ein zu großes Vergnügen bereiten, ihn am Pranger zu sehen.
»Danke, Herr«, wiederholte Felding. »Wie ich Euch sagte, haben sie dem Schreiber die Kehle durchgeschnitten, Gott hab ihn selig, und wollten Euch um ihres eigenen Reichtums willen betrügen. Als ob das nicht schon schlimm genug wäre, war es auch noch das Weib, das die Abschrift aufgesetzt hat.« Er zeigte mit dem Finger auf die Frau, die Vitus als sein zukünftiges Eheweib Esther vorgestellt hatte.
Sie schluckte und senkte den Blick. Ihre Wangen glühten. Sollte Felding die Wahrheit sprechen?
»Lasst mich erklären«, begann Vitus.
»Nein, wartet!« Marold kam um sein Schreibpult herum und baute sich vor Felding auf. »Steht auf!«

Der Kölner erhob sich mühevoll. Er schien Schmerzen zu haben.
»Das Weib sieht mir nicht nach einer Nonne oder der Tochter einer Adelsfamilie aus. Dennoch behauptet Ihr, sie könne schreiben?«
»Sie ist eine Hexe. Und das behaupte ich nicht nur, das kann ich Euch beweisen.«
Während Felding seinen Mantel öffnete und daran herumnestelte, blickte Vitus betreten zu Esther. Die beiden machten wahrhaftig den Eindruck, als hätten sie etwas zu verbergen. Wenn es ihm auch nicht schmeckte, hatte es doch den Anschein, dass Vitus Alardus und diese Esther diejenigen waren, die an den Pranger gehörten.
»Hier ist es schon!«, rief Felding triumphierend aus und hielt ihm ein kleines Stück Pergament hin.
»O guter Gott«, betete Esther leise.
Marold griff nach dem Fetzen und drehte ihn. »Was soll damit sein?« Ein leeres Pergament – war der Kölner jetzt vollständig verrückt?
Der riss ihm das vermeintliche Beweisstück aus den Händen.
»Aber das …«, stammelte er. »Das kann doch nicht sein. Sie hat darauf geschrieben. Ich habe es selbst gesehen.«
»Niemand hat auf diesem Pergament je etwas geschrieben«, gab Marold böse zurück. Allmählich verlor er wirklich die Geduld mit diesem Kerl. »Es sei denn, er hat die Tinte wieder abgekratzt.«
»Aber nein, Herr, so glaubt mir doch! Ich sah, wie sie Worte darauf schrieb, und steckte mir den Fetzen gleich darauf ein.« Er drehte und wendete den Gegenstand in seinen Fingern und hielt ihn gegen das Sonnenlicht, das durch das offene Fenster in das Kontor strahlte. »Das ist Teufelswerk«, kreischte er schließlich. Seine Augen waren weit aufgerissen. Man musste in der Tat fürchten, er sei dem Irrsinn anheimgefallen.
»Da seht Ihr, wie Ihr diesem Haderlump glauben könnt«, warf Magnus ein.

Marold drehte seinen Besuchern den Rücken zu und blickte hinaus auf die Baustelle des Doms. Er musste herausfinden, wer hier log und wer nicht. Nur leider war das nicht so einfach.
»Beurteilt selbst, wem Ihr glauben könnt«, hörte er da Feldings Stimme, die mit einem Mal wieder sicher und stolz klang.
Marold drehte sich zu ihm um und blickte auf eine Pergamentrolle, die er ihm reichte. Auch die anderen starrten gebannt darauf.
»Dieses ist die Abschrift, die das Weib gemacht hat. Sie glaubte übrigens damit Eure Handschrift getroffen zu haben, was ihr jedoch keinesfalls gelungen ist, wie Ihr gleich sehen werdet. Dass das Schreiben aber von ihr ist, erkennt Ihr daran, dass darin eine Passage enthalten ist, die sie eigens für ihren Liebhaber verfasst hat. Wie niederträchtig, sich vom Kaiser eine Besserstellung der Lübecker Englandfahrer erschleichen zu wollen!« Die letzten Worte spie er geradezu aus.
Marold nahm die Rolle und las. Er sah die sauberen, feinen Buchstaben eines geübten Schreibers und konnte sich beileibe nicht vorstellen, dass sie von einer Frauenhand stammten. Was er las, stimmte ihn zuversichtlich. Es war mit jedem Wort der Inhalt, den er in Auftrag gegeben hatte. Einzig ein Nebensatz, der Heinrich den Löwen als Stadtgründer benannte, ließ ihn stutzen. Dennoch, käme diese Abschrift in Parma an, wäre Lübeck vor dem Schauenburger gerettet.
»Nun, was sagt Ihr? Ist das nicht infam?«
»Ich weiß nicht, was Ihr meint.«
»Die Stelle mit den Englandfahrern. Lest die Stelle mit den Englandfahrern!«, stieß er aufgebracht aus. Ein Speicheltropfen rann ihm aus dem Mund.
Marold ließ das Pergament sinken und betrachtete ihn eingehend. Ja, dem Mann musste von all seinen eigenen Gaunereien in einem Maße der Kopf schwirren, dass es ihn den Verstand gekostet hatte. Anders war diese Posse hier nicht zu erklären.

»Es gibt keine Stelle, in der Englandfahrer auch nur erwähnt würden«, sagte er streng.
»Ihr lügt!«
»Was erdreistet Ihr Euch? Jetzt ist es genug! Ich habe Euch Eure Chance gegeben, habe Euch sprechen lassen. Der Lüge bezichtigen lasse ich mich von Euch gewiss nicht.«
»Verzeiht, bester Herr, verzeiht, so meinte ich es ja nicht. Ihr müsst noch einmal lesen, bitte. Da muss etwas stehen von Englandfahrern. Ich weiß es!«
»Vitus Alardus, Magnus, schafft ihn fort zu den Häschern. Wenn Gott der Herr ihm gnädig ist, sieht man ihn als Kranken an, dem der Geist abhandengekommen ist. Dann sperrt man ihn vielleicht in die Stadtmauer oder bohrt ihm den Schädel auf, damit das Böse entweichen kann.« Zufrieden beobachtete er, wie der Fuchsgesichtige voller Angst die Augen aufriss. Das würde es ihm schon austreiben, einen Domherrn als Lügner zu bezeichnen.
»Verzeiht, ich will Euch nicht widersprechen«, setzte Vitus an.
»Dann tut es auch nicht«, schnitt Marold ihm das Wort ab.
»Es ist nur … Ich würde gern bei meiner Braut bleiben, nach allem, was geschehen ist. Das werdet Ihr gewiss verstehen. Magnus wird ganz sicher allein mit Felding fertig.«
»Es wird mir ein Vergnügen sein«, entgegnete Magnus und neigte höflich den Kopf.
»Ihr geht beide«, entschied Marold. »Ich will mit dem Weib alleine sprechen.«

# Lübeck, 19. April 1226 – Esther

Sie faltete die Hände auf ihrem Rücken und knetete ihre Finger. So froh sie auch war, dass der Domherr Felding, den Vitus und Magnus unter unaufhörlichem Zetern und Krakeelen aus dem Kontor geschleift hatten, kein Wort glaubte, so unsicher war sie, was ihre eigene Person anging.

Warum sagte er nur nichts? Sie wartete, dass er ihr Fragen stellen würde, doch er hatte es sich auf seinem Stuhl mit der hohen Lehne bequem gemacht, als wäre sie gar nicht da. Esther fühlte sich elend. Sie schickte still ein Stoßgebet zum Himmel. Nie wieder würde sie sich auch nur der kleinsten Verfehlung schuldig machen, flehte sie, wenn Gott und alle Heiligen ihr dieses eine Mal zur Seite stehen wollten.

Marold faltete seine Hände. »Nun, habt Ihr mir nichts zu sagen, Esther aus Schleswig?«

Ihr fielen die Abschriften ein, die sie in ihrem Kleid verbarg. Darunter war die von Felding. Wenn sie sie Marold zeigte und behauptete, sie hätten sie Felding abgenommen, der damit dem Schauenburger und auch sich selbst einen Dienst erweisen wollte, würde er ihr dann glauben? Schweiß stand ihr auf der Stirn, sie trat von einem Fuß auf den anderen. Ihr Blick fiel auf ihre Schuhe, die, nachdem sie die Trippen weggeschleudert hatte, voller

Schlamm und Dreck waren. Der linke hatte gar ein Loch abbekommen.

»All die Männer, die sich gegenseitig der Lüge bezichtigen, dazwischen Ihr, eine Frau, von der Felding sagt, sie verstünde zu schreiben. Ich hatte gehofft, wenn ich mit Euch alleine wäre, würdet Ihr mir in aller Ruhe berichten, was sich zugetragen hat. Denn seht Ihr, es ist wahr, dass ich schon gestern auf eine Abschrift gewartet habe, wie Felding sie mir soeben zeigte. Ich habe nicht die geringste Ahnung, warum mir dieser Wahnsinnige einen leeren Pergamentfetzen unter die Nase gehalten hat. Ebenso wenig weiß ich, ob ich diese Abschrift hier guten Gewissens nach Parma senden kann, was mir sehr lieb wäre.« Er seufzte. »Ich hatte wahrlich gehofft, Ihr könntet Licht in das Dunkel bringen.«

Sie wagte ihn anzusehen und blickte in ein freundliches Gesicht und warme Augen. Rasch spähte sie zum Fenster hinaus. Die Sonne schien, es würde ein warmer Tag werden. Auch der Wind hatte sich gelegt, bemerkte sie jetzt erst. Mit einem Mal hatte sie das Bedürfnis, ihm die Wahrheit zu sagen. Sie hatte die Hoffnung, damit ihre Seele retten zu können, und war bereit, den Preis dafür zu zahlen.

»Ihr könnt dem Kaiser diese Abschrift nach Parma senden. Sie stammt aus der Feder von Magnus, den Ihr mit Vitus und Felding fortgeschickt habt. Er hat sie in der Weise verfasst, die Ihr oder besser die Ratsmänner wünschten.« Sie schluckte kurz. »Viel verstehe ich von alldem nicht, aber ich bin guten Mutes, dass der Schauenburger niemals Stadtherr wird, wenn der Kaiser das hier unterzeichnet.« Sie deutete auf das Pergament, das Marold von Felding erhalten hatte.

»Der Ansicht bin ich auch. Also dieser Magnus hat das geschrieben. Interessant. Was aber ist mit Euch? Wie seid Ihr in dieses Durcheinander geraten? Und was ich besonders gern wüsste: Was habt Ihr mit Felding zu schaffen?« Er beugte sich weit über sein Pult.

Esther holte tief Luft und begann zu erzählen. Sie berichtete von ihrer ersten Begegnung mit dem Kaufmann aus Köln.

»Die ganze Stadt sprach von den Barbarossa-Privilegien, die zu Kaiser Friedrich gebracht werden sollten. Ich habe Euch sogar selbst einmal mit einem Ratsmann darüber reden hören«, gestand sie leise.

Er wurde nicht wie erwartet zornig, weil sie ihn belauscht hatte, sondern sagte: »Daher war mir Euer Gesicht bekannt. Nein, bekannt wäre zu viel gesagt, aber ich wusste, dass ich Euch schon gesehen hatte. Sprecht weiter!«

»Als ich mit Vitus darüber redete, malte er sich aus, wie es wäre, Einfluss auf die Rechte nehmen zu können, die die Lübecker sich unterschreiben lassen wollten. Ihr müsst das verstehen. Seit die Leute aus Köln und aus Tiel gegenüber den Lübecker Englandfahrern so viel besser gestellt sind, ist es für ihn so schwer geworden, Geschäfte zu machen. Er hat alles versucht, glaubt mir. Er wollte mit Gotland Handel treiben, doch hatte er obendrein Pech und verlor ein ganzes Schiff Getreide, das gesunken ist oder von Piraten überfallen wurde. Deshalb war er so verzweifelt.« Eilig fügte sie hinzu: »Trotzdem wäre ihm nie eingefallen, sich diesen Einfluss auf finsteren Wegen zu erschleichen.« Sie holte tief Atem. »Ich war es. Ich ganz allein.«

»Ihr?«, fragte Marold ungläubig. »Wie das? Wollt Ihr mir das wohl verraten?«

Sie wollte im Grunde nicht, aber nun hatte sie mit der Wahrheit begonnen und würde auch dabei bleiben. Wie sollte sie auf Gottes Hilfe hoffen dürfen, wenn sie weiter log?

»Ich wollte ihm so gerne helfen. Dieser Wunsch war stärker als die Vernunft, stärker als alles andere. Wenn seine Geschäfte nur wieder besser liefen, dann hätten wir heiraten können, versteht

Ihr? Das wünsche ich mir doch so sehr. Und es hat so geschmerzt, Vitus Tag für Tag voller Sorgen zu sehen.« Eifrig ergänzte sie: »Außerdem dachte ich, dass es nicht gerecht ist, wenn die Lübecker eine Abgabe zu zahlen haben, von der die Leute aus Köln und Tiel befreit sind. Sie betreiben schließlich das gleiche Geschäft.« Leiser sagte sie: »Ich bin nur eine Frau und weiß nichts von diesen Dingen. Doch fiel mir die ganze abscheuliche Geschichte leichter, wenn ich glauben konnte, damit auch ein wenig für Gerechtigkeit zu sorgen.« Ein Kloß hatte sich in ihrem Hals festgesetzt, der sie für eine Weile daran hinderte, weiterzusprechen. Also schwieg sie und wagte nicht, ihn anzusehen.
»Ihr wollt mir also wahrhaftig weismachen, Ihr habt eine eigene Abschrift angefertigt?«
Sie nickte und räusperte sich. »Ja«, brachte sie heiser heraus.
»Das glaube ich nicht.«
Wie absurd diese Situation doch war. Ihr ganzes Leben lang hatte sie achtgegeben, dass nur ja keiner etwas von ihren Schreibkünsten erfuhr, und nun war sie dabei, Marold genau davon zu überzeugen.
»Es ist aber wahr.« Sie griff in die Tasche in ihrem Kleid und holte die beiden Pergamentrollen hervor. Sie waren ein wenig zerdrückt, aber anscheinend nicht entzweigegangen.
»Was ist das?«
»Weitere Abschriften der Privilegien. Eine stammt aus Feldings Feder, die andere aus der meinen.« Sie warf einen Blick auf die erste. »Hier, diese hat Felding selbst verfasst, um sich für immer und ewig einen Vorteil gegenüber den Lübecker Kaufleuten zu sichern.« Sie reichte sie ihm.
Marold las und schüttelte dabei wieder und wieder den Kopf. »Das passt zu diesem Betrüger«, schimpfte er. »Stets ist er nur auf seinen eigenen Nutzen bedacht. Was aber noch viel schlimmer ist, er hatte wahrhaftig vor, uns alle zu betrügen. Gerade die Stel-

le, die Lübeck zur freien Stadt machen sollte, hat er unterschlagen. Dafür soll er büßen!«
Nun fehlte noch die letzte Fassung, die, die sie selbst unter Schweiß und voller Angst auf das Pergament gebracht hatte.
Bevor sie sie ihm reichte, erklärte Esther: »Felding hatte von meinem Vorhaben erfahren, ebenfalls eine Abschrift anzufertigen. Er setzte mich unter Druck, gab mir eine Wachstafel mit dem Wortlaut, den ich zu schreiben hätte.« Sie lachte bitter. »Zwar sagte er mir, es solle ein Handel zwischen uns sein, der beiden nützt, doch war der Vorteil, den die Lübecker Englandfahrer und damit mein Vitus haben sollten, sehr gering. Doch was sollte ich tun? Ich war nicht in der Position zu verhandeln. Er behauptete, dass er mich mag, dass er mir nicht schaden wolle. So hoffte ich, alles würde glimpflich vonstattengehen und Vitus hätte es fortan immerhin ein bisschen leichter, seine Geschäfte zu machen. Und die für Lübeck bedeutsame Passage war doch auch enthalten.« Mit diesen Worten überreichte sie ihm das Pergament und hielt den Atem an. Ihr war nicht wohl, sie fürchtete schlimmste Strafe, doch gleichzeitig war sie auch mit einem Mal ganz ruhig. Die Wahrheit war gesagt. Nun hatte das grauenhafte Lügen und Verheimlichen ein Ende.

Marold starrte auf die Buchstaben. »Das ist doch nicht möglich. Es sieht aus, als hätte ich das verfasst. Wie kann das sein? Doch Teufelswerk?« Er war blass geworden und sah sie jetzt an, als stünde der Leibhaftige vor ihm.
»Nein, kein Teufelswerk, nur ein unerwartetes Zusammentreffen kleiner Begebenheiten.« Und so berichtete Esther auch noch, wie sie ihm damals zu seinem Kontor gefolgt war, um nach Arbeit für ihren Bruder zu fragen. Sie beteuerte, ihn augenblicklich gerufen zu haben, als sie sah, dass ihm etwas aus der Tasche gefallen war, doch der Lärm, der von der Dombaustelle herübertönte, war ein-

fach zu groß gewesen. Nur zu gut erinnerte sie sich noch, wie sie das Stück Papier in ihren Händen gehalten hatte, das sie vollkommen in seinen Bann zog. Papier, das war etwas ganz Besonderes. »Ich glaube, es sei ein Wink des Himmels«, beendete sie ihre Erklärung. »Warum sonst sollte ausgerechnet ich diesen kleinen Fetzen mit Eurer Handschrift darauf finden?«
Er hatte sie nicht aus den Augen gelassen. »Ihr habt also geübt, bis Ihr den Schwung meiner Buchstaben gut genug kanntet, um ihn nachzuahmen?«
»Ja, Herr, so war es. Bitte verzeiht mir, ich weiß ja, dass es Unrecht war. Es gibt keine Entschuldigung dafür, ich weiß.«
»Allerdings, die gibt es nicht«, entgegnete er ernst. Wieder nahm er das Blatt zur Hand und las aufmerksam Zeile um Zeile. Sie meinte sowohl Beunruhigung als auch ein gewisses Entzücken in seinem Antlitz zu entdecken. »Wahrlich, wüsste ich es nicht besser, ich würde behaupten, dies sei eines meiner Schriftstücke«, sagte er, als er das Pergament auf sein Pult sinken ließ. Er sah sie lange schweigend an.
Esther hatte die Arme auf ihrem Rücken so sehr ineinander verschlungen, dass es schmerzte. Wenn er doch nur etwas sagen würde.
Das tat er. »Gerade noch hatte ich nichts, was ich der Gesandtschaft nach Parma hätte mitgeben können. Jetzt liegen drei Abschriften vor mir.« Ein Lächeln huschte über seine Lippen und war so schnell wieder verschwunden, dass sie nicht sicher war, ob es überhaupt jemals da gewesen war. »Da gibt es noch zwei Dinge, die ich nicht verstehe. Ihr sagtet, die Pergamente, die Ihr bei Euch hattet, stammten aus Eurer und aus Feldings Feder. Welche Fassung war es dann, die Felding mir als die Eure präsentieren wollte?«
»Felding hat mehr als ein doppeltes Spiel getrieben. Vom Schauenburger hat er sich entlohnen lassen, damit er eine Abschrift anfertigen lässt, in der die Freiheit der Lübecker, nun sagen wir,

vergessen wird. Von Euch erhoffte er sich klingende Münze für eine Abschrift, die den Lübeckern ihre Freiheit zusichert, die er jedoch nie hat schreiben lassen. Er ließ es Euch nur glauben.« Sie konnte ein zufriedenes leises Lachen nicht unterdrücken. »Dass auch Magnus ein doppeltes Spiel spielte, ahnte er nicht.«
»Ich verstehe nicht.«
»Nun, er tat, was Felding von ihm verlangte. Doch er tat noch mehr als das. Er setzte nämlich eine zweite Fassung auf und bot dem Schreiber Reinhardt, der die Übergabe an den Boten überwachen sollte, Geld, damit er beide Schriftrollen im letzten Moment tauschte. Zu diesem Zweck lag die Abschrift, die im Sinne der Lübecker geschrieben war, auf Reinhardts Pult, verborgen unter einem Putzlumpen. Felding muss sie entdeckt und für meine gehalten haben. Er nahm sie an sich.«
»Warum ließ er Euch etwas schreiben, was er dann an sich nahm, bevor der Bote auftauchte?«
Sie spürte, wie ihr die Hitze in die Wangen schoss. »Nun, Herr, ich vermute, er hat sich Hoffnungen bei mir gemacht und wollte mich glauben lassen, er sei eigentlich ein guter Kerl, der mir ein günstiges Geschäft anbot. Er hat mir bei unserer ersten Begegnung den Hof gemacht, müsst Ihr wissen. Doch seine Freundlichkeit war eben nur Schein. Außerdem, so sagte er mir einmal, wollte er immer einen Sündenbock parat haben. Deshalb ließ er mich Eure Handschrift nachahmen, damit er Euch die Fälschung zur Not in die Schuhe hätte schieben können. Er hatte mir aufgetragen, meine Abschrift auf Reinhardts Pult zu hinterlegen. Als er dort diejenige fand, die Magnus zum Schaden des Schauenburgers verfasst hatte, glaubte er, es müsse sich um meine handeln. Natürlich war er enttäuscht, dass ich Eure Schrift nicht überzeugend hinbekommen hatte. Er konnte Euch nicht mehr zum Sündenbock machen, sondern musste, falls nicht alles nach seinem Plan vonstattenging, mir diese Rolle zuschieben.«

Sie konnte sehen, wie seine Kieferknochen mahlten.
»Allmählich begreife ich. Dieser Magnus hat ihn also gewissermaßen mit seinen eigenen Waffen geschlagen. Doch etwas ist mir nicht klar. Was hatte es mit dem Pergamentfetzen auf sich?«
»Felding wusste nicht von Anfang an, dass ich des Schreibens mächtig bin. Niemand wusste es außer meinem Bruder Kaspar und Vitus. Ihr werdet begreifen, dass ich es vor jedermann verborgen habe. Felding glaubte also, mein Bruder solle die Abschrift anfertigen, die die Lübecker Englandfahrer bevorzugt und Vitus das Leben erleichtert. Er drohte, Kaspar dem Schauenburger auszuliefern. Das konnte ich nicht zulassen. Ich wusste doch, zu welch grausamen Taten er fähig ist.« Sie erzählte nun die Geschichte von Bille und von dem erbarmungswürdigen Zustand, in dem das Mädchen war. »Jetzt wisst Ihr, warum wir Euch dreckig und zerlumpt aufgesucht haben. Wir fanden für eine Nacht Unterschlupf bei dem Müller. Felding ist uns jedoch gefolgt und hat die Mühle in Brand gesteckt. Wir wussten zu viel von seinen Machenschaften. Wir wussten gar, dass er den armen Reinhardt getötet hat. Darum wollte er uns ebenfalls vor unseren Schöpfer befördern.«
»Ihr bringt wahrhaftig Licht ins Dunkel, wie ich gehofft hatte. Was aber war nun mit dem Pergamentfetzen? Mir schien, Ihr wart recht erschrocken, als Felding ihn mir reichte?«
»Ja, Herr, das war ich.« Sie dachte an den Moment, als sie in Feldings Gegenwart zum Federkiel gegriffen hatte. »Ich musste meinen Bruder schützen und auch Vitus um jeden Preis aus der Geschichte heraushalten. Mir fiel keine andere Möglichkeit ein, als alles auf mich ganz allein zu nehmen, was ja auch beinahe der Wahrheit entsprach. Nur musste ich dazu natürlich gestehen, dass ich schreiben kann. Er glaubte mir nicht. Was blieb mir anderes übrig, als ihm mein Geständnis aufzuschreiben. Vor seinen Augen.«
»Aber der Fetzen war leer.«

Sie lächelte. »Das hat mich auch überrascht. Jedenfalls für einen kurzen Moment. Dann ist mir wieder eingefallen, welche Tinte ich verwendet hatte.« Sie machte eine Pause. Wie sollte sie ihm das nur erklären? Immerhin hatten Vitus und sie anfänglich vorgehabt, ihn mit Tinte, die von alleine verschwinden sollte, an der Nase herumzuführen. Nun, jede winzige Einzelheit der Geschichte mochte ihn vielleicht gar nicht interessieren, und man musste es mit der Wahrheit doch auch nicht gleich übertreiben. »Ihr müsst wissen, dass ich kurz vor Feldings Eintreffen im Skriptorium frische Tinte gemischt hatte. Nur ist sie mir nicht gelungen. Ich habe die Anteile der Zutaten nicht gut getroffen, so dass die Tinte zwar zunächst kräftig braun aussah, aber mit jedem Atemzug mehr verblasste. In meiner Not war ich wohl so verwirrt, dass ich ausgerechnet die benutzte, um meine Schriftprobe abzuliefern.« Sie senkte den Blick.
Für einen Wimpernschlag herrschte absolute Stille in Marolds Kontor. Dann begann er lauthals zu lachen.
Nach einer Weile sagte er: »Nun, meine liebe Esther aus Schleswig, ich danke Euch, dass Ihr mir alles erzählt habt. Auch danke ich Euch, dass Ihr mir die Abschrift gebracht habt. Ich selbst werde morgen in aller Frühe mit der Gesandtschaft aufbrechen und nach Parma reiten. Von Anfang an hatte ich vor, die Abschrift selbst zu verfassen. So ist es nun geschehen. Wer hätte das gedacht?«
Esther legte die Stirn in Falten. »Verzeiht, ehrenwerter Herr Marold, ich verstehe nicht recht. Ich dachte, Ihr wolltet die Abschrift senden, die Magnus geschrieben hat. Ihr erinnert Euch, das war das Pergament, das Felding bei sich trug.«
»Ja, ich erinnere mich nur zu gut, wenn es auch nicht einfach ist, nicht durcheinanderzugeraten.«
Er machte auf sie einen so gelassenen, ja, beinahe unbeschwerten Eindruck, wie es den ganzen Morgen noch nicht der Fall gewesen war.

»Ihr habt recht, das Schriftstück von diesem Magnus ist makellos und entspricht genau den Wünschen des Stadtrates.« Er neigte leicht den Kopf und sah sie freundlich an. »Doch auch Eure Fassung hat große Vorzüge. Sie ist in meiner Handschrift verfasst. Ich habe mich von diesem elenden Felding ins Bockshorn jagen lassen. Dabei gab es keinen Grund, sich hinter einem anderen Schreiber zu verstecken. Die Abschrift erfolgt zum Wohl und nach dem Willen der Lübecker. Warum also sollte sie nicht meine Handschrift tragen? Durch Euer Schriftstück ist die Freiheit der Lübecker gesichert. Was spricht dagegen, es für die Reise zu versiegeln?« Er gab selbst die Antwort: »Allein dieser Passus mit den Englandfahrern ist mir nicht recht.«
»Natürlich nicht«, sagte sie leise.
»Unglücklicherweise habt Ihr ihn nicht mit Eurer wunderlichen Tinte verfasst, die von selbst verschwindet.« Er lachte.
»Nein, Herr, das habe ich nicht.« Esther war nicht nach Lachen zumute.
»Wir werden also den herkömmlichen Weg beschreiten müssen.« Er holte aus einem Fach in seinem Pult ein scharfes kleines Messer und legte es auf Esthers Abschrift. »Setzt Euch!«
»Jawohl, Herr.« Sie zögerte, sah sich nach einem einfachen Schemel um, doch da klopfte er auf die hohe Lehne seines Stuhls. Was würde man nur denken, wenn jetzt jemand das Kontor betrat, ging ihr durch den Kopf. Sie auf dem kostbaren Stuhl des Domherrn hinter seinem Pult.
»Und nun kratzt Ihr diese Zeilen ab, bis die Buchstaben nicht einmal mehr zu erahnen sind«, trug er ihr auf und zeigte ihr, welche Zeilen er meinte. Das war nicht nötig gewesen, sie hätte es von allein gewusst. Traurig machte sie sich an die Arbeit. In dem Augenblick, da sie sich entschieden hatte, ihm die Wahrheit zu offenbaren, war ihr klar gewesen, dass Vitus' Vorteil, sei er auch noch so gering, verloren war. Dennoch war sie enttäuscht. Es betrübte sie,

die Worte selber vernichten zu müssen, doch freilich war es genau das, was sie verdient hatte. Sie ging vorsichtig zu Werke, damit sie am Ende nicht noch das Pergament beschädigte. Daher dauerte es eine geraume Weile, bis sie endlich fertig war. Marold stand die ganze Zeit am Fenster und beobachtete, wie es auf der Baustelle mit dem Dom voranging. Er hetzte sie nicht, sondern wartete in Ruhe ab, bis sie schließlich verkündete: »Es ist getan, Herr.«
Marold trat zu ihr und betrachtete den Bogen. Er hob ihn hoch und hielt ihn ans Fenster, so dass die Sonne ihn in helles Licht tauchte.
»Sehr schön, Ihr seid sehr sorgfältig vorgegangen.« Damit legte er den Bogen wieder auf das Pult.
Esther machte Anstalten, sich zu erheben, seinen Stuhl freizugeben. So bequem er war, so fehl am Platz fühlte sie sich dort.
»Nein, bleibt noch sitzen«, sagte er und legte sanft seine Hand auf ihre Schulter. »Es gibt noch mehr für Euch zu tun.«
»Wie Ihr wünscht«, entgegnete sie unsicher. Was hatte er nur vor? Sie sah ihm zu, wie er etwas Tinte aus einem kostbaren gläsernen Gefäß in das Kuhhorn füllte, das in einer Aussparung seines Pults steckte. Gleich darauf legte er ihr eine Feder hin.
»Wir können die Stelle, die Ihr so gewissenhaft von Buchstaben befreit habt, doch nicht nackt lassen. Wie würde das aussehen? Ein jeder würde sich doch fragen, wie die Lücke wohl zustande gekommen ist. Meint Ihr nicht?«
»Ich weiß nicht. Schon möglich.« Himmel, dieser Domherr führte doch wohl nicht auch etwas Böses im Schilde. Womöglich war er nun ebenfalls auf die Idee gekommen, sich einen Vorteil zu seinem ganz eigenen Nutzen zu erschleichen. Hörte das denn nie auf?
»Ich werde Euch etwas diktieren, womit Ihr die Lücke auffüllen könnt.«
Er legte nachdenklich einen Finger an die Nase. Welch eine Posse! Gewiss wusste er längst, was er sie würde schreiben lassen.

Wenn sie in den letzten Stunden und Tagen eines gelernt hatte, dann, dass keinem Menschen zu trauen war. Jedenfalls nicht, wenn es sich um einen vermeintlich ehrbaren Kaufmann oder sonstigen hohen Herrn handelte.
»Es muss sich natürlich günstig in die Privilegien einfügen, die Barbarossa uns einst zusicherte. Darüber hinaus sollte es ein Passus sein, der aufs beste die Aufgaben des Rates erfüllt. Dazu gehört, das Stadtrecht zu ergänzen und zu entwickeln zum Wohle aller Bürger, die in Lübeck ansässig sind.«
Esther schwirrte der Kopf. Sie wartete ab, den Federkiel in der Hand.
»Lasst mich den letzten Satz sehen.« Er nahm den Bogen auf. »Alle getreuen Kaufleute sollen außerdem, wenn sie um ihrer Geschäfte willen über Land oder zur See in die Stadt kommen«, las er, »stets unbehelligt kommen und gefahrlos abreisen, wenn sie nur die gehörige Rechtsabgabe zahlen, zu der sie verpflichtet sind.« Er ließ das Pergament zurück auf das Pult gleiten. »Ihr habt die Stelle klug gewählt«, meinte er. »Schreibt dieses: Außerdem befreien wir die genannten Lübecker Bürger, wenn sie nach England fahren ... Habt Ihr das?«
Hastig tauchte sie den Federkiel wieder und wieder in die Tinte. »Ja, Herr. Nach England fahren ...«
»... von der sehr missbräuchlichen und belastenden Abgabe, die, wie es heißt, die Leute von Köln und Tiel und deren Genossen gegen sie ausgeheckt haben.«
Esther schrieb Buchstabe um Buchstabe. Sie konnte kaum mehr klar denken, weil die Worte »befreien« und »missbräuchliche Abgabe« in ihrem Kopf tanzten.
Er brachte den Satz zu Ende, blickte ihr über die Schulter und stellte fest: »Seht nur, wie gut die Länge unseres neuen Absatzes passt! Und nun lest Ihr ihn mir noch einmal vor.«
Sie nickte, schluckte ihre Freudentränen hinunter und las mit zit-

ternder Stimme: »Außerdem befreien wir die genannten Lübecker Bürger, wenn sie nach England fahren, von der sehr missbräuchlichen und belastenden Abgabe, die, wie es heißt, die Leute von Köln und Tiel und deren Genossen gegen sie ausgeheckt haben, und tilgen diesen Missbrauch gänzlich; vielmehr sollen sie nach Recht und Stand leben wie die Leute von Köln und Tiel und deren Genossen.«

Marold nickte zustimmend. »So ist es recht. Es wäre ja wohl noch schöner, wenn die Königin Lübeck sich vor den Kölnern beugen würde. Zwar sind sie unsere Verbündeten, doch sollten sie nie vergessen, wo ihr Platz ist. Dass sie den Englandhandel am liebsten für sich allein beanspruchen würden, ist mir schon lange ein Dorn im Auge.« Er ließ sie an anderer Stelle noch Heinrich den Löwen erwähnen, dann war er zufrieden, wartete einen Moment, bis die Tinte ganz trocken war, rollte schließlich das Schriftstück auf und schob es in ein langes Futteral. Über die Öffnung legte er zwei gekreuzte Pergamentstreifen, an deren Enden sein Siegel hing. Er erhitzte eine Wachsstange an der Feuerstelle in der Ecke des Raums und träufelte Tropfen davon nahe der Öffnung über das Futteral und die Pergamentstreifen, bis das Wachs einen großen runden Klecks bildete. Ganz behutsam hielt er die kostbare Fracht, so dass die heiße, noch flüssige Masse nicht verlief, und presste schließlich den Stempel mit seinem Wappen hinein. Es dampfte und roch nach heißem Metall.

Als Esther wenig später an der Tür des Kontors stand, um sich von Marold zu verabschieden, konnte sie noch immer nicht glauben, was gerade geschehen war. Ihre Knie fühlten sich weich an, als könnten sie ihren Körper unmöglich tragen, ihr Herz hüpfte, als wollte es augenblicklich zerspringen. Sie hätte laut jubilieren mögen, doch musste sie sich natürlich zusammennehmen.

»Bevor Ihr geht, ist da noch etwas, das ich Euch sagen muss.«
»Ja?«

»Ihr könnt schreiben, das dürfte nicht sein. Ihr solltet es in Zukunft unbedingt wieder halten, wie Ihr es bisher stets gehalten habt, denn seht Ihr, da Ihr keine Nonne seid, würde es Euch der Bischof nicht durchgehen lassen, dass Ihr Euch diese Kunst angeeignet habt. Sorgt also streng dafür, dass niemand mehr davon erfährt.«
»Dessen könnt Ihr ganz sicher sein.«
»Ihr müsst verstehen, dass ich Euch nicht gänzlich ohne Strafe davonkommen lassen kann.«
Ihr wurde bang ums Herz.
»Wir Mitglieder des Domkapitels unterliegen nicht der städtischen Gerichtsbarkeit, der Bischof und unsere eigenen Männer sind für die Vergehen zuständig, die sich hinter unseren Mauern abspielen. Euch habe ich gewissermaßen hier im Domkapitel überführt. Also muss ich Euch auch bestrafen. Um ehrlich zu sein, ist es mir in gewisser Weise auch ein Bedürfnis. Immerhin habt Ihr meine Handschrift erlernt, um Euch, wenn auch nur in schriftlicher Form, als meine Person auszugeben. Was hättet Ihr alles anfangen können mit Euren Fähigkeiten? Ich mag gar nicht daran denken und will Euch die Lust, meine Schrift später noch einmal zu verwenden, gehörig versauern. Ich verlange von Euch, dass Ihr im Johanniskloster Buße tut. Ein volles Jahr sollt Ihr den Nonnen bei allem zur Hand gehen, was die frommen Frauen zu tun haben. Ihr werdet Euch nicht zieren, selbst dann nicht, wenn es niederste Arbeiten sind. Habt Ihr mich verstanden?«
»Natürlich, Herr, es ist eine gerechte Strafe.« Es hätte ihr wahrlich an den Kragen gehen können. Da war ein Jahr, in dem sie im Kloster würde arbeiten müssen, ein mildes Urteil. Dennoch schnürte es ihr die Kehle zu. »Wenn Ihr mich aber bestraft, dann wird ein jeder erfahren, wofür das geschehen ist.«
»Ja, ein jeder wird erfahren, dass Ihr eine Tinte gemacht habt, die wie durch Hexenkunst von alleine verschwindet. Es war eine

Dreistigkeit sondergleichen, mir diese verkaufen zu wollen. Das seht Ihr wohl hoffentlich ein?«
»Wie kann ich Euch nur danken?«
»Lernt diese Lektion, Esther aus Schleswig: Wählt in Zukunft stets den rechten und geraden Weg. Glaubt nicht, ein verschlungener Pfad brächte Euch besser zum Ziel. Das ist nicht der Fall, er bringt nur heilloses Durcheinander und Unglück. Wenn Ihr das stets beherzigt und Euch im Kloster tüchtig und gehorsam anstellt, soll es damit genug sein.«
Während er sprach, hatte sie den Verdacht, er wolle diese Lektion mehr sich selbst einbleuen als ihr.

Als Esther das Kontor verlassen hatte, fühlte sie sich leicht und glücklich wie lange nicht. Ihre Füße hätten eigentlich schmerzen müssen, denn ohne Trippen spürte sie jeden Stein, jedes Hölzchen und auch jeden achtlos fortgeworfenen Knochen unter den Sohlen. Es machte ihr nichts aus. Sie war nicht nur all ihre Sorgen los, sondern war von Marold obendrein reich beschenkt worden. Selbst wenn Vitus und sie ihr Vorhaben wahr gemacht und einen Englandfahrer-Passus in eine Abschrift geschmuggelt hätten, wäre dieser niemals so deutlich gewesen, wie von Marold diktiert. Doch was noch mehr ins Gewicht fiel – wie hätten sie ihre Fassung in das Futteral bringen sollen, damit der Bote es an sich nahm und dem Kaiser aushändigte? Es wäre nicht gelungen, niemals. Jetzt war alles ganz anders. Marold höchstselbst würde das Schriftstück nach Parma bringen und Friedrich II. übergeben. Er kannte dessen Geschichte und war bereit, es als sein Werk abzuliefern. Esther würde nicht als Verfasserin ermittelt und dafür zur Verantwortung gezogen werden. Und auch Kaspar und Vitus waren sicher. Vitus! Sie hatten vereinbart, sich in seinem Haus zu treffen, wenn er mit Magnus Felding den Häschern übergeben hatte und die Unterhaltung zwischen ihr und Marold beendet war. Er würde Augen machen, wenn sie ihm die Neuigkeiten berichtete. Bei dem Gedanken daran machte ihr Herz einen weiteren Freudenhüpfer, und sie strahlte über das ganze Gesicht.

»Nicht weh tun, mir weh tun, nicht wieder weh tun, bitte.«
Esther blieb wie angewurzelt stehen. Sie sah das alte Weib im allerletzten Augenblick. Es hätte nicht viel gefehlt, und sie hätte es über den Haufen gerannt. Ihr stockte der Atem. Es war Mechthild, die Amme der Gräfin Heilwig, von der Magnus ihr auf dem Weg nach Lübeck erzählt hatte. Obwohl sie Esther den Rücken zuwandte, gab es keinen Zweifel, dass sie es war. Sie trug ein nahezu sauberes Kleid und eine blütenweiße Haube, stand aber wie bei ihren vorigen Begegnungen barfuß im Unrat der Sandstraße. Unablässig murmelte sie vor sich hin: »Nicht zurück, will nicht, nicht zurück, nicht weh tun, bitte nicht …«
Hatte Magnus nicht gesagt, sie sei im Johanniskloster untergekommen? Esther schluckte. Ihr war nicht wohl bei der Vorstellung, die Alte anzusprechen. Auf der anderen Seite, was sollte schon geschehen? Nun wusste sie ja, mit wem sie es zu tun hatte. Was Magnus ihr über diese Mechthild mitgeteilt hatte, war nicht eben angsteinflößend gewesen. Nun gut, auch er fürchtete ihren bösen Blick, doch hielt er sie im Grunde für eine bedauernswerte Person, der man in ihrem Leben übel mitgespielt hatte. Sie fasste sich ein Herz.
»Verzeih, bist du nicht Mechthild, die Amme der Heilwig von der Lippe?« Mit Absicht benutzte sie den Geburtsnamen der Gräfin, den auch Magnus noch zu verwenden pflegte. Sie wusste, wie Mechthild zum Schauenburger stand, und hielt es für klug, seinen Namen lieber nicht in den Mund zu nehmen.
Der krumme dürre Körper erstarrte, das Wispern erstarb. Esther ging langsam um sie herum.

Als sie vor ihr stand, sagte sie: »Mein Name ist Esther. Du brauchst keine Angst vor mir zu haben, ich will dir gewiss nicht weh tun.«
Menschen eilten an ihnen vorbei, ein Junge und ein Mädchen kamen aus einem Haus und stürmten ohne zu zögern auf Mechthild los. »Da ist sie! Wo warst du denn so lange, du hässliche Gans«, schrien sie durcheinander. Es hatte den Anschein, als würden sie sich freuen, endlich wieder ihren Schabernack mit der Alten treiben zu können, die für einige Tage verschwunden war. Mitten in ihrem Lauf warfen sie Esther einen Blick zu, wurden langsamer, wechselten die Richtung und tobten davon. Ob sie das Elend und die echte Not der Alten gespürt hatten? Nein, wahrscheinlich hatten sie eher Angst bekommen und so die Lust auf ihre Späßchen verloren. Schließlich sah Esther mit dem Ruß auf der Haut und den zerzausten Haaren aus wie der leibhaftige Feuerteufel.
»Du bist Mechthild, nicht wahr?«, versuchte sie es erneut.
Ganz langsam hob diese den Kopf. Esther lief es kalt den Rücken hinunter. An diese weißen Milch-Augen würde sie sich nie gewöhnen können. Dennoch hielt sie ihnen tapfer stand.
»Das Tintenweib«, zischte Mechthild. »Es darf nicht leben, macht alles kaputt, nicht leben.« Diese ohnehin schon eigenartig knarrende Stimme hatte einen Tonfall, der in Esthers Ohren wie ein Fluch klang. Sie bekam eine Gänsehaut.
»Nein, hör doch. Du kannst mir trauen.«
»Böses Weib, das Tintenweib, kann alles zunichtemachen. Das Weib mit der Feder darf nicht leben!«
»Sei doch still!«, fuhr Esther sie an. Ihr Herz klopfte. Sie musste sich beruhigen. Mechthild war zusammengezuckt und flüsterte unverständlich vor sich hin. »Verzeih, ich wollte dich nicht erschrecken. Es ist nur … Du sprichst von mir, nicht wahr? Woher kannst du nur wissen …?«

Die Alte reagierte nicht auf ihre Worte. Sie hatte den Kopf gesenkt und wippte von den Zehen auf die Fersen und wieder auf die Zehen. Immerfort ging es so. Den linken Fuß knickte sie dabei eigentümlich nach innen. Ein Bursche lief an ihnen vorüber und verzog die Nase, eine Magd schleppte ein Bündel Reisig und spuckte vor der Alten aus. Die einfachen Leute waren froh, jemanden in der Stadt zu wissen, der es noch schlechter getroffen hatte als sie, auf den selbst sie hinabsehen konnten. In der Ferne hörte Esther Hufgetrappel.

»Was hast du nur gegen mich?«, wollte sie wissen. »Ich habe dir nichts getan, und ich werde dir auch ganz bestimmt nichts antun. Wenn du willst, bringe ich dich zu der Gräfin, zu deiner Heilwig. Ich weiß, wo sie sich aufhält.«

Immerhin, das Gemurmel hörte auf. Also nahm sie wahr, was Esther sagte. Das Schlagen der Hufe auf dem sandigen Boden wurde immer lauter. Ein Fuhrwerk kam die Breite Straße herunter. Nicht mehr lange, dann würde es hier sein. Wie immer stand Mechthild mitten auf der Gasse. Wenn sie nicht zur Seite trat, würde ein Unglück geschehen.

»Es kommt ein Fuhrwerk die Straße herunter. Geh zur Seite. Die Gäule sind schnell und scheinen mir sehr viel kräftiger zu sein als du.« Sie rührte sich nicht vom Fleck. Viel Zeit blieb nicht mehr. »Hör zu, du musst mir nicht glauben und auch nirgends mit mir hingehen. Aber du hörst doch selbst, dass da ein Wagen auf dich zuhält. Und du verstehst meine Worte, das weiß ich. Also geh bitte aus dem Weg, bevor es zu spät ist.« Es nützte nichts, sie würde diese sturköpfige Person anfassen und auf die Seite ziehen müssen. Gerade wollte sie zupacken, als Mechthild zu reden begann. Etwas hatte sich verändert. Noch immer nuschelte sie in ihrer merkwürdigen Art, so dass sich Esther anstrengen musste, sie zu verstehen, allerdings murmelte sie nicht mehr vor sich hin, sondern sprach Esther an.

Sie legte den Kopf schief und sagte: »Mechthild weiß alles über dich. Mechthild wird es Heilwig sagen, alles sagen.«

Ein rascher Blick auf das Fuhrwerk, das im nächsten Moment heran sein würde und seine Geschwindigkeit nicht eben drosselte.

»Tu, was du tun musst«, rief Esther, packte Mechthilds Ellbogen und zerrte sie zur nächsten Hauswand. Im gleichen Atemzug spürte sie den Windstoß, der von den vorübereilenden Pferden und dem Wagen hervorgebracht wurde. »Mann in de Tünn, das wäre um ein Haar schiefgegangen«, keuchte sie. Die kleine Frau neben ihr stützte sich an der rauhen Holzfassade und hielt ihren linken Fuß in der Luft. Sie hatte ihn wahrscheinlich mit voller Kraft aufgesetzt, weil alles so schnell hatte gehen müssen, und hatte nun noch mehr Schmerzen als zuvor. Ihr Gesicht war dennoch seltsam entspannt.

»Du ein gutes Weib«, wisperte sie und klang überrascht. »Bringst mich zu meiner Heilwig?«

Der Gang in die Fleischhauerstraße zu Vitus' Haus war Esther wie eine Ewigkeit erschienen. Mechthild hatte sich nicht berühren lassen, sondern war eisern ohne ihre Hilfe Schritt um Schritt gehumpelt. Zuerst war Esther schrecklich ungeduldig gewesen, weil sie doch endlich Vitus die wunderbaren Neuigkeiten berichten wollte, mit der Zeit besann sie sich jedoch und freute sich an der Sonne und der Wärme auf ihrem Gesicht. Leise und freundlich erzählte sie Mechthild, dass sie nicht direkt zu Heilwig gehen konnten, weil sie zunächst ihren Verlobten aufsuchen musste, wie es vereinbart war. Aber gleich darauf, so versicherte sie ihr immer wieder, würden sie zu Heilwig aufbrechen.

Endlich standen sie vor dem Kaufmannshaus.

»Nicht zurück«, begann Mechthild mit einem Mal wieder mit ihrem Singsang. »Nie wieder zurück! Nicht mehr weh tun, bitte nicht weh tun.« Dabei wandte sie ihr Antlitz dem Ende der Gasse zu. Esther verstand.

»Du willst nicht zurück in das Johanniskloster, habe ich recht? Keine Angst, ich verspreche dir, dass ich dich nicht dorthin bringe.« Woher konnte sie nur so genau wissen, wo sie sich befand? Magnus hatte ganz recht, sie sah offenbar sehr viel mehr als alle anderen Menschen. »Wir gehen nicht weiter«, beruhigte Esther sie. »In diesem Haus lebt mein Bräutigam. Er wird uns zu Heilwig bringen.«

Die Tür flog auf. Vitus hatte augenscheinlich am Fenster gesessen und nur darauf gewartet, sie auf der Gasse zu erblicken.

»Esther, Gott sei es gedankt, da bist du!« Er sprang die Stufen vor seinem Eingang mit einem Satz hinab, packte sie um die Taille und hob sie hoch in die Luft. »Was hat er gewollt? Ist alles in Ordnung?« Seine Wangen leuchteten vor Aufregung. Im Gegensatz zu ihr hatte er schon Zeit gehabt, sich zu waschen und saubere Kleider anzuziehen.

»Es ist alles bestens, Vitus, du ahnst nicht, wie sehr alles in Ordnung ist.« Sie strahlte ihn aus vollem Herzen an. »Ich erzähle dir gleich jede Einzelheit«, versprach sie. »Aber zunächst lass mich dir diese Frau vorstellen.« Sie löste sich sacht von Vitus und sah zu Mechthild hinüber, die mit gesenktem Kopf schweigend auf einem Fuß stand. Sie hielt sich erstaunlich gerade, wenn man bei diesem gekrümmten kleinen Körper überhaupt von einer geraden Haltung sprechen konnte. Jedenfalls gelang es ihr recht gut, nicht das Gleichgewicht zu verlieren.

»Wer ist das?«

»Das ist Mechthild, die Amme der Gräfin Heilwig.«

»Was tut sie hier? Ich wusste nicht, dass du sie kennst.«

Esther erzählte ihm leise von ihrer ersten Begegnung mit der Alten und davon, dass diese von ihren Schreibkünsten gewusst hatte. Dann gab sie alles wieder, was sie in der Unterhaltung mit

Magnus über sie erfahren, und zum guten Schluss, was sich soeben auf der Sandstraße zugetragen hatte.
»Am besten, wir machen uns sofort auf den Weg zur Marienkirche. Mir scheint, das Hutzelweib sollte nicht mehr allzu lange auf den Beinen sein. Willst du etwas trinken, bevor wir gehen?«, rief er ihr zu.
»Sie spricht nicht mit dir. Mit niemandem«, erklärte Esther. »Sie hört und versteht dich wohl, doch ist ihr kaum eine Reaktion zu entlocken. Wenn sie bei Heilwig ist, mag das anders sein.«
»Soll ich ihr einen Becher Wasser bringen? Was meinst du?«
Esther schüttelte den Kopf. »Sie lässt sich kaum anfassen. Nein, ich denke, wir sollten sie so rasch wie möglich zur Gräfin bringen.«

Wenig später waren sie unterwegs.
»Wo sind die anderen?« Esther sah ihn erwartungsvoll an.
»Magnus werden wir wohl im Hause des Bischofs antreffen. Norwid und Kaspar sind in das Skriptorium gegangen. Sie sehen nach, ob Reinhardts sterbliche Überreste noch dort sind. Bille und ihrem Vater habe ich in meinem Haus zwei Lager gerichtet. Der Medicus hat sie beide angesehen, jetzt schlafen sie.«
»Was sagt der Medicus? Werden sie leben? Vor allem Bille, kann sie es noch schaffen?«
»Für den Müller sieht es gut aus. Bei Bille ist es noch zu früh für eine Vermutung. Sie hat einiges abbekommen. Ganz gesund wird sie nie, aber wir dürfen die Hoffnung nicht aufgeben.« Er lächelte sie glücklich an. »Aber jetzt erzählst du mir auf der Stelle, was sich in Marolds Kontor abgespielt hat, seit wir es verlassen haben. Ich platze vor Neugier!«
»Gern will ich dir alles erzählen, allerdings fürchte ich, du glaubst mir kein Wort.«
»Warum?« Er legte die Stirn in Falten. Esther blieb stehen.

»Weil der Domherr höchstpersönlich die Abschrift nach Parma bringt«, flüsterte sie ihm ins Ohr. »Und zwar meine Abschrift!«
»Das kann nicht sein.«
Sie gingen weiter, Mechthild hinkte einen halben Schritt vor ihnen.
»Siehst du, du glaubst mir nicht. Dabei kommt es noch viel besser. Er ließ mich einige Zeilen abkratzen und eine kleine Veränderung vornehmen.« Sie blickte sich um, ob auch niemand sie belauschte. »Wir befreien die Bürger, die nach England fahren, von der belastenden Abgabe, die die Leute von Köln und Tiel gegen sie ausgeheckt haben«, zischte sie.
»Wie bitte? Esther, das wäre ja … wunderbar!«
»Es ist wunderbar, Vitus. Den Rest erzähle ich dir später, wenn wir unter uns sind.«

Sie saßen in Vitus' Stube beieinander, beinahe wie am Abend zuvor. Eine kleine Gemeinschaft, die das Schicksal zusammengeführt hatte – Vitus und Esther, Kaspar, Magnus und Norwid. Der alte Müller und Bille schliefen eine Etage über ihnen. Im Kamin flackerte ein Feuer, auch die Öllampen waren entzündet, so dass es recht hell war und Schatten fröhlich über die Wände tanzten. Krüge mit Bier von Malwines Vater standen auf dem Tisch. Esther musste zum wiederholten Male erzählen, wie sie die Zeilen vom Pergament gekratzt und dieses dann neu beschrieben hatte.
»Denkt euch nur, meine Schwester hat die Abschrift angefertigt, die für unsere Stadt so bedeutend ist und die der Kaiser als Vorlage für unsere neuen Privilegien verwenden wird! Malwine wird Augen machen, wenn ich ihr das erzähle.«
»Nicht so laut, Kaspar. Und du darfst es ihr niemals erzählen, hörst du? Bitte, Kaspar, dieses eine Mal musst du schweigen, wenn es dir auch noch so schwerfällt. Von nun ab soll es wieder ein Geheimnis sein, dass du mir das Lesen und Schreiben beigebracht hast. Vor

allem aber muss es ein Geheimnis zwischen uns allen bleiben, dass es meine Abschrift ist, die dem Kaiser vorgelegt wird.« Sie blickte beschwörend in die Runde. Dann seufzte sie und sagte: »Ich glaube, ich rühre nie wieder einen Gänsekiel an.«

»Wenn du erst meine Frau bist und meine Auftragsbücher wieder voll sind, dann wäre es allerdings nicht übel, wenn du dich um Rechnungen und dergleichen kümmern würdest.« Vitus warf ihr einen liebevollen Blick zu.

»Ich werde deine Kinder großziehen und dafür Sorge tragen, dass sie niemals Feder und Tinte zur Hand nehmen.« Sie verzog in gespieltem Entsetzen das Gesicht.

»Und du wirst weiterhin für mich Tinte mischen«, ergänzte Kaspar. »Hast du vergessen, dass ich unbedingt diese Rezeptur aus Quecksilber und Rauschgelb ausprobieren möchte? Du weißt schon, die, die du von einem Huhn ausbrüten lässt.«

»Diese Rezeptur kannst du tunlichst alleine herstellen, ich werde sie dir gewiss nicht mischen.« Sie lachte und schüttelte den Kopf. Die anderen amüsierten sich ebenfalls. »Vergiss nicht, ein Jahr lang werde ich weniger Zeit für dich haben, wenn ich den Nonnen zu Diensten sein muss.«

»Wie wäre es, wenn Esther Malwine in die Kunst des Tintenmachens einführen würde? Mir scheint, es ist etwas Ernstes zwischen euch, oder irre ich da?« Vitus sah ihn erwartungsvoll an.

Kaspar schüttelte den Kopf und begann eine seiner Locken mit dem Finger aufzudrehen.

»Nein, ich weiß nicht, ich meine, es ist doch noch viel zu früh, das zu sagen. Ich mag Malwine. Sie ist bezaubernd.«

»Oho«, machte Magnus und lachte ihn freundlich an. »Worauf wartet ihr dann noch?«

»Worauf ich warte?« Er machte große Augen, so dass sich die sommersprossige Stirn in Falten legte. »Ich warte darauf, dass die ebenso verrückten wie gefährlichen Unternehmungen meiner

Schwester zu einem guten Ende kommen und ich endlich wieder mein gewöhnliches Leben führen darf. Ich warte darauf, dass diese ganze Angelegenheit endlich vergessen ist.«

Esther schämte sich ein bisschen, denn sie hatte ihren Bruder wahrhaftig in etwas hineingezogen, das böse hätte ausgehen können.

»Das wird nie geschehen, Kaspar«, meinte Vitus ernst. »Diese Angelegenheit wird nie vergessen werden. Die neuen Privilegien sind von größter Bedeutung für unsere Stadt. Wenn alles nach Plan verläuft, werden sie uns unsere Freiheit bringen. Und es ist wahrhaftig meine Esther, die ihren Anteil daran hat.« Er griff nach ihrer Hand. »Esther aus Schleswig«, sagte er feierlich, »von dir werden die Menschen in Lübeck noch sprechen, wenn es uns längst nicht mehr gibt.«

Die Zeit flog nur so dahin. Vitus hatte seinen Stuhl ganz nah an den ihren gerückt und hielt sie im Arm oder legte zumindest seine Hand auf ihre. Sie spürte seine Wärme und fühlte sich geborgen und sicher. Doch nicht nur seine Anwesenheit, seine Nähe tat ihr gut, auch das Beisammensein mit den anderen erfüllte sie mit großer Zufriedenheit. In den letzten Stunden waren aus Fremden, ja sogar aus Feinden Freunde geworden. Offenbar war sie nicht die Einzige, die dieses Wunder staunend beobachtete und nicht an den Abschied denken mochte.

»Wir können Euch gar nicht genug danken, Magnus«, sagte Norwid gerade. »Ohne Euch wüssten wir nicht, wohin.«

Magnus schüttelte abwehrend den Kopf. Sein dickes weißes Haar wogte um das dürre Gesicht.

»Das ist nicht wahr. Schließlich seid Ihr im Haus von Vitus Alardus untergekommen. Damit habe ich nichts zu tun.«

»Aber Ihr habt uns Geld gegeben für den Anfang, damit wir den Medicus für Bille bezahlen können.«

»Die Münzen hätten dem Schreiber Reinhardt zugestanden, wenn die Abschrift, die ich in Heilwigs Sinne verfasst habe, mit den Boten nach Parma gereist wäre.«

»Hört endlich auf, von diesen Abschriften zu sprechen. Mir ist noch immer nicht klar, wie viele es gegeben hat«, sagte Kaspar stöhnend und raufte sich in gespielter Verzweiflung die Haare. Esther hatte den Verdacht, dass er tatsächlich noch immer nicht vollständig verstand, was sich eigentlich abgespielt hatte. Kein Wunder. Sie schmunzelte.

»Darauf kommt es, unserem Herrn sei Dank, auch nicht mehr an. Denn die Fassung, die Marold höchstpersönlich zum Kaiser bringen wird, hilft uns allen.« Magnus wirkte ausgesprochen zufrieden, aber auch rechtschaffen müde. »Jedenfalls ist es nicht Reinhardts Verdienst, wenn der Kaiser der Stadt Lübeck die Reichsfreiheit bekunden wird. Und der arme Tropf, Gott sei seiner Seele gnädig, ist nicht mehr. Die Münzen waren also gewissermaßen herrenlos.«

»Es hätte tausend Möglichkeiten gegeben, sie zu verwenden«, wandte Norwid ein.

»Da seht Ihr einmal, wie einfallslos ich bin.« Magnus grinste. »Mir kam nur diese eine in den Sinn.«

»Und die Gräfin will wirklich eine neue Mühle bauen lassen?« Esther konnte nicht glauben, dass die Nächstenliebe dieser Frau so weit ging.

»Ja, es ist wie ein Wunder. Aber das ist es, was sie uns sagte. Sie wird dafür Sorge tragen, dass an derselben Stelle wieder eine Mühle steht. Und sie wird sich ebenfalls darum kümmern, dass mein Vater und ich sie betreiben dürfen.« Norwid nahm einen kräftigen Schluck Bier. »Der Herr möge ihr dafür einen Platz im Himmel sichern und ihr diesen Teufel vom Hals halten, der sich ihr Ehemann nennt.«

Zustimmendes Nicken.

»Heilwig stammt aus einem wohlhabenden Haus, und dennoch wird es natürlich das Vermögen ihres Mannes sein, von dem sie die Mühle errichten lässt. Glaubt mir, sie ist für diese glückliche Gelegenheit ebenso dankbar wie ihr.«

»Sie ist dankbar, eine gewaltige Summe für Fremde ausgeben zu dürfen?« Kaspar staunte nicht schlecht.

»Aber gewiss. Nichts liegt ihr mehr am Herzen, als etwas für ihr Seelenheil und das ihres Gatten zu tun. Gerade er hat unendlich viel auf dem Kerbholz, was er besser mit Wohltaten ausgleicht, wenn er nicht in der tiefsten Hölle schmoren will«, erklärte Magnus.

»Glaubt Ihr tatsächlich, da ließe sich noch etwas ausgleichen?« Norwid war noch immer voller Hass, wenn er an den Schauenburger dachte. Esther konnte ihn nur zu gut verstehen.

»Was wird aus Mechthild werden?«, fragte sie nach einer Weile des Schweigens.

»Heilwig von der Lippe ist eine durch und durch gutherzige Person. Auch für Mechthild wird sie sorgen. Sie wird gottesfürchtigen Leuten für jedes Jahr, das ihrer Amme noch bleibt, ein paar Münzen geben, damit sie sie bei sich aufnehmen und gut behandeln. Ganz gewiss wird sie einen Platz für sie finden, der nicht weit von der Burg entfernt liegt, damit die Frauen sich so oft wie möglich sehen können.«

»Und dieser Felding?« Kaspar blickte in die Runde. »Was wird aus dem? Immerhin hat er Reinhardt auf dem Gewissen. Einige von euch können das bezeugen. Wird man ihm dafür die Rübe abschlagen, wie er es verdient?«

Vitus wiegte bedächtig den Kopf. »Das glaube ich kaum. Wie er sich bei Marold gebärdet hat, wird man ihn wohl wie einen Irren behandeln. Kann sein, dass er für den Rest seines Lebens in einer Holzkiste eingesperrt bleiben wird. Das ist schlimmer als die Hinrichtung, wenn ihr meine Meinung hören wollt.«

Esther nickte. Auf dem Marktplatz von Lübeck auf das Schafott steigen zu müssen war wahrhaftig eine grausame Vorstellung, doch Jahr um Jahr in einer Holzkiste eingezwängt zu sein? Das erschien ihr nicht minder fürchterlich. Noch immer glaubte sie, dass Felding ein einsamer Mensch war. Das machte sein schändliches Vorgehen nicht besser, doch empfand sie auch noch immer ein wenig Mitleid mit ihm.
»Armer Tropf«, sagte Magnus da. Sein Lächeln zeigte nur allzu deutlich, dass Felding ihm keineswegs leidtat. »Sein Pech, dass er ausgerechnet in Lübeck Handel treiben musste. In Damaskus, so hörte ich, versteht man es besser, Kranke behutsam zu heilen.«

Zum dritten Mal teilte Esther das Lager mit Vitus. Es erschien ihr dieses Mal ganz natürlich. Sie schmiegte sich eng an ihn und seufzte tief.
»Es ist überstanden«, flüsterte sie. »Ich kann es noch nicht glauben, aber es ist wahrhaft überstanden.«
Er hielt sie im Arm, seine Hand spielte mit ihrem Haar.
»Nicht mehr lange, dann wird der Kaiser dieser Stadt und den Lübecker Englandfahrern die Freiheit schenken. Wenn wir von der geißelnden Abgabe befreit sind, werden die Geschäfte rasch wieder bessergehen. Und dann werde ich mich darum kümmern, auch mit Gotland Handel zu treiben. Das ist die Zukunft.«
»Du bist ein guter Kaufmann, Vitus, das warst du immer. Ich habe keinen Zweifel, dass du bald wieder viel besser dastehen wirst als in den letzten Monaten.«
»Wer weiß, Esther, womöglich dauert es nicht einmal mehr ein Jahr, bis du mein Eheweib bist.«
»Nur langsam«, sagte sie und lachte leise. Ihr Herz lief beinahe über vor Freude, aber dennoch musste sie ihn an ihre Strafe erinnern. »Du willst gewiss nicht mit einem Weib die Ehe eingehen,

das jeden Tag im Johanniskloster die niedersten Arbeiten verrichten muss. Du wirst also warten müssen.«
»Warum sollte ich? Nein, Esther, wenn du diese Arbeiten verrichten musst, weiß ich doch, dass du es meinetwegen tust. Nur für mich hast du dich darauf eingelassen, eine Fassung, noch dazu in Marolds Handschrift, anzufertigen. Das werde ich dir nie vergessen. Und wenn du dafür die Kloaken der Stadt reinigen müsstest, wäre ich noch immer stolz darauf, dich meine Frau nennen zu dürfen.«

# Köln im Jahre 1231 – Josef Felding

Die Sonne schien hell auf die Gassen der Stadt. Felding war es recht, gutes Wetter bedeutete, dass viele Pilger in Köln unterwegs waren. Das wiederum war für ihn klingende Münze wert. Für heute hatte er genug, sein Schädel brummte. Nicht mehr lange, dann würde er ihn umbringen. Er eilte zurück in die Schmiergasse, wo er eine kleine Holzhütte bewohnte. Dort tat er, was er stets tat, wenn er die Tür hinter sich geschlossen und eine Öllampe entzündet hatte, der einzige Glanz und die einzige Vergeudung, die er sich erlaubte. Er holte den Sack mit seinem Silberschatz hervor, schüttete die Münzen auf die Holzkiste, die ihm als Tisch diente, und zählte. Dabei kicherte er vergnügt vor sich hin. Niemand ahnte, dass er sich einen Teil seines Reichtums, den er sich als angesehener Kaufmann hatte erwerben können, bewahrt hatte. Schön, so manche Mark Silber hatte er aufwenden müssen, um Leute für seine Zwecke einzuspannen. Mit einem Irren wollte keiner etwas zu schaffen haben. Er hatte es sich etwas kosten lassen, sein kleines Haus, die Waren, die er noch besaß, und weitere Gegenstände, die von Wert gewesen waren, an den Mann zu bringen. Viel zu wenig hatte er für all das bekommen, doch war es ihm gleichgültig. Er formte kleine Türme aus den Münzen, alle gleich hoch. Der Schweiß lief ihm aus allen Poren.

Es wäre günstig, den Fensterladen zu öffnen und frische Luft hereinzulassen, doch das gestattete er sich niemals.
Felding hockte auf dem Boden und zählte flüsternd die Türmchen. Zum Schluss legte er die Pfennige dazu, die wohltätige Pilger ihm heute gegeben hatten. Scharenweise strömten sie noch immer in seine Stadt, um die Gebeine der Heiligen Drei Könige zu bewundern. Oder zumindest den Schrein, in dem man sie vermutete. Er selbst glaubte nur, was er sah. Und er hatte diese Gebeine, die man in dem Jahr nach Köln gebracht hatte, in dem er zur Welt gekommen war, noch niemals gesehen. Trotzdem kamen die Leute, warfen sich auf die Knie und spendeten freigiebig für ihr Seelenheil. Es war nicht schwierig, seinen eigenen Nutzen daraus zu ziehen. Nicht für einen gerissenen Kerl wie ihn. Immerhin war das Wunder des Josef Felding sogar wahr. Man hatte ihm den Schädel aufgebohrt, damit das Böse, das seinen Geist verwirrt hatte, davonfliegen konnte. Davongeflogen war nichts. Jedenfalls hatte er nichts bemerkt. Nichts außer unmenschlichen Schmerzen, wie er sie in seinem ganzen Leben noch nicht kennengelernt hatte. Diese Qualen hatten ihm vollends die Sinne geraubt. Dass er nicht wie die meisten Jammergestalten, denen man diese Heilmethode zuleide tat, daran gestorben war, konnte man wahrhaftig als Wunder bezeichnen. Die frommen Pilger glaubten ihm daher auch erst, wenn er die Narrenkappe, die er zu tragen verpflichtet war, lüpfte, um sie einen Blick auf das winzige Loch werfen zu lassen. Es ging ihnen wohl wie ihm, auch sie glaubten trotz aller Frömmigkeit nur, was sie sahen.
Pfennig um Pfennig schob er von einer Seite auf die andere. »Sieben, acht.« Immer aufgeregter wurde er. Er sah das Ergebnis deutlich vor sich, hätte nicht mehr zu zählen brauchen. »Neun, zehn!«, jubelte er. Hastig ließ er die Münzen wieder Stapel für Stapel in den Sack fallen. Dabei kicherte er wiederum, lauter als zuvor, Speichel lief ihm aus dem Mund und das Kinn hinunter.

Er liebte das helle Klirren des Silbers, lauschte auf jeden Klang, der ihm noch einmal mit der schönsten Stimme, die man sich nur vorstellen konnte, die Anzahl der Silberstücke und Pfennige zu singen schien. Nachdem sein Konzert beendet war, kroch er in einen Winkel des Raums, schob den Sack in die Erdmulde im Boden seiner Hütte, aus der er ihn geholt hatte, und legte zwei Holzbretter darüber. Alles wie immer. Er kroch zurück zu der Holzkiste. Im Grunde war alles wie immer. Und doch, heute war etwas anders. Zum einen nässte das Loch in seinem Schädel inzwischen so unappetitlich, dass selbst der bravste Pilger bald das Weite suchen würde. Felding wusste, was das bedeutete. Auch die immer schlimmer werdenden Schmerzen und die plötzliche Dunkelheit, die ihn immer häufiger aus dem Nichts überfiel und umfing, waren deutliche Zeichen. Es ging zu Ende mit ihm. Glücklicherweise hatte er, und das war das andere, was diesen Tag von denen zuvor unterschied, endlich die nötige Summe zusammen, mit der er das letzte Vorhaben seines Lebens, das er sich fein ausgedacht hatte, würde in die Tat umsetzen können. Er lachte und ließ sich auf den Rücken rollen. Der Schmerz wurde im Liegen jedoch unerträglich. Es fühlte sich an, als wollte ihm der Kopf zerspringen, als wollte ein Riss von dem Loch bis zu dem Ohr auf der anderen Seite laufen. Er stöhnte. Mühsam rappelte er sich wieder auf und hielt sich an der kleinen Kiste fest, die vor ihm stand. Ausruhen, die Augen schließen, dem Pochen und Reißen entfliehen, nur für einen winzigen Moment. Dann würde er sein Vermächtnis aufsetzen. Es war an der Zeit.

Als Josef Felding wieder zu sich kam, wischte er sich den Schweiß von der Stirn und den Nasenflügeln. Es war unerträglich drückend. Er konnte nicht atmen. Er zerrte an dem Narrenkittel, der ihm mit einem Mal zu eng erschien. Nur jetzt nicht die Kontrolle verlieren. Er zwang sich, an sein Vorhaben zu denken. Wie viele Sommer hatte er darauf gewartet! Wie viele Sommer war es her, dass sie ihn aus Lübeck fortgejagt, nachdem sie ihm dieses Loch in den Kopf gebohrt hatten? Er wusste es nicht mehr. Dabei hatte er sich so fest vorgenommen, es niemals zu vergessen. Doch was machte es schon für einen Unterschied? Dafür hatte er nicht vergessen, was diese aufgeblasenen Lübecker ihm angetan hatten. Pah, was sie sich nur einbildeten! Sie behaupteten doch wahrhaftig, ihre Stadt sei die Königin, die schönste und bedeutendste von allen. Lächerlich! Köln hatte schon ein Rathaus besessen, da war von Lübeck noch nicht einmal die Rede! Nur einen albernen Hügel, auf dem Wilde hausten, gab es, wo jetzt die Stadt ihre Türme großmäulig in den Himmel reckte. Er stellte sich Türme mit gigantischen Mäulern vor und lachte laut auf. Im nächsten Moment verzerrte sich sein Gesicht vor Wut. Dieser schmierige Gockel mit dem schwarzen Haar hatte sich in seine Gedanken geschlichen. Was er sich nur erdreistet hatte! Die Kaufleute Kölns hatten lange vor denen Lübecks Handel mit England getrieben. Aber er führte sich auf, als wäre es ein Lübecker Privileg, Getreide und andere Waren nach London zu schaffen. Felding spuckte seinen Ekel und seinen Zorn auf den Boden.

Esther! Jeden Tag dachte er an sie. Noch nie war er auf so niederträchtige Weise vorgeführt worden. Sie war eine Hexe. Es konnte nicht anders sein. Wie sonst hätte das Pergament leer sein können, auf das sie ihr Geständnis geschrieben hatte? Seine Eingeweide krampften sich zusammen, als er daran dachte, wie er vor dem Domherrn dagestanden hatte. Vorgeführt, noch dazu von einem Frauenzimmer! Diese Schmach würde er niemals vergessen. Nicht nur ihr Geständnis hatte sie verhext, nein, auch dieses vermaledeite Dokument, das sie von seiner Wachstafel abgeschrieben hatte. Er hätte sie brennen lassen sollen!

Felding zerrte an dem Deckel der Holzkiste, dem einzigen Möbelstück, das es in seiner Hütte gab. Wie ein Narr hatte sie ihn aussehen lassen, während sie mit diesem schwarzhaarigen Schnösel ihren Triumph aus vollstem Herzen genossen hatte. Endlich löste sich der Deckel. Er holte den Bogen Pergament, einen Gänsekiel und die Schweineblase mit der getrockneten Tinte hervor. Keinen einzigen Buchstaben hatte er seit damals geschrieben. Jetzt würde er es tun. Esther, dieses dreckige Weibsstück! Er hasste sie! Mühsam stemmte er sich auf die Kiste und richtete sich auf. Erneut brach ihm der Schweiß aus. Er schleppte sich zur Tür, lehnte sich gegen das rauhe Holz und nahm ein paar Atemzüge. Die Dunkelheit verflog. Er öffnete die Tür und taumelte hinaus. Luft! Die Sonne verschwand hinter den stolzen Häusern Kölns. Felding lief zu dem Brunnen. Wie immer, wenn er sich auf der Gasse zeigte, machten einige einen Bogen um ihn, während andere mit dem Finger auf ihn zeigten. An einigen Tagen kam es vor, dass Menschen ihn mit Brotkrusten und manchmal sogar Steinen bewarfen. Wenn er Glück hatte, jagte ein mitleidiges Weib oder ein gottesfürchtiger Mann sie davon. Er selbst störte sich nicht daran. Er wusste, wer hier die Narren waren. Oder hatten sie etwa einen kleinen Schatz in ihren Hütten verborgen? Er kicherte schief in sich hinein, als er den Wassereimer nach oben hievte. Mit einer Hand schöpfte er das kühle Nass und schüttete es sich in das Gesicht und in den Nacken. Herrlich! Dann erst goss er Wasser in die Schweineblase und beeilte sich, zurück in seine Behausung zu kommen.

Er hockte wieder am Boden. Mit dem kahlen, gespitzten Ende der Feder stocherte er so lange in der Blase herum, bis der Brocken getrockneter Tinte sich allmählich löste. Er hatte es nicht etwa vermieden zu schreiben, weil es Schriftstücke waren, die ihn ins Unglück gestoßen hatten. Nein, es war die Nähe zu Esther, die er nicht ertragen konnte. Es war schon schlimm genug, sie jeden Tag aufs Neue aus seinen Gedanken verscheuchen zu müssen. Hätte er jedoch Schreibzeug zur Hand genommen, so hätte er sich ebenso gut sein Langsax ins Herz stoßen können. Augenblicklich hätte er ihre zarte Hand vor sich gesehen, hätte sich daran erinnern müssen, wie sanft sie die Feder gehalten, wie unfassbar schön sie die Tinte auf das Pergament gebracht hatte. Er schüttelte unwillig den Kopf, um diese törichten Gedanken zu vertreiben. Im nächsten Moment fiel ihm die Feder aus den Fingern, die Schweineblase kippte um, blauschwarze Tinte ergoss sich auf den Lehmboden.

»Nein!« Er packte zu, riss mit einer Hand das weiche Tintengefäß hoch und griff sich mit der anderen an den schmerzenden Schädel. Ganz ruhig, nur die Ruhe. Er atmete ein und aus und wagte dann, nach dem Pergament zu sehen, das gottlob nichts abbekommen hatte. Auch war noch Farbe in dem Beutelchen, genug, um sein Vermächtnis aufzusetzen. Er keuchte.

»Sieh nur, wohin du mich gebracht hast, elendes Weib!« Seine Stimme war rauh und brüchig. Sie trug die Schuld an alledem. Dafür hasste er sie. Er wollte es so gerne. Aber nein, sosehr er sich auch mühte, er konnte keinen Hass für sie empfinden. Vielleicht war das seine schlimmste Strafe, dass er sie noch immer wollte. Und zwar nicht nur ihren Körper. Er schämte sich abgrundtief. Wie konnte er für eine Frau, die ihm die größte Schmach seines Lebens zugefügt, die ihn um alles betrogen hatte, was er sich je erschaffen und gewünscht hatte, etwas anderes empfinden als blanken Hass? Er wollte nicht sein wie all diese lächerlichen Gestalten, die sich zum Popanz machten aus Liebe. Was sollte das sein, Liebe, wenn man davon kopfalbern wurde, wenn man nicht mehr länger Herr seiner Sinne war? Liebe, pah, er konnte sich nichts Überflüssigeres ausmalen. Wieder dachte er an Esther. Wie viel Angst sie vor ihm gehabt hatte. Du brauchst keine Angst vor mir zu haben. Warum nur hast du mir nicht geglaubt? Sie hatte ihn nicht in den Regen gejagt.

»Ich schicke Euch nicht fort«, hatte sie gesagt. Ein warmes Gefühl durchströmte ihn. Nicht unangenehm wie die schwüle Hitze in der Hütte, sondern behaglich, so dass er sich wünschte, es bliebe für immer da.

Zuerst hatte er sich gewehrt, hatte behauptet, er sei nicht verrückt, sondern aufs Kreuz gelegt worden von einer Hexe. Sie hätten ihm um ein Haar geglaubt, fragten ihn nach ihr, wollten alles über sie wissen. Sie hatte ihn nicht in den Regen geschickt, also hatte er sie auch nicht der Verfolgung preisgegeben. Als Hexe hätte man sie verbrannt, das war sicher. Aber er hatte sie schon zuvor nicht brennen lassen können. Und er konnte es auch jetzt nicht, als er damit hätte seine Haut retten können. Also hatte er sich darauf verlegt, Faxen zu machen, blöd zu gackern und zu hüpfen, so dass sie schließlich doch überzeugt waren, es mit einem Irren zu tun zu haben. Gut so. Seither konnte er ungehörige Reden führen, wenn ihm danach zumute war. Er konnte sich Brot oder Fisch stehlen, ohne dafür zur Rechenschaft gezogen zu werden. Die Freiheit eines Narren hatte einiges für sich, fand er. Wie viel länger hätte es gedauert, seinen Schatz anzuhäufen, wenn er sich sein Essen stets hätte kaufen müssen. Und es kam noch besser. Wenn er sich am Ende dieses Tages eine Klinge in die Brust bohren würde, dann käme er auch damit durch. Wer sich selbst tötete, wurde von der Kirche verstoßen, man verweigerte ihm ein anständiges Begräbnis und verscharrte ihn auf dem Anger. Für diejenigen, die nicht bei Verstand waren, galt das nicht. Er holte das Messer vor, das er vor einigen Wochen auf dem Markt einem Fleischhauer hatte entwenden können. Es war nicht annähernd so edel wie sein Langsax, aber den hatte man ihm abgenommen. So musste er sich mit diesem begnügen und sich vorstellen, es wäre sein gutes altes Schwert.
Alles war bereit. Er musste lächeln. Wann immer Pilger oder Kaufleute aus Lübeck in der Stadt waren, hatte er nach der Gat-

tin des Englandfahrers Vitus Alardus gefragt. Sosehr es ihn auch schmerzte, von ihr zu hören, davon, dass sie an der Seite des Schwarzhaarigen lebte, so sehr hüpfte sein Herz doch, sie am Leben und glücklich zu wissen.
Womöglich bin ich wahrhaftig verrückt geworden, dachte er. Wie sollte man sonst erklären, was er vorhatte. Er berührte das Messer, dann tauchte er die Feder in die Tinte und schrieb:
»Hiermit vermache ich der Lübecker Bürgerin Esther aus Schleswig, Gattin des Vitus Alardus, dreihundert Mark Silber. Um in den Genuss dieses beträchtlichen Anteils meines Vermögens zu gelangen, soll sie gestehen, dass sie mich, den ehrbaren Kaufmann Josef Felding aus Köln, mit einem Trick an der Nase herumgeführt hat, woraufhin man mich für geisteskrank erklärte und mir die Narrentracht anlegte.
Den Rest des Geldes vermache ich der Kirche St. Gereon, sofern man mich unter Glockengeläut dort hineinträgt, mir die Totenmesse liest und mich anschließend ordentlich auf dem Friedhof bestattet.
Um mein Seelenheil zu retten, gestehe ich, im Jahre des Herrn 1226 zu Lübeck einen Mann getötet zu haben. Es handelt sich um den Schreiber Reinhardt, der in einen Betrug verwickelt war, an dem auch ich einen gewissen Anteil hatte. Dieser Betrug hatte größte Bedeutung für die Stadt Lübeck und bedauerlicherweise ebenso für die tüchtigen Englandfahrer der Stadt Köln. Ich sage: Man hat sie ihrer angestammten Rechte beraubt und ihnen den Handel böswillig erschwert.
Und ich bezeuge vor Gott und der Welt, dass – in der Folge des schändlichen Betrugs – es sich bei dem Lübecker Reichsfreiheitsbrief, dem ganzen Stolz der Stadt, den Kaiser Friedrich II. ausgestellt hat, um eine Fälschung handelt aus der Hand der Frau, die ich liebe.«

# Lübeck im Jahre 1261 – Vitus Alardus

Ihm war nicht wohl. Der Medicus kam nun beinahe jede Woche, um nach ihm zu sehen und ihn zur Ader zu lassen. Vitus spürte, wie seine Lebenskraft ihn verließ. In Esthers Augen und denen seiner fünf Kinder sah er die Trauer. Sie sprachen nicht darüber, doch wussten alle, wie es um ihn stand. Nicht mehr lange, dann würde er seinem Schöpfer gegenübertreten müssen. Es ängstigte ihn nicht. Die Zeit war einfach gekommen. Wer konnte schon von sich behaupten, beinahe das sechzigste Jahr zu erreichen?

Er ging hinunter in die Stube, wo Esther auf einem hohen Lehnstuhl saß und Handarbeiten erledigte.

»Vitus, geht es dir nicht gut? Kann ich dir etwas bringen?« Ihr graues Haar war wie an jedem Tag sorgsam hochgesteckt. Ihr Gesicht war faltig, doch er fand es noch immer so schön wie bei ihrer ersten Begegnung. Nein, es war noch schöner geworden, so sanft und so vertraut.

»Danke, meine liebe Esther, ich wollte nur wissen, ob wir noch Tinte im Hause haben.«

Sie legte Stoff und Faden beiseite. »Tinte? Wozu brauchst du die?«

»Was meinst du wohl?« Er lächelte. »Ich möchte etwas schreiben.«

»Tatsächlich? Das nenne ich eine überraschende Antwort.« Sie erhob sich und küsste ihn auf die Wange.
Vitus wurde das Herz schwer. Er blickte auf ein gutes Leben zurück, für das er seinem Herrn dankbar sein konnte. Aber er hätte eben auch gern noch mehr Zeit mit seiner Frau gehabt. Von ihr Abschied nehmen zu müssen fiel ihm wahrlich schwer.
»Verrätst du mir auch, was du schreiben willst? Du hast lange nicht mehr an deinem Pult gesessen.« Sie hatte ihre Arme um seine Taille gelegt und blickte zu ihm hinauf.
»Es ist Zeit, mein Vermächtnis aufzusetzen.«
Sie senkte den Kopf und verbarg ihr Gesicht an seiner Brust.
»Nein, dafür ist es noch lange nicht Zeit«, murmelte sie erstickt.
Er küsste sie auf den Scheitel und sagte leise: »Du weißt doch, ich habe gern alles in Ordnung. Was ich heute erledige, quält mich morgen nicht mehr.« Ihm fiel etwas ein. »Wie viele Winter sind ins Land gegangen, seit dieser Bote aus Köln hier auftauchte. Erinnerst du dich?«
»Wie könnte ich das je vergessen?«
»Es ist mir noch immer ein Rätsel, weißt du?«
»Was ist so rätselhaft, dass ich die dreihundert Mark Silber nicht genommen habe? Dafür hätte ich bezeugen müssen, dass ich mich einer List bedient habe, um ihn hereinzulegen. Aber das ist nicht wahr.« Sie konnte sich noch immer ereifern wie als junges Mädchen. »Ich habe keinen Trick gebraucht, damit man ihn für irrsinnig hält. Es war keine Absicht. Ich wusste ja selbst nicht mehr, dass die Tinte, die ich für mein Geständnis gebrauchte, von alleine verblassen würde. Und die vielen Abschriften, die am Ende durcheinandergeraten sind, hatte auch nicht ich, sondern nur dieser Felding zu verantworten.«
»Aber das weiß ich doch.«
»Also, wie kannst du dann in Frage stellen, wie ich gehandelt habe? Er hat sich wie ein Verrückter gebärdet. Ein jeder konnte

das sehen. Es war gar nicht nötig, jemandem diesen Floh ins Ohr zu setzen. Warum um alles in der Welt hätte ich die Schuld auf mich laden und behaupten sollen, ich sei an seinem Irrsinn schuld? Hättest du Freude an dem Silberschatz gehabt?«

»Nein, meine liebste Esther, nein, ich hätte keine Freude daran gehabt. Du hast recht gehandelt. Das ist es nicht, was mir ein Rätsel aufgibt.«

»Sondern?« Sie blickte zu ihm auf, und er sah die nassen Spuren, die die Tränen auf ihren Wangen hinterlassen hatten.

»Selbst so lange Zeit danach vermag ich nicht zu verstehen, was er mit seinem Vermächtnis bezwecken wollte. Er wollte sein Ansehen retten, aber er hat dich nicht verraten.«

»Seine Liebe hat er mir gestanden«, sagte sie leise. »Er hatte wohl nicht viel Übung in diesen Dingen.« Sie schüttelte sich wie ein kleines Pony nach vollem Galopp. »Es spielt keine Rolle mehr, Vitus Alardus, ob wir ihn verstehen oder nicht. Die Kirche St. Gereon in Köln hat die Silbermünzen gewiss aufs beste verwenden können. Und uns ist es auch so nicht schlecht ergangen. Es war immer genug zu essen und zu trinken für unsere Kinder da, unser Haus ist prächtig. Selbst Kaspar und Malwine konnten wir so manches Mal unter die Arme greifen, wenn sie für ihre Kinderschar wieder einmal nicht genug hatten. Ich würde heute wieder genauso handeln wie damals.«

Eine Weile standen sie bloß da, sagten nichts, sondern hielten sich nur fest in den Armen.

Dann löste sie sich von ihm. »Es müsste noch etwas Tinte da sein. Ich richte dir alles an deinem Pult.«

Vitus regelte seine Hinterlassenschaft so, dass Esther bis an ihr Ende versorgt war und ihr als Witwe nicht etwa nur, was oft genug geschah, die Morgengabe blieb. Nachdem das getan war, fühlte er sich zwar müde und hätte sich am liebsten ein wenig

ausgeruht, doch stattdessen nahm er ein zweites Blatt Pergament zur Hand. Er schrieb:
»Ich, Vitus Alardus, grüße Esther aus Schleswig, mein mir angetrautes Weib. Jetzt, da die Stunde meines Todes nicht mehr fern sein mag, will ich niederschreiben, was Du für mich getan und riskiert hast. Obwohl ich diese Zeilen an Dich richte, weiß ich doch, dass Du sie niemals lesen wirst. Nicht, dass Du es nicht vermöchtest. Ich weiß nur zu gut, dass Du des Lesens und Schreibens kundig bist wie kein anderes Weib, das ich kenne. Diese Fähigkeit hast Du, will mir scheinen, vor unendlich vielen Sommern genutzt, um nicht nur mir und meinesgleichen einen kostbaren Dienst zu erweisen, sondern Du hast auch Deiner Stadt Lübeck damit Unschätzbares geschenkt.
Wenn Du einst unserem Schöpfer unter die Augen treten wirst, solltest Du ein Grabmal neben Bürgermeistern und Ratsmännern erhalten. Weil ich weiß, dass man Dir das verwehren wird, dass Du in aller Augen nur die Tintenmischerin und einfache Frau eines Englandfahrers sein wirst, schreibe ich diese Zeilen für die Nachwelt.«
Nachdem er mit knappen Worten geschildert hatte, wie es dazu gekommen war, dass Esther eine Abschrift der Barbarossa-Privilegien verfasst und Domherr Marold sie in einen kleinen Ort bei Parma gebracht hatte, schlug er das Pergament in ein Wams ein, das er ohnehin nicht länger brauchen würde. Er trug das Bündel und eine Hacke in den Keller hinab. Mit der Hacke lockerte er den Boden und grub eine Mulde, gerade so groß, dass er das Bündel hineinlegen und mit Erde bedecken konnte. Zum Schluss trampelte er darauf herum und schob schließlich eine Kiste mit Wein darüber. Er wollte ganz sicher sein, dass das Schriftstück erst gefunden wurde, wenn niemand mehr am Leben war, der mit dem Barbarossa-Schwindel etwas zu tun gehabt hatte.

Zufrieden betrachtete er sein Werk. Dann verließ er das enge Kellergewölbe, das nur unter einem schmalen Streifen des Wohnhauses in den Erdboden eingetieft war, und kehrte erschöpft zurück in die Stube. Esther saß wieder auf ihrem Lehnstuhl und blickte zu ihm auf, als er eintrat.
»Nun will ich mich ein wenig ausruhen«, sagte er, ließ sich auf den Lehnstuhl neben dem ihren fallen, legte seine Hand auf ihren Arm und schloss die Augen.

# 𝓛übeck im September 2011 –
## Christa Bauer

Sie bummelten an der Obertrave entlang. Es war ein milder Frühherbstabend mit einer untergehenden Sonne, die Lübecks weiße Kaufmannshäuser in goldenes Licht tauchte.
»Lübeck ist echt schön«, stellte Ulrich fest.
»Das ist ja wohl nichts Neues.« Christa fuhr sich mit einer Hand durch das braune Haar.
Er knuffte sie in die Seite. »Jetzt sei doch nicht immer so ruppig!«
»Das war doch nicht ruppig.«
»Nee, aber auch nicht gerade romantisch.«
»Was verstehst du denn bitte von Romantik?« Sie schielte ihn von der Seite an.
»He, ich ben ene kölsche Jung! Das sagt doch wohl schon alles. Wir haben das Rheinufer, und wir haben ein Schokoladenmuseum. Wie soll ich da bitte nichts von Romantik verstehen?«
Er schenkte ihr seinen Hundeblick, dass ihr das Herz aufging. Sie mochte ihn wirklich sehr. Schade, dass er nicht weiter nördlich wohnt, dachte sie. Es wäre schön, sich öfter sehen zu können. Das sagte sie allerdings nicht.
Stattdessen neigte sie den Kopf zur Seite und stellte ungläubig fest: »Du findest Schokolade romantisch.«

»Ich habe dir bei unserem ersten Treffen gezeigt, wo das Museum steht, schon vergessen? Die Lage ist romantisch. Außerdem ist Schokolade total erotisch.« Er schnupperte. »Allein der Duft oder der Anblick flüssiger Schokolade. Vielleicht fehlt dir ja die Phantasie, aber ich kann mir eine Menge netter Dinge vorstellen, die man damit anstellen kann.«

»Ferkel!«

»Wieso, das ist doch jetzt wohl eindeutig deine Phantasie. Ich habe mir nichts Ferkeliges vorgestellt, sondern etwas ganz Schönes.«

»Schon klar! Waren wir nicht gerade bei Romantik? Du aber bist bei Erotik, und das entspricht genau dem, was ich über kölsche Jungs gelesen habe. Sie denken immer nur an Sex.«

»Immer nur stimmt nicht.« Er grinste frech. »Die Barkassenfahrt war übrigens auch romantisch.«

»Stimmt.«

»Dann sind wir uns ja ausnahmsweise mal einig.«

»Darauf müssen wir anstoßen.«

Sie schlenderten in Richtung Holstenhafen, vorbei an den Salzspeichern und dem Holstentor, und bogen in die Fischstraße ein. Als sie das Lokal in der Fleischhauerstraße erreicht hatten, stichelte er: »Gewonnen! Ich wäre jede Wette eingegangen, dass du mich hierherschleppst. Sag mal, du bist doch nicht etwa konservativ?«

»Bitte? Ist man in Köln konservativ, wenn man eine Stammkneipe hat?« Sie zog die Augenbrauen hoch. »Moment mal, was heißt überhaupt, dass ich dich hierherschleppe? Du musst nicht mit mir einkehren, kannst gerne weiter durch die Stadt latschen.« Sie zog eine gespielt beleidigte Miene und sagte betont beiläufig: »Ich wollte dir zwar gerade etwas wirklich Romantisches zeigen, aber wenn es dich nicht interessiert ...«

»Da drinnen?«

Sie nickte. »Da drinnen!«
»Na dann, ich kann's kaum erwarten.«
Im Kamin brannte schon ein Feuer, obwohl es draußen wirklich noch sehr warm war.
»Hallo, Costas«, grüßten sie wie aus einem Mund und steuerten die Treppe nach oben an.
»Ah, Christa, wie schön! Und Sie sind auch mal wieder da.« Er schüttelte beiden die Hand.
»Ist der Raum frei? Ich will ihm nur kurz das Pergament zeigen.«
»Ja, ja, gehen Sie nur. Der Saal ist zwar reserviert, aber erst in einer Stunde.«
»Danke.«
Sie ging vorweg und führte Ulrich zu der Urkunde, die ihr so viel bedeutete.
»Voilà!«
»Toll, hätte ich mir ja denken können, dass du so'n olles Blatt romantisch findest.« An seinem Grinsen konnte sie sehen, dass er sie nur ärgern wollte. Na warte!
»Nicht das olle Blatt, wie du es nennst, der Inhalt ist es. Ich wette, wenn du es gelesen hast, musst du mir recht geben.«
Er verzog für einen kurzen Moment irritiert das Gesicht und sah genauer hin.
»Witzig! Das kann doch kein Mensch lesen.«
»Ich schon. Und wenn du schön brav bist, lese ich es dir sogar vor. Das heißt, ich lese dir die Übersetzung vor.« Sie fischte eine Kopie aus ihrer Tasche, auf der ihre Übersetzung des entschlüsselten Textes stand. Sie hatte auf eine Gelegenheit gewartet, sie ihm zu zeigen.
»›… Weil ich weiß, dass man Dir das verwehren wird, dass Du in aller Augen nur die Tintenmischerin und einfache Frau eines Englandfahrers sein wirst, schreibe ich diese Zeilen für die Nachwelt.‹ Schön, oder?«

»Das ist alles?«
»Leider. Siehst du, hier ist eine Abbruchkante. Das Pergament wurde vermutlich irgendwann geknickt. Der untere Teil ist dann im Lauf der Jahre wahrscheinlich abgebrochen und verlorengegangen. Schade, ich nehme an, dieser Vitus Alardus hat die Geschichte erzählt, wie genau seine Frau in den Betrug mit den Barbarossa-Privilegien hineingezogen wurde und welche Rolle sie spielte. Wäre das Stück nicht abhandengekommen, hätte man die Urkunde auch nie im Leben nach Stockholm gegeben. Sie wäre eines der Prunkstücke unseres Archivs.«
»Dann hättest du in Köln aber auch nicht die spektakuläre Entdeckung machen können«, erinnerte er sie.
»Stimmt, dann hätte ich lediglich ein weiteres Puzzleteil der Affäre gefunden. Von der Schummelei der Lübecker hätte man aber längst gewusst. Habe ich halt Glück gehabt, dass man das Schreiben für einen privaten Brief hielt, den ein noch immer verliebter Ehemann seiner Frau widmet. Trotzdem, ich würde einiges dafür geben, die verlorene Hälfte auch noch zu finden. Aber hiermit«, sie deutete auf das Pergament in dem Rahmen, »und mit dem Vermächtnis des Kölners Josef Felding können wir die Geschichte immerhin grob rekonstruieren.«
»Sieht aus, als wären Köln und Lübeck ein ganz gutes Team.«
»Du meinst Lübeck und Köln.«
»Musst du eigentlich immer das letzte Wort haben? Genau wie dieser Alardus. Okay, weißt du was, der Klügere gibt nach. Also: Lübeck und Köln.«
»Was ist denn auf einmal mit dir los?« Für gewöhnlich verteidigte er seine Domstadt zur Not bis aufs Blut.
Er zuckte mit den Schultern. »Et es, wie et es.«
Sie setzten sich auf ihren Stammplatz auf der Galerie.
»Kannst gleich noch einen Satz lernen: Nix bliev, wie et wor.«
»Soll heißen?«

»Nichts bleibt, wie es war.«
»Das habe ich schon verstanden. Ich wollte wissen, warum du mir ausgerechnet den Satz beibringen willst.«
»Weil nicht nur in deinem Job spannende Dinge passiert sind. Bei mir tut sich auch gerade was.«
Ihr Herz hüpfte vor Freude. Wenn er es so spannend machte, konnte das bedeuten, dass es Veränderungen gab, die auch mit ihr zu tun hatten.
»Lass hören«, forderte sie ihn so gelassen wie möglich auf.
»Ich hatte dir doch von diesem Offshore-Windpark erzählt.«
»Die Anlage vor Rügen, für die ihr die Kabel verlegen sollt?«
»Genau. Sieht so aus, als würde das ein richtig fetter Auftrag.«
»Gratuliere!«
»Ich glaube, das wird in Zukunft mehr mit diesen Anlagen. Insofern ist die Gegend an der Ostsee für mich echt ein lohnendes Pflaster.«
»Könnte es womöglich sein, dass du in Zukunft öfter in Lübeck und Umgebung zu tun hast?«
»Könnte schon sein, ja. Das steht alles noch nicht fest. Aber eins muss ich Lübeck lassen, es hat mehr Wasser in der Nähe als Köln. Und das, obwohl wir den guten alten Rhein haben. Na ja, und viel Wasser ist irgendwie praktisch für einen Berufstaucher.«
»Darauf trinke ich«, sagte sie, ergriff ihr Glas und strahlte ihn an.

## Anmerkung zur historischen Richtigkeit

Der Roman basiert auf dem Umstand, dass das 1188 ausgestellte Barbarossa-Privileg, das Lübecks Grenzen festlegt und seine Vorrechte klärt, tatsächlich um 1225 vermutlich von Domherr Marold um gewisse Stadtrechte erweitert wurde. Die erweiterte Version lag Friedrich II. vor, als er den Reichsfreiheitsbrief 1226 ausstellte. Die Auszüge daraus, die in diesem Buch zitiert werden, stammen aus einer gültigen Übersetzung. Das Bedeutende an diesem Brief für Lübeck war, dass die Stadt nicht von unmittelbarem Reichsbesitz getrennt, also nicht verpfändet, verkauft oder verlehnt werden durfte, was zu früheren Zeiten bereits geschehen war. Erst dieser Umstand machte Lübeck wirklich frei und selbständig.

Es ist heute nachweisbar, dass die Lübecker weitere Rechte und Privilegien in das neu zu unterzeichnende Dokument geschummelt haben. Dieses Vorgehen, von dem ich im Lübecker Stadtarchiv erfuhr, inspirierte mich zu diesem Roman, in dem das Ganze selbstverständlich kräftig ausgeschmückt wurde.

Heilwig von der Lippe gründete 1246 ein Zisterzienserinnenkloster, aus dem das heute noch bestehende Evangelische Damenstift Kloster St. Johannis hervorgegangen ist. Sie war mit

Adolf IV., Graf von Schauenburg und Holstein verheiratet. Wahr ist auch, dass ihr Großvater Bernhard II. war, der mit Albrecht II., Graf von Orlamünde eine Kreuzfahrt gegen heidnische Livländer unternommen haben soll. Auch Bernhard, übrigens Gründer von Lippstadt und Lemgo, hat ein Zisterzienserkloster gegründet, bereits 1185. Er wurde Abt und später Bischof. Aus der Parallele zwischen Enkelin und Großvater den Schluss zu ziehen, dass Heilwig sich auf die Seite des Kreuzfahrer-Gefährten Albrecht geschlagen haben könnte, ist ein Produkt meiner Phantasie. Ebenso ist nicht überliefert, dass Heilwig ihren Mann verabscheut hat und ihm in den Rücken gefallen ist. In diesem Zusammenhang muss ich mich bei Adolf IV., Graf von Schauenburg und Holstein entschuldigen. In Wahrheit legte er, als er während einer Schlacht in eine brenzlige Situation kam, ein Gelübde ab, wurde Franziskanermönch und später sogar zum Priester geweiht. Er gründete ein Franziskanerkloster in Kiel sowie die Stadt Neustadt in Holstein. Zwar sagt eine Priesterweihe in der damaligen Zeit, womöglich auch heute, nicht viel über die Moral und den Charakter des Betroffenen aus, doch unterstelle ich dem Grafen gern, dass er ein guter Mensch war. Darum also meine aufrichtige Entschuldigung dafür, dass ihm in diesem Roman die Rolle eines ausgemachten Bösewichts zugefallen ist.

Wer wirklich hinter dem Schwindel steckte, wer nach Italien geritten ist, um die gefälschte Urkunde zu übergeben, ist nicht überliefert. Die Forschung tappt bezüglich der Zeit um 1226 noch immer im Dunkeln, da es von damals natürlich kaum schriftliche Berichte gibt. So greift dieses Buch lediglich ein Geschehnis auf und erzählt, wie es gewesen sein könnte. Die Figuren des Romans sind größtenteils frei erfunden, ebenso die Urheber der Fälschung. Es war nicht mein Ziel, ein unterhaltsames Geschichtsbuch zu verfassen, sondern eine spannende Geschichte vor historischem Hintergrund zu erzählen.

Der Begriff »Urkunde« war im Mittelalter übrigens noch nicht bekannt, wird im Buch der besseren Verständlichkeit wegen jedoch verwendet. So verhält es sich auch mit dem Wort »Tinte«, das von dem lateinischen *tinctilis* = *flüssig* abgeleitet ist. Im Mittelalter sprach man von *incaustum,* aber auch das wäre nicht sehr gut lesbar. Straßennamen gab es noch nicht durchgängig, oder sie sind nicht überliefert. Erst ab der Mitte des 13. Jahrhunderts sind meist lateinische Straßennamen bekannt. So ist für die Fleischhauerstraße beispielsweise von 1268 bis 1355 die Bezeichnung *platea carnificium* in Gebrauch gewesen. Zur besseren Orientierung in der Stadt Lübeck sind die heute gebräuchlichen Namen verwendet worden. Es gibt Quellen, die den Baubeginn des Rathauses mit 1230 benennen, andere geben ihn deutlich früher an.

Zum Schluss sei noch angemerkt, dass Eisen-Gallus-Tinte noch heute als besonders dokumentenecht und langlebig geschätzt wird. Bedeutende Staatsverträge werden damit bis zum heutigen Tage unterzeichnet.

# Glossar

*Alba*  Unterkleid eines hohen Geistlichen
*Allmende*  oder auch »gemeine Mark« genannt; Gürtel um ein Dorf herum, der von verschiedenen Bauern gemeinschaftlich genutzt wurde
*Böter*  Eigner von Booten, die Waren von Kaufleuten über verschiedene Flüsse transportiert haben. Neben der Elbe gehörten Trave, Stecknitz und Wakenitz zu den Flüssen, auf denen Böter aktiv waren
*Dalmatika*  Überziehkleid eines hohen Geistlichen
*Hausteinbau*  Bauwerk, in dem Quader aus Naturstein verarbeitet werden
*Langsax*  Schwert- bzw. Messerform des frühen Mittelalters
*Licht*  mittelalterlicher Begriff für Kerze
*Mann in de Tünn*  würde übersetzt »Mann in der Tonne« heißen und entspricht etwa dem Ausruf »Ach du meine Güte!«
*Morgengabe*  Geschenk, das der Bräutigam der Braut am Morgen nach der Hochzeit macht und das die Braut ganz alleine für sich behalten darf
*Nachen*  umgangssprachlich für Kahn
*Palimpsest*  Pergament, von dem ein früher aufgebrachter Text

abgeschabt oder abgewaschen wurde, weil man ihn für nicht länger aufbewahrungswürdig oder lesenswert hielt

*Schwanenfell* speziell behandelte Schwanenhaut mit besonders weichen Flaumfedern

*Stola* Halstuch eines hohen Geistlichen

*Tassel* Schmuckstücke mit dem Aussehen von Broschen

*Tiel* Ort an der Waal westlich von Nimwegen

*Trippen* Holzsohlen, die unter die eigentlichen Schuhe gebunden wurden, um diese vor Fäkalien und Unrat zu schützen

# Danksagung

Mein Dank geht an Cora Oertel, die mir die Welt der Tinte und alter Schriften so anschaulich, fachkundig und sympathisch erschlossen und die den säuerlichen Geruch kochender Galläpfel tapfer ertragen hat. Ein Dank auch an die Mitarbeiter des Lübecker Burgklosters, bei denen ich das Buchbinden nach Mittelalterart erlernt habe.

Ebenfalls nicht vergessen möchte ich Jan H. Sachers. Sein Buch *Die Schreibwerkstatt* war ein wertvolles Nachschlagewerk. Danke, Birgit, dass du mal wieder in einem Höllentempo das Manuskript gelesen und mir Rückmeldung gegeben hast.

Wie immer danke ich dir, Hans-Jörg, dass du mir den Rücken gestärkt, das Manuskript gelesen und mich auf Ungereimtheiten hingewiesen hast. Danke für deine unendliche Geduld, Aufmunterung, deine Begleitung meiner Arbeit in jeglicher Form und für viele lange Gespräche.

# LENA JOHANNSON

## Das Marzipanmädchen

ROMAN

Lübeck im Jahre 1870. Marie Kröger, 16 Jahre alt, hat nur einen Traum: Sie will einmal Tänzerin werden. Doch als ihr älterer Bruder ums Leben kommt, soll sie die väterliche Konditorei übernehmen. Schweren Herzens fügt sich Marie dem Willen des schwerkranken Vaters und muss sich nun nicht nur den Respekt der Angestellten erkämpfen, sondern auch das Vertrauen der Kunden gewinnen – zu denen auch der russische Zar gehört. Hilfe erhofft sie sich von einem geheimnisvollen Marzipanrezept, das sich seit Generationen im Besitz ihrer Familie befindet. Nur Marie weiß, wo ihr verstorbener Bruder es aufbewahrte. Kann dieses Rezept Marie und die Konditorei vor dem Ruin retten?

*»Auf alle Fälle sind unterhaltsame und interessante Lesestunden bei diesem historischen Roman garantiert.«* Mindener Tagblatt

Knaur Taschenbuch Verlag

# LENA JOHANNSON

# Die Bernsteinsammlerin

ROMAN

Lübeck 1806: Die Thuraus sind eine Familie, die durch den Handel mit Wein reich und mächtig geworden ist. Tochter Femke aber, deren meeresgrüne Augen schon so manchen fasziniert haben, zaubert aus dem Bernstein, den sie am Ostseestrand sammelt, wahre Meisterwerke, denen man sogar magische Fähigkeiten nachsagt. Als die Familie aufgrund der Bedrohung durch Napoleons Truppen in wirtschaftliche Bedrängnis gerät, ist es Femkes Talent, das den Thuraus das Überleben sichert. Femke ahnt nicht, dass sie ein Findelkind ist und dass ein dunkles Geheimnis in ihrer Herkunft sie mit dem Stein verbindet, der ihr Schicksal ist ...

»Zauberhafter Roman aus dem alten Lübeck.«
Bergedorfer Zeitung

Knaur Taschenbuch Verlag

# LENA JOHANNSON

## Die Bernsteinheilerin

ROMAN

Lübeck zu Beginn des 19. Jahrhunderts. Die kleine Johanna wächst wohlbehütet bei ihren Großeltern auf. Von ihren Eltern weiß sie nur, dass die Mutter wenige Tage nach Johannas Geburt gestorben ist. Als Johanna erwachsen wird, soll sie eine Ausbildung als Bernsteinschnitzerin machen – und versteht absolut nicht, warum sie als Mädchen in eine handwerkliche Lehre gehen muss. Sollte ihr Schicksal wirklich an den geheimnisvollen Bernsteinanhänger gebunden sein, den ihre Mutter ihr hinterlassen hat?

Ein wunderbarer Roman über den Zauber des Bernsteins und eine Frau, die mutig ihren Weg geht!

Knaur Taschenbuch Verlag

# LENA JOHANNSON

## Die Braut des Pelzhändlers

ROMAN

1430. Der Lübecker Kaufmann von Ranteln handelt mit allerlei Waren, die er nach Riga bringt und dort gegen Pelze eintauscht. Da er nun seine Tochter Bilke gut und vor allem gewinnbringend verheiraten will, schickt er sie mit einem Handelsschiff nach Riga, wo der junge Pelzhändler Hartwych bereits auf sie wartet. Dessen Herz gehört der armen Sängerin Ria, die er jedoch niemals zu seiner Frau nehmen kann …

»*Eine wunderbare Erzählung mit viel Ostseeatmosphäre zwischen Abenteuer- und Liebesgeschichte im ausgehenden Mittelalter!*«
RZ Kultur

Knaur Taschenbuch Verlag